U0907792
FONGHONG

欧美名著精选丛书

THE ILIAD

伊利亚特

[古希腊]荷马 著

丁丽英 译

江苏凤凰文艺出版社
JIANGSU PHOENIX LITERATURE AND ART PUBLISHING

图书在版编目（CIP）数据

伊利亚特 / (古希腊) 荷马著；丁丽英译. -- 南京：
江苏凤凰文艺出版社，2022.2
（欧美名著精选丛书）
ISBN 978-7-5594-6128-5

Ⅰ. ①伊… Ⅱ. ①荷… ②丁… Ⅲ. ①英雄史诗－古
希腊 Ⅳ. ①I545.22

中国版本图书馆CIP数据核字（2021）第139915号

伊利亚特

［古希腊］荷马 著 丁丽英 译

责任编辑 刘洲原
特约编辑 李之北
出版统筹 孙小野
出版发行 江苏凤凰文艺出版社
南京市中央路165号，邮编：210009
网 址 http://www.jswenyi.com
印 刷 石家庄继文印刷有限公司
开 本 880毫米×1230毫米 1/32
印 张 20
字 数 596千字
版 次 2022年2月第1版
印 次 2022年2月第1次印刷
书 号 ISBN 978-7-5594-6128-5
定 价 68.00元

目录

《伊利亚特》导读

［美］弗朗克·海因里希
（加利福尼亚大学伯克利分校三一学院）

在遥远的古代，文明的曙光刚刚露出，人类就开始回忆和反省自己辉煌的历史。在口头相传的过程中，各民族产生了各种各样的神话和传说，不仅记述了人类从野蛮时代进入文明时代的一切特征，包括社会上的、心理上的、审美上的等，而且还把人类这种生物神奇的梦想和想象力第一次完美展现。无论是欧洲的，还是东方的，那些古老文明都给后人留下了不可磨灭的影响，《荷马史诗》就是其中最值得称道的巨著之一。

《荷马史诗》包括《伊利亚特》和《奥德赛》两部长篇叙事诗，据传是由盲诗人荷马根据人们的口头传说整理、润色而成。由于时代久远、资料不足，所以关于诗人本身我们所知甚少，但要在世界文学史中提起《伊利亚特》和《奥德赛》这两部巨著，却几乎是无人不晓。它们不仅生动地为我们描绘了当时氏族社会最繁荣时期的情况，而且对后世欧洲文学的发展产生了深远的影响。

这两部书都取材于公元前 12 世纪至公元前 11 世纪间的特洛伊战争，不过不是从战争开始写到战争结束，而是以战争为背景，各取其中一小部分来叙述。

《伊利亚特》描述的是战争最后一年中 51 天内发生的故事。特洛伊王子帕里斯拐走了斯巴达国王墨奈劳斯的妻子海伦，引起双方酣战十年。天上诸神各助一方，或从旁观看。一直到第十年的时候，因为希腊统帅阿伽门农和阿开亚部族中最勇猛的首领阿基琉斯为争夺战俘发生争执，于是阿基琉斯一怒之下拒绝出战——这就是著名的“阿基琉斯的愤怒”——并请求天上的神惩罚阿伽门农。护佑阿基琉斯的神让希腊军在战场上节节败退，而让特洛伊军队连连获胜。看到这种情况，阿基琉斯的密友帕特罗克洛斯力劝阿基琉斯出战，但结果不遂人意。于是他便穿上阿基琉斯的盔甲亲自上阵，意图借阿基琉斯的威名吓退特洛伊人，结果却被特洛伊著名战将赫克托耳识破。赫克托耳立即将帕特罗克洛斯杀死。阿基琉斯闻讯悲恸万分，下定决心要重返战场，为好友报仇。英勇的阿基琉斯在战场上杀死了赫克托耳，并把他的尸体绑在战车后面绕城而行，惨败的特洛伊城哭声震天。赫克托耳的老父前来哀求，要赎回儿子的尸体，阿基琉斯不准。但在神的帮助下，阿基琉斯最终醒悟，把尸体归还给了老人。

《伊利亚特》的故事写到这里为止。后来的故事在另一部史诗《奥德赛》中得以描述。按照神意的安排，阿基琉斯亦战死，再后来，阿开亚人用木马计攻破特洛伊城，洗劫了这座昔日富裕繁华的城池，阿开亚的战士们班师回朝，回到自己的家园，开始了新的生活。《奥德赛》就以这种返乡航程为背景，描写了希腊联军将领、伊达卡国王奥德修斯在海上因得罪了神而经历了种种风险和磨难，最后终于靠着非凡的才华与英勇平安返家，与妻儿团聚，过上了美满生活的故事。

《伊利亚特》与《奥德赛》虽然反映的内容各不相同，但却都以鲜明生动的笔触为我们描绘出了无数的英雄形象，比如阿基琉斯、赫克托耳、奥德修斯等，他们不但具有人的一切特征，而且被赋予了许多神的特征：品德高尚、英勇善战、充满智慧、外表威武、看重荣誉、口才出众、对未来有很准确的预测力，等等。这不仅反映了当时人们的审美情趣，而且从中我们也可以看出人类迷蒙欲开时代的真实情况。人们把这两部巨著称为“英雄史诗”，主要就是从它们这种空前启后的人神共性上所说。

还应该看到，这两部巨著中所描写的神的形象也是有别于其他作品中所刻画的神的形象的。无论是东方文明中的救世主，还是欧洲中世纪以后的耶和华形象，或者是其他宗教中的教主形象，都是被塑造成了一种仁慈和平和的性格，他们充满了同情心和怜悯心，为了天下众生的苦难甘愿自己遭罪。但在《伊利亚特》和《奥德赛》中，诸神却不仅像人一样好斗、嫉妒、冷漠和任性，而且在他们之间也充满了暴力、欺压等种种情况，可以说人性所有的优点和缺点在那些神身上都有。这样说来《伊利亚特》和《奥德赛》中的神更接近于人类现实，反映了当时人对人性美好的追求，而后来的许多宗教文化或东方宗教文化中的神却更重于理想，用“至高无上”来教育人民，不是为了反抗而是为了服从。

《伊利亚特》描写的故事是欧洲史上一段真实的历史，虽然加入了不少想象的东西，却并不妨碍它反映当时社会的真实面貌，尤其是对社会制度的反映。从中我们可以看出当时氏族社会的中心单位是城邦，一个城邦由以下几种人组成：首领——通常由德高望重、英勇睿智的人担任；祭司——属一般贵族；做工者——包括诗人、工匠、医生等；自由民——包括一般市众和士兵等；最后是奴隶——由无业游民和战俘等组成。这种社会制度即是后来古希腊“城邦共和国”制度的雏形，后世欧洲民主政体的制度也由此深化而来。

《伊利亚特》的语言丰富，极富表现力，而且也首次使用了许多修辞法，比如明喻和暗喻等，这使得史诗文采飞扬，气势辉煌。《伊利亚特》中还有许多接近于戏剧形式的独白，这又使史诗看上去更像是介于叙事诗和戏剧之间的一种诗歌形式，所以，柏拉图将荷马史诗归为悲剧范畴的作品，并称荷马是“第一个悲剧诗人”。

《荷马史诗》为后来的欧美文艺提供了取之不尽的题材和灵感之源。悲剧作家埃斯库罗斯、索福克勒斯、欧里庇得斯等的悲剧，有许多就是直接以荷马史诗中的故事为蓝本；古罗马时代的史诗和维吉尔的《埃涅阿斯纪》等，也是对荷马的模仿。至于以后相关的绘画、建筑和雕塑等作品，那更是多不胜数。可以说，一部《荷马史诗》激活了千年欧洲文艺。

第一卷

英雄与王的争吵

唱吧，缪斯女神！歌唱裴琉斯之子
阿基琉斯的愤怒。
它招来这场可怕的
灾祸，给阿开亚人[1]带来无穷的痛苦，
将许多英雄的灵魂打入哈得斯[2]，把他们
当作美食，扔给了秃鹰和狗，从争执的
一开始就体现了宙斯的意志；那当事的
双方是：阿特柔斯之子、民众的国王
阿伽门农，和神一样的阿基琉斯。

是哪位神祇挑起了他俩的争执？
是宙斯和勒托[3]所生的儿子阿波罗，
因为阿伽门农侮辱了他的祭司克鲁塞斯[4]，
阿波罗就对这位国王大动肝火；
他给军队降下瘟疫，吞噬他们的生命。

---

[1] 阿开亚人：古希腊人的一个主要部族，集居在伯罗奔尼撒半岛北部的塞萨利亚、墨塞奈、阿耳戈斯和伊萨刻等地。该地区称为阿开亚。阿开亚人在此泛指希腊人。

[2] 哈得斯：掌管冥府的神，宙斯的兄弟。这里泛指冥府。

[3] 勒托：提坦女神之一，宙斯的妻子，阿波罗和阿耳特弥斯之母。因与宙斯同床，受赫拉的妒忌；后者派巨蟒追逐她，使之到处流浪，逃到罗斯岛，生下阿波罗。

[4] 克鲁塞斯：特洛伊地区克鲁塞城阿波罗的祭司。

当时，克鲁塞斯为了赎回女儿，带上
数不清的赎金，亲临阿开亚人的船寨；
他手持黄金权杖，杖上系有远射之神
阿波罗的花冠；他恳求所有的阿开亚人，
首先是阿特柔斯的两个儿子[1]、军队的统帅：
“阿特柔斯之子，以及穿胫甲的阿开亚人，
但愿俄林波斯山上的众神允许你们攻陷
普里阿摩斯的城堡[2]，然后平安地返回家园。
请你们接受赎金，交还我的女儿，我的宝贝，
以便对宙斯之子、远射之神阿波罗表示敬畏。”

所有阿开亚人都发出赞同的呼声，
愿意尊重祭司，收下这份贵重的礼物；
唯有阿特柔斯之子阿伽门农不高兴，
他严厉地斥责，粗暴地赶走了老人：
“老家伙，不要让我在船队停靠的这片
宽阔海域再看见你！不许逗留，不准再来，
不然你的权杖和神的花冠不再保佑你平安！
我永远不会交还姑娘；她会愈渐憔悴，
在远离故乡的阿耳戈斯，我的家乡，
和织布机做伴，日夜穿梭，跟我同床！
快走，不要惹我生气，也好保住你的小命！”

他如此一顿咒骂，老人心里害怕，不敢反抗，
只得沿着海浪呼啸的沙滩，默默地退下。
走出一段路后，再次向美发的勒托的儿子
阿波罗哀告：“听我说！护卫克鲁塞城

[1] 指阿伽门农和墨奈劳斯。
[2] 指特洛伊，久攻不下。普里阿摩斯是特洛伊国王。

和神圣的基拉的银弓之神，统治忒奈多斯的
强有力的王，史鸣修斯[1]，我曾经为了取悦你
修建寺庙，烧过裹着油脂的公牛和山羊的腿骨[2]，
现在请你听听我的祷告，帮我实现我的愿望：
用你的神箭，让达奈人[3]将我的眼泪赔偿！”

阿波罗听见这番祷告，马上从俄林波斯山巅
飞奔而下，身背弯弓和带盖的箭筒，怒气冲冲，
一路疾行，箭在背上哐哐作响；他像黑夜
一般降临，远远地面对船队蹲下，射出一支利箭，
弓弦发出心惊胆战的声响。他先将骡子和飞跑的
狗射倒，然后，放出一排箭射向
人群；焚烧尸体的熊熊烈火，经久不息。

一连九天，神的箭雨扫荡着阿开亚军队。
直至第十天，白臂女神赫拉眼看达奈人
成批地倒毙，心生怜悯，把议和的念头
送进了阿基琉斯的心。于是，阿基琉斯
出面召集聚会。当众人走进会场，捷足[4]的
阿基琉斯在人群中起立，高声说道：
“阿特柔斯之子，战争和瘟疫正联手毁灭

[1] 史鸣修斯：鼠的意思，是阿波罗的别名，阿波罗被认为是护佑庄稼不受狼、鼠等侵害的神。

[2] 众神战胜提坦神后，人类希望减少供神的祭品，普罗米修斯帮人类蒙骗宙斯，请宙斯亲自做出选择。他把公牛剁成两堆：一堆是可吃的牛肉，上面盖着牛皮和牛肚；另一堆是骨头，上面盖着成块的牛油。宙斯看中了后者，所以后来祭神都用腿骨和油脂。

[3] 达奈人：原指一个部族，达奈奥斯的后裔。这里泛指希腊人。

[4] 捷足：指脚步快。阿基琉斯（Achilles）的英文名字意为脚后跟，他是凡人英雄裴琉斯和海洋女神忒提丝的爱子。忒提丝为了让儿子炼成“金钟罩”，在他刚出生时就将其倒提着浸进冥河。遗憾的是，阿基琉斯被母亲捏住的脚后跟却不慎露在水外，全身留下了唯一一处“死穴”。——编者注

阿开亚人，情况危急，倘若我们撤兵后退，
尚可幸免一死。不过先不必着慌，让我们
就此事先问问某位通灵者，某位先知，哪怕
一位释梦者也好，因为梦也来自宙斯的神力。
让他告诉我们，阿波罗为何如此盛怒，
是我们没有还愿，还是忘了丰盛的献祭？
如果真是这样，那就让他来闻闻烤羊羔
和肥山羊的香味，多少会中止给我们的苦难。”

阿基琉斯说完坐了下来，塞斯托耳之子
卡尔卡斯站起来，他是识辨鸟踪的占卜师[1]，
博古通今，预言未来，凭借阿波罗赋予
他的占卜之术，把阿开亚人的船队带到了
伊利昂[2]。只见卡尔卡斯起身，好心地说道：
“阿基琉斯，宙斯宠爱的英雄，你让我占卜
远射之神阿波罗王为何发怒，我一定遵命，
但是，你得起誓答应我，你会用你的语言
和双肩全力保护我。我的占卜将激怒一位
强者，他统治着阿耳吉维人[3]，而所有
阿开亚人的勇士也对他俯首听命。我是
一个普通人，开罪了王者绝非儿戏。
即便他暂且按下怒气，过后仍会把
怨恨埋在心底，直到完全发泄为止。
所以，请你想想，是否打算保护我？”

听他这么说，捷足的阿基琉斯这样回答：
“不要顾虑，快把神的谕意告诉我们，

[1] 占卜师：根据鸟类的来去方向和飞鸣状态，预卜神的兆示的人。
[2] 伊利昂：即特洛伊。因为该城是伊罗斯所建。
[3] 阿耳吉维人：即“家住阿耳戈斯的人”，这里泛指希腊人。

我要对宙斯宠爱的阿波罗起誓——你占卜
时总是向他祷告——只要我活着，还能见到
普照大地的太阳，停靠船队的这片海域，
就没人敢欺负你。没有哪个达奈人敢对你
动武，哪怕阿伽门农本人，他自诩是
阿开亚人中的豪杰，如果你指的就是他！”

于是，好心的占卜师鼓起勇气，这样坦言道：
“听好了！神的怪罪不是因为我们没有还愿，
也不是忘了丰盛的祭献，而是阿伽门农侮辱了
他的祭司，不愿接受赎金，交还他的女儿。
因此，远射之神给达奈人带来了痛苦，而且
还将继续折磨我们。除非把那位眉清目秀的
克鲁塞伊丝交还她的父亲，否则他绝不会解除这场
使达奈人丢脸的瘟疫。没有代价，也没有赎金，
还要给那位姑娘赔送一份神圣而丰厚的祭品。
这样，才能平息阿波罗的怒气，使他回心转意。”

卡尔卡斯说完坐下，阿伽门农在人群中站起，
他是阿特柔斯之子，统治着辽阔疆域的英雄。
只见他怒气冲冲，黑色的胸膛里充满了怨愤，
双目熠熠发光，就像燃烧的火球。他凶狠地
盯着卡尔卡斯看，首先拿他开刀：
“灾难的占卜师，你从未对我说过好事！
你热衷于预凶卜祸，吉祥之事从未占卜过，
也不曾使它实现。现在，你又对达奈人
解释起预兆的含义，说什么远射之神之所以
使我们备受折磨，是因为我拒不接受克鲁塞斯
赎他女儿的赎金。不错，我的确想把她
留在家里；事实是，我喜欢她胜过我的妻子

克鲁泰奈斯特拉，无论相貌或体型，还是
气质或做女红的手艺，她都毫不逊色。
但是如果对大家有利，我还是愿意割爱。
我希望军队得救，不愿意看见它遭到毁灭。
不过，你们得另外给我一份战利品，以免
在所有阿耳吉维人中，独我一人缺少战争
赐予的殊荣，你们瞧，我会失去我的女俘。”

听他这么说，神一样的阿基琉斯这样回答：
“眼下，生性豪放的阿开亚人怎能再付你
一份战利品？我们并没有大量的库存；
洗劫城堡得来的战利品都已分发殆尽，
要回发出去的东西可是一种不光彩的行径。
所以，不行。现在你应该把姑娘交还阿波罗；
倘若宙斯允许我们攻陷固若金汤的特洛伊，
阿开亚人将以三四倍的战利品酬还与你！”

听他这么说，强大的阿伽门农这样回答：
“神一样的阿基琉斯，不要耍小聪明，
虽然你是神一样的勇士，却别想糊弄我。
你骗不了我，也说服不了我。你是不是想守着
你自己的战利品，却让我把姑娘交回，
两手空空，干坐此地？不！除非生性豪放的
阿开亚人按我的心意再给我一个女俘，
要像我失去的这位一样美丽。倘若办不到，
我就亲自去找，反正得弄到一个，不是你的份儿，
就是埃阿斯的份儿，要么奥德修斯的也行。
我将亲自去提——去到谁那里谁都要生气，
但管他呢！够了，这件事我们以后再议！
现在，我们必须拨出一条漆黑的海船，

备足桨手，搬上丰盛的祭品，驶入大海。
别忘了那位姑娘，美颊[1]的克鲁塞伊丝，
要由一位首领负责解送，或是埃阿斯，
或是伊多墨纽斯，或是出类拔萃的
奥德修斯，也可以是你自己，裴琉斯之子，
世上最为狂暴的人前去献祭，
好平息远射之神阿波罗的火气。”

只见捷足的阿基琉斯凶恶地看着他，吼道：
“你真可恶，简直不要脸！你贪得无厌，
利欲熏心！凭你如此德行，怎能让阿开亚人的
勇士甘心情愿地听从你的号令，为你出海，
全力以赴地杀敌？我并不想到这里来和特洛伊人
打仗，他们从未做过对不起我的事情，从未
抢过我的牛马，也从未在富饶的弗西亚[2]
糟蹋过我的庄稼。我们之间隔着广阔的地域：
峭壁高耸的山脉，波浪呼啸的大海；却为了
你的利益，跟你来到此地，讨你这个无耻的
人的欢心，好帮助你和墨奈劳斯，从特洛伊人
那里争回面子！对这一切，你却以为理所当然。
现在，你倒扬言要来夺走阿开亚人给我的酬劳，
我为了这些战利品出生入死，拼命苦战。
每当我们攻陷一座特洛伊的城堡，我得到的
战利品却从来没你的丰厚，而战斗中我却总是
承担最艰巨的任务，分发战利品时，你却
吞走大头，我只得带着那点零碎，回到海船。
够了！我要乘上头尾弯翘的海船，返回家乡

[1] 美颊：美丽的容貌。——编者注
[2] 弗西亚：阿基琉斯统治的地区，在特萨利亚境内。

弗西亚。回家总要好得多！我不愿再待在
这儿忍受屈辱，为你卖命，为你积累财富！”

听他这么说，民众的国王阿伽门农这样回答：
“你存心要走，就只管走，我不会强留，我
的身边有的是矫健善战的勇士，他们
会给我带来荣誉——当然，首先是宙斯，
他是我最有力的保护神。宙斯宠爱的人中，
我最痛恨你；你生性好斗，喜欢挑起争端。
如果说，你非常强健，那也是神赐的礼物。
带着你的船队和你的人起程回家吧！
继续当你的王，统治慕耳弥冬人去吧！
我不在乎你这个人，也不在乎你是不是发怒。
不过，你要记住：既然阿波罗要夺走我的
克鲁塞伊丝，我就命令我的人，用我的船
将她遣还，但是，我要亲自前往你的营地，
带走你的女俘，美颊的布里塞伊丝，这样，
你就会知道，和你相比，我的权势毕竟厉害！
此外，倘若另有犯上之人，有此先例，
谅他也不敢和我抗争，分享我的威严。”

如此一番话，激怒了裴琉斯之子阿基琉斯。
他多毛的胸膛里，两个不同的念头争扯着
他的心：是拔出锋利的青铜剑，分开挡道的
人群，杀了阿特柔斯之子阿伽门农？还是
咽下这口气，暂时压住这团狂烈的怒火？
正当他权衡犹豫，大手按住剑鞘中那把
硕大的剑柄之际，雅典娜从天而降。原来
白臂女神赫拉，不希望阿基琉斯和阿伽门农
之中有一人死亡，对两位英雄都一视同仁地

宠爱，特意遣她下凡。雅典娜站在阿基琉斯
身后，伸手抓住了他的金发，只对他显形，
旁人一概看不见。阿基琉斯惊异地转过身，
一眼认出了那位有着闪亮眼睛的雅典娜。
他大声说道，快捷的话语仿佛长出了翅膀：
“携带神盾[1]的宙斯之女，为何现在下凡？
是想看看阿特柔斯之子阿伽门农如何骄横？
告诉你，我认为他马上要被自己的骄横所
葬送，上天保佑，此事终将成为现实！”

听阿基琉斯这么说，灰蓝眼睛的雅典娜回答：
“我从天上下来，就是要平息你的怒气，
但愿你能听从我的劝告。白臂的赫拉派我来，
就是因为她对你俩一视同仁地宠爱。你就
停止争斗吧，不要把手按在剑把上，你可以
出声辱骂他，让他知道事情的后果。但我要
对你说一句话，你要记住，它定会实现：
将来，三倍于此的战利品将会堆在你的脚下，
好抵消他对你的不恭。听我俩的劝不要动武！”

听她这么说，只见捷足的阿基琉斯这样回答：
“女神，我完全遵命！只要你俩发布命令，
凡人不管怎样满腔怒火都得服从。这样对他有利。
一个人如果服从神的意志，神才会倾听他的祈祷。”

说完，阿基琉斯顺从雅典娜的意志，
将大手从银质剑柄上放下，推剑回鞘。
女神起程返回俄林波斯山，来到

[1] 神盾：指埃吉斯，是一种神用的兵器，相当于凡人的盾牌或供防护的生牛皮。

携带神盾的天神的宫殿，和众神聚首。
裴琉斯之子再次对阿特柔斯之子阿伽门农
亮开嗓门，破口大骂，怒气一点也没消除：
“你这酒鬼，长着恶狗的眼睛，一颗雌鹿的心！
你从来没有勇气武装自己，和你的人一起战斗，
也从未和阿开亚人的勇士一起伏击过敌人。
在你眼里，这类事情意味着死亡；相反，你在
宽阔的营区逡巡，撞见胆敢和你顶嘴的勇士，
就下令夺走他的战利品，这样你才觉得安全。
嗜血的昏君！你的士兵都是无用之辈，
阿特柔斯之子，这是你最后一次横行霸道！
但是，我要警告你，并以这根权杖的名义起誓——
木头离开了树干，再也不会生出枝叶；它也
不会再抽发新绿，因为青铜斧已削去它的皮，
剔去它的枝。现在，阿开亚人把它握在手中，
遵照宙斯的意志，维护世代相传的规矩。
所以，这是一番郑重的誓言：终有一天，
阿开亚将士都将拥戴阿基琉斯，盼他出手；
而你眼看士兵成批地被杀人魔王赫克托耳[1]杀死，
心中虽然焦急，却无能为力，只得仰天长叹。
那时，你就会痛悔当初没有尊重阿开亚军中
最好的英雄，懊恼之下，撕破自己的胸脯！”

裴琉斯之子说完，把镶有金嵌饰的权杖
扔在地上，弯腰坐下；对面，阿特柔斯之子
怒火中烧，恶狠狠地盯着他。这时，皮洛斯[2]
英明睿智的老国王奈斯托耳站到两人中间，

[1] 赫克托耳：特洛伊国王普里阿摩斯之子，特洛伊大将。
[2] 皮洛斯（Pylos）：希腊港口城市，在伯罗奔尼撒半岛西南，滨爱奥尼亚海，外有岛屿屏障，是天然良港。——编者注

他是口才出众、嗓音清亮的演说家，言语
比蜂蜜还要甜。那些和他同时在神圣的皮洛斯
出生并长大的人，以及他们的后代都已消亡，
所以，老人在第三代人中享有很高的威望。
出于对两位王者的好意，奈斯托耳开口说道：
“天哪，巨大的悲痛正降临到阿开亚大地！
你们是达奈人中最优秀的精英，足智多谋，
骁勇善战，要是普里阿摩斯和他的儿子
听到你俩争斗的消息，不知会怎样高兴；
特洛伊人一定会放声大笑，手舞足蹈！
你俩都比我年轻，还是听从我的劝告吧！
过去，我和比你们更出类拔萃的人打过交道，
他们也没有小瞧我。后来，我再也没有见到
那样的英雄，以后也不会见到。他们是：
裴里苏斯、士兵的领袖德鲁阿斯、开纽斯
和厄克萨底俄斯，还有神一样的波鲁菲摩斯，
以及埃勾斯之子、貌似天神的塞修斯——
他们都是大地哺育出来的最强健的一代。
这些英雄曾和另一些栖居山野的最强健的
马人[1]鏖战，把他们杀得横尸遍地。我曾经
应征从遥远的故乡皮洛斯出发，来与他们
结交，作为自己人参加他们的战斗。
活在当今的凡人没有一个是他们的对手，
然而他们尊重我，倾听我的意见。所以，
聪明的你们也应该听我的劝。你，阿伽门农，
虽然了不起，也不该去带走那位姑娘，
阿开亚人早已把她当作战利品分给了他人。

[1] 马人：希腊神话传说中的生物，长着人的脑袋，躯干和四肢跟马的一样，马身颜色可以有好几种变化。——编者注

至于你，裴琉斯之子，也不该和一位国王
争斗；宙斯赋予王权的国王中，没有
一个人像他那样享受如此的殊荣。虽然
你比他强健，你的母亲又是一位女神，但
你的对手统治着更多的人民，权势更强。
阿特柔斯之子，平息你的愤怒吧，瞧，
连我都在求你不要对阿基琉斯动气，
此人是一座守护阿开亚全军的战斗堡垒！”

听他这么说，强大的阿伽门农这样回答：
“老人家，我承认，你说的话很有道理，
但此人想凌驾于我之上，要称霸全军，
对众人发号施令。可是我偏不买他的账！
虽然永生的神使他成为伟大的战士，
却不曾给他肆意谩骂人的权利！”

只见神一样的阿基琉斯恶狠狠地
盯着阿伽门农，这样回答："假如
我不管你说什么，都对你唯命是从，
别人就会骂我胆小，是个窝囊废。
去对别人指手画脚吧，我可不听你的
那一套。我还有话要说，你要记牢：
我不会为那位姑娘动手，既不和你，
也不和其他人决斗，尽管你们先是把她
给了我，后又从我身边带走。但是，
我堆放在海船边的其他财物，未经我的
允许，你连一个指头都不许动。不信的话，
你试试看，大家也会看见，你的黑血
即刻会泼到我的枪上，来洗我的枪头！”

就这样，两人针锋相对，凶狠地舌战了一番后，
起身离去，阿开亚人的公民大会也跟着解散。
阿基琉斯带着他的朋友墨诺伊提俄斯之子[1]
和其他人返回船寨，走向他那条平稳的海船。
与此同时，阿伽门农下令把一条快船放下大海，
挑选了二十名划桨手，并让人抬着丰厚的供品，
祭神的牺牲[2]，手牵着美颊的克鲁塞伊丝，登上船；
足智多谋的奥德修斯也同行前往，负责督办。

这些人上了船，扬帆而行，而阿伽门农
传令全军沐浴祭神。他们洗去身上的污垢，
把脏水倒进大海，在一望无际的海岸边，
供上丰盛的祭品，用鲜肥的公牛和山羊来
祭祀阿波罗；熏烟裹挟着香气盘旋上升。
他们就这样在营地里忙活。但阿伽门农
却不曾忘却对阿基琉斯发出的威胁，
便向自己的传令官和敏捷的侍从
塔尔苏比俄斯和欧鲁巴忒斯命令道：
“快去阿基琉斯的船寨，领回美颊的
布里塞伊丝。假如他不让你们执行命令，
我就带上大队人马亲自去把那位姑娘
带回来，到那时，他可就要倒大霉了。”

说完，阿伽门农把两人打发走。严酷的命令
在他们的耳畔轰鸣，他们沿着荒凉的海岸
走着，不情愿地来到慕耳弥冬人的船寨，
发现阿基琉斯正板着脸，坐在海船边，使者的

[1] 指帕特罗克洛斯。
[2] 牺牲：古指为祭祀宰杀的牲畜。——编者注

到来让他很不愉快。两位传令官战战兢兢地
站在一边，既不说话，也不发问，窘得厉害。
然而阿基琉斯心里很明白，只听他这样说道：
“两位传令官，宙斯和凡人的信使。来吧，
在我眼里，你俩清白无辜，过错全在阿伽门农，
是他派遣二位来此带走布里塞伊丝的。
好吧，高贵的帕特罗克洛斯，去把姑娘领来，交给
他们带走。但我要二位替我在幸运的神祇面前
作证，在凡人面前，包括在那位残忍的国王
面前作证。终有一天，全军都会盼着我出手，
去把大家从可耻的毁灭中拯救——而阿伽门农，
因为愤怒而丧失理智，缺乏瞻前顾后的睿智，在阿开亚人
面临生死关头，却毫无能力将他们保护。”

帕特罗克洛斯按照阿基琉斯的意思，
从营帐里领出美颊的布里塞伊丝，
交给两位带走，于是，两位传令官
开始原路返回；姑娘尽管不愿离去，
也只得勉强跟从。阿基琉斯悲痛交加，
眼里含满了眼泪，他离开朋友，独自
坐到海边，望着茫茫大海，不断高举
双臂，失声呼唤：“我的母亲，既然
你生下我这短命的儿子，那俄林波斯
山上的雷神宙斯，就该让我获得荣誉，
但宙斯却什么也没有做。现在，
阿特柔斯之子、强大的阿伽门农侮辱了我，
夺走了我因为战功而应该得到的战利品。”

阿基琉斯含泪泣诉，高贵的女神[1]听到他的声音，
她当时正坐在海底，与她年迈的父亲在一起。
于是，女神像一缕升空的薄雾，轻盈地浮上
灰蓝色的大海，来到哭泣的儿子身边，屈腿坐下，
伸手轻轻地抚摸他，安慰道："我的儿，为何哭泣？
你碰到了什么伤心事？告诉我，不要把它藏在心底。"

只见捷足的阿基琉斯长叹一声，答道：
"你是知道此事的，为何还要明知故问？
我们曾进攻忒拜，洗劫了厄提昂圣城，
把所得的一切都带到这里。阿开亚人
将美颊的克鲁塞伊丝当作战利品分给
阿特柔斯之子。后来远射之神阿波罗的
祭司克鲁塞斯，为了赎回女儿，亲临
阿开亚人的船寨，带上数不清的赎金，
手持黄金权杖，杖上系有远射之神
阿波罗王的花冠；他恳求所有的阿开亚人，
特别是阿特柔斯的两个儿子、军队的统帅。
所有阿开亚人都发出赞同的呼声，
愿意尊重祭司，收下这份贵重的礼物；
唯有阿特柔斯之子、阿伽门农不高兴，
他严厉地命令手下，粗暴地赶走了老人。
老人愤然离去，他是阿波罗极宠爱的凡人，
便向阿波罗哀求。阿波罗听到了他的心声，
于是向阿开亚人射出了毒箭。神的箭雨
扫荡着军队，士兵们成群地倒地毙命。
后来我出面调停，要将阿波罗的愤怒
平息，而预言家道出了内情，没想到，

[1] 指忒提丝，海洋女神，是阿基琉斯的母亲。

因此得罪了阿特柔斯之子，他跳起来，
对我谩骂威吓，现在，还采取了行动。
他让阿开亚人用快船把姑娘送还她的亲爹，
船上还满载着献给阿波罗的供物，回头
却派来使者，将阿开亚人作为战利品
分给我的姑娘带走。事已至此，你如果
有能力保护你的亲生儿子，可以直奔
俄林波斯山，请求宙斯的帮助，因为你
曾经帮过他，他喜欢你。我听你说过，
在父亲家里，只有你救过克罗诺斯之子[1]，
使那乌云的驾驭者免遭可耻的毁灭。
当时，俄林波斯的众神，包括赫拉、波塞冬、
帕拉丝、雅典娜，试图推翻宙斯的统治，
把他捆绑起来，正在这时，女神你迅速行动，
把那位百臂巨怪[2]请上了俄林波斯山，赶去
为他解下了锁链。这个巨怪力气比他爹的还大，
诸神都称他为布里阿柔斯，而凡人叫他埃伽昂。
他在克罗诺斯之子身边就座，仗恃力大而欢喜；
幸运的诸神心里害怕，就放弃了加害宙斯的主意。
你要向他重提这件往事，你要坐在他的身边，
抱住他的膝盖，求他帮助特洛伊人，
把阿开亚人逼向大海，葬身大海，使他们因为
那位国王的恶行受到牵累，也使阿特柔斯之子、
统治着辽阔疆域的阿伽门农意识到自己的骄狂，
后悔丧失理智，侮辱了阿开亚人中最好的英雄。”

[1] 指宙斯。

[2] 百臂巨怪：是乌拉诺斯和盖亚的儿子，地下力量的化身，有五十个头、一百只手。俄林波斯诸神同提坦神展开激战之时，向百臂巨怪求援，得到他的帮助才取得胜利。之后百臂巨怪看守那些被打入地狱的提坦神。

忒提丝听他这么说，流着眼泪对他说道：
“我苦命的儿子！我为何要生下你，
又将你养大，眼看你吃这么多的苦？
但愿你能无忧地坐在船边，和泪水无缘，
可现在看来，你不光寿命短暂，还要
比世人承受更多的苦难。儿啊！是我把你
生在厅堂里，让你经受厄运！但我还说是
要去白雪覆盖的俄林波斯山，请求制造
雷电的宙斯，或许他不会将我们拒绝。
至于你，可以继续待在自己的海船边，
满怀对阿开亚人的恨，不要参战。
就在昨天，宙斯带着众神远行俄开阿诺斯，
去参加高贵而勇敢的埃西俄丕亚人的欢宴。
再过十二天，他会回到俄林波斯山，到时，
我将带着你的祈求，前往他那青铜铺地的
辉煌宫殿，抱住他的膝盖，求得他的支援。”

女神说完，飘然而去，留下阿基琉斯一人，
独自为那位被强行带走的姑娘伤心，
她束着低腰，容颜秀丽。与此同时，
奥德修斯的快船，正载着神圣的祭品，
驶入克鲁塞海面。当船只开进深水港，
他们就收拢船帆，堆放在漆黑的甲板；
他们松动前支索，使桅杆迅速放倒在
支架上，然后荡起木桨，划向海岸。
他们抛出船锚，系牢船尾的绳缆，
自己跨出海船，沿着沙滩迈步向前，
抬着给远射之神阿波罗的丰盛祭献。
克鲁塞伊丝姑娘也独自走下了船，
足智多谋的奥德修斯将她引向祭坛，

送回到她父亲的怀抱，并对他说道：
“克鲁塞斯，民众的国王阿伽门农
派我送还你的女儿，并准备代表达奈人
为阿波罗神举行一次神圣的祭献，
以便消他的气，减轻阿开亚人的痛苦。”

说完，他把姑娘交给她父亲，父亲激动地
拥抱女儿。人们把神圣的百牲祭[1]品，
绕着整齐美观的祭坛摆成一圈。
然后举行净手礼，抓一把粗磨的大麦粉。
“保护克鲁塞和神圣的基拉的银弓之神，
强有力地统治着忒奈多斯的王，听我说，
上次你倾听我的祷告，赐给我荣誉，
并严厉地惩治了阿开亚人，这次也请你
满足我的愿望，停止让达奈人受难。”

他如此一番祈祷，都被阿波罗听到。
而众人做过祷告，撒过祭麦后，
扳起牺牲的头颅，割断它们的喉管，
剥去皮，剔下腿骨，用油脂双层
包裹，再将小块的生肉置于其上。
老人把腿骨放在劈好的木柴上烧烤，
洒上葡萄酒，年轻人则握着五指尖叉，
站在他身旁。人们烧完祭祀的腿骨，
品尝过内脏，把剩余的肉切成小块，
用叉子挑起，仔细炙烤，放着备用。
当一切整饬完毕，宴席已排好。
人们狼吞虎咽，享受丰盛的佳肴，

[1] 百牲祭：一种极为隆重的大祭。——编者注

每个人都吃完自己的份额。满足
食欲后，年轻人将美酒倒满调酒缸，
先在众人的酒杯里略斟一点祭神，
然后灌满每个人的酒杯。整整一天，
年轻的阿开亚士兵唱着动听的颂歌，
用歌声来平息神的愤怒。远射之神
阿波罗正欢喜地听着人们的赞颂。

太阳西沉，夜色降临后，他们躺下，
睡在系船的缆索边。当初升的曙光，
把她的玫瑰色手指，垂向天空时，
他们便登船上路，驶回阿开亚人的
船寨。远射之神阿波罗送来阵阵顺风。
人们竖起桅杆，升起雪白的船帆；
白帆鼓起强劲的风，海浪像在唱歌，
唰唰地飞溅。海船乘风破浪，朝着
目的地疾行。等到抵达阿开亚人的
船寨，他们把漆黑的木船拖上海岸，
搬来长长的木架，垫在船的下面，
把船高高地搁上沙滩。然后，众人
就地解散，纷纷返回各自的营帐。

但是裴琉斯之子、捷足的阿基琉斯
自从那天以后，愤怒一直难以平息。
尽管他渴望参加战斗，赢得荣誉，
却日复一日地待在海边，坐在自己的
帐篷里，心力交瘁，既不参加可以
赢得荣誉的公民大会，也不出去打仗。

就这样，十二个黎明相继降临，

永生的神祇在宙斯的带领下返回了
俄林波斯山。而女神忒提丝忘不了
儿子的恳求，一大早就浮出海面，
直奔俄林波斯山。在那辽阔的天界，
雷神宙斯正远离众神，独自坐在
俄林波斯山的山顶。女神忒提丝
便跪倒在他的面前：左手抱住他的
膝盖，右手上伸，抚摸他的下巴，
向克罗诺斯之子、众神之王宙斯求援：
“众神的父亲宙斯，如果我曾在永生的天神中用言行
帮助过你，现在求你帮帮我的儿，满足
他的心愿！他命中注定在世间活得短，
而民众的国王阿伽门农又侮辱了他，
夺走他作为战利品的女奴，霸为己有。
俄林波斯的主宰，足智多谋的宙斯，
请让特洛伊人打胜，直到阿开亚人
补足我儿的损失，使他获得荣誉！”

听完忒提丝的这番恳求，造雷聚云的宙斯
却沉默不语，静坐了很久。忒提丝一直
抱着宙斯的膝盖不肯松手，再次恳求道：
“父亲，请你点个头，答应我的恳求！
要不然你就拒绝。你是强大的
神，从来都无所畏惧，这样也让我知道，我在
众神之中多么受委屈，多么不被尊重。”
这番话深深地扰乱了宙斯的心，只听乌云的
汇聚者这样回答：“这可是一件会引起灾难的
麻烦事，你将使我和赫拉作对。她会刻薄地
挑衅我。即便现在，她也会当着众神的面
指责我，说我在战争中总是偏袒特洛伊人。

你现在回去吧，以免让她抓住把柄，我会
把这事放在心上，并保证使它实现。为了
让你放心，我就点点头；这是永生的神所能
给予的最庄重的许诺。凡事只要我点头答应，
就不会有错，不会收回，不容置疑；
我的意志必将成为不可逆转的事实。”

克罗诺斯之子说完，低下头，皱起他那
浓黑的眉毛，一片神圣的头发从他永生的
头颅上飘下，摇撼着巍峨的俄林波斯山。
两位神祇商量完，分手而行。忒提丝
从闪亮的俄林波斯山上跃下，回到
大海深处，而宙斯则返回自己的宫殿。
众神见到他，都起身离座，恭敬地迎候，
向父亲致意，直到宙斯在宝座上就座。
然而赫拉知晓事情的经过，曾亲眼看见
老海神的女儿、银脚的忒提丝和宙斯
会面密谋。她迅速对克罗诺斯之子讥讽道：
“诡计多端的主神，刚才又是和哪位神祇
密谋？你总是喜欢背着我谋划，却没有
胆量，将所做的事情对我坦诚相见！”

凡人和诸神之父听她这么说，就辩解道：
“赫拉，不要妄想了解我的每一丝念头，
虽然你是我的妻子，可这不是你的本分。
任何事情，只要适合让你知道的，不管
神，还是人，绝不会抢在你的前头。
倘若我想避开众人，谋划点什么，
你就休想刨根挖底，试探盘问！”

牛眼睛的赫拉听完这番话，这样回答：
“可怕的君王，克罗诺斯之子，你说什么？
你知道，过去我可从来不管，也不曾过问。
你其实总是在随心所欲地出谋划策。
但现在，我却十分害怕，怕你已被
老海神的女儿、银脚的忒提丝说服。
今天一早，她不是跑到你那里抱住你的膝盖？
我想你已经点头答应，使阿基琉斯
获得荣誉，而杀死众多的阿开亚人的英雄。”

听她这么说，汇聚乌云的宙斯便这样呵斥道：
“迷狂的夫人，你总是满腹猜疑；我的举动都
逃不过你的眼睛！不过，这对你有什么好处？
只能在我心中削弱你的地位，这对你可不利。
就算你说得没错，也是因为我想让事情这样发生。
按我说的办，闭上你的嘴，安静地坐到一边去，
要不然，等我过去对你动手，显示强大的威力时，
就算俄林波斯山的众神全部出动，也帮不上你的忙！”

听他这么说，牛眼睛的赫拉心里直害怕，
克制着自己的情绪，默默地坐下。在
宙斯的神殿里，众神思绪万千，心烦意乱。
这时，跛足的神匠赫法伊斯托斯站起来，
对心爱的母亲、白臂的赫拉这样安慰道：
“要是你们俩为了凡人的琐事在诸神中
引起械斗，这将是一场无法忍受的灾祸。
到时盛宴将不再给我们带来欢乐；
而令人讨厌的混战会毁灭一切。
所以，我恳请母亲——虽然你自己也已明白——
主动接近我们心爱的父亲，争取他的谅解；

这样，父亲就不会再责骂我们，也不会
砸烂宴席上的杯盘。如果俄林波斯的主宰、
掌管雷电的神，打算将我们摔离座椅，
我们中间谁也不能与之抗衡。只要母亲你，
走上前，用温柔的语调和他说话，很快，
俄林波斯主神便能恢复对我们的宠爱。”

他一说完，就跃起，将一只双底的酒杯
送到赫拉手中，轻声劝道：“耐心些，
我的母亲，虽然你心里难受，可还得忍受。
要不然，我虽然爱你，也只能眼睁睁地
看着你挨打；那样的话，我虽然伤心悲痛，
却只能爱莫能助。同俄林波斯的主神搏斗，
可是件吃力不讨好的事情。你还记得上回
我想帮你，却被他一把逮住。他抓住我的脚，
扔出了神殿。我头朝下飘了一天，到日落的
时候，才跌到莱姆诺斯岛[1]。当地的新提亚人
赶来相救，对我这个贬落之神殷勤地照料。”

他的话，使得白臂女神赫拉转愁为笑；
她笑容可掬地从儿子手中接过酒杯。
赫法伊斯托斯又从调酒缸里舀出甘甜的
奈克塔耳[2]，跛着腿去给众神逐个斟满。
看着他在宫殿里一瘸一拐忙碌的身影，
幸运的神祇都忍俊不禁，爆发出了笑声。

他们重又享受盛宴的快乐，直到太阳西沉。

[1] 莱姆诺斯岛（Lemnos）：希腊爱琴海北部岛屿，位于希腊东北大陆到土耳其海岸的中途。——编者注
[2] 奈克塔耳：一种神喝的饮料，红色的液体。

痛快了一天，诸神享受了各自的份额，
聆听着阿波罗用他那把漂亮的竖琴弹奏的
乐曲，以及缪斯诸女神悦耳动听的歌声。

终于，灿烂的夕阳从地平线上消失，
众神返回各自的居所，躺下睡觉；
闻名遐迩的能工巧匠、双臂粗壮的
赫法伊斯托斯曾以他的匠心和手艺
为他们每一个盖起了精美的殿堂。
俄林波斯的主宰、雷电之神宙斯，
此时也走向睡床。每当甜蜜的睡眠
附上他的神体，他就在这里休息。
他上床入睡，身边躺着分享金床的赫拉。

第二卷

阿伽门农的大会

诸神和驾驭战车的凡人都已酣睡，
但香甜的睡眠却不曾使宙斯合眼。
他正在谋划如何使阿基琉斯获得荣誉，
而把成群的阿开亚人杀死在海船边。
现在，他想出了最好的办法，派遣
险恶的梦神给阿特柔斯之子阿伽门农
假传消息。只见宙斯对梦神大声说着，
快捷的话语仿佛长出了翅膀："去吧，
险恶的梦幻！速去阿开亚人的海船，
前往阿特柔斯之子阿伽门农的营寨，
把我的指令原原本本地对他转达。
命他即刻行动，武装长发的阿开亚人，
现在，他们可以攻克特洛伊城了，
俄林波斯的诸神已不再为此事争执；
赫拉已恳求他们消除彼此之间的分歧，
悲惨的结局正等着特洛伊人。"

宙斯说完，梦神奉命而去，迅速来到
阿开亚人的营地，在阿特柔斯之子
阿伽门农的帐篷那里，发现阿伽门农
正躺在床上香甜地酣睡。于是梦神化作

奈琉斯之子皮洛斯国王奈斯托耳的形象，
悬吊在阿伽门农的头顶。奈斯托耳是
阿伽门农最敬重的长者。只听梦神说道：
“还在睡呀，阿特柔斯之子、聪明的
驯马好手？你运筹帷幄，是全军的主帅，
军机繁忙，责任重大，岂可整夜熟睡？
好了，认真听我说吧，我是宙斯的信使；
他虽然远在天界，却十分怜悯你的处境。
宙斯命你即刻行动，武装长发的阿开亚人，
现在，他们可以攻克特洛伊城了，
俄林波斯的诸神已不再为此事争执；
经过恳求，赫拉已消除他们之间的分歧，
按照宙斯的愿望，悲惨的结局正等着
特洛伊人。记住，当你从甜美的睡眠里
醒来，不要忘记此番我带给你的口信。”

梦神说完，即刻离去，留下独自沉睡的
阿伽门农。他信以为真，以为闻讯的
当天即可攻下普里阿摩斯的伊利昂！
他真愚蠢，怎会料到宙斯暗藏的阴谋？
宙斯已经策划好，要让特洛伊人同
达奈人鏖战，一起经受痛苦的折磨。
阿伽门农从梦里苏醒，神的声音
仍旧回响在他的耳边。他坐直身子，
套上簇新华丽的衣衫，披上斗篷，
在闪亮的脚面，系紧绳鞋的鞋带，
他将一把嵌有银钉的青铜剑佩带在肩头，
又拿起永不损坏的祖传的权杖，
穿戴完走向阿开亚人泊船的海岸。

这时，黎明女神已经登上高高的
俄林波斯山，向宙斯和诸神报告
白昼的到来。阿伽门农吩咐嗓音
清亮的传令官，召集长发的阿开亚人
来开会。传令官很快把人集合起来。

这之前，阿伽门农首先把生性豪放的
首领们召到皮洛斯国王奈斯托耳的
船边，对他们讲话，语气里带着狡黠：
“听着，我的朋友们！在我熟睡之际，
梦神穿过神赐的黑夜来到我的帐篷，
从外貌来看，极像杰出的奈斯托耳。
他悬吊在我的头顶，对我这样说道：
‘还在睡呀，阿特柔斯之子、聪明的
驯马好手？你运筹帷幄，是全军的主帅，
军机繁忙，责任重大，岂可整夜熟睡？
好了，认真听我说吧，我是宙斯的信使；
他虽然远在天界，却十分怜悯你的处境。
宙斯命你即刻行动，武装长发的阿开亚人。
现在，他们可以攻克特洛伊城了，
俄林波斯的诸神已不再为此事争执；
经过恳求，赫拉已消除他们之间的分歧，
按照宙斯的愿望，悲惨的结局正等着
特洛伊人。记住，当你从甜美的睡眠里
醒来，不要忘记此番我带给你的口信。’
梦神说完这席话，便展翅飞去，
甜蜜的梦就此离开了我的睡眠。
开始行动吧，看看我们能否把阿开亚人
武装起来。但首先，待我用话语试探，
我认为此举更为妥当：我假装命令他们

登上精固的海船，起程回家，到时，
你们各就各位，好把他们挡回来。”

阿伽门农说完坐下，皮洛斯国王
奈斯托耳站了起来，好意地对他说道：
“阿耳吉维人的领袖们，朋友们！
假若说这梦的是其他阿开亚人，我们
或许就不会相信它，不去理它，但现在
却是那位阿开亚人中间最权威的
国王亲口所言。因此，开始行动吧，
看看我们能否把阿开亚人武装起来。”

说完，奈斯托耳带头离开了聚会地：
其他掌握王权的领袖也都纷纷
离座而起，身后跟着众多的
随从，他们一拨接一拨，如同大群的蜜蜂，
造访春天的花丛，抱成团，兜着圈，
成群结队，四处地漫舞。就这样，
来自不同部族的士兵涌出各自的阵营，
一队连着一队，沿着宽阔的海滩行军，
向公民大会的会场前进；谣言像火苗似的
在人群中蔓延，成为宙斯的使者，激励
人们向前。聚集的队伍使会场为之震撼。
士兵们集队进入自己的位置，人声鼎沸，
空气中笼罩着大地的轰鸣。九位传令官
高声叫嚷，忙于维持秩序，试图让人们
停止喧闹、安静下来，以便诸位国王——
宙斯的后裔们能够发表演讲。经过一番折腾，
他们迫使士兵们屈腿坐下，停止了吵闹。
强大的阿伽门农站起来，手中握着

由赫法伊斯托斯精心铸造的权杖。当时
铸好权杖，赫法伊斯托斯就把它交给
克罗诺斯之子宙斯，宙斯把它转交给
杀死阿耳戈斯的向导[1]，而赫耳墨斯
又把它给了车战英雄裴洛普斯。裴洛普斯
把它给了士兵的领袖阿特柔斯；阿特柔斯
死后，权杖传到了苏厄斯忒斯的手中，
而这位富有羊群的领主，又把它传给了
阿伽门农，于是，阿伽门农凭着权杖的
威力，统治着众多的岛屿和整个阿耳戈斯。
这时，阿伽门农倚靠着这支权杖，对与会的
阿耳吉维人高声讲话：“朋友们！英勇的
达奈人！阿瑞斯[2]的随从！克罗诺斯之子
宙斯，就是这般凶恶，他把我推入绝境。
先前曾点头答应，让我在攻克城墙坚固的
伊利昂后，起程返航，现在看来，这十足
是一场骗局。他要我损兵折将，不光不彩地
返回阿耳戈斯。这就是力大无比的宙斯
所热衷的行为；在此之前，他已砸烂了
许多城池的城墙，今后还会这么干！
他的神力谁能阻挡？但如此英勇庞大的
阿开亚联军，竟然打了一场徒劳无益、
旷日持久的战争，毫无结果，这种事情，
即便让后人听来，也是一个耻辱！
因为这支军队占着兵力上的优势——
如果双方愿意，阿开亚人和特洛伊人
可以洒血为证，立下停战的誓盟，

[1] 即赫耳墨斯，宙斯之子。
[2] 阿瑞斯：战神，宙斯和赫拉之子，特洛伊人的保护神。

随后清点双方人数。特洛伊方面按照
住在城里的人数为准，而我们阿开亚人
则以十人为一组，让每组挑选一个
特洛伊人当侍者来斟酒，这样，斟酒的
侍者都已挑完，而十人一组的阿开亚人
却剩余很多。阿开亚人的儿子们！我认为，
我们和特洛伊人比人数，完全压倒了他们。
但他们有多支来自其他城市的盟军帮衬。
那些投枪[1]的勇士打退了我们的进攻，不让
我实现夙愿，攻克这座人丁兴旺的伊利昂城。
都过去了九年，海船板已腐蚀，绳缆也烂断。
在那遥远的故乡，我们的妻儿正在厅堂里
盼望我们返程。为了打仗，我们曾抛家来此，
但战争还在继续，像以往一样没有胜负的结局。
你们要按照我的吩咐服从命令：我们不干了，快快登船上路，
逃回我们热爱的故土。因为我们永远攻不下
这巨大的伊利昂，它的防守是如此的坚固！”

阿伽门农的这席话使全体士兵
非常兴奋，他们并不知道他刚才
和首领们是怎样说的。人群沸腾了，
喧嚣的会场就像东风和南风，
刮过宙斯父亲所控制着的云层，
在伊卡里亚海海面掀起了震天巨浪；
又宛如阵阵强劲的西风，扫过
大片沉沉的庄稼田，使麦穗垂头摇摆。
公民大会顿时大乱，人们向着海船
夺路而跑，路上卷起盖天的灰尘。

[1] 投枪：一种可以投掷出去杀伤敌人或野兽的标枪。此处为动词。——编者注

人们互相大喊大叫，声音响彻云霄；
士兵们归心似箭，争抢着动手搬开
搁船的木头，他们清出下水的道口，
抓住木船，把它们推入了大海。

这时，要不是赫拉发话，阿耳吉维人
很可能冲破命运的定数，实现回家的
夙愿。只听赫拉对雅典娜这样说道：
“宙斯的孩子，提神盾的女神，看来
阿耳吉维人是打算跨过辽阔的海洋，
逃回世代居住的家园，把阿耳戈斯的
海伦丢给普里阿摩斯[1]和特洛伊人，
让他们得意[2]。为了她，多少阿开亚人
离乡背井，到特洛伊去打仗！现在，
你要前往披铜甲的阿开亚人的部队，
和气地把每一个士兵劝慰，不要
让他们划起头尾弯翘的木船返航！”

赫拉说完，灰蓝眼睛的雅典娜女神听从，
迅速出发，从俄林波斯山直冲而下，
转眼便到了阿开亚人的营帐。她发现，
和宙斯一样聪明的奥德修斯并没有
动手去拖船，而是呆呆地站在一边，
眼前的情景使他心冷。灰蓝眼睛的雅典娜
便站到他的身边，开口道：“神的后裔、
莱耳忒斯之子、足智多谋的奥德修斯，
怎么，这是真的吗？你们果真要跳上

[1] 普里阿摩斯：特洛伊国王。
[2] 这里指的是特洛伊王子帕里斯拐走了斯巴达国王墨奈劳斯的妻子海伦，引起双方酣战十年。——编者注

甲板精固的海船，逃回自己的家园？
而把阿耳戈斯的海伦，丢给普里阿摩斯和
特洛伊人，让他们得意？阿开亚人
为了她离乡背井，到特洛伊来打仗！
不要灰心，快到乱跑的人群中去，
和气地把每一个士兵劝阻，不要让
他们划起头尾弯翘的木船返航！”

奥德修斯听出这是雅典娜女神的声音，
马上挪动脚步，顺手甩掉身上的披风，
正好被跟随左右的伊萨刻人欧鲁巴忒斯接住。
奥德修斯跑到阿伽门农跟前，迅速地从他
手中接过那支祖传的、永不损坏的权杖；
然后握着权杖，朝披铜甲的阿开亚人的船寨跑去。

如果遇见某个首领或有地位的人，
他就站住，好言好语地劝他留下：
“我的朋友，我不会出言不逊，
把你当作贪生怕死之徒，但你自己
应该站住，并把溃散的士兵劝阻。
你还没有真正弄懂阿特柔斯之子的意图，
他是在试探你们，但马上就会翻脸动怒。
我们不是都听见他在首脑聚会上讲的
那番话了吗？但愿他不至于大发脾气，
严惩不听指挥的阿开亚人。国王很容易动怒，
因为他们受到神的恩宠；他的荣誉来自
足智多谋的宙斯，并享受宙斯的庇护。”

如果碰见喧哗的普通士兵，奥德修斯
就会挥动权杖责打，并给他们一顿臭骂：

“你这逃兵，贪生怕死的窝囊废，
在战场和公民大会上都毫无用处！
你这蠢货，还不给我老老实实地坐下，
服从比你优秀的上司的命令。阿开亚人
岂能人人是头？首领众多可不是件好事。
这里只有一个统帅，一个司令，
他掌握着智慧的克罗诺斯之子授予
的权杖，自有一套法律统治人民。”

奥德修斯就这样以强有力的手段
整饬着军队，直到众人吵嚷着
从海船返回公民大会，就像滔天
巨浪从沙滩回落大海，并发出绵绵不绝的回声。

这时人们各就各位，会场秩序井然，
只有多嘴快舌的塞耳西忒斯一个人，
仍在不停地骂骂咧咧，语无伦次
而又徒劳地和首领们争辩，他不顾
言语是否欠妥，只求过瘾痛快。
在围攻伊利昂的联军中他长得最丑：
罗圈腿，一只脚有点瘸，双肩往前耸，
挤出罗锅背，挑着一只尖尖的翘脑袋，
蓬松的茸毛稀疏可辨。阿基琉斯
一开始就恨他，奥德修斯也是如此，
两位王者始终是他辱骂的对象。
但现在，他把成串的脏话泼向强大的
阿伽门农，由此极大地冒犯了阿开亚人，
激起他们的愤怒。塞耳西忒斯对着
阿伽门农破口大骂：“阿特柔斯之子，
我不明白你现在还要什么？你的营帐

堆满了青铜器，充塞着成群的女俘。
每当攻陷一座城市，我们阿开亚人
就把最好的女子奉献给你。或许你
还要更多的黄金？那么就拿我们抓住的
战俘——某位特洛伊人的儿子，来换取赎金。
或许你要我送一位女子来和你同床作乐，把她占为己有？
可是，作为一军之帅，你不能为此把
阿开亚人推向战争的虎口！你这懦夫！
你是妇道人家，而不是阿开亚的男子汉！
让我们驾起帆船回家吧，把这个家伙
丢弃在特洛伊，任他恣意享受他的战利品。
这样，你才会知道我等众人的好处——
一直在帮你的忙。现在，你已侮辱了
阿基琉斯——一个远比你出色的英雄——
夺走他的女俘，占为己有。但阿基琉斯
任你胡来，没有制止；要不然，
阿特柔斯之子，那天就是你的末日！”

塞耳西忒斯这样辱骂士兵的领袖阿伽门农，
此时，出类拔萃的奥德修斯箭步上前，
怒目而视，大声叱责道：“塞耳西忒斯，
你虽然说得畅快流利，却是一派胡言！
你休想和国王顶嘴。来特洛伊打仗的官兵中，
你根性最劣，所以你不应对国王说长道短，
出言不逊，更不要奢谈什么撤兵返航之事。
我们无法预测战争的结局，只有天知道，
阿开亚人将带着什么踏上归途，是失败的
惨痛，还是胜利的喜悦。可你却坐在这里，
辱骂士兵的领袖、阿特柔斯之子阿伽门农，
只是因为达奈人给了他大份的战利品。

除了恶语伤人，你还会干什么？我倒要
郑重地警告你一声，倘若再让我看见你
像刚才那样装疯卖傻，我就会抓住你，
剥掉你蔽体的衣衫和挡风的斗篷，把你
一丝不挂地扔出去，任你鬼哭狼嚎地
滚回海船，我一定会说到做到，否则
就誓不为人，就不是忒勒马科斯的父亲！”

奥德修斯说完，便扬起权杖，狠狠打了塞耳西忒斯的
脊背。塞耳西忒斯便缩起身子，脸颊上淌下
豆大的泪水，镶金的权杖在他双胛之间留下了
一道隆起的血痕；他强忍疼痛，佝偻着坐下，
呆呆地瞪着眼，双手抹去流淌的眼泪。
望着他的窘态，人们又气又好笑，轰然道：
“哈，真精彩！奥德修斯建立过无数的功勋，
出谋划策，组织战略，但所有的一切都
比不上今天做的这一件——堵住了一张臭嘴，
一条到处咬人的烂舌！从今往后，这狂徒
再也不敢心血来潮地辱骂我们的统帅！”

众人纷纷这样说着，但攻打城堡的英雄
奥德修斯，此时正手握权杖，劝说人们
保持肃静，使坐在会场里的每一个阿开亚人
都能听见他的发言，认真考虑他的规劝。
而灰蓝眼睛的雅典娜，变作传令兵的模样
站在他的旁边。只听奥德修斯好意地
对众人说道：“尊贵的国王，阿特柔斯之子：
现在，你的士兵正试图在所有人面前给你丢脸。
他们不想实践自己的誓言，当年他们从
牧草肥沃的阿耳戈斯出发时，曾保证过，

不攻破固若金汤的伊利昂，绝不返回家园。
眼下，他们像一群不懂事的孩子或寡妇，
哭哭啼啼嚷着要拖船下水，转舵返航。
诚然，不让他们走也很难，他们的处境
情有可原，任何远离妻儿出门在外的人，
遇到冬天的强风和汹涌的海浪，航程受阻，
只消一个月，就会在甲板上坐立不安，
何况我们已在此挨过了九年；所以，
我不想责备这些阿开亚人，他们完全
有理由感到焦虑心烦。但话又说回来，
在这里待了这么多年，然后又两手空空地
回去，说什么都很丢脸。朋友们，在我们
弄清卡尔卡斯的预言是否灵验以前，再支持
一段时间吧，请稍加忍耐！我们都没有忘记
那个神降的预兆，它就像发生在昨天一样清晰，
而你们大家，每个未被死神摄走灵魂的人，
也曾亲眼看见：当时，阿开亚人的船队正
满载着送给普里阿摩斯和特洛伊人的灾难，
聚集在奥利斯港，在一棵挺拔的松树下
有一泓泉源，清澈的水面闪着粼光；正当
我们在那里搭起神圣的祭坛用丰盛的祭品
祭献诸神时，一个含义深邃的预兆出现在
我们面前——一条俄林波斯主神亲手
丢下来的巨蛇，背上带着血痕从祭坛爬下，
朝松树匍匐而行。此时，树上住着一窝小鸟，
一窝嗷嗷待哺的麻雀，鸟巢筑于树枝的枝丫上，
树叶之下，雏鸟瑟瑟发抖，一窝八只，
加上生养它们的母亲，一共九只。大蛇
不顾雌鸟的哀叫，把雏鸟如数吞吃，雌鸟
失去了孩子们，声嘶力竭，盘旋在蛇的

上空，巨蛇却盘起身子，迅速出击，咬住
她的翅膀，雌鸟拼死挣扎，却性命难保。
突然那位把蛇送到这里来的智慧的主神，
克罗诺斯之子，把蛇化作了一座石碑。
我等站立观望，对眼前发生的一切都
万分惊讶。当那些怪诞恐怖的预兆之物
消失后，卡尔卡斯开始卜释它的含义：
‘长发的阿开亚人，你们为何瞠目结舌？
智慧的宙斯已对我们显了一个惊人的预兆，
它将伴随伟大事业的成功，迟早会兑现。
大蛇吞食了一只雌麻雀，连同她的八只雏鸟
一共九只，也就意味着，我们将在特洛伊
苦战同此数相同的岁月，直到第十年，
才能攻克这座幅员辽阔的城池。’预言就是
这样说的。大家也已看见这一切正在实现。
穿胫甲[1]的阿开亚人，振作起来吧，让我们
全都留下，直到把宏伟的普里阿摩斯的城攻下！”

听他这么说，阿耳吉维人爆发震天的喊声；
他们纵情欢呼，赞同奥德修斯这神一样的
英雄的意见；海船边也回荡着阿开亚人的
吼声。这时，格瑞尼亚的车战英雄奈斯托耳从人群中
站起来发言：“看看你们在集会上的表现吧，
真是耻辱啊！简直像一群对战争一窍不通的
调皮捣蛋的毛孩！总该给我们曾经立下的协议
和誓言找个说法吧？什么磋商啦，什么计划啦，
什么紧握的右手啦，连同那泼出去的不掺水的
祭祀美酒，看来都已作废！虽然我们在此挨过了

[1] 胫甲：胫是小腿的意思，胫甲是指下装部位的防具。——编者注

漫长的岁月，却只能徒劳无益地争吵辱骂，找不到
任何解决的办法。阿特柔斯之子，请不要动摇！
要像往常一样坚定地贯彻初衷，率领阿耳吉维人的
勇士到战场上去拼搏！至于那些打算离开队伍的
逃兵，就随他们逃回阿耳戈斯，自取毁灭吧，
他们将一无所获，也不管携带神盾的宙斯的承诺
是否兑现。我要提醒你们，海船满载着送给特洛伊人的
死亡，早在我们踏上它的甲板、准备出发那一天起，
力大无比的克洛诺斯之子就对我们许愿，在我们的
右前方打亮闪电，里面充满了吉祥的预兆。所以，
在没有虏获一个特洛伊女人、同她睡觉前，
为了抵偿海伦回不了家所遭受的磨难，谁也
不要急着返航。如果真有人发疯似的想回家，
那么，只要他的双手一搭上甲板精固的海船，
便会在众目睽睽之下悲惨地暴毙。至于你，
尊贵的国王阿伽门农，也应该倾听别人的意见，
谨慎从事，我有一番告诫，希望你不要置之脑后。
阿伽门农，请把你的人按部落为单位编阵，
使部落之间可以相互支援、相互补充。若能
这般布阵，将士又能接受的话，你就能看出
哪个首领贪生怕死，哪个士兵骁勇善战，
哪支部队英勇顽强，因为人们都是以部族的名义
投身战斗。你也可以进一步了解，这座城池
久攻不下的原因：是天意，还是由于士兵的
怯弱，或是因为他们对战争还是外行。”

听完这席话，强大的阿伽门农这样回答：
“说得好，老人家！辩论中，你又一次胜过
所有的阿开亚人。哦，宙斯父亲，雅典娜，阿波罗，
要是阿开亚人中有十个这样杰出的谋士，

何必发愁我们攻不下普里阿摩斯王的城市，
让敌人对我们俯首？然而，克罗诺斯之子、
携带神盾的宙斯，反倒给了我麻烦，
把我投入这场有害无益的唇枪舌战，
让我和阿基琉斯为了一个女子闹起来，
我还率先大发雷霆，否则我俩齐心协力地
谋略，特洛伊人就难有招架之势，一刻都
没法逃避灭顶之灾！好吧，先回去吃饱肚子，
养精蓄锐，好重新开战！大家必须磨快枪尖，
准备好盾牌，喂饱战马，仔细检查战车，
严阵以待；作好思想准备，要打一整天的仗，
连喘气的机会都没有，而且从早打到晚；
夜幕将隔开苦斗恶战的士兵，汗水将
湿透他们肩上勒紧的背带，以及与之
相连的护身的盾牌；他们握长枪的双手
会又酸又痛，拖着战车的快马将跑得
热汗淋漓，亮光闪闪。到时，谁让我
发现躲在头尾弯翘的海船上想逃避战斗，
我就不客气了，他休想躲避饿狗和兀鹫！”
阿伽门农一说完，阿耳吉维人中就爆发
震天的喊声，犹如那排山倒海的巨浪，
在迫降的南风推动下，撞击着耸立的礁崖。
这些突兀的岩石，永远是海浪冲击的对象，
而各种风向的大风又对它们兴波助浪。
众人站立起来，三五成群地返回船寨，
他们在各自的营帐前燃火做饭，填饱肚子，
然后每个人又祭祀过一位永生的神祇，求他
保佑，经受住战争的痛苦，躲过死神的追捕。
民众的国王阿伽门农，给克罗诺斯之子、
威力无比的宙斯，献祭了一头五岁牙口的

肥壮的公牛；他招来阿开亚军队的首领，
首先是奈斯托耳，然后是伊多墨纽斯，
大小埃阿斯[1]，提丢斯之子狄俄墨得斯，
还有，和宙斯一样足智多谋的奥德修斯，
他是第六个到来。擅长吼叫的墨奈劳斯，
心中明白兄长心事重重，不请自来。
他们围着公牛站好，手中抓起了大麦。
强大的阿伽门农在人群中开始祷告：
“宙斯，伟大的象征，光荣的典范，
雄踞天界的乌云之神，我们请求你保佑。
我们要占领普里阿摩斯的王宫，捣烂他
那间被火炉熏得焦黑的厅堂，用铜矛头
撕裂赫克托耳的衣衫，剁碎他的胸膛，
还把他身边的众多战友都嘴啃泥地打倒，
在这一切没有实现之前，宙斯，请不要
让太阳西沉，不要让黑暗捆住我们的手脚！”

他这样祈祷着，克罗诺斯之子虽然收下了
祭品，却不会兑现祷告，反而要给他们加剧
谁都不想要的苦难。当众人做过祷告，撒过
祭麦，就扳起牺牲的头颅，割断它们的喉管，
剥去皮，剔下腿骨，用油脂双层包裹，再将
小块的生肉置于其上。他们把肉包放在劈好的
木柴上烧烤。等祭完腿骨，品尝过内脏，
他们就把剩余的肉切成小块，用叉子挑起，
仔细炙烤，放着备用。当一切整饬完毕，
宴席已排好。人们狼吞虎咽，享受丰盛的佳肴，

[1] 大小埃阿斯：大埃阿斯，是萨拉弥斯人，埃阿蒙之子；小埃阿斯，是洛克里斯人，俄伊琉斯之子。

每个人都吃足自己的份额。当众人满足了食欲，
只听格瑞尼亚的车战英雄奈斯托耳这样说道：
“阿特柔斯之子、最高贵的国王、全军的统帅
阿伽门农，我们不要再说个没完，而耽搁了
神祇交给的使命。干起来吧，让披铜甲的传令官
传达命令，把各支部队集合到海船边。作为首领，
我们要身先士卒，披挂上阵，和阿开亚士兵
一起战斗，以便更快更有力地鼓起打仗的气势。”

民众的国王阿伽门农采纳了他的
意见，马上命令嗓音清亮的传令官，
号召长发的阿开亚人投身战斗。
传令官们很快把队伍集合起来。
这些宙斯哺育的首领和阿伽门农一起
四处整顿队伍。灰蓝眼睛的雅典娜
携着那面神盾，也活跃在他们中间。
它是永恒的、永不损坏的珍宝，边沿
飘舞着一百条做工精致的金流苏，
一条就抵得上一百头牛的价钱。女神
挟着闪光的神盾，穿行在阿开亚人
中间，督促他们前进，向每个战士身上
灌输百折不挠的斗志和力量，使他们
觉得，参加战斗胜于驾着空船回家。

阿开亚的将士们雄赳赳地向前行军，
青铜武器闪着耀眼的光芒；那光芒
穿透空气，直上云霄，其不凡的气势
仿佛横扫一切的烈火，吞噬着群山上的
森林，老远就可眺望到它冲天的火光。

就像在俄斯河边的亚细亚沼泽地
栖息的水鸟，种类繁多，有野鹤，
有鹳鹤[1]，有长脖子的天鹅，都展开
骄傲的翅膀飞翔，或东或西，后又
成群地停泊在沼泽里，整片草野上
回荡着它们的响声。各部族的战士从
营地和海船，拥到斯卡曼得罗斯平原，
大地承受着人和马的践踏，发出可怕的
震动。他们在如花似锦的斯卡曼得罗斯
平原摆开阵势，人数多得像春天里的植物。

长发的阿开亚人和特洛伊人对峙着，
渴望捣烂他们的阵营；队伍铺开了，
像不同种类的苍蝇——每当春暖花开，
鲜奶在提桶里溢满，这些苍蝇
就成群结队地盘旋在牧人的羊圈周围。

队伍排成战阵，像有经验的牧人，
将草原上混合在一起放养的山羊，
得体地分群，首领们忙着调兵遣将，
分头行动，做好了进攻的准备。
强大的阿伽门农在他们中间走着，
眉眼仿佛雷电之神宙斯，体魄好像
战神阿瑞斯，胸脯像海神波塞冬，
恰似牛群中一头格外高大强健的公牛。
那一天，宙斯让阿特柔斯之子阿伽门农
以伟岸的身姿独领风骚，突显于将士之间。

[1] 鹳鹤：鸟名。形似鹤，嘴长而直，顶不红，常活动于水旁，夜宿高树。——编者注

告诉我，居住在俄林波斯山的缪斯女神！
你们无处不在，无事不晓；而我们，只能
满足于道听途说，对历史一无所知。
告诉我，谁是达奈人的英雄、军队的统帅？
我即使长有十条舌头、十张嘴巴、一副
永远不知疲倦的喉咙、一颗青铜铸就的心，
也无法说清一大群士兵的名字。除非
俄林波斯山宙斯的女儿、携带神盾的缪斯，
把所有来特洛伊打仗的人告诉我。而下面
只能把率领船队的首领及海船的数目报一报。

雷托斯和裴奈琉斯，是波伊俄提亚人的头领，
和阿耳开西劳斯、普罗梭诺耳、克洛尼俄斯
一起统领军队。士兵们有的居住在呼里亚、
山林险峻的奥利斯；有的居住在斯科伊诺斯、
斯科洛斯和山峦起伏的厄忒俄诺斯；还有
塞斯裴亚、格拉亚和谷场宽阔的慕卡勒索斯；
有的居住在哈耳马、埃勒西昂、厄鲁斯莱；
有的居住在厄虏昂、呼莱、裴忒昂、俄卡莱
和城墙坚固的城堡墨得昂，以及科派、欧特瑞西斯
和飞鸽群的希斯北；有的来自科罗奈亚和水草
肥美的哈利阿耳托斯；有的来自普拉塔亚
和格利萨斯；有的来自壮观的城市、地势低的
忒拜和波塞冬神圣的领地昂凯斯托斯；
还有的来自米得亚和盛产葡萄的阿耳奈、
神圣的尼萨和地处最边缘的安塞冬。
他们共带来五十条海船，每条船上
可乘载一百二十名波伊俄提亚人。

居住在阿斯普勒冬和俄耳科墨诺斯的

米努埃人士兵，由阿斯卡拉福斯
和亚尔墨诺斯率领。他俩是战神
阿瑞斯的儿子，母亲是羞答答的
阿丝陀开，她走进阿瑞斯的房间，
偷偷地与他同床，在阿泽斯之子
阿克托耳家里把两人生下。
他俩率领着三十条巨大的海船。

斯凯底俄斯和厄丕斯托罗福斯，他俩
是生性豪放的纳乌彼洛斯之子伊菲托斯的
儿子，领导着福尔基斯人的战士；这些
福尔基斯人有的来自库帕城索斯、山林
险峻的普索、神圣的克里萨，以及道利斯
和帕诺裴乌斯；有的来自阿奈莫瑞亚一带
和呼安波利斯近郊；有的来自开菲索斯河
两岸；还有的来自开菲索斯河边的利莱亚。
他们开来四十条漆黑的海船。首领们正忙着
编排队伍，把它们安置在波伊俄提亚人的左侧。

俄伊琉斯之子、捷足的小埃阿斯，统领着
洛克里斯人。这位穿亚麻布胸甲的小埃阿斯，
比起忒拉蒙那个身材魁伟的儿子埃阿斯，
个头矮小，却是赫勒奈斯人中最好的投枪手。
他的士兵有的家住库诺斯、俄波埃斯、卡利阿罗斯；
有的家住伯萨、斯卡耳菲和美丽的奥格埃；
还有的家住斯罗尼昂、塔耳菲和波阿格里俄斯
流域。他们乘坐四十条漆黑的海船，
离开与神圣的欧波亚隔海相望的故乡。
居住在欧波亚岛的怒气冲冲的阿邦忒斯人，
他们散居于卡尔基斯、厄瑞特里亚以及

盛产葡萄的希斯提埃亚；有的来自靠海的
开林索斯和陡峭的城堡狄昂，有的来自
卡鲁托斯和斯图拉。统领这些人的是战神
阿瑞斯的后裔、卡尔科冬之子厄勒菲诺耳。
他率领着四十条漆黑的海船，船上载满
身手矫健的阿邦忒斯人，这些长发的投枪手
渴望着投出长枪，刺穿敌人护身的铠甲。

紧靠他们站立的，是来自雅典的士兵。
那座城市城墙坚固，是豪放的厄瑞克修斯
管辖的领地。宙斯的女儿雅典娜，保护着
大地哺育出来的厄瑞克修斯，在物产富足的
雅典的神庙里，雅典的儿子们年复一年
向她祭献犍牛[1]和公羊，以此得到她的庇护。
裴忒俄斯之子墨奈修斯统领着这支队伍。
除了老前辈奈斯托耳，他用战车和步兵布置
战阵的本领谁也不能比。他们开来五十条海船。

从萨拉弥斯带来十二条海船的埃阿斯的
队伍，就排列在雅典人的队伍旁边。
来自阿耳戈斯的提仑斯、赫耳弥俄奈
和深谷环抱的阿西奈、特罗伊真、埃俄奈和
盛产葡萄的厄丕道罗斯的士兵，还有来自
埃吉纳和马塞斯的阿开亚人，都是由这些人
率领：驰骋沙场的狄俄墨得斯是全军统帅，
他的副手是著名的卡帕纽斯之子塞奈洛斯；
塔劳斯之子墨基斯丢斯王的儿子、出类拔萃的
欧鲁阿洛斯位居第三。他们带来八十条海船。

[1] 犍牛：阉割过的公牛。犍牛比较驯顺，容易驾驭，易于育肥。——编者注

还有一支主力，士兵有的来自城墙坚固的迈锡尼、
繁荣富足的科林斯和城墙坚固的克勒俄奈；
有的来自俄耳内埃、美丽的阿莱苏里亚
和阿德瑞斯托斯王曾经统治过的西库昂；
有的来自呼裴瑞西亚和陡峭的戈诺厄萨；
有的来自裴勒奈；还有的来自埃吉昂地区
及其整个沿海地带和广阔的赫利开海峡流域。
他们是最勇敢的战士，有一百条海船，统领
全军的是阿特柔斯之子、强大的阿伽门农。
他在将士中显得格外气宇轩昂、风姿卓绝，
因为地位最高，所以领导着人数最多的部队。

阿伽门农的兄弟、英勇善战的墨奈劳斯[1]
统辖着六十条海船，部队与其他队伍分开编队。
士兵们有的来自群山环抱、沟壑跌宕的拉凯代蒙，
法里斯，斯巴达和鸽群飞绕的墨塞；
有的来自布鲁塞埃和美丽的奥格埃；
有的来自阿姆克莱和濒海的赫洛斯城堡；
还有的来自拉斯和俄伊图洛斯地带。
墨奈劳斯巡视着队伍，坚信自己的实力，
他渴望战斗，因为他比谁都报仇心切，
为了海伦，他承受了战争的痛苦和磨难。

还有一支部队，士兵们有的居住在皮洛斯、
美丽的阿瑞奈、斯鲁昂、阿尔菲俄斯水域
和城墙坚固的埃普；有的居住在库帕里赛斯
和安菲格内亚；有的居住在普忒琉斯、赫洛斯

[1] 墨奈劳斯：海伦的前夫，阿特柔斯之子，阿伽门农的兄弟，拉凯代蒙国王。

和多里昂。在那里，缪斯女神们夺走了萨
慕里斯的歌喉。当时，萨慕里斯刚离开
俄伊卡利亚国王欧鲁托斯，扬言说，即便是
宙斯之女、携带神盾的缪斯女神们和他比赛
唱歌，也会败在他的手下。于是愤怒的缪斯们
将他毒打致残，使他那不同凡响的歌喉
哑然失声，失去了歌唱的才能。统领这些
士兵的，是格瑞尼亚的车战英雄奈斯托耳，
他们驾着九十条头尾弯翘的海船。

那些来自埃普托斯的墓旁、陡峭的库勒奈山麓
和阿耳卡底亚的擅于近距离作战的士兵；
有的家住菲纽斯和牛羊成群的俄耳科墨诺斯，
有的家住里培、斯特拉提亚和多风的厄尼斯培的士兵；
那些来自忒格亚、美丽的曼提奈亚、斯屯
法洛斯和家住帕耳拉西亚的士兵，
均由安格凯俄斯之子、强有力的阿伽裴诺耳统领。
他们一共有六十条海船，载满了众多的士兵，
这些能征善战的阿耳卡底亚战士，是不会航海的
内陆人，是阿特柔斯之子、民众的国王阿伽门农
把船配备好送给他们，让他们去征服灰蓝色的大海。

那些来自布普拉西昂和神圣的厄利斯
地区和介于边城呼耳弥奈、慕耳西诺斯、
俄勒尼亚山、慕勒西昂的士兵，
他们全都跟随四名各带十条船的将军。
两位是阿克托耳的后裔：克忒阿托斯之子
安菲马科斯和欧鲁托斯之子萨尔丕俄斯，
他们各带一支分队；还有两支分队由
阿马仑丘斯之子、强健的狄俄瑞斯，以及

墨格亚斯的后裔、阿伽索奈斯之子、
出类拔萃的波鲁克塞诺斯统率。

来自杜利基昂和与厄利斯隔海相望的
神圣的厄基奈群岛的战士，则由战神
阿瑞斯一般的健将墨格斯领导，他是
宙斯宠爱的车战英雄夫琉斯之子，
因为和父亲闹翻，便出走来到杜利基昂。
他带领着四十条漆黑的海船。

奥德修斯率领着健壮豪放的开法勒尼亚人。
他们有的来自伊萨卡和枝叶婆娑的奈里同，
有的来自克罗库勒亚和岩石壁粗皱的
埃吉利普斯，有的来自扎昆索斯，有的来自
萨摩斯，有的来自面对海峡的岛屿[1]，
像宙斯一样足智多谋的奥德修斯，
领导着这支十二条船首涂得鲜红的船队。

安德莱蒙之子索阿斯统领着埃托利亚人。
他们来自普琉荣、俄勒诺斯和普勒奈，
或者来自滨海的卡尔基斯和山石嶙峋的卡鲁冬。
在那里，英雄的俄伊纽斯本人早已作古，
他的儿子们[2]也已销声匿迹，金发的
墨勒阿格罗斯不复存在，因此，王权落到了
索阿斯的手里，他带来四十条漆黑的海船。

著名的投枪手伊多墨纽斯率领着克里特人。

[1] 指厄利斯或阿卡耳那尼亚沿海地区。
[2] 指墨勒阿格罗斯和提丢斯。

他们有的来自克诺索斯和城墙高耸的戈耳图那，
还有来自鲁克托斯、米勒托斯和闪着白垩[1]的
鲁卡斯托斯、法伊斯托斯、鲁提昂，它们都是
人丁兴旺的城市，还有的来自克里特——这个
拥有一百座城市的岛屿。伊多墨斯擅使长枪，
统领着全军，辅助他的，是强悍的墨里俄奈斯。
他们带来了几十艘黑色的海船。

赫拉克勒斯之子、高大强壮的特勒波勒摩斯，
从罗得斯带来九条满载高傲的罗得斯士兵的海船。
他们按不同的居住地编成三个分队：林多斯、
亚鲁索斯和闪着白垩的卡迈罗斯。统帅是
著名的投枪手特洛波勒摩斯，他是伟大的
赫拉克勒斯的儿子，母亲是阿丝陀开娅。
当年，赫拉克勒斯攻打并洗劫过许多城市，
神祇哺育出的强健的士兵曾将这些城市严密地
防守；赫拉克勒斯把阿丝陀开娅带离厄芙拉城
和塞勒埃斯河岸。特勒波勒摩斯是在金碧辉煌的
宫殿里长大的，后来打死了战神阿瑞斯的后裔——
当时已是老人的利昆尼俄斯——自己的亲舅父。
伟大的赫拉克勒斯的儿子们，还有儿子们的儿子，
都放出风声，要抓住特勒波勒摩斯讨还血债，
于是，特勒波勒摩斯只得带着随从，驾着船
匆匆逃走，亡命海外。这些落魄的流浪汉
来到了罗得斯，按部族在三个地方落户，
受到克罗诺斯之子、神人之父宙斯的宠爱，
财富像流水一样源源不断地流入他们的手中。

[1] 白垩：石灰岩的一种，主要成分是碳酸钙，是由古生物的残骸积聚形成的。白色，质软，分布很广，用作粉刷材料等。——编者注

阿革莱娅和国王卡罗波斯所生的儿子
尼柔斯是围攻特洛伊将士中长得最美的
男子，容貌仅次于神一样的阿基琉斯。
但他体格瘦弱，只带来寥寥无几的兵士，
从苏墨开来三条平稳的海船。

来自尼苏罗斯、克拉帕索斯、卡索斯、欧鲁皮洛斯[1]
之城科斯，以及那些来自卡鲁德奈群岛的士兵，
全由国王赫克拉勒王的两个儿子菲底波斯
和安提福斯带领，他们开来三十条巨大的海船。

此外，统称慕耳弥冬人、赫勒奈斯人
或阿开亚人的士兵，连同五十条海船，
都由阿基琉斯率领。他们来自裴拉斯吉亚人的
阿耳戈斯、阿洛斯、阿洛培和斯拉基斯，
还有的来自弗西亚和出美女的赫拉斯。
但是此刻，捷足的基琉斯正盛怒不息，
谁来把这些士兵编成战阵，领入战场？
阿基琉斯为了美发的布里塞伊丝
一直在伤心，躺在他的海船旁。那个姑娘
是他攻占鲁耳奈索斯城堡时赢来的战利品。
他浴血奋战，捣烂了忒拜的城墙，击倒了
塞勒丕俄斯的孙子——国王欧厄诺斯的两个儿子——
凶悍的投枪手厄丕斯特罗福斯和慕奈斯。

有些士兵来自夫拉凯和黛墨忒耳[2]的保护地、
鲜花盛开的普拉索斯，有的来自盛产羊群的

[1] 欧鲁皮洛斯：科斯国王。
[2] 黛墨忒耳：宙斯的姐妹，庄稼和丰收女神。

伊同、濒海的安特荣和草泽深处的普忒琉斯。
壮士普罗忒西劳斯[1]曾是他们的领袖，但出师
未捷身先死，事业半途中断，乌黑的泥土早已
将他掩埋。他留在夫拉凯的妻子悲恸中撕破了
自己的脸皮。他第一个跳出海船，被一个
达耳达尼亚人杀死，尽管没了首领，战士们却
没有乱成一团。普罗忒西劳斯的亲兄弟
波达耳开斯代替他行使领导职权。波达耳开斯
是战神阿瑞斯的后裔、伊菲克勒斯的儿子，
而伊菲克勒斯又是富有羊群的夫拉科斯的儿子。
波达耳开斯比兄长年幼，却没有他那么
鲁莽，波达耳开斯带领夫拉凯人，开来四十条海船。

家住波伊贝斯湖畔的菲莱的士兵，
和家住波伊北、格拉夫莱以及
防守坚固的伊俄尔科斯城的士兵，
分别乘坐十一条海船，由阿德墨托斯之子
欧墨洛斯率领，他是裴利阿斯[2]最漂亮的
一个女儿阿尔开丝提丝和阿德墨托斯[3]所生。

来自墨索奈和萨乌马基亚以及来自
墨利波亚和岩壁粗皱的俄利宗的战士，
分乘七条海船，每船乘坐五十名划桨手。
原来由著名的弓箭手菲洛克忒忒斯率领，
但此时菲洛克忒忒斯却躺在神圣的莱姆诺斯岛，
承受着巨大的痛苦。由于被水蛇咬伤，
阿开亚人把他留在了海岛上，恼人的疮痛

[1] 普罗忒西劳斯：夫拉凯首领，第一个登陆特洛伊，也第一个遇难。
[2] 裴利阿斯：伊俄耳科斯国王。
[3] 阿德墨托斯：塞萨利亚国王，裴瑞斯之子。

正折磨着他，直到阿耳吉维人又把他想起[1]。
现在，尽管士兵们怀念首领，却没有乱成一团；
墨冬负起了统编部队的责任。他是洛克里斯的
壮士俄伊琉斯的私生子，母亲是蕾奈。

来自岩石层叠的伊索墨、特里开、
欧鲁托斯之城和俄利卡利亚的士兵，
由阿斯克勒丕俄斯的两个儿子
波达雷里俄斯和马卡昂率领，这两个
高明的医师带来了三十条巨大的海船。

来自俄耳墨尼俄斯和呼裴瑞亚河的战士，
还有来自阿斯忒里昂和山石[2]苍白的
提塔诺斯的战士，都由欧阿蒙杰出的儿子
欧鲁皮洛斯率领，他们驾驶着四十条海船。

来自阿耳吉萨、古耳托奈、俄耳塞、
厄洛奈和灰白色的城堡俄卢松的士兵，
率领他们的，是显赫的希波达墨娅
和主神宙斯之子裴里苏斯所生的儿子、
强悍剽勇的波鲁波伊忒斯。
当时，裴里苏斯向多毛的马人投出了
复仇的长枪，把他们从裴利昂，赶到
埃西开斯人栖居的地方。现在，英雄的
儿子波鲁波伊忒斯带来四十条漆黑的海船，
但除了他还另有一位首领，那就是

[1] 根据赫勒诺斯的预言，倘若没有赫拉克勒斯那把弓箭（此刻在菲洛克忒忒斯的手里），阿开亚人就无法攻破特洛伊。奥德修斯于是专程前往莱姆诺斯岛，找回了菲洛克忒忒斯。那把弓箭涂有勒耳那水蛇的毒液，伤口无药可治。

[2] 山石由白垩岩组成。

战神阿瑞斯的后裔、开纽斯的孙子、
英勇的科罗诺斯之子勒昂丢斯。

古纽斯从库福斯带来二十二条海船，
是厄尼奈斯人和强悍的裴莱比亚人的
统帅。这些士兵有的家住酷寒的多多那，
有的在提塔瑞索斯河岸拥有肥沃的土地。
提塔瑞索斯河清澈的流水注入裴内俄斯，
却从不和那儿闪着银光的漩涡汇合，
而是像一层油似的浮在它的表面，
因为它是那条用来起誓发咒的、
可怕的斯图克斯河[1]的支流。

家住裴内俄斯一带，以及家住
枝叶婆娑的裴利昂的马革奈西亚人，
由藤斯瑞冬之子、捷足的普罗苏斯
率领，他们有四十条漆黑的海船。

这些就是达奈人的首领。缪斯女神，
告诉我，在跟随阿伽门农打仗的官兵中，
哪一队战马最出色，哪一位勇士最骁勇？

裴瑞斯的孙子欧墨洛斯的战马最出色，
他驾着这对牝马[2]奔跑，轻盈如飞鸟。
它俩的毛色一样，年龄相同，背高一致，
仿佛用水平尺量过。这对骏马，追风的
蹄子扬起战争的恐怖，它们是由银弓之神

[1] 斯图克斯河：冥界的河流，诸神以它起誓发咒。
[2] 牝马：即母马。——编者注

阿波罗在裴瑞亚喂大的。人群中，最好的
勇士是忒拉蒙之子埃阿斯。如果阿基琉斯
不在船边生气，就是当之无愧的
英雄。战马也是如此，最好的战马也应
效命于骁勇善战的裴琉斯之子阿基琉斯。
但阿基琉斯远离人群，怀着对阿特柔斯之子、
士兵的领袖阿伽门农的怨愤，躺在头尾弯翘
的海船边。他的士兵在波浪拍岸的沙滩上玩耍，
有的掷铁饼，有的投长枪，也有的玩着手中
的弓箭，而战马站在各自的战车旁，悠闲自在地
咀嚼着草地上的欧芹和三叶草。主帅的战车
顶着罩子，停放在营帐内。善战的首领
缺乏领导能力，在船寨内闲逛，却不参加战斗。

但这时，大部队正像烈火吞噬万物一般
向前开进。大地在人们脚下震响，好像
雷电之神宙斯发了怒，在阿里摩伊炸响
霹雳，那儿是被宙斯囚禁于地下的巨怪
图福欧斯的睡床。行军中的部队，就这样
把大地踩得摇晃，以极快的速度穿越平原。

追风的女使者伊里丝飞速地赶到特洛伊，
捎去阿开亚大军逼近特洛伊城的不祥消息。
老少特洛伊人那时正在普里阿摩斯国王的
宫殿前召开公民大会。于是伊里丝变作
普里阿摩斯之子波利忒斯的样子，后者
自信腿脚快，一直待在老埃苏厄忒斯的
墓顶，为特洛伊人站岗放哨，等待
阿开亚人大举进攻的最早讯号。于是
伊里丝模仿波利忒斯的语气，这样说道：

“老人家，你总爱没完没了地唠叨，
好像现在是和平时期。要知道，我们
打的这场战争一直没有胜负结果。
而我经常出入生死搏斗的战场，却从未
看见过如此庞大的阵容，人海般的队伍。
他们就像成堆的树叶或沙滩上沙子越过
平原，向我们逼来，将在我们城下聚拢。
赫克托耳，我第一个要催你，你最好
按我说的去做：普里阿摩斯的城里
驻扎着许多支不同地区、说各种语言的
盟军，快让每位首领整饬各自的队伍，
带领士兵准备战斗。”

听他这么说，赫克托耳不敢怠慢，听出
那是女神的声音。他当即解散集会，
士兵们全都拿起自己的武器飞跑。
他们打开所有的城门，蜂拥着往外挤，
成群的步兵，加上熙熙攘攘的车马，
现场气氛一时沸腾高扬。

在城门前方，视野的尽头，
孤零零地耸立着一片土丘，
四野却空阔，凡人称它是“灌木之丘”，
长生不老的诸神却叫它慕里奈[1]的坟茔[2]。
特洛伊人和盟军就在那里布下了队阵。

普里阿摩斯之子、高大的赫克托耳，

[1] 慕里奈：雅马族女壮士，神祇以她的名字命名特洛伊城前的一座土丘。
[2] 坟茔：坟墓。——编者注

是特洛伊人的统帅。他的头盔闪亮，
率领着最勇敢的战士，他们也都
盔甲整齐，渴望在战斗中大显身手。

安基塞斯高贵的儿子埃涅阿斯，
率领着达耳达尼亚人。他是美丽的
女神阿芙洛狄忒，在伊达山和凡人
安基塞斯相爱的结晶。但埃涅阿斯还不
是唯一的首领，他有两位副将：
阿耳开洛科斯和阿卡马斯，他们都是
安忒诺耳[1]的儿子，精通各种的战役。

来自伊达山山麓的泽勒亚士兵，是一群
喝埃塞波斯的黑水长大的、富裕的特洛伊战士，
由鲁卡昂英武的儿子潘达罗斯带领。
潘达罗斯的武器是阿波罗馈赠的弓箭。

来自阿德瑞斯忒亚和阿派索斯的士兵，
以及来自皮推亚和险峻的忒瑞亚的士兵，
都由阿德瑞斯托斯及身穿亚麻胸甲的
安菲俄斯统领。他俩都是裴耳科忒城的
墨罗普斯的儿子。墨罗普斯谙熟巫术，
能力一般人不可及。他曾劝阻他的儿子
不要去战场送死，但是儿子们不听
他的劝，听任死亡之神把他们催逼。

那些来自裴耳科忒和普拉克提俄斯一带的士兵，
和来自塞斯托斯、阿彼多斯及神圣的阿里斯贝的

[1] 安忒诺耳：国王普里阿摩斯的参谋。

士兵，都由呼耳塔科斯之子阿西俄斯率领。
他骑着漂亮的马，来自阿里斯贝塞勒埃斯河岸。

希波苏斯和普莱俄斯，率领着裴拉斯吉亚
部落的勇士，他们家住土地肥沃的拉里萨，
是战神阿瑞斯的后裔，祖父是丢塔摩斯，
父亲是裴拉斯吉亚人莱索斯。

阿卡马斯和裴鲁斯率领着色雷斯人的士兵，
他们生活在赫勒斯庞特海峡[1]流域。

特罗伊泽诺斯之子欧菲摩斯，率领着基科奈斯勇士。
而特罗伊泽诺斯又是神袛的宠人凯阿斯的儿子。

普莱克墨斯率领着手持弓箭的派俄尼亚人，
他们来自遥远的阿慕冬，以及陆地上最美的
河流、水面开阔的阿克西俄斯河沿岸。

生性鲁莽的普莱墨奈斯率领帕夫拉戈尼亚部落。
这些厄奈托伊人来自盛产野骡的地方，在
帕耳塞尼俄斯河两岸的库托罗斯、塞萨摩斯、
克荣纳、埃吉阿洛斯和厄鲁西诺伊高地建房。

俄底俄斯和厄丕斯特罗福斯率领着来自
盛产白银的遥远的阿鲁贝的哈利宗奈斯人。

克罗弥斯率领着慕西亚士兵，由预言家恩诺摩斯
辅佐。但他识辨鸟踪的本领没有使他避免死亡，

[1] 赫勒斯庞特海峡：位于特罗阿得和色雷斯之间，现名达达尼尔海峡。

捷足的阿基琉斯在那条河里结果了他的性命。

福耳库斯和出类拔萃的阿斯卡尼俄斯，
统领着来自遥远的阿斯卡尼亚的弗鲁吉亚人。

墨斯勒斯和安提福斯，是居住在特摩洛斯山下的
迈俄尼亚人的首领，他们是塔莱墨奈斯的儿子，
母亲是古伽亚湖里的仙女。

诺米昂那一对英武的公子安菲马科斯
和纳斯忒斯，统领着粗俗的卡里亚人。
他们来自米勒托斯和林木葱郁的弗西荣山地，
那儿有迈安得罗斯河流和峥嵘的慕卡勒石壁。
纳斯忒斯像一个少女，戴满黄金饰品上战场
打仗，这个傻瓜！但黄金却没法替他挡开
痛苦的死亡，捷足的阿基琉斯在那条河里，
结果了他的性命，并剥走了他的黄金饰品。

萨耳裴冬和健壮豪放的格劳科斯统领着吕西亚士兵，
他们来自水流湍急、卷着漩涡的遥远的珊索斯河流域。

第三卷

为了海伦而决斗

战阵已经排开，特洛伊人的每支队伍
都由首领率领着，喊声震天地走过来，
恰似一群疾飞的野鹳鹤，为逃避冬日的
严寒和瀑泻不止的骤雨，尖叫着冲向
俄开阿诺斯河，给普革迈亚人带去毁灭[1]。
它们会在黎明时分发起进攻，使后者
横尸遍野。但阿开亚人却马不嘶鸣地
行军，直逼特洛伊，人人吐着杀气，
想决一死战。

勇士们迅速越过平原，
脚底卷起滚滚灰尘，密得就像南风神
刮来的笼罩山峦的浓雾，使人目力所及，只
限于投石落地的距离。它对牧人不利，
对窃贼，却比黑夜还要来得隐蔽。

两军相对而行，渐渐逼近，气势渗人。
神一样的亚历克山德罗斯[2]作为挑战者，

---

[1] 普革迈亚人曾遭到鹤群的攻击。

[2] 亚历克山德罗斯：即帕里斯，普里阿摩斯之子，将海伦拐走，由此引发了特洛伊战争。

从特洛伊人的队伍中跳将出来。
他肩上斜披一张豹皮，肩挎弯弓和箭筒，
腰间佩着锋利的宝剑，手中握着两杆
青铜矛尖的长枪，他率先向所有的
阿耳吉维人挑战，要对方选出一位
勇士，来和他一对一地决斗。

看着亚历克山德罗斯迈着大步，走在队伍
前面，好斗的墨奈劳斯一见仇人，就格外兴奋。
马上全副武装地跃下战车，手执寒光闪闪的
兵器迎上前。那就好像一头饥肠辘辘的狮子，
遇见一只野山羊或带角公鹿，虽然它的前面
有奔跑的猎狗和年轻力壮的猎人，仍要扑上去，
墨奈劳斯正盼着向这个拐走妻子的仇人复仇！

然而，神一样的亚历克山德罗斯看见
墨奈劳斯的身影，心中就打起了哆嗦。
他害怕死亡，连忙退入自己的队伍。
就像有人在山谷里行走，遇到一条蟒蛇，
吓得赶紧收住了脚步，连连后退，浑身发抖。
亚历克山德罗斯就这样，在阿特柔斯之子
面前，拔腿逃回了高傲的特洛伊人的战阵。

赫克托耳见此情状，破口大骂：
“亚历克山德罗斯，仪表堂堂的公子哥，
勾引女人的情场老手！但愿你从未降生，
或者未到结婚即夭亡！我打心眼里希望如此，
这总比你跟着我们，丢人现眼，受人蔑视
来得强。长发的阿开亚人一定都在耻笑你，
还以为你相貌俊美，是我们最出色的英雄呢，

没想到你却生性怯弱，缺乏勇气。想当初，
难道你也是这样驾船远航，去拉凯代蒙
把那位绝代佳人诱拐来，给你的父亲
和整个特洛伊带来了巨大的灾难?!
你为何不和好斗的墨奈劳斯去对阵?
你夺去了他的妻子——美貌丰腴的海伦，
只要打上一个回合，你就会知道他的厉害。
到那时，你的竖琴可帮不了你的忙，当你在
泥地里打滚时，阿芙洛狄忒女神馈赠的
漂亮头发和俊俏脸蛋，都将变得毫无用处。
唉，要不是特洛伊人生性胆怯，
早就用石头把你这个罪魁祸首砸烂！”

只听神一样的亚历克山德罗斯这样回答：
“赫克托耳，你的指责合情合理，毫不过分，
就像工匠伐木造船，巧妙地使用斧子
就增加了他的膂力[1]；我觉得，你胸膛里的
那颗心啊，就像利斧一样坚韧！尽管如此，
你却不该嘲笑金色的阿芙洛狄忒给我的馈赠。
俊美的容貌，那是神按自己的意愿所赐，
象征着荣耀，并不是凡人一厢情愿就能够
得到。这样吧，如果你一定要我去决斗，
就让所有特洛伊人和阿开亚人都坐下，
我将和好斗的墨奈劳斯，在两军之间的
空地，为海伦和她带来的财物殊死决斗。
我希望你们大家订下誓约，洒血为证，
决斗中的胜者，可以理所当然地带走财物，
领着那个美女回家；你们继续住在特洛伊，

[1] 膂力：体力、力气。——编者注

他们则返回肥沃的阿耳戈斯，出美女的阿开亚。”

赫克托耳听亚历克山德罗斯这么说，心里高兴，
便手握长枪，走到特洛伊队伍前，迫使他们
后退，直到士兵们完全屈腿坐下。但长发的
阿开亚人仍然对他瞄准，要向他放箭，
有人已经向他投掷了石块。这时民众的
国王阿伽门农，喝住他们，高声说道：
“快住手，阿耳吉维人的勇士们！
你们看，头盔闪亮的赫克托耳有话要对我们说。”

他说完，士兵们都停止进攻，马上安静下来。
这时，赫克托耳站在两军之间，高声喊道：
“听我说，特洛伊人和穿胫甲的阿开亚人！
引发这场战争的亚历克山德罗斯发起了挑战：
他要求所有的特洛伊人和阿开亚人把精制的
武器搁在肥沃的土地上。由他自己和好斗的
墨奈劳斯一对一地对抗。让胜者带走海伦，
以及所有的财物，其他人要洒血立下誓约！”

他说完，全场一片沉默，肃然无声。
只见擅长吼叫的墨奈劳斯打破了僵局：
“诸位，也请听听我的意见，因为
所有人中，我承受的痛苦最直接。
我也认为，我们早该停止血战了，
大家已为了我，为了我和挑起这场
争端的亚历克山德罗斯吃尽了苦头，
现在该让我们自己决斗以定胜负，
让我们二人中命定该死的那个死掉吧！
现在，我们就向诸神献祭，立下誓约——

去拿两只羊羔来，一只白，一只黑，
分别祭献给太阳神赫利俄斯和地神；
我们将另备一头羊献给宙斯；还要把
强有力的国王普里阿摩斯请来，
他的儿子们全都奸诈狡猾，很难让人信任，
年轻人的心总是变来变去，而老年人
做事会瞻前顾后。所以要让老国王在我们
决斗前亲莅现场作见证，以免
有人破坏向宙斯发出的誓约。”

听他说完，阿开亚人和特洛伊人都很
欢喜，希望从此摆脱可恶的战争。
他们都下了战车，卸去了铠甲，
把武器置放在身边的泥地上，然后
彼此拥挤在一起，中间只留下很小的空当。
赫克托耳吩咐两位传令官赶回城堡，
取回羊羔，又把国王普里阿摩斯请来。
而强大的阿伽门农也差遣塔尔苏比俄斯
前往海船，去取回一头肥羊，
于是，传令官得令前往。

与此同时，女神伊里丝变成普里阿摩斯的女儿、
海伦的小姑、美丽的劳迪凯的模样，去找白臂膀的海伦。
劳迪凯是强有力的安忒诺耳之子赫利卡昂的妻子，
也是普里阿摩斯所有女儿中最漂亮的一个。
伊里丝在房间里找到了海伦，海伦正在纺织；
那是一块双幅的紫色布料，上面织有擅长驯马的
特洛伊人和披铜甲的阿开亚人的图案，他们为了她，
正在战神的鼓励下展开长期胜负难分的战争。
捷足的伊里丝站在海伦身旁，对她说道：

“走吧，亲爱的夫人，快去看精彩的场面，
那是擅长驯马的特洛伊人和披铜甲的阿开亚人
创造的奇迹。刚才他们还想在平原上殊死拼斗，
现在，战斗却已停止。人们正安静地坐在
那里，倚着盾牌，将粗大的长枪插入身边的泥地。
而阿瑞斯的宠人墨奈劳斯和亚历克山德罗斯，
却要单打独斗，决一胜负，以便确定你的归属。”
女神的话勾起了海伦的思念，想起了前夫，
想起了双亲，还有美丽的故乡，忍不住
流下了眼泪。只见她迅速穿上华美的衣裙，
在两个侍女的陪伴下匆匆走出家门。
那两个侍女，一个是皮修斯的女儿
埃丝拉，另一个是牛眼睛的克鲁墨奈。
她们一行三人很快爬上了斯卡亚城门。

以普里阿摩斯为首的特洛伊元老们
正聚在城楼上，等着观看墨奈劳斯
和亚历克山德罗斯的决斗。他们是
潘苏斯、苏摩伊忒斯、朗波斯、克鲁提俄斯
和战神阿瑞斯的随从希开塔昂，还有
两位聪明的参谋，乌卡勒工和安忒诺耳。
这些端坐城楼、受人尊重的长者，虽然
上了年纪，不再征战疆场，却仍然
口才雄辩，谈锋甚健，仿佛栖于树枝的
夏蝉，叫声抑扬顿挫，闻名遐迩。
当他们一看到海伦，便惊喜地望着她，
一边交头接耳，一边窃窃私语：
“好一位倾国倾城的绝代佳人！难怪
为了她，特洛伊人和穿胫甲的阿开亚人
会经年苦战。他们有什么错？她的美貌

与永生的女神确实难分高下。但不管
她多么美丽，最好还是让她登船离开，
这样，我们和我们的子女才不会遭殃。”

他们议论着，普里阿摩斯就对海伦说道：
“亲爱的孩子，快过来坐到我的前面，
这样就可以看见你久别的前夫，还有
你的朋友和故人。我并没有责怪你；
该责怪的应该是神，是他们把我拖入
这场和阿开亚人的艰苦战争。走近些，
快告诉我那个威武强健的阿开亚人是谁？
他叫什么名字？不错，队伍里有些人
比他还高出一头，但我却从未见过
如此气度不凡的人物，瞧他高贵的
气概，想必一定是一位国王！”

听他这么说，只见女人中的骄傲、
美丽的海伦这样回答：“亲爱的父亲，
我一向尊敬你，也惧怕你；但愿我在
那个倒霉而痛苦的时刻前早已死去。
当时，我背弃了自己的家庭和亲人，
背弃了正在长大的孩子，还有那些
和我共度美好时光的同龄姑娘们，
跟着你的儿子来到此地。然而死神
并没有把我带走，我只能以泪洗面
伤心地度日。我这就回答你的询问。
那个人是阿特柔斯之子阿伽门农，
他统治着辽阔的疆土，既是一个英明的
国王，又是一个强有力的投枪手。
他也曾是我这个耻辱的女人的夫兄！

啊，这一切真的像是一场梦。”

听她这么说，老人凝目注视，惊羡万分：
“阿特柔斯之子，真是幸运之人，受宠的天骄，
那么多的阿开亚人受他的领导！我曾到过
盛产葡萄的弗鲁吉亚，亲眼看见弗鲁吉亚
战士和速度飞快的战马；当时，阿特柔斯
率领部队驻扎在珊伽里俄斯河的沿岸，
那些健如男儿的阿马宗女战士在和他们
打仗，而我作为盟友和他们在一起。阿马宗
女战士却没有明眸的阿开亚人的数量多。”

接着，老人看着奥德修斯问海伦：
“亲爱的孩子，告诉我那个人是谁？
他虽然比阿伽门农矮一些，
肩膀和胸脯却比他宽阔。
他把兵器放在养育万物的大地上，
自己却像一头领头羊巡视着队伍。
我看他，好像白色绵羊群中
一头毛色特别厚实的公羊。”

只听宙斯的女儿海伦[1]这样回答：
“那人是莱耳忒斯之子、智慧的
奥德修斯，生长在巨石嶙峋的
伊萨刻，却善于应变，精通谋略。”

只听聪明的安忒诺耳说道：“夫人，
你说得没错。出类拔萃的奥德修斯

[1] 海伦是宙斯和勒达的女儿，名义上的父亲是廷达瑞俄斯。

和卓绝的墨奈劳斯，因为你的事
曾经来过这里，我在我的厅堂里
热情地款待他们，因而知道两位
的禀赋和能力。当他们与特洛伊人
肩并肩地站在一起时，墨奈劳斯
因为肩宽，体魄压倒众人；而他们
坐下时，奥德修斯便显得气度超群。
当时，他俩当众发言，见解精辟。
墨奈劳斯的言语流畅，练达明晰，
他不擅长篇大论，却能言简意赅，
尽管他比奥德修斯还要年轻。”
当聪明的奥德修斯起来发言时，
表情不是很丰富，却立得稳，眼睛
盯住地面，也不摆弄他的权杖，只是
把它紧紧地握在手心，看上去有点傻，
别人可能认为他很笨，可他一旦发出
洪亮的声音，就没人能和他的口才相比。
他的话语就像冬日的雪花纷纷飘扬。
这时，我们不会再注意他的貌不惊人。
这时普里阿摩斯又看见一位英雄埃阿斯，
便问海伦：“人群中那个高大的人是谁？
他的个头和宽肩膀远远超过其他阿耳吉维人。”

只听身穿长裙的神一样的海伦这样回答：
“他是巨人埃阿斯，阿开亚人的屏障。
站在队伍另一头的是伊多墨纽斯，
身边簇拥着来自克里特的战士。当年
他从克里特去拉凯代蒙，阿瑞斯的宠人
墨奈劳斯在我们家里多次设宴款待他。
现在，我已看见所有明眸的阿开亚人；

我认识他们，叫得出他们的名字，
却没有看见我的两个同胞兄弟
驯马好手卡斯托耳和拳击高手
波鲁内开斯。也许他们并没有从
拉凯代蒙随军出发，也许他们来了，
却留在船上，因为我而羞于见人，
没有和将士们一起参加战斗。”

海伦这样说，却不知在她的故乡
拉凯代蒙，泥土已将他们埋葬。

就在这时，两个传令官正穿过城市，带来
两只绵羊、一袋盛在山羊皮囊内的葡萄酒。
传令官伊代俄斯端着晶亮的调酒缸，一些
金酒杯，站到普里阿摩斯的身边，提醒他说：
“劳墨冬之子，擅长驯马的特洛伊人
和披铜甲的阿开亚人，要你前往平原，
给他们立誓做见证人。亚历克山德罗斯
将和好斗的墨奈劳斯，为海伦和她带来的
财物殊死决斗。胜者可以带走财物，领着
那个美女回家；而其余人订下血的誓约：
我们继续住在特洛伊，他们则返回
肥沃的阿耳戈斯，出美女的阿开亚。”

老人听完这席话，浑身哆嗦，
立即吩咐套马，侍从奉命而去。
普里阿摩斯登上战车，拉紧缰绳；
安忒诺耳也在他旁边登上精固的战车，
他们驱马冲出了斯开亚门，驰向平原。

到了那里，他们下了战车，站在肥沃的
土地上；他们来到特洛伊人和阿开亚人的
两军阵地。民众的国王阿伽门农立即起身，
足智多谋的奥德修斯也站起相迎；那些
高贵的传令官，把带来的祭神立誓之物
放在一处；他们还往调酒缸里兑水，
倒出后洒在几个国王的手上。阿特柔斯
之子阿伽门农拔出挂在腰间剑鞘旁的
匕首，割下几缕羊毛，让传令官把羊毛
传递给特洛伊人和阿开亚人的每一个首领，
然后，他高举双臂、声音洪亮地大声祈祷：
“宙斯父亲，伊达山的统治者，伟大的象征，
还有那无所不见、无所不闻的太阳神
赫利俄斯，以及地神、河神、于冥府
惩治伪誓者的哈得斯，请你们为我们作证——
如果亚历克山德罗斯杀了墨奈劳斯，
就让他继续拥有海伦和她的全部财物，
而我们则坐上远航的海船回家去；如果
棕发的墨奈劳斯杀了亚历克山德罗斯，
那就让特洛伊人交还海伦和她的全部财物，
再给阿耳吉维人奉送一份能让后人记住的
可观赔偿。如果亚历克山德罗斯倒在地上，
普里阿摩斯和他的儿子不愿赔偿，我就要
为此继续战斗，不看见胜利，绝不罢休！”

说完，他用无情的青铜剑割开羊的
咽喉，然后放开手，任它瘫倒在地，
挣扎着喘息，生命离体而去。而将士
把酒从调酒缸舀出，泼洒在地，对着
永生的神祇祈祷，只听阿开亚人

和特洛伊人这样祷告：“宙斯，伟大
光荣的神，永生的诸神，我们双方，
不管谁破坏誓言，就让他或他的儿子，
像这泼出去的酒，脑浆涂地；
让他的妻子成为敌人的奴隶。”

他们这样说着，但克罗诺斯之子
宙斯却不会使他们的祈求得到满足。
人群里传来达耳达诺斯[1]的后裔
普里阿摩斯的声音：“听我说，
特洛伊人和穿胫甲的阿开亚人！
我要马上回家去，回到多风的伊利昂，
我不忍心眼看我的亲生儿子
和战神阿瑞斯的宠人墨奈劳斯决斗；
只有宙斯和永生的神祇知道，
在这次决斗中，他们俩谁将丧命。”

神一样的国王说完，就把羊肉装上车，
自己也登上车，抓紧缰绳，安忒诺耳
登上旁边精固的战车，两人便离开了
战场，返回伊利昂。而普里阿摩斯之子
赫克托耳和出类拔萃的奥德修斯
量出了决斗的场地，然后把石阄放入
青铜头盔，摇动头盔，以决定谁先出手。
阿开亚人和特洛伊人纷纷举起双手，
向神祷告：“宙斯父亲、伊达山的统治者，
不管给我们带来这场战争的哪个人死于枪下，
进入哈得斯的冥府，我们都要发誓，

[1] 达耳达诺斯：宙斯之子，特洛伊人的祖先。

让我们分享誓言带来的和平及友好。”

祷告完毕，头盔闪亮的高大的赫克托耳
别转头，摇石阄，亚历克山德罗斯的阄
从铜盔里蹦了出来。而将士们紧挨着
健跑的骏马和精良的武器一排排地坐着。
于是，神一样的亚历克山德罗斯、美发的
海伦的丈夫，开始往自己身上披挂战甲。
他首先在小腿部位套上精美的胫甲，
用许多银环将腿肚紧紧地扣上；

接着，他在胸背部围上合身的胸甲，
尽管它原本属于他的兄弟鲁卡昂。
然后，他肩上挂一支嵌银的青铜剑，
背上又挂一块巨大而结实的大盾牌；
头戴饰有马鬃的青铜盔，鬃毛在头盔上
令人心颤地摇摆。他手中是一把抓握
很顺手的长枪，枪杆又重又长，好斗的
墨奈劳斯也是按这顺序，披挂武装。

他们就这样，在各自的阵营里收拾停当，
然后凶恶地大步进入两军之间的阵地，
杀气腾腾，擅长驯马的特洛伊人和
穿胫甲的阿开亚人，无不感到惊讶。
两人在指定的位置挨着站好，手持长枪，
怒目而视。亚历克山德罗斯首先掷出
他那条拖着长影子的青铜枪，青铜的枪尖
飞向墨奈劳斯那半径等长的圆盾，
但它未能击穿圆盾，反而被顶得弯曲。
而墨奈劳斯一边用强健的右臂举着青铜枪

冲上去，一边向宙斯父亲祈求：
“宙斯王，答应我，让我结果神一样的
亚历克山德罗斯，惩罚他的忘恩负义，
是他首先伤害了我！也叫后人不要学他——
对好客的东道主，干出恩将仇报的丑行。”

他祈祷着，一边将长枪猛地投出，
长枪击中亚历克山德罗斯的盾牌。
枪尖透过盾牌，洞穿亚历克山德罗斯
身上的铠甲，刺破了他贴身的衬袍，
幸好他往旁边一闪，躲过了厄运。
墨奈劳斯又拔出嵌银的青铜剑，
朝亚历克山德罗斯的头盔用力砍去，
可惜用力过猛，宝剑震成四截，脱手
飞出。于是墨奈劳斯仰天长叹一声道：
“宙斯，没有比你更残忍的神！我原想
对邪恶的亚历克山德罗斯复仇，没料到
宝剑震飞，长枪白投，都没有击中他的要害。”

说着，墨奈劳斯徒手扑向亚历克山德罗斯，
一把抓住亚历克山德罗斯那顶缀有马鬃的
头盔，转身将他拖向穿胫甲的阿开亚人的
队列。那条系头盔的镂花牛皮带，勒着
亚历克山德罗斯柔软的脖子，使他喘不过气来。
要不是宙斯之女阿芙洛狄忒眼疾手快，
使带子绷断，墨奈劳斯恐怕要把
亚历克山德罗斯拖走，大获全胜，获得不朽的名声；
然而现在，墨奈劳斯强有力的大手只攥得
一顶空头盔；他连忙把头盔一扔，被他忠实的
阿开亚战友接住，墨奈劳斯转身，再次扑向

对手，决心用长枪刺死亚历克山德罗斯，
就在这时，阿芙洛狄忒放出一团浓雾，
救起了亚历克山德罗斯，对女神来说，
这事易如反掌。于是亚历克山德罗斯
就乘着这团浓雾，被阿芙洛狄忒送回
特洛伊城自己芳香的卧房。阿芙洛狄忒
又去召唤海伦，发现海伦正站在高高的城楼，
身边簇拥着一群特洛伊妇女。阿芙洛狄忒
就变成一个老妇的模样，用手拽了拽海伦的长裙。
当海伦居住在拉凯代蒙时，这个老妇曾为
海伦亲手织过漂亮的羊毛织物，海伦十分喜欢她。
只听化身老妇的阿芙洛狄忒对海伦说道：
“快来，亚历克山德罗斯叫你快回家去，
他正在房间里，躺在那张嵌银饰的床上等你；
他衣衫光鲜，潇洒俊美，你看不出他来自
决斗的战场，还以为他要去参加舞会，
或者刚从舞会回到家里休息。”

听完女神这席话，海伦的情绪很激动。
她从那修长秀丽的脖颈、丰满可爱的胸脯
和发亮的眼睛，认出了女神，感到非常的惊讶。
只听海伦呼唤着女神的名字，动情地对她说道：
“我的好女神，你疯了吗？为什么要这样欺骗我？
是不是现在墨奈劳斯战胜了亚历克山德罗斯，
要把我带回家——你就到这里来施展法术？
你到底想把我引向何方？某个人丁兴旺的城堡，
还是弗鲁吉亚，或者那迷人的迈俄尼亚？
也许那里也有一位你宠爱的凡人，容貌俊俏，
嗓音清晰。但是，要去你自己去，别把我扯上。
你可以抛弃神的地位，从此不回俄林波斯山，

到亚历克山德罗斯的身边去，和他待在一起，
保护他，替他受苦，与他厮守，直到他娶你为妻，
把你当成供他驱使的女奴。至于我，绝不会回到他的
怀抱。与他同床，会使我感到羞辱，所有特洛伊
妇女都将嘲笑我，害得我丢尽面子，非常痛苦。”

听她这么说，神圣的阿芙洛狄忒很恼火，
她对海伦斥责道：“你这个大胆粗野的女人，
不要刺激我，免得我一怒之下将你弃之不顾。
我既然可以宠爱你，也就可以憎恨你，在特洛伊人
和达奈人之间挑起仇恨，让你落入凄惨的结局！”

听女神这样说，海伦心里不免慌张，
她只得裹上漂亮的斗篷，默默跟着女神走，
其他特洛伊妇女却对此视而不见。

当她们来到亚历克山德罗斯华丽的宫殿，
侍女们马上闪开，去忙各自的事情。
只有那个最美丽的妇人走进那间高大的卧房。
爱笑的女神阿芙洛狄忒给她搬来一张椅子，
摆在亚历克山德罗斯的对面，而海伦——
携带神盾的宙斯的女儿，弯腰坐下，
侧目而视，开始对她丈夫巧舌相讥：
“这么说，你从战场上回来了。为什么
没有被那个英雄、我的前夫打死？
要知道你以前一直自夸，说什么，
无论力气还是枪法，都比战神阿瑞斯的
宠人墨奈劳斯来得强，所以你去向他挑战，
要求单打独斗。现在看来，我还是得劝你，
以后死了这条心吧，不要鲁莽地再找棕发的

墨奈劳斯去决斗，免得很快死于他的长枪下。”

海伦说完这席话，只听亚历克山德罗斯回答：
“夫人，不要再嘲笑辱骂我，墨奈劳斯
这回战胜我，是因为雅典娜的帮助；下一回
就轮到我把他打倒了，我们也有神的护佑。
来吧，让我们上床去睡觉，寻欢作乐，
我的心灵从来没有像现在这样充满着情欲，
远甚于当初我将你从美丽的拉凯代蒙带走，
我们乘着远航的海船来到克拉奈岛同床，
比起此刻我对你的爱，那一次结合简直
算不了什么，强烈而甜蜜的情欲已将我征服。”

说着，他带头上了床，妻子随即跟上。
当他们两人在嵌着银饰的床榻上睡觉时，
阿特柔斯之子却像一头野兽，在人群里穿行，
四处寻找神一样的亚历克山德罗斯的踪迹。
但无论是特洛伊人，还是他们的同盟军，
都说不出亚历克山德罗斯在哪里，要是
他们看见他，绝不会因为友爱将他匿藏，
他们恨他，就像憎恨黑色的死亡。于是，
民众的国王阿伽门农说道：“听我说，特洛伊人、
达耳达尼亚人、特洛伊人的盟友们！事实证明，
胜利已经属于战神阿瑞斯的宠人墨奈劳斯。
你们必须交出阿耳戈斯的海伦和她带走的财物，
还要交出一份能让后人记住的可观赔偿。”

阿特柔斯之子说完，阿开亚人报以赞同的吼声。

第四卷

战事重起

这时，在那黄金铺地的宫殿，
众神正聚在宙斯旁边畅饮。
尊贵的赫柏[1]为他们逐个斟酒[2]，
于是，众神俯视遥远的特洛伊城，
举起酒杯祝酒。克罗诺斯之子
宙斯意欲激怒赫拉，便挖苦她道：
“有两位女神是墨奈劳斯的保护神，
阿耳吉维人的赫拉，和波伊俄提亚人的
雅典娜[3]。她们俩一定喜欢坐在此地，
远距离地观战，而爱笑的阿芙洛狄忒，
却总是和她所保护的对象形影不离，
替他挡开死神。刚才就使必死无疑的
帕里斯死里逃生，因此胜利归于阿瑞斯的
宠人墨奈劳斯。现在，让我们考虑一下
事态怎样发展。是再次挑起可怕的恶战，
还是让双方接受可爱的和平。并让
普里阿摩斯国王的城市人丁兴旺，而让

[1] 赫柏：宙斯和赫拉的女儿，后来成为青春女神。
[2] 一种神仙喝的饮料，叫奈克塔耳。
[3] 原文是“阿拉尔科墨奈的雅典娜”。阿拉尔科墨奈是波伊俄提亚境内的一个城市，坐落在雅典娜的出生地特里托尼斯湖畔，此处设有雅典娜的祭坛。

墨奈劳斯带着阿耳戈斯的海伦返回家乡，
但愿各位能够满意这样的结局。”

宙斯这样说，而坐在他身边的赫拉和雅典娜
嘴里咕哝，心里想着使特洛伊人遭殃的办法。
雅典娜对父亲很生气，面带愠色静坐不语；
赫拉却忍受不住心中的怒火，对宙斯说道：
“令人敬畏的克罗诺斯之子，你在说什么？
你想使我的努力都白费，没有结果？想当初，
我曾汗流浃背地驱赶战马，召集军队，就是
想给普里阿摩斯和他的儿子送去灾难。现在，
你想做什么都可以，但我们其他神不会答应。”

听她这么说，汇聚乌云的宙斯很生气，怒道：
“不知足的赫拉！普里阿摩斯和他的儿子
究竟怎样得罪了你，使你如此愤怒，
念念不忘要毁灭他们那座宏伟壮观的
城市伊利昂？莫非你想破开城门，越过城墙，
把普里阿摩斯和他儿子，以及所有特洛伊人
都生吞活剥，才能平息你心中的愤恨？
那么好吧！你爱怎么做就怎么做，可不要
让这次争吵在我们的关系上留下阴影。
我还有一事相告，你最好记牢：假如将来，
无论何时我想捣毁某座城市，那里居住着
你所宠爱的人民，你要让我为所欲为，
不能出面干预，因为这次我已经让了你，
尽管心里不愿意。在太阳和星空之下，
凡人居住的城市里，神圣的特洛伊是
我最珍爱的城市，我也最爱普里阿摩斯
和他擅使长枪的人民。因为在那里，我的

祭坛从来不缺少供品——熏香的祭肉和甘甜的
美酒，这是我们神祇应得的享受。”

听宙斯这么说，牛眼睛的女神赫拉这样回答：
“太好了！天底下我最喜爱三座城市：
阿耳戈斯、斯巴达和街道宽阔的迈锡尼，
我也答应你，当你憎恨这些城市想去毁灭
它们时，我也不会出面保护，和你对抗。
即使我对抗，那也是无济于事的，因为，
你的能力远远比我强。但是我辛苦了半天，
你也不该使我白忙，我也是天神，和你
来自同一个谱系，我的父亲也是智慧的
克罗诺斯，我出身高贵，后来又成为
你这众神之主的妻子，双倍获得光荣，
所以我们在这件事上，也要互相礼让，
众神自然会跟着效仿。现在，你赶快
派雅典娜到特洛伊人和阿开亚人的
两军阵地去，让特洛伊人率先做出
违反誓约、伤害阿开亚人的事情。”

凡人和众神的父亲宙斯接受了赫拉的建议，
马上对雅典娜说，快捷的话语仿佛长出了羽翼：
“快到特洛伊人和阿开亚人的队伍中去，
设法使特洛伊人率先毁坏誓约，
伤害首战告捷的阿开亚人勇士。”

他这番话，使迫不及待的雅典娜受到了鼓励，
她马上行动，从俄林波斯山顶峰飞奔而下，
那就像工于心计的克罗诺斯之子放出一颗
光芒四射的流星，对于航海的水手和打仗的

军队来说，无疑是一个预兆。雅典娜就这样
迅速地降临，跳到将士中间，擅长驯马的
特洛伊人和穿胫甲的阿开亚人都很惊讶。
队伍中，只听有人这样议论道：“难道我们
又将面临残酷的战争，或者给凡人分配
战争的宙斯，会使我们双方订立和约？”

无论是阿开亚人，还是特洛伊人都在嘀咕。
雅典娜变成安忒诺耳之子、强有力的投枪手
劳多科斯的模样，出现在特洛伊人的队列，
她要寻觅鲁卡昂的儿子、神一样的潘达罗斯。
她在人群里穿行，发现潘达罗斯站在那里，
身边围着一队队手持盾牌的战士，他们来自
埃塞波斯河沿岸，跟着他南征北战。
雅典娜走到潘达罗斯跟前，对他轻声轻语：
“鲁卡昂聪明的儿子，能不能听我话？
你要是有胆量，就去对墨奈劳斯射上一箭，
你将在所有特洛伊人的面前争得荣誉，
尤其是亚历克山德罗斯将对你另眼相看。
当他亲眼看见阿特柔斯之子、好斗的墨奈劳斯
被你的羽箭射倒，可悲地躺在火葬柴堆上时，
你就能率先从他那里得到荣耀的战利品。
快摆开架势，对高贵的墨奈劳斯拉满弓弦，
但是，请别忘记向远射之神阿波罗许愿。
你就说，当你回到故乡——神圣的城堡泽勒亚，
立即向他献上用头胎羊羔做成的祭献。”

雅典娜的话使潘达罗斯变得愚蠢，
他马上拿出光滑的弯弓，这把弓
是用他射死的野羚羊角做成的。

当时，他身披伪装，埋伏在岩石间，
等野羚羊从石洞跳出来时，就对它
当胸一箭，把它射倒在岩石上。
它头上的犄角足足十六掌长，
由一位手艺高的工匠加工，
把两只角衔接在一起，表面
磨得透亮，安上了金环。现在，
潘达罗斯就把弓按在地上，上好弦，
他勇敢的朋友们把盾牌举在他的
面前作掩护，以防善战的阿开亚人
在他没有放箭射杀好斗的墨奈劳斯
以前，就向他扑过来。接着，
潘达罗斯打开箭筒盖，拈出一支
发送痛苦的新羽箭，迅速将致命的
箭搭上了弦，然后他向远射之神
阿波罗许愿，答应回到故乡——神圣的
城堡泽勒亚，立即向他献上用头胎
羊羔做成的祭献。随即他捏着箭矢的
槽口，拉动牛筋制成的弓弦，弦线
贴着了胸口，箭镞碰到了弓杆，
他用力把大弓拉满，大弓鸣叫起来，
弓弦瑟瑟震颤，那锋利的箭头带着怒火，
呼啸着向人群飞去，期望马上中的。

然而，墨奈劳斯啊，那些永生的神
并没有把你忘记；尤其是宙斯的
赏赐战利品的女儿，此时正站在你的
面前，替你挡开了那致命的一箭。
她的动作那么轻盈，仿佛母亲
替熟睡的孩子赶走苍蝇。她使

箭头偏离了落点，射向
那黄金的腰带；腰带扣着重叠的
胸甲，无情的箭头穿透坚固的扣环，
迅速刺中精致的胸甲，又划破
胸甲下面的护衬[1]。这层护衬
是你最后的防护，但箭头还是
穿了过去，挑破了你的皮肉，
一股黑色的鲜血立即从伤口涌出。

好像迈俄尼亚或卡里亚的妇女，喜欢用
红色染料来涂染象牙，制成马的面饰，
献给国王。尽管许多骑手都想得到它，
可它却被珍藏在宫殿，为帝王增添荣光。
就这样，墨奈劳斯，血流如注，染红了你
强健的大腿、小腿和漂亮的踝骨。
民众的国王阿伽门农看见兄弟受伤
非常惊恐，勇敢的墨奈劳斯看见自己的
伤口流血也吓得浑身发抖。可当他发现
箭矢的筋和倒刺都没有扎入伤口，
失去的勇气又回到了心头。伙伴们
围在一旁伤心地叹息，阿伽门农
握着墨奈劳斯的手，悲声哭泣：
“亲爱的兄弟，我祭神发誓，
让你孤身一人同特洛伊人决斗，
差点给你带来死亡，现在他们
践踏了誓约，把你射伤。
但我们订下的誓约绝非儿戏。
泼出去的祭酒没有掺过水，

[1] 护衬：束于胸甲下面，表面为金属片，内垫羊毛，用于缓冲兵器的冲击，保护下身。

羊羔的热血也不会白流，
俄林波斯山的主神一定痛恨
这种欺诈行为，携带神盾的
众神迟早会惩罚他们，要他们
用自己的脑袋和妻儿的鲜血付出
惨痛的代价。我心里很明白，这一天
终将到来；那时，神圣的伊利昂会被
夷为平地，普里阿摩斯和他使长柄枪的
战士都将被消灭。墨奈劳斯，要是你
就这样死去，结束命运控制的人生，
我会多么悲痛。我将带着耻辱，回到
干旱的阿耳戈斯，因为阿开亚将士已经
思乡不止。我们只得把阿耳戈斯的海伦
留给普里阿摩斯和特洛伊人，让他们得意。
而你的事业未竟，却撒手特洛伊平原，
让这儿的泥土腐蚀你的尸骨。傲慢的特洛伊人
会跳上墨奈劳斯的坟墓，趾高气扬地叫嚷：
'但愿阿伽门农气愤发怒，处处不顺心，
因为他徒劳地领兵远征，最后一事无成，
他把墨奈劳斯留在这里，却空船返程。'
他们会这样说，气得我恨不能跳进地缝！"

阿伽门农说完，只听棕发的墨奈劳斯安慰道：
"勇敢些，不要吓坏这儿的阿开亚人。
锋利的箭矢并没有击中我的要害，
因为黄金的腰带和重叠的胸甲
以及精致的护衬起到了保护作用。"

强大的阿伽门农听他说完，这样回答：
"亲爱的兄弟墨奈劳斯，但愿伤情像你

说的那样。医师会来治好你的伤，给你
敷上有效的药膏，止住黑色的疼痛。”

说完，阿伽门农立即吩咐神圣的传令官：
“塔尔苏比俄斯，快把阿斯克勒丕俄斯之子、
马卡昂叫来，他是手段高明的医师，让他给
阿特柔斯之子、好斗的墨奈劳斯医治。他已被
某个特洛伊人或吕西亚人的射箭好手击中，
是啊，那人得到了荣誉，我们却很悲痛。”

传令官听完命令，立即行动，他来到
披铜甲的阿开亚人的队伍中寻找马卡昂。
只见马卡昂站在他那群手持大盾的士兵中间，
他们都来自草沃马肥的特里卡，跟随他出征。
传令官走到他身边去对他说话，快捷的话语
仿佛长上了羽翼：“阿斯克勒丕俄斯之子，
强大的阿伽门农召唤你，要你去医治
阿开亚人的首领墨奈劳斯。他已被某个
特洛伊人或吕西亚人的射箭好手击中，
这样，那人得到了荣誉，我们却很悲痛。”

听完传令官的一席话，马卡昂很激动。
他们迅速穿过阿开亚人浩浩荡荡的队伍，
来到棕发的墨奈劳斯负伤的地点。那里
英勇的首领们围成一圈守在他的身边，
神圣的医师马卡昂走进去，站在中间。
他立即从墨奈劳斯的腰带扣环上拔出箭头，
他下手迅速，那锋利的倒刺向后脱落。
接着他动手解开那发亮的腰带、里面的胸甲，
以及下面做工精致的护衬。他检查了箭伤，

吸出伤口里面的淤血，敷上镇痛药膏，
这些药膏是很久以前马人喀戎送给他父亲的。

正当他们照料擅长吼叫的墨奈劳斯时，
手持盾牌的特洛伊队伍攻打过来了，
阿开亚人也重新武装起来，准备战斗。

你再也看不到熟睡不起的阿伽门农，
也看不到他畏缩不前、不思进攻的样子。
这时的阿伽门农最想战斗，以此获取殊荣。
他把战马和饰有青铜的战车留在身后，
由他的侍从欧鲁墨冬照管。欧鲁墨冬
是普托勒迈俄斯之子，而普托勒迈俄斯
是裴莱俄斯之子。阿伽门农命令他带着
车马紧紧跟随，以备疲劳时接应。于是，
阿伽门农徒步穿行在战阵间，整顿队列。
当他看到勒着马缰、求战心切的达奈骑手时，
就站到他们面前，激励道："阿耳吉维人的
勇士，切莫松懈你们的斗志，宙斯父亲
不会帮助破坏誓约的特洛伊人，是他们
首先违反了誓约，伤害了我们，秃鹫会
啄食他们鲜嫩的肉，而我们在攻陷城市后，
将用船把他们心爱而无助的妻儿掳走！"

但是，当阿伽门农发现有人退却，
想办法躲避打仗，就会气愤地破口大骂：
"怎么，阿耳吉维人，手持弓箭的斗士，
你们胆怯了吗？你们还知不知道羞耻？
这样没有信心地麻木站立，活像一群
疲惫地跑过大草原的雌鹿。你们在等什么？

难道想等特洛伊人把你们逼回大海——
你们船尾精固的海船停靠在那儿——
再看看克罗诺斯之子是否对你们伸手救援？”

阿伽门农就这样在队伍里穿行，发布命令；
他挤过密集的人群，来到克里特人的队列。
士兵们正积极备战，聚在伊多墨纽斯周围。
伊多墨纽斯壮实得像一头野猪，站在前排；
而墨里俄奈斯则督促着队伍的后部。见状，
民众的国王、阿伽门农很是高兴，
立刻用温和的语气对伊多墨纽斯说道：
“伊多墨纽斯，在驾驭快马的达奈人中，
无论是在打仗，还是在平时我都特别尊重你。
在我们阿耳吉维人首领的宴会上，
众人享受着调酒缸里晶亮的美酒，
别人只能喝一份，你的酒杯却和我的一样，
总是像开始的时候那样斟得满满的，
你的海量可以叫你随心所欲地畅饮。
行动起来吧，拿出你那时候的魄力！”

说完，只听克里特人的首领伊多墨纽斯回答：
“阿特柔斯之子，我一直是你忠实的战友，
就像我当初点头答应的那样。你去对其他
长发的阿开亚人鼓劲吧，好使我们快快进攻，
特洛伊人已死到临头，因为他们破坏了神圣的誓约。”

听他说完，阿伽门农很是高兴。
他继续往前走，穿过队伍，
来到著名的大小埃阿斯的阵前，
他们全副武装，周围站着一大群步兵。

这就像牧羊人未雨绸缪，在山冈上
远远瞥见一团乌云，胜似黑漆，
虽然卷着西风，还在海洋的上空飘浮，
就慌忙把他的羊群赶进了山洞。现在，
大小埃阿斯率领着由强壮的年轻士兵
组成的黑压压的队伍，他们举着盾牌
和长枪，群情激昂，准备迎接恐怖的战斗。
见此情景，民众的国王阿伽门农很高兴，
便对他们说道，快捷的话语仿佛长出了
羽翼："两位埃阿斯，披铜甲的阿开亚人的
首领，我无须发布命令，也用不着鼓励，
你俩自会带领士兵勇敢地战斗。
哦，宙斯父亲，雅典娜，阿波罗！
但愿我的部下人人都像这样，
那么，普里阿摩斯国王的城市很快
会在我们手下陷落，夷为平地！"

说完，阿伽门农离开他们，继续逡巡。
只见皮洛斯国王奈斯托耳正在整顿队伍，
他是嗓子洪亮、声音清晰的演说家，此刻
正督促战友接受这些首领的领导。他们是：
高大的裴拉工、阿拉斯托耳和克罗米俄斯，
还有强有力的海蒙，以及士兵的领袖比阿斯。
他首先把骑马和驾战车的战士列在前面，
而让作为中坚堡垒的步兵殿后；然后再把
胆小怕死者赶到中间，这样，即使他们怕死，
也没法退后，不得不战斗。奈斯托耳还命
令驾驭战车的士兵，抓紧缰绳，牵住马，
不要让它们受惊，冲撞了人群：
"谁也不许凭着自己的骑术和武艺，

冲出队阵，独自去和敌人搏斗；
谁也不许后退，那样会打乱阵脚。
当战车驶近敌人的战车，车上的战士
就可以使用长枪，近距离攻击。
你们的前辈就是凭着这种战术，
攻破了许多城池，取得了胜利。”

老人向部下传授着战争的经验，民众的
国王阿伽门农看见很是高兴，便对他
大声说道，快捷的话语好像长出了羽翼：
“老英雄，但愿你的腿脚还听你的使唤，
但愿你的精力还饱满如初；尽管凡人
那不可避免的老年折磨着你，但愿
有人能够代替你承受这些，使你重返青春！”
只听格瑞尼亚的车战英雄奈斯托耳回答：
“阿特柔斯之子，我也巴望和当年一样强壮，
那时我杀死了神一样的厄柔萨利昂。然而，
神明不会把所有好处赠予同一个凡人，
我当时青春力强，现在年老衰弱。可我
仍然要和年轻人一起打仗，让这些
满怀自信心的年轻人舞刀弄枪，而我
可以劝诫和指导，这才是老年人的特长！”

听他说完，阿伽门农很是高兴。他继续往前，
只见驾驭战车的裴忒俄斯之子墨奈修斯
无所事事地站在那里，周围簇拥着擅长吼叫的
雅典士兵。而他们旁边是足智多谋的奥德修斯，
跟随他的是，强劲的凯法勒尼亚人的队伍。
他们站在那里不动，因为没有听见擅长驯马的
特洛伊人和阿开亚人已经开始行动。他们只是

站在那里等候，盼着其他阿开亚人发起进攻。
民众的国王阿伽门农便厉声责备他们，
快捷的话语仿佛长出了羽翼：“裴忒俄斯的
儿子、神明保佑的国王，还有你，工于心计、
狡猾精明的首领，你们为何退缩，站在远处等候？
你俩应该站在队伍的最前列，冲锋陷阵打头阵。
每当开宴会招待阿开亚人首领，你们总是我
首先邀请的人；随你们大口咀嚼香喷喷的烤肉，
蜂蜜一样甘甜的葡萄酒也请你们尽情地喝。
而现在，你们却乐意观看其他阿开亚人作战，
哪怕有十支队伍已经冲到了前方阵地！”

听完这番指责，足智多谋的奥德修斯凶恶地说道：
“阿特柔斯之子，瞧你牙缝里蹦出什么话？！
你怎么能说，在阿开亚人和
擅长驯马的特洛伊人对阵之时，我们在退避？
你等着瞧，只要你需要，实际又很必要，
我，忒勒马科斯的父亲，将冲锋在最前列，
与擅长驯马的特洛伊人的一流战将对阵！
收起你的废话，它们像空穴来风，毫无用处！”

眼看奥德修斯生了气，强大的阿伽门农
只得把话收回，对他赔笑着道歉道：
“莱耳忒斯之子、主神的后裔、聪明的
奥德修斯，我不应逼你，也不应过多
责备你，我知道你很友好，胸中充满着
善意。其实你我英雄所见略同。如果
我说了什么难听的话，请你不要见怪，
日后我一定补救，愿神明把它们忘却。”

阿伽门农说完就离开，继续检阅其他部队。
只见提丢斯之子、雄心勃勃的狄俄墨得斯
站在套着骏马的战车后面，他身边站着
卡帕纽斯之子塞奈洛斯。阿伽门农一看见
狄俄墨得斯就厉声责备他，快捷的话语
仿佛长上了翅膀："驯马好手提丢斯的儿子，
你为何呆呆地望着两军阵地，畏缩不前？
你的父亲提丢斯可从来不是这样，打仗时，
他总是冲在别人前面。尽管我没有亲眼看见，
也未曾同他谋面，但别人都说他出色，
是首屈一指的英雄。他去过迈锡尼，
当然不是作为敌人，而是作为嘉宾；
当时为了攻占神圣的忒拜城[1]，他和
杰出的波鲁内开斯，去那儿招兵买马。
他们热烈地请求派给他们最好的盟军，
我的同胞迈锡尼人倒是愿意帮忙，
答应他们的要求，但宙斯显示了凶兆，
使他们改变了主意。后来，提丢斯等人
离开那儿，来到阿索波斯河岸，岸边
芳草萋萋，河床芦苇丛生，阿开亚人
要提丢斯先进城谈判，捷足先行。于是
他匆匆上路，来到忒拜城，看见卡德墨亚
国王的权贵们在强壮的厄忒俄克勒斯的
宫殿里畅饮。驯马好手提丢斯只身处于
卡德墨亚人[2]中间，虽然人地生疏，
却不动声色，无所畏惧。他向他们挑战，
比赛竞技，雅典娜助他以神力，结果使他

[1] 俄狄浦斯的儿子波鲁内开斯，同他兄弟厄忒俄克勒斯争夺王位。提丢斯是攻打忒拜的七将之一，后在战斗中负伤而死。

[2] 卡德墨亚人：即忒拜人。

在每个项目里都大获全胜。由此激怒了
驾战车的卡德墨亚人，他们派了五十个年轻人
在提丢斯的归途中设下埋伏。这些壮士由
两位勇士率领，他们是：海蒙之子、神一样
俊美的迈昂和奥托福诺斯之子、剽悍骁勇的
波鲁丰忒斯。但提丢斯使他们陷于可耻的命运——
除了遵照神的兆示，让迈昂一人生还以外，
其他人都被埃托利亚的勇士提丢斯消灭干净。
现在，他的儿子却没有他勇猛，只在嘴上比他强。”

听完这番指责，强有力的狄俄墨得斯却没有
反驳，他已对高贵的阿伽门农心悦诚服。
但显赫的卡帕纽斯[1]之子塞奈洛斯却忍不住说：
“阿特柔斯之子，你不要说假话，你心里最清楚，
我们确实比我们的父辈强。我们带着很少的人马，
就攻破了七个城门的忒拜城，我们相信众神的预兆，
接受宙斯的保佑，不像他们，毁于自己的鲁莽和执拗。
所以，请不要将我们和我们的父辈相提并论。”

只听雄心勃勃的狄俄墨得斯对他斜了一眼说：
“不要这么说，朋友，听我的！
我并没有对士兵的领袖阿伽门农生气，
他这是在给穿胫甲的阿开亚人鼓劲。
如果阿开亚人打败特洛伊人，
攻占了忒拜城，荣耀就属于他；
如果阿开亚人被战胜，他也最痛苦。
让我们尽自己的能力，英勇陷阵！”

[1] 卡帕纽斯：也是攻打忒拜的七将之一，后被宙斯的雷击死。卡帕纽斯死后，他的儿子塞奈洛斯和狄俄墨得斯，及其他五将之子，为父辈报仇，攻打忒拜。

说完，狄俄墨得斯抬腿从战车上跳下，
胸前的铜铠甲跟着发出可怕的声响，
这番架势，连最勇敢的战士见了都很害怕。
于是，达奈人的队伍开始出发。
那就像海浪被西风卷起，一层接一层地
冲击着沙滩；浪峰扬到空中，随即又落下，
冲撞着礁岩，迸射出咸味的浪花。达奈人
由首领统率着，一队接一队地默默行军，
无法想象如此众多的士兵，因为惧怕首领，
全都紧闭嘴巴，一言不发。他们浑身上下
都闪着精致的铜甲的光芒。而特洛伊人的
队伍却是另外一种景象：仿佛成千上万头
待挤奶的母羊，咩咩叫着簇拥在富翁的农庄，
它们正等着贡献出洁白的乳浆，一边呼唤着
自己的羔羊。特洛伊人的队伍里就这样
喊声不绝于耳，那些声音出自不同的语言，
因为士兵来自语言混杂的不同城邦。战神
阿瑞斯催促他们前进，而灰蓝眼睛的雅典娜
则是阿开亚人的保护神。她是恐怖之神、
骚乱之神、冷酷无情的战争之神，作为嗜血的
战神阿瑞斯的姐妹和伙伴，她刚出生时很小，
不久便顶天立地，升入苍穹，只见她穿行在
两军中间，播下仇恨的种子，加剧着人们的痛苦。

就在这时两军迎面相遇，白刃格斗开始了。
只见无数的盾牌、长枪打成一片，披铜甲的
战士竞相搏杀；猛烈的喊杀声和兵器的撞击声
响彻云霄，其中夹杂着死者的哀号和胜利者的
吼叫。那就像冬天雨季，两条河流从高山的
源头泻入峡谷，洪水汇成两股激流，来势凶猛，

直下谷底，这才汇合起来，发出雷鸣般的巨响，
并传至远处的山坡，震荡着牧人的耳朵——
战斗的喊声惊天动地，殷红的鲜血浸透了泥土。

安提洛科斯率先杀死了一位冲在前排的
特洛伊首领，他是萨鲁西阿斯之子
厄开波洛斯。安提洛科斯抢先得手，
他用长枪击中了厄开波洛斯那顶饰有
马鬃的头盔，青铜的枪尖直扎进对方的前额，
一直到达了颅骨。于是厄开波洛斯的眼前一片黑暗，
一头栽倒在地，仿佛一座倾塌的墙圮。
厄开波洛斯倒下后，强有力的卡尔科冬之子
厄勒菲诺耳马上抓住他的双脚，想从箭雨中
将他的尸体拖走，好剥去他身上的铠甲；
厄勒菲诺耳是生性豪放的阿邦忒斯人的首领。
但是，正当他弯腰之时，两肋暴露在外，
勇猛健壮的阿格诺耳乘机投枪，青铜枪尖
刺中他的要害，厄勒菲诺耳顿时毙命，
于是，特洛伊人和阿开亚人像饿狼一样扑上，
为了抢夺他的尸体，双方展开激烈的争斗。

激战中，忒拉蒙之子埃阿斯打死了
西摩埃西俄斯。他是安塞米昂之子，
还年少未婚。当时他母亲正跟随她的
父母从伊达山下来，到西摩埃斯河放羊，
把他生在了河边，取名为西摩埃西俄斯。
可怜他生命短暂，死在埃阿斯之手，
无法再报答双亲的养育之恩。当时，
他冲锋在前，迎面遇上兴高气傲的
埃阿斯那杆锋利的长枪。枪尖当胸穿过，

他即刻翻倒在地，这就像一棵长在湿润的
草地里的黑杨树，树干光滑，枝叶茂盛，
如今却被人用闪亮的斧头砍倒，准备风干后，
用来制造战车上的车轱辘。宙斯的后裔
埃阿斯就这样杀死了安塞米昂之子
西摩埃西俄斯。于是，普里阿摩斯之子、
胸甲闪亮的安提福斯在人群中朝埃阿斯
投出了长枪，没想到长枪没有击中目标，
却射入奥德修斯亲密的朋友琉科斯的腹部，
当时他正在拖一具尸体，只见他马上松开
双手，一头栽倒在尸体上。奥德修斯大怒，
立即从队伍里跳出来，头顶发亮的铜盔，
目光炯炯，挥舞着那把闪亮的长枪，对着
敌人用力一掷，特洛伊人见状慌忙退后。
长枪击倒了普里阿摩斯的私生子德谟科昂，
他来自阿彼多斯，擅长驾驭快马。因为朋友的
死，大怒欲狂的奥德修斯的枪尖左右洞穿了
他的脑袋，死亡的黑雾立即蒙上他的眼睛。
他轰然倒地，铠甲在身上哐哐直响。特洛伊人
见状，开始退却，包括显赫的先锋赫克托耳；
而阿耳吉维人却大声欢呼，拖回尸体，乘胜
追击。这时，阿波罗站在特洛伊城的制高点
裴耳伽摩斯城楼往下观望，看见此景就大叫：
“擅长驯马的特洛伊人，振作起来吧！不要
向阿耳吉维人让步，他们的身体不是石头，
也不是生铁做成的，可以挡住铜枪铁矛。快向
他们进攻！虽然此刻美发的忒提丝生的儿子
阿基琉斯罢战不出，在海船边生着气、休息。”

令人敬畏的阿波罗神这样在城楼上呐喊，于是

宙斯之女特里托格内娅，最荣耀的女神，
更是穿巡在阿开亚人的队伍，激励助威。

这时，死神抓住了阿马仑丘斯之子
狄俄瑞斯，让来自埃诺斯的色雷斯
英雄、伊勃拉索斯之子裴罗斯，
用一块石头砸烂了他的踝骨和胫腱，
使他仰面倒在地上，伸出双手向他的
战友求救，只见投石者又快步赶上，
一枪扎进他的小腹，满腔肚肠，倾泻
而出，死亡的黑雾顿时蒙住了他的
双眼，身躯里的魂灵随即逃离开去。

正当裴罗斯匆匆跑回自己的阵营，
埃托利亚人索阿斯迅速投枪出手，
一枪击中了裴罗斯的前胸，枪尖刺入肺部。
只见索阿斯赶到裴罗斯身边，拔出长枪，
又随手抽出利剑，在他的腹部补上一剑，
结果了他的性命。但他不敢剥下死者的铠甲，
因为裴罗斯的战友已经围了上来，他们都是
手握粗大长枪、头挽顶髻的色雷斯英雄。
所以，尽管索阿斯强悍高傲，也不敢恋战，
只得迈着踉跄的脚步，全身而返。这样，
地上并排躺着两具尸体，一位是色雷斯人的
首领，另一位是身披铜甲的厄利斯人的国王；

而成批成群的士兵倒在他们的身旁。
如果谁蒙受雅典娜的庇护和引导，
在激战中还未曾被枪击中，被剑刺倒，
就不会嫌战斗不够残酷，不够凶险，

因为那天，有多少特洛伊人和阿开亚人
脑袋挨着脑袋，身体挨着身体，
面朝尘土，命丧黄泉。

第五卷

狄俄墨得斯向天神挑战

这时，雅典娜已把力量和勇气
赋予提丢斯的儿子狄俄墨得斯，
使他在所有阿耳吉维人面前，显得
通体生辉，神采奕奕。只见他的头盔
和盾牌发出灿烂的光芒，比仲夏之夜
倒映在俄开阿诺斯河里的星辰，还要明亮。
女神就这样，把他送上战场去建立功勋。

特洛伊人中，有个富人，名叫达瑞斯，
他纯洁无瑕，是火神赫法伊斯托斯的祭司。
他的两个儿子：菲勾斯和伊代俄斯，精通
军事。只见他们驾着战车，突然冲出了
队伍，朝徒步的狄俄墨得斯径直冲去。
等到他们相遇，菲勾斯率先动手。他那条
拖着长影子的青铜枪向狄俄墨得斯扎来，
可惜没有击中身体，只是擦过左肩飞去。
于是提丢斯之子投枪出手，枪尖当胸穿透，
菲勾斯落马倒地。而伊代俄斯来不及保护
兄弟的尸体，就赶快从战车上跃下，逃跑了，
要不是火神赫法伊斯托斯怜悯他父亲，
不致老来绝子，放出黑雾救了他一命，

他一定也性命难保。提丢斯雄心勃勃的儿子
将战马赶出来，交给他的战友，牵回自己的
海船。生性豪放的特洛伊人目睹达瑞斯的
两个儿子，一个被杀，一个逃跑，无不
恐惧心寒。这时，灰蓝眼睛的雅典娜拉住
战神，说道:“阿瑞斯，人类的毁灭者，
杀人不眨眼的克星！我们最好不要插手，
就让特洛伊人和阿开亚人这样打下去，
看看父亲最后把荣誉赐给他们哪一方！”

她说着，就把狂暴的阿瑞斯引出战场，
让他坐在斯卡曼得罗斯河的河岸上。
与此同时，达奈人击退了特洛伊人，
每位首领都杀死一个敌人。民众的
国王阿伽门农首先把哈利宗奈斯人的
首领、高大的俄底俄斯撂下了战车。
趁他转身逃跑之际，一枪刺中了
他的脊梁，枪尖又穿透了他的胸膛，
他轰然倒下，身上的铜甲哐哐直响。

而伊多墨纽斯打死了波罗斯之子法伊斯托斯，
这个迈俄尼亚人来自土地肥沃的塔耳奈。
当他想从马后登上战车时，著名的投枪手
伊多墨纽斯奋力出击，粗长的长枪
刺穿他的右肩，将他打落在地，
死亡的黑雾夺走了他的生命。

于是，伊多墨纽斯的随从便剥走了他的铠甲。
几乎同时，阿特柔斯之子墨奈劳斯
用锋利的青铜枪杀了斯卡曼得里俄斯，

他是斯特罗菲俄斯的儿子，出色的猎手，
阿耳特弥斯曾亲手教会他狩猎，
使他擅长追捕森林中的各种野兽。
但现在，射猎女神阿耳特弥斯救不了他，
他那高明的箭术也帮不上忙。只见
阿特柔斯之子、投枪好手墨奈劳斯
趁他在自己前面奔跑之时，就一枪
扎进他的背脊，枪尖穿透胸脯，使他
俯身倒下，身上的铠甲还在哐哐作响。

而墨里俄奈斯杀了菲瑞克洛斯，后者
是哈耳摩尼得斯之子忒克同生的儿子。
他心灵手巧，深受雅典娜的宠爱。
正是他，为亚历克山德罗斯建造了
远航的大船，全然不晓神谕，从而
给特洛伊，也给自己带来了灾难。

墨里俄奈斯一边追，一边向他攻击，
一枪扎进了他的右臀，枪尖刺破
他的膀胱，菲瑞克洛斯双膝跪倒，
大声惨叫，死亡的黑雾将他笼罩。

墨格斯杀了安忒诺耳之子裴代俄斯。
尽管后者是私生子，美丽的塞阿诺却对
他视同己出，养育成人，以取悦她的丈夫。
现在，却被夫琉斯之子一枪击碎颈骨，
枪尖直插口腔，割断了舌根，
含着冰冷的铜矛，他倒地身亡。
欧埃蒙之子欧鲁皮洛斯杀了神一样的
呼普塞诺耳，他是高傲的国王多洛丕昂的

儿子，也是河神斯卡曼得罗斯的祭司，
受到他家乡人民神一样的尊敬。却被
欧埃蒙显赫的儿子一剑砍断了肩膀，
鲜血喷射，肢体分离，强大的命运
不幸降临，黑色的死亡夺去了他的呼吸。

就这样，他们在激烈的战斗中拼命厮杀，
你却说不出，提丢斯之子到底属于哪一方，
是特洛伊人，还是阿开亚人——只见他
在平原上横冲直撞，仿佛冬日雨季
泛滥的河流，汹涌的洪水冲垮了堤坝，
一路奔腾，这条宙斯降雨所形成的激流
捣毁了果实累累的葡萄园的防护墙，
扫荡了人们精耕细作的农庄。
就这样，提丢斯之子狄俄墨得斯
打散了许多支特洛伊人的队伍，
尽管他们人数众多，却仍然
溃不成军，无法与之对抗。

鲁卡昂显赫的儿子潘达罗斯看见
狄俄墨得斯冲过平原，击溃了己方的队伍，
就拉弓搭弦，瞄准提丢斯之子发射。
箭镞离弦，射中英雄的右肩，铜铠甲的
连接处，箭头一直扎进了血肉，于是
鲜血喷溅，染红了甲胄。只听鲁卡昂
显赫的儿子高声呼喊："振作起来吧，
驯马好手、健壮豪放的特洛伊人！
阿开亚人最勇敢的战将已被我射中，
如果真是宙斯之子、远射之神阿波罗
把我从吕西亚催促来这里打仗，这回，那人

吃了我致命的一箭，不会活得太久！”

潘达罗斯这样夸口炫耀，却不曾料到
飞箭并没有将对手射倒，狄俄墨得斯
只是退到卡帕纽斯之子的战车旁，
对塞奈洛斯轻声说道，话语仿佛
长出了翅膀：“卡帕纽斯的好儿子，
赶快下车，帮我拔除肩上这枚毒箭！”

塞奈洛斯听见，马上从战车上跳下，
他站到提丢斯之子面前，干净利落地
拔除了箭头，鲜血浸透了后者柔软的
衬袍。只听擅长吼叫的狄俄墨得斯
这样大声地祈祷：“携带神盾的宙斯的
女儿，不知疲倦的女神，请听我祈祷！
如果你曾经在疯狂的战争中帮过我父亲，
雅典娜，那么现在请你帮我实现我的愿望。
答应我，让我杀死这个仇人，他趁我不备，
暗下毒手，又无耻地夸口，说我活不了多久。”

狄俄墨得斯说着，雅典娜便听到了他的祈祷，
只见女神舒展四肢，轻盈地降到他的身旁，
对他大声说道，快捷的话语仿佛长上了翅膀：
“狄俄墨得斯，你可以放手去拼杀，
我已经把巨大的勇气灌进了你的胸膛。
当时，你父亲，车战英雄提丢斯，就是
凭借这股勇气所向无敌。我已经拂去
蒙住你眼睛的雾气，使你能够分辨诸神
和凡人，如果有永生的神来和你对阵，
你要回避，如果发现宙斯的女儿

阿芙洛狄忒来打仗，你可以将她刺伤！”

灰蓝眼睛的雅典娜说完，便离他而去，
提丢斯之子迅速回到自己的队列；
他原本就想同特洛伊人战斗，这会儿
更是平添了三倍的勇气。就像一头狮子，
跃过羊栏时被保护羊群的牧人打伤，
却没有致命，反而惹恼了它，使它蛮力倍增；
猎人无法将它赶走，只得躲进农舍，
失去保护的羊群惊慌失措，乱作一团，
而狮子蹬腿伸爪，急于想跨过羊栏——
强有力的狄俄墨得斯也是如此，
怒气冲冲，渴望扑向特洛伊人。

很快，狄俄墨得斯杀了阿斯图努斯，
用长枪洞穿了他的前胸；又用利剑
砍死了士兵的领袖呼培荣，刀刃
劈进呼培荣的锁骨，使他肢体两分、
身首异处。接着，狄俄墨得斯丢下
这两具尸体，又扑向释梦者欧鲁达马斯的
两个儿子——阿巴斯和波鲁伊多斯，
他们来不及回家听年迈的父亲释梦，
就被强有力的狄俄墨得斯结果。随后，
狄俄墨得斯又盯上了法伊诺普斯的
两个儿子——高大英武的珊索斯和索昂，
年老的父亲除了他俩，没有其他子嗣，
同胞兄弟，备受宠爱，可狄俄墨得斯
夺走了他俩可爱的生命，留给老人无尽的
悲痛，死后只能由远亲来瓜分他的财物。

然后，狄俄墨得斯又杀了厄开蒙和克罗米俄斯，
他们乘着同一辆战车，是普里阿摩斯的两个儿子。
犹如狮子攻击在林中吃草的牛群，
趁它们不备，咬断母牛和小牛的脖颈——
提丢斯之子就这样，毫无怜悯地将他俩
狠狠地打下战车，剥走了他们的铠甲，
随即牵过马匹，交给战友，赶往海船。
埃涅阿斯眼看狄俄墨得斯如此厉害，
便冒着纷飞的枪雨，在队伍里穿行，
想法找到鲁卡昂之子潘达罗斯。
他一看见强健骁勇的潘达罗斯就走上去，
站到他面前对他说："潘达罗斯，你的
弯弓、羽箭哪里去了？你那神箭手的
名声，又哪里去了？你的箭法精湛，没有
一个特洛伊人比得过你；吕西亚人中，
也找不出一个人敢同你比赛。那么，
请你振作起来，举起双手向宙斯祈求，
瞄准这个人给他当头一箭！不管他是谁，
已经给我们特洛伊人造成很大的麻烦，
使无数好汉膝头变软。难道他是一位
难以抵抗的神祇，因为我们疏忽了
某次献祭，而对特洛伊人仇恨不满？"

只听鲁卡昂显赫之子潘达罗斯回答：
"埃涅阿斯，披铜甲的特洛伊人的军师！
我觉得他很像提丢斯的儿子狄俄墨得斯，
我认出了他的盾牌、头盔上穿马鬃的
洞眼，还有他那对骏马。但我不敢确定
他是不是神。如果他真是提丢斯之子，
一个凡人却如此厉害，一定有位永生的神

裹着云雾站在他身边，向他伸出援手，将射向
他的箭偏离着落点。我刚才已朝他射过
一箭，击中他的右肩，青铜铠甲的连接处，
箭头一直扎进了血肉，原以为他必死无疑，
见了冥王，岂料他并没有毙命。他准是
一位愤怒的神明。可是现在，我手头
既没有战车，又没有马匹，在鲁卡昂的
家里倒有十一辆，非常漂亮，都是崭新的
式样，盖着麻布，停放在我的库房，
每辆车都配了一对马轭[1]的战马，这些马
吃的都是雪白的大麦和黑色的燕麦。
当我离开华丽的宫殿，动身到特洛伊
领兵打仗时，年迈的父亲、神箭手
鲁卡昂倒是再三叮嘱我，让我驾着
战车一起上路。要是当初听他的话
就好了！可是我没有听从他的劝告，
把车马都留在了家里，因为我的马
要吃习惯的饲料，部队人马众多，
我担心它们会吃不饱。所以，我没乘
车马，就徒步来到迷人的伊利昂，
我信赖我的弓箭，可它却不争气。
我已向阿特柔斯之子和提丢斯之子
射出两箭，每次都箭无虚发，扎出了
鲜血，却不能将他们结果，反而引起了
他们的愤怒。这样看来，我为了取悦
神一样的赫克托耳，带领我的人来
特洛伊打仗，打从钉子上取下弓箭的
那一天起，我的运气就十分不佳。

[1] 马轭：驾车时扼住马颈子的器具。——编者注

要是我还能活着回去，看见我的妻儿
和豪华的王宫，我一定亲手把这张弓
折断，扔进熊熊的大火，要不然，
就让哪个外乡人来砍下我的脑袋。
因为我带在身边的这东西，
像清风一样起不了丝毫作用。”

听他这么说，特洛伊人的首领埃涅阿斯
这样回答：“不要这么说。我看情况不会
有什么变化，除非你我一同驾着战车，
拿起武器迎上去，和他打！来吧，请登上
我的战车，看看特洛斯先王的马种到底
怎么样，看看它们如何熟悉自己的平原，
或进或退，行动自如！如果这次宙斯把荣誉
再赐给狄俄墨得斯，这对驭马仍会把我们
平安地带回城。让我们赶快行动！由你
接过马鞭和缰绳来驾车，我下车去战斗；
或者我来驾车，你去对付他。”
只听鲁卡昂显赫的儿子这样回答：
“埃涅阿斯，还是由你来执掌缰绳，
要是我们打不过提丢斯之子想退走，
那么，你的马由熟悉它的人驾驭会
跑得更快、更稳，不致因为提丢斯之子的
进攻而受惊，听不到你的声音，就撒野
不走，高傲的狄俄墨得斯就会扑过来，
把我们杀死，并带走这些快马。
所以，还是由你来赶自己的马车，
让我举着这支锋利的长枪来对付他！”

说完，两人就一同登上精固的战车，

策马扬鞭，狂怒地冲向提丢斯之子。
卡帕纽斯显赫的儿子塞奈洛斯看见，
立即去报告提丢斯之子，快捷的话语
仿佛长上了翅膀："亲爱的提丢斯之子
狄俄墨得斯，我看见两个强大的敌人
要与你拼杀。一个自称是鲁卡昂之子
箭术精湛的潘达罗斯；另一个自称是
英勇的安基塞斯之子埃涅阿斯，他的
母亲是爱情和婚姻的女神阿芙洛狄忒。
来吧，让我们驾着战车撤离，
这样冲出去硬拼，会要你的命。"

听他这么说，强壮的狄俄墨得斯凶狠地
回答："不要对我说逃跑的话！畏缩
不前、临阵脱逃可不是我的秉性，
何况我现在仍然浑身是劲，
雅典娜也不会允许我逃离！
我不愿驾车而战，只想徒步迎敌，
这两个人，快马绝不会再把他们
拖回城，也许其中的一个，会从
我的枪下逃生。我还有一事相告，
你要记牢：假若足智多谋的雅典娜
让我获得荣誉，将他俩杀死，你别
忘记将我们的车马拴上、停好，然后
快去把埃涅阿斯的战马从特洛伊人
那里牵回，带往穿胫甲的阿开亚人的
阵营，要知道，它们是良种。雷电之神
宙斯曾经送给特罗斯一匹马，作为带走

他的儿子伽努墨得斯的补偿[1]，所以，
它是晨曦和太阳底下最好的良驹。后来，
民众的国王安基塞斯偷得这良种，
背着劳墨冬[2]将它和母马配种，
结果为自家的马厩添了良马六匹。
他自己留下四匹喂养，把这两匹
送给了擅长驯马的埃涅阿斯。
若能擒得这对千里良驹，
你我将赢得极大的荣誉。”

正当他们说着，只见那两个对手
驾着快马已经逼近。鲁卡昂英武的
儿子率先对狄俄墨得斯这样叫嚷：
“高傲的提丢斯之子，身强力壮的勇士，
既然我那锋利的箭头没能射死你，
现在，我就用这把长枪将你刺杀！”

说完，他就用力一掷，那条拖着长影子的
青铜枪立即扎入狄俄墨得斯的盾牌，青铜的
枪尖又穿透盾牌，刺入他的胸甲。鲁卡昂
英武的儿子欣喜若狂，对他大声叫嚷：
“我打中了，你的肚皮被洞穿！我看你
活不了多久了，你给我带来巨大的荣耀！”

强有力的狄俄墨得斯却泰然自若地说：
“你打偏了，并没有击中我！相反，
我看你俩逃不了，不是你，就是他，

[1] 伽努墨得斯是特罗斯的儿子，容貌俊俏，被宙斯弄上天当酒童。特罗斯曾是特洛伊的国王，达耳达诺斯的孙子。达耳达诺斯是宙斯之子，特洛伊先祖。

[2] 劳墨冬：特罗斯的孙子，普里阿摩斯的父亲。

直到其中一人倒下，流出黑血，
把嗜血好斗的战神阿瑞斯喂饱！”

狄俄墨得斯奋力投出长枪，雅典娜
将矛头引向潘达罗斯的鼻梁，矛头穿透
他的口腔，使舌苔连根铲下，坚硬的
枪尖刺出了下颌。潘达罗斯一头从
战车上栽倒在地，身上的铠甲还在
哐哐作响。那两匹快马扬起前蹄，
迅速闪避，而潘达罗斯的魂魄早已飞逝。

只见埃涅阿斯携着盾牌和粗大的长枪
跃下了战车，他生怕阿开亚人拖走遗体，
便威严地守在那里，像以力气恃强的狮子。
他手握长枪，携着半径等长的盾牌，
发出可怕的吼声，扬言谁敢靠近，就将谁打死。
这时，狄俄墨得斯抱起了一块巨石——
我们现在，即使两个人也抬不动它——
单手抓握，轻松地举过头顶，用力
一掷，就击中了埃涅阿斯的大腿。
那里正是髋骨和盆骨相连的凹陷处，
石块砸碎了髋骨，击断了两根筋腱，
粗粝的棱角割裂了皮肤。勇士不得不
屈膝跪地，粗壮的手臂支撑身体，
死亡的黑雾蒙上了他的眼睛。

要不是宙斯的女儿阿芙洛狄忒眼疾手快，
民众的国王埃涅阿斯或许就会死在战场。
女神是他的母亲，和在草场牧牛的安基塞斯
同床，生下了他。只见阿芙洛狄忒伸出雪白的

胳膊，抱住了心爱的儿子，用一小片裙裾
遮住了他的身躯，以免哪个驾驭战车的阿开亚人，
用锋利的青铜枪挑开他的胸膛，夺走他的性命。

就这样，女神把心爱的儿子救出战场。
然而，卡帕纽斯之子塞奈洛斯没有忘记
狄俄墨得斯的命令，在远离战场的地方
安置好他们的车马，随后只身冲向埃涅阿斯
那两匹长鬃飘扬的快马，牵回到阿开亚人的
阵营，交给德伊皮洛斯。他是塞奈洛斯的
挚友，在同龄人中最值得尊敬，因为他俩
心心相印——由他将快马赶往巨大的海船。
然后塞奈洛斯跨上战车，抓起闪亮的缰绳，
驾着马蹄强健的战马，去寻找提丢斯之子
狄俄墨得斯，此时他正举着无情的青铜长枪，
奋力追赶库普里丝[1]。
狄俄墨得斯深知阿芙洛狄忒生性懦弱，
既不是替凡人领兵打仗的战神，也不是
雅典娜，或者那洗劫城堡的厄努娥[2]，
所以，提丢斯之子对她紧追不舍，
并穿过大队人马赶上她，朝她投出
锐利的长枪，直指女神柔软的臂膀。
枪尖穿过美惠女神们[3]为她编织的永不
损坏的裙袍，划破了手腕上娇嫩的皮肤，
一种神圣的液体开始往外渗漏——
那长生不老的神因为不吃面包，

[1] 库普里丝：即阿芙洛狄忒，库普里丝是她的别称。
[2] 厄努娥：喧嚣女神，是战神阿瑞斯的伴侣。
[3] 分别是光辉女神、激励女神、欢乐女神，她们是希腊神话中体现人生全部美好的女神。——编者注

也不喝晶莹的葡萄酒，所以没有血，
只有这种液体在全身环流——
只见阿芙洛狄忒尖叫一声，儿子
埃涅阿斯从她的臂弯里滑落，正好被
阿波罗接住。于是阿波罗放出烟雾，
将他团团围住，生怕哪个阿开亚人
驾着战车用青铜长枪将他刺伤，夺走
他的性命。这时，擅长吼叫的英雄
狄俄墨得斯对女神叫嚷："宙斯之女，
请赶快退出战争！你诱惑那些脆弱的
妇女，难道还不够？如果你来参战，
只要在远处一听见战争的声音，
保证就会被吓得浑身发抖！"

听完提丢斯之子的这番嘲讽，女神愤然离去，
追风的伊里丝牵着阿芙洛狄忒的手，将她
引出战场。只见受伤的女神非常痛苦，
闪亮的皮肤开始变暗。这时，阿芙洛狄忒
发现狂暴的战神阿瑞斯正停留在战场的
左前方，他的枪靠着云端，两匹快马相依而立。
女神连忙向他屈膝跪下，开始恳求她的兄弟：
"亲爱的兄弟，快救救我！我疼痛难忍，
快借给我你这两匹戴有金笼头的快马，
让我好去俄林波斯山，永生的神居住的地方。
因为提丢斯的儿子、一个凡人将我射伤，
眼下，他甚至敢和宙斯父亲打仗！"

听她说完，阿瑞斯交出了戴有金笼头的快马。
女神忍着疼痛，登上了战车。伊里丝也跟着
上了战车，站在她的身旁抓起了缰绳。

她们快马扬鞭，两匹神驹撒蹄狂奔。
她们很快回到天界，那陡峭的俄林波斯山，
追风的伊里丝勒住马，把车轭卸下，
喂它们仙界的饲料。神圣的阿芙洛狄忒
扑倒在母亲狄娥奈的膝头。母亲把她
搂进怀里，轻轻地抚摸，说道：
“我的孩子，告诉我，哪位天神
把你当作坏女神，对你如此动粗？”

只听爱笑的阿芙洛狄忒这样回答：
“是提丢斯的儿子狄俄墨得斯
将我刺伤。当时，我正把我的爱子
救出战场，埃涅阿斯是我最宠爱的
凡人。现在不光是特洛伊人和阿开亚人
在打仗，达奈人已向永生的神开战！”

听他这么说，神圣的女神狄娥奈回答：
“我的孩子，耐心些，忍着点，虽然
你很痛苦！我们这些住在俄林波斯的神
因为凡人互相争斗，吃过多少苦头？
战神阿瑞斯吃过苦头：阿洛欧斯的
两个儿子、强有力的厄菲阿尔忒斯
和俄托斯[1]，用锁链将他捆起来，
关在青铜大瓮里长达十三个月，
要不是阿洛欧斯的后妻、美颊的
厄里波娅给赫耳墨斯报信，后者
把阿瑞斯从大瓮里偷出，嗜血好战的
阿瑞斯可能早就惨遭毁灭，即使这样，

[1] 厄菲阿尔忒斯和俄托斯是海神波塞冬的孙子。

他也被锁链捆得奄奄一息，苦不堪言。
赫拉也吃过苦头：安菲特鲁昂那强有力的
儿子[1]，曾用一枚带三个倒钩的箭头，
射进她的乳头，使她疼痛难忍，遭受
无法形容的折磨。就连巨大的冥神
哈得斯也不能幸免：同样是这个人[2]，
携带神盾的宙斯之子，在皮洛斯，
从死人堆里向他射箭，结果射中了
他宽厚的肩膀；哈得斯痛苦难忍，
只得带着箭伤登上俄林波斯山，
来到宙斯的宫殿。还好神医派厄昂
为他敷上创药，治愈了伤口。这个
赫拉克勒斯，生性鲁莽，出手凶狠，
全然不顾已经犯下伤害天神的罪过！
至于你说的这个人，提丢斯之子，
一定是受了灰蓝眼睛的雅典娜的指使
才敢伤害你。可怜的傻瓜，殊不知
胆敢攻击神明的凡人，寿命不会长久；
他即使从激烈而痛苦的战争中活着回家，
也不可能有儿女围聚在膝前叫他爸爸。
所以，尽管提丢斯之子十分勇猛，
也最好让他留神，如果一个比他
更强大的英雄来和他交手，那他
聪慧而壮实的妻子、阿德瑞斯托斯之女
埃吉阿蕾娅就只能思念她的合法丈夫——
驯马好手狄俄墨得斯，这个阿开亚人中
最勇敢、最优秀的男子——并哀伤不已，

[1] 指赫拉克勒斯，他是宙斯的儿子，安菲特鲁昂是提仑斯王，赫拉克勒斯名义上的父亲。
[2] 指赫拉克勒斯。

每每从睡眠中哭醒。”

说完，狄娥奈擦去女儿神圣的体液，
治愈了她手腕上的创伤，剧烈的痛苦
顿时消失了。然而，赫拉和雅典娜
看见这一切，就嘲讽阿芙洛狄忒，以激怒宙斯。
只听灰蓝眼睛的女神雅典娜这样说道：
“宙斯父亲，你听了不要生气。假如
我没有猜错的话，事情应该是这样的：
我们的库普里丝又去勾引某个阿开亚女子，
当她抓着那女子的长裙，去和女神
所宠爱的特洛伊人私奔时，不小心
被那女子肩上的金别针划破了手。”

听了雅典娜这番嘲笑，神人之父笑了笑，
把金色的阿芙洛狄忒唤到身边，对她说道：
“我的孩子，喧嚣的战争不是由你掌管，
把它们留给雅典娜和阿瑞斯去操心，
你还是管好婚姻爱情方面的事。”

当众神在那儿攀谈逗笑时，擅长吼叫的
狄俄墨得斯还在向埃涅阿斯进攻。
他明知阿波罗亲自保护着他的敌人，
但他仍然毫不畏惧，试图将埃涅阿斯
杀死，并剥下他那身发亮的铠甲。
他发疯似的一连进攻三次，三次都被
阿波罗用那面闪亮的盾牌挡了回去。
正当他像一位天神，第四次猛扑上去时，
远射之神阿波罗发出了摄人心魄的吼声：
“不要胡来，提丢斯之子！请你想一下，

乖乖地后退！别想和神祇比高低，
毕竟天上地下，不是同一属类。”

听他这么说，提丢斯之子勉强后退了几步，
以避开远射之神阿波罗的强烈愤怒。
这样，阿波罗将埃涅阿斯远远地带离战场，
安置在裴耳伽摩斯，他自己的神庙内，
一个宽敞而神秘的厅堂，勒托和射猎女神
阿耳特弥斯来给埃涅阿斯治伤，使他恢复了
原样。而银弓之神阿波罗又化出一个
和埃涅阿斯一模一样的形象，留在战场，
戴同样的头盔，披同样的铠甲。围绕这个
假象，特洛伊人和出类拔萃的阿开亚人
展开了激烈的争斗，只见枪矛撞击着青铜圆盾，
撞击着鬃穗飘扬、牛皮做成的贴身轻盾。
只听阿波罗对狂暴的阿瑞斯这样喊道：
“阿瑞斯，人类的毁灭者，手染鲜血的克星！
为何还不出手？快把提丢斯之子打垮！
这家伙甚至敢和宙斯父亲交手，
刚才还刺伤了库普里丝的手腕，
现在他却像一位天神，正朝我扑来！”

阿波罗说完，就坐到特洛伊的裴耳伽摩斯
城门，而狂暴的阿瑞斯则化身为色雷斯国王
捷足的阿卡马斯，来到特洛伊人的队伍，
激励他们战斗。他这样吩咐普里阿摩斯之子：
“普里阿摩斯之子、神一样的特洛伊王家后裔！
眼看阿开亚人杀戮你们特洛伊人，为什么还
不出手？是不是要等他们打到你们坚固的
城门口？安基塞斯之子埃涅阿斯已倒下，

我们尊敬他，就像尊敬神一样的赫克托耳。
让我们快从战场上，把英勇的战友搭救！”

阿瑞斯的一席话，燃起了大家的斗志，
只听萨耳裴冬严厉地责备起卓越的赫克托耳：
“赫克托耳，你过去的勇气都到哪里去了？
你曾经夸口，说用不着众人和盟军，仅凭
你的兄弟和姐夫、妹夫，也能守住这座城。
可现在，我怎么看不见这些人的身影？
他们个个畏缩不前，像猎狗遇到了狮子。
倒是我们，你们的盟军在舍命征战。
作为你的盟友，我来自遥远的吕西亚，
那条打着漩涡的珊索斯河的河岸；
我抛下心爱的妻子和还在襁褓的儿子，
留下大量的令人觊觎的家产；
尽管阿开亚人与我从来没有过节，
既不夺我财产，也不抢我牛羊，
我仍然带着英勇善战的吕西亚人赶来
作战。我们浴血战斗、拼命厮杀，
可你却站在这里，连命令都不敢下达？
你为何不让你的人——强壮的特洛伊人，
为保卫人口众多的城市和自己的妻儿
而战？不要让敌人获胜，而我们成为瓮中之鳖，
让他们像收渔网似的轻易得手。但愿
你能昼夜不忘你的职责，恳求名声远扬的盟友将领
英勇地战斗，以抵消他们对你的指责。”

萨耳裴冬的话伤了赫克托耳的自尊心，
他立即全身披挂，从战车上跃下，手持
那对矛头锋利的长枪，在军队各处不停地

视巡，激发将士的斗志，引起阵阵可怕的
声浪，使得他们回转身，昂首面对阿开亚人，
而后者集合了密密的编队，正毫不畏惧地
严阵以待。犹如农夫在打谷场上脱粒，
金发的丰收女神黛墨忒耳送来神圣的
季风，使谷粒脱离外壳，糠皮吹落，
成堆的谷物渐渐变白——阿开亚人也这样，
车马扬起的灰尘将他们笼罩，他们浑身发白，
队伍中的尘土冲上青铜色的云霄。
两军再度开战。特洛伊人的保护神、
狂暴的阿瑞斯活跃在每一个角落，给战场
布上浓黑的夜雾，他就这样执行佩金剑的
阿波罗的命令。阿波罗曾让他，在达奈人的
保护神雅典娜离开战场后，激发特洛伊人的
斗志。现在，阿波罗又把埃涅阿斯从那间
储藏金银财宝的神秘的厅堂送回阵营，
并给这个士兵的领袖重新注入勇气。
战友们看到他不仅活着，而且强壮无比，
立即信心倍增，也顾不上询问，就投入了战斗，
因为银弓之神、毁灭之神、人类的克星
阿瑞斯正督促他们，还有跟随左右的争吵女神，
她从来没有停止过喧嚣，都在把他们催逼。

而在战场的另一面，大小埃阿斯、奥德修斯
和狄俄墨得斯正在鼓励达奈人战斗，他们
毫不畏惧特洛伊人的勇猛攻击，坚定地守住
阵地。正如无风的日子里，云朵被克罗诺斯之子
宙斯阻滞在山顶，纹丝不动；那时，北风神
和它的伙伴都已休息，要不然从高空呼啸而下，
强劲的风力足以驱散浓黑的云层。达奈人

也这样死顶住特洛伊人的进攻，毫不退让。
阿特柔斯之子阿伽门农穿行于队伍，发布着命令：
“我的朋友们，拿出男子汉的勇气！
战斗中不要让同伴耻笑！有羞耻心的人
将平安而归；逃兵既可耻，又无可救药！”

说完，他迅速投枪，击倒前排一位首领，
他是心高气傲的埃涅阿斯的战友、
裴耳伽索斯之子代科昂，因为
他一向冲杀在队伍前，特洛伊人
尊重他就像尊重普里阿摩斯的儿子。
只见阿伽门农的枪尖击穿他的盾牌，
一直刺入他的下腹，代科昂应声倒地，
身上的铠甲还在哐哐作响。

这时，埃涅阿斯杀了两个达奈人的首领，
俄耳西洛科斯和克瑞松，他们的父亲
狄俄克勒斯是个富翁，住在坚固华丽的
菲莱城，那儿属于阿尔菲俄斯河流域，
普利亚人的土地。他们都是阿尔菲俄斯河
河神的后裔——阿尔菲俄斯河神生下民众的
国王狄俄克勒斯，狄俄克勒斯
又生下这对精通战术的孪生兄弟。现在，
已成年的兄弟俩，乘着黑色的海船参加
阿耳吉维联军，来到盛产良马的伊利昂，
为阿特柔斯之子阿伽门农和墨奈劳斯效力，
争回名誉，不料死亡的黑雾将他们吞噬。
仿佛险峻的山岭上两头凶猛的幼狮，
母狮一直把它们养在茂密的深山老林，
任意扑杀牧人的牛羊，糟蹋他们的庄稼，

直至死在牧人那锐利的青铜枪下。兄弟俩
就这样，被强有力的埃涅阿斯结果了性命，
好像两棵高大的杉树，轰的一声倒在地。

眼看着他俩倒毙，阿瑞斯的宠人墨奈劳斯
心生怜悯，便披着闪亮的铜甲，挥着长枪，
愤然冲出了阵营。是阿瑞斯在激励他的勇气，
并希望他死在埃涅阿斯的手里。但心高气傲的
奈斯托耳之子安提洛科斯担心士兵的领袖
遭遇不测，使众人连年的苦战无果而终，
便大步上前，待埃涅阿斯和墨奈劳斯
相向摆开架势，准备动手时，安提洛科斯
出现在墨奈劳斯身边，和他肩并肩地战斗。
埃涅阿斯看见两人联手攻击自己，
虽然勇猛，也不敢迎战，开始后退。
两人趁机拖着尸体，返回阿开亚人的
阵营，把不幸的死者交给自己人，
然后回转身，重新投入了战斗。

他们杀了像阿瑞斯一样勇猛的普莱墨奈斯，
他是健壮豪放的帕夫拉戈尼亚盾牌兵的首领。
阿特柔斯之子、著名的投枪手墨奈劳斯一看见他，
就向他投去了武器，矛头击中了他的锁骨；
而安提洛科斯用一块石头击倒了驾驶战车的墨冬，
他是普莱墨奈斯的副将，阿屯尼俄斯骁勇的儿子。
只见墨冬的手肘吃了一击，嵌白象牙的缰绳
从他掌中滑落，掉进了沙尘飞扬的泥地。
安提洛科斯又上前补了一剑，刀刃扎进
他的太阳穴，墨冬从精固的战车上摔下，
脸面朝下，深深地陷进沙土，倒立着喘息，
直到自己的战马将他践踏。而安提洛科斯

扬起鞭子使劲抽打这些马，将它们赶往阿开亚人的阵营。

赫克托耳眼看两人回到自己的阵营，
就大喊着率领特洛伊人扑过去，
战神阿瑞斯和女神厄努娥指引着他们。
女神引起一阵阵无情的喧嚣和残酷的混战，
而阿瑞斯则挥舞着粗大的长枪，
不时出现在赫克托耳的前后左右。

擅长吼叫的狄俄墨得斯，一见阿瑞斯就吓得
发抖，就像一个不会游泳的人走过平原，
来到一条流入大海、水流湍急的大河岸，
望着咆哮的河水、翻滚的巨浪，不禁畏惧。
提丢斯之子就这样连连后退，一边对士兵说：
“朋友们，我们常常赞扬神一样的赫克托耳，
以为他是勇敢的战士，最优秀的投枪手，
想不到他身边总是有位神祇，在替他挡开
死亡。现在，阿瑞斯以凡人的模样和他
在一起，让我们面向特洛伊人，往后
倒退吧，不要贸然和永生的神交手！”

狄俄墨得斯说着，特洛伊人已向他们逼近，
只见赫克托耳杀死了驾同一辆战车的
安基阿洛斯和墨奈塞斯，他俩是
精通战术的勇士。眼看他们倒下，
忒拉蒙之子、魁伟的埃阿斯非常恼怒，
便跨步上前，投出了闪亮的长枪。
枪尖击中了塞拉戈斯之子安菲俄斯，
他来自派索斯，家境富裕，广有田产，
但命运引导他前来为普里阿摩斯和

他的儿子们效力，结果让拉忒蒙之子
捅穿了腰带，拖着长影子的青铜枪
扎进了他的小腹，他随即栽倒在地。
显赫的埃阿斯赶上前去，想剥去他的
铠甲。特洛伊人却投出密集的长枪，
许多支被埃阿斯的皮盾截住。
他脚踩尸体，拔出自己的青铜枪，
却无法剥去那闪亮的铠甲，因为
特洛伊人的枪雨实在过密，
而且他担心自己陷入包围，
他们人多势众，会将他杀死。
于是，尽管他身材魁伟，名声显赫，
仍然迫不得已地踉跄着后退。

勇士们就这样鏖战沙场，你死我活。
这时，赫拉克勒斯[1]之子、魁伟的
特勒波勒摩斯受强大命运的驱使，
要去对付神一样的萨耳裴冬[2]。
一个是宙斯的孙子，另一个是宙斯
之子，两人相向而行，迎面逼近，
特勒波勒摩斯抢先对萨耳裴冬说道：
“萨耳裴冬，吕西亚人的领导，瞧你
缩手缩脚的样儿，一看就知道不懂
打仗！为什么还要前来送死，并谎称
自己是携带神盾的宙斯之子。事实上，
你和过去时代出生的宙斯之子根本没法比，
想想我的父亲，那神一样的赫拉克勒斯，

[1] 赫拉克勒斯：意为“受赫拉迫害而建立功勋者”，是宙斯的儿子，因遭天后赫拉的迫害，被迫完成十二件功绩，方可自由。
[2] 萨耳裴冬：宙斯和劳达墨娅的儿子，吕西亚国王。

人们怎样赞颂他。当时为了夺取劳墨冬的马，
只带来六艘船和少量的士兵，就攻破了
神圣的伊利昂，把它夷为平地。你却是
一个懦夫，畏缩不前，我看你的人马
连死带伤，越来越少，虽然从吕西亚
赶来时还很强大。你终究成不了特洛伊人的
坚固堡垒，倒要栽在我的手里，去冥府。”

只听吕西亚人的国王萨耳裴冬这样回答：
“不错，特勒波勒摩斯，赫拉克勒斯确实
扫平过神圣的伊利昂，因为高贵的劳墨冬
做事愚蠢，拒不交出许诺过的马匹[1]，
还粗暴地辱骂为他效力的、远道而来的
英雄。但现在，你那阴暗而恐怖的命运
却由我来决定，你一定会败在我的枪下，
跟着驾驭神驹的哈得斯到冥府去。”

萨耳裴冬举起长枪，特勒波勒摩斯
也举着长木柄的投枪瞄准。两支枪
几乎同时飞出手，萨耳裴冬击中
特勒波勒摩斯的脖颈，矛头痛苦地
插进了他的咽喉，死亡的黑雾蒙住了
他的眼睛。而特勒波勒摩斯的长枪
击中了萨耳裴冬的左腿，枪尖一直
钻入了骨髓，但他的父亲替他挡开了死亡。
神一样的萨耳裴冬的那些出色的
战友扶着他撤离战场，插在伤口里的

[1] 有一个海怪祸害特洛伊，国王劳墨冬为了平息海怪的愤怒，把女儿送给海怪吃，并答应赫拉克勒斯救出女儿，赠以马匹。后来赫拉克勒斯救了他女儿，国王却不肯交出马匹。赫拉克勒斯发誓报复，领兵攻城。

长枪拖在地上，使他疼痛难忍，
可忙乱中谁也没有注意要拔掉它。

在战场的另一头，穿胫甲的阿开亚人
将特勒波勒摩斯抬了下来，意志坚强的
奥德修斯见此惨状，心中不由得升起怒火，
急于想采取行动。他心里左右为难，
是去追击雷神宙斯的儿子，还是
夺去更多的吕西亚士兵的生命？
看来，心高气傲的奥德修斯命中注定
不会用锐利的青铜枪伤害宙斯的儿子，
雅典娜将他的狂怒引向吕西亚战士。
他便杀了科伊拉诺斯、克罗米俄斯
和阿拉斯托耳，还杀了哈利俄斯、
阿尔康德罗斯、普鲁塔尼斯和诺厄蒙。
要不是被神一样的赫克托耳发现，
奥德修斯还会杀死更多人。只见
赫克托耳头戴闪着寒光的铜盔，
身披发亮的铠甲，迅速穿过前锋，
达奈人一阵惊恐。宙斯之子萨耳裴冬
看见他很高兴，就悲伤地恳求他：
“普里阿摩斯之子，不要把我丢在这里
被特洛伊人剥去铠甲，快来帮助我！
既然我回不了故乡和心爱的妻儿团聚，
就让我死在你的城市里。”

但头盔闪亮的赫克托耳并没有理睬他，
他一心想着打退阿耳吉维人的进攻，
急匆匆地投入战斗。那些出色的战友
便将神一样的勇士萨耳裴冬安置

在一棵枝叶茂盛的橡树下，那是
携带神盾的神祇宙斯的圣树。
萨耳裴冬的亲密朋友、强有力的裴拉工，
从他的腿上，用力拔出长木柄的投枪，
萨耳裴冬疼得昏迷过去，一团浓雾
蒙上了他的双目。但很快他又开始呼吸，
凉爽的北风轻轻吹拂着他的身体，
使他苏醒，重又恢复了生命。

阿耳吉维人面对阿瑞斯和身披铜甲的
赫克托耳的攻势，并没有逃回漆黑的海船，
也没有进行拼死的抵抗，而是一看见
在特洛伊队伍中的阿瑞斯，就慢慢后撤。
普里阿摩斯之子赫克托耳和披铜甲的
阿瑞斯，谁第一个死在他们手里，
谁最后送命？神一样的丢斯拉斯
最先丧命，接着是驭马的俄瑞斯忒斯，
埃托利亚的著名投枪手特瑞科斯和
俄伊诺毛斯，还有俄伊诺普斯之子
赫勒诺斯，以及系着闪亮腰带的
俄瑞斯比俄斯，后者家住开菲西亚湖畔的
呼勒城，惦记着自己的财富，他的那些邻人
波伊俄提亚同胞和他一起，占着那片沃土。

这时，白臂女神赫拉发现赫克托耳和阿瑞斯
在激战中打死了这么多阿耳吉维英雄，
就对雅典娜说，快捷的话语仿佛长出了翅膀：
“真可怕，携带神盾的宙斯之女、不倦的女神！
我们答应过墨奈劳斯，让他在攻克固若金汤的
伊利昂后回家，因此，要是容忍狂暴的阿瑞斯

如此肆虐，我们的允诺岂不成为空话？
来吧，让我们尽自己的能力，投入战斗！”

灰蓝眼睛的女神雅典娜对赫拉的话很赞同。
于是，伟大的克罗诺斯之女、天后赫拉
去给她的两匹戴金额饰的神马，套上笼头，
赫柏则出手迅速，把青铜圆轮，左右一个，
分别安到铁制的车轴上。每个车轮由八根辐条支撑，
轮辋[1]取材于永不损坏的黄金，上面镶着青铜，
看上去真是奇妙；银质的轮毂在车轮中间旋转，
车座是由黄金和白银制成，有两排栏杆环护。
赫拉用漂亮的金丝带，在银质的车辕上
绑好华丽的黄金马轭——她急切地渴望
杀入喊声震天的战场，投身激烈的战斗。
于是，强大的克罗诺斯之女、众神的天后
前去给两匹戴黄金额饰的神马套车。

与此同时，携带神盾的宙斯之女雅典娜
脱下自己亲手缝制的绣袍，扔在
父亲的宫殿里，换上汇集乌云的雷神
宙斯的衬袍，又披上自己用于惨烈战斗的铠甲，
戴上有两只犄角、四行盔羽的
金盔，盔面饰以一百座城市的战士。
她还把飘着穗带的神盾挎到肩上
神盾的中间饰有戈耳工[2]女妖吓人的头颅，
周围的花冠上，驻有恐怖之神、争吵之神、
勇敢之神和令人战栗的喧嚣之神，

[1] 轮辋：俗称轮圈，是车轮周边安装轮胎的部件。——编者注
[2] 戈耳工：在希腊神话中，是三个长有尖牙，头生毒蛇的恐怖女妖，她们当中的代表就是最小的那个美杜莎。——编者注

那是携带神盾的宙斯所发出的恶兆；
然后，雅典娜手持一根粗大沉重的长枪，
登上闪闪发光的战车。这位强大父亲的
女儿，曾经用它征服令她愤慨的凡人的队伍。
赫拉扬起神鞭，策马前行，天门
隆隆响着，自动敞开，它们由时序
女神掌管。这些女神守护着俄林波斯山
和辽阔的天空，负责拨开或关闭
浓密的云雾。赫拉和雅典娜快马加鞭，
穿过天门，一路疾驰，发现克罗诺斯之子
宙斯，正远离众神独自坐在山脊重叠的
俄林波斯山的山顶。白臂女神赫拉
便勒住了神马，对克罗诺斯之子、
至高无上的宙斯说道："宙斯父亲，
你是否对狂暴的阿瑞斯很生气?
他毫无节制地杀了那么多阿开亚人，
他很鲁莽，难控制，使我难以忍受；
库普里丝和银弓之神阿波罗悠闲而快慰，
是他们放出这个愚蠢的不守法的东西。
现在，我去收拾收拾阿瑞斯，
把他赶出战场，你会不会介意？"

只听天神和凡人的父亲这样回答：
"你最好把这事交给战士的保护神
雅典娜去干，对付阿瑞斯，她比谁都在行！"

宙斯这样说，白臂女神赫拉听从，
她策马扬鞭，神马轻松地在大地
与满天星斗的天空之间飞奔。正如
一个人可以坐在那里俯瞰灰蓝色的

大海，眺望地平线上的迷雾。如此
遥远的距离，神马一个跳跃即可抵达。
转眼间，她们来到特洛伊平原，
西摩埃斯河和斯卡曼得罗斯河，
在这里汇合。白臂女神收住了缰绳，
卸下了马轭，扯来一团浓雾，
西摩埃斯河便长出仙草供它们食用。

然后，两位女神像鸽子一样迈着轻快的碎步，
急匆匆地走去帮助阿耳吉维人。
当她们赶到战场时，无数勇士正跟
强有力的驯马好手狄俄墨得斯顽强地抵抗，
就像吃生肉的狮子，或力大无穷的野猪。
白臂女神化成心高气傲的斯腾托耳的形象，
此人有着青铜般的嗓子，声音响得
抵得上五十个人，只听他在那里吼叫：
“阿开亚人，你们真不害臊！全是
没用的废物，白披了一身漂亮的甲胄！
以前，特洛伊人从来不敢越出达耳达尼亚门，
因为他们惧怕神一样的阿基琉斯，
只要他参战，总是用那支粗重的长枪，
把他们杀得魂飞魄散。可现在他们冲出城堡
把我们打退，几乎把我们逼到了海船边！”

赫拉的话鼓起了大家的勇气，而
灰蓝眼睛的雅典娜发现提丢斯之子
正站在他的车马边，将潘达罗斯所造成的箭伤
暴露在外；大圆盾的背带勒在双肩，
全身大汗淋漓，四肢软弱无力，
他心情沮丧，也就懒得把背带下的黑血擦干。

于是，女神抓住马轭，对他说道：
“提丢斯之子，你和你父亲一样身材矮小，
但提丢斯虽然长得矮，却是真正的英雄。
比方那次，他没有阿开亚人的陪同，
仍然作为信使，独自前往忒拜城，
他置身于大群陌生的卡德墨亚人中间，
我不让他战斗，在人前炫耀，只要加入
他们的宴会，心平气和地吃上一顿即可，
不料他却凭着自身从不枯竭的勇气，
提出要和卡德墨亚人比武，结果，
轻而易举地战胜了所有的对手，
是我在暗中极大地帮助了他。如今，
我也站在你的身边，认真保护你，
鼓励你同特洛伊人战斗，可你却在退缩。
是激烈的战斗使你手脚疲软，还是
噬人的恐惧将你缠住？那样，你就不是
智慧的俄伊纽斯之子提丢斯的种。”

听他这么说，强有力的狄墨得斯这样回答：
“女神，我认识你，携带神盾的宙斯的女儿，
所以，我要坦诚地向你诉说一切，绝不
隐瞒一点。我之所以停驻于此，并非被
死亡的恐惧吓住，想逃避战斗，而是
遵从你的嘱咐。你叫我不要和幸运的
神祇交手，只有当宙斯之女阿芙洛狄忒
参战，方可举起锋利的青铜枪，将她伤害。
我发现战神阿瑞斯正率领着特洛伊人战斗，
我就主动后退，并叫其他阿开亚人撤走。”

只听灰蓝眼睛的女神雅典娜这样回答：

“提丢斯之子狄俄墨得斯，我最喜爱的
凡人，不要害怕阿瑞斯，也不要畏惧
其他的诸神，我将全力助佑你。快驾起
你追风的快马，朝阿瑞斯猛冲过去，
靠近时再出手。不要惧怕这狂暴的战神，
天生的祸害，两边倒的东西，前不久
还答应我和赫拉，要帮助阿耳吉维人，
打击特洛伊人，不想现在却站到了特洛伊人
那一边，把诺言全都抛弃掉！”

说着，她一把推开塞奈洛斯，塞奈洛斯
赶紧从战车跳到地上；女神怒不可遏地
登上战车，站到狄俄墨得斯的身旁，
一位是可怕的女神，一位是剽悍的战将，
橡木车轴在两人的重压下，发出巨大的
声响。雅典娜女神抓紧鞭子和缰绳，
驾驭快马，迅速朝阿瑞斯冲去。那时，
战神正弯腰剥去高大的裴里法斯的铠甲，
后者是俄开西斯的儿子，埃托利亚人的英雄。
雅典娜为了不让血迹斑斑的阿瑞斯看见，
就戴上哈得斯的黑帽子，隐身在里面。

人类的克星、狂暴的阿瑞斯一看到狄俄墨得斯，
就撂下高大的裴里法斯的尸首——仍然让他
躺在被打倒、失去生命的地方——朝驯马好手
狄俄墨得斯迎了上去。当两人一靠近，
阿瑞斯就先投枪出手，矛枪越过马轭
和缰绳，朝狄俄墨得斯迎面飞来。
但灰蓝眼睛的女神雅典娜眼疾手快，
抓住长枪，使它飞向上空，偏离方向，

同时，擅长吼叫的狄俄墨得斯向阿瑞斯
投出一枪，雅典娜引导它，使它击中
阿瑞斯的下腹，划破那里的护衬，
扎进了白嫩的皮肉。然后狄俄墨得斯
再将枪拔出。阿瑞斯痛得大声喊叫，
声音如此之响，就像千万人在打仗时
发出的怒吼。阿开亚人和特洛伊人，
不管谁听见，都吓得浑身发抖。

正如炎热天气形成的一团雨雾，
随着疾风冉冉升起，著名的提丢斯之子
狄俄墨得斯突然看见披铜甲的阿瑞斯
驾着浓云，升上了天空，气势颇为壮观。
而战神很快升抵天界，来到巍峨的俄林波斯山，
找到克罗诺斯之子宙斯，坐在他的身边，
露出渗着神圣体液的伤口，悲伤地向
宙斯抱怨，快捷的话语仿佛长出了羽翼：
“宙斯父亲，你看见这种冒犯天神的行为，
会不会动怒？我们这些神祇为了帮助凡人，
也在无休止地争斗，吃尽了苦头。
我们都对你心怀不满，因为
你生了一个疯狂的女儿，总是
喜欢作恶捣乱；所有的天神
都对你言听计从，只有她，仗着
是你的女儿，一直我行我素，
言行总是违背你的约束。现在，
她甚至怂恿提丢斯之子、傲慢的
狄俄墨得斯先是刺伤库普里丝的
手腕，刚才又对着我——战神阿瑞斯
发起了进攻！幸好我跑得快，得以
逃脱，要不然，我只好躺在死尸堆里

忍受创痛，虽能继续活命，但被铜枪
刺伤过，以后也会变得很虚弱。”

听他这么说，汇聚乌云的宙斯厌恶地说道：
“不要坐在我面前哭泣，你这两边倒的
东西，你是俄林波斯山诸神中，
最让我讨厌的一个。你总是热衷于吵架、
斗殴和战争，继承了你母亲赫拉的性格：
那难以控制的狂暴和执拗，连我都无法
用语言使她顺服，我看你也是受了她的
挑唆，才会遭受现在的折磨。但我不能
眼看你痛苦，却无动于衷，因为你是
我的孩子，你母亲为我生育。倘若你是其他天神
之子，又如此狂暴肆虐，我早就将你贬黜，
贬得比天神[1]的儿子们待的地方还要低。”

说着，宙斯吩咐派厄昂给阿瑞斯医治。
神医给他敷上镇痛的创药，因为他不像
有生有死的凡人，他的伤口会很快得到愈合，
创药就像无花果的浆液，能迅速使白色的牛乳
变黏变稠，一经搅动，凝成乳酪，
派厄昂就是这般治愈了阿瑞斯的伤口。
赫柏给他沐浴，换上漂亮的衣服，
阿瑞斯重又洋洋得意地在宙斯身边就座。

而阿耳吉维人的保护神赫拉和波伊俄提亚人的
守护者雅典娜，阻止了人类的克星、战神
阿瑞斯的残杀之后，也回到了主神宙斯的宫殿。

[1] 这里指天神乌拉诺斯。他与地神盖亚生出六儿六女，他们力大无比，被称为大力神或提坦神。宙斯夺取了父亲克罗诺斯的统治权力后，众神联手将提坦神打入地狱最深处的塔耳塔罗斯。

第六卷

赫克托耳夫妻告别

神离开后，阿开亚人和特洛伊人继续
恶斗，战场在西摩埃斯河和珊索斯河之间
延伸，只见激战的双方，人潮涌动，
彼此投掷青铜长枪，殊死相搏。
阿开亚人的堡垒、忒拉蒙之子埃阿斯
率先突破特洛伊人的战阵，给战友们带来了
希望。只见他打倒了色雷斯最出色的勇士、
欧索罗斯的儿子、魁伟的阿卡马斯。
是埃阿斯先动的手，长枪击中阿卡马斯的
饰有马鬃的头盔尖顶，青铜枪尖扎进前额，
深深地嵌进头骨，死亡的黑雾蒙住了他的眼睛。

擅长吼叫的狄俄墨得斯杀死了阿克苏洛斯，
他是丢斯拉斯之子，居住在精固的阿里斯贝城。
他家财万贯，性情慷慨，讨人喜欢，
常常敞开家门，热情招待过往客人，
可惜这些人，没有一个前来替他挡开死亡，
连同为他驾车的副将卡勒西俄斯，
都被狄俄墨得斯夺去了性命，
双双奔赴哈得斯的领地。

而欧鲁阿洛斯杀了德瑞索斯和俄菲尔提俄斯，
转身又去追击埃塞波斯和裴达索斯。
他俩是泉水女神阿芭耳芭拉的儿子，
那时，女神和正在牧羊的纯洁的
布科利昂同床，生下了这对双生子。
布科利昂乃是仁慈而高傲的劳墨冬之子。
现在，墨基斯丢斯之子欧鲁阿洛斯
压过了他俩的势头，使他俩膝头变软，
送了命。欧鲁阿洛斯剥去了他俩的铠甲。

那剽悍骁勇的波鲁波伊忒斯杀死阿斯图阿洛斯；
奥德修斯用青铜枪刺中裴耳科忒人皮杜忒斯；
丢克罗斯结果了高贵的阿瑞塔昂；奈斯托耳之子
安提洛科斯，用青铜枪杀了阿伯勒罗斯；
民众的国王阿伽门农，杀死厄拉托斯，
后者住在流水悠悠的萨特尼俄埃斯河畔的
山城裴达索斯。雷托斯生擒逃跑的夫拉科斯；
而欧鲁皮洛斯结果了墨朗西俄斯。

同时，擅长吼叫的墨奈劳斯生擒了阿德瑞斯托斯。
因为后者的马受了惊，驰过平原，缰绳被
柽柳树枝缠住，从而使拖着半圆形车座的
车辕断裂；惊马挣脱羁绊，朝城堡奔去，
许多马匹也跟着受惊、乱跑。阿德瑞斯托斯
滚下战车，摔了个嘴啃泥，倒在车轮旁。
阿特柔斯之子墨奈劳斯举着长枪随即赶到，
阿德瑞托斯一把抱住他的膝盖，哀求道：
“别杀我，阿特柔斯之子，可以将我生擒
以换取等价的赎金。我父亲非常富有，
大堆的金银财宝藏在家里，有青铜，有黄金，

还有精心冶炼的铸铁。要是父亲听说我还活在
阿开亚人的船上，就会心甘情愿地
用难以计数的财物，来换取我的生命。”

他这席话，打动了墨奈劳斯的心。当
墨奈劳斯把他交给随从，带回阿开亚人的
快船之时，阿伽门农迎面跑来，斥责道：
“墨奈劳斯，我的兄弟，你为何心软？
为何如此关照我们的敌人？
或许，你也曾得到过特洛伊人的厚爱，
在你的家里？你可不能让这人经我们之手，
却逃过残暴的死亡，对于敌人，哪怕娘胎里的
男孩，都不许放过！要让特洛伊人死个精光，
不得埋葬他们，也不许哀悼他们！”

英雄这番慷慨陈词，改变了弟弟的主意，
墨奈劳斯从随从手里，一把推开阿德瑞斯托斯，
强大的阿伽门农一枪刺进他的腰，使他仰面倒下，
然后，用脚踏住他的胸脯，拔出长木柄的兵器。

只听见奈斯托耳对阿耳吉维人大声喊道：
“达奈人的勇士们，阿瑞斯的随从们！
现在不是抢劫的时候，不要落在队伍的
后头剥夺敌人的甲胄。我们先要杀敌，
等打完仗，空闲下来，再剥夺
倒在平原上的死尸的铠甲。”

他的话，激起了每个人的斗志。
与此同时，特洛伊人本来会被
阿瑞斯宠爱的阿开亚人打败，

丢铠弃甲地爬过城墙，逃回伊利昂，
幸好普里阿摩斯之子、最灵验的占卜师
赫勒诺斯，在埃涅阿斯和赫克托耳面前
这样说道：“埃涅阿斯，还有赫克托耳，
你们都是特洛伊人和吕西亚人的主心骨，
无论是领兵打仗，还是策略谋划，
你们都比其他人出类拔萃。所以，
你们要稳住阵脚，去各处阻拦溃逃的
士兵，不要让他们逃回城，倒进妇女的怀抱，
被我们的敌人耻笑。虽然部队遭到重创，
只要重新编整，也能同达奈人背城一战。
至于你，赫克托耳，最好赶快回城，
告诉我们的母亲，把所有德高望重的妇女
召集到位于城堡顶端的雅典娜神庙前，
让她用钥匙打开神庙的大门，再让她
从厅堂里，找一件最珍贵的、最美的大裙袍，
铺在美发的雅典娜的膝盖；并向女神许愿：
我们将在女神的神庙，献祭十二头
从未挨过鞭笞的母牛犊，只求女神怜悯
伊利昂，怜悯我们城中的老弱妇孺，
答应将提丢斯之子、疯狂野蛮的杀手狄俄墨得斯
远远地赶走。在我看来，他是阿开亚人中
最让人害怕的勇士，连军队的首领、据说是
女神之子的阿基琉斯也从未让我们这样
恐惧过。没有人敢和狄俄墨得斯交手。”

他这样说完，赫克托耳听从了兄弟的意见，
马上跳下了战车。只见他全身披挂，

手持两柄锋利的长枪，穿梭于每支
队伍进行鼓动，引起一阵阵可怕的
战斗的呼声，将士们又集结起来，
顽强抵抗阿开亚人。阿耳吉维人
开始后退，停止了进攻，他们以为
哪个神祇从星空降落，成为特洛伊人的
助佑神，因为他们集结得如此迅速！
只听赫克托耳高声对特洛伊人喊道：
“心高气傲的特洛伊人，威名远扬的盟友！
拿出你们男子汉的勇气，坚持下去！
我马上回伊利昂，要议会长老和我们的
妇女向众神祈求，献上丰盛的祭品。”

头盔闪亮的赫克托耳说完，就动身回城，
他背着那面巨大的盾牌，中心是个
突起的圆形浮雕，边缘镶了一圈
黑牛皮，磕碰着他的脖子和脚踝。

这时，希波洛科斯之子格劳科斯
与提丢斯之子，在两军阵地撞见，准备
格斗。他们迎面而行，渐渐逼近，
擅长吼叫的狄俄墨得斯首先开口叫嚷：
“我的朋友，你是哪个凡人？我怎么
从未在获得荣誉的战争中见过你？
现在，你却挺身而出，有胆量撞到
我这把拖着长影子的枪杆下，不幸的
父亲，你的儿子就要尝到它的威力！
但是，如果你是一位自天而降的永生之神，
那么，我可不愿意与你交手，即便那个

德鲁阿斯之子、强有力的鲁库耳戈斯[1]，
因为和天神对抗，也落得个短命的下场。
当时，他将狄俄尼索斯[2]发狂的伴侣们[3]、
几位女神，赶下神圣的努萨山，她们被
凶残的鲁库耳戈斯用赶牛的棍棒
打得神杖和酒器也脱了手，四处逃散。
狄俄尼索斯慑于鲁库耳戈斯的追骂，
吓得全身剧烈地颤抖，不得已
一头扎进海浪，忒提丝将他庇护。
但无忧无虑的诸神，对鲁库耳戈斯的
暴行很愤怒，于是，克罗诺斯之子
宙斯弄瞎了他的眼睛，没多久，
鲁库耳戈斯又一命呜呼，只因他
遭受诸神的痛恨。所以，我不愿
和幸运的永生之神交手。如果你是
一个吃五谷的凡人，那就快过来受死！”

只听希波洛科斯高贵的儿子这样说：
“健壮豪放的提丢斯之子，为何询问
我的家世？正如树叶的枯荣，人类的
世代也如此。秋风将枝叶吹落在地，
春天来临，树木又会长出绿叶。同样
道理，人类也是一代出生，一代凋零。

[1] 鲁库耳戈斯：色雷斯王。酒神狄俄尼索斯带着旅伴迈那得斯狂女们到处狂欢、醉酒，遭到鲁库耳戈斯的突然袭击。狂女们被鲁库耳戈斯打散，狄俄尼索斯本人也躲进了大海，被忒提丝所救。

[2] 狄俄尼索斯：酒神，是宙斯和忒拜国王的女儿塞墨勒的儿子，母亲塞墨勒被赫拉陷害致死。因狄俄尼索斯出生时弱小，宙斯将他缝在自己的髀肉内，第二次再生方可存活。后将他送至塞墨勒的姐姐伊诺家抚养，赫拉使伊诺的丈夫阿塔玛斯发疯，杀了自己的儿子，另一儿子和母亲伊诺为逃避阿塔玛斯的追逐，跳进大海成为海神。

[3] 即跟随酒神狄俄尼索斯到处寻欢作乐、狂欢醉酒的迈那得斯狂女们。

关于我渊源的宗系，只要你愿意，
请听我详说，尽管它们早已为世人所熟悉——
在盛产马匹的肥沃的阿耳戈斯，有座厄芙拉城，
埃俄洛斯[1]之子西叙福斯[2]就住在那里，
他是最精明的凡人，生个儿子，名叫格劳科斯。

而格劳科斯生的儿子，就是白璧无瑕的柏勒罗丰[3]。
神给了柏勒罗丰俊美的容貌和迷人的气度，
但普洛托斯却要加害他，将他赶出
阿耳吉维人的故乡，宙斯用王杖征服的土地。
那是因为普洛托斯之妻、闻名的安忒娅
看上了柏勒罗丰俊逸的相貌，想与他同床，
但正气凛然的柏勒罗丰拒绝了她，于是
安忒娅怀恨在心，对国王普洛托斯撒谎道：
‘普洛托斯，杀了柏勒罗丰吧，要不，
你自己去死，他强行要与我同床，被我
拒绝了。’听她这么说，国王勃然大怒，
但他心里畏惧，没有亲自动手，
而是把柏勒罗丰派往吕西亚，
传递一封恶毒的信笺给他当国王的岳父。
他在蜡版信笺上刻下足以让柏勒罗丰

[1] 埃俄洛斯：风神。母亲是晨光女神厄俄斯。

[2] 西叙福斯：风神之子，科林斯城的奠基人。科林斯城的前身，就叫厄芙拉。西叙福斯奸诈富有，多次设计躲避死神哈得斯，推迟死亡，最后被罚在冥间的高山上往上推巨石，每当大功告成，巨石就滚落，他只得重新再来。西叙福斯成为徒劳无益、做无用功的代名词。

[3] 柏勒罗丰：青年时，无意中杀人，流亡异乡，逃到提任斯国王普洛托斯处，受到接纳。王后安忒娅看中他的美貌，求爱不成，陷害柏勒罗丰试图勾引自己，普洛托斯大怒，欲设计除掉他，令柏勒罗丰送一封信到岳父吕西亚国王伊俄巴忒斯那里，信里就写着要杀他的事情。伊俄巴忒斯不敢亲自动手杀柏勒罗丰，就设下三个陷阱：灭除狮首羊身蛇尾的妖怪、征讨索吕摩斯人、征服阿马宗女战士。三件事均获成功，于是伊俄巴忒斯把女儿嫁给他，并赠送一半国土，从此柏勒罗丰定居吕西亚。

送命的那件事情，并让吕西亚国王
见信后，杀掉柏勒罗丰。柏勒罗丰
在众神的护送下，一路顺风，
驾船来到水流湍急的珊索斯河岸。
统治着辽阔疆土的吕西亚国王对他
热情招待，九天内杀了九条公牛大宴宾客，
当第十个黎明显露它那玫瑰红的手指时，
国王才询问他，要看看从女婿那里带来的信。
在悉知信笺的恶毒内容后，国王
先叫他去灭除难以征服的基迈拉[1]，
那怪兽出自神种，绝非凡胎，
长着狮子的脑袋，山羊的腰身，蛇的尾巴，
嘴里喷火，烈焰威力无穷。然而柏勒罗丰
凭着神的兆示，杀死了怪物；
接着又同索吕摩斯[2]人作战，
据说，那是他经历的最艰苦的战斗；
然后他打败了那些不让须眉的阿马宗女战士。
凯旋后，国王又设下一计，选出全吕西亚的
最优秀的勇士对他伏击，结果这帮人无一
生还，都被大无畏的柏勒罗丰杀死。
国王因此知道，他是神的后裔，便将他留下，
并把女儿嫁给他，又把自己最好的一半土地
送给他，那是肥沃的耕地和成熟的果园，
份额比谁的都大。妻子为英勇的柏勒罗丰
生下三个孩子：伊桑德罗斯，希波洛科斯，
劳达墨娅。而劳达墨娅曾和智慧的宙斯同床，
生下神一样的萨耳裴冬，一个披铜甲的英雄。

[1] 基迈拉是提丰和厄喀德那所生。提丰是百首怪物，系地神盖亚与黑暗之神塔尔塔罗斯所生。厄喀德那是女首蛇身怪物。提丰和厄喀德那还生了一只看守地狱的双头狗。

[2] 索吕摩斯人：居住在吕西亚北部边境的民族。

但是，柏勒罗丰遭到众神的憎恨[1]——
即使这样的英雄也会遭此命运——
独自在阿雷俄斯平原流浪，吞食自己的心灵，
躲避人间的道路；这时，
伊桑德罗斯和著名的索吕摩斯人打仗，
那嗜血好战的阿瑞斯将他杀死。
而劳达墨娅被手持金缰绳的
阿耳特弥斯[2]在暴怒中杀死。
我是希波洛科斯的儿子，身上有他的血脉，
当他送我来特洛伊打仗时，反复叮嘱我，
要我勇敢坚强，出人头地，不可辱没
先人的荣誉，他们都是吕西亚最了不起的
英雄。这便是我的家世，值得称道的血统。”

听他这么说，那个擅长吼叫的狄俄墨得斯
很高兴，只见他把长枪插入丰饶的土地，
温和地对他说道：“原来我们是朋友，
你的先人曾是我祖辈的客人，高贵的
俄伊纽斯[3]曾热情接待过纯洁的柏勒罗丰，
大宴宾客二十天，宾主还互赠了礼物。
俄伊纽斯赠送一条发亮的紫色腰带，
柏勒罗丰赠送一只黄金的双底杯，
现在留在了我的家里。关于提丢斯，
我的父亲，我没什么记忆。他离家
去攻打忒拜城时，我还是一个婴儿。
所以，你到阿耳戈斯，成为我的客人，

[1] 指柏勒罗丰晚年骄傲狂妄，要骑飞马上俄林波斯山，宙斯发怒，让飞马发狂，将他摔下，成为傻子，到处流浪，直至死亡。
[2] 阿耳特弥斯：宙斯和赫拉之女，狩猎女神。
[3] 俄伊纽斯：提丢斯之父，狄俄墨得斯的祖父。

我到吕西亚，就是你的嘉宾，在残酷的
战争中，让我们彼此不要动武，
我有许多特洛伊人和他们的盟友可杀，
假如天神允许，我又追得上他们；
而你只要愿意，也可杀别的阿开亚人。
让我们互相交换铠甲，以便众人知道，
我们从祖辈开始，就一直是朋友。”

说完，两人分别从马后跃下战车，
握手致意，立下友好的誓言。这时，
克诺罗斯之子宙斯使格劳科斯头脑发昏，
他用自己值一百头牛的金铠甲，换回
提丢斯之子的青铜甲，后者才和九条牛等价。

与此同时，赫克托耳回到伊利昂，当他来到
种橡树的斯卡亚门时，特洛伊妇女围上来打听
她们的儿子、丈夫、兄弟和朋友。
赫克托耳叫她们一个个都去向神祈求，
因为，无限的悲痛正等待着她们。

随后，赫克托耳来到普里阿摩斯雄伟的宫殿。
宫殿里耸立着光滑的石廊柱，
内有五十间睡房，都是由磨光的石头所造，
睡房间间相连，普里阿摩斯的
五十个儿子和他们的妻子就睡在里面。
在庭院的另一头，是他女儿女婿的睡房，
一共有十二间，也是用光滑的石料盖成。
在厅堂里，赫克托耳的母亲迎出来，
她是一位心胸开阔的妇女，
身边带着美颊的女儿劳迪凯。

母亲紧紧拥抱儿子，激动地说道：
“我的儿，你为何离开战场回家？
一定是那不祥的阿开亚人围城进攻，
你和他们打仗累得精疲力竭，
你的心灵驱使你高举双手，
到位于城堡顶端的神庙去向宙斯祈求。
你且等一等，待我取来甜蜜的酒
祭一下宙斯父亲和诸神，然后，
你想喝的话，就将它们享受；
像你这样，为族人打仗而疲倦之人，
酒，可以大大增强体力，解乏消愁。”

只听头盔闪亮的高大的赫克托耳答道：
“敬爱的母亲，请不要给我蜜酒，
这会使我丧失勇气和战斗的能力，
因为我还没洗手，就不敢向宙斯祭酒，
一个人沾上了血污，怎么可以
向克罗诺斯之子、雷电之神祈求？
你快去召集德高望重的妇女，
带上祭神的牺牲，到战士的保护神
雅典娜的神庙，从你的厅堂里，
找一件你最珍爱的最美最大的裙袍，
铺在美发的雅典娜的膝盖；并向女神
许愿：我们要在神庙里献祭十二头
从未挨过鞭笞的母牛犊，只求女神怜悯
伊利昂，怜悯我们城中的老弱妇孺，
答应将提丢斯之子远远地赶走，
他是一个令人心惊胆战的、最疯狂的杀手！
去吧，母亲，你去战士的保护神雅典娜的
神庙，而我去找帕里斯，让他去打仗——

如果他还听我的话。我真恨不得此时此刻，
大地将他吞噬，俄林波斯主神让他长成
一个害人精，成为特洛伊人和普里阿摩斯
及他的儿子们的祸根！但愿我能亲眼看见
他进入哈得斯的冥府，这样我的心
才能不再痛苦，得到解脱！”

听赫克托耳说完，母亲立即唤来女仆，
吩咐她们召集全城德高望重的贵妇，
自己则走下拱形的储藏室，里面存有
大量绣袍，都是出自西顿妇女之手，
当时神一样的亚历克山德罗斯远航，
把出身高贵的海伦带回特洛伊，
同时也带回了这些珍贵的织物。
只见赫卡柏[1]从中取出一件绣袍，
它最美最大，垫在许多袍子的底层，
精致得就像星星在闪烁。然后，
她带着众贵妇动身前往神庙。

当她们到达位于城堡顶端的雅典娜神庙时，
基修斯之女，美颊的塞阿诺开门迎候。
她是驯马好手安忒诺耳的妻子，
被特洛伊人推选为雅典娜的祭司。
随着一声尖利的哭叫，妇女们向雅典娜
举起了双手，而美颊的塞阿诺托起绣袍，
铺展到雅典娜的膝头，开始向伟大的
宙斯之女真诚地祈祷：“尊贵的雅典娜，
守护城市的最杰出的女神！请你怜悯

[1] 赫卡柏：就是特洛伊王后，普里阿摩斯之妻，赫克托耳之母。

我们的特洛伊，怜悯城内的老弱妇孺，
把狄俄墨得斯的长枪折断，使他栽倒在
斯卡亚门！我们马上在神庙里祭献
十二头从未挨过鞭笞的母牛犊。”
她们这样向帕拉丝·雅典娜祈求，
主神宙斯的女儿却没有接受。
与此同时，赫克托耳走向
亚历克山德罗斯华丽的王宫，
它耸立在城堡的高处、普里阿摩斯王宫的
旁边，是特洛伊这片肥沃的土地上最好的
木头建筑，包括一间睡房、一个厅堂
和一个庭院。宙斯的宠人赫克托耳走进去，
手持一柄足有二十肘长的枪，青铜矛头
与枪杆之间，圈着一个黄金箍，闪闪发光。
他走进睡房，只见帕里斯在那里忙着整理
漂亮的兵器，摆弄铠甲、盾牌和箭弓；
而阿耳戈斯的海伦坐在女奴中间，
教导她们制作精美的手工。赫克托耳
一见帕里斯，就用讥讽的话语责备他：
“你还在干什么？现在可不是赌气的时候。
战士们在城外成片地倒下，惨死在敌人的
枪下，这一切都是为了你！有人躲避
这场可憎的战争，你也会谴责他。
快走吧，免得城市在火焰中彻底遭到毁灭。”

只听神一样的亚历克山德罗斯这样回答：
“赫克托耳，你的指责合情合理，毫不过分，
可我要告诉你，请你耐心听我说：我留在
家里，并非是对特洛伊人赌气，有意逃避战争，
而是因为我内心痛苦，在此解忧消愁。

刚才妻子也对我好语相劝，说服我再去战斗，
我觉得这样做，也最好不过，
风水轮流转，胜负成败可没有定数！
好吧，等我一下，让我披铠挂甲；
要不，你先走一步，我定会赶上。”

听他这么说，头盔闪亮的赫克托耳
默然无语，倒是海伦对他温柔地说：
“亲爱的兄弟，我成了可耻的女人，
可憎的祸根！但愿我母亲生我那天，
一阵狂风已经把我卷走，带到山顶
或呼啸的大海；但愿我从来没有活过，
这些痛苦的事情就不会接连发生。
可是命运注定我要成为这个人的妻子，
他对人们的愤慨和辱骂不会感到羞耻。
他的意志不够坚定，以后也如此，
所以，我敢说，他有的苦头吃！
我的兄弟，请进来在椅子上坐一坐吧，
我看你比谁都痛苦，浴血战斗，
这一切都是为了我们，一个无耻的女人，
还有莽撞无知的亚历克山德罗斯！
宙斯给我俩带来这不幸的命运，
成为后人在诗歌里说唱的内容！”

只听头盔闪亮的赫克托耳这样回答：
“我就不坐了，海伦，你劝不动我，
因为我急于想赶回去战斗，
特洛伊人需要我的帮助。你就让他快点
行动吧，趁我离城前赶上我。我还要
回一趟家，看看我的妻子和小儿子，

不知能否再和他们团聚，神祇
会不会借阿开亚人之手将我杀死。”
头盔闪亮的赫克托耳说完，随即离开，
匆匆来到舒适的家，在厅堂里却没见着
白臂膀的安德罗玛开的身影，
因为她带着孩子和一位穿着漂亮的
女奴去了城楼，并在那里哭泣。
赫克托耳找不到贤惠的妻子，
就走到门槛上问女奴：
“侍女们，快过来，实话告诉我，
白臂膀的安德罗玛开去了哪里?
在我姐妹或弟媳那里，还是
去了雅典娜的神庙，美发的
特洛伊妇女都在那里向女神祈祷？”

话音刚落，一个忙碌的女管家跑来告诉他：
“赫克托耳，你要我们说实话，我们就说。
她并没有到你的姐妹或穿着漂亮的弟媳家去，
也没有去雅典娜的神庙，其他特洛伊妇女
都在那里向可畏的女神祈祷，她是带着
怀抱婴儿的女奴，焦急地登上了
伊利昂宽大的城楼，活像个疯子，
因为，她听说两军打仗，阿开亚人大胜，
而我们特洛伊人正在败退。”

听女管家说完，赫克托耳就转身离家，
沿着来时走过的平坦的街道、宽阔的城区，
来到斯卡亚门前，打算一鼓作气，
穿过城门洞，下到特洛伊平原；
这时，他那妆奁丰富的妻子安德罗玛开

疾步跑来和他会面。位于林木茂盛的
普拉科斯山下有座基利基亚人的忒拜城，
安德罗玛开就是心高气傲的国王厄提昂的
女儿，正是她，嫁给了身披铜甲的赫克托耳。
只见安德罗玛开迎上前来，身后跟着女奴，
怀里抱着赫克托耳那出生不久的婴儿。
他是父亲的掌上明珠，娇嫩得就像晶莹的星星。
赫克托耳叫他斯卡曼得里俄斯，但别人
都叫他阿斯图阿纳克斯[1]，因为他父亲
赫克托耳是伊利昂的保卫者。赫克托耳
望着孩子默然微笑，安德罗玛开却站在
他身旁流泪不止；她紧握赫克托耳的双手，
低声唤着他的名字，说道："啊，不幸的人，
你的勇敢会送掉你的性命！你不可怜
幼小的儿子，也不可怜苦命的我，她即将
成为寡妇，阿开亚人很快会向你进攻，
杀了你，要是我失去你，还不如死在
坟墓，因为我既没了父亲，也没了母亲，
什么都没剩下，剩的只有痛苦。我父亲
死在神一样的阿基琉斯手下，当时他来
攻打我们基利基亚人坚固的忒拜城，
杀了我父亲厄提昂。他对父亲还算尊敬，
没有剥走他的铠甲，容他穿着那身精致的戎装
火化成灰，还给他垒了一个高高的坟冢，
山林众女神、携带神盾的宙斯之女，
在上面栽种了榆树。我家里还有七兄弟，
同一天也进了冥府。在雪白的羊群
和蹒跚的牛群中间，他们正在放牧，

[1] 阿斯图阿纳克斯：意为城堡的主宰。

但捷足的阿基琉斯却将他们全部残害。
他还把我尊贵的母亲、林木茂盛的
普拉科斯山下的王后，连同其他战利品
带到了这里。阿基琉斯后来接受了无数的赎金，
才放了我母亲，结果，她却在自己
父亲的家里，被狩猎女神阿耳特弥斯
夺走了生命。所以，你，赫克托耳，
既是我强大的丈夫，又是我尊贵的父母
和亲兄弟，你就可怜可怜我吧，留在
这座城楼上，别让你的儿子成为孤儿，
别让你的妻子成为寡妇。你可以将你的
人马领到无花果树一带，守在这里，
因为这段城墙较矮，防守也最弱，著名的
大小埃阿斯、伊多墨纽斯、狄俄墨得斯，
以及阿特柔斯的两个儿子，曾三次带兵
攻城，试图从这儿打开缺口。也许某个
聪明的占卜师指点过他们，也许他们
凭着勇猛在自觉地往这里冲。”

只听头盔闪亮的高大的赫克托耳说道：
“夫人，我也在考虑这件事。但是，
如果我像个懦夫似的躲避战斗，
就会在特洛伊的父老乡亲面前，
以及长裙拖地的妇女面前，无地自容。
我的心也不容许我逃避，我一向习惯于
勇猛杀敌，和特洛伊勇士一起打仗
永远打先锋，为父亲，也为我自己
赢来莫大的荣誉。可我内心很清楚，
这神圣的伊利昂终将被攻占，普里阿摩斯的
那些手握长木柄枪的士兵会被消灭，

特洛伊的人民会遭受苦难，还有
我的母亲赫卡柏，我的父亲普里阿摩斯王，
以及我的兄弟和所有英勇的将士，
都会死在敌人的手下，化为尘土。
这使我非常痛苦，而更让我难以忍受的是，
你将会流着眼泪，被某个身披铜甲的
阿开亚人强行拖走，被迫在阿耳戈斯
过着奴役的生活：在墨塞斯河或呼裴瑞亚河边
汲水，在别人的织布机上劳作。
有人看见你伤心落泪就会说：
'瞧，这就是赫克托耳的妻子，在特洛伊之战，
他可是特洛伊人中最勇猛的英雄。'
这又将引发你新的痛苦，因为
你已经失去使你免遭奴役的丈夫。
但愿我一死了之，在垒起的土堆下长眠，
不致看见你被人拉走时发出的号哭。"

说完，显赫的赫克托耳伸手抱孩子，
但孩子惊恐于父亲形象的威武，害怕
他的铜盔和盔顶插饰的马鬃在可怕地
飘舞，便缩回束腰的女奴怀中。于是，
做父亲的爽朗大笑，做母亲的也抿起了
嘴唇。卓越的赫克托耳马上摘下头盔，
放在地上，头盔闪着亮光。他抱起
儿子，俯身亲吻，上下摇动，然后
向宙斯和众神祷告："宙斯，各位天神！
请答应让我的儿子和我一样，在所有
特洛伊人当中名声显赫，威武有力，
成为伊利昂强大的王。将来，他从
战斗中得胜归来，有人会说：'他比

父亲还要优秀。’但愿他战胜敌人，
从他们那里带回血淋淋的战利品，
来讨母亲的欢心。”

他这样说着，把孩子递回妻子之手，
后者接过孩子，抱紧在芳香的怀中，
流着泪哭起来。赫克托耳见状，
心里很难过，抚摸她，安慰道：
“可怜的安德罗玛开，不要伤时悲愁，
谁也无法抗拒命运女神的安排，
提前把我杀死，送到哈得斯的冥府。
我想，无论英雄还是懦夫，人一生下来
就受到命运的钳制，谁也无法挣脱。
你还是回家吧，操持你的家务，
织布机和卷线轴，还要管好你的女奴，
打仗的事由特洛伊的男人来操心，
尤其是我，赫克托耳，定会冲锋在前。”

那显赫的赫克托耳说完，便拿起
饰有马鬃的头盔；他的妻子则朝
家里走去，一边走，一边频频回头张望，
泪如泉涌。她很快回到那勇猛的
赫克托耳舒适的居所，众多女奴
聚在那里，看见女主人归来，就
放声号哭。她们就这样，在他的
厅堂里哀悼活着的赫克托耳，
认为他再也不可能生还，躲过
阿开亚人的毒手。

而帕里斯亦不敢在华丽的家里久留，

他披上漂亮精致的铠甲，奔跑着穿过
街区，犹如一匹吃饱饲料的健马脱缰
而出，兴致勃勃地越过平原，直奔
那条水流清澈的河流洗澡，然后
又昂起头来，让鬃毛在脖子上随风飘动，
陶醉于自己的俊俏和快捷的腿脚，
朝着母马出没的草场奔跑。就这样，
普里阿摩斯之子帕里斯从高耸的
卫城的顶端冲下来，盔甲像太阳在
闪光。他笑声朗朗，健步如飞，
转眼之间便赶上了他的哥哥，
卓越的赫克托耳，后者刚同他的
妻子分手。那神一样的亚历克山德罗斯
就对他说道："兄弟，我来迟了！
你匆匆地赶路，我却没能按你的
要求及时赶到。"

只听那头盔闪亮的赫克托耳这样回答：
"好兄弟，每一个正直的人
都不会低估你的能力，
因为你在战争中立下过功勋，
但你又有意疏懒，无心继续作战，
听到那些为你打仗的特洛伊人讥讽
辱骂你，我的心在流血，非常痛苦。
好吧，让我们重新投入战斗，
这些事日后可以补救。只要宙斯同意，
待我们把穿胫甲的阿开亚人赶离特洛伊
之时，再聚首厅堂，举起酒杯，那时
我们就向他献上自由的美酒。"

第七卷

埃阿斯同赫克托耳决战

卓越的赫克托耳说完，就匆匆出了城门，
他的弟弟、神一样的亚历克山德罗斯
跟在他的身后，两人都渴望投入战斗。
正如水手们在汹涌的海浪里航行，
摇动光滑的木桨，累得腰酸背痛，
就在这时，天神给他们送来了阵阵顺风。
兄弟俩就这样，及时出现在焦急盼望的特洛伊人面前。

帕里斯杀了家住阿耳奈的墨奈西俄斯；
他是擅使钉头大锤的阿雷苏斯
和牛眼睛的芙洛墨杜莎生的儿子。

而赫克托耳用锋利的长枪击中了埃俄纽斯，
矛头越过铜盔的边沿，扎入了脖子，
只见他顿时手脚瘫软，跌倒在地。
激战中，吕西亚人的首领、希波洛科斯之子
格劳科斯一枪撂倒了伊菲努斯，
他是德克西俄斯国王之子，当时正从快马后
跃上战车，枪尖击中了他的肩膀，
他从车上一头栽下了地。

灰蓝眼睛的女神雅典娜，眼看他们
杀死了许多阿耳吉维人，就迅速
从俄林波斯山上冲下来，直奔神圣的
伊利昂。坐在城楼上的阿波罗见状，
也飞下拦截，因为他希望特洛伊人获胜。
两位神祇在橡树旁相遇，宙斯之子
阿波罗率先开口说道："伟大的宙斯之女，
你受骄傲的心灵驱使，这样焦急地从
俄林波斯山下来，无非是想扭转战局，
让达奈人获胜，难道对死去的特洛伊人，
你就没有丝毫的同情心？还是过来听听
我的意见，总比现在的做法有益。
让我们暂时结束今天的厮杀，明天双方
可继续打仗，一直打到伊利昂的末日，
永生的女神，你不是一心要特洛伊人的
城市遭到毁灭？"

只听灰蓝眼睛的雅典娜这样回答他：
"远射之神，那就这么办。我刚才从俄林波斯山
一路下来，前往两军阵地，也在想这个问题。
那么请告诉我，你打算如何终止这场战斗？"

只听宙斯的儿子这样回答她："让我们挑起
驯马好手赫克托耳的战斗激情，
使他向达奈人叫阵，要求单打独斗；
面对挑战，穿胫甲的阿开亚人也会热血沸腾，
推出一位勇士，去和卓越的赫克托耳格斗。"

阿波罗说完，灰蓝眼睛的雅典娜表示赞同。
普里阿摩斯心爱的儿子赫勒诺斯立即

悟出这个令两位神祇高兴的计划，
就拔腿来到赫克托耳身边，对他说道：
“赫克托耳，普里阿摩斯之子，
和宙斯一样足智多谋的英雄，
我是你的弟弟，能否听我一句？
你要让特洛伊人和阿开亚人全都坐下，
而你自己出面去向最勇敢的阿开亚人提出挑战，
叫他们选出一人，与你单打独斗。
请放心，我刚才听见永生的神祇这样议论，
你的死期还未来，绝不会遭到不测！”

听他这么说，赫克托耳很高兴，于是
就握着长枪，来到特洛伊人的队阵前，
迫使他们后退，直到士兵完全屈腿坐下。
与此同时，阿伽门农也命令穿胫甲的
阿开亚人原地休息。雅典娜和银弓之神
阿波罗化作食腐肉的秃鹫，栖在橡树的
顶端，兴致勃勃地观看，那棵橡树
是他们父亲、携带神盾的宙斯的圣树。
只见阿开亚人和特洛伊人的队阵，
以及林立的枪矛和铠甲，翻滚在平原，
正如腾空升起的西风，吹起阵阵波澜，
扩散到海面，海水在下面变黑。
而赫克托耳在两军阵地高声喊道：
“听我说，特洛伊人和穿胫甲的阿开亚人的
勇士们！我的话全是肺腑之言，十分真诚：
克罗诺斯之子、高坐云端的宙斯
用心险恶，没有兑现我们的誓约，
使我们两军对垒，伤亡惨重——
你们要么攻下带有漂亮城楼的伊利昂，

要么在自己远航的海船边横尸遍野。
现在我宣布，阿开亚人中最高贵的首领，
最勇敢的战将，请你站出来，接受我的挑战！
他将作为代战者来同神一样的赫克托耳决斗。
但我有几个条件，请众神之主宙斯为我们作证——
要是他用长枪将我杀死，就让他
剥去我的铠甲，运回海船，
但必须把我的尸体交还我的家人，
以便特洛伊男人和女人，给我举行火葬。
但是，倘若阿波罗赐我荣誉，让我杀了他，
我也将剥去他的铠甲，带回神圣的伊利昂，
把它挂在远射之神阿波罗的神庙里，
他的尸体可以运回甲板精固的海船，
让长发的阿开亚人为他举行体面的葬礼，
在宽阔的赫勒斯庞特河岸边，垒个坟墓，
有朝一日，人们驾船在灰蓝色的大海航行，
路经此地，远远地看见墓碑，便会发出
感叹：'埋在那里的古人，是个征战疆场的
英雄，死在显赫的赫克托耳之手。'这样，
我的光荣的名声也将不朽！"

赫克托耳这番话，镇得阿开亚人哑口无言，
他们既没有接受的勇气，又不能忍受拒绝的
耻辱，于是，墨奈劳斯就从他们中间站了
起来，内心十分悲痛，愤然相讥道：
"说大话的阿开亚人，你们是妇人，不是
男子汉！倘若无人出面，应战赫克托耳，
这是我们最大的耻辱！你们这些窝囊废，
缺乏勇气，坐着不动，给我丢尽了脸。
但愿你们统统烂掉，化为水和泥土！

我这就披挂上阵，和此人殊死相搏，
生死由天，胜负全由永生的神来定夺！”

他话音刚落，就开始整理漂亮的铠甲。
墨奈劳斯啊！要不是阿开亚人的首领
将你劝阻，你会死在赫克托耳的手里，
因为他比你强得多。只见阿特柔斯之子、
强大的阿伽门农拉住墨奈劳斯的手劝阻道：
“宙斯的宠人墨奈劳斯，你一定发了疯！
你不该这般愚蠢，去和比你强的人决斗。
请克制一下，虽然你心中充满了悲愤！
在普里阿摩斯之子赫克托耳面前，
多少人畏惧得发抖，就连阿基琉斯，
一个远比你出色的英雄，也怕他三分。
还是回去吧，坐在你的人中间，
阿开亚人将推选另一个勇士来对付他。
虽说赫克托耳勇敢无畏，嗜战如命，
但也不想在激战中丢了性命，
我想他宁愿屈腿躺在家里。”

英雄的劝说句句在理，使他弟弟回心转意，
墨奈劳斯听从了他，侍从们高兴地
从他肩头解下了甲胄。这时奈斯托耳
站起来，对阿耳吉维人高声说道：
“巨大的悲痛正降临阿开亚大地！
见此情景，年迈的裴琉斯一定会大哭，
这位车战英雄、慕耳弥冬人最雄辩的
演说家，他曾在他的家里向我详细地打听，
得知这些阿开亚人的出身和家世时，
是何等的高兴。现在要是听说这些人，

面对赫克托耳全都畏缩不前，
一定会举起双手，向永生的天神祈求，
让他的灵魂离开自己的躯体，进入冥府。
啊，宙斯父亲，雅典娜，阿波罗！
但愿我能重返青春，就像当年一样强壮。
那时，我们皮洛斯人在激流的开拉冬河边，
在菲亚城的城墙下，以及在亚耳达诺斯河
河滩上，与阿耳卡底亚人打仗。一天，
他们的首领、神一样的厄柔萨利昂大步走出人群，
肩披国王阿雷苏斯的铠甲，大声叫嚷着
要同我们中间最勇敢的人决斗，
说起那阿雷苏斯王的铠甲非常有名，
它是卓越的阿雷苏斯的护身衣，
所有人——包括束腰的妇女，都称他为
'铁锤王'，因为他既不使弓，也不使枪，
耍的是一把硕大的铁钉锤，所向无敌。
但鲁库耳戈斯杀了他，不是凭蛮力，
而是动了脑筋，两人狭道相遇，阿雷苏斯的
铁锤难以施展，于是，鲁库耳戈斯率先下手，
一枪刺穿了阿雷苏斯的腰，使他仰面倒地。
鲁库耳戈斯剥去他的铠甲——战神阿瑞斯的
赠物，以后每次打仗，都将它披在自己身上，
直到衰老将他留在家里，于是，他把这套
铠甲送给了随从厄柔萨利昂。只见
厄柔萨利昂穿着这套铠甲，在两军阵前
叫阵，但所有人都吓得不敢和他交手。
只有我，在坚韧的勇气驱使下接受他的挑战，
尽管那时我在全军中年纪最轻。我同他打
了起来，最后，帕拉丝·雅典娜把荣誉
给了我。在我杀死的敌人中，他最强壮，

也最魁梧，一大堆尸体躺在地上，占去了
好大一块地皮。但愿我依然年轻，浑身
有使不完的劲，那样，头盔闪亮的赫克托耳
就会遇到对手，不像现在，你们是阿开亚人中
最勇敢的战士，却没人敢迎接他的挑战！”

老人这样谴责他们，只见九位勇士站了出来。
最先起身的是民众的国王阿伽门农，
接着是提丢斯之子、强有力的狄俄墨得斯，
然后是狂暴的大小埃阿斯，以及伊多墨纽斯
和伊多墨纽斯的副将、像阿瑞斯一样凶猛的
墨里俄奈斯，还有欧埃蒙显赫的儿子欧鲁皮洛斯，
安德莱蒙之子索阿斯，和卓越的奥德修斯。
这些人全都愿意迎战神一样的赫克托耳，
于是，格瑞尼亚的车战英雄奈斯托耳
又对他们说：“让我们来抓阄，看谁有
这个运气为穿胫甲的阿开亚人——也为自己，
争得荣誉，如果他能躲过令人畏惧的死神。”

听他说完，每人分别在石阄上刻下了记号，
扔进阿特柔斯之子阿伽门农的头盔，
然后举起双手，向神祈祷。只听他们
望着辽阔的天空这样祷告：“宙斯父亲，
请让埃阿斯，狄俄墨得斯，提丢斯之子，
或者那黄金富足的迈锡尼国王[1]中选。”

他们祷告着，格瑞尼亚的车战英雄
奈斯托耳摇动头盔，只见一块石阄蹦了

[1] 指阿伽门农。

出来，每个人都希望它是自己的。于是，
传令官拿着石阄穿过人群，将它一一
出示给九个首领看，他们都不认识上面的
记号，唯独来到埃阿斯跟前，后者一见
石阄就满心喜悦，因为这石阄
上面刻着自己的记号。只见埃阿斯
把石阄扔在脚边，这样叹道：“朋友们，
这阄正是属于我，我非常高兴！因为
我知道，我可以战胜卓越的赫克托耳。
大家过来，在我穿上铠甲时，请你们
向克罗诺斯之子宙斯做祈祷。不要
出声，让特洛伊人听见，要么，就放开
嗓门，我们谁也不怕！没有人能够凭着
武力吓唬我，或使出诡计迫使我后退，
我出生并长在萨拉弥斯岛，
对于打仗，早已不是个新手！”

这样，众人望着辽阔的天空，
向克罗诺斯之子宙斯祈祷：
“宙斯父亲，伊达山的主宰，
伟大光荣的象征！请把胜利
赐给埃阿斯，让他获得荣誉；
你若是也宠爱赫克托耳，
就让他们双方打成平手！”

正当众人祈祷之时，埃阿斯开始
动手披上发亮的铜甲。他披挂完毕，
准备上阵，样子就像威武魁伟的
战神阿端斯，去参加克罗诺斯之子
用仇恨挑起的战斗。阿开亚人的堡垒、

高大的埃阿斯就这样手握长枪，面露
狞笑，大踏步地走过去，阿开亚人
看见他这番雄姿，无不欢欣鼓舞，
而特洛伊人个个吓得发抖。赫克托耳的
心也怦怦乱跳，但他现在绝不能退缩，
逃回自己的队伍，因为挑战首先是
由他发起的。这时，埃阿斯开始
向他逼近，手里提着一面城墙似的
盾牌。那是家住呼莱城、最出色的
皮匠图基俄斯的杰作——盾面是
由七层取自最强壮的公牛的牛皮
和一层青铜制成。只见忒拉蒙之子
埃阿斯依靠它的掩护，走近赫克托耳，
站定后，威胁道："赫克托耳，
我们这样短兵相接，你马上就会
知道我的厉害。即使狮子般的勇士
阿基琉斯因为对士兵的领袖
阿伽门农生气，现在正远离众人，
独自躺在头尾弯翘的海船里，
我们仍然可以挑出很多人来
和你对阵。你就使出绝招，
上吧，这里是达奈人的首领！"

只听头盔闪亮的、高大的赫克托耳这样回答：
"忒拉蒙之子埃阿斯，宙斯的后裔、军队的首领，
不要拿话激我，把我当作弱小无知的孩童，也不要
把我当作对打仗一窍不通的妇人。告诉你，
我谙熟各种战术，杀人是我的绝活。我知道
如何使用坚韧的牛皮盾，左右抵挡，防身有术；
我懂得如何驾驭快马，杀入飞快的车阵；

我也精通进攻之术，踏着阿瑞斯的节奏，进退自如。
听着！虽然你人高马大，我却不会暗枪伤人，
我要光明正大地下手，请你注意接招，看枪！”
说完，他举起拖着长影的长枪，振臂抛投，
枪尖击中埃阿斯的七层牛皮大盾，
矛头刺破盾牌的最外层铜皮，也就是第八层，
然后又穿透了六层，停留在第七层牛皮中间。
与此同时，宙斯的后裔埃阿斯也投枪出手，
拖着长影的长枪，击中赫克托耳的等径圆盾。
这支强有力的铜枪捅破发亮的盾牌，
又穿过精工细作的胸甲，直捣他的腰窝，
划破贴身的护衬，幸好赫克托耳
及时地侧转身，躲过了黑色的死亡。
于是，两人都抓紧长长的枪杆，
把矛头拔出了盾牌，接着又迎面扑去，
活像饥饿的狮子，或力大无比的野猪。

只见普里阿摩斯之子，又一枪击中埃阿斯的盾牌，
扎在正中，但没能刺破，盾面顶弯了矛头。
而埃阿斯上前攻击，长枪捅破了对手的圆盾，
狂暴的赫克托耳不得不趔趄着退后，
枪尖擦着了脖子，黑色的血直往外流。
但头盔闪亮的赫克托耳并没有停止战斗，
他后退几步，从地上抓起一块又大又沉的巨石
朝埃阿斯掷去，巨石击中埃阿斯那面
七层牛皮盾正中的装饰，发出震耳的响声。
于是，埃阿斯也抓起一块更大的巨石，
身子转了几圈，振臂投出——这样做，
巨石会变得更为有力——磨盘似的巨石
砸在盾牌上，捣烂了盾面，压伤了

赫克托耳的膝盖，使他仰面倒在地上。
危急中，阿波罗出手相救，把他从地上扶起。
然后，两人又手持宝剑，近距离砍杀，
直到宙斯和凡人的传令官出面干预——
他们是来自特洛伊方多谋善断的伊代俄斯，
以及来自披铜甲的阿开亚人方的
塔尔苏比俄斯——他们用节杖将两人隔开。
只听机智的伊代俄斯这样说道：
“亲爱的孩子，不要再打了！两位
都是乌云的汇聚者宙斯的宠人，
大家确信无疑，你们都是极为出色的投枪手。
但夜幕已经降临，你们不应再决斗。”

听他这么说，于是忒拉蒙之子埃阿斯就回答：
“伊代俄斯，你最好先问赫克托耳的意见，
是他雄心勃勃地向我们中最好的勇士挑战，
如果他同意，我也愿意就此罢手。”

只听头盔闪亮的、强有力的赫克托耳
这样回答：“埃阿斯，天神赋予你过人的
勇气、魁伟的体魄、精湛的武艺和超群的
智慧，是阿开亚人中最伟大的英雄，
我们今天暂且停止决斗，明天还会继续
开战，一直打到天神使我们分出胜负，
把荣誉归于其中的一人。现在夜色降临，
我们最好听从夜的安排。这样你会使
海船边的阿开亚人，尤其是你的亲朋
好友心里喜悦，而我，也可以使
普里阿摩斯的城里所有的特洛伊男子
和长裙飘地的妇女高兴。他们将走进

神庙祷告，感谢诸神让我脱险生还。
现在，让我们互相交换礼物，纪念
这次决斗，往后阿开亚人和特洛伊人
想起此事，就会议论：‘他们在战场上
像仇敌一样殊死搏斗，最后却像一对
好友那样分手。’”
说完，赫克托耳取下剑柄镶有银钉的宝剑，
连同剑鞘和精心裁切的背带，送给埃阿斯；
而埃阿斯则回赠一条发亮的紫红色甲带。
然后两人分手，埃阿斯走向阿开亚人的队伍，
赫克托耳则回到特洛伊人中间。当他们看见
赫克托耳躲过了埃阿斯无敌的勇气和膂力，
未曾受到伤害，安然地返回，无不欢喜雀跃。
他们簇拥着赫克托耳回城，几乎不敢相信这是真的。
而战场的另一头，穿胫甲的阿开亚人也
欢天喜地地把埃阿斯带到阿伽门农那儿。

他们来到阿特柔斯之子的营帐，
民众的国王阿伽门农派人杀了
一头五岁公牛，献祭克罗诺斯
最强大的儿子。他们剥去牛皮，
收拾停当，把肉全割下来，熟练地
切成小块，用叉子挑起，仔细炙烤，
放着备用。当一切整饬完毕，宴席
已排好，人们狼吞虎咽，享受丰盛的
佳肴，每个人都吃足自己的份额；
阿特柔斯之子、统治着辽阔疆域的英雄
阿伽门农，用长条的里脊肉犒赏埃阿斯。
当人们满足食欲后，奈斯托耳开始发言，
他的意见向来很及时、很中肯。只听他

好心地说道："阿特柔斯之子，各位
阿开亚人的领袖！众多长发的阿开亚人
已经阵亡，狂暴的阿瑞斯将他们的
黑血洒遍水流清澈的斯卡曼得罗斯河，
将他们的灵魂打入哈得斯的冥府。
明天拂晓，你应该使阿开亚人停止战斗，
集合起来，用牛和骡子运回尸体，
在海船附近火化。当我们日后返回故土，
每个士兵就能带上一份骨灰，交给
死者的子女。我们最好在火葬堆旁边，
面对辽阔的平原砍树铲土，为所有的
死者筑一个共同的坟墓，再在坟墓前
筑一道高大的防护墙，作为保护自己
和船只的屏障。我们还要在防护墙上
修建结实的大门，留一条供车马通行的道路。
然后在墙外，紧挨着墙基，
绕墙挖一条又深又宽的壕沟，
阻挡勇猛的特洛伊人的进攻。"

奈斯托耳的一番话，得到在座的首领们的赞同。
与此同时，特洛伊人吵吵闹闹地聚集在
位于伊利昂高处的普里阿摩斯的王宫门口。
只见聪明的安忒诺耳，从人群中站起来发言：
"请听我说！特洛伊人、达耳达尼亚人和盟友们！
我的话都发自肺腑，极其诚恳，让我们
把阿耳戈斯的海伦，连同她带来的
全部财物，还给阿特柔斯的两个儿子吧，
我们违反了停战誓约，像一群无赖在战斗。
不这样做的话，我们最终又能得到什么？"
说完，他随即坐下，美发的海伦的丈夫、

神一样的亚历克山德罗斯在人群中站了起来，
只听他这样回答，快捷的话语好像长出了
翅膀："安忒诺耳，你的话我可不喜欢！
你的聪明才智，按理说会帮助你提出更好的建议，
但瞧你，说出这番言论，说明神祇
毁坏了你的脑子。我要向驯马的
特洛伊人郑重宣布——我绝对
不会交出我的妻子。不过，我倒愿意
如数归还从阿耳戈斯运回的财物，
并添上自己的一份礼物，一齐奉送。"

帕里斯说完坐下，貌似天神、足智
多谋的达耳达诺斯之子普里阿摩斯
从人群中站起，好心地说道：
"听我说，特洛伊人，达耳达尼亚人，
盟友们！我的话发自肺腑，极其
真诚。现在，大家可以像往常一样，
到营地去吃晚餐，不过别忘了
布置岗哨，人人都得保持警惕。
明天拂晓，我将派伊代俄斯前往
宽大的海船，向阿特柔斯之子
阿伽门农和墨奈劳斯传达
亚历克山德罗斯的意思——这场
战争就是因他而起——如果
阿开亚人不同意，那就重新开战，
一直打到天神为我们决出胜负，
最终将荣誉赐给其中的一个。
也让伊代俄斯捎去合理的建议，
在这一切之前，双方暂时休战，
以便焚烧尸体，掩埋阵亡的将士。"

普里阿摩斯这样说，众人言听计从，
他们排着队回营地去吃晚餐。
第二天刚拂晓，传令官伊代俄斯
就来到宽大的海船边，看见达奈人、
战神阿瑞斯的随从们正在阿伽门农的
船尾聚集开会。于是，嗓音洪亮的
传令官站到他们中间说道：
“阿特柔斯之子，各位阿开亚人的领袖！
不知你们愿不愿听，普里阿摩斯
和其他高贵的特洛伊人，叫我
向你们传达亚历克山德罗斯的建议——
战争就因他而起。亚历克山德罗斯
愿意退回用海船运回特洛伊的财物——
但愿他那个时候就一命呜呼——
再添上自己的一份礼物，一齐奉送。
但是，他拒绝交出那显赫的墨奈劳斯的
合法妻子，尽管特洛伊人全都反对这么做。
如果你们不同意，就重新开战，
一直打到天神为我们决出胜负，
最终将荣誉赐给其中的一个。
普里阿摩斯还让我转告各位，
如果你们愿意，这之前双方暂时休战，
焚烧尸体，掩埋阵亡的将士。”

传令官伊代俄斯说完，全场肃然无声。
善于吼叫的狄俄墨得斯开始打破了沉默：
“我们不要接受亚历克山德罗斯的财物，
也不要接回海伦！连傻瓜也看得出，
战局明显对我们有利，死亡的绳索
已经勒住特洛伊人的喉咙！”

听他这么说，阿开亚人的儿子欢呼起来，
赞同驯马好手狄俄墨得斯的意见。
于是，强大的阿伽门农对伊代俄斯说道：
“伊代俄斯，你亲耳听到阿开亚人的心声了，
这既是他们的回答，也是我的愿望。不过，
对于休战焚尸的建议，我并没有异议，
死者的躯体不宜久搁，没人怜惜，理应
得到火葬的礼遇。这便是我的意思，让赫拉的
丈夫、雷电之神宙斯，为这个誓言做见证人！”

阿伽门农说着，高举权杖，向众神宣誓。
于是，伊代俄斯转身返回神圣的伊利昂。
这时，特洛伊人和达耳达尼亚人
还聚在那里，等待传令官回来。
伊代俄斯一回来，就宣布带来的消息。
众人听完，立即准备，分头行动。
有些人前去运回尸体，有些人负责砍伐木柴。
在战场的另一头，阿耳吉维人走出
甲板精固的海船，也去分头行动。一队人
前去运回尸体，另一队人负责砍伐木柴。

太阳刚从水流湍急的俄开阿诺斯河露脸，
晨曦洒向农田，光芒照射大地，
双方人员就来到平原开始打扫战场。
他们用清水洗去尸体上的血污，将死者逐一辨认，
又流着眼泪将他们搬上了大车。
国王普里阿摩斯不许众人大声号哭，
他们只得默默将尸体运到火葬的柴火上，
忍住悲痛点火，焚烧后返回神圣的伊利昂。
穿胫甲的阿开亚人也是这样，把阵亡

将士的遗体抬到柴火上，忍住悲伤，
点火，焚烧之后返回宽大的海船。

这时，黑夜还没完全退走，天色依然朦胧，
阿开亚人的精选的队伍已经围在火葬堆旁，
用平原上的泥土为所有的死者筑共同的
坟墓，然后又在坟墓前筑起一道高大的
防护墙，作为保护自己和船只的屏障。
他们还在防护墙上修建结实的大门，
并留出一条供车马通行的路，随后他们在墙外，
紧挨着墙基，绕墙挖一条深而宽的
壕沟，壕沟里插满尖木桩。

正当长发的阿开亚人如此辛劳地忙碌，
天上的诸神却坐在雷电之神宙斯的身旁观看，
欣赏着披铜甲的阿开亚人的浩大工程。
只听震撼大地的海神波塞冬这样说道：
“宙斯父亲，辽阔的大地还有没有凡人
将他的心思和计划告诉永生的天神？
你没看见这些长发的阿开亚人已筑起
一道防护墙来保护船只，又绕墙挖了
壕沟，却不给众神献上祭品和牺牲。
这堵高墙的盛名要像曙光一样远播，
而我和福波斯·阿波罗帮劳墨冬的王城
修建的特洛伊城墙，将会被人遗忘。”

这番话扰乱了宙斯的心境，只听乌云的
汇聚者这样回答：“震撼大地、威力无比的
海神，你在胡说什么？其他能力比你弱小的神
或许还会有这种顾虑，但你用不着担心，

你的名声像普照大地的曙光一样传播遐迩。
等长发的阿开亚人乘着黑船，返回心爱的
故乡，你就可以捣烂他们的防护墙，把它
扔进大海，再用厚厚的沙子垫平辽阔的海滩，
如此一来，阿开亚人的防护墙就不复存在！”
他们交谈着，太阳开始缓缓西沉，
阿开亚人也忙完了手中的工作。
他们在营地里宰杀肥牛，享用晚餐，
来自莱姆诺斯的海船给他们送来了
葡萄酒。那是一支庞大的船队，
受伊阿宋之子欧纽斯的差遣。
欧纽斯是士兵的领袖、伊阿宋
和呼浦茜普莱生的儿子，他给
阿特柔斯之子阿伽门农和
墨奈劳斯送来了一千坛酒，长发的
阿开亚人就用东西去船上换酒喝：
有的用青铜，有的用铸铁，有的
用皮革，有的用整头牛，有的甚至用
奴隶来换酒，就这样，长发的
阿开亚人开始通宵饮酒。足智多谋的
宙斯又在筹划新的灾难，因此雷声阵阵，
恐惧笼罩了整个军营。人们纷纷把杯中
酒泼在地上，没有人敢在向克罗诺斯之子
祭酒以前率先啜饮。宴席完毕，他们
躺下休息，享受睡眠的赏赐。而特洛伊人
和他们的盟友在城里也这样宴庆。

第八卷

特洛伊人的反攻

晨光女神厄俄斯抖开橘红色的绣袍，
黎明降临了大地。霹雳炸雷的宙斯
把诸神召到俄林波斯山的山顶开会。
他面对众神训话，众神都洗耳恭听：
“诸位天神，诸位女神，请听我说！
我的话都出于肺腑，发自魂灵，
任何一位女神或天神，都不要反驳，
相反，你们必须赞同，以便我把
这件事情迅速办成。要是让我
发现哪一位神祇，背着我离开众神，
去帮助达奈人或特洛伊人，待他回到
俄林波斯山，将会受到严厉的惩罚，
斯文扫地，脸面全无。或许被我捉住，
扔下阴森森的塔耳塔罗斯，那地方
远在地狱的深处，巨大的深渊，
门是铁做的，门槛是青铜的，
与哈得斯的冥府也隔着天地般的距离。
这样一来，你们就会知道，我比所有
天神都来得厉害！不信，你们就来
试试看，你们把一根黄金的锁链
从天上吊下去，所有的天神和女神

都下去抓住它的末端，可是，即便
你们把锁链拉断，也不能将至高无上的
宙斯，从天上拉到地面。但是，只要
我决意将锁链往上提，我就会把你们
连同大地和海洋一起拉上来，然后再把
锁链拴在俄林波斯山的一角，你们连同
所有东西，就会悬在半空晃荡！要知道，
我有如此神力，远远胜过众神和凡人。”

宙斯这番严厉的训话，使众神
吓得心惊胆战，半天发不出声音。
还是灰蓝眼睛的雅典娜打破了沉默：
“克罗诺斯之子，至高无上的神，我们的父亲！
我们知道你威力无比，岂敢和你比试？
可我们全都为达奈人的士兵悲伤，
莫非他们的命运不幸，注定要毁灭于疆场？
我们会遵照你的吩咐，不参与战斗，
只想给阿耳吉维人一些劝告，
以免因为你的愤怒，使他们全军覆没。”

只见汇聚乌云的宙斯对她笑了笑道：
“特里托格内娅，我心爱的女儿，
你放心吧，我并没有真的打算这么做，
我对你总是很仁慈。”
说完，宙斯套上铜蹄的金鬃神马，
抓起精工细作的金鞭，
金甲披身地登上了金马车。他策马前行，
神马轻松自如地飞驰于大地与星光灿烂的
天空之间。转眼便来到养育野兽、处处
有泉水的伊达山，伊达山的巅峰伽耳伽荣，

是他的圣地，设有馨香的祭坛。于是
神人之父亲在那里把神马勒住，下了轭。
又抛出一团团浓雾，弥漫在神马的四周，
随后，悠然自得地坐在山顶，俯视着
特洛伊人的城堡和阿开亚人的船队。

长发的阿开亚人在各自的营帐里匆匆吃过
早饭，就披上铠甲，全副武装起来。
在战场的另一头，特洛伊人也忙着披挂上阵，
他们人数虽少，但为了保卫妻儿，
只得背水一战，浑身充满了斗志。
他们打开所有的城门，蜂拥而出，
成队的步兵车马，喧嚣声响彻天空。

当两军开到空地，迎面相遇，白刃战
就开始了。只见无数的盾牌、长枪
打成一片，身披铜甲的战士竞相搏斗；
猛烈的喊杀声和兵器的撞击声响彻云霄，
其中夹杂着死者的哀号和胜利者的吼叫。
喊声惊天动地，黑色的鲜血浸透了泥土。

随着太阳逐渐升起，随着时间的推移，
枪矛飞矢频繁地中的，双方伤亡惨重，
人马纷纷坠地。及至正午，神和人的父亲
拿出一架黄金的天平，在秤盘两头
各放一枚砝码，分别代表披铜甲的
阿开亚人和擅长驯马的特洛伊人的命运。
宙斯提起天平的中端，结果阿开亚人的
砝码沉了下去，也就是说，阿开亚人的
命运坠向养育万物的大地，而特洛伊人的

命运翘向辽阔的天空。只见宙斯挥手
甩出一个响雷，从伊达山一直打到
阿开亚人的头顶。目睹此景，将士们
无不感到惊悸，个个陷入了苍白的恐惧。

伊多墨纽斯见状，无心恋战，还有阿瑞斯的随从、
阿伽门农和大小埃阿斯，也退出了阵地。
只有阿开亚人的保卫者、格瑞尼亚的老将
奈斯托耳还在阵地上，不是出于自愿，
而是他的战马被美发的海伦的丈夫、
神一样的亚历克山德罗斯用箭射中，
跌倒在地。箭矢正好扎进战马的头顶，
那是生鬃毛的要害部位，接着又深入
脑髓，痛得它前蹄腾空，后蹄直立。
只见它插着铜箭镞狂奔乱跳，其他
马匹也跟着受惊。于是老人迅速
拔出利剑，跳到车前，砍断了轭套，
这时，一辆飞驰的战车杀出乱军，
朝他扑来，只见车上站着威风凛凛的
驾驭者赫克托耳。眼看奈斯托耳
要在赫克托耳的枪下送命，多亏
善于吼叫的狄俄墨得斯眼疾手快，
连忙发出可怕的吼声，向奥德修斯
求援："你往哪里逃？莱耳忒斯之子、
宙斯的后裔、足智多谋的奥德修斯！
难道你要做个懦夫？当心逃跑时，
背上中人一枪，你给我站住！让我们
一起打退这个恶煞，救出老英雄！"

但历经磨难的、神一样的奥德修斯并没有

听见，他正一门心思地直奔阿开亚人的大船
逃跑。提丢斯之子狄俄墨得斯只得独自
一人冲到前排，站到奈琉斯之子奈斯托耳的
身边，大声喊道，快捷的话语仿佛长出了羽翼：
“老英雄，那些年轻人欺你年老力衰，
将你折磨得精疲力竭；可悲的老年
正在将你追赶；你的腰背弯曲，
你的侍从疲软，你的战马迟缓。
还是快快登上我的战车吧，看看
特罗斯的神马[1]如何了得，它们善于
在熟悉的平原自由驰骋，进退自如。
我从那个溃退的埃涅阿斯手里将这对
骏马夺来。现在，你把自己的车马交给
你的侍从照管，和我一起驾着这对神驹
去迎战擅长驯马的特洛伊人的英雄，
让赫克托耳知道我的长枪的厉害！”

于是，格瑞尼亚的车战英雄奈斯托耳
听从狄俄墨得斯的建议，登上了他的战车。
那两个魁梧强壮的侍从塞奈洛斯和刚烈的
欧鲁墨冬，接过奈斯托耳的车马看管。
只见奈斯托耳抓起闪亮的缰绳，策马扬鞭，
很快靠近赫克托耳，说时迟，那时快，
赫克托耳也冲到了他们面前。提丢斯之子
率先掷出长枪，却不曾击中赫克托耳，
矛头反倒刺中执缰的副将厄尼俄裴乌斯的
胸乳。他是塞拜俄斯心高气傲的儿子，
只见他从战车上一头栽倒在地，他那匹

[1] 宙斯曾经送给特罗斯一匹马，作为带走他的儿子伽努墨得斯的补偿。

快捷的战马受了惊向后转。
厄尼俄裴乌斯应声而亡，灵魂随即散去。
见此情景，赫克托耳悲愤交加，却不得已
撇下朋友的尸体，继续驱车前进，
试图再找一位搭档，很快他如愿以偿。

战车又有了驭手，那是伊菲托斯勇敢的儿子
阿耳开普托勒摩斯；等他从快马身后
上了战车，赫克托耳就把缰绳交给了他。

这时战场一片混乱，眼看特洛伊人大难降临，
四处逃散，就像被逼入羊圈的绵羊，
他们要被打得退回伊利昂，困在城里。
幸亏神和人的父亲眼疾手快，看到山下的
险情，就马上打出可怕的雷电和霹雳，
炸在狄俄墨得斯的马前，燃烧的硫黄
发出恐怖的火焰，战马因此受惊，
拖着战车连连后退。发亮的缰绳
从奈斯托耳的手中滑脱，老人心里
害怕，这样对狄俄墨得斯说道：
“提丢斯之子，快撤！驾着你追风的
神马逃离，你没看出宙斯已把胜利
调拨给他们了吗？至少今天，荣誉不会
属于你！或许日后他还会将它赐还我们，
但凡人不管多么强大，都不可能抗拒
宙斯的意志，宙斯的能力没人能比！”

只听善于吼叫的狄俄墨得斯这样回答：
“老人家，你说的话非常在理，可是
我就是难以咽下这口气，想想赫克托耳

会当着特洛伊人的面公开吹嘘：‘提丢斯
之子在我面前溃退，被我赶回他的船队！’
他这样说，我恨不得钻进地缝里！”

只听格瑞尼亚的车战英雄奈斯托耳答道：
“唉，勇敢的提丢斯之子，你在说什么！
你就让他去吹嘘，说你胆怯无力，但特洛伊人和达耳尼亚人
绝不会相信他，他们心高气傲的妻子也绝不会相信——
是你把她们年富力强的丈夫打死在泥地里！”

说完，奈斯托耳随即掉转马头，驾着
那对追风的神马重又汇入人马喧嚣的乱军。
特洛伊人发出怪声和粗野的嚎叫，
呻吟的箭矢雨点一般朝他们飞去，
头盔闪亮的高大的赫克托耳也大声叫嚷：
“提丢斯之子，驾驭快马的达奈人敬你
胜过别人，让你占据尊位，享受美酒
和肥肉。可现在，他们不会再这么做，
只会耻笑你。因为你是一个胆小鬼，
比妇人强不了多少。你根本不可能
捣毁我们的城市，将我们的妇女抢上船，
运回家乡，之前我就会使你遇见死亡！”

赫克托耳的这席话，使提丢斯之子
开始动摇，两种想法让他犹豫：
是继续搏斗，还是马上逃离？他真心
希望再战，但三次行动，三次受阻。
足智多谋的宙斯从伊达山上甩下惊雷，
给特洛伊人发出信号，胜利将属于他们。
这时赫克托耳大声地对特洛伊人叫喊：

“特洛伊人、吕西亚人、擅于近战的
达耳达尼亚人的勇士们！朋友们！
拿出男子汉的魄力，鼓起战斗的气势，
我看出克罗诺斯之子有意要让我们获胜，
赐给我们巨大的荣耀，而把灾难留给了
我们的对头达奈人。他们很愚蠢，
造出这单薄无用的防护墙，试图阻挡我们，
但我的战马会轻易跳过深深的壕沟。在我
到达他们的船队时，别忘了给我准备火把，
我要点燃他们的木船；我还要把受烟熏的
阿耳吉维人，无情地杀死在宽大的海船旁。”

说完，赫克托耳呼唤他的战马，对它们说道：
“珊索斯、波达耳戈斯、埃松和闪亮的朗波斯！
现在到了你们报答我的时候！心高气傲的国王
厄提昂的女儿安德罗玛开精心照料着你们，
给你们喂蜜一样香甜的麦子，甚至备上美酒，
供你们饮用，比给我倒酒还要勤快——
虽然我是她心爱的丈夫。现在，你们要快跑，
紧紧追赶敌人，我们将缴获奈斯托耳的盾牌，
眼下它海内外闻名，盾面和把手全由黄金铸成；
我们也能从驯马好手狄俄墨得斯的身上剥下
精美的胸甲，它是火神赫法伊斯托斯的杰作。
若能夺得这两件东西，就有望把阿开亚人赶回快船！”

赫克托耳的一番鼓吹，让天后赫拉感到愤慨，
她摇动自己的宝座，使巍峨的俄林波斯山震撼！
只听她对威力无比的海神波塞冬这样嚷道：
“可耻啊，震裂大地的海洋之神！
你心里从不怜悯正遭毁灭的达奈人。

他们曾在赫利开和埃伽伊设立祭坛，
为你献上丰厚的祭品，你也曾有意让他们获胜。
假如我等愿意帮助达奈人的神下定决心，
阻挠炸雷霹雳的宙斯，将特洛伊人赶回城，
他就只能独坐伊达山，忍受烦恼的折磨。”

赫拉的一席话，扰乱了震撼大地的海神的
心境，只听威力强大的波塞冬这样回答：
“赫拉，你的话太过鲁莽，要知道，
我无意和克罗诺斯之子宙斯为敌，
哪怕和所有神祇一起，我们也打不过他，
主神的能力没有任何人能够比！”

他们这样交谈着，壕沟环绕的防护墙
与船队之间，却挤满了战车和持盾的
阿开亚人将士，是普里阿摩斯之子、
像阿瑞斯一样勇敢的赫克托耳将他们
赶到那里，宙斯正使他获得荣誉。
若不是天后赫拉唤起了阿伽门农的斗志，
催他快步跑去激励阿开亚人，赫克托耳
可能已经使平稳的战船燃起熊熊大火。
只见阿伽门农沿着阿开亚人的营帐和船只
奔跑，结实的手中提着一件绛紫色的大氅，
他来到奥德修斯那条宽大的黑船边，
这条船停泊在船队的中央，在那里讲话，
声音可传至船队的两头，忒拉蒙之子
埃阿斯和阿基琉斯的营帐，均可听见——
他俩凭恃自己的勇气和臂力，分别把
平稳的大船泊在船队的两头。只听
阿伽门农提高嗓门，大声呼唤达奈人：

“阿耳吉维人，你们真可耻！
全是窝囊废，白白披了这身甲胄！
平时的豪言壮语都到哪里去了？
你们曾经自诩为最勇敢的人，
还在莱姆诺斯大吃肥美的牛肉，
畅饮满杯的葡萄酒，并夸下海口说，
你们一个人就能对付一百，甚至
二百个特洛伊人。可现在，我们全都
加起来，都敌不过赫克托耳一个人，
他将放火烧毁我们的船只！
宙斯父亲，你可曾如此伤害并打击过
一个强大的国王，还夺走他的名声？
当我乘坐甲板坚固的海船，开始踏上
进军伊利昂的倒霉的航程，每逢路过你
精致的祭坛时，从来不敢忘记祭献，
为你焚烧公牛的油脂和腿骨，只是
希望能够毁灭那座城墙坚厚的伊利昂。
宙斯啊！求你至少满足我的此番哀告：
让我的阿开亚士兵死里逃生，
不要让他们倒毙在特洛伊人之手！”

他高声哀求，泪水纵横，宙斯见状，
心生怜悯，答应保证他的军队安然无恙。
宙斯随即放出一只老鹰——飞禽中预兆
最准的鸟，爪子里抓着一头善跑的小梅花鹿。
只见它把小鹿扔在那座精致的祭坛上，
阿开亚人一直在那里祭祀发预兆的主神宙斯。
人们看到了老鹰，知道它是宙斯派来的预兆之鸟，
于是都鼓足勇气，向特洛伊人冲锋。

达奈人虽然人多，却没人敢
表示要赶在提丢斯之子的快马前，
同特洛伊人决斗。只见狄俄墨得斯的快马
飞过战壕，投枪出手，趁夫拉得蒙之子
阿格劳斯掉转马头逃跑时，一枪扎入他的脊背，
矛头刺透他的胸脯。他从战车上应声倒地，
当场毙命，身上的铠甲还在哐哐作响。

冲在狄俄墨得斯身后的，是阿特柔斯的两个儿子——
阿伽门农和墨奈劳斯。他俩后面是
凶猛异常的大小埃阿斯，再后面是
伊多墨纽斯和他的副将墨里俄奈斯——
他像杀人的厄努阿利俄斯[1]一样狂暴；
还有欧埃蒙显赫的儿子欧鲁皮洛斯。
丢克罗斯[2]第九个出战，他站在忒拉蒙之子
埃阿斯的盾牌后面，依靠盾牌的掩护，
窥视时机，拉弓搭箭，一箭射中一个敌人，
使那人倒在原地，灵魂飘散；每次射完，
丢克罗斯就往后退，像孩子跑回母亲身边一般，
埃阿斯便用发亮的盾牌，将他遮掩。

光荣的丢克罗斯最先射死哪个特洛伊人？
俄耳西洛科斯第一个倒地，接着是
俄耳墨诺斯、俄菲勒斯忒斯、代托耳、
然后是克罗米俄斯和神一样的鲁科丰忒斯，
还有波鲁埃蒙之子阿莫帕昂和墨拉尼波斯——
他把这些英雄一个接一个，射倒在肥沃的大地。

---

[1] 厄努阿利俄斯：即战神阿瑞斯。
[2] 丢克罗斯：忒拉蒙的私生子，大埃阿斯的同父兄弟，出色的弓箭手。

民众的国王阿伽门农目睹丢克罗斯
用强有力的弓箭，打乱了特洛伊人的阵脚，
心里非常高兴，走到他的身边对他说道：
“干得好，忒拉蒙之子，出色的首领！
看来，你是达奈人的希望，你父亲的荣耀！
你虽是庶出，可你父亲忒拉蒙对你关怀备至；
现在你长大，远隔重洋来为他争光。
我告诉你，但愿老天保佑，这话将成为事实——
如果携带神盾的宙斯和雅典娜
让我们攻陷固若金汤的城池伊利昂，
我会在赏赐自己之后便赏你礼物：
一只三脚鼎，或两匹带战车的骏马，
或是一名女子，去和你同床。”

听他这么说，显赫的丢克罗斯这样回答：
“高贵的阿伽门农，你何须敦促我这个渴望战斗的人?
自从我们想把特洛伊人赶回伊利昂那一刻起，
只要我还有力气，我就不会停止战斗。
我总是提着弓箭，在阵前伺机射死敌人。
我已放出八支带倒钩的利箭，
全都扎进勇于作战的敌人身躯，
只有赫克托耳这条疯狗，我还没有射中！”
说完，他又张弓放箭，箭矢直奔赫克托耳。
丢克罗斯盼望一箭中的，却没有成功，
反而射向普里阿摩斯另一个强壮的儿子——
打在勇敢的戈耳古西昂的胸脯上。
他的母亲是貌似女神的埃苏墨人
卡丝提娅内拉。只见戈耳古西昂的脑袋，
由于吃不住铜盔的重量，歪倒在肩上，
耷拉到一边，就像花园里的一枝罂粟，

受不了春雨的打击和果实的重压。

丢克罗斯再次拉弓，朝赫克托耳射出一箭，
想把他射倒，然而箭头再次偏离目标——
因为阿波罗将它拨到一边，因此击中了
赫克托耳勇敢的驭车手阿耳开普托勒摩斯的
胸乳。只见战马惊得腾立半空，他从战车上
摔下，躺倒在地，生命和灵魂很快散去。
赫克托耳见此情景，悲痛欲绝，却不得已
撇下他的尸体，唤来站在身边的自己的弟弟
开勃里俄奈斯，要他来驾驭战车，开勃里俄奈斯
遵命，但赫克托耳却从战马后跃下，让人
畏惧地吼叫一声，抱起一块巨大的石头，
径直朝丢克罗斯砸去，指望能砸中他，
而此时，丢克罗斯正从箭筒里抽出一支
锋利的羽毛箭，搭箭上弦，用力拉满。
这样，头盔闪亮的赫克托耳的巨石
就砸中了丢克罗斯的脖子和胸之间
那个致命的锁骨部位，丢克罗斯被
那块裹挟着仇恨与愤怒的巨石砸得
筋腱俱断，手足瘫软，跌倒在地，
弓箭也被砸烂，脱手掉下。埃阿斯
眼看兄弟生命垂危，连忙跑过去跨在
他的身前，用盾牌掩护他。盾牌后，
他的两位好友，厄基俄斯之子墨基斯丢斯
和卓越的阿拉斯托耳，弯腰蹲下，
架起丢克罗斯，返回海船，
受伤的丢克罗斯一路哀声不绝。
这时，俄林波斯主神再次激发起
特洛伊人的嗜战狂热，让他们将阿开亚人

逼回又宽又深的壕沟。赫克托耳陶醉于
自己的力量，身先士卒，冲锋杀敌，
就像撒腿快速追赶野猪或狮子的猎狗，
一边扑上去咬它们的后腰或肋腹，
一边盯着它们扭动的身体，防止反扑。
赫克托耳就这样在长发的阿开亚人后面
紧追不舍，一个接一个地杀死落在后面的
士兵；只见阿开亚人节节败退，许多人
死在特洛伊人的手下；他们一边逃一边
越过壕沟里的尖木桩，退至海船，然后
停下，站稳脚跟，彼此呼唤，众人都举起
双手，向诸神高声哀告。而赫克托耳则赶着
长鬃飘扬的骏马，来回奔跑，睁着一双像
戈耳工女妖或杀人狂阿瑞斯的大眼。
白臂的女神赫拉见此情景，心生怜悯，马上对雅典娜
说道，快捷的话语仿佛长出了羽翼：
“携带神盾的宙斯之女！达奈人正遭到不幸，
厄运使他们成批地倒毙在那个疯子手里，
他就是普里阿摩斯之子赫克托耳，
没有人能够抵挡。他这样干让我心烦，
在这紧要关头，你我怎能袖手旁观？”

只听灰蓝眼睛的女神雅典娜这样回答她：
“他一定会死，死于阿耳吉维人之手，
他的勇气和力量将丧失殆尽，倒在自己的故乡！
然而现在，我的父亲正在发怒，满腔恶毒，
蛮横地处处阻挠我的计划，他从来不想想，
我多次营救过他的儿子赫拉克勒斯，
欧鲁修斯国王曾经派给他苦差，折磨他，
于是赫拉克勒斯经常对着天空祈祷，

而宙斯总是紧急派我去帮助他。
有一次，欧鲁修斯派赫拉克勒斯去冥府，
找死神把那条看守冥府大门的三头狗，牵回人间，
我的智慧要是能预知现在这一切，那天赫拉克勒斯
就逃不过斯图克斯河湍急的流水。
现在宙斯恨我，为了成全忒提丝——
她亲吻宙斯的膝盖，抚摸他的下巴，
恳求赐给那抢劫城市的阿基琉斯以殊荣。
但终有一天，他还会重新管我叫'灰蓝眼睛的爱女'。
现在，你去把那两匹戴金额饰的神马套好，
而我将回到携带神盾的宙斯的宫殿，
披铠挂甲，全副武装起来，我倒要看看，
当我们出现在两军阵地前，那头盔闪亮的
赫克托耳还会不会神气活现！
当然，我也乐意看到，他的特洛伊士兵，
死在阿开亚人的海船旁，用他们的
血肉和肥油喂饱秃鹫和狗！"

听雅典娜这么说，白臂女神赫拉听从，
于是，强大的克罗诺斯之女、众神的天后赫拉
前去给两匹戴黄金额饰的神马套车。
与此同时，携带神盾的宙斯之女雅典娜
脱下自己亲手缝制的绣袍，扔在
父亲的宫殿里，换上汇集乌云的雷神
宙斯的衬袍，又披上自己用于惨烈战斗的
铠甲，然后手握粗大沉重的长枪，登上了
闪闪发光的战车。这位强大父亲的女儿，
曾经用它征服过令她愤慨的凡人的队伍。
只见赫拉扬起神鞭，策马前行，天门
隆隆响着，自动敞开，它们由

时序女神掌管。这些女神守护着
俄林波斯山和辽阔的天空，负责
拨开或关闭浓密的云雾。她们
快马加鞭，一路疾驰穿过了天门。

但宙斯父亲从伊达山看见她俩，勃然大怒，
派遣长着金翅膀的伊里丝去传达消息：
“快捷的伊里丝，快把她们挡回去，
不要让她们出现在我的面前，
我不想和她们动手。要不然——
你就告诉她们，我的话说到做到——
我要把她们车前快马的腿打瘸，
把她们从车子上扔出去，还要把车子砸烂；
她们将熬过十个流转的年头，才能愈合
我用雷电劈开的伤口；让灰蓝眼睛的姑娘
知道，同父亲对抗会是什么后果。
对赫拉，我却不会如此生气、愤怒，
阻挠我的命令，她已经习以为常。”

宙斯说完，快如风暴的伊里丝带着口信，
立即出发，从伊达山直接升入巍峨的俄林波斯峰。
她一进入山峦重叠的俄林波斯外门，
就遇见两位女神，将她们挡住，传达了神谕：
“你们哪里去？为何如此气急败坏？
克罗诺斯之子不许你们去帮助阿耳吉维人。
听听他的警告，他说他说到做到——
他要把你们车前快马的腿打瘸，
把你们从车子上扔出去，还要把车子砸烂；
你们将熬过十个流转的年头，才能愈合
他用雷电劈开的伤口；让灰蓝眼睛的姑娘

知道，同父亲对抗会是什么后果。
对赫拉，他却不会如此生气、愤怒，
阻挠他的命令，她已经习以为常。
所以，你这蛮横无耻的东西，
倘若真敢举着粗重的长枪
和父亲动手，你可要小心点！”

对她们说完，快捷的伊里丝转身离去，
于是赫拉便对帕拉丝·雅典娜这样说道：
“算了，携带神盾的宙斯之女，我不想
和你一起，为了一个凡人同宙斯去斗。
就让他们听天由命，该死的死，该活的活，
特洛伊人和达奈人的命运就让宙斯
随心所欲地去安排，因为他有这样的权力。”

赫拉说完，就掉转追风神马的马头返回，
时序女神把两匹长鬃飘扬的神马下了轭，
牵进厩棚，拴在填满仙界饲料的马槽旁，
将马车停靠在门廊中发亮的墙边。
而两位女神来到众神中间，强忍着悲伤，
坐在黄金的长椅上。

就在这时，宙斯父亲那两匹骏马带着
车辕坚固的马车，载着他从伊达山
回到俄林波斯山，来到众神聚会的厅堂。
著名的裂地海神波塞冬，为他卸下马轭，
把马车搁在车架上，盖上遮布。
制造霹雳的宙斯坐到黄金的宝座上，
巍峨的俄林波斯山在他的脚下摇晃。
只有雅典娜和赫拉远远离开他就座，

既不对他说话，也不发问；
但宙斯心里明白，就开口说道：
“雅典娜和赫拉，为何如此愁眉苦脸？
你们总是在凡人争取荣誉的战场上，
毁灭特洛伊人，对他们怀有仇恨。
可是我的能量和力气没人能比，
俄林波斯山上众神联合起来，都不能抵抗。
至于你们俩，还未目睹战争的痛苦，
那美丽发亮的肢体就会瑟瑟发抖。
我实话告诉你们，我说到做到——
你们一旦被我的雷电劈着，就再
也回不了众神居住的俄林波斯山。”

宙斯说着，而一心想使特洛伊人遭殃的
雅典娜和赫拉，却远远地坐在旁边
小声嘀咕。只见雅典娜沉默不语，
内心充满了对宙斯父亲的强烈愤慨，
但赫拉却忍不住了，对宙斯说：
“克罗诺斯之子，至高无上的神，你在说什么！
我们知道你威力无比，岂敢和你作对？
可我们全都为达奈人的士兵悲伤，
莫非他们的命运不幸，注定要毁灭于疆场？
我们会遵照你的吩咐，不再参与战斗，
只想给阿耳吉维人提供一些劝告，
以免因为你的愤怒，使他们全军覆没。”

只听乌云的汇聚者宙斯这样回答：
“尊贵的牛眼睛的天后赫拉，只要你
愿意，明天拂晓，你就会看见克罗诺斯
最强大的儿子将给阿开亚人造成更大的

灾难，而强有力的赫克托耳也不会停止
作战，将成群的阿开亚士兵不断杀死，直到
裴琉斯的儿子、捷足的阿基琉斯出现在
海船边。那时，阿开亚人围在船尾，
为争夺帕特罗克洛斯的尸体拼杀，
这事肯定会发生。而你是不是发怒，
我可不在乎，即使你下到大地和
海洋的深处，伊阿珀托斯[1]和克罗诺斯的
居所，那低陷的塔耳塔罗斯[2]，既没有
太阳神呼裴里昂[3]的光线，又没有
舒适的和风，你要是在那里流浪，
告诉你，我也丝毫不在乎，
世上找不到比你更无耻的神了！”

宙斯一顿教训，白臂女神沉默不语。
这时，俄开阿诺斯河[4]收尽了太阳的余晖，
而夜幕覆盖了盛产谷物的原野。
白昼消失，有悖特洛伊人的心愿，
黑夜降临，倒很受阿开亚人的喜欢。

那光荣的赫克托耳集合特洛伊人，

[1] 伊阿珀托斯：提坦神之一，是乌拉诺斯（天神）和盖亚（地神）的儿子。乌拉诺斯被另一个儿子克罗诺斯推翻后，伊阿珀托斯被打入地狱。后来克罗诺斯又被儿子宙斯推翻，被打入地狱。

[2] 塔耳塔罗斯：被认为是地狱的最底层，它到地面的距离，是地面到天穹的距离。周围是三层黑暗和一道铁墙（一说是三道铜墙）；它的铁门（或铜门）是波塞冬制造的。它的四周狂风怒号不息。里面囚禁着克罗诺斯和其他战败的提坦神，由百臂巨人看守。

[3] 呼裴里昂：太阳神赫里俄斯的别称。赫里俄斯是提坦神许珀里翁和忒亚的儿子、塞勒涅和厄俄斯的兄弟、法厄同和赫利阿得斯姐妹的父亲。后人将他和阿波罗混为一体，常以驾着太阳车、环绕宇宙的形象出现。

[4] 俄开阿诺斯河：环地巨河，是养育众神的河流。

把他们带离那条水流湍急的大河[1]旁的海船，
来到一片没有尸体的干净的空地。
人们纷纷下了战车，聆听宙斯的宠人
赫克托耳发表讲话。他手里握着的长枪，
足有二十肘长，青铜矛头与枪杆之间，
圈着一个黄金箍，闪闪发亮。只见
他倚靠长枪，这样对特洛伊人演讲：
“特洛伊人，达耳达尼亚人，盟军的朋友们！
请听我说，我原以为我们可以消灭阿开亚人，
毁掉他们的船，再回到多风的伊利昂，
但黑暗率先降临，拯救了阿开亚人
和他们的船队。那么现在，就让我们
顺从黑夜，准备用餐，将那些长鬃飘飘的
战马撤下马轭，喂饱它们饲料；
再赶快从城里牵来牛和肥羊，从家里
搬来香甜的葡萄酒和食物。我们要收集
大量的柴薪，好使营地整夜燃烧
熊熊篝火，直到拂晓，不让
长发的阿开亚人趁着黑夜
踏上宽阔的海路，起程归航；
我不会让阿开亚人不动一枪一剑，
就轻易地跳上甲板离去。
我要让他们回家后，仍在治疗
临上船时，我们留给他们的枪伤和箭伤。
有了前车之鉴，其他人就不敢再给
驯马的特洛伊人带来战争的麻烦。
现在，让宙斯宠爱的传令官到全城去宣传：
少年和两鬓斑白的老人，环绕全城

[1] 指珊索斯河。

布下岗哨，彻夜警戒，尤其是
神祇为我们兴建的城墙；
再叫妇女在自家的厅堂里把炉火烧旺，
防止敌人趁我军驻守城外，进城偷袭。
这就是我的意见，完整的战略部署，
心高气傲的特洛伊人，但愿你们照我说的去办！
明晨我还要抱着希望，向宙斯和众神祈祷，
乞求诸神保佑我们赶走阿开亚人，连同
那些将他们带到这里来的漆黑木船——
我们要消灭这帮受该死的命运指引的恶狗！
今夜我们要提高警惕，注意防范，
明晨天一破晓，我们就披挂上阵，
在宽大的船边唤醒狂暴的战神！
事情总会决出分晓，到底是提丢斯之子、
强有力的狄俄墨得斯把我们从船边
赶回城，还是我用铜枪将他杀死，
剥去他血淋淋的铠甲。那时他便会知道，
自己的能力可不可以抵抗我的长枪。
但愿明天天亮，太阳升起时，他于
前锋的队列中倒下，躺在死去的同伴中间；
但愿我长存不灭，像雅典娜和阿波罗那样
受人敬仰。我对此坚信不疑，
就像坚信明天就是阿开亚人的末日！”

赫克托耳的话，得到特洛伊人的赞同，
人群中传来一片呼喊声。于是他们把大汗淋漓的
战马撤出马轭，在各自的战车上拴好缰绳。
然后他们又迅速从城里牵来牛和肥羊，
从家里搬来香甜的葡萄酒和食物，
在垒高的柴堆上燃起篝火，向永生的神

祭上牺牲，晚风带着喷香的炊烟
升上天空。可是永生的神并没有分享这些，
因为他们不愿意——神圣的伊利昂、
普里阿摩斯以及他的手持长柄枪的
人民，已经为众神所憎恨。

只见这些人精神饱满，整夜围坐在
空地的篝火边，那熊熊燃烧的火焰
宛若天空中的星星，在月轮旁明亮地闪烁，
这时空气凝滞，万籁俱静，只见
挺拔的山峰、突兀的海岬、幽深的峡谷
全都清晰可辨，广袤而透明的银河
一泻千里，其中所有的星辰一览无余，
让牧人看了心情舒畅、胸怀释然。就这样，
特洛伊人驻扎在伊利昂城外，珊索斯河
与阿开亚人的船队之间的平原，点燃着
一千堆繁星般的营火，每堆营火边围坐着
火光映红的五十名士兵，他们的战马
站在各自的战车边，嚼着雪白的大麦
和黑色的燕麦，等待黎明女神升上她的宝座。

第九卷

求和遭拒

特洛伊人就这样通宵警戒，而阿开亚人
则处在惊恐之中，这个令人不寒而栗的
恐惧之伴侣，搅得他们心神不宁，难以
忍受的悲哀，挫败了他们中最好的将领。
有如来自色雷斯的两股劲风——北风和西风，
突然在鱼群汇聚的大海，掀起黑色的巨浪，
将海草翻到水面，随波逐流，四处飘零，
焦虑和烦恼，同样搅乱了阿开亚人的心。

愁肠满腹的阿特柔斯之子阿伽门农
在营地四处走动，叫那些嗓音清晰的
传令官召唤众人开会。他要传令官们
不要大声喧哗，而要直呼每个人的姓名，
有些人，他还亲自去召集。勇士们
终于在集会地落座，每个人都忧伤悲戚。
于是，阿伽门农起立，眼里泪如泉涌，
就像黑色的泉水从高耸的峭壁倾泻而下，
他伤心地哭泣，对阿耳吉维人这样说道：
“阿耳吉维人的首领们，各位朋友们！
克罗诺斯之子宙斯，就是这般凶恶，
他把我推入绝境——先前曾点头答应，

让我在攻克城墙坚固的伊利昂后，起程返航，
现在看来，这十足是一场骗局。他要我
损兵折将，不光不彩地返回阿耳戈斯。
这就是力大无比的宙斯热衷的事情；
在此之前，他已砸烂了许多城池的
城墙——今后还会这么干。他的神力
谁能阻挡？那么好吧，让我们全都服从，
大家照我说的去做，登船上路，撤回
我们可爱的故乡，因为我们永远攻不下
街道宽阔的伊利昂！”

听他说完这席话，全场一片肃然，悲痛中的
阿开亚人的儿子们都默不作声，愁眉不展。
只见擅长吼叫的狄俄墨得斯打破了沉默：
“阿特柔斯之子，我首先要责备你的愚昧，
请你不要生气，我的国王，公民大会上
这样说是我的权利。你曾经当着阿开亚人的面
嘲笑我缺少勇气，说我软弱，斗志全无，
这一切阿耳吉维人的老老少少都很清楚。
工于心计的克罗诺斯之子，把两件礼物中的
一件赐给了你：一柄权杖，使你享受别人
无法获得的殊荣，却没有将另一件礼物——
胆识和勇气赐予你，那可是强大的力量。
可怜的人！难道你真的以为阿开亚人的儿子
像你说的那样怯弱，经不起战争的折磨？
如果你一心想回家，那就走好了；
你从迈锡尼带来的船只正黑压压地
停在海边，归途就在你的面前！
但其他长发的阿开亚人将留在这里，
直到我们攻下特洛伊这座城！如果

他们也要驾船逃回自己热爱的故乡，
我和塞奈洛斯两个人，也会留下战斗，
直到攻陷伊利昂，天神和我们在一起！”

听他这么说，阿开亚人的儿子们齐声欢呼，
赞同驯马好手狄俄墨得斯的意见。这时
车战英雄奈斯托耳从人群中站起来，说道：
“提丢斯之子，你打仗时，勇冠全军，
议事时，你也在同龄人中智慧超群。
阿开亚人没有谁敢轻视你，反驳你的意见，
虽然刚才你没把话说完，道出解决的方案。
论年龄，你还年轻，甚至可以做我最小的儿子，
但你面对阿耳吉维人的国王，却说得头头是道；
我自视比你年长，也让我说上几句，
我的周密意见，连阿伽门农也不敢轻视。
谁要是为了沽名钓誉，热衷于挑起内讧，
谁就会和祖传的规矩格格不入，就会被
他的部落、家庭所驱逐。眼下，我们
还是服从黑夜的安排，准备我们的晚餐；
并在防护墙外的壕沟边，布置好岗哨。
这些就是我对年轻人的劝告，接下来，
还是由你——阿伽门农来亲自领导，你是
最高贵的国王，具有统率全军的能耐。
你有权力、有义务设宴招待各位首领，
你的营帐里堆满了美酒，那是阿开亚人
每天用船从色雷斯越洋运来的，盛情款待
是你的本分，因为你统治着众多的人民。
等大家聚齐，谁要提出最佳的主意，
你就采纳谁的建议；全体阿开亚人
急需聪明实用的点子，现在，敌人

已在离我们船队很近的地方，燃起了
上千堆篝火，见此情景，谁见了会高兴？
成败就在今晚，要么获救，要么全军覆灭！”

人们听完奈斯托耳的意见，都欣然接受。
全副武装的哨兵迅速出动，分别由这些人带领：
奈斯托耳之子、士兵的领袖斯拉苏墨得斯；
阿瑞斯的两个儿子：阿斯卡拉福斯
和伊阿耳墨得斯；以及墨里俄奈斯、
阿法柔斯和德伊皮洛斯；还有克雷昂之子、
卓越的鲁科墨得斯。七位首领分别带领
一百名手持长枪的哨兵，到防护墙和壕沟一带
执勤，他们点燃篝火，动手准备各自的晚餐。

与此同时，阿特柔斯之子领着阿开亚人的
首领来到营帐，为他们排开宴席，端上可口的
肉食，首领们纷纷伸手抓取食物，在满足了
食欲后，老将奈斯托耳首先站起来
发言，他的意见总是很管用、很及时。
只听奈斯托耳对大家这样好心地说道：
“阿特柔斯之子，最高贵的民众的国王，
全军的统帅阿伽门农！我的建议
从你这里开始，也到你这里结束。因为
你是全军统帅，宙斯把权杖赐给你，
使你有能力为你的士兵出谋划策。
所以你不光要会命令，也要会倾听，
善于采纳别人发自内心的建议，以利于全军，
不管他说什么，只有你能将它付诸实践，
功劳也就属于你。现在，我要畅所欲言，
讲出我最好的办法，我已对此考虑再三。

强大的国王，我认为这事由你而起，
还记得那天，你从阿基琉斯的营帐里，
强行带走布里塞伊丝姑娘吗？我曾竭力劝阻，
而你却不肯听从，傲慢和狂怒蒙住了
你的双眼，使你夺走他作为战利品的女奴，
占为己有，因此得罪了这位了不起的英雄，
他是一位连神都尊敬的凡人。现在
让我们想一想怎样来补救，虽然迟了些，
你可用诚恳的话语和可喜的礼物，
消除他的怒气，使他回心转意。”

只听民众的国王阿伽门农这样回答他：
“老英雄，你对我的评价，一点不假，
这件事上，我并不否认我太过愚蠢。
阿基琉斯是个以一当百的勇士，宙斯
特别喜欢他，为了让他满意，开始
惩罚阿开亚人的军队。既然我当时
听任疯狂的欲望驱使，做事愚蠢，现在
我愿拿出可观的礼品将它补救。我这就
当着大家的面，数出我最好的礼物：
七个从未用过的铜鼎，十锭黄金，
二十口闪亮的大锅，十二匹在赛跑中
用它们飞快的马蹄为我赢得奖品的骏马——
一个人如果拥有那么多的奖品，就不会
贫穷，也不会感到缺少贵重的黄金。
我还要送他七名心灵手巧的莱斯波斯女子——
美丽超群，精于女工——这些女奴，是在
阿基琉斯攻破防守坚固的莱斯波斯城后，
我为自己精心挑选的战利品。现在
我把这一切都送给他，当然还有那位

我从他那里带走的女子——布里修斯的女儿[1]，
我敢指天发誓，我从未和她同过床，
虽说男女之间的这件事，是人之常情。
另外，倘若神祇允许我们攻陷普里阿摩斯
那富足的城市，分配战利品时，就让他
第一个进去任意拿取，将黄金和青铜填满
他的船舱。再让他挑选二十名特洛伊女子，
容貌仅次于阿耳戈斯的海伦。
我们一旦回到阿开亚人肥沃的阿耳戈斯，
他还可以成为我的女婿，受到我的珍爱，
就像对待我那个在富裕环境中长大的幼子
俄瑞斯忒斯一样；我有三个女儿，生活在
我那座建筑精美的城池，她们是克鲁索特弥斯、
劳迪凯和伊菲阿娜莎，由他挑选一个，
带回裴琉斯的家，不用聘礼，
我还要给她许多陪嫁，做父亲的
从来没有给女儿那么多东西。
此外，我还要给他七座人丁兴旺的城：
卡耳达慕勒、厄诺培和长满水草的希瑞；
神圣的菲莱、草原茂盛的安塞亚；
美丽的埃裴亚和盛产葡萄的裴达索斯；
它们全都靠海，地处多沙的皮洛斯的边界，
那里的人民生活富裕，牛羊成群，
会把他当作神明一样尊敬，向他进贡成堆的礼品，
他就凭着权杖，顺利地推行他的法令。
这一切都将实现，只要他肯息怒，肯让步——
只有哈得斯从来不肯让步，也不肯息怒，
因此他是所有天神里，最遭凡人憎恨的一位。

[1] 即布里塞伊丝。

但愿他能服从我，我的地位比他高，更具威仪，
论年龄，我并不吹牛，我也比他年长许多。”
听完阿伽门农这席话，格瑞尼亚的车战英雄
奈斯托耳于是这样回答：“阿特柔斯之子
最高贵的民众的国王、全军的统帅阿伽门农！
你赠给阿基琉斯的礼物谁都不敢小瞧。
让我们赶快派人去裴琉斯之子
阿基琉斯的营帐。你看这样好不好？
凡被我挑中的人，让他们去执行任务。
首先让宙斯宠爱的凡人福伊尼克斯带路；
再让高大的埃阿斯和卓越的奥德修斯同行；
传令官俄底俄斯和欧鲁巴忒斯，
最好也跟随前往。现在，快端水来
让他们洗净双手，全体保持肃静，
让我们对克罗诺斯之子祈祷，
或许他会怜悯我们阿开亚人。”

听他这么说，众人都很高兴。两个传令官
随即倒出净水，淋在他们的双手；
年轻人将调酒缸盛满美酒，先在他们的
酒杯里略倒一点，举行祭神仪式，接着
再给他们斟满，让他们尽情畅饮，
随后心满意足地离开阿特柔斯之子的营寨。
临走时，格瑞尼亚的车战英雄奈斯托耳
给他们很多叮咛，他注视着每一个人，
尤其是奥德修斯，要他们想办法说服
裴琉斯之子、那所向无敌的、光荣的阿基琉斯。

于是，埃阿斯和奥德修斯，沿着海浪轰响的
海滩，向慕耳弥冬人的营寨和船队走去，

一路上不断对那位环地的震撼之神祈祷，
指望能顺利地说服埃阿科斯[1]的后裔阿基琉斯。
只见阿基琉斯正在那儿弹奏竖琴，消愁解闷；
那架琴美观精致，弦桥是银子做成的，
是他攻陷厄提昂城时缴获的战利品，
他时常拿它自娱自乐，歌唱英雄们的
丰功伟绩。而帕特罗克洛斯[2]坐在他对面，
静静地等候埃阿科斯的后裔
阿基琉斯唱完一段，好接上去轮唱。
当神一样的奥德修斯带着众人前前后后地
来到他们面前，阿基琉斯惊喜地跳起来，
手中仍然握着竖琴，帕特罗克洛斯也起身迎候。
只听捷足的阿基琉斯向他们打招呼：
“欢迎，我的朋友，你们来得正是时候！
虽然眼下我还在生气，阿开亚人中，
你们却是我最亲密的朋友！”

神一样的阿基琉斯说着，就把他们引进
帐篷，让他们坐在铺着紫色毛毯的椅子里，
又吩咐站在身旁的帕特罗克洛斯道：
“墨诺伊提俄斯之子，请拿一只大调酒缸，
再给每人拿一个酒杯，将那香浓的
葡萄酒，给在座的每一位客人斟满。
今天坐在这屋顶下的，都是我最亲密的朋友。”

听阿基琉斯这么说，帕特罗克洛斯顺从，
马上搬来一大段木柴，扔进燃烧的火堆，

[1] 埃阿科斯：宙斯之子，裴琉斯和忒拉蒙之父，阿基琉斯和大埃阿斯的祖父。
[2] 帕特罗克洛斯：阿基琉斯的好友。

然后端上一大盘肉，那是绵羊和肥山羊的
背脊，还有肥膘闪亮的里脊猪肉。
奥忒墨冬[1]按住生肉，神一样的阿基琉斯操刀，
将其切成小块，串在铁叉上备用；这时
神一样的凡人、墨诺伊提俄斯之子[2]
把火烧旺，等木柴烧尽，火焰熄灭，
他把火红的木炭铺开，把串肉的铁叉
架到上面炙烤，然后再撒上神圣的盐。
烤熟后，他又将肉块脱叉装盘。随后，
帕特罗克洛斯从漂亮的篮子里拿出面包，
分发给桌上的人；而阿基琉斯分肉。只见
他坐在卓越的奥德修斯对面的墙边，
叮嘱他亲密的朋友帕特罗克洛斯
向众神献祭；于是，帕特罗克洛斯
就将第一刀割下的肉扔进了火堆。
祭献完，宾主纷纷伸手抓取面前的肉食
吃喝起来。当他们满足食欲后，埃阿斯
即向福尼克斯点头，卓越的奥德修斯
马上会意，将酒杯斟满，举杯对阿基琉斯说道：
“阿基琉斯，向你致敬！无论在阿特柔斯之子
阿伽门农的营帐，还是在这里，
我们都不缺少美食佳酿，可是我们
没有心思参加如此可爱的宴会，因为
一种恐惧的预感紧紧缠绕在我们的心头。
宙斯养育的英雄啊！如果你再不出手，
我们真担心还能不能保住甲板坚固的海船，
免遭敌人的摧毁，雄心勃勃的特洛伊人

[1] 奥忒墨冬：阿基琉斯的驭马手。
[2] 即帕特罗克洛斯。

和他们有名的盟友，正在我们船队和防护墙
一带驻扎，燃起上千堆的篝火，并以为可以
这样长驱直入，直捣我们的船队。

“克罗诺斯之子宙斯在他们的右前方
甩出闪电，预示了吉兆；而赫克托耳
则对自己的力量非常得意，很是狂妄，
他凭借宙斯的帮助，以所向披靡之势
横扫战场，神人不让！他还祈求神圣的
曙光女神赶快露面，好烧毁我们的船队；
他威胁说要砍掉高耸的船尾，杀死
船上被烟熏得难以逃生的阿开亚战士。
这就是我心里害怕的事情，担心众神会
帮他实现这些恫吓，而我们注定要死在
这里，远离马草肥美的故乡阿耳戈斯。
振作起来吧，如果你还想在最后时刻，
让阿开亚人受难的儿子们从特洛伊人
的手里逃离毁灭！如果你拒绝，
日后你的心灵将为之痛苦，因为
祸害一旦造成，就再也无法补救。
你要趁早行动起来，考虑一下，
如何使达奈人躲过这个倒霉的劫日！
亲爱的朋友，你还记得你父亲裴琉斯
将你从弗西亚送往阿伽门农这里时，
临别的赠言吗？他说：‘我的儿，
如果雅典娜和赫拉愿意，自会赐予你
力量，但你最好克制心中的傲慢，
不要耍脾气，待人要友善温和，
息事宁人，不要卷入害人的争吵，
这样，老少阿耳吉维人都会尊重你。’

看来老人的叮嘱，你已忘得干净，
但事已至此，你仍有机会改正，
请停止令人痛心的愤怒，只要你肯接受，
阿伽门农将赠给你丰厚的礼物。听我说，
他已在营帐里数出答应的东西——
七个从未用过的铜鼎，十锭黄金，
二十口闪亮的大锅，十二匹在赛跑中
用它们飞快的马蹄为他赢得奖品的骏马——
一个人如果拥有那么多的奖品，就不会
贫穷，也不会感到缺少贵重的黄金。
他还要送你七名心灵手巧的莱斯波斯女子——
美丽超群，精于女工——这些女奴，
是你攻破防守坚固的莱斯波斯城后，
他为自己精心挑选的战利品。现在
他把这一切都送给你，当然还有那位
他从你这里带走的女子，布里修斯的女儿，
他敢指天发誓，他从未和她同过床，
虽说男女之间的这件事，是人之常情。
另外，倘若神祇允许我们攻陷普里阿摩斯
那富足的城市，分配战利品时，他就让你
第一个进去任意拿取，将黄金和青铜填满
你的船舱。再让你挑选二十名特洛伊
女子，容貌仅次于阿耳戈斯的海伦。
我们一旦回到阿开亚人肥沃的阿耳戈斯，
你还可以成为他的女婿，受到他的珍爱，
就像对待他那个在富裕环境中长大的幼子
俄瑞斯忒斯一样；他有三个女儿，生活在
他那座建筑精美的城池，她们是劳迪凯、
克鲁索特弥斯和伊菲阿娜莎，由你挑选
一个，不用聘礼，带回裴琉斯的家；

他还要给她许多陪嫁，做父亲的
从来没有给女儿那么多东西。此外，
他还要给你七座人丁兴旺的城：
卡耳达慕勒、厄诺培和长满水草的希瑞；
神圣的菲莱、草原茂盛的安塞亚；
美丽的埃裴亚和盛产葡萄的裴达索斯；
它们全都靠海，地处多沙的皮洛斯的边界，
那里的人民生活富裕，牛羊成群，会把你
当作神明一样尊敬，向你进贡成堆的礼物，
你就凭着权杖，顺利地推行你的法令。
这一切都将实现，只要你肯息怒，肯让步。
倘若你仍然憎恨阿伽门农和他的礼物，
也该怜悯一下其他的阿开亚士兵，他们
正饱受战争的煎熬，这些人会把你
当作天神来尊敬，给你荣誉，
让你成为战功显赫的英雄。现在，
你最好杀了赫克托耳——当他疯狂地
冲到你的面前的时候——因为他以为，所有坐船
来这里的达奈人中，没有人是他的对手！”

听完这席话，只见捷足的阿基琉斯这样回答：
“莱耳忒斯之子、宙斯的后裔、足智多谋的
奥德修斯，我必须畅所欲言，对你坦陈
我的真实想法和事情的必然结果，以免
你们轮番前来劝说，使我不胜厌烦。
我痛恨冥王的门槛，也痛恨那个家伙，
他心口不一，想的和说的有差异，
而我却对你坦诚相待，直抒己见——
阿特柔斯之子阿伽门农说服不了我，
告诉你，其他达奈人也不能使我心动。

瞧我的处境，同敌人不断作战，最终
却得不到感激，命运对待英雄和怯懦者
并不厚此薄彼，从来给他们同样的荣誉；
死亡对那些上阵打仗的人和待在家里的人，
也一视同仁。我因此心里痛苦，因为
我舍命作战，结果却没有得到任何好处，
仿佛一只雌鸟不管找到什么食物，总是衔来
喂给雏鸟，自己却含辛茹苦——
就这样，我熬过了一个个不眠之夜，
在战斗中挨过流血的时日，
拼死搏斗为了战士们的妻儿。

“我驾着海船，扫荡过十二座城池，途经陆路，
我还在肥沃的特洛伊大地，洗劫过十一座城市。
我从那些地方缴获大量财物，全都拖回来，
交给阿特柔斯之子阿伽门农；他待在后方，
驻扎在自己的快船边，收下战利品，
自己留下大头，其余分给别人。于是，
这些首领和国王至今还保留着各自的份额，
阿开亚人中，唯独我的战利品被剥夺——
他抢走了我心爱的女俘布里塞伊丝，和她寻欢作乐！
但阿耳吉维人为何要和特洛伊人打仗？
阿特柔斯之子又为何招兵买马，把我们召集到
这里？还不是为了从伊利昂夺回美发的海伦？
难道凡人中只有阿特柔斯的儿子们疼爱自己的
妻子？任何体面的男人都爱他们的女人——
像我一样，真心喜爱我的布里塞伊丝，
虽然她是我用武器掳来的女俘。
既然现在，阿伽门农欺骗我，夺走
我作为战利品的女俘，难道又想来劝我回心转意？

我看透了这个人，他休想说动我！
奥德修斯啊，还是让他和你或别的首领一起
去想别的办法，如何使他的船队避免烈火的摧毁。
没有我，他照样做了许多事情——筑起了一堵
防护墙，又围着它挖了一条又深又宽的壕沟，
在里面插满尖木桩，不过即便如此，
他仍然挡不住杀人的赫克托耳的力量。
当我还在和阿开亚人并肩作战时，
赫克托耳从来不敢到城外来打仗，最多
离开城墙，跑到斯开亚门和橡树林一带。
有一次，他独自一人遇上我，想和我交手，
差一点没有躲过我猛烈的进攻。

“现在，我却不想同神一样的赫克托耳格斗，
因为明天一早，我将祭完宙斯和诸神，
把海船装满，就扬帆驶向大海。
如果你愿意，或者对此感兴趣的话，
就会看见曙光里，我的船队正行驶在
鱼群汇集的赫勒斯庞特海域；我的水手
坐在坚固的甲板上，划着桨，破浪向前！
要是显赫的裂地海神赐予顺利的航程，
第三天我们就能到达土地肥沃的弗提亚。
为了开始这个倒霉的航程，我把大量财富
留在了家乡；现在，我从这里带回其他东西：
黄金和青铜、灰黑色的铁和束着美丽腰带的妇女。
这些都是我苦战得来的份额，通过
拈阄属于我，但我却失去了心爱的女奴，
那个赠予者、阿特柔斯之子阿伽门农
后来又蛮横地夺走了她。他侮辱了我。
请把我的话公开告诉他，好激起公愤——

如果他下次想欺骗其他阿开亚人的话——
这个家伙总是这样厚颜无耻！
现在，他虽然像狗一样鲁莽，却不敢
正视我的眼睛！我再也不会和他共事，
一起出谋划策，因为他冒犯了我，
不可能再用花言巧语将我来打动。
就让他舒舒服服去死吧，智慧的宙斯
已夺走他的心智；我也讨厌他的礼物，
在我眼里，它们像头发一样分文不值。

“我不会改变主意，哪怕他把现有财产的十倍、
二十倍送给我，加上从别处得来的其他财物，
甚至把俄耳科墨诺斯城[1]的宝藏或特拜城的
所有财富一起奉送——这座埃及的城市，
藏着人间最丰富的财宝，共有一百个城门，
每个城门可以冲出两百名驾车的士兵，开赴战场！
即使阿伽门农赠送的礼物多如灰尘，他也休想
劝诱我，叫我回心转意；我要他彻底偿还
他的蛮横给我带来的强烈屈辱！

“我也不会娶阿特柔斯之子的女儿，
即使她的容貌胜过金色的阿芙洛狄忒，
她的手艺赶得上灰蓝眼睛的雅典娜。
让阿伽门农另外找个比我更有王家气派的
阿开亚女婿。倘若众神保全我的性命，
让我活着回家，我的父亲裴琉斯
就会亲自张罗，为我娶一个新娘。
在赫拉斯和弗西亚，有许多阿开亚姑娘，

[1] 俄耳科墨诺斯城：被视为古代最富庶的城市之一。

她们都是各处部落首领的女儿，
她们的父亲统治着城堡。我高贵的内心
时常驱使我，从那里，从我的家乡，
任意挑选一位好姑娘，做我合法的伴侣，
尽情享受年迈的裴琉斯积累的财富。
在我看来，我的生命比财富更为宝贵！
不管是坚固的伊利昂在过去的和平岁月
所拥有的全部财富——那会儿阿开亚人的
儿子们还未到达——还是在多石的普索，
远射之神福波斯·阿波罗，用白云石门槛
围起来的宝藏，都不能和性命相比。

“肥羊和肥牛可以抢掠得来，三脚铜鼎
和栗红色的战马，也可以通过交易获得。
但人的灵魂一旦滑出齿缝，
就再也无法用武力或交易追回。
我的母亲、银脚的忒提丝曾对我说过，
有两种命运引导我走向死亡：
如果我留在这里，和特洛伊人打仗，
就会赢得不朽的荣誉，但回家无望；
如果我返回我热爱的故乡，虽然
不会有显赫的名声，却可以保全性命，
死亡的日子也不会匆匆地来到。

“我还要劝其他人和我一样返航回家，
因为雷电远播的宙斯已插手这座
高耸的城市，它的人民越来越有勇气，
我们攻不破伊利昂。所以，你们回去
见到阿开亚人首领，就把我的话转告他，
这关系到他们每个人的利益；

让他们好好想一想，找出更好的办法
挽救自己的船队和阿开亚人的队伍。
由于我盛怒未息，不肯参战，现行的
策略没有效用，眼下的局面不会改变。
但福伊尼克斯可以留下来过夜，只要他愿意，
明天和我们可以一起坐船返回亲爱的家乡。
但此事全凭他自愿，我不会强迫他离开。”

听阿基琉斯说完，所有人都缄默无言，
对他语气强硬的话很惊异。终于，
年迈的车战英雄福伊尼克斯，因为担心
阿开亚人船队的命运，开口打破了沉默，
只见他泪如雨下，这样对阿基琉斯说道：
“光荣的阿基琉斯，如果你怒气难平，
一点也不关心快要被烧毁的船只，
执意打算回家的话，那我也不会单独留下。
不过年迈的车战英雄裴琉斯，把我们
一起从弗西亚送往阿伽门农这里，
特派我和你同行，教你学会本领，因为
你是个未经世故的孩子，既没有打仗的经验，
又不会在使人成名的公民大会上雄辩地演讲。
所以，亲爱的孩子，没有你我不愿留在此地，
即使天神答应将我的年纪削减，使我年轻力壮
如同当初，我也不愿意。当时，我为了避免
同我的父亲、奥尔墨诺斯之子
阿明托尔的争执，离开了出美丽的赫拉斯。
因为父亲喜爱他那美发的情妇，
而冷落并侮辱自己的妻子，我的母亲。
故母亲多次抱着我的膝盖恳求我，
要我和他的情妇同床，使她厌弃我的父亲。

我接受母亲的恳求，做了她要我做的事情，
但父亲因此产生疑心，狠狠地诅咒了我。
他祈求残忍的复仇女神，不让我生可爱的孩子坐
在他的膝头玩耍。众神答应了他的祈求，
包括冥界的宙斯哈得斯，和冥后裴耳塞丰奈，
都帮他实现了诅咒。于是我想用锋利的青铜剑
杀死父亲，可是一位永生的神制止了我的愤怒，
要我注意人言可畏，不要让阿开亚人谴责
我是弑父之徒。我心绪不宁，面对
狂怒的父亲，我的心再也无法使我住在他的家里，
可我的亲朋好友却劝我留下，
把我围在厅堂，求我不要出走。
他们宰了许多肥羊——脚步蹒跚的弯角牛，
还把许多带闪亮肥膘的猪肉挑上铁叉，
架到赫法伊斯托斯[1]的柴火上去掉毛；
大家开怀畅饮，喝掉了老人收藏的一缸缸的
葡萄酒。一连九个晚上，他们轮流
在我的身边守候，整夜陪我睡，
点在院墙精美的走廊里、我睡房外的门厅里的
熊熊火堆不曾熄灭过。直到第十个夜晚来临，
外面一片漆黑，我破开那两扇结实而精固的房门，
溜了出来，动作轻盈地跃过了院墙，
躲过那些严密监视我的看守和女奴，
然后穿越辽阔的赫拉斯，远走天涯，
来到盛产绵羊的肥沃的弗西亚。
你的父亲裴琉斯热情地收留了我。
他爱我，就像父亲疼爱自己的继承人、
那晚年才出生的独子一样。他使我富有，

[1] 赫法伊斯托斯：火神，能工巧匠的鼻祖。

把许多人民和土地交给我管辖，让我坐镇弗西
亚的最西端边境，统治多洛裴斯。

“阿基琉斯，是我培养造就了你，使你
像神一样英武；我发自内心地喜欢你。
儿时，你不愿同别人共赴宴席，也不愿
在自家的厅堂里用餐，除非让我抱着你，
坐在我的膝头；我用刀切出小肉块来喂你，
再把酒杯贴近你的嘴唇。你因为幼小，
常常把酒吐出来，弄湿我的衣衫。
小孩子随心所欲，弄得我狼狈不堪，
就这样，我为你吃了很多苦头，不辞辛劳。
想想众神不许我生个孩子，我就把你——
神一样的阿基琉斯，当作亲生的骨肉，
指望有朝一日你会保护我，给我排忧解愁。

“今天，阿基琉斯，你要压下这强烈的愤怒；
你的心肠不应如此冷酷！就连神明也会让步，
和我们相比，他们更加刚烈、强硬，应该
享受更多的尊荣。如果人们做下错事，犯了规矩，
也可向神献上祭品、满杯的美酒，
用虔诚的许愿和牺牲的香气，
祈求他们的宽容。祈求女神们
是伟大的主神宙斯的女儿，
她们瘸着腿、皱着脸、眼睛斜视，
总是拖着脚步，跟随在蛊惑女神之后。
而蛊惑女神强大、脚快，远远跑在
她们的前头，所到之处，引诱人们犯错受过，
而祈求女神跟在后面安慰人们的忧愁。
所以，当祈求女神走近时，

谁尊敬她们，她们就会聆听他的祈求，
给他很大的好处；如果谁粗暴地拒绝，
她们就会到克诺罗斯之子宙斯那儿去，
求他毁灭那人，让他付出惨痛的代价。

“所以阿基琉斯，尊敬宙斯之女，你也不能例外。
请你息怒，尊敬能使一个人的心灵变得仁慈。
倘若阿特柔斯之子还在生气发怒，没有许诺
要送你这么多礼物，我也绝不会来劝你让步，
前去为阿耳吉维人效力，尽管他们多么需要
你的帮助；但现在，他已答应给你这么多的
礼物，日后还会有许多东西赠送，而且
他派你最好的朋友来求你，他们
都是阿开亚军队中最优秀的领袖。
你不应让他们白费口唇，虚劳此行，
虽然以前谁都没有责怪你的愤怒。

“我们听说过类似的事情，
以前著名的英雄也曾生气大怒，
人们却仍然可以用礼物和语言将他们打动。
我记得那段久远的往事，让我来告诉你们
详细的经过，因为你们是我的朋友。
当时，库瑞忒斯人包围了美丽的城池
卡吕冬，那是勇敢的埃托利亚人的家园，
两军展开了殊死的拼杀，眼看库瑞忒斯人
即将摧毁它的城墙。事情的起因是这样的：
卡吕冬国王俄纽斯在自家的果园庆祝丰收，
给众神都祭献了礼物，唯独没有
向金座上的阿耳特弥斯献上果园中
的第一批收获，也许是忘记，也许是疏忽，

反正这是一个致命的错误。因此，
宙斯之女、愤怒的狩猎女神降下灾祸，
给卡吕冬送来一头凶猛异常的獠牙野猪。
只见它到处横冲直撞，肆意蹂躏果园和庄稼，
将一棵棵树木连根拔起，把花朵践踏成泥。
于是俄纽斯之子墨勒阿格罗斯，
从各个部落召集各路英雄——因为野猪
把许多人送上了悲伤的火葬堆——
人少就除不了这个强大的畜生。
最后他们带来猎犬，杀死了野猪。
然而女神又挑起了另一场事端，
她让库端忒斯人和豪放的埃托利亚人，
为了争夺猪头和毛糙的野猪皮发生争执，
继而发动激烈的战争。只要阿瑞斯的宠人
墨勒阿格罗斯还在打仗，库瑞忒斯人
尽管人数众多，却只能节节败退，
很难在卡吕冬城外站稳脚跟。但是，
愤怒抓住了墨勒阿格罗斯[1]，虽然
同样的愤怒也能使聪明人失去理智。
他对母亲阿尔泰亚很生气，便离开战场，
来到妻子克勒娥帕特拉的房间，躺在她的床上。
克勒娥帕特拉的母亲玛耳裴莎，
是欧厄诺斯之女，伊达斯的妻子，
因为脚型秀美，深得当世英雄的青睐；
伊达斯，这位凡人中最强大的人，不惜为了她，
拿起弓箭面对福波斯·阿波罗[2]。

---

[1] 墨勒阿格罗斯曾经把野猪皮赠给那位首先刺伤野猪的阿塔兰塔，墨勒阿格罗斯的舅舅却想抢走野猪皮，被墨勒阿格罗斯杀死，他的母亲阿尔泰亚因此诅咒他，墨勒阿格罗斯于是生气，罢战。

[2] 阿波罗试图从伊达斯手中夺走玛耳裴莎，宙斯叫她选择丈夫，她选中伊达斯。

“克勒娥帕特拉那可敬的父母，
在他们家的厅堂里总是叫她阿尔库娥奈[1]，
因为远射之神福波斯·阿波罗夺走了她的女儿，
所以母亲悲叹自己的命运，曾像海鸟一样凄叫。
那时墨勒阿格罗斯心情愤懑，躺在克勒娥帕特拉的
身旁，想起母亲因为兄弟之死，祈求神明惩罚他、
诅咒他的情形，他非常愤怒——她跪着，
眼泪打湿衣襟，用手再三拍击养育万物的大地，
向冥王哈得斯和可畏的裴耳塞丰奈[2]大声哭叫，
祈求他们杀死她的儿子。于是，善行夜路的
无情的复仇女神，在幽黑的冥府听取了她的哀告。

“这时，门外响起沉雷，传来库瑞忒斯人
发出的震天吼声，和攻城的喧嚣。
埃托利亚人派来敬奉神明的高贵的祭司，
首领们也对他苦苦相劝，求他出手
保卫自己的城堡和人民。他们还答应
赠他一份礼物，叫他在可爱的卡吕冬
最肥沃的平原上任选五十亩好地，一半
是丰收的葡萄园，一半是尚未播种的耕地。
那年迈的国王俄纽斯，站在屋顶高耸的
睡房的门槛外，摇动拴紧的房门，一遍遍地
恳求他的儿子；他的母亲和姐妹们，他的战友，
以及所有他最尊敬最喜爱的人，也不断
来求他，这些却都不能感动他，都被他严厉地拒绝。
直到乱石击中他的睡房，库瑞忒斯人已经
攀墙登城，开始放火焚烧这座巨大的城市。

[1] 意为海鸟。
[2] 指冥后。

“终于，墨勒阿格罗斯那束腰的美丽妻子
克勒娥帕特拉也开始痛哭流涕地请求他，
告诉他城市陷落后，全体人民将遭受
怎样的苦难：他们将烧毁城堡，杀尽男人，
把他们的儿童和束腰的妇女掳走。
墨勒阿格罗斯听了热血沸腾，马上起来
披挂好闪亮的铠甲，冲出了房门。
就这样，他顺从了自己心灵的驱使，
使埃托耳利亚人避免了不幸。然而，
那时居民们已不再送给他丰富的礼物；
可他仍然得为他们挡开这场灭顶的灾祸。
听着，亲爱的孩子，不要像他这样做，
不要让天神引你走上那条歧路。事情
到后面会越来越难办，待木船着了火，
已为时过晚，很难再去抢救。请赶快
接过可以到手的礼物，投入战斗！
阿开亚人会敬你如天神。如果你拒绝礼物，
后来又参加了嗜血的战斗，尽管你打退了
敌人，荣誉却不会像这样显赫。”

听完这席话，只见捷足的阿基琉斯这样回答：
“宙斯养育的福伊尼克斯，我的老父亲，
我不需要这份荣誉，我已从宙斯的神谕中
得到了满足。只要我还有一口气，双膝还能挺立，
它将伴随我，这就是我在这头尾弯翘的海船上的命运。
我还有一事相告，你要记牢：不要再悲伤哭泣，
扰乱我的心境，以讨取勇士阿伽门农的欢心。
为他说话，与你无益；反会引起我的憎恨，
虽然我很爱你。你应该和我站在一起，
令伤害我的人痛苦，平分我得到的荣誉。

这些客人会回去传达我的意思，
你最好留在这里，睡在松软的床铺；
明天拂晓，我们就决定去向，
是返航回家，还是继续在此地驻留。”

说完，他皱紧双眉，默默对帕特罗洛斯点了点头，
要他为福伊尼克斯准备一张厚实的床铺，
也好暗示其他客人，赶快离开帐篷。
这时，忒拉蒙之子、神一样的埃阿斯说道：
“我们走吧，宙斯的后裔、莱耳忒斯之子、
足智多谋的奥德修斯。我想，此番到访
没有什么结果，倒不如赶快回去，
把事情的经过——显然不是什么好消息，
转告给达奈人——他们正坐在那里等我们。
阿基琉斯那颗高傲的心灵已走向狂暴，
变得残忍、蛮横，他漠视朋友的友谊，
在船边，尽管我们尊重他，胜于尊重别人。
我们给他的东西也比给别人的多，
无情的家伙！换个人，谁都会接受。
有人会从杀害他兄弟或孩子的凶手手里
接受赎金，只要付出了赔偿，杀人者
仍旧可以安居在自己的国家；死者亲属
便会克制悲痛的心灵和复仇的冲动。
但是，你仅仅为了一个姑娘，因为神明已在
你的心中引发了不可遏制的盛怒——
尽管我们答应给你七名绝色女子，
外加成堆的财物。阿基琉斯，你要
使你的心温和、仁慈，尊重自己的家，
我们从达奈人的军队来到你的屋顶下，
在阿开亚人中，我们比谁都更愿意

成为你最亲近、最喜爱的朋友。”

他说完，只听捷足的阿基琉斯这样回答：
“埃阿斯，宙斯的后裔、忒拉蒙之子、
士兵的领袖，你说的一切都合我的心。然而，
每当想起阿特柔斯之子当着所有阿耳吉维人的面，
把我当作一个不受尊重的流浪汉那样
侮辱我的情景，我的心中仍然充满了愤怒。
你们现在回去转达我的口信：在英勇的
普里阿摩斯之子、神一样的赫克托耳
杀死阿耳吉维人，放火烧毁船只，攻到
慕耳弥冬人的船队和营地来以前，
我是绝对不会走上浴血的战场。
但是，尽管赫克托耳可以一路打过来，却必定
在我的营帐前和漆黑的海船边受到阻挡。”

听他这样说，每人就举起双底酒杯，洒完祭酒，
跟着奥德修斯沿着停泊的船队，原路返回。
同时，帕特罗克洛斯吩咐伙伴和女奴，
赶紧为福伊尼克斯准备一张褥垫厚实的床铺。
他们遵照命令铺床，铺上一条羊皮、
一条毛毯和一块松软的亚麻布床单。
老人躺到上面，等待神圣的黎明的到来。
而阿基琉斯睡在精致的帐篷的深处，
有个女子躺在他的身边，她是从莱斯波斯
赢来的福耳巴斯之女、美颊的狄娥墨得。
帕特罗克洛斯睡在帐篷的另一头，身边
也躺着一位姑娘——束腰的伊菲丝，那是
阿基琉斯攻破厄努欧斯的城堡、陡峭的
斯库罗斯后，送给帕特罗克洛斯的礼物。

当奥德修斯一行回到阿伽门农的营地，
阿开亚人的儿子们一边举着黄金酒杯
向他们祝酒，欢迎他们，一边急切地询问。
民众的国王阿伽门农首先问他们：
“告诉我，尊贵的奥德修斯，阿开亚人的骄傲，
阿基琉斯是愿意保护船只免遭熊熊的大火，
还是拒绝出战，心灵仍然充满了愤恨？”

只听历经磨难的卓越的奥德修斯这样回答：
“阿特柔斯之子、高贵的国王、全军的统帅
阿伽门农，阿基琉斯不仅没有消气，反而
更加愤怒；他蔑视你，拒绝接受你的礼物。
他叫你自己去和阿耳吉维人想办法
挽救阿开亚人的士兵和船队。
他还威胁说，明天一早，要把
头尾弯翘、甲板坚固的海船驶入大海。
另外，他还劝说我们返航回家，
因为雷电远播的宙斯已插手这座
高耸的城市，它的人民越来越有勇气，
我们攻不破伊利昂。这就是他的回答，
同行者埃阿斯和两位谨慎的传令官
都可以作证。年迈的车战英雄福伊尼克斯
按阿基琉斯的意思留下来过夜，好明天
和他们一起返回热爱的故乡。这事全凭
福伊尼克斯的自愿，阿基琉斯不会勉强。”
奥德修斯说完，阿开亚人的儿子们
对他转达的强硬言辞很惊异，
全都悲伤烦闷，肃然无语。还是
擅长吼叫的狄俄墨得斯打破了沉默：
“阿特柔斯之子、高贵的国王、全军的

统帅阿伽门农，但愿你从来没有恳求过
裴琉斯那光荣的儿子，也从没答应他
无数的礼物；他本来就高傲，现在
你这样做更是增加了他的傲慢和狂妄。
我看，我们还是别理他，随便他或走或留，
他在心灵的驱使和神明的催促下，自会
参加战斗。大家最好按我说的去做，
酒足饭饱后，心灵有了勇气和力量，
大家都去睡觉，等那位有玫瑰色手指
美丽的曙光女神一出现，阿特柔斯之子，
你就指挥，在停泊的船队前排开我们的
战阵，你要身先士卒，鼓舞军队的斗志。”

听他这么说，全体首领都表示赞成
驯马好手狄俄墨得斯的建议。
他们随即洒过祭酒，回到各自的帐篷，
躺到床上，接受睡眠的赏赐。

第十卷

夜探敌营

海船边，其他阿开亚首领都已
整夜酣睡，只有阿特柔斯之子、
士兵的领袖、阿伽门农心事
重重，难以进入香甜的睡眠。
正如美发的赫拉的丈夫甩出
闪电，降下狂暴的骤雨或冰雹，
遮天的风雪纷纷飘落到田野，
或杀人的战争的大口里。
阿伽门农也这样，心潮澎湃，
思绪纷乱，胸脯不住地颤抖。
他遥望特洛伊平原，唉声叹气，
只见伊利昂城前无数堆火在燃烧，
双管和排箫的音乐声、士兵的
吵闹声不绝于耳，使他感到心烦。
再看看阿开亚人的船队和营地，
不禁连根揪下头发，仰望苍天，
向高贵的宙斯，从心底发出祈求。
他左思右想，然而很快做出决定：
先去找奈琉斯之子奈斯托耳
商量对策，使达奈人摆脱险境。
于是，他起身穿上衬袍，套上

舒适的绳鞋，在闪亮的脚面
系好精致的条带。然后他又披上
硕大的黄褐色狮皮斗篷，它油光滑亮，
长及脚后跟。最后，他操起了长枪。

与此同时，墨奈劳斯也心神不宁，
难以入睡，阿耳吉维人为了他，
渡过辽阔的大海，来特洛伊打仗。
他担心军队可能面临灾难。
于是，他往宽阔的肩膀披上一块
金钱豹皮，又戴上一个圆顶铜盔，
强壮的手中握好锋利的长枪，
向兄长的帐篷大步走去，以便
唤醒这个统治着整个阿耳戈斯的
国王，他的人民像神明一样尊敬他。
墨奈劳斯在阿伽门农的船尾边找到他，
见后者正把精制的铠甲披上胸背。
阿伽门农看见墨奈劳斯到来，非常高兴，
只听擅长吼叫的墨奈劳斯这样说道：
“我的兄长，为何全身武装？是否
打算派人去侦察特洛伊人的军情？
但我担心没人敢接受这样的任务，
在神赐的黑夜独自前往敌营，
此人必须胆量过人、武艺超群。”

听他这么说，只见强大的阿伽门农回答：
“高贵的墨奈劳斯，我们现在急需想出
万全之策，来拯救我们的船队和人马，
因为宙斯已经改变了主意，看来，
赫克托耳的祭祀比我们的更讨他喜欢。

我从未看见，也从未听说过，有谁像宙斯
宠爱的赫克托耳那样，在一天中，凭借
自己的力量，如此重创阿开亚人，因为
他并非任何一位女神或天神所生。
他给阿开亚人造成的伤痛，将长期留在
我们的记忆中！你赶紧沿着船队快跑，
把埃阿斯和伊多墨纽斯找来；而我要去
寻找卓越的奈斯托耳，把他唤醒，
让他参加警戒的巡逻队，指挥这支
精干的放哨的队伍。士兵们定会
听从他，因为他的儿子是哨兵中的头领，
由伊多墨纽斯的副将墨里俄奈斯
辅助，执行警戒的任务。”

只听擅长吼叫的墨奈劳斯这样问他：
“我将如何执行你的命令？待我执行
你的命令，传达你的旨意后，你要我
和他们一起等在这里，还是跑着去找你？”

见他询问，全军的统帅阿伽门农就说：
“还是在此等我，军营中小路纵横，
以免我们互相寻找时，彼此错过。你执行
命令时，不管到哪里，都要放声喊叫，
呼唤他们的部落名和父名，
对他们要尊重，不要傲慢无礼，
我们得事事小心，在我们出生时，
宙斯就派给我们这沉重的任务。”

就这样，阿伽门农详细地指示弟弟，
把他打发走，自己则去找士兵的领袖

奈斯托耳。只见奈斯托耳正躺在黑船边的
营帐内，一张松软的床铺上，身边放着
精制的铠甲、盾牌、两支长枪、一顶
发亮的头盔和一条闪亮的腰带，
他不服老，总是系着它领兵打仗。
奈斯托耳发现有人，便用肘撑起身体，
询问："你是谁？凡人都在睡眠，
你却在漆黑的深夜，独自穿过船边的营寨？
你是在寻找走丢的骡子，还是失踪的战友？
你想干什么？请不要蹑手蹑脚地走近！"

只听民众的国王阿伽门农在黑暗中回答：
"奈琉斯之子奈斯托耳，阿开亚人的骄傲，
我是阿特柔斯之子阿伽门农，难道你没有
认出我这苦命的人？只要我还有一口气，
双腿还能站直，宙斯让我承受的磨难，
比任何人的都多。我这样走动，是因为
舒适的睡眠无法将我的双眼合拢；
我还担心战争给阿开亚人带来的苦难，
我的心情难以平静，四肢在不住地颤抖。
如果睡眠同样没有征服你，那么就起来行动，
让我们现在去警戒放哨的巡逻队那里，看看
他们是否因为极度疲劳已倒下睡熟，
而忘掉警戒的任务。敌人就驻扎在附近，
我们不知道，他们会不会趁天黑前来偷袭？"
只听格瑞尼亚的车战英雄奈斯托耳这样回答：
"阿特柔斯之子、最高贵的国王、全军的统帅
阿伽门农，我看智慧的主神宙斯，不会让
赫克托耳的希望全都实现，待阿基琉斯从
强烈的愤怒中回心转意，宙斯也许就会

让他遭受更多的苦难和折磨。我愿意跟你
去唤醒这些人：著名的枪手、提丢斯之子
奥德修斯，以及捷足的小埃阿斯，还有
夫琉斯勇敢的儿子墨格斯；还要去唤醒
其他人，如神一样高大魁伟的埃阿斯，
以及伊多墨纽斯国王，他们的船在船队的
另一头，离这里很远。我不瞒你说，
我要责备受人尊敬的墨奈劳斯，尽管
你会对我生气。他不该安心睡眠，让你
一个人独自辛苦；他应该挑起重担，
前往所有首领的住处，恳求他们起床。
形势危急，已到了刻不容缓的地步。”

听他这么说，民众的国王阿伽门农回答：
“老英雄，换个时间，我甚至会请你骂他，
因为他经常懈怠疏懒，不肯出力苦干，
不是由于呆滞，或是头脑愚笨，而是
想要依赖我，等着我下命令再动手。
但今晚他走在了我的前头，是他主动
来叫我，我已派他去唤醒那些首领。
我们还是走吧，我们会在巡逻队中
遇见他们，我们约好在指定的地点集合。”

于是，格瑞尼亚的车战英雄奈斯托耳说道：
“要是这样就好。现在墨奈劳斯不管请求谁，
命令谁，阿开亚人都不会抱怨、拒绝。”

奈斯托耳说着，随即穿上了衬袍，
在光亮的脚面，系紧精致的
绳鞋的鞋带，接着，又将一件

宽大的紫红色氅袍，搭到肩上，
那上面覆有厚长细软的卷羊毛。
只见他手持锋利粗大的长枪，沿着
披铜甲的阿开亚人的船队走去。
格瑞尼亚的车战英雄，首先把和宙斯一样
足智多谋的奥德修斯叫醒，后者听到他
响亮的叫声，立即走出帐篷，问道：
“出了什么事？你们为何在神赐的
深夜，漫游在海船边，穿行于营地间？”

于是格瑞尼亚的车战英雄奈斯托耳答道：
“宙斯的后裔、莱耳忒特斯之子、
足智多谋的奥德修斯，请你别生气，
巨大的灾难已降临到阿开亚人的头上！
和我们一起行动吧，前往唤醒其他朋友，
好让我们商议是继续战斗，还是撤离。”

听他这么说，足智多谋的奥德修斯返回
营帐，背上精制的盾牌，和他们同行。
他们来到提丢斯之子狄俄墨得斯那里，
发现他带着武器，躺在营帐外，身边
是他的伙伴们，睡觉全都靠着盾牌。
他们的长枪杆直挺挺地插进泥地，
青铜矛尖发出光亮，犹如宙斯的闪电。
只见狄俄墨得斯身下铺着粗厚的牛皮，
脑袋后垫一条色泽鲜艳的毛毯在睡觉。
于是，格瑞尼亚的车战英雄奈斯托耳
站到他的旁边，用脚去碰他的身体，
把他弄醒，同时开口责骂道：“快起来，
提丢斯之子！竟然整夜酣睡。难道你

没看见特洛伊人已逼近我们的船队，离我们
这么近，驻扎在平原，只等黎明的到来？”

奈斯托耳的一番呵斥，使狄俄墨得斯惊醒，
只见他立即跳了起来，开口说道，
快捷的话语仿佛长出了羽翼：
“老英雄，为何如此严厉，阿开亚人中
难道没有年轻人来四处奔走，叫醒
各位尊敬的首领？可敬的老人家，
你向来认真，对我们过于苛求。”

于是，格瑞尼亚的车战英雄奈斯托耳
回答：“你说得不错，我亲爱的朋友，
我有杰出的儿子，也有许多部下，
可以让他们中任何一人去召集大家。
但阿开亚人正处于危急的关头，
我们的命运好像就在锋利的剃刀刀口，
前途未卜，不知是毁灭还是绝路逢生。
你要是怜悯我，就去唤醒捷足的埃阿斯，
以及夫琉斯之子，因为你远比我年轻。”

听他这么说，狄俄墨得斯就把一块硕大的
狮皮搭在肩上，它长及脚后跟，只见
狄俄墨得斯举着长枪，去召唤其他两位首领。
当他们和巡逻的哨兵会合，发现这些首领
并没有打瞌睡，全都睁着警惕的眼睛，
带着兵器，犹如猎狗一般仔细地竖起耳朵，
看守着羊群，倾听野兽的动静；野兽
一旦从林子里呼呼扑来，周围就响起
一片嘈杂的喧嚣，牧人的喊叫声、

猎狗的狂吠，顿时赶走了它们的睡意。
警戒的哨兵也这样，警觉的双眼抵挡着
香甜的睡眠，他们注视着特洛伊平原，
没有松懈，监视敌人可能有的进犯。
老人见他们如此尽责，心里高兴，就对
他们说，快捷的话语仿佛长出了羽翼：
“亲爱的孩子，继续干，不要让睡意
征服你们的双眼，使敌人有可乘之机。”

奈斯托耳说完，就跨过壕沟——
被召来的阿开亚首领们，包括
墨里俄奈斯和奈斯托耳那位
光荣的儿子，都跟在他的身后。
他们来到壕沟外的一片空地，
那里没有死尸，高大的赫克托耳
就是在那里，因为夜幕降临，
只好停止搏杀，鸣金收兵。
首领们在那里坐下，互相交谈，
只听格瑞尼亚的车战英雄奈斯托耳
首先发言：“朋友们，不知在座的
英雄，有谁敢冒险，悄悄前往
性格豪放的特洛伊人的营地?
他或许可以抓住个把掉队的敌人，
或许碰巧听到特洛伊人的议论，
打探一下军情，了解他们的策略——
是继续留在我们的船队旁，还是
觉得已经重创了我们阿开亚人，
下一步可以撤退回城。如果他能
探得这些消息，又能平安地返回，
他将在世人中获得何等的殊荣!

他还可以得到一份极好的礼物：
所有率领船队的首领，每个人
都要送给他一头哺乳的黑色母羊，
其他财富不能和它相比，他还可以
参加每一次宴会，无论大小。”

听他这么说，在场的将领都惊讶得
沉默不语，还是擅长吼叫的狄俄墨得斯
打破了沉默：“奈斯托耳，我的心灵
和豪情激励我前往不远的特洛伊人的军营；
要是有人愿意与我同行，那就再好不过；
两个人一起行动，会更有信心，
也可周到谨慎；而一个人单干，难免
势单力薄，没人商量，难以做决定。”

听他这么说，众人争相表示要结伴前去。
阿瑞斯的侍从两位埃阿斯愿意同行，
墨里俄奈斯和奈斯托耳之子也想受命，
要去的还有阿特柔斯之子、著名投枪手
墨奈劳斯，意志坚强的奥德修斯也
豪气满怀，决意潜入特洛伊人的阵营。
全军的统帅阿伽门农见状，就对他们说：
“提丢斯之子狄俄墨得斯，我很高兴，
你可按自己的意愿，在众人中选择
最好的一位，做你的同伴，因为
许多人都盼望入选。你不要碍于
情面，顾及地位和出身，而选择
较差的人，却把优秀的人才落下。”

阿伽门农这样说，其实怕他选中棕发的

墨奈劳斯。但擅长吼叫的狄俄墨得斯却说：
“如果真要我挑选的话，我怎能落下
神一样的奥德修斯？他精力充沛、
斗志昂扬，无论在怎样艰苦的环境下，
都表现得意志坚强，没人能够比得上。
他还是帕拉丝·雅典娜宠爱的人，
若是有他和我一起行动，我们甚至
能从烈焰中安全返回，因为他智慧过人。”

只听神一样坚忍的奥德修斯这样回答他：
“提丢斯之子，你无须过分地赞扬我，
也不要指责我，你是在阿耳吉维人面前
讲话，他们对我都很了解。让我们上路吧，
时间已不早，黑夜过去了三分之二，
还剩下三分之一，黎明正迅速逼临。”

他们这样说着，双双披上望而生畏的铠甲。
提丢斯之子的青铜剑留在船上，所以
勇猛剽悍的斯拉劳墨得斯[1]将自己的
双刃剑和一面盾牌交给了狄俄墨得斯，
还把一顶无尖顶和无盔饰的牛皮盔戴在
他的头上，那是年轻人用来保护脑袋、
被称作便盔的帽子。而墨里俄奈斯交给
奥德修斯一张弓、一个箭筒和一把
青铜剑，还拿出一顶皮盔扣在他的头上。
皮盔的里层用许多皮条纵横网紧，
并衬有毛毡；皮盔的外表，左右
分插着两排雪白闪亮的野猪獠牙。

[1] 奈斯托耳之子。

这顶皮盔原是俄耳墨诺斯之子
阿门托耳的，被奥托鲁科斯从
他建筑精固的宫殿里偷得，带出
厄勒昂[1]，送给了库塞拉人安菲达马斯，
后者把它带到斯堪的亚[2]，当礼物
赠给了客人摩洛斯；摩洛斯又把它
送给自己的儿子墨里俄奈斯；
现在，皮盔紧扣着奥德修斯的脑袋。

两人就这样，穿上令人恐惧的铠甲，
和诸位将领一一告别，动身上路。
帕拉丝·雅典娜在他们的右前方
放出一只苍鹭。夜色中，他们
虽然不能看见，却能听见它的叫声。
奥德修斯闻此吉兆，心生欢喜，
向雅典娜高声祈祷：“听我说，
携带神盾的宙斯之女，每当我执行
任务，你总是站在我的身旁照顾我，
女神啊，现在我比任何时候都需要
你的助佑，请答应我们快速行动，
给特洛伊人以重创，让我们满载着荣誉回船。”

擅长吼叫的狄俄墨得斯也跟着祈祷：
“宙斯之女，阿特鲁托奈[3]，听我说，
请你也跟随，就像你当年跟随我父亲、
神样的提丢斯被阿开亚人派到忒拜城
做使者一样。那时他在阿索普斯河告别披铜甲的

[1] 厄勒昂：波奥提亚城市。
[2] 库塞拉是伯罗奔尼撒半岛东南端的一个海岛。斯堪的亚是岛上的一座城市。
[3] 雅典娜的别称。

阿开亚人，给卡德墨亚人带去友好的口信。
但是回来的路上，他却不得不动武，
在你的助佑下，他取得了胜利。来吧，
女神，求你也这样保护我，与我同在，
我将把一头周岁的小牛犊，用黄金
包住它的角，祭献给你，它头脸
宽阔，从未戴过辕轭，受过鞭笞。”

他们向伟大的宙斯之女做完祷告，
继续在漆黑的夜色中前进，仿佛两头雄狮，
越过横陈尸体、兵器和血污的战场。
帕拉丝·雅典娜听见了他俩的祷告。

与此同时，赫克托耳也没有让勇猛的
特洛伊人入睡。他召集特洛伊人中
所有最高贵的领袖和国王开公民大会，
把自己想出来的聪明计划告诉他们：
“你们之中谁愿意接受这趟差事，
事成之后，一定给他丰厚的报酬：
他将获得一辆战车，两匹脖颈粗壮的
良马，它们是阿开亚人的快船边最好的
牲口。请问，谁敢为自己赢得如此殊荣？
他将前往阿开亚人的快船，打探军情——
看他们像往常那样警戒森严，还是受到
我们的重创，溃不成军，疲惫不堪，
早已无心放哨，正聚在一起商议逃离？”

听他这么说，众人都惊讶得默不作声。
特洛伊人中有个名叫多隆的勇士站了出来，
他是神圣的传令官欧墨得斯的儿子，

拥有大量的黄金和青铜，相貌虽然丑陋，
腿脚却快捷，他是独子，另有五个姐妹。
只见他对特洛伊人和赫克托耳这样说道：
“赫克托耳，我的心灵和豪情激励我
前去快船那边侦察敌情，你得举起你的权杖，
向我发个神圣的誓言，事成之后，一定将
良马送给我，连同那辆杰出的裴琉斯之子
乘坐过的、精美而闪亮的青铜战车。
而我不会让你失望，作为侦探，我将
潜进敌人的营寨，找到阿伽门农的海船，
将领们也许正在那里聚会，紧张地商议，
是继续作战，还是坐船逃离此地。”

听他这么说，赫克托耳就举起了权杖起誓：
“请赫拉的丈夫、炸雷的宙斯为我作证，
我发誓，其他特洛伊人谁都不许驾驭这辆战车，
只有你，多隆，才能永远以它们为荣光。”

赫克托耳就这样起誓，虽然徒劳无益，
却激励着多隆整装出发。只见他往肩上
挂了一张弓，又披上一条灰狼皮，一顶
貂皮帽扣在头顶，操起锋利的长枪，
冲出了营地，向船队跑去。可他并未回来，
从那边给赫克托耳带来消息。

正当他离开拥挤的人马，急匆匆地前行，
宙斯的后裔奥德修斯远远地看见了他，
他立即对狄俄墨得斯说道：“狄俄墨得斯，
有人正从敌营过来！我不知道他是来
打探军情，还是过来剥取死者的甲胄。

反正先放他过去，待他进入前面的平地，
我们再从后面扑上去，将他擒住。
如果他跑得比我们快，你就举枪将他拦截，
紧紧地把他逼向我们的船队，使他离
特洛伊人的营寨越来越远，以防他逃回。”

说着，他俩闪身，躲在尸堆中，
多隆毫无察觉地从他们面前经过。
等他跑出一段路后，他俩才开始追赶，
那段距离大约像骡子拉犁耕地，
拉出一条地垄那样的长短。
多隆听到身后的脚步声，还以为
特洛伊人派来的同伴召他回去，
赫克托耳说不定打消了侦察的念头。
当他们之间的距离，缩到投枪的射程，
他才看清来者不善，立刻拔腿逃跑，
另两个人紧追不舍，就像两条精于此道的
猎狗，在林间盯住猎物——一头小鹿或一只
野兔，就龇着尖利的犬牙，死命地追赶；
猎物在前面一边逃，一边喘着粗气嚎叫。
提丢斯之子和抢劫城堡的奥德修斯，
也这样紧紧地追赶多隆，切断了他的退路。
多隆只得朝船队方向逃跑，快要靠近前哨时，
雅典娜女神给提丢斯之子注入了巨大的力量，
以免其他披铜甲的阿开亚人抢先投枪，夺去
他的功劳。只见强有力的狄俄墨得斯举枪大喊：
“站住！要不然我的长枪就会追上你，
那时，你就难以逃脱死亡的命运！”

说着，他投枪出手，故意打偏一点，

锋利的枪尖掠过多隆的右肩，插入
前面的泥地。多隆惊恐地站住，
浑身发抖，牙齿在嘴里不停地打战。
待他们喘着气追过来，扭住他的臂膀，
多隆便流着眼泪，向他们苦苦哀求：
“你们别杀我，我会为自己赎身。
我家里有的是青铜、黄金和炼过的
灰铁，要是我父亲知道我被你们
生擒，还活在阿开亚人的海船上，
他一定会向你们献上无数的赎金。”
只听足智多谋的奥德修斯这样回答：
“你不要怕，你还没有死到临头。
你最好告诉我实情，回答我的问题：
在这漆黑的深夜，其他凡人都在睡觉，
你为何独自离开军营，朝船队方向跑？
你是想剥取死者的铠甲，还是奉赫克托耳的
命令，前来船队，打探军情？
或者你受自己心灵的驱使，完成此行？”

只见多隆双膝发抖，应声答道：
“是赫克托耳用丰厚的赏金诱惑我，
他答应把裴琉斯之子、高贵的阿基琉斯的
那些快马，连同他那辆闪亮的战车
送给我，只要我穿过迅逝的黑夜，
前来探明阿开亚人的动静——
像往常那样警戒森严，还是受到
我们的重创，溃不成军，早已
无心放哨，正聚在一起商议逃离。”

听他这么说，足智多谋的奥德修斯

微笑着对他说道："虽然你梦寐以求
想得到那些巨大的奖赏，但埃阿科斯
英勇的孙子阿基琉斯的战车，除了
他自己，其他凡人都很难驾驭。
因为他的母亲是永生的女神。
现在，你再老实地回答我一个问题：
你是在什么地方离开士兵的领袖
赫克托耳的？他的武器放在哪里？
他的车马又在哪里？那些休息
和警戒的特洛伊人分别布置在哪里？
他们的部署又是什么？是打算继续
留在靠近船队的地方，还是准备
撇下重创过的阿开亚人，撤回城里？"

听他这么询问，欧墨得斯之子多隆答道：
"我会把知道的一切如实相告——
赫克托耳和其他首领聚会，是在神一样的
伊洛斯的坟前，那里远离营寨的嘈杂；
至于问到警戒的哨兵，告诉你，那里一个
都没有，那些营火是出于需要才点燃的，
将士们守在篝火边，互相提醒，不致入睡，
而来自远方的盟友都已昏睡，
把警戒的任务交给了特洛伊人，
因为他们没有妻儿睡在战场边。"

足智多谋的奥德修斯进一步问道：
"你要详细告诉我，他们如何宿营，
是互相分开，还是同特洛伊人混住？"

只听欧墨得斯之子多隆这样回答他：

“我这就把一切准确地告诉你。
卡里亚人、执弯弓的派俄尼亚人、
莱勒格斯人、裴拉斯吉亚人
和考科尼亚人都驻扎在海边；
在苏姆伯瑞一带，驻扎着吕西亚人、
高贵的慕西亚人、擅长车战的
弗鲁吉亚人和战车英雄迈俄尼亚人。
可你为什么要把这一切问得这么详细？
莫非你想偷袭特洛伊人的营寨？
那边就是色雷斯人的营地。他们
刚来不久，离开大军单独安营扎寨，
由埃阿俄斯之子雷索斯率领。
他的马是我见过最高大漂亮的良驹，
毛色比雪白，跑起来比风还快。
他的战车用黄金和白银镶嵌装饰，
他的金铠甲又大又重，看了让人惊异。
那样的甲胄远非凡人所能拥有，
倒像永生的神祇才适合披挂。
现在，你可以把我带到海船边，
或用无情的绳子将我捆在这里，
直到你们办完事情，亲自验证，
我对你们所说的一切是否属实。”

但强有力的狄俄墨得斯凶狠地说道：
“多隆，你别想从我们手里溜走！
尽管你带来好消息。假如我们放掉你，
今后你又会出现在阿开亚人的快船边，
不是作为密探，而是和我们面对面作战；
如果我现在将你结果，你就再也不会
给阿开亚人添麻烦，造成伤害。”

听他这么说，多隆伸出大手摸他的下巴，
央求他饶命，但狄俄墨得斯却挥动利剑，
一剑砍在他的脖子中段，两边的筋腱俱断，
脑袋随即滚到地上，尽管嘴巴还在说话。
他们取下脑袋上的貂皮帽，剥走狼皮斗篷，
拿走了他的弯弓和长枪。只见卓越的
奥德修斯把战利品高高举起，向它们的
赏赐者、劫掠英雄的保护神雅典娜祷告：
“女神啊！这些东西属于你！所有
俄林波斯的神祇中，我们首先向你祈求——
把我们送到色雷斯人停放车马的营地！”

说完，他把战利品举起来，高高地
挂在赤杨树上，同时收集了一堆芦苇
和赤杨树枝，在上面做好标记，以便
在夜色中返回时，不致找不到位置。
这样，他们踏着满地的兵器和黑血
继续前行，很快来到色雷斯人的营地。
他们正鼾然大睡，每个人又倦又累，
排成三排，甲械都整齐地放在身边，
驭马也在各自主人的身边站立。只见
雷索斯睡在中间，身边是他的快马，
缰绳紧紧系在战车的顶层栏杆。
奥德修斯马上发现了他，并指给同伴看：
“狄俄墨得斯，这就是被我们杀死的多隆
要我们找的人，还有他的快马。来吧，
该你出手了，别手持兵器，空站着。
快去解开马缰，要不你只管动手，我来抢马！”

听他这么说，灰蓝眼睛的雅典娜向狄俄墨得斯的

身体注入无穷的勇气，使他挥起利剑四处砍杀，
只听死者发出悲惨的叫声，鲜血染红了大地。
犹如饥饿的狮子走进一群无人看护的绵羊
和山羊群，朝它们迅速猛扑上去。提丢斯之子
就是这样冲向色雷斯人，一口气杀了十二个；
而足智多谋的奥德修斯则上前抓住死者的双脚，
把它拖到一边，好让那些长鬃飘飘的骏马
随后通过，不致踩着尸体，因此受惊，
它们还不熟悉主人死后的样子。最后，
轮到了那个国王，他正喘着粗气，做着噩梦，
而雅典娜让俄伊纽斯[1]的后裔、提丢斯之子
出现在他的身边，夺走了这第十三条甜蜜的生命。
此时，意志坚强的奥德修斯解下快马的缰绳，
用弓背拍打着，将它们赶出了混乱的现场——
他没想到去取那根发亮的马鞭，它放在
精工细作的战车里。只见他给神一样的
狄俄墨得斯打了一个呼哨，以引起他的注意。

而狄俄墨得斯还留在原地，心中盘算着，
是将存放精制铠甲的战车举起扛走，
还是抓着它的辕杆往回拉？正当他
犹豫不决时，雅典娜出现在神一样的
狄俄墨得斯面前，说道：“性格豪放的
提丢斯之子，现在该返回宽大的海船了，
否则，敌人马上会追来，我担心某位
神祇会唤醒沉睡的特洛伊人的军队。”

雅典娜说完，狄俄墨得斯就听出了女神的

[1] 俄伊纽斯：提丢斯之父，狄俄墨得斯之祖父。

声音，赶忙跃上快马，奥德修斯用弓背
驱赶它们，朝阿开亚人的船队方向疾驰。

但远射之神阿波罗，对发生的这一切
都非常了解，他眼看雅典娜出力帮助了
提丢斯之子，气得大发雷霆，来到特洛伊人
中间，把色雷斯人的另一个首领
希波科昂唤醒，他是雷索斯高贵的表兄；
他大惊而起，发现停放车马的地方
空空如也，伙伴们则被杀得东倒西歪，
许多人正在做最后的抽搐；希波科昂
呼唤他们的名字，不由得失声痛哭。
于是，特洛伊人的营地喊声四起，
他们迅速围拢，乱作一团，惊恐地望着
两位英雄在回海船前造成的这片骇人惨象。

再说这两人，回到杀死侦探多隆的地方，
宙斯的宠人奥德修斯勒住飞跑的快马，
提丢斯之子跳到地上，拿起带血的铠甲
和兵器，递给奥德修斯，重又翻身上马。
他们扬鞭策马，正如他们希望的那样，
快马轻松地朝阿开亚人的船队撒蹄飞奔。

奈斯托耳最先听到踢踏的马蹄声，便说：
“朋友们，阿耳吉维人的将领和国王们，
不知我听错了，还是确有其事——
我的心灵告诉我，我的耳畔正响起
疾驰的马蹄声，但愿那是奥德修斯
和勇敢的狄俄墨得斯，正赶着快马
从特洛伊人的营地回来！可我又担心是

特洛伊人来袭击，那样阿耳吉维人将陷入危难！”

奈斯托耳话音刚落，两人已到了营前。
他们翻身下地，同伴立即上前拉住
他们的双手，热烈地祝贺他们回来。
格瑞尼亚的车战英雄奈斯托耳首先发问：
“光荣的奥德修斯，阿开亚人的骄傲，
快告诉我，你俩如何得到这对驭马，
是从特洛伊人的军营获得，还是
巧遇某位神明，接受了他的馈赠?
它们的毛色闪亮，仿佛耀眼的太阳，
虽然我已年老，在战场上也频频
和特洛伊人相遇，打仗时从未退缩在
岸边的海船上，却从未见过这样的好马，
甚至连想都没想过。我想，它们一定是
某位路遇的神明所赐予，因为汇聚乌云的
宙斯和携带神盾的雅典娜，都很宠爱你们。”

只听足智多谋的奥德修斯这样回答老人：
“奈琉斯之子奈斯托耳，阿开亚人的骄傲，
如果神祇有意赐我们骏马，会给我们
比这更好的马匹，因为他们远胜过我们凡人。
老英雄，你问及的这些马是属于色雷斯人的，
勇猛的狄俄墨得斯杀了他们的王，以及另外
十二位将领。第十三个，是我们在船队附近
抓到的侦探，受赫克托耳和其他特洛伊人的
指使，趁着天黑，前来刺探我方的军情。”

奥德修斯说完，就笑着把快马赶过壕沟，
其他阿开亚人也欢快地跟随同行。他们

越过壕沟来到狄俄墨得斯坚固的帐篷，
用做工精致的缰绳把骏马拴在马槽边，
在那里，狄俄墨得斯自己的那些健壮的
马匹正在津津有味地咀嚼麦子饲料。
而奥德修斯把多隆带血的铠甲和兵器
带到海船边，准备向雅典娜祭献。
然后他们没进大海，洗去小腿大腿
和脖颈周围的汗水和血污，海水使
他们疲惫的身心变得清新洁净，他们
又跨入光滑的澡桶浸泡，浴毕，在全身
涂抹橄榄油，这才坐下进餐，从满满的
调酒缸里舀取美酒，向雅典娜祭献。

第十一卷

阿基琉斯关注战争

当黎明女神从高贵的提索诺斯[1]身边起床，
把晨曦带给永生的诸神和生生死死的凡人，
宙斯便派遣冷酷的纷争女神，手执战争的
信号，前往阿开亚人的船队。纷争女神
站到奥德修斯那条宽大的黑船上——
这条船停泊在船队的中央，在那里讲话，
声音可传至船队的两头，忒拉蒙之子
埃阿斯和阿基琉斯的营帐，均可听见。
他俩就是凭恃自己的勇气和臂力，
分别把平稳的大船泊在船队的两旁。
只见纷争女神站在那里尖声刺耳地喊叫，
给每个阿耳吉维人的心中注入巨大的
力量，使他们不知疲倦地奋勇作战。
于是，将士们觉得打仗是件甜美的事情，
不再想到乘着宽大的海船返回可爱的家乡。

阿特柔斯之子放开洪亮的嗓门，
命令阿开亚人整装出发，自己
也动手往身上披挂锃亮的铜甲。

[1] 提索诺斯：普里阿摩斯的兄弟，为黎明女神所爱，被掳到天上。

他首先用做工精美的胫甲裹住小腿，
再扣好上面的银环；接着，把胸甲
牢固地系上胸背，那是基努拉斯
友谊的馈赠。当年，阿开亚人
要渡海远征特洛伊人，惊人的消息
传至遥远的海岛塞浦路斯，国王
基努拉斯就将此物送给国王，以取悦
阿伽门农。胸甲上饰有十条深蓝色
合金珐琅、十二条黄金、十二条白锡，
在胸甲的颈部，左右两侧各镶嵌三条
珐琅蛇，蜿蜒如长虹，克罗诺斯之子
让它们作为征兆显现在空中。然后，
阿伽门农背上镶有闪亮金钉的双刃宝剑，
银制的剑鞘系在一条镀金的挎肩背带上。
他还拿起一面可以掩护全身的精致盾牌，
样子结实，形象可怖，盾面中心是一块
凸起的深蓝色珐琅拱冠，上面绘有戈耳工
狰狞的脑袋，旁边是恐怖和骚乱之神的形象；
周围绕着十匝青铜圈，夹嵌着二十个闪光的
锡半球。系盾牌的是一条镏金背带，背带上
雕着一条身子蜷缩的黑蓝色盘蛇，脖子上
长有面朝不同方向的三个脑袋。阿伽门农
后来又戴上头盔，那上面支着两个硬角，
四个突起的帽檐，顶端饰有威严镇人的马鬃。
最后，他操起两根粗重的长枪，枪矛上的
青铜闪耀锋利的寒光，辉映着灿烂的天空。
雅典娜和赫拉看见，立即投下一个响雷，向
这位富有黄金的迈锡尼国王致意。

这时，勇士们都把车马交给驭手，

命令他们将车马在壕沟的边沿列队，
自己则披挂整齐地徒步跨越战壕，
远远走在驭手之前；驭手驾着车马
随后跟上。克罗诺斯之子在队伍里
激起他们不祥的狂热和冲天的喧闹，
又从天空降下一阵血雨，决意把这些
强壮勇敢的生命送往哈得斯的冥域。

特洛伊人也聚集在另一边，平原的高地，
士兵围绕着将领：强有力的赫克托耳、
健壮的普鲁达马斯、国人尊敬如神明的
埃涅阿斯，还有安忒诺耳的三个儿子：
波鲁波斯、卓越的阿格诺耳和神明般
年轻的阿卡马斯。赫克托耳手执滚圆的
盾牌站在队伍的最前列，像一颗不祥的煞星
忽然闪着耀眼的光芒，跃出夜空的云雾。
只见他一会儿出现在队伍的最前列；一会儿
又隐进队伍中间，向人们鼓劲，发布命令。
他全身铜铠铜甲，闪闪发光，就像携带
神盾的天神宙斯父亲投出的闪电。

特洛伊人和阿开亚人开始步步逼近，
就像两队收割庄稼的农人，在一个
富人的农田奋力收割小麦和大麦，
大片大片的庄稼在他们手下倒伏——
两军交战也是这样，争先恐后，
谁也不想退后，退后意味着死亡；
他们你死我活，像豺狼一样疯狂。
喜好痛苦和惨叫的纷争女神伊里丝
见此情形，心满意足，笑逐颜开，

长生不老的天神中，只有她亲临
屠杀的战场，其他诸神却没有直接
参加，他们都静静地坐在遥远的
俄林波斯山上，在那里他们每一位都有
一座华美的宫殿；此时他们正在
抱怨克罗诺斯之子、制造乌云的
宙斯，责怪他不该把荣誉赐给
特洛伊将士。而诸神之父宙斯
对此却不以为然，远远地避开众人，
独自坐在高处，俯视着特洛伊人的
城堡和阿开亚人的船队，观看彼此
杀人的场面，陶醉于自己的威力。

随着时间的推移，神圣的日头渐渐升高，
双方不断投枪，打中对方，死尸遍地。
然而，就像伐木工砍倒了一棵棵大树，
便感觉全身疲软，心生厌倦，渴望用
准备好的香甜的早餐填充饥渴的肠胃。
达奈人突然振奋斗志，互相呐喊激励，
打散了特洛伊人的战阵，阿伽门农
身先士卒，第一个冲上前去，杀了
士兵的领袖比厄诺耳，接着又杀了
他的同伴——英勇的驭手俄伊琉斯；
当时，俄伊琉斯从马后跳下战车，
准备攻击他，没料到阿伽门农锋利的
长枪率先刺到，一枪扎进了他的脸颊，
他那厚重的头盔没能抵挡住，只见
青铜矛头穿透头骨，脑浆迸裂。
民众的国王阿伽门农就这样战胜了
怒气冲冲的俄伊琉斯，剥下他的战袍

和铠甲，再将赤裸着胸口的尸体丢弃在原地。
接着，他又扑向普里阿摩斯的两个儿子
安提福斯和伊索斯，一个合法，一个私生，
他们乘坐同一辆战车，私生的那个驾车，
高贵的安提福斯站在他的身边作战。
他俩以前在伊达山放羊时，曾被阿基琉斯
用柳条缚捉，后来接受了赎金才放了他们。
这次，阿特柔斯之子、统治着辽阔疆域的
阿伽门农用枪扎进了伊索斯乳头上方的胸脯，
又用剑劈裂安提福斯的耳朵，将他撂下战马。
然后他急不可待地剥下两人华丽的盔甲，
他在快船边见过这些东西，因为当时
阿基琉斯把他俩从伊达山抓到那里——
那就像一头狮子闯进鹿穴，用它强劲的
牙齿逮住幼稚的小鹿，轻易将它们撕裂，
捣碎颈骨，掏出鲜嫩的心脏。尽管母鹿
就在近旁，却也无能为力，因为它们
受强烈恐惧的打击，早已吓得浑身发抖，
撒腿乱跑，穿越茂密的树林和林间空地，
跑得大汗淋漓，唯恐逃不出猛兽的追击。
特洛伊人也这样，面对阿耳吉维人的
进攻，自顾不暇，没人能挽救这对弟兄。

很快，阿伽门农又杀了裴桑得罗斯和勇猛的
希波洛科斯，他是聪明的安提马科斯的儿子，
安提马科斯收受了亚历克山德罗斯的大量
黄金和礼物，故反对把阿耳戈斯的海伦
交还给她的丈夫——棕发的墨奈劳斯。
只见强大的阿伽门农向他那两个乘着
同一辆战车的儿子发起了进攻，两人

眼看阿特柔斯之子像狮子一样地扑过来，
顿时惊慌失措，手中的缰绳滑落在地，
只得在战车上屈膝向阿伽门农哀告：
“别杀我们！阿特柔斯之子，在家父
安提马科斯家里，财宝堆积如山：
青铜、黄金和冶炼过的灰铁。当他听说
我们被生擒，还活在阿开亚人的海船上，
他就会给你送来难以计数的丰厚的赎金。”

两人就这样痛哭流涕地向国王哀求饶命，
但得到的回答却是那么的冷酷无情：
“你俩真是聪明的安提马科斯的儿子？
他曾在特洛伊人的公民大会上提议
立即处死墨奈劳斯，不让他返回
阿开亚人的故乡；他当时和神一样的
奥德修斯作为使节正和特洛伊人谈判。
现在，你们将替你们凶残的父亲抵命！”

说完，他一枪刺中裴桑得罗斯的胸膛，
将他掀下了战车，仰面倒在泥地上。
希波洛科斯跳下战车，试图逃跑，
却被阿特柔斯之子挥剑砍断双臂
和头颅，像一根圆木，在地上翻滚。
阿伽门农随即抛下两具尸体，扑向
四处溃散的敌群，穿胫甲的阿开亚人
也跟着他冲锋陷阵。一时间，步兵
和步兵针锋相对，乘战车的彼此用
青铜枪拼杀，奔腾的马蹄刨起驭马者
脚底下的尘土，形成一道道纷扬的泥柱。
强大的阿伽门农总是身先士卒，大声

激励着阿耳吉维人，像狂烈的火焰
在茂密的丛林里蔓延，巨大的旋风
刮得火苗越来越猛，将树木连根烧毁。

当时在阿特柔斯之子阿伽门农的追杀下，
溃败的特洛伊人也是这样，脑袋纷纷落地，
脖颈粗壮的战马拖着空车，在战场上兜圈子，
等待高贵的驭手，可他们早已躺倒在地，
此时，兀鹫比他们的妻子更喜欢他们。

宙斯已把赫克托耳引开，使他远离战场的硝烟、
乱石、尘土和血泊，远离呐喊和杀戮的喧嚣。
而阿特柔斯之子却带领达奈人猛烈进攻。
特洛伊人全线崩溃，节节败退，退过先祖
达耳达诺斯之子和伊洛斯的坟墓，退过
开阔的平原和无花果树一带，一直打算退回
城堡，而阿特柔斯之子大声呐喊着紧追不舍，
克敌制胜的双手上沾满了斑斑的血迹和泥浆。
当特洛伊人退至斯卡亚门和橡树一带，
他们才收住脚步，在那里等待落后的同伴。
这些人还在开阔的平原上仓皇逃窜，
仿佛漆黑的夜晚，被狮子追赶的牛群，
死亡突然降临到其中的一头牛身上，
只见狮子猛扑上去，先用利齿咬断它的
喉咙，然后贪婪地吮吸它的血液，吞吃
牛肚子里的内脏。就这样，阿特柔斯之子、
强大的阿伽门农勇猛追敌，一个接一个地
杀死落在后面的勇士；他疯狂地挥舞着
那杆长枪，许多人被他打下了战车，倒在
地上，有的四脚朝天，有的俯身卧地。

当他攻到城堡前，准备直接进攻那高耸的
城墙时，那永生的神人之父迅速从天而降，
手里握着雷电，坐到多泉水的伊达山顶。
他派金翅膀的伊里丝前去传递消息：
“快去，捷足的伊里丝，快把我的话传给
赫克托耳。现在士兵的领袖阿伽门农
和前排的将领杀敌凶猛，死亡惨重，
他就应该回避，只需督促部下艰苦地迎敌；
一旦看见阿伽门农被长枪和弓箭命中，
身负重伤，就让他从马后跃上战车，
我会赐给他力量和勇气，让他杀敌，
一直杀到甲板坚固的海船边，杀到
太阳落山，杀到战场被神圣的夜幕所笼罩。”

听他说完，追风的伊里丝奉命而去，
冲下伊达山，来到神圣的伊利昂，
发现勇敢的普利阿摩斯之子、卓越的
赫克托耳，正挺立在车马边，于是，
捷足的伊里丝降落在他的身旁，说道：
“普里阿摩斯之子、和宙斯一样足智多谋的
赫克托耳，宙斯父亲派我给你送来消息。
现在士兵的领袖阿伽门农
和前排的将领杀敌凶猛，死亡惨重，
你就应该回避，只需督促部下艰苦地迎敌；
一旦看见阿伽门农被长枪和弓箭命中，
身负重伤，你就从马后跃上战车，
他会赐给你力量和勇气，让你杀敌，
一直杀到甲板坚固的海船边，杀到
太阳落山，杀到战场被神圣的夜幕所笼罩。”

捷足的伊里丝说完，就离他而去，只见
全身披挂的赫克托耳跳下了战车，手执
两根锋利的长枪，在队伍中四处奔走，
督促将士们杀敌，燃起了旺盛的斗志。
于是特洛伊人稳住阵脚，转身迎接
阿开亚人的进攻，而阿耳吉维人也
整顿队伍，摆好了阵势。只见阿伽门农
身先士卒，远远地赶在队伍前面冲上来。

告诉我，住在俄林波斯山的缪斯，
特洛伊人或他们那有名的盟友中，
谁最先站出来迎战阿伽门农？

首先迎战阿伽门农的是安忒诺耳之子、
魁梧俊美的伊菲达马斯，他出生在
盛产绵羊、肥沃富饶的色雷斯。
他的外祖父基塞斯把他从小养大。
待他长成身强力壮的英俊小伙子后，
就把美频的女儿塞阿诺嫁给了他。
婚后不久，伊菲达马斯便得知
阿开亚人的队伍已在特洛伊登陆，
于是他离开新娘，率领十二条
头尾弯翘的海船来到裴耳科忒。
他们把船停泊在那儿，伊菲达马斯
就领着人马徒步来到伊利昂。

只见他们相向而行，渐渐逼近，
阿特柔斯之子投枪出手，却没有刺中，
矛头从伊菲达马斯的肩膀擦过；
而伊菲达马斯的枪却扎进阿伽门农的胸甲，

压上全身的重量，直捣他的腰带；可枪尖
遇到腰带上的银子，马上铅一般地扭歪，
强大的国王阿伽门农伸手抓住枪杆，
用力往回顶，就像一头狮子那样凶猛，
枪杆从伊菲达马斯的手中震飞，于是，
阿伽门农举起利剑向他的脖子砍去，
伊菲达马斯的四肢顿时瘫软下来，
栽倒在地，从此像青铜一样长眠不醒。
可怜他，为了帮助特洛伊人，离开了
新婚妻子，尽管已付出丰厚的彩礼——
他先给了一百头牛，答应再给一千头山羊
或绵羊，他的羊群多得难以计数——
却来不及从她那里享受什么恩惠。
现在阿伽门农剥下了他精美的铠甲，
提着它们回到了阿开亚人的队伍。

卓越的勇士，安忒诺耳的长子科昂，
目睹兄弟被杀的悲惨情景，大怒欲狂，
悲痛欲绝，泪水模糊了他的双眼。
于是他从阿伽门农的侧面走上前，
趁他不注意，一枪刺中了他的手臂，
闪亮的枪尖刺穿肘部，民众的国王
阿伽门农心中一颤，浑身哆嗦起来，
尽管如此，他并未停止战斗，退出拼杀，
手中仍然紧握着那把疾风扫落叶般的长枪，
向科昂扑过去。这时，科昂抓住兄弟
伊菲达马斯的双脚，招呼勇敢的同伴；
正当他用中心突起的盾牌作掩护，把尸体
拖向阵营时，阿伽门农的青铜枪击中了他，
只见他四肢一软，被阿伽门农疾步赶上，

手起剑落，一剑割下了脑袋，首级滚落
下去，遇着了他兄弟伊菲达马斯的尸体。

就这样，安忒诺耳的两个儿子接受命运的
安排，都死在民众的国王阿伽门农的
手里，他俩很快坠入了哈得斯的府地。

虽然黑血不断从伤口往外流，阿伽门农
仍然搏杀不止，用铜枪、利剑和大石块
向敌人猛攻，穿行于两军阵地，顽强战斗。
等伤口的血块结痂凝结后，一阵阵剧烈的
疼痛开始侵袭他，仿佛主管生育的女神、
赫拉的女儿们给产妇施加的剧痛，
阿特柔斯之子的力量因此大大地削弱。
于是他忍着剧烈的疼痛跳上战车，
吩咐驭手把他送回宽大的海船。
他放开嗓门，向达奈人高声喊道：
“朋友们，阿耳吉维人的将领和国王们，
你们一定要顶住特洛伊人的疯狂进攻，
继续保卫我们渡海的船队——看来
众神之主宙斯不想让我和特洛伊人
一直打到天黑的时候！”

他这样呼喊着，驭手扬起鞭子
催赶长鬃飘飘的战马，朝宽大的
海船撒蹄飞奔；战马胸前溅有白沫，
肚下沾满灰尘，心甘情愿地载着
负伤的国王，飞快地离开了战场。

赫克托耳一看见阿伽门农负伤退走，

马上对特洛伊人和吕西亚人大声喊道：
“特洛伊人、吕西亚人、擅长近距离
作战的达耳达尼亚人，朋友们！
请振作起来，鼓起斗志和精神！
他们中最好的勇士已被打退，
克罗诺斯之子宙斯答应过我
将赐给我巨大的荣耀。赶起你们
长鬃的快马，快向强壮的达奈人
进攻，为自己争得更大的光荣！”

他的这番话，鼓舞了大家的士气，
鼓动了他们的豪情，好像猎人督促
犬牙闪亮的猎狗前去追击野猪或狮子，
普里阿摩斯之子、杀人狂阿瑞斯一样的
赫克托耳也是这样，催促着性格豪放的
特洛伊人向阿开亚人进攻，他自己更是
身先士卒，斗志昂扬地走在队伍的最前列。
仿佛突发的风暴，带着旋涡，从天而降，
在昏沉的蓝黑色海面，掀起层层的巨浪。
既然宙斯把荣誉赐给普里阿摩斯之子
赫克托耳，那么，谁将会第一个死在
他的手下？谁又是最后一位？
他最先杀死阿赛俄斯，接着是
奥托努斯和俄丕忒斯，然后是
克鲁提俄斯之子多洛普斯，
以及俄菲尔提俄斯、阿格劳斯、
埃苏姆诺斯、奥罗斯和强悍的
希波努斯。他杀了这些达奈人的将领，
还杀了许多士兵，好像西风卷起强烈的
风暴，驱散南风吹来的闪亮的云朵，

掀起汹涌波涛，疾风中泡沫飞溅。

这时，战场上一片混乱，阿开亚人
溃不成军，急忙向船队方向逃窜，
眼看要被特洛伊人消灭在海船边，
要不是奥德修斯这样向狄俄墨得斯呼唤：
“提丢斯之子，难道我们丢失了勇气？
老朋友，快过来，让我们一起来抵挡，
要是让头盔闪亮的赫克托耳夺去
我们的船只，将是多么大的耻辱！”

只听强健的狄俄墨得斯这样回答：
“好吧，我会尽我的所能，和你
在一起杀敌，但恐怕没多大用处；
看来汇聚乌云的宙斯已决意让
特洛伊人获胜，而不是我们！”

听见他刚说完，就投枪出手，一枪刺中
苏姆勃莱俄斯的左胸，把他撂下了战车。
与此同时，奥德修斯杀了这位勇士的驭手、
卓越的莫利昂。他们随即抛下这两个
不可能再作战的人，返身杀进了敌群，
像两头被激怒的野猪朝追赶它们的猎狗
反扑回去，两人也这样反击特洛伊人，
使溃逃的阿开亚人得到片刻的喘息。

很快，他们杀了来自裴耳科忒的
墨罗普斯的两个儿子，夺下他们的
战车。死者的父亲精通占卜，曾经
劝阻儿子前来参加危险的战争，

但他们不听父亲的话，随意
将命运交给黑色死神来调遣，
结果，被提丢斯之子、著名的投手
狄俄墨得斯夺去了他们的生命
和精美的甲胄。而奥德修斯杀了
呼裴罗科斯和希波达摩斯。
克罗诺斯之子一直在伊达山上
俯视着地面，他均衡地控制着
战争的进程，使双方各有杀伤。
提丢斯之子投枪出手，击中了
派昂之子阿伽斯特罗福斯的髋关节。
当时他真是糊涂，竟让驭手将战车
赶开，停在远处，致使关键之时
无法乘车逃离，直到断送了性命。

赫克托耳从队列的那一头看见了他们，
立即大喊着向他们冲过来，身后跟着
一大群特洛伊士兵。见此情景，
擅长吼叫的狄俄墨得斯吓得发起了抖，
马上对走在近旁的奥德修斯这样说道：
“强大的赫克托耳这颗该诅咒的灾星正向
我们扑来，让我们稳住，打退他的进攻！”

说完，他手持长影子的矛枪，用力投掷，
正好击中赫克托耳的脑袋，只见枪头
扎进了青铜头盔的顶部，被顶了回来，
还好没有触及皮肉；它是福波斯·阿波罗
的赠物，里外三层，挡住了矛尖。
赫克托耳因此吓得跳开了去，屈膝跪地，
单手支撑体重，一阵晕眩的迷雾蒙住了眼睛。

当提丢斯之子穿过人群，走到矛枪落地处
捡起投枪时，赫克托耳这才清醒过来，
重新登上战车，回到自己的队伍，躲过了
黑暗的死亡。于是，强有力的狄俄墨得斯
晃动手里的投枪大声嚷道："你这条恶狗，
又让你死里逃生；是阿波罗再次救了你，
看来你每次去打仗，都没有忘记向他祈求！
但是，如果我身边也有一位天神助佑，
下次遇见你，就一定会把你结果。眼下
我要去对付随便哪个让我追上的敌人！"

说完，他便动手剥取擅长投枪的派昂之子的铠甲。
这时，美发的海伦的丈夫、亚历克山德罗斯
躲在达耳达诺斯之子和老君王伊洛斯的坟墓的
人工石柱后，向士兵的领袖、提丢斯之子瞄准。
那时，狄俄墨得斯正从阿伽斯特罗福斯的肩上
取下盾牌和沉重的头盔，帕里斯随即拉满了弓弦，
箭矢离弦而飞，箭无虚发，射中狄俄墨得斯的右脚背，
后又扎进了泥地。亚历克山德罗斯见状兴高采烈，
从隐藏的盾牌后面跳出来，得意地笑着说道：
"我箭无虚发，你被射中啦！要是射中你的肚皮
使你送命那才好，像咩咩叫的山羊遇到狮子，
见了你直打哆嗦的特洛伊人因此也可以得到喘息。"

只见坚强的狄俄墨得斯面不改色地
厉声说道："你这个自夸又自傲的
弓箭手，卑鄙的美发斗士，如果你
胆敢手持刀枪，和我面对面地格斗，
你的软弱，即使大弓和飞快的箭
也无法补救。而我的兵器就两样，

谁只要擦上它的边，锐利的锋刃
就会要了他的命。他的妻子
将悲伤得把面颊抓破，他的孩子会
成为无助的幼孤；鲜血将把大地染红，
他的躯体会原地腐烂，成群的兀鹫
围拢上来，将比哭他的妇女还要多。”

他正说着，著名的投枪手奥德修斯
赶过来，挡在他的前面，狄俄墨得斯
便在奥德修斯的身后坐下，拔掉了
脚上的箭矢，剧烈的疼痛撕咬着他的心。
狄俄墨得斯马上忍着剧痛，跳上战车，
吩咐驭手赶快把自己带回海船。

这样，那里只剩下奥德修斯一个人，
身边再也找不到一个阿耳吉维人战士，
因为恐惧早已慑住他们的心，使他们
仓皇逃离。于是，奥德修斯对自己
坚强的内心说道：“天哪，我该怎么办？
假如在敌人面前逃跑，那将是奇耻大辱，
假如独自面对强敌，只身被擒，更是可怕，
因为克诺罗斯之子已驱使其他达奈人逃离。
但我的心，为何要忧虑这些事情？只有
懦夫才不战而退，逃避战斗，真正的
战士，无论是向敌人进攻，还是被敌人追击，
在任何险境下都会勇敢顽强、坚定不移。”

正当奥德修斯在心里踌躇之际，
全身披挂的特洛伊人纷纷向他冲来，
将他团团围住，也为自己招来了死亡。

仿佛强壮的年轻人带着猎狗围攻野猪，
那野猪从林子里窜出来，弧形的颌骨上
雪白而闪亮的獠牙正磨得咯咯作响，猎人
却不顾野兽的凶猛，毫不退让地向它进攻，
特洛伊人就这样扑过来，围住了宙斯
宠爱的奥德修斯。奥德修斯奋力反击，
首先用尖锐的投枪，从高处往下刺中了
高贵的代俄丕忒斯的肩膀，接着，
他杀了索昂和恩诺摩斯，然后，正在
跳下战车的开耳西达马斯，又被他
一枪刺穿盾牌，枪尖直捣他的肚腹，
只得应声倒在地上，两手抓紧泥土。
奥德修斯马上抛下死尸，转手投枪
结果了希帕索斯之子卡罗普斯，
他是富裕的勇士索科斯的同胞兄弟，
神一样的索科斯见状马上赶来救援，
走到奥德修斯的身旁站定，高声叫道：
“受人尊敬的奥德修斯，阴险狡诈的英雄，
你今天要么把希帕索斯的两个儿子
全都杀死，夺取他们的铠甲，以此为荣，
要么就倒在我的长枪下，把你的性命断送！”

他说着，一枪击中奥德修斯的大圆盾，
那支强有力的长枪击穿了闪亮的盾面，
挑开精工细作的胸甲，撕裂了肋骨上的
皮肉，但帕拉丝·雅典娜却不让枪尖
继续扎入他的内脏，英雄知道没有伤及
要害，就后退几步，立即对索科斯嚷道：
“可怜的人，你可知残酷的死亡将要找上你，
虽然你挡住我同特洛伊人作战，但我告诉你，

黑暗而死亡的命运马上要降临，你将
死在我的枪下，把自己的灵魂送往哈得斯——
那驾驭神马的死神，因此给我带来荣誉！”

听他说完，索科斯立即掉转身子往回跑，
就在他转身之际，奥德修斯一枪击中
他的脊背，枪尖通过双胛直刺前胸，
索科斯一头栽倒在地，神一样的奥德修斯
便自夸地叫嚷：“索科斯，卓越的驯马好手
希帕索斯之子，你未能幸免，死亡还是将你
赶上，并把你放倒，可怜的人，你的父亲
和尊贵的母亲不可能来给你合上眼睛，而
食腐的兀鹫会在你的身上煽动强健的翅膀！
要是我死了，阿开亚人就会将我体面地安葬。”

他说着，把勇敢的索科斯扎入的长枪
从自己的伤口和中心突起的圆盾上拔下来，
顿时鲜血如注，奥德修斯不禁感到疲软。
而性格豪放的特洛伊人看见他在流血，
立即兴奋得大叫，互相激励着冲了过来。
奥德修斯后退几步，声嘶力竭地呼唤同伴，
一连大叫了三次，被英勇的墨奈劳斯听见，
于是他对正在身边的埃阿斯这样说道：
“忒拉蒙之子、宙斯的后裔、士兵的领袖
埃阿斯，我的耳朵听见坚强的奥德修斯
在叫喊，从声音来判断，他好像陷入了
特洛伊人的重围，正孤身一人同敌人战斗，
让我们赶快穿过人群，去把他搭救！
他虽然勇敢，到底寡不敌众，他如果真有
什么不测，对阿开亚人将是多大的损失！”

他说着，就率先冲上去，后面跟着神一样的
凡人埃阿斯。他们看见宙斯宠爱的奥德修斯
正被特洛伊人围攻，仿佛一头公鹿，被猎人
射伤后，只得带着流血的伤口，凭借快捷的
蹄子，死里逃生，不想又在大山上被一群
黄褐色的豺狼追捕；但是，等箭伤完全
耗尽他的内力，嗜血的豺狼就会在山间的
林荫地，把它整个儿撕裂。这时，神祇
让一头凶猛的狮子过来，驱散了狼群，
把猎物吞噬。就这样，豪放的特洛伊人
成群结队地围攻机智坚强的奥德修斯，
英雄只得挥舞长枪竭力抵挡无情的死亡。
这时，埃阿斯手持大如墙面的盾牌，
向他跑来，挡在他的面前，特洛伊人
吓得四处逃散；而好斗的墨奈劳斯
抓住奥德修斯的手，带着他冲出了
人群，他的驭手赶着战车，前来接应。

于是，埃阿斯扑向特洛伊人，杀死了
普里阿摩斯的私生子多鲁克洛斯，
接着又结果了潘多科斯、鲁桑得罗斯、
普拉索斯和普拉耳忒斯。像一条裹挟
冰雪的河流，随着宙斯降下的暴雨，
越发泛滥，从山上一路狂泻，冲入平原，
沿途带走许多枯死的橡树和松树，
把层层腐烂的淤泥积沙冲入大海。
显赫的埃阿斯也这样，驰骋于平原，
凶猛地杀死无数的特洛伊将士。

但赫克托耳却对此一无所知，因为

他正在战场的左侧搏杀，那里是
斯卡曼得罗斯河沿岸，无数的人头落地，
只见高大的奈斯托耳和好斗的伊多墨纽斯
被喧嚣的喊杀声围在中间。而赫克托耳
和他们打得正欢，他勇猛地驱车，
挥动长枪，不断杀死阿开亚的将士。
尽管这样，卓越的阿开亚人仍然不肯退让，
直到美发的海伦的丈夫亚历克山德罗斯
用一支带有三个倒钩的羽箭射中了
士兵的领袖、杰出的马卡昂的右肩。
愤怒的阿开亚人这才开始替他担心，
害怕得势的特洛伊人会杀了马卡昂，
伊多墨纽斯马上对卓越的奈斯托耳说道：
“奈琉斯之子奈斯托耳，阿开亚人的骄傲！
登上战车，赶快行动，去把马卡昂扶到车上，
让追风的快马，把他送回船队；一位医生抵得上
一队士兵，因为他能拔出箭矢，治病疗伤。”

听他这样说，车战英雄奈斯托耳立即遵从，
只见他登上战车，阿斯克勒丕俄斯之子、
名医马卡昂马上跳上来，坐到他的身边。
于是快马扬鞭，马蹄飞扬，按照他们的意愿，
战马疾行，载着他俩驶向海船。
赫克托耳的旁边，站着驭手开勃里俄奈斯，
眼看特洛伊人连连败退，就对他的同伴说道：
“赫克托耳，你我置身于战场的边缘
同达奈人拼杀，却不知其他的特洛伊人
已被打得溃不成军，四处逃散；我已认出
那面墙壁似的大盾，那是忒拉蒙之子，
正追杀着他们。让我们驾着马车赶到

那战斗最激烈的地方，那里的步兵与战车，
彼此展开殊死的搏斗，喊声震天动地。”

说完，他朝长鬃马扬起鞭子，那些快马
听闻鞭声，立即拉起战车奔向两军阵前。
沿途践踏死人和丢弃的枪械、盾牌，
急促的马蹄和飞滚的车轮扬起泥浆，
车轴车辐和战车的护栏都溅满鲜血。
赫克托耳奋不顾身地冲进密集的人群，
不停地挥舞长枪击打敌人，给达奈人
带来了巨大的混乱和灭顶之灾。但他
只是用长枪、宝剑、大石块同这些人搏斗，
仍然避开同忒拉蒙之子埃阿斯发生冲突。

这时，坐在山顶的天父宙斯迫使
埃阿斯后退，埃阿斯只得恐慌地
将七层牛皮的巨盾移到背后，他
转过身子，呆呆地往后走，
惊恐地回头张望，就像一头黄褐色的
狮子，由于猎人和猎狗的整夜看守，
不能靠近牛栏，贪婪地渴望捕食肥牛，
尽管它不断向前猛扑，最终一无所获。
猎人的粗手向它投来密集的石块和火把，
使狮子感到恐惧，饥饿暂时被压制，
当黎明降临，它只得失望地悄悄离去。
埃阿斯也这样，在特洛伊人面前
极不情愿地退却，心情非常沮丧，
同时他担心着阿开亚人的船队。
好像他是一头不听牧童话的犟驴，
闯入了庄稼地，任凭牧童打折了

不少木棒，仍旧啃着丰收的谷粒；
牧童力小，好不容易将它撵出农田，
驴子却早已吃饱。忒拉蒙之子、
神一样的埃阿斯也这样，被斗志昂扬的
特洛伊人和他们的来自远方的盟友追赶，
投枪击中他的巨盾，再次鼓起了狂烈的
战斗激情，一边撤退，一边不时地回转身来，
回击驯马的特洛伊人。这样，他在特洛伊人
和阿开亚人的两军之间独自拼杀，
挡住了冲向船队的敌人。强有力的手臂
投来无数的枪矛，有的未曾碰着他白亮的
皮肤，落了空，有的被他的巨盾挡住，
带着噬人的渴望扎进了泥土。

这时，欧阿蒙光荣的儿子欧鲁皮洛斯，
眼看埃阿斯受到特洛伊人密集枪雨的袭击，
冲上去站在他的身边，投枪出手，
闪亮的投枪击中了法乌西阿斯之子、
士兵的领袖阿丕萨昂的胸膈下的肝脏，
只见他两腿一松，当即倒下，欧鲁皮洛斯
忙跑过去从他的肩上剥夺铠甲。
正在这时，神一样的亚历克山德罗斯见此情景，马上
拉弓射箭，箭头扎入欧鲁皮洛斯的右大腿，
箭杆崩裂，剧烈的疼痛撕咬着他的心。
他迅速退回到同伴中间，躲过了死亡，
他放开嗓门，向达奈人这样大声呼喊：
“朋友们，阿耳吉维人的将领和国王们！
大家快转过身去，稳住阵脚，赶快援助
英勇的埃阿斯，他被打得难以招架，
我真担心他会在这场悲惨的战斗中丧生。

快去高大的埃阿斯身旁，抵挡特洛伊人的进攻。”

受伤的欧鲁皮洛斯说着，战友们都冲上前去，
用靠在肩上的盾牌，挡住特洛伊人的投枪，
掩护埃阿斯的撤退。等埃阿斯一回到自己的
队伍，就连忙站稳脚跟，转身面向敌人。

就这样，战斗继续进行，仿佛燃烧的烈火。
与此同时，奈琉斯的快马载着汗流浃背的
奈斯托耳撤出了战场，车上还有士兵的领袖
马卡昂。这时，捷足的阿基琉斯一直站在
那条宽大的海船的船尾上，观看这场
艰苦卓绝的战斗，当他认出车上的马卡昂，
马上从船上招呼同伴加好友帕特罗克洛斯；
战神一样的帕特罗克洛斯听到呼唤，跑出了
帐篷，墨诺伊提俄斯勇敢的儿子首先发问：
“阿基琉斯，为何叫我，你有什么吩咐？”
只见捷足的阿基琉斯这样回答：
“高贵的墨诺伊提俄斯之子，我喜悦的伙伴，
我想，现在阿开亚人会跑来抱住我的膝盖
哀求我出手，严酷的形势迫使他们这么做。
去吧，宙斯宠爱的帕特罗克洛斯，去找奈斯托耳，
问他那个从战场上带下来的伤员是谁？
从背后看上去，他极像阿斯克勒丕俄斯的
儿子马卡昂，但我一时看不清他的面孔，
因为那些飞驰的快马从我面前一闪而过。”

帕特罗克洛斯听从亲爱的伙伴的吩咐，
沿着阿开亚人的营寨和船队大步跑去。

与此同时，奈斯托耳他们已到了自己的营寨，
从战车上跃下，踏上了肥沃的大地；驭手
欧鲁墨冬从车上解下老人的快马，他们站到
清凉的海风中吹干衣服上的汗水，然后
回到了帐篷，在舒适的高背椅子上坐定。
美发的赫卡墨得开始为他们准备饮料。
她是性格豪放的阿耳西努斯的女儿，
掳自忒奈多斯，阿基琉斯攻破这座
城市后，阿开亚人因为奈斯托耳善于
谋略，就将她作为战利品分给了他。
只见她先在他们面前放一张餐桌，
精致的桌面，平整光滑，带有黑色的
珐琅质桌腿；然后她端上一只青铜圆盘，
里面盛放着食物：下酒的葱蒜，淡黄色的
蜂蜜和用神圣的大麦粉做成的面食，旁边
放着老人从家里带来的精美酒杯，
上面装饰着许多黄金的铆钉，
双层底座，四个把手，每个把手上
雕着两只正在啄食的金鸽。每当酒杯
装满酒，就重得一般人很难移动，
老英雄举起它，却毫不费劲。女神
一样的赫卡墨得在酒杯里为他们调好
甘甜的普拉姆内亚美酒，又用青铜刨
刨进山羊奶的乳酪，然后撒上雪白的大麦粉。

她调好酒，恭请两位畅饮，他们
喝完，解除了喉咙里强烈的干渴，
于是，他们开始愉快地交谈起来。
而神一样的帕特罗克洛斯来到门口，
老人一见到他，就高兴地从闪亮的

座椅上跳起来，握住他的手，引他
进屋，请他入座。而帕特罗克洛斯
谢绝了他的邀请，站在他的对面说道：
“宙斯宠爱的老英雄，承蒙盛情，
但现在不是闲坐的时候。我那可敬
又易怒的主人派我来打听，你带回的
那位伤员是谁？现在，我已看见
他是士兵的领袖马卡昂。我将立刻
赶回去，向阿基琉斯禀报这个消息。
尊贵的老人家，你也知道他的为人，
脾气粗暴，很会无缘无故地对人发火。”

于是，格瑞尼亚的车战英雄奈斯托耳说道：
“阿基琉斯才不会关心哪位被投枪击伤的
阿开亚人的儿子呢！他对全军遭到的打击
根本就无动于衷，即使最杰出的将士都已
身负重伤，躺在海船旁！提丢斯之子、
强大的狄俄墨得斯已被羽箭射伤，而著名的
投枪手阿伽门农和奥德修斯也都中了枪；
欧鲁皮洛斯的大腿被箭射中过，还有我
刚从战场上带回的马卡昂，也受了箭伤。
阿基琉斯虽然骁勇，却对达奈人同胞既不
关心，也不怜悯，不知道他要等到什么时候？
难道要等特洛伊人冲破阿耳吉维人的防线，
杀到我们的海船边，放火烧掉船队那一刻？
等到我们达奈人一个接一个地被敌人杀死，
完全没有反抗的力气？但愿我能重返青春，
浑身充满了力量，就像当年一样——那时，
我们和厄利斯人因为牛群发生了争执，
我亲手杀了呼裴罗科斯那高贵的儿子、

住在厄利斯的伊图摩纽斯。我出于报复，
跑去抢他的牛，而他为了保护牛群奋起抵抗，
被我一枪射中，倒地毙命，吓得那些村民
惊恐万分，纷纷逃命。我们因此从厄利斯
夺走了大量的牲畜：五十群牛，同等数量的羊，
同样数量的猪群和分散牧放的山羊，
还有一百五十匹棕黄色的母马，其中的一些马
后面还紧跟着小马驹。我们连夜把畜群赶回
奈琉斯的城——皮洛斯。家父见了非常高兴，
因为我年纪轻轻，就出手不凡，满载而归。
第二天拂晓，传令官即扯开嗓门，召唤皮洛斯的
首领开会商议如何分配战利品，还把所有有权
向富庶的厄利斯讨还冤债[1]的人民召集起来。
埃皮奥斯人[2]欠皮洛斯人很多血债，
曾使我们人口减少，长期贫困。就因为
多年前强大的赫克托耳来攻打，
打死了我们中最强壮的英雄。
高贵无瑕的奈琉斯有十二个儿子，
现在只剩下我，其余都被他杀死。
披铜甲的厄利斯人因此更加蔑视我们，
对我们极尽迫害和凌辱。
“有一次，老国王奈琉斯选派四匹常胜的战马
和一辆战车去参加比赛，为赢得一个
三脚铜鼎的奖品，不料奥格阿斯王
把它们全都扣下来，除了驭手被放回，
让他带着愁苦走上归途——还用话语
将老国王侮辱，所以，出于对仇人的愤怒，

[1] 赫拉克勒斯曾为厄利斯王奥格阿斯清扫牛圈，国王拒付讲定的报酬，赫拉克勒斯生气报复，摧毁了奥格阿斯的城邦及其同盟者，其中包括奈琉斯的领地皮洛斯。

[2] 埃皮奥斯人：居住在厄利斯北部的部落，同厄利斯人。

年迈的奈琉斯挑选了一份最丰厚的礼物：
一大群牛和一大群羊，外加三百个牧人。
其余的战利品统统交给众人平均分配，
每个人都得到了应得的份额。
就这样，战利品分配完毕，全城都在祭祀神明。
第三天，厄利斯人和他们的快马开始
向我们大举进攻，一同前来的有两位
全副武装的摩利奥兄弟，当时他们
既年轻，又没有激烈战争的经验。

"在多沙的皮洛斯边城，远离阿菲俄斯河，
一座陡峭的山上，有一座城堡名叫斯鲁俄沙城，
厄利斯人包围了这座城，想把它摧毁。
而我们迅速越过平原，向那里进发，因为
在夜里，雅典娜从俄林波斯山上跑下，
给我们带来了神谕，让我们武装迎敌。
于是我们很快把皮洛斯人召集起来，这些
勇士并非行动迟缓，而全都是求战心切。
那会儿，奈琉斯觉得我对战争年轻无知，
不想让我去打仗，就把我的驭马和战车
偷偷地藏起。但我还是徒步赶去，
结果在这场雅典娜安排的战争中，
取得了比其他车战者更大的荣誉。

"有条米努埃俄斯河，在阿瑞奈附近
流入大海，我们皮洛斯将士和车马
就停在沿岸，等待神圣的黎明的到来。
之后，我们就迅速地披挂，整队出发，
中午时分，部队已行军至神圣的
阿尔菲俄斯河河岸，在那里，我们

向全能的大力之神宙斯献上丰盛的祭品，
给阿尔菲俄斯河的河神和波塞冬各献了
一头公牛，给灰蓝眼睛的雅典娜献了一头
从未上过轭的母牛犊。后来我们分队用餐，
随后，枕靠着兵器，和衣躺在河边宿夜。

“与此同时，豪放的厄利斯人从四面八方
包围了城市，急切地盼望一举捣毁城门。
但城门未破，阿瑞斯已为他们备好了礼物。
当太阳从地平线上升起，发出金色的光芒，
我们便祈祷过宙斯和雅典娜，开始战斗。
皮洛斯人和厄利斯人，两军一相遇，我
第一个就杀了奥格亚斯的女婿、投枪手
慕利俄斯，夺下了他的快马。他娶了
奥格亚斯的长女阿伽墨得。阿伽墨得有
一头秀发，生长在大地上的草药她都认识。
当他向我迎面冲来时，我投枪出手，
青铜的枪尖将他击倒在地；于是
我跳上他的战车，驶到阵前。豪放的
厄利斯人眼看他们中最好的勇士、车战
首领被我杀死，全都吓得四处逃命。
我奋力追击，像一股黑色的旋风，因此
抢获五十辆战车，每辆战车上的两名勇士
都被我用枪打倒，嘴啃泥土，俯身而卧。
那时，我完全可能杀了阿克托耳的后裔——
那两个年轻的摩利俄奈斯兄弟，若不是
他们的父亲，那力大无比的裂地海神
波塞冬将他们裹在浓雾里，救出了战场。
那次，宙斯赐给皮洛斯人巨大的胜利，
我们在空旷的平原追击敌人，斩杀无数，

也夺取了无数的铠甲和枪械，一直追到
盛产小麦的布普拉西昂和俄勒尼亚石岩，
以及被称作‘阿勒西俄斯丘陵’的山冈。
雅典娜女神这才让我们的军队折回，而我
杀了最后一个敌人，并抛下了他的尸体。
这样，阿开亚人赶着快马，从普拉西昂
向皮洛斯凯旋，人们歌颂宙斯，因为光荣
属于他，而凡人中的荣誉属于奈斯托耳。

“这就是当时的我，假如这不是一场梦。
而阿基琉斯只能孤独地享受勇武带来的好处。
当我们全军覆没时，我想他一定会后悔，
但已经为时过晚。我的朋友，你还记得
临行时，你父亲墨诺伊提俄斯对你的嘱咐？
当时，他把你从吕西亚送往阿伽门农那里
卓越的奥德修斯和我正坐在厅堂里，你父亲
对你的教诲我听得一清二楚。那时，我们
正在阿开亚招兵买马，前去裴琉斯的
豪华而坚固的宫殿，我们在那里见到了
英雄墨诺伊提俄斯、你，还有阿基琉斯，
而车战老英雄裴琉斯正在庭院里，
向制造雷电的宙斯献祭烧烤的肥嫩牛肉；
他手握带把儿的金杯，把晶亮的美酒洒向
焚烧的祭品；你们都在忙着切割牛肉。
当我们出现在大门边，阿基琉斯看见
我们就兴奋地跳起来，抓住我们的手，
将我们引进屋，让了座，递上稀客享受的
美食佳肴。等我们酒足饭饱，满足了食欲，
我便开始说明来意，劝说你俩参加战争。
你俩非常愿意，于是两位父亲便叮嘱你们。

年迈的裴琉斯告诫儿子阿基琉斯，要他
永远作战勇敢，成为出类拔萃的将领；
而阿克托耳之子——你的父亲墨诺提俄斯
对你这样叮咛道：‘我的孩子，阿基琉斯
比你高贵，也比你有力，但你比他年长，
你可以给他一些忠告和明智的劝导，
作为朋友，他也许会听从你的意见。’
这便是老人的嘱托，你却已经遗忘。
可即使现在，你仍然可以向他进言，
借助神的力量，你的劝告可能会
感动他，朋友的忠告自有它的好处。
假如他心里惧怕某个预言，或者他的
母亲已向他传达了宙斯的旨意，
他也该让你带领慕耳弥冬人出战，
这样或许会给达奈人带来一丝拯救的希望。
但愿他把自己那套精美的铠甲借给你，
特洛伊人可能就会以为你是他，而停止作战，
筋疲力尽的阿开亚人的儿子就可喘一口气，
用不着太久便能恢复体力，
而养兵千日的你们，就能把疲乏的特洛伊人
从船队和营寨旁赶回城去。”

奈斯托耳的话，感动了帕特罗克洛斯，
激发了他的斗志，他马上沿着海船，
跑去见埃阿科斯的后裔阿基琉斯。
然而，当帕特罗克洛斯跑到高贵的
奥德修斯率领的船队边，那里也是
人们集会、军事审判、设祭坛的场所，
他遇到大腿中了箭伤的欧阿蒙之子、
卓越的欧鲁皮洛斯，只见后者正瘸着

受伤的腿，从战斗中撤下来；伤口
流着黑血，汗水顺着他的脸颊和肩背
往下淌，尽管他的意志仍然很坚强。
墨诺伊提俄斯强壮的儿子看了很怜悯，
对他说道，轻柔的话语仿佛长出了翅膀：
“可怜的人，达奈人的将领和国王们，
难道你们注定要在远离故土和亲友的
特洛伊，用你们白嫩的皮肉喂饱饿狗？
告诉我，宙斯养育的英雄欧鲁皮洛斯，
阿开亚人还能不能抵挡高大的赫克托耳
的进攻？或者，咱们在他的枪下必死无疑？”
听他这么说，于是受伤的欧鲁皮洛斯回答：
“告诉你，神一样的帕特罗克洛斯，
阿开亚人将束手待毙，毫无回天之力，
他们正被赶回漆黑的船队。我们所有
最勇敢的将士都已受伤，中了
特洛伊人的枪或箭，都在船边倒下，
而特洛伊人的兵力却在不断增加！
你快过来救救我，扶我去漆黑的海船，
替我从腿部的伤口中拔出箭矢，用热水
洗净黑血，再往上面敷贴有效的药膏。
人们说，你从阿基琉斯那里学来这手本领，
而阿基琉斯的绝招得自最聪明的马人喀戎。
至于我们的医生——马卡昂自己也已受了伤，
躺在营帐里，本身就需要一个高明的医生，
而波达雷里俄斯，正在平原上同特洛伊人打仗。”

听完这席话，只听墨诺伊提俄斯之子这样说道：
“英雄的欧鲁皮洛斯，这事可真难办，
我正急着赶回去，好把格瑞尼亚的奈斯托耳

叫我捎的信息带给战场的灵魂阿基琉斯，
不过，我不会眼看着你受折磨，丢下你不管。”
他一边说着，一边扶起勇士，把他搀进帐篷，
同伴看见，马上铺开牛皮，安顿他躺下；

帕特罗克洛斯用刀子从欧鲁皮洛斯的大腿上
剐去尖锐的箭矢，用温水洗去黑红的血污，
然后，把一块镇痛的根茎用手拍打并研碎，
敷在伤口上，止住了疼痛；伤口变干，止了血。

第十二卷

阿开亚再次遇险

就这样，当墨诺伊提俄斯那勇敢的儿子
在帐篷里照料受伤的欧鲁皮洛斯的时候，
阿耳吉维人却和特洛伊人展开了殊死混战。
达奈人为了保护船队和营寨而筑起的防护墙，
以及绕墙修建的壕沟，已经不能阻挡特洛伊人的
进攻，因为他们筑墙开沟时并未向众神贡献
丰盛的祭品，违背了不朽的神的意志，
所以这些东西无法在人世间坚固地长存。
只要阿基琉斯怒气不消，赫克托耳还没死，
普里阿摩斯国王的城堡一日不被攻破，
阿开亚人的防护墙还能稳稳地站立一日；
但如果特洛伊人中最勇敢的人全都战死疆场，
普里阿摩斯的城堡在第十个年头被攻克，
许多阿耳吉维人也长眠异乡，只剩下少数人
驾着海船返回他们可爱的故乡，到那时，
波塞冬和阿波罗就会把从伊达山上泻入大海的
所有河流都引来，冲毁这堵人造的城墙。
这些河流是：卡瑞索斯河、赫普塔波罗斯河、
卡瑞索斯河、罗底俄斯河、格瑞尼科斯河、
埃塞波斯河，以及神圣的斯卡曼得罗斯河——
还有西摩埃斯河，许多战士在那里倒下，

河底翻滚着无数的头盔和牛皮盾牌，还有
这些像神一样的凡人跌跌撞撞的亡灵。
福波斯·阿波罗会把这些河流汇聚在一处，
让滔滔不绝的洪水，一连九天冲击着防护墙，
宙斯也会帮忙降下暴雨，尽快把墙垣冲入大海。
裂地海神手持三叉戟，亲自动手，引来巨浪，
把阿开亚人用无数木料和石块辛苦筑起的防护墙
冲走，他要冲毁一切，甚至夷平赫勒斯庞特海
的海岸，将沙石铺平宽阔的海滩。等事情办完，
他又重新将河流引回原来的河道，让它们继续奔腾。

这就是波塞冬和阿波罗以后会干的事情，
现在，坚实的防护墙外两军正在恶战。
防护墙不断受到撞击，木质结构的雉堞[1]
发出震动的声响。在宙斯的无情催逼下，
阿耳吉维人全线崩溃，挣扎着逃向船队，
他们都害怕强有力的赫克托耳的威势，
只见他像旋风一样勇猛冲杀，好像
一头野猪或狮子被猎人和猎狗围堵，
遭到猛烈的攻击，向它投出密集的矛枪，
发出无数锐利的箭矢，但高傲的野兽
毫不惧怕，自恃力强，没有逃跑——
它死于自己的勇敢——反而不断地反击，
试图冲破围攻它的猎狗和人群，
所到之处，猎狗和人群纷纷退避。
赫克托耳也这样，左冲右突，不停地
召唤同伴们跨越壕沟。于是，壕沟边
战马纷纷扬起前蹄，高声嘶鸣，但它们

[1] 雉堞：古代在城墙上面修筑的矮而短的墙，守城的人可借此掩护自己。——编者注

害怕壕沟的宽阔，不敢一跃而过，
因为阿开亚人的儿子们，把壕沟的两岸
做成垂直的壁垒，又在沟底插满了
密集而锋利的尖木桩，有力地阻挡了
特洛伊人的车马的进攻。见此情景，
普鲁达马斯走到勇敢的赫克托耳的身边，
对他说道：“赫克托耳，特洛伊人的首领
和盟友们！我们要让车马越过壕沟，
这想法实在太愚蠢，沟中插满了尖木桩，
而且，前面有阿开亚人筑起的防护墙，
战车既不能过沟，士兵又不能下车战斗，
因为那地方实在太窄小；倘若阿耳吉维人
回转身，从船边对我们反击，把我们
逼进这条又宽又深的壕沟，我真担心到时，
连一个人都没法从阿开亚人的手里逃生
回去报信。但愿至高无上的雷电之神
宙斯真心帮助特洛伊人，让阿开亚人
遭到彻底的毁灭，让他们可耻地死去，
远离阿耳戈斯；我的天，但愿这个时刻
早一点到来！请各位倾听我的建议，
按我说的去做——让我们的驭手，
看住车马，守在壕沟旁，而我们自己，
都得下车，全副武装地徒步冲过去，
跟着赫克托耳，人多势众，一拥而上，
到那时，阿开亚人一定无法抵挡，
假如他们注定要遭到灭亡。”

赫克托耳高兴地采纳了他的聪明建议，
立即全身披挂地从战车上跳了下来。
其他特洛伊人也纷纷效仿，迅速离开战车。

他们吩咐驭手，把车马停在壕沟边，排列
整齐的队伍；自己则编成五队，组成
严密的战阵，跟随各自的将领出发。

赫克托耳和杰出的普鲁达马斯率领的队伍，
人数最多，也最勇敢，每个人都踌躇满志，
盼望着捣毁防护墙，冲向阿开亚人的船队，
队伍中，开勃里俄奈斯作为首领，排位第三，
赫克托耳派另一位稍差的勇士驾驭自己的马车。
帕里斯率领另一支队伍，阿尔卡苏斯和阿格诺耳
做他的副将。第三支队伍由普里阿摩斯的两个儿子
赫勒诺斯和卓越的德伊福波斯率领，阿西俄斯
担任第三首领，他是呼耳塔科斯的儿子，骑着
黄褐色的高头大马，从塞勒埃斯河畔的阿里斯贝
前来打仗。领导第四支队伍的是安基塞斯之子
高贵的埃涅阿斯，安忒诺耳的两个儿子辅助他。
他们是精通各种战术的阿耳开洛科斯和阿卡马斯。
第五支队伍由萨耳裴冬率领的盟军组成，
他任命格劳科斯和好斗的阿斯忒罗派俄斯
作为自己的副将，因为他认为，他们是
除他以外，全军最为杰出最为骁勇的英雄。
于是，这些人举起牛皮盾牌，彼此连成墙阵，
斗志昂扬地朝达奈人逼过来，心想不会受到
任何阻挠，可以长驱直入地冲到他们的船队。

所有特洛伊人和他们的盟友，都接受了
杰出的普罗马科斯的策略，只有首领
阿西俄斯——呼耳塔科斯之子不愿执行。
他没有把车马留给守在壕沟边的驭手看管，
而是驾着战车，驶向阿耳吉维人的快船。

他的愚蠢注定他不能逃避邪恶的死亡，
乌黑的命运借助高贵的丢卡利昂之子
伊多墨纽斯的矛枪，死死地抓住了他，再也
不让他从阿开亚人的船边回到多风的伊利昂。
只见阿西俄斯把战车赶往船队的左侧，
那里正聚集着从平原上撤下的大批人马。
他发现防护墙并没有被粗长的门闩关合，
阿开亚人开着大门，是想要接应撤回来的
战友。于是阿西俄斯鲁莽地策马冲过去，
身后跟着呐喊的士兵，都以为阿开亚人
早已无力抵抗，他们将径直冲向漆黑的船队。
但是，两名凶猛异常的将领正在墙门前等着
这些愚蠢的人，他们是矛枪好手拉丕赛人的
儿子。一位是裴里苏斯之子、强壮的波鲁波伊忒斯，
另一位是勒昂丢斯，狂暴如战神阿瑞斯。
两位英雄沉稳地站在高高的墙门前，
好像高山上的两棵挺拔的橡树，树冠茂盛，
任凭日复一日的暴风雨的侵袭，粗壮的
树根依然紧紧地抓住大地，岿然不动。
他们也这样，恃着勇气和强大的膂力，
面对凶猛的阿西俄斯的进攻毫不退避。
而特洛伊人高举牛皮做的盾牌，喊杀震天，
对着建筑坚固的防护墙，直扑过来。
阿西俄斯的周围是这些将士：亚墨诺斯、
俄瑞斯忒斯、阿西俄斯之子阿达马斯，
还有俄伊诺毛斯和索昂；当时，拉丕赛人
正在墙内催促穿胫甲的阿开亚人保卫
船队，而达奈人却惊叫着四处溃散，
当他俩看见特洛伊人正冲向防护墙时，
连忙跑出来，站在墙门前准备迎战敌人。

这就像两头野猪，在山上等候步步逼近的
猎人和叫嚣的猎狗，然后它们横冲直撞，
牙齿磨得直响，撞倒一棵棵大树，把树
连根拔起，碾成碎片，直到被人投枪击中，
夺走它们的性命——两位拉丕赛人也这样，
护胸的闪亮铜甲承受着枪箭的击打，不断
发出哐哐的声响，他们如此拼命搏杀，
为了自己，也为了营寨和快船上的战友。
战士们从坚固的防护墙上向下投掷大石块，
仿佛强烈的暴风扫过乌云，纷扬的鹅毛雪片
突然降落富饶的大地，顷刻间铺起厚厚的积雪。
当时阿开亚人和特洛伊人也这样，互掷石块，
那磨盘一样巨大的石块，雨点一般砸在各自的
头盔和中心突起的盾面上，发出沉闷的声响。

这时，呼耳塔科斯之子阿西俄斯大声哀叹，
用巴掌拍打自己的大腿，愤愤不平地叫喊：
“宙斯父亲，原来你把我们骗了！我从未想到
这些勇敢的阿耳吉维人能够挡住我们
所向无敌的双手和力量。那就像
在岩石小路边筑巢的细腰黄蜂和蜜蜂，
绝不甘心放弃多孔的蜂穴，为了自己的
后代，和采蜂人展开了殊死的搏斗。
他们只有两个人，却不愿离开墙门，
除非杀了我们，或者被我们结果！”

他这样呼吁，却未能改变宙斯的主意，
因为宙斯已决定要让赫克托耳得到荣誉。
这时，其他各队特洛伊人正在进攻不同的墙门，
而我却不能像神明那样，把详情在此一一吟诵。

沿着长长的防护墙，残酷的战斗像燃烧的火焰
处处蔓延，阿开亚人处于劣势，为了保卫船队
只得继续战斗。所有以前助佑过达奈人的神祇，
此时心情都很沉重。尽管如此，两位拉丕赛
英雄仍在顽强地抗击敌人，展开了殊死的搏斗。

这时，裴里苏斯之子、强有力的波鲁波伊忒斯
掷出长枪，击中了达马索斯带有护颊铜片的头盔；
头盔挡不住矛枪，青铜的枪尖直捣头骨，
脑浆迸裂，激烈进攻的敌人就这样应声倒下。
接着，他又杀死了普隆和俄耳墨诺斯。
与此同时，阿瑞斯的后裔勒昂丢斯
击倒了安提马科斯之子希波马科斯。
勒昂丢斯先是用枪刺中他的腰带；然后
从剑鞘中拔出长剑，冲过拥挤的人群，
和安提法忒斯短兵相接，一剑击中后者，
使他仰面栽倒；勒昂丢斯接下去又杀了
墨农、俄瑞斯忒斯和亚墨诺斯，使他们
一个接一个地倒在富饶肥沃的大地。

正当两个拉丕赛人动手剥取死者的铠甲，
赫克托耳和普鲁达马斯率领的队伍，
虽然人数最多，也最勇敢，急切地
盼望摧毁防护墙，放火焚烧船队，
却仍然犹豫不决地站在壕沟边缘。
因为他们刚要跨过壕沟时，左前方的
天空中随即出现了一只老鹰，它的利爪
抓着一条大蛇。蛇是血红色的，扭着身子
还在挣扎，正用利齿撕咬它的捕猎者。
突然他在老鹰脖颈边的前胸咬了一口，

老鹰痛得松开了爪子，将大蛇丢下，
让它落到了地上，然后大声尖叫着，
随着阵风展翅飞去。
特洛伊人望着这条躺在他们中间的盘蛇大惊失色，
显然它是携带神盾的宙斯的预兆之物。
于是普鲁达马斯走到赫克托耳身边说：
“赫克托耳，在公民大会上，即使
我的意见正确，也会招来你的反驳，
因为你不允许一个普通人公开和你
唱反调，无论在议会，还是在战场，
你总是维护自己的威严，独行已见。
可现在，我仍要说出我认为是最好的意见：
让我们在达奈人的船边停止进攻吧，
如果老鹰给特洛伊人带来的预兆真实，
我真担心会出现预兆所显示的结局。
老鹰飞翔在队伍的左前方上空，
爪中抓紧一条活着的血红色大蛇；
老鹰突然把大蛇抛掉，来不及带回家
去喂雏鸟——我们也会这样，即使
费尽兵力把阿开亚人打退，攻破防护墙
和墙门，我们仍然不能安然地原路返回。
我们将不得不把许多特洛伊人留下，任凭
保卫船队的阿开亚人用青铜兵器将他们戮杀！
这便是受人信赖的预言家的占卜，
相信他能够明白预兆的真正喻义。”

听他这么说，头盔闪亮的赫克托耳很气愤，
对他怒目而视，高声嚷道：“普鲁达马斯，
你的话让我厌烦，你是聪明人，完全想得出
更好的建议。如果这些话确实出于你的真心，

我想，一定是神明使你失去了理智，忘记了
雷电之神宙斯的神谕，那是他亲自告诉我
并答应实现的。你要我相信飞鸟的预兆，
可我根本不会在意这一套，管它向左向右飞，
还是迎着落日或黎明。我唯一信赖的是
统治永生的诸神和生生死死的凡人的伟大之神
宙斯的意志，最好的征兆就是保家卫国。
为何你竟如此害怕参加战斗，与敌厮杀?
即使我们都死在阿耳吉维人的船边，躺在
你的周围，你也不会有送命的危险，因为
你没有英雄的胆量，战斗的决心又不够坚定!
但是，假如你畏缩不前，想逃避打仗，或者
挑唆别人退出战斗，我就要让你死在我的枪下！”

说完，赫克托耳身先士卒，带着队伍冲过去，
特洛伊人粗野地喊叫着，紧紧跟随在他身后。
制造雷电的宙斯从伊达山为他们送来一股
强烈的风暴，卷起沙尘，直扑海船，迷惑了
阿开亚人的心智，并把巨大的荣誉赐给了
赫克托耳和特洛伊人。特洛伊人凭着宙斯的
预兆和自己的勇气，勇猛冲锋，试图捣毁
阿开亚人结实的防护墙。他们打破了外墙，
毁坏雉堞，拔除了阿开亚人插进地里、作为
墙基的木桩。他们这样做，希望以此推翻
阿开亚人的防护墙。但达奈人并没有后退，
而是用牛皮连在一起挡住雉堞的缺口，
居高临下地把箭矢和石块投向冲过来的敌人。

两个埃阿斯在防护墙上来回巡行，敦促
士兵们勇敢作战，激发阿开亚人的斗志。

他们对一些人温和地赞扬，如果发现有人
想逃避战斗，就对这些人严厉地斥责：
“朋友们，无论是阿耳吉维人中的精英，
还是一般的普通老百姓，在战斗中，
每个人都表现不一，但你们自己也
看到了，今天我们必须同样地拼命。
谁也不许害怕敌人，掉头逃回海船，
而应该互相鼓舞斗志，勇往直前。
但愿俄林波斯山上的雷电之神宙斯，
助佑我们，把敌人打退回特洛伊城！”

他俩这样喊叫着，激发了阿开亚人的豪情，
好像统治万物的宙斯，给冬天降下密集
纷飞的大雪，向凡人显示他的能力和威仪。
他让风停歇，使大雪不停地落下，直到
覆盖了山峦起伏的高山和突起的悬崖峭壁，
覆盖了多草的平原和农人肥沃的良田；
雪还飘落到灰蓝色的大海，洒遍港湾和海滩，
所有的一切都被笼罩在宙斯带来的白色之中，
只有汹涌的海浪能够把它们冲破、浸没。
就这样，特洛伊人和阿开亚人，双方互相
投掷密集的石块，来自不同方向的石块
漫天飞舞，防护墙被击得发出聩耳的响声。

尽管如此，特洛伊人和显赫的赫克托耳
仍然不能攻破防护墙，捣烂坚固的门闩，
这时，足智多谋的宙斯派他的儿子萨耳裴冬——
好像牛群里的狮子一般——冲向了阿耳吉维人。
只见他迅速移过等径的大圆盾，挡在身前，
那面盾牌由能工巧匠用青铜精心地打造，

内里衬着多层结实的牛皮，边沿用黄金铆钉
密密地钉紧。他就是挺着这面盾牌，舞着长枪，
健步冲上去，好像一头山林里的狮子，长期
没有闻到血腥，就受到它高傲的狮子心灵的
驱使，打算闯入坚固的羊栏，捕食肥羊；
尽管牧人带着投枪和猎狗就在旁边看守，
但狮子毫不顾忌，试图一跃而起，逮住肥羊，
要么拼命地扑上去，不惜被敏捷的双手掷出的
投枪击毙，反正它不愿一无所获就离开羊栏。
神一样的萨耳蜚冬也这样，勇敢的心灵
驱使他前去摧毁防护墙，捣烂墙上的雉堞。
只听他对希波洛科斯之子格劳科斯喊道：
“格劳科斯，为什么吕西亚人如此尊敬我们，
把我们视若神明？给我们坐最尊贵的席位，
让我们享受香肥的肉食和满杯的美酒？
我们又得以拥有珊索斯河畔大片的土地，
那丰收的葡萄园和盛产小麦的良田和农庄。
因此，我们现在应该站到吕西亚人的
最前列，大无畏地投身这场炽烈的战斗，
披铜甲的吕西亚人才会这样评论我们：
‘虽然统治吕西亚的国王、我们的领袖
享受着香肥的肉食和满杯的美酒，但他们
无愧于获得的尊荣——他们确实非同常人，
作战勇猛，冲锋陷阵于吕西亚人之前。’
我的朋友，假若我们能从这场战争中
生还，便可永葆青春，与天地共存，
我就再也不会站在队伍的前排作战，
也不会要你投身这人们争得荣誉的战场。
但现在，死亡之神正挨近我们的身边，
谁也逃不过他的阴影，那就让我们上吧，

要么为自己争得荣誉，要么把它让给敌人！”

听他这么说，格劳科斯听从了他的命令，
两人便率领大批吕西亚士兵，朝防护墙扑来。
裴忒俄斯之子墨奈修斯看见，胆战心惊，
因为他们正气势汹汹地扑向他守卫的墙堞。
墨奈修斯扫视阿开亚人的防护墙，希望能
找到一位能来帮忙的将领，避开灭顶之灾。
他一眼看见了两位百战不倦的埃阿斯
正站在墙上，而丢克罗斯这时也走出了
帐篷，来和他们一起作战。于是他大声喊叫，
但他的呼喊声无法让他们听见，因为现场
声音嘈杂，极其混乱——枪箭击打在盾牌上，
饰马鬃的铜盔互相碰撞，还有逼近的特洛伊人
正试图强行突破墙门，到处发出震天的响声。
他只得派传令官苏忒斯去叫埃阿斯：
“杰出的苏忒斯，赶快出发，去把埃阿斯请来，
最好把两位都叫来，因为这里眼看就要顶不住，
吕西亚人的将领已疯狂地杀过来；但如果
他们那里也很紧张，面临艰苦的战斗，
至少能让忒拉蒙之子、勇敢的埃阿斯前来，
但愿把精通箭术的丢克罗斯也一起叫上。”

听他这么说，传令官马上奉命快速地跑去，
沿着披铜甲的阿开亚人的防护墙，来到两位
埃阿斯的跟前站定，对他们急切地说道：
“两位埃阿斯，披铜甲的阿耳吉维人的首领，
神一样的裴忒俄斯心爱之子、宙斯的宠人
墨奈修斯，求你们去他那里救援，
哪怕片刻时间，也可替他分忧解难。

两位最好都能去，因为那里眼看就要顶不住，
吕西亚人的将领已疯狂地冲过去；但如果
你们这里也很紧张，正面临艰苦的战斗，
至少能让忒拉蒙之子勇敢的埃阿斯前去，
但愿把精通箭术的丢克罗斯也一起叫上。”

听他这么说，忒拉蒙之子埃阿斯马上行动，
马上向在旁边的俄伊琉斯之子埃阿斯
喊道，快捷的话语仿佛长出了翅膀：
“埃阿斯，你和强健的鲁科墨得斯在此防守，
督促达奈人继续战斗；我要赶到那一边去援助，
一旦打退敌人，帮他们解了围，立即返回此处。”

说完，忒拉蒙之子埃阿斯转身离去，
身后跟着他的同父异母兄弟丢克罗斯，
潘狄昂背着丢克罗斯的弓箭随他们同往。
他们沿着防护墙的内侧行进，来到豪放的
墨奈修斯守卫的墙堞，发现吕西亚人
勇敢的将领像一股黑旋风正对他们猛攻，
埃阿斯等人就扑了上去，呐喊着迎敌。

忒拉蒙之子埃阿斯首先得手，他从墙堞边
的石堆上抓起一块大石头，击倒了
萨耳裴冬的同伴、豪放的厄丕克勒斯。
那块石头体积巨大，身强力壮的人，
即使用两手抱，也很难将它抬起，但
埃阿斯却把它举过头顶，砸在厄丕克勒斯
那顶带有四个盔角的头盔上，把他头骨
砸烂，脑浆迸裂，勇士随即倒在地上，
像一个跳水者，从高高的防护墙上一头

栽下，灵魂很快离开了他的躯体。
而丢克罗斯看见希波洛科斯那强有力的
儿子格劳科斯，正在攀爬防护墙，
膀子完全裸在外面，就一箭射过去，
将他射伤；格劳科斯中箭无心恋战，
就偷偷地从墙上跳下，生怕被阿开亚人
看见，受他们的嘲笑。萨耳裴冬发现
格劳科斯已受伤撤退，心里很难过；
然而他没有停止战斗，继续投枪出手，
一枪刺中了塞斯托耳之子阿尔克马昂，
很快又把矛枪从阿尔克马昂身上拔出来，
后者受他拖拉，一头栽倒在泥地里，
闪亮的青铜铠甲还在身上哐哐作响。
萨耳裴冬又伸出强劲的双手，抓住雉堞
摇晃，用力地扳拉，整排雉堞随即坍塌，
墙垣暴露，为众人的进攻打开了缺口。

这时，埃阿斯和丢克罗斯都朝他扑过来。
丢克罗斯向他瞄准，一箭射中他勒在肩上的
系盾牌的闪亮的背带，但宙斯不愿儿子
死在阿开亚人的海船边，替他挡开了死亡。
埃阿斯又冲过来，投枪出手，一枪击中
萨耳蜚冬的盾牌，虽然没有穿透盾面，
却阻挡了他的进攻，逼他从雉堞上后退几步，
但他渴望争得荣誉，仍未最后放弃战斗。
只见他转身对神一样的吕西亚人高喊：
“吕西亚人，你们怎么突然失去了勇气？
无论我多么强大，也难以独自一人破墙，
打开通往船队的道路。大家一起来吧，
人多势众，才能取得辉煌的胜利！”

听萨耳裴冬这么说，士兵们因为畏惧他
便鼓起勇气，围到他的身边发起了猛攻。
而防护墙内的阿耳吉维人也整顿好队伍，
加强防御，双方随即形成了紧张的对峙。
强壮的吕西亚人不能摧毁防护墙，打开
通往船队的道路；而达奈人的投枪手
也无力挡开已经逼到墙脚的吕西亚战士。
这就像两个农人，拿着丈量的长杆
划分地界的位置，为了一小块面积
而发生了争执——防护墙将两军隔开，
双方不断越过雉堞互相攻击，护胸的
等径圆盾和牛皮大盾，被击得饰穗飞扬；
许多人被无情的青铜扎得皮开肉绽，
受到重创；也有的人因为掉转身子
暴露了脊背，而受到了攻击；更多人
则因为盾牌被击穿，而死于敌人的枪箭下。
整座防护墙和一排排的雉堞，被特洛伊人
和阿开亚人的鲜血浸染。尽管如此，
特洛伊人仍然不能打垮对手，使他们后撤，
好像一个辛勤的女工，在天平的两端
分别放上羊毛和砝码，仔细地称量，
好挣来微薄的收入，养活心爱的孩子。
那激烈的战斗也这样势均力敌，难分胜负，
直到宙斯决心把更大的荣誉赐给赫克托耳，
让普里阿摩斯之子第一个冲进阿开亚人的
防护墙。只见他提高嗓门疾呼，声音大得
让特洛伊人都听得见："驯马的特洛伊人，
鼓起劲来！让我们冲破阿耳吉维人的
防护墙，把烈火扔上他们的海船！"

每个人都听见他这么喊，特洛伊人
受到这番鼓励，纷纷手持锋利的矛枪，
密密麻麻地扑向防护墙，攀登雉堞。
赫克托耳随手从墙门前抓起一块
大石头，那石头底部粗粝硕大，
上部有犀利的棱角，现在的人，即使
两个最强壮的普通人，也难以将它抬起。
但赫克托耳却凭借一己之力，轻而易举地
将它从地面举起，因为智慧的克罗诺斯之子
为他减轻了巨石的重量，就像一个牧人用手
轻松地抓起一头羊的绒毛，不觉得它有分量。
赫克托耳也这样抓起石块，向着防护墙走去，
只见两扇坚固的墙门紧紧地关闭，上面
两个滑动的扣环被一根门闩紧紧地锁定。
他冲到墙门前，叉开双腿，站稳脚跟，
用足力气，投出巨石；石块砸到墙门上，
砸烂了门边的铰链，并顺势飞入门中。
门闩吃不起重量，发出断裂的声响，
门板支持不住，朝两边倒塌成碎片。
尊贵的赫克托耳提着两支矛枪，猛地冲进去，
脸色乌黑，就像突然降临的黑夜，而身上
披挂的铠甲，发出令人畏惧的光芒。
这时，除了天上的神明，谁也别想将他
阻挡，只见他两眼喷着火，飞身冲进墙门。
他又回转身，激励特洛伊人越过防护墙，
许多人听他的召唤，爬过了城墙，有的人
从坚实的墙门里迅速地涌入。达奈人因此
惊慌失措，在宽大的海船一带拼命逃窜，
乱作一团，喊叫声震天动地，经久不息。

第十三卷

阿开亚人的勇敢战斗

宙斯把特洛伊人和赫克托耳引向船队，
让他们在那里经受无穷的战斗和苦难，
自己则把明亮的目光移向远方，观察着
擅长车战的色雷斯人、擅打近仗的慕西亚人、
高傲的喝马奶的希波摩尔戈伊人和人中
最为刚直无私的阿比俄伊人居住的土地。
他不再把明亮的目光投向特洛伊大地，
也不再考虑神祇中谁还敢降落凡间，
去帮助特洛伊人或达奈人军队作战。

但强大的裂地海神却没有闭上眼睛，
他高踞色雷斯对面、林木繁茂的
萨摩斯山的山巅，从那里可以看到
伊达山的全景，把普里阿摩斯的城堡，
和阿开亚人的船队，尽收眼底。
他从水中浮出后就坐在那里，目睹
阿开亚人遭受特洛伊人的痛击，
心生怜悯，对宙斯的行为充满了怨愤。

只见波塞冬突然从岩石嶙峋的山峰站起，
迅速离开那里，高高的山岭和茂密的森林

随着波塞冬的走动，在他不朽的脚底摇晃。
他跨出三大步，第四步就到了他要去的地方
埃伽伊，他的行宫就建在那里的大海深处。
当他来到那座永不败坏、闪着金光的宫殿时，
就把他的两匹金鬃飘飘的追风铜蹄马，套上
战车，又把黄金的铠甲披在自己的身上，
然后抓起精制的黄金马鞭，登上了战车，
他驾着战车破浪向前。各种海兽得知海神到来，
纷纷从各个角落的洞穴里冒出，前来迎候。
海水在他面前欢快地分开，神马载着他，
在中间飞速奔驰，连青铜的车轴都没有被
弄湿，一直驶向阿开亚人的船只。

在忒奈多斯岛和岩石重叠的英勃罗斯岛之间，
有一片深邃的大海，海底深处有个宽阔的洞穴。
裂地海神波塞冬就把车马赶进了这个岩洞，
解下轭辕，松开缰绳，给马拿来天界的饲料，
放在马蹄前，供它们咀嚼，然后给马蹄套上
永远挣不断、滑不脱的黄金链条，让神马
留在原地休息，等候主人的归来，波塞冬自己
则收拾停当，匆匆朝阿开亚人的营寨出发。

而这时，特洛伊人正像一团烈火和风暴，
跟着普里阿摩斯之子赫克托耳，呐喊着
不停地冲锋，满心希望能够攻下阿开亚人的
船队，把他们的精兵强将全都杀死在海船边。
于是，环绕并震撼大地的海神波塞冬从深海里
出来，托身卡尔卡斯的形象，并模仿他那坚定的
声音，前来鼓励阿耳吉维人。他首先遇到
豪情满怀的两位埃阿斯，就对他们这样说道：

“两位埃阿斯，如果你们能像以前那样勇敢，
不顾恐惧绝不后退，你们就能拯救阿开亚人。
我不担心别的地方被无敌的特洛伊人攻破——
尽管他们已经涌入防护墙——穿胫甲的阿开亚
士兵自会将他们阻挡，我最不放心的是这里，
那个疯狂的赫克托耳自称是万能的宙斯的儿子
正领着人冲过来，我唯恐这儿发生险情。
但愿哪位神祇能给你们带来坚定的信心，
顽强地守住阵地，并鼓励其他将士继续战斗。
这样，尽管他凶猛，你们仍可把他阻挡，从
船队边赶回，哪怕俄林波斯主神亲自在督战！”

说完，环绕并震撼大地的海神波塞冬举起
权杖，轻轻拍打他俩，给他们注入巨大的
力量，使他们的四肢和关节顿时变得轻松异常。
随后，他转身离去，好像一只展翅飞翔的雄鹰，
从高不可攀的悬崖峭壁上腾空而起，俯冲下来，
敏捷地扑向平原上的飞禽。裂地海神也这样，
迅速地离开两位埃阿斯。两位中，俄伊琉斯之子、
捷足的小埃阿斯首先认出他是一位神，便对
忒拉蒙之子埃阿斯说：“埃阿斯，我看他是
一位天神，和俄林波斯山的其他神祇一样。
他以占卜师卡尔卡斯的模样出现，要我们坚守
在海船边。但他不是善辨鸟踪的卡尔卡斯，
因为我从他身后观察，他离去时的足迹和步态，
很容易认出他是一位神祇。现在我的心在胸中
激荡起来，它急切地催我去战斗，同敌人厮杀！”

听他这么说，忒拉蒙之子埃阿斯这样回答：
“我也和你一样，这双握着矛枪的强大之手，

正在激动地发抖，我的力气已变大，双脚
也轻松自如，它们正在把我催促！我甚至
要和那个不知疲惫的普里阿摩斯之子
赫克托耳单打独斗，拼个你死我活。”

他们这样互相鼓励，交换心中的感受，
愉快地体验着神明在他们身上注入的力气。
这时，环地之神正在他们身后鼓励那些
阿开亚士兵，他们挤在船边，身心疲惫，
眼看众多特洛伊人蜂拥着越过防护墙，
冲了过来，心情十分悲伤，热泪盈眶，
以为不会有救，难以逃脱必然的灭亡。
而裂地海神要他们重新排成强大的队阵，
他上前鼓励丢克罗斯和雷托斯，善战的
裴奈琉斯、德伊皮洛斯和阿索斯，以及
善于在战场上吼叫的英雄：墨里俄奈斯
和安提洛科斯。波塞冬对他们高声呼喊，
快捷的话语仿佛长出了翅膀："多么可耻，
阿耳吉维人，你们这些未经战火的新手！
在我看来，我们只要勇敢作战，就能保住
船队，使其免遭毁灭；但是，如果你们
回避这痛苦的战斗，今天就是你们的末日。
可悲啊，我遇到了一件多么罕见的事情，
我以前绝对不相信它会真正发生——
特洛伊人居然把我们逼到了海船边，
以前这些人在我们面前只有逃跑的份。
他们像一群胆怯的母鹿，只会在林中游荡，
一看见豺狗、花豹和灰狼就撒腿狂奔，
丝毫不会想到抵抗，最终成为猛兽的猎物。
特洛伊人以前也这样，从来不敢忽视

阿耳吉维人的力量，对我们并不会抵抗。
现在他们竟远离城市打到了我们的船边，
只因为我们统帅的过错和士兵的软弱。
他们和统帅不和，不愿挺身而出，保卫
自己的快船，宁可让敌人杀死在海船边。
然而，即使统治辽阔疆土的阿特柔斯之子
阿伽门农确实做错了事情，侮辱了阿基琉斯——
裴琉斯那捷足的儿子，我们也必须坚持战斗，
不应后退。让我们赶快消除隔阂，弥补
他们之间的伤痕，高贵的心灵容易抚慰。
你们却不应就此沉沦下去，把战斗的
激情熄灭，要知道，你们是全军中
最杰出的将士，不应给自己脸上抹黑。
我不想指责其他逃避战斗的胆小鬼，
这些可怜虫已不值得说，但对于你们，
我心中燃烧着关切的火焰，因为朋友们，
这样下去，你们很快会遭到更大的灾难。
现在，你们每个人都要振作起来，别忘记
英雄的勇气和惭愧，激烈的战斗已展开。
善于在战场吼叫的强大的赫克托耳，已
杀到船边，破了墙门，毁了粗长的门！”

环地之神波塞冬就这样鼓励阿开亚人，
让他们重新振作，他们立即在两个
埃阿斯周围布起强大的战阵，气势不凡，
即使战神阿瑞斯或喜欢督军的雅典娜
见了也不敢小瞧。这些被选出的精兵强将
排成几排，只见他们矛枪林立，盾牌连成
一大片；紧密的队伍，人挤人，圆盾叠着
圆盾，头盔挨着头盔，随着人头的转动，

带鬃饰的闪亮头盔就会互相碰撞，盔角磕擦，
手中的长枪稍一抖动就会被扭弯。他们就这样
排得密密实实，准备迎战特洛伊人和赫克托耳，
人们意志坚定、目不斜视地等待投身疯狂的拼杀。

只见特洛伊人密集的队伍扑了过来，
统帅赫克托耳冲在最前面。那就像
悬崖上的岩石被消融的冰雪冲刷，
变得滚圆，激流又把它冲离岩壁，
突然从上面崩了下来，一路翻滚撞击，
以不可阻挡之势，一直冲到平原才
停止不前。赫克托耳也这样，以为
会很容易越过阿开亚人的防护墙
和营寨，一直杀到停船的海边，
但是他遇到了这种密集的阵势，
进攻受到有力的阻碍，被迫停止不前。
阿开亚人的儿子们用利剑和双刃的矛枪
将他顶了回来，只得慌张地连连后退。
他心中虽然害怕，却仍然大声呼喊，
让全体特洛伊人都能听见："特洛伊人，
吕西亚人，还有擅打近仗的达耳达尼亚人！
快站稳阵脚！阿开亚人不可能一直挡住
我们，虽然他们的阵势密集得像一堵墙。
如果真是那位最有力的众神之主、赫拉
制造雷电的丈夫，前来激励我，不管
他们的队伍多密集，都会在我的枪下败退。"

他的这席话，鼓起了每个人的勇气和力量。
只见普里阿摩斯之子德伊福波斯，提着
等径的滚圆战盾，骄傲地跨出了队伍。

他在战盾的掩护下，迅捷地向前移步，
而墨里俄奈斯举起闪亮的长枪，向他
瞄准投掷。长枪没有落空，正好打在
敌人的牛皮盾牌上。可惜没有击穿盾牌，
枪尖却从枪杆上折断掉下。德伊福波斯
立即把盾牌从面前挪开，对英勇善战的
墨里俄奈斯这一枪深感恐惧。而墨里俄奈斯
赶快退回自己的队伍，心中很是气恼：
既失去了胜利，又丢掉了长枪。于是
他返身朝阿开亚人的营寨和船队方向
跑去，取回留在营帐里的另一支长枪。

众人继续苦战，那激烈的喊杀声震耳欲聋，
此起彼伏。忒拉蒙之子丢克罗斯首先得手，
击倒了拥有众多马群的门托耳之子、投枪手
英勃里俄斯，在阿开亚人的儿子们到来之前，
他住在裴代俄斯，娶了普里阿摩斯的私生女
墨得茜卡丝忒。但达奈人乘着头尾弯翘的海船
到来后，他就来到伊利昂，很受特洛伊人尊敬。
住在普里阿摩斯的宫中，普里阿摩斯待他如同
亲生儿子。现在，忒拉蒙之子的长枪击中他的
耳朵下方，随着枪尖的拔出，他砰然倒地，
像一棵屹立在高山上的白蜡树，很远就望得见
它的风采，被铜刃锯断时，柔嫩的枝叶四处飘散。
英勃里俄斯也这样倒下，精致的铠甲还在哐哐作响。
丢克罗斯朝他快步跑去，想去剥取他的铠甲，
正当他跑动之时，赫克托耳向他投出闪亮的矛枪，
但丢克罗斯及时发现了他，勉强躲过这一枪，
那铜枪却击中了正好冲上来的安菲马科斯的胸膛，
他是阿克托耳的后裔、克忒阿托斯的儿子。

英雄随即应声倒地，铠甲还在身上哐哐作响。
赫克托耳便扑上去，要去抢豪放的安菲马科斯
戴在头上、帽檐扣得脑门正合适的头盔。
这时，埃阿斯向他掷出了闪亮的投枪，
但矛枪并未刺中赫克托耳，因为他的全身
裹着坚实的铜甲。可矛枪扎进了他那面中心
突起的盾牌，一股强大的冲力使他站立不稳，
后退了几步，丢下两具尸体，让阿开亚人夺走。
雅典人的将领——斯提基俄斯和卓越的墨奈修斯
抬着安菲马科斯返回了阿开亚人的阵营。
而两位埃阿斯，带着巨大的力气和斗志，
抬来了英勃埃阿斯，好像两头狮子，从猎狗
坚利的牙齿中夺下一头山羊，用嘴悬空叼着，
穿过浓密的丛林。两位埃阿斯就这样，举着
英勃埃阿斯，剥了他的铠甲；又出于对杀死
安菲马科斯的仇恨，俄伊琉斯之子小埃阿斯
从死者松软的脖子上一刀砍下了他的脑袋，
用力扔向人群。只见首级像一只圆球打着转，
滚过战斗的人群，最后停在赫克托耳的脚跟前。

这时，波塞冬眼看自己的孙子安菲马科斯
在这场血腥拼杀中惨死，顿时恼羞成怒，
他穿行于阿开亚人的营寨和船队一带，
激励达奈人作战，预备毁灭特洛伊人。
他迎面遇上投枪好手伊多墨纽斯，后者
刚好从同伴那里回来。他的同伴膝部受伤
刚被人从战场上抬下来，伊多墨纽斯就将他
托付给医生，然后回到自己的帐篷，斗志不减，
想重新上前线。于是，强大的裂地海神
模仿安德莱蒙之子索阿斯的声音对他说话，

索阿斯就是埃托利亚人的国王，统治着整个
普琉荣和山势险峻的卡鲁冬，人民敬他如神明：
“伊多墨纽斯，克里特人的首领，阿开亚人的
儿子们，对特洛伊人惯有的威势都到哪里去了？”

听他这么问，克里特人的首领伊多墨纽斯回答：
“索阿斯，就我所知，任何人都没有过错，
我们中每个人都是善战的英雄，没有一个人
因为恐惧，变成胆小鬼，逃避残酷的战斗。
显然是力大无比的克罗诺斯之子愿意这么做，
他让阿开亚人耻辱地死在远离故土的异乡。
索阿斯，你向来是一位勇敢善战的英雄，
一看见有人退缩，便上前鼓舞，现在请你
也不要撤离战场，要督促战友精神振作！”

他说完，只听裂地海神波塞冬这样回答他：
“伊多墨纽斯，今天谁要是故意逃避打仗，
就让这些人永远留在特洛伊，回不了家，
成为野狗的食物。你快回营帐，拿上武器
跟我走，我们联手行动，或许有助于战斗。
弱者聚在一起，都会产生威力，何况你我
一向是军中的作战好手，武艺堪称一流！”

天神说完，转身离去，重新介入凡人的战争。
伊多墨纽斯则返回自己坚固的营篷，穿上
精致的铠甲，手持两把长枪，重新出来，
像克罗诺斯之子握在手中的霹雳，从
辉煌的俄林波斯山上摔下，作为预兆，
向凡人显示耀眼的光芒。伊多墨纽斯
走着，他胸前的铜甲也这样闪闪发亮。

没走出多远，就遇到自己的侍从，勇敢的
墨里俄奈斯，他正从战场回来取一把铜枪。
于是，强有力的伊多墨纽斯就这样问他：
“摩洛斯之子墨里俄奈斯，我最亲爱的
伙伴，你为什么离开战场，回到营寨？
难道是负了伤，疼痛使你难以忍受？
或者，有什么消息急需跑来传给我？
我很想去作战，难以待在营帐中干坐。”

见他这么问，只听聪明的墨里俄奈斯回答：
“伊多墨纽斯，披铜甲的克里特人的首领
我是赶来取长枪的，不知可不可以从你的
营帐里去找一支？我原先的那支，投到
高傲的德伊福波斯的盾牌上面，给折断了。”

只听克里特人的首领伊多墨纽斯回答：
“如果你要找长枪，我的营帐里有的是，
不仅有一支，甚至有二十支，全部靠在
光洁的墙上；它们都是从被我打死的
特洛伊人勇士手中夺得，我不爱远距离
和敌人作战。所以我那里有很多长枪、中心
突起的盾牌，还有许多闪光的头盔和甲胄。”

听他这么说，聪明的墨里俄奈斯便答道：
“我的营帐和漆黑的船里也一样堆放了
许多特洛伊人的武器，只是路远，取不来。
我也一样没有忘记自己的勇敢，每次一开战，
我总是战斗在使人获得荣誉的最前锋，
尽管其他披铜甲的阿开亚人不知道
我作战勇猛，但你应该对我最清楚。”

只听克里特人的首领伊多墨纽斯这样说道：
“我当然知道你作战勇猛，对此我无话可说。
如果把我们中最出色的将士都集中在海船边，
来一次伏击，验证一下大家的勇气，懦夫
和勇士就见了分晓。懦夫的脸色会不断改变，
心中的惶恐情绪难以得到安宁，坐立不安，
不断变换坐姿和双腿的重心，心脏乱跳，
惧怕面临的死亡，牙齿也抖得咯咯响。
而勇士脸色不变，临战时也不会过分害怕，
而是潜心祈祷，愿意马上投入激烈的战斗。
那时，人们绝对不会轻视你的勇气和力量。
如果你被飞来的投枪或箭矢击中，落点一定
不是在后脖颈或背后，而是在前胸和小腹，
因为你正在队伍的前排往前冲锋。好吧，
现在我们不要站在这里，像孩子似的闲聊，
别人一定会对此生气，严厉地责备。
你赶快到我的营帐去取一支粗长的矛枪。”

听他这么说，像战神一样敏捷的墨里俄奈斯
快步跑进伊多墨纽斯的营帐，抓起一支铜枪，
紧紧追上伊多墨纽斯，急切地盼望投入战斗。
他们大步奔赴战场，如同杀人的战神阿瑞斯，
身后跟着他强大的令人恐慌的儿子——骚乱之神。
他们从色雷斯出来，把战争带给了厄夫罗伊人
或者高傲豪放的夫勒古厄斯人，不愿倾听
双方的祈祷，而是把荣誉单方面地送给了
其中一方。就这样，军队的首领墨里俄奈斯
和伊多墨纽斯，身上披着耀眼的铠甲，急赴战场。

墨里俄奈斯首先向伊多墨纽斯问道：

“丢卡利昂之子，你想从哪里着手进攻？
是战场的右路、中路，还是从它的左路
开始突破？我想我们该去左路，因为
长发的阿开亚人正受到严重的威胁。”

只听克里特人的首领伊多墨纽斯这样回答：
“中路一带船只，有两位埃阿斯和其他将士
来防守，还有丢克罗斯，他是全军最出色的
弓箭手，也是一位擅长近距离作战的英雄。
尽管普里阿摩斯之子赫克托耳十分强大，
好战无厌，喜获战功，他们仍会把他赶走；
而赫克托耳虽然疯狂进攻，却很难得手，
瓦解这些人的勇气，将他们完全制服，
并放火烧毁他们的船队——除非克罗诺斯之子
亲自把燃烧的火把扔进阿开亚人的快船。
忒拉蒙之子、高大的埃阿斯绝不会向任何人
退步，只要他是吃黛墨忒耳[1]的谷物，能被
青铜兵器和飞来的巨大石块击倒的凡人。
如果他与所向无敌的阿基琉斯相比，在原地
格斗的话，两人功夫不相上下；如若跑动，
后者就胜他一筹。那就照你说的去做，
让我们前往战场的左路战斗。很快会有结果，
是我们争得荣誉，还是我们把荣誉送给别人。”

听他这么说，像战神一样捷足的墨里俄奈斯
带头穿过阵地，来到伊多墨纽斯说的地方。

[1] 黛墨忒耳：丰产和农业女神，职司谷物的成熟。她是克罗诺斯和瑞亚的女儿，宙斯的姐妹，珀耳塞福涅的母亲。

当特洛伊人看到强悍如烈火的伊多墨纽斯
和他的同伴，全身披挂整齐地冲过来时，
就互相召唤，大声喊叫，鼓励着一起拥上去
围攻，激烈的战斗立即在停泊的船尾边展开。
好像强劲的暴风席卷而来，将道路两旁
积聚的尘埃铺天盖地扬起，形成一团浓云。
当时两军的激战也这样混乱，双方将士都
变得疯狂，只想着用青铜兵刃杀死对方。
只见屠杀的战场上，战士手中撕咬人的矛枪
密密麻麻地林立，无数闪耀的头盔、紧靠肩头
发光的盾牌和精心擦亮的铠甲，都交相辉映，
发出眼花缭乱的青铜的光芒。目睹此情此景，
只有最铁石心肠的人才会感到无动于衷。

就这样，克罗诺斯的两个强大的儿子，
各自给战场上的将士带来了可怕的痛苦。
宙斯想让特洛伊人和赫克托耳取胜，
使捷足的阿基琉斯获得荣誉；但他又
不想毁灭阿开亚人，让他们在伊利昂城下
全军覆没；他只想让忒提丝和他倔强的
儿子得到满足。而波塞冬从灰蓝色的大海
升起，焦虑地前来激励阿耳吉维人的队伍，
是因为他怜悯他们惨遭特洛伊人的重创，
对宙斯的行为深感愤怒。两位来自同一
血源，是同一位父亲所生，只是宙斯
比波塞冬年长，也比他更加智慧。因此
波塞冬不敢明目张胆地护佑阿耳吉维人，
只能化作凡人，暗暗地对他们相助。
这就像他们分别拉着一根仇恨和争斗的
绳索两头，用力地拉扯，绳索挣不断，

也解不开，却折断了无数英雄强健的腿脚。

只见伊多墨纽斯尽管头发花白，却仍然
勇猛地冲向特洛伊人，使敌群一阵恐慌。
他杀死了来自卡北索斯的俄斯罗纽斯，
后者受战争消息的诱惑，刚刚来到特洛伊。
他向普里阿摩斯请求，不付聘礼地娶他
最漂亮的女儿卡桑德拉，交换条件就是，
出死力帮助他们把阿开亚勇猛的将士赶出
特洛伊。年迈的普里阿摩斯同意了他的要求，
答应把女儿嫁给他，便来此
参加战斗，奋勇杀敌，以实现许下的诺言。
而这时，伊多墨纽斯举起闪亮的矛枪，瞄准
他投射，青铜枪尖深深地穿过胸甲，扎进了
他的肚腹。只见俄斯罗纽斯随即轰然倒地，
于是，伊多墨纽斯不禁得意扬扬地大声夸耀：
“俄斯罗纽斯，如果你还能实现你给
达耳达尼亚的普里阿摩斯许下的诺言，
在所有活着的人中间，我将最佩服你。
他答应把女儿嫁给你，我们也可以做同样的
许诺，并保证实现。我们将把阿伽门农
最漂亮的女儿，从阿耳戈斯接来做你的新娘，
只要你愿意帮助我们摧毁坚固的伊利昂。
跟我走吧，让我们到海船上去商定嫁娶之事，
作为女方，我们的聘礼要价绝不会太高！”

伊多墨纽斯这样说着，抓起他的双脚，将他
拖过激战的人群。这时，阿西俄斯跃下战车，
徒步走在驭手赶着的战车前，上来救援，试图
抢回伙伴的尸体，那两匹战马对准他的肩头喷粗气。

他疯狂地直冲过去，一心巴望击倒伊多墨纽斯，
但伊多墨纽斯却抢先投枪出手，一枪扎进了他的
咽喉，枪尖刺穿了脖颈。阿西俄斯应声倒地，
如同一棵白杨或橡树，或者一棵耸立在高山的
参天巨松，被木匠用锋利的斧头砍伐，用作
造船的木料。就这样，他在车马前瘫倒在地，
双手抓紧血染的泥土，痛苦地呻吟。他的驭手
惊恐万状，完全失去了理智，竟忘记掉转马头，
躲避敌人的攻击。于是，聪明而强健的安提洛科斯
对准他的中腹投了一枪，枪尖穿透他青铜的胸甲，
深深扎进肉体。只见他大口地喘气，从精固的
战车上一头栽下地。性格豪放的奈斯托耳之子
安提洛科斯便跑上前去，把他的驭马从特洛伊人
这边，赶往穿胫甲的阿开亚人的阵营。

这时，德伊福波斯对阿西俄斯之死悲痛欲绝，
逼近伊多墨纽斯，向他投出闪亮的青铜长枪，
伊多墨纽斯及时发现，弯腰躲过了枪矢，立即
掩藏到他那面等径的圆盾后。盾牌是用多层牛皮
精制而成，盾面箍着闪光的铜圈，背后装着
两道把手。当他蜷缩在圆盾后面时，铜枪擦着
盾面的边沿，飞过头顶，枪杆发出粗重的摩擦声。
尽管如此，从德伊福波斯强健的手中投出的枪
并没有虚发，它击中了希帕索斯之子、士兵的
领袖呼普塞诺耳，枪尖扎进了他胸膈下的肝脏，
只见他的双膝顿时瘫软，倒在地上。于是，
德伊福波斯兴奋地大声夸耀："我已为阿西俄斯
之死报了仇！他去见强有力的死神哈得斯，会很
高兴，因为我给他送去一个随从，一路伴随他。"

听他这样夸耀，阿耳吉维人非常难过，
而聪明的安提洛科斯更是满腔悲愤。
但他虽然悲伤，却没有忘记同伴，
而是冲上去，站在他的跟前，用盾牌
将呼普塞诺耳的躯体庇护。他的两个
亲密的朋友，厄基俄斯之子墨基斯丢斯
和卓越的阿拉斯托耳，在盾牌的掩护下，
弯着腰，架起了呼普塞诺耳，将他抬回
宽大的海船，痛苦的哀号声一路传过去。

而伊多墨纽斯毫不松懈自己的战斗狂热，
一心想着把特洛伊人拖进深沉的黑夜，
或者为阿开亚人挡开灾难之时，献出
自己的生命。他杀死了英勇的阿尔卡苏斯，
后者是宙斯宠爱的埃苏厄忒斯之子、
安基塞斯的女婿，他娶了安基塞斯的长女
希波达墨娅。此女婚前深得可敬的父母的
怜爱，因为她无论容貌，还是智慧和手工
都超过其他女子，所以辽阔的特洛伊大地
最勇猛的一位英雄阿尔卡苏斯娶了她。
现在波塞冬却假借伊多墨纽斯之手杀了他——
迷住他的明亮的双眼，让他健壮的双腿
麻木，既不能跑，也不能躲闪，而是直挺挺地
站着，如同一根柱子，或是一棵耸立不动的
高大的树木，于是，英雄伊多墨纽斯就对着
他当胸一枪，刺穿了他胸膛上的铜甲。往日，
这副胸甲曾多次保护他免于死亡，现在，
却崩裂成碎块，发出沉闷的声响。他随即
轰然倒地，扎着枪尖的心脏还在跳动，枪杆
还在颤抖，直到强大的阿瑞斯夺去他的气力。

伊多墨纽斯因此欣喜若狂，不禁高声夸耀：
“德伊福波斯，怎么样，三个抵一个，
我看你还能不能像刚才那样得意忘形？
可怜的朋友，你还不如亲自来和我交手，
领教一下我这个宙斯后代的厉害！
当初，宙斯为克里特人民生了米诺斯，
米诺斯又生了纯洁的勇士丢卡利昂，
而丢卡利昂生下我，作为辽阔的克里特的
国王，统治众多的百姓。现在，海船把我
载到此地，成为你、你的父亲和所有
特洛伊人的克星！”

听他这么说，德伊福波斯开始犹豫不决：
是回去找个强有力的特洛伊将领帮忙，
还是就这样，独自一人前去和他交手。
他想来想去，最后决定去求助埃涅阿斯。
他发现埃涅阿斯正在战阵的后边闲站着，
心里充满了对普里阿摩斯的怨愤，原来
他自视出众，普里阿摩斯却不对他器重。
于是德伊福波斯靠近他，对他说道，
快捷的话语仿佛长出了羽翼：“埃涅阿斯，
特洛伊人的首领，现在，我们需要你出手。
你的姐夫阿尔卡苏斯曾对你有恩，他在
你幼小时在他的家里将你养育。现在，
著名的投枪手伊多墨纽斯已结果了他。
快走，跟我去为保护阿尔卡苏斯而战，
假若你还为亲人之死感到悲痛！”

他的这席话，在埃涅阿斯心中激起了怒火，
他立即朝伊多墨纽斯冲过去，要和他拼斗。

但伊多墨纽斯不是毛孩子，他毫不畏惧，
稳稳地站住阵脚，好像荒凉的山上
一头野猪，自恃力大无比，竖起背上的毛，
两眼喷火光，獠牙磨得咯咯响，站着等候
步步逼近的大群猎人和猎狗。著名的投枪手
伊多墨纽斯也这样，双脚站稳，面对冲过来的
埃涅阿斯，毫不退避。他呼唤同伴，对善于
吼叫的阿斯卡拉福斯、阿法柔斯、德伊普罗斯，
墨里俄奈斯和安提洛科斯大声鼓励，快捷的
话语仿佛长出了羽翼："我的朋友，我孤身一人，
快过来帮帮我！捷足的埃涅阿斯使我非常害怕。
他正向我冲来，剽悍勇猛，杀伤力很强。
此人正当年华，具有巨大的勇气和力量，
假若我的年纪和精力和他相当，我们很快
会决出胜负，不是他赢，便是我胜！"

听他召唤，众人纷纷出列，围拢过来，站好了
队阵；他们齐心协力，用盾牌挡在自己的肩头。
战场的另一边，埃涅阿斯也唤来自己的同伴相助，
他们是德伊福波斯、帕里斯和卓越的阿格诺耳，
和他一样，都是特洛伊人的首领。这些人同他
在一起，就像一群绵羊跟着领头的公羊离开草地，
前去饮水，牧人看了非常高兴。埃涅阿斯也这样，
看见跟在身后的无数将士，心中充满了喜悦。
双方将士围在阿尔卡苏斯身边，近距离格斗。
他们挥舞着粗长的矛枪，在人群中互相掷投，
胸前被撞击着的铠甲，发出了可怕的响声。
尤其是埃涅阿斯和伊多墨纽斯，最为活跃，
这两位能和战神媲美的凡人，作战异常勇猛，
都想用无情的青铜矛枪，刺穿对方的身体。

埃涅阿斯首先向伊多墨纽斯投枪出手，但
伊多墨纽斯及时发现，躲过了飞来的枪矢。
那支长枪扎进了泥土，枪杆还在不停地颤动，
埃涅阿斯那强劲的手臂将它白白地虚投。
但伊多墨纽斯的投枪却击中了俄伊诺毛斯，
枪尖从他胸甲穿过，扎进中腹，直捣脏腑。
俄伊诺毛斯随即倒地，双手抓紧泥土。
伊多墨纽斯从死者身上拔出长枪，却来不及
剥取他那身华丽的铠甲，一支矛枪从死者的
肩头越过，朝他飞来，打得他连连倒退，
双腿疲软而迟缓，既不能追回自己的长枪，
也无法躲避敌人。因此，他只能站在那里，
面临恐惧和无情的死亡，不再希望依靠
腿脚快跑，架着他迅速逃离战场。正当他
慢慢地往后退，那个曾遭他嘲笑的德伊福波斯
怀着深刻的仇恨，向他掷出一支闪亮的矛枪。
可这次又没有击中，反而击中了战神的儿子
阿斯卡拉福斯，枪尖扎透他的肩膀，使他
应声倒地，双手抓紧泥土。但这时，威武
魁伟、嗓音洪亮的阿瑞斯还对此一无所知，
不知道儿子已在激烈的战斗中死亡，只见他
仍然闲坐在俄林波斯山金色的云朵下，和其他
神明一起受制于宙斯的意志，被禁止帮助凡人。

两军围绕着阿斯卡拉福斯的尸体又展开了战斗。
德伊福波斯从阿斯卡拉福斯的头颅上抢走了
闪亮的头盔，但像战神一样敏捷的英雄
墨里俄奈斯及时地扑了上去，投枪击伤他的手臂，
带鬃饰洞孔的头盔从德伊福波斯的手中掉了下来，
重重地滚落地泥地里。墨里俄奈斯再次弯腰进攻，

像老鹰飞近，扑上去从死者手臂上拔出沉重的矛枪，
迅速返回自己的队伍。与此同时，德伊福波斯的
兄弟波利忒斯搂他的腰，将他扶下了战场，
退到他那些停在战场边上的快马跟前，快马
拖着精制的战车，由驭手驾驶，将德伊福波斯
带回了城。只见伤员疼痛难忍，一路凄惨地
呻吟，伤口里的黑血不断沿着臂膀往下淌。

然而其他人还在拼杀，战斗的喧嚣声震天动地。
埃涅阿斯朝卡勒托耳之子阿法柔斯投掷长枪，
枪尖正好刺中他的咽喉，当时他正抬头对着他。
只见阿法柔斯的脑袋歪到了一边，盾牌和头盔
掉到了地上，毁灭生命的死亡之雾笼罩了他。
这时，安提洛科斯看见索昂转身想要逃跑，
便猛扑上去，投枪出手，一枪击在他的后背，
打断了那条从脊梁一直通往脖颈的整段静脉。
只见索昂一头栽进泥地，全身瘫软，临死
双手还伸向亲爱的同伴，请求他们的救援。
安提洛科斯快步上前，一边警惕着四周，
一边试图从死者的肩膀上剥下他的铠甲。
但特洛伊人已将他团团围住，不断向他
投掷矛枪。无情的枪矢击打巨大而闪亮的
盾牌，却始终无法把它洞穿，无法直接伤害
安提洛科斯那柔嫩光滑的身体。原来
裂地海神波塞冬正保护着奈斯托耳之子
免遭密集的枪雨的袭击。而安提洛科斯
面对紧密围攻他的敌人，左突右冲，手中
一刻不停地挥舞长枪，一心想着怎样击倒
敌人，是远距离投掷，还是近距离格斗。

这时，阿西俄斯之子阿达马斯看见他在
人群中冲杀，就跑过来，举着枪向他瞄准，
一枪击中他的盾牌，但黑发的波塞冬不让他
夺走安提洛科斯的生命，便折断了阿达马斯的
矛枪，使枪杆的半截——像烧焦的木棒——扎入
安提洛科斯的盾牌，另外半截掉到了地上。
阿达马斯为了保住性命，快速逃回自己的队伍，
墨里俄奈斯看见他逃跑，就紧紧地跟上，
朝他掷出了长枪。只见这一枪击中他的阴部
和肚脐之间的谷沟，那是不幸的凡人遭到攻击时
最疼痛最致命的部位。枪尖深深地刺进要害，
阿达马斯只得裹着枪杆扭曲身躯，喘着粗气，
不住地打战。就像一头公牛，在山里被牧人逮住，
牧人不顾它的反抗，用结实的绳索强行将它拖走，
阿达马斯也这样，强忍着伤痛，不停地挣扎，
但时间不长，英雄墨里俄奈斯就跑过来，从他身上
拔出了矛枪，死亡的黑雾立即将他的眼睛蒙住。

而赫勒诺斯用一把粗大的色雷斯长剑，砍在
德伊普罗斯的太阳穴上，将他的头盔劈成碎片，
从脑袋上脱落，掉到地上，沿着酣战的将士
脚边一路滚过去，被一个阿开亚人捡起。
死亡的黑雾笼罩了德伊普罗斯的双眼。

阿特柔斯之子、擅长在战场上吼叫的墨奈劳斯
对此万分悲痛，便举着长枪向赫勒诺斯冲过去，
赫勒诺斯也张开弓箭等待着，两人同时发射，
一个掷出锐利的长枪，另一个张弓放箭——
普里阿摩斯之子一箭射向对方的胸口，但胸甲的
铜片把锐利的箭矢反弹回来——就像宽阔的打谷场地，

收获的农民将那些黑黑的豆荚和滚圆的豌豆
放在大大的簸箕里筛皮，随着强劲的风吹来，
他们用力地上下颠——那致命的羽箭也这样，
被显赫的墨奈劳斯的胸甲弹回来，蹦出老远。
与此同时，阿特柔斯之子、擅长在战场上吼叫的
墨奈劳斯，却一枪击中了赫勒诺斯那只紧握着
闪亮的弓箭的手，只见青铜的枪尖打烂了手掌。
赫勒诺斯垂着受伤的手，拖着白蜡木的枪杆
逃回自己人的队伍躲避，保住了性命。豪放的
阿格诺耳从他手里接过投枪，再用精工编织的
羊毛带子包扎他的伤口，侍从们经常把这种羊毛
带子带在身边，士兵的领袖用它来投掷石块。

这时，裴桑得罗斯直奔显赫的墨奈劳斯，
悲惨的命运正把他引向死亡的终点——
他将在这场可怕的战斗中，死在墨奈劳斯之手。
只见两人面对面地相向走去，渐渐逼近。
阿特柔斯之子首先投枪未中，偏离了目标，
而裴桑得罗斯一枪击中了显赫的墨奈劳斯的
盾牌，青铜枪尖却未能把盾牌戳穿，是宽阔的
盾面阻挡了它，矛头在枪杆交接处折断。
虽然如此，他仍然满心欢喜，以为赢得了胜利。
阿特柔斯之子拔出了剑柄上镶着银钉的铜剑，
冲向裴桑得罗斯，只见后者从盾牌后面也抽出
一把精工锻造的双刃斧，橄榄木的长把柄磨得
亮光闪闪。两人就这样再一次地互相逼近，同时
挥手劈砍。裴桑得罗斯一斧砍在墨奈劳斯那顶
饰有马鬃的头盔上的犄角，而墨奈劳斯趁他向前
冲刺的时候，一剑劈中他鼻梁上方的脑门，击碎了
脑壳，两颗血淋淋的眼珠落进他脚边的泥地，

身体佝偻起来，慢悠悠地倒地。墨奈劳斯走上去，
一脚踩住他的胸口，剥他的铠甲，并得意地夸耀：
“性格傲慢、嗜战成性的特洛伊人，这下你们
总要远离驯马的达奈人的海船！你们这些恶狗，
做了许多让人厌恶的丑事，羞辱我，并把
污泥浊水全都泼在我的头上。竟然不怕激怒
这位保护宾主好客之风的天神、制造雷电的
宙斯，他将毁灭你们这座城楼高耸的
城池。当初，我的合法妻子曾殷勤地招待你们，
你们却把她连同大量的财宝劫走。现在，你们
又想把我们杀死在远航的海船边，发疯似的
用毁灭一切的火把焚烧我们的海船。但是，
虽然你们渴望战争，好战成性，愿望却不会得逞。
宙斯父亲，人们都说你的智慧至高无上，超过
任何凡人和诸神，你为什么要使这一切成为现实？
你为什么要帮助这些粗莽且傲慢的特洛伊人？
他们的心中充满了邪恶的欲望，能力正在升腾，
从不满足各种殊死的战争！人们对事物都有
餍足[1]的时候，比如睡眠、性爱、甜蜜的歌唱
和完美的舞蹈。这些人们都更愿意享受，而不是
战争，唯独特洛伊人的战争欲望难以满足！”

高贵的墨奈劳斯说着，从尸体上剥下
带血的铠甲，交给自己的同伴，
自己又转身投入激烈的战斗。

这时，普莱墨奈斯国王的儿子哈耳帕利昂
从人群中出列，向墨奈劳斯攻击。他跟随

[1] 餍足：满足（多指私欲）。——编者注

父亲前来特洛伊打仗，却再也回不了故乡了。
只见他举着枪逼近阿特柔斯之子，把枪掷在
墨奈劳斯的盾牌中心，枪尖却没有穿透盾面。
为了躲避死亡，他只得退回自己的队伍，
他一边退，一边四处张望，提防有人向
他投枪，而墨奈劳斯这时就向他射出
一箭，击中他的右臀，铜头的羽箭头
笔直地从盆骨下穿过，扎进了膀胱。
只见他随即坐倒在地，在自己的同伴
怀里咽下最后一口气，像一条虫似的
瘫在那里，黑血涌出，染红了身下的大地。
豪放的帕夫拉戈尼亚人立即围拢过来，
悲痛地将他抬上战车，送往神圣的伊利昂，
他的父亲老泪纵横地走在他们的身边，
却不能为自己的儿子报仇雪恨。

但帕里斯对于哈耳帕利昂之死大怒欲狂，
他在帕夫拉戈尼亚人那里做客，曾是
哈耳帕利昂的朋友，现在他满怀仇恨，
为朋友射出了这支利箭，击中了欧开诺耳。
欧开诺耳是预言家波鲁伊多斯之子，
门第高贵，家境富有，居住在科林斯。
他来特洛伊前，就知道自己悲惨的命运。
善良的老父波鲁伊多斯曾多次对他讲过，
他要么在家里死于一场难忍的病痛，要么
随同阿开亚人的海船远征，被特洛伊人杀死。
最后，欧开诺耳还是决定跟船远征，一来
可以免付阿开亚人的大笔惩金，二来，
也可避免遭受疾病带来的痛苦和长期折磨。
这样，帕里斯的利箭射中他的颌骨和耳朵之下，灵魂随即飞散，死亡的黑雾将他遮住。

他们的仗打得激烈，如同一团团烈火极近白热化。
但宙斯钟爱的赫克托耳却无法得知这些情况，
他不知道在船寨的左侧，他的士兵正遭受
阿耳吉维人的杀戮，胜利眼看就要归于他们。
环绕和震撼大地的海神波塞冬一面
激励阿耳吉维人，一面用自己的力量保护他们。
而赫克托耳却仍在先前攻破的防护墙墙门附近
战斗，他在那里打垮了战阵密集、披挂整齐的
达奈人。那里停泊着埃阿斯和普罗忒西劳斯的
船队，船只搁浅在海滩；那里的防护墙最低矮，
也最薄弱，所以特洛伊人的军队进攻得最凶猛。

阵地上，波伊俄提亚人和穿长袍的伊俄尼亚人，
还有洛克里亚人、弗西亚人和有名的厄利斯人，
都在奋力阻挡杀向船寨的赫克托耳的进攻，
却无法击退这位烈火一般出类拔萃的英雄。
那些精选出来的雅典人也驻守在这段防线，
他们由裴忒俄斯之子墨奈修斯率领，菲达斯、
斯提基俄斯和勇猛的比阿斯都在协助他。
夫琉斯之子墨格斯率领厄利斯人，由安菲昂
和德拉基俄斯辅佐；领导弗西亚人的是墨冬
和德悍的波达耳开斯。墨冬是神一样的
俄伊琉斯的私生子，也是埃阿斯的兄弟；
但他却住在远离祖国的费拉克，因为他杀了
俄伊琉斯之妻、庶母厄里娥丕丝的兄弟。
而波达耳开斯则是夫拉科斯之子伊菲克洛斯的
儿子。他俩都全副武装地站在生性豪放的
弗西亚人的前列，为了保卫船寨，

与波伊俄提亚人并肩作战。现在，俄伊琉斯之子、
捷足的埃阿斯一直和忒拉蒙之子埃阿斯在一起，
他们像两头栗色的公牛，肩并肩地拉着一张
坚固的犁，翻着一片休耕地，两对犄角底下
不停地流淌淋漓的汗水；它们之间只隔着一条
光滑的牛轭，费力地走着，一直犁到农田的尽头。

两个埃阿斯也这样，紧挨在一起、齐心协力地战斗。
忒拉蒙之子身后跟着许多勇敢的士兵和侍从，
每当他汗流浃背、身体疲乏时，随时打算
接过他的那面巨大的盾牌。但俄伊琉斯之子、
生性豪放的埃阿斯身后却没有跟着洛克里亚人，
因为他们不善于近距离交战。他们既不戴饰有
马鬃的青铜头盔，也没有圆形的盾牌和
白蜡木杆的长枪，他们只依赖手中的弓箭
和用羊毛编织的投石器。带着这些兵器，
他们跟着首领来到伊利昂作战，密集发射的
箭矢和石块屡屡使特洛伊军队溃散。打仗时，
身披精致铠甲的士兵排在前列，与特洛伊人
和一身铜甲的赫克托耳交锋，而洛克里亚人
则藏在后面的掩体里发射，箭矢和投石
把他们打得晕头转向，陷入痛苦的混乱。

这时，特洛伊人可能早已撤离阿开亚人的船寨，
狼狈地逃回多风的伊利昂，若不是普鲁达马斯
跑过来，走近赫克托耳的身边，这样对他说道：
“赫克托耳，你一向顽固，不肯接受别人的
建议，只因为诸神赐你非凡作战的能力，
你就以为比别人更会谋略。事实上，你不可能
具有所有的能力，每件事上都非凡超群。神明

让这个人精通军事，让那个人擅长舞蹈，
而让有些人能够和着竖琴歌唱，让另一些人
拥有聪明智慧。制造雷电的宙斯总是善于分配，
他让许多人受益，又让许多人得救，他的能力
常人无法企及。现在，我要提出一个最佳建议：
你看，战斗在你周围激烈地进行，像烈火一样
将你吞噬，而我们的特洛伊将士，越过防护墙后，
有些人手持武器溜在最后闲着，有些人仍然在
船寨间，与敌人展开敌众我寡的战斗。
眼下你应该立即撤兵，回去把我们中最好的
人马都召来，重新制定策略，部署整个战局：
如果宙斯赐予我们胜利，我们就一直冲上
甲板坚固的海船，要不就撤离，好减少伤亡。
我真担心阿开亚人会向我们报昨日之仇，
要知道，他们的船寨里还有一位嗜战成性的
将领，我不相信他一直拒不出手，决然回避。”
他这番聪明的建议，赫克托耳很是赞同，
随即手持武器，跳下了战车，双脚落地，
对普鲁达马斯说道，快捷的话语仿佛长出了
羽翼：“你先留下，我去把首领都召集到这里，
待我赶去那边布置战斗，当那边安排妥当后，就立即返回这里。”

说完，他便大声喊叫着穿过特洛伊人
和盟军的队阵，好像一座雪山全身发亮。
众人听到赫克托耳的命令，迅速围拢过来，
聚在潘苏斯之子、尊贵的普鲁达马斯身边。
这时，赫克托耳走到队伍前面仔细寻找，
想找到勇猛的德伊福波斯和强健的王子
赫勒诺斯，以及阿西俄斯之子阿达马斯
和呼耳塔科斯之子阿西俄斯。他终于找到了

他们，但他们有的受了伤，躺在阿开亚人的
船尾边，奄奄一息；有的已经在阿耳吉维人的
手里丧生；还有的带着箭伤或枪伤被送往城里。
但赫克托耳很快在战场的左侧，看见了美发的
海伦的丈夫，神一样俊美的亚历克山德罗斯，
正在督促他的伙伴投身战斗。于是，赫克托耳
快步跑到他的身边，用激烈的言辞责问他：
“可恶的帕里斯，美男子，勾引女人的老手！
告诉我，德伊福波斯在哪里？还有强健的王子
赫勒诺斯呢？阿西俄斯之子阿达马斯呢？
呼耳塔科斯之子阿西俄斯又在哪里？还有
俄斯罗纽斯在哪里？城楼高耸的伊利昂看来
是彻底完了，毁灭在即。而你，也必将遭遇不幸！”

听他这样责骂，神一样的亚历克山德罗斯回答：
“赫克托耳，你总是喜欢这样无端指责别人。
以前我确实逃避过战斗，但现在我怎么还会这样？
母亲生下的我，并不是一个十足胆怯的懦夫。
自从你鼓起伙伴们的斗志，带领队伍打到船寨边，
我们就一直在和达奈人拼斗，没有停下过片刻。
你问的这些伙伴都已阵亡，只有德伊福波斯
和强健的王子赫勒诺斯还活着，但手上都被粗长的
矛枪击中，是克罗诺斯之子为他们挡开了死亡。
现在，你就领着我们战斗吧，去你心灵指引的地方！
我保证我们都会坚定不移地跟随你，竭尽我们的
所能。超过一个人的极限，我们也就无能为力了。”

英雄的一番言语，平和了兄长心中的怨气，
于是他们一起向战斗最激烈的地方跑去。
那里回响着震天动地的喊杀声，人们正在

殊死搏斗。他们是开勃俄奈斯、生性豪放的
普鲁达马斯，法尔开斯、俄耳赛俄斯
和神一样的波鲁菲忒斯，还有帕尔慕斯
以及希波提昂的两个儿子阿斯卡尼俄斯
和莫鲁斯，这两人率领着后备部队昨天
刚从土地肥沃的阿斯卡尼亚赶来支援，
宙斯父亲催促他俩投身战斗。特洛伊人
勇猛地杀过来，如同一股强劲的风暴，
这风暴随着宙斯父亲的闪电和霹雳，
扑向大地，呼啸着把大海的巨浪卷起，
发出咆哮的声音，无数泛着白沫的
灰白色浪花翻腾着，飞溅着，汹涌着。
特洛伊人也这样，排成密集的队阵，
首领在前列打先锋，士兵蜂拥着跟随在
他身后，他们密密的青铜盔甲闪着光。
只见首领普里阿摩斯之子赫克托耳，
像杀人不眨眼的战神，手持等径的
大圆盾。那盾牌用多层厚实的牛皮制成，
盾面铺有一层青铜，上面钉着许多银钉；
他还戴着闪闪发亮的头盔，盔沿一直
遮住了两边的太阳穴。他在盾牌的掩护下，
向敌人的不同阵地发起了一次次的进攻，
看能不能将他们打垮，但阿开亚人并没有
因此溃散。这时，埃阿斯便首先上前挑战：
“喂，走近些，难道你要用这种把戏吓唬
我们阿开亚人？我们可不是对战争一窍不通、
第一次打仗的新手，只是在宙斯狠毒地
鞭策下才开始败退。你现在大概想摧毁
我们的船寨，但不可能得手，因为我们
也有强壮的双手，一定会保护好它们。

而我们却能在你们摧毁船寨以前，抢先
去攻占你们坚固的城堡，将它彻底地洗劫！
至于你本人，我想你的末日很快会到来，
你会祈求宙斯和众神，使你长鬃飘飘的
驭马跑得比飞禽还快，以便拉着你逃跑，
穿过飞沙走石的平原，逃回特洛伊城堡！”

正当埃阿斯这样说着，他的右前方飞来
一只雄鹰，展翅滑翔在天空。看见这只
带有征兆的吉祥之鸟，阿开亚全军上下
一片欢呼，战斗的豪情顿时振奋起来。
于是显赫的赫克托耳对埃阿斯这样说道：
“埃阿斯，你这头说大话的公牛，不要胡诌！
就像我一直深信今生今世，自己是携神盾的
宙斯的儿子，而天后赫拉是我的母亲——像雅典娜
或福波斯·阿波罗那样受到人们普遍的尊敬；
今天我同样深信，阿耳吉维人将死到临头！
如果你敢对抗我的长枪，你白亮的肌肤
就会被撕烂，你会和你的同伴死在一起！
那时你将躺倒在阿开亚人的船寨边，
用你的肥肉和骨血，喂饱特洛伊的秃鹫和狗！”

赫克托耳这样说着，便带头冲向敌人，
身后的将士爆发出狂野的怒吼，作为响应，
斗志陡然倍增。然而，阿开亚人也没有退却，
报以更大的呐喊，严阵以待地准备迎接敌人。
两军的喊杀声因此拔地而起，响彻宙斯的天空。

第十四卷

赫拉对宙斯的胜利

战场上的喧嚣声一直传进奈斯托耳的帐篷，
正举杯畅饮的奈斯托耳就对阿斯克勒丕俄斯的
儿子说道，快捷的话语仿佛长出了翅膀：
“出色的马卡昂，你听，船寨边的年轻将士的
喊声越来越响，我看我们得做点什么了。你且坐在
这里休息，继续喝闪亮的葡萄酒，等美发的赫卡墨得
为你准备滚烫的洗澡水，洗去身上的污血，
而我这就出门，登高望远，察看那边的战情。”

说完，奈斯托耳就拿起自己的儿子、驯马好手
斯拉苏墨得斯的盾牌。这面盾牌精工制造，发出
青铜的光芒，斯拉苏墨得斯把它留在帐篷里，
却拿走了父亲的那面。奈斯托耳又拿起一支
锋利而粗重的长枪，走出了帐篷，马上看到
一个可悲的场面，让他感到非常羞愧——
士兵们被生性高傲的特洛伊人追得乱成一团，
正惊慌地四处逃散，看来阿开亚人的防护墙
已经被摧毁。这就像辽阔的海面上涌起一股
巨大的暗流，虽然还没有推波助澜，却预示了
一场即将来临的风暴，它们将从宙斯那里刮来，
激起汹涌的浪涛。老人也这样，未雨绸缪，

仔细思索，两种选择让他犹豫起来：是直接
加入驭快马的达奈人的队伍，还是先去找
阿特柔斯之子、士兵的领袖阿伽门农？
最后他决定先去找阿特柔斯之子，这样比较妥当。
与此同时，将士们仍在殊死搏斗，竞相杀戮，
身上披挂的坚硬的青铜铠甲，在利剑和双刃
矛枪的打击和碰撞下，不断发出哐哐的声响。

这时，几位宙斯养育的首领朝奈斯托耳走来，
他们是提丢斯之子木俄墨得斯、奥德修斯
和阿特柔斯之子阿伽门农——都被青铜兵器
击伤，只得沿着海滩返回营寨。他们的海船
第一批就被拖上了岸，停放于远离战场的、
灰蓝色大海的海边，而阿开亚人的防护墙
则从离海最近的船只那儿开始修建。尽管
海滩开阔，但部队船只众多，人群拥挤，
无法将所有的船只都一字排开，所以人们
把船拖上岸后，就纵队排列，整整排满了
连接海岬的那片海岸。三位阿开亚首领
一边观察战情，心情沉重，一边拄着各自的长枪，
蹒跚地走来，遇见格瑞尼亚的老英雄奈斯托耳，
不免有些惆怅。只听强大的阿伽门农高声问道：
“奈琉斯之子奈斯托耳，阿开亚人的骄傲！
你怎么离开血腥的战场，朝着海边走来？
我一直担心强有力的赫克托耳会实现
他在特洛伊人的公民大会上发出的威胁。
那就是：除非把我们都赶尽杀绝，烧了
我们的船队，否则他是绝不会从我们的船寨边
撤离，返回他的城堡！我看，这一切正在实现。
多么耻辱！难道所有穿胫甲的阿开亚人

和阿基琉斯一样，都对我心怀怨恨，
不愿在我们的船尾边拼命抵抗敌人？”

只听格瑞尼亚的车战英雄奈斯托耳这样回答：
“你们说的一切，看来都在慢慢实现，
即便制造雷电的宙斯也无法将它扭转。
防护墙已坍塌，我们原来还寄希望于
它坚不可摧，是我们的船队和我们自己的
保护屏障。现在，将士们正在快船边不停地战斗，
不管你怎样仔细辨认，也难以分清阿开亚人
到底从哪一面受到威胁。到处是杀戮和混战，
喊声震天动地，而阿开亚人腹背受敌，四处溃散！
如果智慧还有用处的话，我们就必须商量对策；
我不主张你们再回到战场，伤员不适合战斗。”

听他这么说，于是士兵的领袖阿伽门农说道：
“奈斯托耳，现在他们已杀到我们的船寨边，
既然达奈人千辛万苦修筑起来的防护墙和壕沟
根本没有我们预期的保卫船队和我们自己的作用，
没有抵挡住特洛伊人的进攻，显然这是万能的宙斯
存心所为，要让阿开亚人远离故土，耻辱地死去。
这事我早就知道，那会儿，他还在全心全意地
帮助达奈人；现在看来，他要赐给特洛伊人
以荣耀，好像他们是幸运的神祇，对我们却
百般阻挠，削弱我们的势力。那我们只能
屈服，大家都顺从地按我说的去做——
让我们去把最靠近海的那一排船只推下水，
抛锚停泊于闪亮的大海，等待神圣的黑夜的
降临。如果那时特洛伊人因为天黑停止战斗，
我们就把其余的海船也推下海。为了避免

灾难，逃跑也没有什么可耻的，即使借着
黑夜；与其被彻底消灭，还不如一跑了之。”

但足智多谋的奥德修斯愤怒地看着他说道：
“阿特柔斯之子，什么话蹦出了你的牙缝！
你不应该来领导我们，而应该去统率另一支
懦夫的队伍。我们按照宙斯的意志，从青壮年
到老年注定要在残酷的战争中度过，直至死亡。
我们为特洛伊人那街道宽阔的城市，忍受了
多少艰辛和苦难，你现在居然要我们离开？
不要再说了，免得被阿开亚人听见。像你这样
一个手持权杖、统率这么多阿耳吉维人并受到
尊敬的国王，本该知道如何理智地思考，如何
用得体的方式讲话，而你说的话真让我气愤！
在这两军交战的生死关头，你却命令我们把
甲板坚固的木船拖下大海，好让已经占上风的
特洛伊人，彻底将我们打败，争取更大的荣誉。
如果我们把船只拖下大海，阿开亚将士就不会
继续战斗，只会左顾右盼，寻找机会逃跑。
全军的统帅，你的策略会将把我们彻底地葬送！”

听他这么指责，民众的国王阿伽门农就回答：
“奥德修斯，你对我的指责如此严厉，
我感到很意外。我并没有强行要求
阿开亚人的儿子勉强地执行我的命令，
将甲板坚固的海船拖下海。现在，谁要是
有了更好的计划，但愿他能很快提出来，不管
他年轻还是年迈，我都愿意倾听。”

只听擅长在战场上吼叫的狄俄墨得斯说道：

“此人远在天边，近在眼前，用不着去寻找。
只要你们愿意听，不嫌弃我的年龄比你们小，
我将会很愿意对你们说。我也很自豪自己
出生于名门，我的父亲就是有名的提丢斯，
而今已埋葬在忒拜突起的坟地里。波耳修斯
一共生养了三个出类拔萃的儿子，都住在
普琉荣和山势险峻的卡鲁冬。长子阿革里俄斯，
二子墨拉斯，三子俄伊纽斯，这个战车上的英雄
就是我的祖父，是他们三兄弟中最勇敢的一位。
他一直住在老家，而我父亲却浪迹天涯，按照
宙斯和诸神的意志，来到阿耳戈斯，娶了我的母亲、
阿德瑞斯托斯的女儿。他们家境富足，拥有大块
丰收的麦田，以及众多茂盛的果园和无数的畜群。
他武艺超群，在阿开亚人中间最负盛名，
你们要是不信，可以去打听，不要以为
我出生卑贱，心里胆怯才提出这个建议的：
让我们现在就带伤去巡察战场，我们在那里
不必亲自投入战斗，只要站在射程之外督军
即可。既可以避免再次负伤，又可以激励那些
仍然心怀不满，不愿战斗的人们。”

首领们仔细听他说完，同意了他的建议，
于是阿伽门农带头，众人一起动身了。

此时，尊贵的裂地海神对此看得十分真切，
他化身成一位老战士的模样来到他们中间，
跟着他们走，又拉起了阿伽门农的右手，
对他说道，快捷的话语仿佛长出了羽翼：
“阿特柔斯之子，阿基琉斯眼看阿开亚人
惨遭杀戮，一定在窃喜。

他的心肠铁硬，一点没有怜悯。但愿天神
就这样让他遭殃死掉。而永乐的神祇
对你并没有什么恶意，特洛伊人的首领和国王们
很快会等到他们的末日，你将会亲自看见
他们从我们的船寨前逃回城，一路扬起灰尘。”

海神这样说着，马上冲向平原，
发出雷鸣般的吼声，那就像两军对阵，
展开战神一般凶猛的厮杀，九千或
一万个士兵在那儿呐喊；伟大的震地
海神这一声发自肺腑的惊天动地的吼声，
立即使每个阿开亚人的心中充满了力量，
与特洛伊人拼到底的战斗豪情油然而生。

金座上的天后赫拉，站在俄林波斯山
正极目远眺，便看见自己的兄弟——也是
丈夫的兄弟正在人们争夺荣誉的战场上
四处奔忙着，心头便突然涌上一阵喜悦。
当她看见宙斯坐在泉源众多的伊达山上时，
又不免感到极其厌烦。牛眼睛的天后赫拉
于是思绪万千，用什么办法才能迷惑
携神盾的宙斯的心智，帮上波塞冬的忙？
她想了一下，觉得最好的办法就是，
把自己打扮一番前往伊达山，点燃
他的情欲，让他睡到自己的身边，
到那时，她就会用深沉而甜蜜的睡眠，
合拢他的双眼，关闭他的智慧的心扉。
于是她朝卧房走去，那房间是她儿子
赫法伊斯托斯亲手为她建造，门窗密封，
还装了一把秘密的门锁，其他神都没法

开启。只见她走进去，关上光洁闪亮的门，
用一种琼脂玉液洗去玉体上的尘垢，
再涂上一层神仙的油膏，这种油膏芳香扑鼻，
只要在宙斯青铜铺地的宫殿里一摇，浓郁的
香气就会飘散开去，充满天地。她用油膏
抹完柔嫩的肌肤，又开始梳理美丽的头发，
灵巧的双手将它们编成光滑的辫子，从她那
永生的头颅两边，动人地下垂。然后赫拉
穿上雅典娜为她缝制的精美长袍，上面绣着
不少鲜艳的图案，她用黄金别针把长袍在胸前
别好。她又在腰间系上一条飘着一百条流苏的
腰带；还在柔软的耳垂上的孔眼里，戴好三个
坠子的闪亮的耳环。接着，女神中的骄傲，
天后赫拉披上一块漂亮的新头巾，那头巾
亮得如同白昼里的太阳光；最后，她穿上
舒适的绳鞋，将鞋带系在光亮的脚面。
待一切穿戴完毕，她便走出卧房，把女神
阿芙洛狄忒从众神那边唤来，并对她说道：
“亲爱的孩子，你能不能满足我的请求，
或者因为我帮助达奈人，而你保佑特洛伊人，
心里不高兴，因此就拒绝我？”

听她这么问，宙斯之女阿芙洛狄忒回答：
“至尊的女神，强大的克罗诺斯之女赫拉，
告诉我你心里在想什么，你到底需要什么，
只要我能办得到，就将尽力为你效劳。”

于是天后赫拉编出一套谎话，这样对她说道：
“请你给我爱情和性的魅力，这些你用来
征服不朽的天神和生生死死的凡人的魔力。

我打算去富饶的大地的尽头，看望环地
大洋神俄开阿诺斯和我的养母忒苏丝，在我们
年幼时，是他们从瑞亚那里将我们带走[1]，
细心养育在自己的家中。当时制造雷电的
宙斯把克罗诺斯打入地底深处。我现在
要去拜访两位，是为了调和他们之间的
不和，他们早已感情破裂，长久分居，
不再享受床笫之乐。如果我能用话语
使他们回心转意，复苏爱情，将他们
引到床榻上，同床共枕，和好如初，
我就能赢得他们的宠爱和尊敬。”

听她这么说，阿芙洛狄忒就这样回答：
“看来我不能，也不应该拒绝你的请求，
因为你能躺在最强大的主神宙斯的怀抱。”

说完，她从胸前取下那只精致的彩纹袋，
里面装着她全部的魔法：炽烈的爱情、
狂热的性欲和情人之间的甜言蜜语。
这些东西，能使最聪明的人失去理智。
阿芙洛狄忒把它交到赫拉的手里，
对她说道：“赫拉，请拿好，把这只绣袋
藏在你的胸口；此物特别奇特，我所有的
能力都包容在它里面，我相信，不管你
有什么样的愿望，一定不会空手而归。”

听她这么说，牛眼睛的赫拉不禁笑逐颜开，

[1] 因为克罗诺斯将自己和瑞亚生的孩子都吞进肚里，所以等宙斯打败克罗诺斯之后，克罗诺斯将子女从肚子里吐了出来，瑞亚就将赫拉送到大洋神那里由忒苏丝抚养。

连忙把阿芙洛狄忒的彩袋揣进了自己的胸怀。

等宙斯的女儿阿芙洛狄忒返身回家，
赫拉立即离开俄林波斯山的山顶，
像一道闪电，迅速地越过皮厄里亚
和美丽的厄马西亚，越过养马好手
色雷斯人那冰雪覆盖的群山和峰巅，
双脚并未碰着地面。后来她又经过
阿索斯山，跨越波涛翻卷的大海，
降落到莱姆诺斯群岛——神一样的
索阿斯统治的城池。她在那里找到
死亡之神的兄弟睡眠之神，紧紧
抓住他的手，呼唤他的名字说道：
“睡眠之神，所有凡人和诸神的君王，
但愿你能像你以前那样满足我的要求，
实现我的愿望，我会永远感激你。
当我躺进宙斯的怀抱，与他共享爱情时，
请你让宙斯进入睡眠，合上他那双
浓眉下闪亮的眼睛。我将送你一把
精美豪华的黄金座椅酬谢你，那是
我的儿子赫法伊斯托斯用他强壮的
臂膀和精湛的技艺，亲手铸造。他还要
为你锻造一只小凳，让你在欢宴上畅饮时
好把你闪亮的双脚搁在上面休息。”

听她这么说，甜蜜的睡眠之神就对女神说道：
“尊贵的天后，强大的克罗诺斯之女赫拉，
我可以毫不费力地让任何一个不朽的天神
进入深沉的睡眠，即使那养育一切的众神
之源俄开阿诺斯，也不会例外。但对

克罗诺斯之子宙斯，我却不敢靠得太近，
更不敢让他入睡，除非他自己愿意。
我过去也为你做过这种事情，当时
宙斯那个高傲的儿子赫拉克勒斯
在彻底摧毁特洛伊后，就坐船离开了，
而你叫我迷惑携神盾的宙斯的心智，
将他催眠，使他酣然睡熟，你好策划
阴谋诡计，让大海掀起狂风巨浪，把
赫拉克勒斯刮到人丁兴旺的科斯岛，
远离自己的亲友。宙斯醒来后
勃然大怒，在宫殿中把众神纷纷摔倒，
要找我算账；要不是征服天上诸神和凡人的
黑夜之神救了我，我或许早就被他从天界
一直贬落到海底，掉进深渊无影无踪。
我逃到他那里，宙斯只得暂时息了怒，
因为他也不想得罪移动迅速的黑夜之神。
而你又要我去做这种不可能的事情。”

听他这么说，尊贵的牛眼睛的赫拉答道：
“睡眠之神，你为何如此多虑，折磨自己？
你以为制造雷电的宙斯会因为你帮特洛伊人
而生气，就像当年为了他儿子赫拉克勒斯？如
果你照我说的去做，我就把一位最年轻的
美惠女神许配给你结婚，让她做你的新娘。
你不是一直对帕茜塞娅情有独钟，朝夕思慕？”

睡眠之神听她这么说，不禁满心欢喜地说道：
“真的？那我就照你说的去做，不过你要以
神圣的斯图克斯河那不可亵渎的河水起誓，
你要一手触碰丰饶的大地，一手触碰闪光的

海水，让所有与克罗诺斯一起住在地下的神祇
作证，你答应将那位最年轻的美惠女神帕茜塞娅
许配给我成婚，她是我朝思暮想的恋人。”

于是，白臂女神赫拉接受他的建议，
按他的要求起誓，呼唤着那些囚禁于
塔耳塔罗斯深渊的提坦神的名字。
等女神做完仪式，起完誓，就和睡眠
之神一起，离开莱姆诺斯和英勃罗斯城，
驾着云雾，快捷地飞行，抵达莱克托斯后
又离开水路，上了岸，沿着小径疾跑，
也不管树梢在他们的脚下摇晃而颤动。
很快他们来到泉源众多、野兽出没的伊达山。
两位神祇停住了脚步，睡神就躲过宙斯的视线，
降到一棵松树的树顶。这棵松树是伊达山上
最高的树，树干挺拔，树冠耸入明亮的天空。
他藏在茂密的枝叶间蹲伏，化成一只歌唱的鸟。
神明把这种鸟叫作铜铃鸟，凡人称它为夜莺。

而赫拉匆匆来到伊达山的最高峰伽耳伽罗斯，
汇聚乌云的宙斯立即看见了她的身影。
他只看她一眼，就产生了强烈的情欲，
他的心智完全被迷惑住了，就好像当年
他们瞒着双亲，在床上第一次享受爱情。
于是宙斯站起来，叫着她的名字打招呼：
“赫拉，你离开俄林波斯山到哪里去?
为什么不见你乘坐那些常乘的车马？”

于是，天后赫拉说着谎话，这样骗宙斯道：
“我打算去富饶的大地的尽头，看望环地

大洋神俄开阿诺斯和我的养母忒苏丝，在我们
年幼时，是他们从瑞亚那里将我们带走，
细心养育在自己的家中。当时你把
克罗诺斯打入地底深处。我现在
要去拜访两位，是为了调和他们之间的
不和，他们早已感情破裂，长久分居，
不再享受床第之乐。我的驭马正停在泉源
众多的伊达山下，它会载着我越过坚实的
陆地和海洋，送达目的地。我从俄林波斯山
下来就是为了到这里来向你请示，免得你
事后怪我，出访深邃的环地大洋未经你的许可。”

听她这么说，汇聚乌云的宙斯这样答道：
“赫拉，那地方你完全可以改天再去，现在
让我们躺下，尽情享受欢爱！我对于女神或
女人的情欲，从未像现在这样炽烈，它正在
我的胸中泛滥。我曾和伊克西昂的妻子同床，
生下神一样聪明的儿子裴里苏斯；我还和
阿克里西俄斯的女儿、美腿的达娜娥做爱，
生下人间最杰出的珀耳修斯；和福伊尼克斯的
女儿欧罗帕交欢，生下米诺斯和神一样的
拉达曼苏斯；与忒拜女子塞墨莱以及阿尔克墨奈
睡觉，阿尔克墨奈给我生下强有力的赫拉克勒斯，
塞墨莱生下狄俄努索斯，他是凡人的欢乐；我也
和发辫漂亮的女神黛墨忒耳、光彩照人的
勒托，以及你寻欢作乐——但所有这些事情，
都赶不上现在的情爱，甜蜜的欲念征服了我的心灵。”

听他这么说，尊贵的天后赫拉就狡猾地回答：
“克罗诺斯之子、可怕的众神之主，这像

什么话！你现在欲火中烧，迫不及待地要
和我在这伊达山山顶搂抱亲昵，欢爱尽兴，
难道你就不担心被哪个神明看见我们裸露着
躺在一起，传扬出去，此事将如何解释？
我将丢尽颜面，从这里起来后，往后又怎样
再去你的宫殿！如果你欲火难忍，一心想着
这事，那么我们就去你的儿子赫法伊斯托斯
为你建造的睡房，那儿门窗密封。我们可以
去那儿躺下，既然性爱可以使你感到愉悦。”

听她这样说，汇聚乌云的宙斯于是就回答：
“赫拉，不必害怕哪个天神或凡人会看见
我们，我要放一团金色的浓云，罩在我们的
周围，我相信，就连赫利俄斯也休想看透，
尽管他有一双敏锐的眼睛，能够洞穿一切。”

克罗诺斯之子说完，就伸出双手抱起了妻子。
大地在他们身下萌发了茂盛葱绿的芳草，
藏红花、风信子，还有嫩绿的三叶草铺成
松软的床铺，托起了宙斯和赫拉神圣的躯体。
他俩双双躺下，周围密密地笼罩着金色的云雾，
那云雾既神奇又美妙，从中滴下晶莹的露珠。

就这样，宙斯和他的妻子在伽耳伽罗斯的
山巅，安闲地躺倒，炽热的情欲和浓密的
睡意很快将他征服。这时，睡眠之神飞快地
跑向阿开亚人的船寨，给环绕并震撼大地的
海神波塞冬捎去这条消息。只见睡眠之神来到
波塞冬的身边，快捷的话语仿佛长出了翅膀：
“波塞冬，现在你可以趁着宙斯还在熟睡，

全力帮助达奈人赢得荣誉了。赫拉诱惑他
同床合欢，而我把他催入了短暂的睡眠。”

睡眠之神说着，又趋身前往不同部落的
凡人那里，催促波塞冬继续帮助达奈人。
只见裂地海神迅速跑到阵前大声叫喊：
“阿耳吉维人，难道我们真要把胜利
拱手让给普里阿摩斯之子赫克托耳，
让他夺取我们的船只，并以此夸耀？
这是因为赫克托耳一心巴望事情变成
这样：阿基琉斯由于愤怒，坐在船寨边
袖手旁观！但是，假如大家能振奋斗志，
并肩作战，我们也用不着在乎他是否回来。
大家行动起来吧，听我的命令，按我说的去做！
让我们拿起营帐里最大最好的盾牌保护自己的
身躯，用闪亮的青铜头盔罩住自己的脑袋，
手持最粗长的矛枪，我将率领你们一起投入战斗。
尽管普里阿摩斯之子赫克托耳作战勇猛，
也会顶不住我们的反攻。请作战勇猛的战士
把肩上的小盾换成大盾，因为小盾适合弱者！”

众人认真地听完波塞冬的发言，立即表示赞同。
首领们虽然身负重伤，却都亲自调整队伍。
他们是提丢斯之子、奥德修斯和阿特柔斯之子
阿伽门农。他们在人群中巡视着，敦促将士们
互换兵器和战甲：勇敢的人用好一点的，
把差一等的换给别人。待他们都披挂齐整，
就开始出发了，震地海神波塞冬亲自领队，
强有力的手中握着令人畏惧的利剑，它像
霹雳一样闪亮，残忍的战斗中，凡人谁也

不敢靠近，因为害怕，早已不战自退。
与此同时，战场的另一面，显赫的赫克托耳
也整理好了自己的部队。黑发的波塞冬
和光荣的赫克托耳分别带领
阿开亚人和特洛伊人，进入血战的高潮。
这时海浪涌过来，冲击着阿耳吉维人的船寨，
两军杀到了一起，发出震耳欲聋的喊杀声。
它既不像来自深海的汹涌波涛，受到北风神的
驱赶，猛烈撞击海岸时发出的咆哮；也不像
林中大火在深山峡谷任意肆虐时发出的呼啸；
更不像狂风刮过茂盛的橡树顶时发出的尖嚣。
这些声音都没有特洛伊人和阿耳吉维人短兵相接
你死我活地拼斗时发出的声音来得震天动地。
尊贵的赫克托耳首先对着迎面冲来的
埃阿斯投枪出手，枪尖正好打在他的
胸前，两条背带的交叉点。一条系盾牌，
一条系剑柄镶银钉的剑鞘；那两条背带
交叠在一起倒是保护了他的皮肉。赫克托耳
很生气，因为他的长枪白投了一次；为了
保住性命，只得退进自己的队伍去躲避。
正当他往后退的时候，忒拉蒙之子
高大的埃阿斯却从滚在战士脚边的
石堆中，抓起一块用来支撑船只的巨石，
朝赫克托耳用力砸去，砸在赫克托耳的
胸膛上，那里紧挨着咽喉。石块擦过盾牌的
边沿飞了出去，好像一只飞速旋转的陀螺。
仿佛一棵橡树，被宙斯父亲的雷电击倒，
连根拔起，发出了可怕的硫黄气味，谁要是
正在附近，看了一定会魂飞魄散，不敢靠近。
光荣的赫克托耳也是这样，立即倒在尘土里。

他的长枪脱了手，盾牌和头盔也掉落在地，
身上闪亮的铠甲发出了哐哐的响声。
阿开亚人的儿子们欢呼着扑过来，想把他
抢走，不断掷出密集的枪矢，都没有击中
这位英雄的要害，因为一群最勇敢的将领
迅速赶来，已把他围住保护起来。他们是
埃涅阿斯、普鲁达马斯和卓越的阿格诺耳，
还有吕西亚人的首领萨耳裴冬，以及纯洁的
格劳科斯。其他将士也争先恐后地挺起等径的
盾牌，前来遮挡他的躯体。人们抬着他，
跑出了阵地，来到快马边，华丽的战车
载着驭手正停在远离战场的地方等候——
马上拉起伤员返回城，呻吟声一路传过去。

当他们来到天父宙斯养育的河神珊索斯
那条水流湍急、漩涡众多的河流岸边时，
把赫克托耳从战车上抬下来，放在地上，
向他全身敷凉水，赫克托耳便呼出一口气，
回过了神，慢慢睁开眼睛；他撑起身子，
单腿跪地，吐出一大口黑血，又躺下，
漆黑的夜雾蒙住了他的双眼，他的精神
还没有从这次沉重的打击下恢复过来。
阿耳吉维人眼看赫克托耳受伤离开了战场，
更加凶猛地扑向生性高傲的特洛伊人。
俄伊琉斯之子、捷足的埃阿斯远远地
冲在众人前面，首先得手。只见他投枪
击中了厄诺普斯之子萨特尼俄斯；当年
厄诺普斯在萨特尼俄埃斯河畔放牧时，
纯洁无瑕的水中神女与他同床，生下了
萨特尼俄斯，现在萨特尼俄斯的肋部被

俄伊琉斯之子、著名的投枪英雄击中，
仰面倒在了地上。于是，特洛伊人和
达奈人为了抢到他的尸体，展开了更
激烈的战斗。潘苏斯之子普鲁达马斯
举着长枪赶来援助，他一枪击中了
阿雷鲁科斯之子、普罗梭诺耳的右肩，
强硬的矛头刺穿他的肩胛，普罗梭诺耳
翻身倒地，手抓泥土。于是，普鲁达马斯
不禁欣喜若狂，大声夸口："看！豪放的
潘苏斯之子这双强有力的大手投出的枪，
并没有白投，一个阿耳吉维人用他自己的
身体将它领受，看来他是要拄着它前往
哈得斯的殿堂！"

听他这样自夸，阿耳吉维人满腔悲痛。
忒拉蒙之子、坚强的埃阿斯更是愤怒，
因为普罗梭诺耳就死在他的身旁。
埃阿斯立即向快速后退的普鲁达马斯
掷出一支闪亮的矛枪，但后者连忙
往边上一跳，躲过了黑暗的死亡。枪尖
刺中了安忒诺斯之子阿耳开洛科斯，
永生的神祇注定他要接受这样的死亡。
只见矛头扎进脑袋与脖子的交接处、最后
一节脊柱上，切断了两边的筋腱。当他
倒下时，他的头、嘴和鼻子比腿和膝盖
更快落地，埃阿斯见状，就对着
普鲁达马斯高声喊叫："看见了吗？
普鲁达马斯，快老实告诉我，杀死他
来为普罗梭诺耳抵命，到底公平不公平？
看来他不是胆小鬼，出生也不卑贱，

也许是驯马好手安忒诺斯的兄弟，或者
是他的儿子，两人外貌上长得很相似。”
埃阿斯故意这样夸耀，深知特洛伊人会
悲痛欲绝。这时，阿卡达马斯挡在兄弟的
尸体前，投枪击中了波伊俄提亚人普罗马科斯，
后者正要拖走尸体。只见阿卡达马斯得手后
欣喜若狂，高声夸耀：“爱吹牛的阿耳吉维人，
不幸和苦难并不总是落在我们身上！
你们也会像这位一样，紧紧跟着死亡。
想想普罗马科斯如何躺在你们的脚边，
被我的枪击倒；我没有等多久，就为
兄弟报了仇。所以人人希望家中有男人
幸存，好在死后替他申冤、复仇。”

听他这样夸耀，阿耳吉维人满腔悲痛，
武艺高强的裴奈琉斯更是感到愤怒。
他扑向阿卡达马斯，阿卡达马斯没有挡住
他的进攻；裴奈琉斯国王又投枪击中
福耳巴斯之子伊利俄纽斯。后者的
父亲拥有无数的羊群，在特洛伊深受
赫克托耳的恩宠，赐给他大量的财富。
伊利俄纽斯是他父母的独生子，现在
却被裴奈琉斯击碎了脑门，枪尖捅进
眼窝，直达后颈。只见他眼球迸出，
双臂摊开着瘫坐在地，裴奈琉斯又跑上来
在他脖子中间补了一剑，使他身首分离，
脑袋连着头盔滚落在地。而裴奈琉斯
用长枪挑着像带穗罂粟一般的首级，
举给特洛伊人看，一边这样夸耀道：
“你们这些特洛伊人，请代我转告

伊利俄纽斯的亲爱的父母，让他们
在自家的厅堂里为爱子举行哀悼，
当我们阿开亚人从特洛伊乘船返航时，
阿勒格诺耳之子普罗马科斯的妻子
再也不会见到打仗回去的丈夫！”

听他这么说，特洛伊人全都双膝颤抖，
张望着，试图逃避死亡的突然降临。

住在俄林波斯的缪斯女神，请告诉我，
当强大的裂地海神波塞冬扭转了战局，
哪个阿开亚人最先夺得了带血的战利品？
忒拉蒙之子埃阿斯首先击倒了刚毅的
吉耳提俄斯之子、慕西亚人的首领
呼耳提俄斯。然后，安提洛科斯杀了
法尔开斯和墨耳墨罗斯，墨里俄奈斯
杀了莫鲁斯和希波提昂，丢克罗斯
杀了裴里菲忒斯和普罗索昂。而墨奈俄斯
杀了士兵的领袖呼裴瑞诺耳，枪尖撕开了
他的肚腹，捣乱了内脏，灵魂从呼裴瑞诺耳的
躯体里、那道铜枪造成的伤口中匆匆地飘走，
死亡的黑雾蒙住了他的眼睛。但俄伊琉斯之子、
快捷的埃阿斯杀人最多，因为一旦宙斯把敌人
赶得落荒而逃，没有人像他那样快速地追上敌人。

第十五卷

英勇的赫克托耳

这时，特洛伊人纷纷夺路而逃，越过防护墙
和壕沟里的尖木桩时，许多人死在达奈人的
手下。他们一直退到战车那里，才收住脚步，
正当他们惊恐万分、满心绝望之时，伊达山上，
宙斯从天后赫拉的身边醒了过来，他猛地站起，
发现特洛伊人正在溃退，而阿开亚人在后面
乘胜追击，攻势猛烈，只见波塞冬正一马当先
率领着阿耳吉维人。宙斯又发现赫克托耳昏迷着
躺在同伴中间，不断痛苦地喘息，咳出鲜血；
看来，使他受伤的并不是阿开亚人中的等闲之辈。
神人之父宙斯见此情景，顿生怜悯，转身对着
赫拉浓眉紧蹙、眼露凶光，恶狠狠地责骂道：
“阴险狠毒的赫拉，这回又是你的阴谋诡计，
你使强大的赫克托耳受伤并退出了战斗，还使
特洛伊人的队伍全线崩溃。难道你不知道，
我会因此惩罚你，用雷电和霹雳将你打击？
要知道，你并不是第一次尝到撒谎的恶果！
你是否还记得，有一次我怎样把你吊在半空，
用两块铁砧挂在你的双足，用永远挣不断的
黄金锁链将你的手捆住？那时你被悬在光明的
天空和云层之中。巍峨的俄林波斯山上，诸神

虽然愤怒，对此却无能为力，无法上前帮助，
因为他们知道，倘若有所行动，我就抓住他，
将他扔出宫门，一路贬落到大地的深处。即使
这样，也难以平息我心中强烈的痛苦，因为
赫拉克勒斯的缘故。当时，你借助北风神的
威力，使大海掀起滔天巨浪，用心险恶地
把他一直赶到人丁兴旺的科斯岛。后来，
我才把他从那里救出来，带回草肥马壮的
阿耳戈斯，而他已遭受磨难，历经坎坷。
我往事重提，只是要让你记住，不要
再试图欺骗我；我要让你知道，你从
众神那里赶到这儿来，用爱欲和欢情
来魅惑、欺骗我，到头来会有什么结果！”

宙斯的责骂，使牛眼睛的赫拉心里害怕，
张口辩解，温柔的话语仿佛长出了翅膀：
“让大地和辽阔的天空为我作证，让那
湍流不息的斯提克斯河为我作证——
幸运的神祇以此发下的咒誓，最为庄严，
最为有力，不可推翻；我还要以你神圣的
头颅和我们的婚床起誓——尽管我从来没有
这样做过——震地海神波塞冬并不是顺从
我的意愿，去加害特洛伊人和赫克托耳，
或去帮助他们的对手，他只不过眼看阿开亚人
被逼到船寨边，惨遭杀戮，动了恻隐之心，
并受到自己激情的驱使，才如此行动的。
我从来没有怂恿他这么做过。汇聚乌云的
主神宙斯，假如我要劝他干什么的话，
也是要他听你的话，照你说的去做！”

听她这么说，神人之父宙斯转怒为喜，
微笑道，快捷的话语仿佛长出了羽翼：
“牛眼睛的天后赫拉，以后诸神聚会，
如果你也像这样同我心心相印，那么
波塞冬即使和我们暂时背道而行，
也会按照你我的意见改变他自己。
如果你刚才说的全是真话，没有半点
虚假，那你就赶快回到诸神那儿去，
把伊里丝和神射手阿波罗招到这里来；
我要让伊里丝到披铜甲的阿开亚人那里，
去给海神波塞冬传达我的命令，要他立即
停止战斗，离开战场返回自己的宫殿；
我还要让福波斯·阿波罗去鼓励受伤的
赫克托耳，给他灌输力量，使他恢复斗志，
摆脱折磨着身心的痛苦，重新投入战斗。
让赫克托耳打击阿开亚人，使他们落荒逃窜，
掉转头，奔向裴琉斯之子阿基琉斯的船寨，
阿基琉斯就会派好友帕特罗克洛斯出战。
帕特罗克洛斯于是就杀死了很多敌人，
包括我的儿子，神一样的萨耳裴冬。之后，
光荣的赫克托耳就会出手，在伊利昂城前将
帕特罗克洛斯杀死。而大怒的阿基琉斯
一定会出来替好友报仇，杀死赫克托耳。
至此，战局完全扭转过来，我将使特洛伊人
在船寨前不断受到打击，直到阿开亚人
按照雅典娜的意愿，不受阻挠地攻下伊利昂。
这之前，我不会平息我的愤怒，也绝不
允许任何不朽的神祇去帮助达奈人。因为
永生的女神忒提丝曾抱住我的膝盖，求我
让裴琉斯之子阿基琉斯得到荣耀；我当时

点头答应了她，所以他们的愿望需要满足。”

听他说完，白臂女神赫拉丝毫不敢怠慢，
赶快从伊达山直奔巍峨的俄林波斯山。
她的速度快得惊人，就像一个人心中
掠过的念头。此人漫游过世界，现在
只要一想，“我要去这里或那里”，
就能达到目的。天后赫拉也这样快捷地
穿越时空，飞到陡峭的俄林波斯山上，
在那里，永生的神祇都聚在宙斯的宫殿。
众神见她到来，全都站起来，上前迎候，
但赫拉没有理会他们，只接过美颊的特弥斯
递上的酒杯，因为她第一个来到赫拉的面前，
向她问候，快捷的话语仿佛长出了羽翼：
“赫拉，你为何退回，神情看上去很紧张？
是不是克罗诺斯之子、你的丈夫使你惊慌？”

见她询问，白臂女神赫拉于是这样答道：
“特弥斯女神，你明知故问，你本该知道
他性情暴躁，不仅傲慢，而且顽固。你可
继续主持这个众神平等分享的宫廷宴会，
而我会把详情告诉你们，你和诸神很快
都会了解宙斯那些引起暴行的可怕计谋。
说实话，无论天神或凡人听说这些事情，
都不会太高兴，即使他们在欢宴畅饮。”

天后赫拉说完，便心情沮丧地入了座，
聚在宙斯宫殿里的众神也心烦意乱起来。
只见赫拉嘴角挂着微笑，眉头却紧蹙，
她愠怒地对众神这样说道：“我们竟想

和宙斯对抗，简直愚蠢，昏了头！
当我们试着接近他，阻挠他的行动时，
他却独踞高处，既不关心我们，也不在乎
我们，因为他一直坚信自己的能力是所有
天神中最厉害的，没人能够和他相比。
所以，你们各位必须忍受他引起的痛苦。
比如阿瑞斯，就已经尝到他种下的苦果——
他的儿子阿斯卡拉福斯已在战斗中阵亡，
鲁莽的阿瑞斯声称那是他的儿子，凡间他最爱的人。”

听她这么说，阿瑞斯忍不住跳将起来，
一边双手拍击大腿，一边悲痛地叫嚷：
“住在俄林波斯山的众神，现在你们
谁也不该责难我。因为我要到阿开亚人的
船寨去，为死去的儿子报仇，哪怕我
命中注定要被宙斯的雷电击中，与其他
死尸一起躺在尘埃和血泊之中！”

阿瑞斯说完，便吩咐骚乱和恐惧女神
备马套车，自己则穿上闪亮的铠甲，
全副武装起来。这时，要不是雅典娜
为众神考虑，阻止了他，恐怕又会激起
宙斯对众神更猛烈的狂暴和愤怒。
只见雅典娜迅速离开座位，冲出门廊，
追上了阿瑞斯，取下他头上的帽盔，
从他肩上摘下盾牌，把青铜枪从他
手中夺过来，放在一边，对狂暴的
阿瑞斯规劝道：“你这个傻瓜疯了吗？
你难道失去了理智想去送死？你的耳朵
难道没有听见刚才白臂女神赫拉讲的话？

她可是刚从俄林波斯的主神宙斯那儿回来。
你难道是想让自己遭遇不测，吃到苦头后
不得已才回到俄林波斯山，并给我们众神
带来灾祸和麻烦？因为宙斯很快会丢下
高傲的特洛伊人和阿开亚人，回俄林波斯山
来对付我们，不管有错没错，把我们统统
都抓起来。所以，我劝你平息丧子的悲愤，
比他力气大、能力更强的勇士都已战死，
我们不可能挽救我们的后裔，所有的凡人。”

雅典娜说完，让狂暴的阿瑞斯回到座位，
赫拉把阿波罗和神界不死的信使伊里丝
叫到殿外，对他们大声吩咐，快捷的话语
仿佛长出了翅膀：“宙斯命令你们赶快前往
伊达山，见到宙斯后，就按他的要求行事。”

天后赫拉说完，就转身回到宫殿的厅堂，
坐在自己黄金的宝座上。两位神祇一路
飞翔，快如闪电，转眼之间就来到野兽出没、
泉源众多的伊达山，看见制造并传播雷电的
克罗诺斯之子宙斯，正静静地坐在伊达山的
最高峰伽耳伽罗斯山，笼罩在芬芳的云雾里。
他俩来到乌云的汇聚者面前，站立并恭候，
宙斯看到他们的到来，心情变得舒展，
因为他们听从天后的命令，迅速地赶来。
于是他对伊里丝说道，快捷的话语仿佛
长出了羽翼：“捷足的伊里丝，赶快动身
去找波塞冬，把我的话传给他，不得有误。
命令他即刻停止厮杀，退出战场，回到
大海，和神祇待在一块儿。假如他不听

我的劝，对我的命令不肯去执行，就让他
用脑子好好想一想，他尽管强劲有力，
却抵不住我的攻击，因为我的力气远远
比他大，而且比他年长。也许在内心深处，
他总以为可以与我平起平坐；但事实是，
在我面前，众神全都感到畏惧和恐慌。”

听宙斯这么说，追风般快捷的伊里丝
不敢怠慢，迅速冲下伊达山的山巅，
前往神圣的伊利昂。仿佛由气流生育的
北风神，无情驱赶着雪片和寒冷的冰雹，
使它们迅速降落。捷足的伊里丝也这样，
快速来到著名的震地海神波塞冬的身边，
对他说道：“黑发的环地海神，我受宙斯
之托，特地赶来向你传达一个命令。
他要你立即停止战斗，退出战场，回到
大海，和神祇待在一块儿。假如你不听
他命令，他会亲自来和你较量。他劝你
要用脑子好好想一想，你尽管强劲有力，
却抵不住他的攻击，因为他的力气远远
比你大，而且比你年长。也许在内心深处，
你总以为可以与他平起平坐；但事实是，
在他面前，众神全都感到畏惧和恐慌。”

听她这么说，强大的裂地海神勃然大怒，
高声叫嚷：“虽然他了不起，说话也太猖狂！
难道他想威胁我这个和他一样强大的神？
我们都是克罗诺斯和瑞娅生的三兄弟——
宙斯和我，第三个就是掌管冥府的哈得斯，
宇宙一分为三，我们各自管辖一份。

当时我们抓阄分配，我拈得灰色的大海
作为永久的居所；哈得斯抽到黑暗的冥府；
而宙斯获得广阔的天空、云朵和大气，
而大地和巍峨的俄林波斯山归我们共有。
所以，我不会按照宙斯的意愿行事，对他
唯命是从！他应该满足于自己的领空，
虽然他力大无穷，却别想再来吓唬我，
好像我是一个怯弱的懦夫。如果他要
威胁别人，最好是找他的那些儿女们，
因为他是他们的父亲，无论愿意不愿意，
儿女总得服从父亲的命令。”

只听快捷如追风的伊里丝这样回答他：
“黑发的环地海神，你真的要我向宙斯
原话传达你这番严厉、坚决的言辞？
或者你想有所变通？所有高贵的心灵
都可接受。你知道复仇女神总是帮助兄长。”

听她这么说，裂地海神波塞冬于是答道：
“女神伊里丝，你刚才的话说得真是好！
作为使者，你那明智的劝告对我很有用。
他竟以如此激烈的言辞严厉地责备我这个
和他同样地位的神，我的心智因此受到
痛苦的侵扰！不过尽管我很气愤，这次
我还是向他让步，可我要声明，我不会
忘记他对我的威胁。如果他最终违背我，
违背劫掠英雄的保护神雅典娜、赫拉、
赫耳墨斯和火神赫拉法伊斯托斯等诸神的
意愿，使城楼高耸的伊利昂免遭毁灭，
使阿耳吉维人得不到巨大的荣耀，

我和他之间的过节就永远不会弥合！”
震地海神说完，就离开了阿开亚人的军队，返回
闪亮的大海，强烈的忧虑涌上阿耳吉维人的心头。

这时，集云造雷的宙斯对阿波罗说道：
“亲爱的阿波罗，你现在可以到头盔闪亮的
赫克托耳那儿去，环绕并震撼大地的海神
波塞冬已经潜入闪亮的大海，躲过了我
强烈的怒火；要不然我们真要动起手来，
众神，甚至和克罗诺斯一起住在地底深处的
神祇都会听见格斗声。他的决定，对我们
两人都很有利。他尽管心中恼怒，却避免了
我的毒手，否则，这番艰难的争斗难以了结。
现在，你可以举起这面飘着流苏的神盾，向
阿开亚人摇晃，引起他们的恐慌，把他们吓跑。
我的神射手，你要亲自去照应光荣的赫克托耳，
给他注入巨大的能量，直到阿开亚人退到
赫勒斯庞特海的海岸——他们停泊的海船边。
这时，我会用我的言行亲自调度，使阿开亚人
在遭遇这次重创后，恢复元气，卷土重来。”

听宙斯说完，阿波罗遵从天父的意愿，
化身为速度最快的飞禽、鸽子的天敌——
老鹰，从伊达山的山顶飞下来。
他很快看见普里阿摩斯之子、神一样的
赫克托耳不再躺着，而是坐了起来，
正慢慢恢复了知觉，认出周围的同伴。
携神盾的宙斯的意志，使赫克托耳
清醒过来，重新焕发了失去的活力。
这时他停止了出汗，也不再口喘粗气。

只见远射之神阿波罗降到赫克托耳的
身边这样对他说道："普里阿摩斯之子
赫克托耳，你为何离开众人坐在这里?
瞧你软弱无力的样子，像是遭到了不幸。"

头盔闪亮的赫克托耳虚弱地答道：
"和我面对面说话的是哪位神祇?
难道你不知道，正当我在阿开亚人的
船寨边杀敌时，擅长吼叫的埃阿斯
用石块砸中我的胸部，削弱了我的斗志。
我原以为今天自己会一命呜呼，从此
前往哈得斯的冥府，去和死人做伴！"

听他这么说，神射手阿波罗王这样回答：
"勇敢些，克罗诺斯之子宙斯从伊达山
派我来救你，保护你的安全。我是
携带金箭的福波斯·阿波罗，以前也
救过你，保护过你那城楼高耸的城。
现在，你立即去鼓励将士，驾起战车，
杀向阿开亚人的船寨。我将冲在你们
前头，替你们开道，叫阿开亚人逃窜。"

阿波罗这样说着，就为士兵的领袖赫克托耳
注入了巨大的能量，使他变得犹如一匹吃饱
饲料的健马，脱缰而出，兴致勃勃地越过平原，
直奔那条水流清澈的河流洗澡，然后又昂起头来，
让鬃毛在脖子上潇洒地飘，陶醉于自己俊俏
和快捷的腿脚，朝着母马出没的草场奔跑。
赫克托耳也这样，一听到神的召唤，腿脚马上
摆动起来，跑去鼓励特洛伊将士，英勇地作战。

好像山里的猎人带着猎狗，追捕一头长角的
公鹿或野山羊，却因猎物跑进了浓密的森林，
在岩壁里躲藏，没法得手；但他们的喊叫声
反而引来一头长鬃飘扬的大狮子，突然向他们
发动了进攻，把他们吓得四处逃散。就这样，
达奈人排着队阵，刀剑并用地奋力追击特洛伊人，
可当他们看到赫克托耳重新返回了战场，就
全都吓得惊慌失措，腿脚瘫软，勇气陡然泄去。

这时，安德莱蒙之子索阿斯出面讲话，
他是埃托利亚人中最出色的战将。他
不仅擅长投枪、近距离作战，而且在
年轻人的辩论会上，很少有人能比得上
他的口才。只见他好心地对众人说道：
“天呢，我们的眼前简直出现了奇迹！
赫克托耳竟然躲过死神，又活着回到了
这里；我们原以为他已经被忒拉蒙之子
埃阿斯杀死了。一定是哪位神祇救了他，
这个曾使许多达奈人寒心丧胆、腿脚瘫软的
英雄，现在，他又有机会施展同样的才能。
如果不是汇云造雷的宙斯，他也不会
充满活力地回到阵地。现在，大家最好
不要固执，请照我说的去做：让所有的
士兵先往后撤，撤到船寨边，而让我们
这些自称是全军最优秀的将领，手持矛枪
坚守阵地。这样，就算特洛伊人的攻势
很猖狂，谅他们也会心慌，不敢轻举妄动。”

众人认真听完这席话，全都赞同他的建议。
勇士们迅速围到将领的身边，形成密集的战阵。

这些将领是：埃阿斯、伊多墨纽斯、丢克罗斯、
墨里俄奈斯，以及战神一样的墨格斯。他们
就这样，前呼后拥，彼此鼓着劲，准备迎战
赫克托耳和特洛伊人。而一般的士兵则开始
从他们的身后撤退，撤回阿开亚人的船寨。

这时，赫克托耳率领密集的特洛伊人的队伍开始
大举进攻，福波斯·阿波罗走在队列的最前头。
只见他的肩上飘着云雾，手中握着可怕的神盾；
那面神盾周围飘垂着令人生畏的闪光的流苏，
它是神匠赫法伊斯托斯亲手为宙斯制造，并为
凡人送来灾祸。现在，阿波罗就握着它领兵打仗。

阿耳吉维人编队整齐，严阵以待，两军交手，
震耳的呐喊声直冲云霄，无数箭矢跳出弓弦，
无数投枪迅捷地飞出粗壮的大手，雨点一般，
射进勇敢的年轻战士的身体。还有许多投枪
落在两军之间，不曾碰着白嫩光亮的肌肤，
而是带着噬咬人的愿望，中途扎进了泥土。
当福波斯·阿波罗紧握神盾，静止不动时，
双方的枪矢便能频频击中对手，刺中身体；
当福波斯·阿波罗朝着驯马好手达奈人晃动
神盾、放声吼叫时，达奈人全都吓得惊慌失措，
胸中狂热的勇气顿时化为乌有。就像漆黑的
夜晚，两头猛兽趁牧人不在，突然出现在
畜群里，对牛羊进行偷袭。阿开亚人也这样，
阿波罗使他们陷入严重的恐慌，溃不成军，
而把荣耀送给了赫克托耳和特洛伊人。

战场上一片混乱，将士们你死我活地搏斗。

赫克托耳杀了斯提基俄斯和阿耳开西劳斯，
前者是披铜甲的波伊俄提亚人的首领，
后者是豪放的墨奈修斯最亲密的随从。
而埃涅阿斯杀了墨冬和亚索斯。墨冬
是神一样的俄伊琉斯的私生子，埃阿斯的
兄弟；他因为杀了庶母厄里娥丕丝的兄弟、
父亲的内弟，只得远走他乡，居住在夫拉凯。
而亚索斯是雅典人的首领，人们都说他是
斯菲洛斯之子，而斯菲洛斯又是布科洛斯的
儿子。另外，普罗达马斯杀了墨基斯丢斯。
波利忒斯一上手就杀了厄基俄斯。神一样的
阿格诺耳则结果了克洛尼俄斯。而帕里斯
趁代俄科斯在前面奔跑之时，从后背心击中
他的肩膀，青铜的枪尖一直穿透了胸脯。

正当特洛伊人动手剥取死者的铠甲，
阿开亚人已经退到插有尖木桩的壕沟
和防护墙的雉堞一带，惊恐地四处逃散。
这时，赫克托耳放开喉咙，对特洛伊人
大声叫喊："快扔下这些带血的战利品，
全力以赴地去进攻海船！谁要让我看见
远远地落在后面畏缩不前，我就立即
处死他，并且他的亲人，无论男女，
一律不准将他的尸体火化安葬，我要让
他暴尸城外，任凭饿狗将他撕裂和消化！"

他这样说着，扬起了鞭子，一马当先，
一边高声呼喊，跟在后面的特洛伊人
也齐声响应，纷纷催赶战车紧随其后。
福波斯·阿波罗在前面开道，毫不费劲地

抬腿踢平了壕沟，填出一条宽阔的通道，
那长度相当于有人竭尽臂力，用力投掷
一支投枪的飞行距离。阿波罗率领部队
轻松地把阿开亚人的整段防护墙都推倒，
只见他手持神盾，像个顽童似的在海边玩耍，
堆起沙堡自娱自乐，很快又觉得不满意，
便手脚并用地将它毁掉。神射手阿波罗
也这样，儿戏一般把阿耳吉维人辛勤建成的
防护墙捣烂，使阿耳吉维人全都抱头鼠窜。

阿开亚人一直退到船边才停住了脚步，
他们纷纷举起双手，互相叫喊，同时
向永生的神明不断地哀声祈求。只听
阿开亚人的主心骨、格瑞尼亚的奈斯托耳
把手举过头顶，对着星空急切地哀告：
“宙斯父亲，你还记得有人在盛产小麦的
阿耳戈斯，给你祭奠过牛羊的多脂的腿肉？
你也曾点头答应他们，让他们平安地返回故乡。
俄林波斯的主神啊，请你救救我们，不要让
特洛伊人像这样把阿耳吉维人无情地消灭！”

老人祈求着，智慧的宙斯听到了他的声音，
随即炸了一个响雷，作为对奈琉斯之子的回应。

可特洛伊人听到携神盾的宙斯抛出了响雷，
反而振奋精神，更加凶猛地进攻阿耳吉维人。
好像宽阔的大海，海浪被强劲的风驱赶着，
更加汹涌澎湃，撞击着船舷。特洛伊人
驾着战车一直冲到船队前，挥动刀枪与阿开亚人
展开近战。近战中，特洛伊人在战车上投出

枪箭进攻，而阿开亚人则攀在漆黑的海船上，
用备在船上打海仗用的铜枪，居高临下地还击。

正当阿开亚人和特洛伊人在防护墙边酣战，
帕特罗克洛斯一直坐在尊贵的欧鲁皮洛斯的
营帐，一边用话语安慰他，一边给他的伤口
敷上草药，使红肿的伤口减轻疼痛。但是，
当他得知特洛伊人已经越过防护墙和壕沟，
而达奈人大声叫嚷着四处溃败时，他坐不住了，
帕特罗克洛斯当即高声长叹，用巴掌拍打大腿，
满怀悲痛地对欧鲁皮洛斯这样大声地说道：
“欧鲁皮洛斯，我不能再逗留此地陪伴你，
虽然你很需要我，但那边一场恶战已经开始！
让你的侍从来照顾你吧，现在，我要赶回
营寨，去见阿基琉斯，让他出手参加战斗。
也许不朽的神明会保佑我，劝说他回心转意；
谁能说得准？兴许朋友的规劝他容易接受。”

帕特罗克洛斯说完，便动身离去。
战场上阿开亚人顽强地抵抗着特洛伊人凶猛的攻势，
终因寡不敌众，不能将敌人从船寨边赶走；
而特洛伊人也没有足够的力量，冲垮阿开亚人
的阵线，冲入他们的营帐并跑上漆黑的海船。
就像受帕拉丝·雅典娜指教的有经验的木匠，
用紧绷的粉线在造船的木料上平均地划分，
特洛伊人和阿开亚人双方也这样势均力敌，
仗打得难分难解。正当人们在船寨一带为
争夺船只而殊死搏斗，赫克托耳却冲过来
进攻尊贵的埃阿斯，他俩为争夺一条船
展开了激战。赫克托耳不能赶走埃阿斯，

放火烧船；而埃阿斯也不能将赫克托耳打退，
因为有神明保护在他的身边。光荣的埃阿斯
后来一枪击中了克鲁提俄斯之子卡勒托耳的
胸脯，当时，后者正举着火把，跑向船只。
只见卡勒托耳应声倒地，手中的火把掉落在地。
赫克托耳眼看堂兄惨遭不幸，死在尘土里，
悲痛欲绝，立即对特洛伊人和吕西亚人呐喊：
“特洛伊人，吕西亚人，达耳达尼亚人，
擅长近战的英雄们！你们狭路遇敌，不要后退！
快去把克鲁提俄斯之子，抢出战场，他已在
船寨边阵亡，不要让阿开亚人剥掉他的铜铠！”

说完，赫克托耳就对准埃阿斯，投枪出手，
但矛头偏离了目标，击中了站在埃阿斯身边的
马斯托耳之子鲁科弗荣。他来自神圣的库塞拉，
因在家乡杀了人，便离家出走，是埃阿斯亲密的
朋友，一直和他住在一起。现在，赫克托耳
锋利的青铜枪尖刺穿了他的头骨、耳朵上方的
要害部位，只见他四肢瘫软地仰面倒在船尾。
埃阿斯见状，悲愤得直打哆嗦，对他的兄弟嚷道：
“亲爱的丢克罗斯，马斯托耳之子、我们忠信的
朋友鲁科弗荣已被杀死，他从库塞拉来投奔我们；
我们对待他就像对待父母，现在豪放的赫克托耳
却杀了他。你的兵器都到哪里去了？那些致命的
箭矢，还有福波斯·阿波罗赐送给你的强弓？”

丢克罗斯听埃阿斯这样说，连忙跑过来，
手里握着弓弩，肩上背着插满箭矢的箭筒。
他迅速朝特洛伊人瞄准，不断地拉弓放箭，
只见他射倒了裴塞诺耳之子、光荣的克雷托斯，

他是潘苏斯之子，高贵的普鲁达马斯的驭手。
当时，克雷托斯正手执缰绳，驾驭着战车
冲向敌人最密集的地方，以博取赫克托耳
和特洛伊人的欢心。想不到死亡突然降临，
夺走了他年轻的生命，朋友都帮不了他的忙：
锐利的箭矢从背后射进了克雷托斯的脖子，
他应声从战车上翻倒在地，快捷的战马
受了惊，四蹄腾空，颠着战车乱跑。驭马的
主人普鲁达马斯很快发现，第一个跑来，
勒住了惊马，把车马交给普罗提昂的儿子
阿斯图努斯，吩咐他密切注意他的行动，
将车马停在近旁，自己则转身回到了前阵。

这时，丢克罗斯又张弓搭箭，对着赫克托耳
射出了第二支利箭。假若丢克罗斯能在赫克托耳
杀得眼红时，将他射死，击碎他的灵魂，
便能阻止赫克托耳继续进攻阿开亚人的船寨；
但丢克罗斯敌不过宙斯，后者正保护着
赫克托耳，不让忒拉蒙之子争得荣誉。
就在丢克罗斯拉弓放箭之时，宙斯折断了
弓弩上紧绷的弦和精致的弓杆，只见带有
铜镞的箭矢斜飞了出去，而弓弩脱手落地。
忒拉蒙之子丢克罗斯见状，吓得浑身
哆嗦，对兄弟说道："一定是哪位神明
在破坏我们的策略！他打落我的弓弩，
又扯断了弓上的弦。这条弦，我今天
早晨才安上，完全能够频频地发射。"

只听忒拉蒙之子、高大的埃阿斯这样回答：
"算了，我的兄弟，放下你的弓和频发的箭，

既然神明跟我们作对，使它们变成废物的话。
要么你去拿一支粗长的矛枪，肩上挎一面盾牌，
去对付特洛伊人，并鼓励其他人一起作战。
尽管他们已打乱我们的阵脚，却不要让敌人，
轻而易举地攻占我们的船队。让我们继续作战！”

听他这样说，丢克罗斯将弓箭放回了营帐，
把一面由四层牛皮精工制造的等径圆盾挎到了肩上；
接着又往硕壮的脑袋套一顶坚固的头盔，
头盔顶上装饰着飘洒的马鬃，显得威武雄壮。
然后，他抓起一杆结实的矛枪，锐利的青铜
枪尖闪闪发光。这样，他跑回了埃阿斯身旁。

而赫克托耳发现丢克罗斯的弓箭失灵，
便对特洛伊人和吕西亚人大声叫嚷：
“特洛伊人，吕西亚人，达耳达尼亚人，
擅长近距离作战的英雄们！振作起来，
向着海船冲锋！我已亲眼看见，宙斯
毁坏了他们中最好的弓箭手的武器，
他显示给凡人的意图一清二楚：
他要么想把更大的荣誉赐给一些人，
要么想要削弱另一些人的力量，拒绝
给予他们帮助。就像现在，他打击
阿耳吉维人，而过来护佑我们。勇敢些，
让我们一起去进攻他们的船队！如果
有人被死亡的命运俘获，被飞来的枪矢
击中，倒下了，那就让他死吧，为保卫
自己的家园阵亡，死得光荣！只要
把这些阿开亚人赶出去，让他们乘着
海船返回自己热爱的故土，他的妻儿

将保证平安，他的家产也不会毁于战火！”

赫克托耳的一席话，激起了每个人的
勇气和战斗豪情。在战场的另一侧，
埃阿斯也这样鼓励阿耳吉维人同伴：
“多么耻辱，你们这些阿耳吉维人！
眼下，胜负存亡在此一举，要么战死，
要么得救，把特洛伊人赶离我们的船寨。
难道你们想让头盔闪亮的赫克托耳
夺走我们的海船，徒步从海上返回？
难道你们没有听见他正在大喊大叫，
鼓励手下烧毁我们的船队？他不是
邀请他们跳舞，而是催促他们战斗！
现在，我们想不出更好的办法，只能
鼓足勇气和他们面对面地近距离格斗，
不是死，就是活，一战决出胜负，
总比困在这里好，没完没了地苦战，
消耗着体力，对付远比自己弱的对手。”

埃阿斯的这席话，激起了每个人的勇气
和战斗豪情。赫克托耳杀了裴里墨得斯之子、
福基斯人的首领斯凯底俄斯，
而埃阿斯杀了安忒诺耳之子、步兵的首领、
勇敢的劳达马斯。而普鲁达马斯杀了
库勒奈人俄托斯，他是夫琉斯之子
墨格斯的同伴、生性豪放的厄利斯人
的首领。墨格斯见状，掷出了矛枪，
但普鲁达马斯闪身避过，投枪不曾击中。
因为阿波罗不会让冲在前锋的潘苏斯之子
倒下。但墨格斯的枪击中了克罗伊斯摩斯的

胸膛，后者轰的一声倒在地上；墨格斯
从他肩上剥下他的铠甲。与此同时，
朗波斯之子多洛普斯朝墨格斯扑来。
多洛普斯是朗波斯最强健的儿子，
武艺高强，他也是劳墨冬的孙子，
一个骁勇善战的英雄。只见他靠近后
一枪击在夫琉斯之子的盾牌中心，
但墨格斯穿在身上的那副胸甲救了他。
那是夫琉斯从塞勒埃斯河畔的厄芙拉
带回家的礼物，当时民众的国王欧菲忒斯
尽地主的友好之仪，让夫琉斯穿上这副铠甲去
打仗，抵御敌人的进攻。铠甲上坚固的
铜片紧密相连，使墨格斯免于死亡。
而墨格斯却投枪击中了多洛斯的铜盔，
装饰在盔顶的马鬃被击落，掉在地上，
那支刚染过紫色的缨饰，随即滚进尘土。
多洛普斯坚持战斗，仍然期待着胜利，
这时，好斗的墨奈劳斯手持矛枪赶来助阵，
不为人察觉地从多洛普斯背后刺中他的肩膀。
青铜枪尖猛烈地刺穿他的胸膛，只见
多洛普斯摇晃着，轰的一声卧倒在地。
他俩猛地扑上去，从他的肩上剥下铜甲。
而赫克托耳向他所有的亲属们叫嚷，尤其
对希开塔昂之子、强健的墨拉尼波斯严厉地
斥责。在敌军到来以前，他曾在裴耳科忒
放牧蹒跚的肥牛群。后来达奈人乘着头尾
弯翘的海船到来之后，他便回到伊利昂，
成为受特洛伊人尊敬的勇士，普里阿摩斯
待他如亲子，住在普里阿摩斯的宫中。
现在，赫克托耳却点他的名，高声责骂：

“墨拉尼波斯，难道我们就这样忍气吞声？
你难道没看见，你的亲兄弟被杀死，敌人
又开始剥他的铠甲？跟我来！现在我们不该
远远地待在后面，和阿耳吉维人远距离作战。
我们必须赶快逼近，今天，要么我们取胜，
要么我们那城楼高耸的伊利昂将惨遭灭亡！”

赫克托耳说完，便带头上前，神一样的
勇士跟在他的身后。与此同时，忒拉蒙
之子、高大的埃阿斯也在鼓励阿耳吉维人：
“我的朋友们，拿出男子汉的勇气！
战斗中不要让同伴耻笑！有羞耻心的人
将平安而归；逃兵既可耻，又丧失荣耀！”

阿开亚人把他的话牢记在心间，于船队前
筑起了一道青铜墙，准备抵御敌人。
宙斯仍然在催促特洛伊人朝他们扑来。
而擅长在战场吼叫的墨奈劳斯朝着
安提洛科斯叫嚷道：“安提洛科斯，
你在阿开亚人中最年轻、也跑得最快，
倘若冲上去，一定能打倒个把敌人。”

说完，墨奈劳斯往后退，倒激起了
安提洛科斯的斗志。只见他走出队列，
朝特洛伊人扫了一眼，随即掷出了
闪亮的长枪。特洛伊人见枪飞来，
纷纷退却。安提洛科斯击中希开塔昂的
儿子、高傲的墨拉尼波斯的胸口上，
当时墨拉尼波斯正冲过来挑战，现在
他轰的一声，倒在地上，死亡的黑雾

蒙住了他的眼睛。安提洛科斯连忙
跳过去，像一条猎狗，猛地扑向
受伤的母鹿。这母鹿刚从洞穴里出来，
即被猎人的投枪击中，四肢顿时瘫倒。
就这样，强悍的安提洛科斯扑向
墨拉尼波斯，剥取他的铠甲。但是
神一样的赫克托耳见此情景，穿过
战斗的人群，扑向安提洛科斯。
而安提洛科斯虽然腿脚快捷，却挡不住
他的进攻，不得不逃跑。像一头野兽，
咬死了一条猎狗或一条牛，趁牧人
还未赶来围堵它之前，抢先拔腿逃离。
奈斯托耳之子也这样逃跑，特洛伊人
和赫克托耳呐喊着对他紧追不舍，一边
朝他掷出雨点般的枪矢。安提洛科斯一直
跑回自己的队伍，才停下脚步，转过身来。

只见特洛伊人就像食人的狮子，朝船寨
冲来，实现着宙斯的意志。宙斯一直在
激发特洛伊人的力量，催促他们向前，
去挫败阿耳吉维人的斗志，不让他们获胜。
他给普里阿摩斯之子赫克托耳带来荣誉，
让他彻底实现忒提丝的渴望——在头尾弯翘的
海船尾点燃熊熊的大火。足智多谋的宙斯
一直等着亲眼看见那条船上的火焰烧起来，
并打算从这一刻起，把荣誉赐给达奈人，
让他们发动反攻，沉重地打击特洛伊人，
将他们从船寨旁赶离。宙斯就是这样，鼓励
普里阿摩斯之子赫克托耳冲向海船放火，
心中怀着满腔豪情和旺盛的斗志，好像

挥舞着长枪的狂暴的阿瑞斯，又像大火
在山岭险峻、树木茂密的森林里席卷蔓延。
只见他的嘴里吐着唾沫，杀红了眼，浓密
而低垂的双眉下，一双威严的眼睛炯炯生辉；
脑袋上的那顶高耸的铜盔晃动着，当他
冲杀时，不停地发出令人畏惧的声响。
至高无上的宙斯亲自在天上保护他，
众多将士中，只让他一个人获得殊荣。
但他活在人世的时间不会太多，因为
帕拉丝·雅典娜正在将他逼迫；他将
命中注定地被裴琉斯之子阿基琉斯杀死。

就这样，赫克托耳想把达奈人的阵线冲垮，
他进攻的地方，敌人最多，武器也最精良。
尽管他凶猛，却始终无法打破敌人的防线；
因为达奈人组成密集的战阵和人墙挡住他，
就像一座巨大的悬崖耸立在灰蓝色的大海边，
挡住呼啸而来的飓风，任凭惊涛骇浪的
疯狂冲击，依然岿然不动。达奈人也这样
死死地顶住特洛伊人的进攻，毫不动摇。

只见赫克托耳全身发着光，冲向密集的
敌群，那勇猛的气势，就像浓云下强劲的
风掀起了层层巨浪，翻滚着扑向船只。
船只便整个儿被淹没进去，而风浪
撞击着船舷，撕扯着船帆，船员们吓得
魂飞魄散，眼看就要陷入最后的灭亡。
阿开亚人的军队当时也这样，一片惊慌，
是赫克托耳的进攻，使他们感到绝望。
赫克托耳就像一头凶猛的狮子，扑向

在辽阔草原上放牧的牛群，而那个牧人
却因为没有经验，不知道如何抵挡这头
野兽，使弯角的牛群免受它的伤害。
于是狮子围着牛群打转，一会儿在前、
一会儿在后地奔跑，找着机会扑进牛群，
咬住一头牛，吓得其他牛群惊慌地逃窜。
就这样，在宙斯父亲和赫克托耳的追赶下，
阿开亚人也这样四处逃跑，全线崩溃，虽然
赫克托耳只杀死了一个勇士——迈锡尼人
裴里菲忒斯，他是科普柔斯心爱的儿子。
科普柔斯曾是欧鲁修斯的传令官，多次
给伟大的赫拉克勒斯送信。这位懦弱的父亲
却生了一位出色的儿子，不仅捷足而且善战，
智慧也在众人之上，整个迈锡尼无人能比。
然而这一切，现在却为赫克托耳增添了光荣。
当时，裴里菲忒斯正准备掉转身子后撤，
却踩着了自己盾牌的边沿绊倒，那面盾牌
为了抵御枪矢，又大又圆，一直长及足踝。
只见裴里菲忒斯仰面倒地，压在脑袋上的
头盔，随着身子的倒下发出令人畏惧的声响。
赫克托耳看得真切，连忙跑到他的身边，
举起长枪，一枪扎进他的胸膛，将他杀死在
自己战友的身旁。战友虽然悲痛欲绝，对此却
无能为力，他们对神一样的赫克托耳也很惧怕。

就这样，阿开亚人已溃散到他们首先拖上岸的
那些船只中间，在船头和船尾边躲避着特洛伊人的
进犯。后来他们又被迫从那里撤退，一直逃到
营寨前才止住了脚步，聚集起来不再溃散。耻辱
和恐惧揪住了他们的心，使他们互相指责起来。

这时，阿开亚人的主心骨奈斯托耳焦急万分，
以他们父母的名义向每个将士苦苦地恳求：
“朋友们，请你们勇敢一些！做人要懂得
廉耻和羞愧，要有责任感。你们应该想到
自己的妻儿、双亲和财产——不管你们的
双亲是否还健在。现在我要以这些不在现场的
亲人的名义恳求你们，不要惊慌地逃窜，要
勇猛顽强地站稳脚跟，坚定地顶住敌人的进攻！”

听他这么说，每个人心中增添了勇气和力量。
这时，雅典娜也撩开了他们眼前的那层迷雾，
使神故意设置的黑暗被强烈的光明所替代，
让他们既看得见船寨，又看得见拼杀的战场，
只见擅长在战场吼叫的赫克托耳和他的同伴们——
不管是在快船边疯狂的厮杀，还是落在后面
没有投入战斗——都看得清清楚楚，一目了然。
这时，生性豪放的忒拉蒙之子埃阿斯
不愿像其他阿开亚人的儿子仓皇逃跑，
而是走出人群，跨出大步，穿行在
海船的甲板上，手里挥动着一把海战
用的长枪，总共二十二肘尺长，每一节
枪杆都用坚固的铆钉钉住。有如一位
精于骑术的高超的骑手，从马群里挑出
四匹骏马，套上车轭，沿着喧闹的大道，
径直朝那座宏伟的城堡，飞驰而来，
引起无数男女夹道围观，惊奇地赞叹。
只见那位骑手，腿脚稳健，精力充沛，
从一匹马的马背轻盈准确地跳到另一匹马的
马背；埃阿斯也这样，不断地从一条船的
甲板，跃到另一条船上，发出震天动地、

直上云霄的吼叫，催促达奈人的将士，
誓死保卫自己的船队和与此相连的营寨。
与此同时，赫克托耳也不愿待在那些
披铜甲的特洛伊人中间，而是冲了出来，
如同一只褐色的老鹰，猛地扑向聚在海边
觅食的大群飞禽：野鹅、鹳鹤还有
长脖子的天鹅；赫克托耳也这样，扑向
一条头尾弯翘的漆黑海船，宙斯站在
他的身后，用那只巨掌推动着他往前冲。

激烈而殊死的搏斗重新在船寨边展开，
见他们如此精力充沛，攻势猛烈，
别人还以为他们才刚刚开始交战。
但此时，交战的双方心情却完全不同：
阿开亚人自忖无法逃避灾难，必死无疑；
而特洛伊人则满怀希望，斗志昂扬，以为
能放火烧毁船队，把阿开亚人赶尽杀绝。
他们就这样，怀着不同的心情拼命厮杀。

赫克托耳终于攀住一条船的船尾，
那条船制造精美，船速迅捷，
曾远航将普罗忒西劳斯[1]带来，
却再也不能将他送回。这样，
阿开亚人和特洛伊人围绕着这条船展
开了残酷的近距离的格斗，他们
已不再满足远距离地相互投枪放箭，
而是面对面地使用大斧和锐利的短柄斧，
以及沉重的利剑和双刃矛枪狠命地劈杀。

[1] 普罗忒西劳斯：特萨利亚人的首领，希腊联军中第一个被特洛伊人杀死。

只见许多精工细作的粗黑柄的长剑从
战士手中掉落，甚至连同他们持剑的
臂膀一起被砍下。地上到处是浓黑的鲜血。

这时，赫克托耳死死地攀住那条船
船尾上的桅杆，对特洛伊人大声叫喊：
“快把火把递给我，大家要齐声呐喊！
现在，宙斯终于要补偿我们所有的一切，
他要我们夺下这些海船。当时，达奈人
违背神的意志，给我们带来常年的苦难；
我一直想来他们的船寨，把他们杀退，
而那些长老却昏庸胆小，竭力阻挠我
带兵出战。尽管那时，制造并播撒雷电的
宙斯曾经迷惑过我们的心智，今天，他却
亲自前来鼓励我们的斗志，驱赶我们向前！”

听他这么说，特洛伊人对阿开亚人发起了
更猛烈的攻势，枪矢和羽箭下雨一般地飞来，
埃阿斯已无法在船的甲板上坚守，他预感到
死期临头，迫不得已地从匀称的环形甲板
退到船的中部，七肘尺高的桅杆后面，站稳
脚跟，举着枪瞄准，高度警惕地注视着每一个
举着火把、胆敢点燃船队的特洛伊将士，
同时向达奈人不停地发出让人生畏的吼叫：
“我的朋友们，阿瑞斯的宠儿，阿开亚人的
英雄！要勇敢一些，鼓起斗志，一定要挺住！
难道你们还以为有谁会来援助我们，或者
以为在我们身后有一堵更为坚实的防护墙，
好为我们挡住死亡？这里没有任何带雉堞的
城墙可以给我们藏身，作为防守和御敌的屏障。

我们置身在披铜甲的特洛伊人的平原上，
被他们逼进大海，远离故乡，毫无退路，
要想得救，只能依靠自己，毫不松懈地战斗！”

他一边喊叫着，一边不停地瞄准，只要
响应赫克托耳召唤的特洛伊人，举着火把
一靠近宽大的海船，埃阿斯就异常凶猛地
投枪出手。就这样，他一连杀了十二个敌人。

第十六卷

帕特罗克洛斯之死

正当特洛伊人和阿开亚人在甲板坚固的
海船边进行殊死搏斗时，帕特罗克洛斯
回到了士兵的领袖阿基琉斯的帐篷，
脸上挂满了泪珠，仿佛一股暗色的山泉
正沿着悬崖峭壁往下流淌。捷足的英雄
神一样的阿基琉斯看见他这副样子，不禁
产生了怜悯，对他说道，温柔的话语仿佛
长出了羽翼："帕特罗克洛斯，你为何像
一个可怜的小姑娘那样哭泣，跟在母亲的
身后，紧紧抓住她的衣襟，满面流着泪，
哭着想要她抱起？也许你有要事要向我
或慕耳弥冬人通报？也许就你一个人知道
来自弗西亚的消息？就我所知，阿克托耳之子
墨诺伊提俄斯仍然健在，埃阿科斯之子
裴琉斯也生活在慕耳弥冬人中间。倘若他俩
去世，我们倒有悲恸哭泣的理由。也许
你是在为阿耳吉维人哀哭，眼看着他们
由于傲慢和不公正被杀死在宽大的海船边？
告诉我实情，别把心思对我掩藏！"

只听车战英雄帕特罗克洛斯叹着气悲哀地答道：

“裴琉斯之子阿基琉斯，军队中最勇敢的人，
原谅我流泪，要知道，巨大的灾难正降临到
阿开亚人的身上！他们中最骁勇善战的英雄
现在都已负伤，正躺在船寨里。提丢斯之子、
强健的狄俄墨得斯是被利箭射伤的，而
奥德修斯和有名的阿伽门农则被投枪击中；
而欧鲁皮洛斯也被一支羽箭射伤了大腿，
精通医术的医生们正在忙着为他们治疗。
可阿基琉斯你，却仍然这样固执，谁也
劝不了你！但愿我永远不会像你这样暴怒，
可怕的怨愤塞满着心胸。你的勇力徒然无用，
真该受到诅咒，如果你不去拯救处于可耻的
灭亡中的阿耳吉维人，你的后代怎么还会对你
有所尊敬？看来你真是铁石心肠，车战英雄
裴琉斯就不是你的父亲，忒提丝也不是你的
母亲！那生养你的亮蓝色大海，还有陡峭的
壁岩，怎么会使你如此冷酷，不肯让步？
倘若你高贵的母亲从宙斯那儿得到信息，
告诉你什么预言的话，你至少也应该派我
领着慕耳弥冬人出战，这样或许能救达奈人。
请你把你的铠甲借给我，让我穿上它，使
特洛伊人误以为我是你，心中害怕，停下
进攻的步伐，疲惫的阿开亚人就可以稍作
喘歇，这样的间隙用不着很长，他们就能
恢复体力。然后我们再整顿队伍，很容易
就能把敌人从我们的船寨边赶回特洛伊城。”

帕特罗克洛斯就这样请求着，全然不知道
这样做很愚蠢，因为他正把黑暗的死亡求来。
只见捷足的阿基琉斯满腔愤怒地对他说道：

“亲爱的帕特罗克洛斯，我的王子，瞧你
都在说什么？我即使知道什么预言，也不会
放在心上，更何况我母亲没有告诉我从宙斯
那儿得来的消息。只是这件事伤了我的心，
让我深深地痛苦：尽管我和他同等地位，
他却仗着权势，夺走了我的战利品，让我
蒙受了耻辱。阿开亚人的儿子分给我的那位
姑娘，是我凭借手中的长枪攻破那座城池后，
亲自掳来的。但阿特柔斯之子、强大的阿伽门农
却从我的手中夺走她，仿佛我是个受人蔑视的
流浪汉。算了，发生过的事情就让它过去，
心中的愤怒也会得到平息。但是，我发过誓，
要等特洛伊人打到我的营地，我才肯罢休。
现在，你就去把我那套有名的铠甲披挂，
率领那些嗜战好斗的慕耳弥冬人奔赶战场——
既然特洛伊人像一片浓黑的乌云，罩住了
海船，凶猛地将阿耳吉维人压近到海边，
紧紧靠着海，几乎没有什么后退的余地。
全体特洛伊人都出城，向阿开亚人发动进攻，
只因为他们没有看见我那晃动的头盔。要是
强大的阿伽门农当初善待我，对我公正一些，
那么特洛伊人就会立刻逃散，尸体将填平壕沟！
可现在，阿耳吉维人早已退回自己的营区，
提丢斯之子狄俄墨得斯不再手握威武的长枪，
保护达奈人免遭灭顶之灾，替他们挡开死亡。
我也没有听见从阿特柔斯之子那颗可憎的
脑袋里发出的响亮的呼喊声，相反，到处是
杀人不眨眼的赫克托耳召唤部下冲锋陷阵的
呐喊，他们发出的震耳欲聋的声音，响彻
整个平原，严重地挫败了达奈人的斗志。

虽然如此，帕特罗克洛斯，你要竭尽全力
解除船寨边的危机，不要让他们放火焚烧
我们的船队，以防当我们急着想回家时，切断
我们的生路。但是你千万要记住，我为什么
要这么做？我要你为我在达奈人面前争得
巨大的尊严和光荣，要他们把那位漂亮的
姑娘主动送还给我，同时奉上丰厚的赔偿。
你一旦把敌人从船寨边赶走，最好立即回来，
即使赫拉那制造雷电的丈夫赐给你荣耀，
你也不要在没有我的情况下，单独同好斗的
特洛伊人作战，他们是些嗜血如命的家伙，
这样做，会有损于我的形象。你可以攻打
特洛伊人，但不要恋战，沉湎于血腥的
狂热，大开杀戒，并领着将士冲向伊利昂，
这样，说不定俄林波斯上不朽的神祇就会
下山干预。要知道，远射之神阿波罗最宠爱
特洛伊人了。千万记住，你一旦缓解船寨的
危机，马上返回这里，而让其他将士继续在
平原上与敌人拼杀。宙斯父亲、雅典娜和
阿波罗！但愿所有的特洛伊人都被消灭，
阿耳吉维人也被杀得一个都不剩，只留下
我们二人，让我们单独去攻占特洛伊城，
并从它的城楼上，取下神圣的花冠。”

正当阿基琉斯和帕特罗克洛斯说话的同时，
密集的枪矢朝埃阿斯雨点般地砸来，使他
招架不住，几乎难以在甲板上站稳脚跟。
是宙斯的意志和高傲的特洛伊人的进攻
把他打得步步退后。在密集的枪矢下，那顶
闪亮铜盔上的坚固护颊发出令人畏惧的声响。

粗壮的左臂由于一直高举着发亮的硕大盾牌
早已感到疲乏，虽然枪矢密集，却一直未能
穿透他胸前的盾牌将他击伤。现在，埃阿斯
已经累得气喘吁吁，大汗淋漓，顺着四肢
一直往下淌。这里，容不得他喘息片刻，
因为他的身边正险象环生，随时可能灭亡。

住在俄林波斯山的缪斯女神，请告诉我，
阿开亚人的船只最初是怎样被点燃的？

只见赫克托耳挥动着粗大的长剑，冲向
埃阿斯，等逼近时，就朝他白蜡木柄的矛枪
用力砍去，将青铜的枪尖整齐地削去，
使其掉落在地，忒拉蒙之子埃阿斯举着这半截
枪杆，浑身战栗，高贵的心中非常明白，
那一定是神明所为，在天空打雷的宙斯
使他的力气白费，并把光荣赐给特洛伊人。
于是，他退到射程以外，特洛伊人便开始
将火把扔到船上，马上燃起了熊熊的火焰。

凶猛的火势很快蔓延至船尾，越烧越旺，
阿基琉斯拍着大腿，对帕特罗克洛斯叫嚷：
“高贵的帕特罗克洛斯王子，驭马好手，
你快点动身，我看见大火已经烧到了船队，
不能让他们烧毁我们的木船，断了回家的
退路。你快去穿上我的铠甲，而我，这就
去召集我们的队伍！”

听他这么说，帕特罗克洛斯开始把那套
闪亮的铜甲，往身上披挂。他先往小腿

裹上精固的胫甲，在足踝的地方扣紧银扣，
接着，把捷足的阿基琉斯的闪亮的铠甲
系上胸膛。然后，他背起剑柄装饰着
银钉的青铜剑，再把那面坚固的大盾牌
挎上了肩膀。他又在粗壮的头颅上套好
精工细作的头盔，盔顶上飘着马鬃，
显得威武雄壮。最后，帕特罗克洛斯
操起了两支顺手而沉重的长枪，而撇下了
神一样的阿基琉斯那支硕大、粗重的矛枪，
那支矛枪是用裴利昂山的白蜡木精工制成，
当年马人喀戎将它送给了裴琉斯，作为
杀敌的利器，只有阿基琉斯本人才能
得心应手地耍弄。于是，帕特罗克洛斯
命令奥托墨冬去备马套车。除了阿基琉斯，
奥托墨冬是帕特罗克洛斯最敬重的朋友，
战场上，他总是伴随左右，比谁都靠得住。
只见奥托墨冬把两匹追风的快马——珊索斯
和巴利俄斯套上了轭；这些快捷的神马，
是西风之神让暴风之神波达耳格受孕生养的，
当时，波达耳格正在俄开阿诺斯的河边吃草。
现在，奥托墨冬又让一匹叫裴达索斯的纯种马
拉起车套，那是阿基琉斯攻克厄提昂城以后
劫获的战利品，虽是凡胎，却能与神马并驾齐驱。

这时，阿基琉斯在慕耳弥冬人的营地
里穿行，命令所有的士兵立即披挂上阵。
他们像一群性情凶猛的恶狼，在山中
追到一头高大的长角公鹿，就一起扑上去，
将它撕裂、吞咬，嘴角流下大量的鲜血。
然后它们又成群结队地跑向水色灰暗的泉边，

伸出长长的舌头，舐着暗色的水面吮吸。
此时它们的肚皮已被填满，不住地打着饱嗝，
血腥的肉味向外发散，心中却仍旧很贪婪。
聚集在捷足的阿基琉斯和骁勇的帕特罗克洛斯
周围的慕耳弥冬将士也这样，个个摩拳擦掌，
牵着车马，背着枪盾，整装待发，听从站在
他们中间的神一样的阿基琉斯的调度和激励。

当年，宙斯宠爱的阿基琉斯来特洛伊城
一共带来五十条快船，每条船上配有
五十名摇橹划桨的精壮士兵。他还任命了
五位首领，分别带领一支分队，而自己，
以他的才干，成为统领分队的总帅。
第一支分队，是由穿闪亮铠甲的墨奈西俄斯
率领。他是河水源自宙斯的斯裴耳开俄斯河
的河神之子，当年裴琉斯美丽的女儿波鲁多拉
和斯裴耳开俄斯河神同床，生下这凡圣的结晶。
但名义上，他却是裴里厄瑞斯之子波罗斯的儿子，
因为波罗斯已经用无数的聘礼娶了波鲁多拉。

第二支分队，是由像战神一样勇敢的欧多罗斯
率领。他是夫拉斯的女儿、善于歌舞的处女
波鲁墨莱所生。正当波鲁墨莱歌颂狩猎女神、
金箭的阿耳特弥斯时，那个杀死独眼巨人
阿耳戈斯的英雄、强有力的赫尔墨斯对她
一见钟情，连夜潜入她的卧房，秘密地与她
同床，生下了这个既跑得快、又善于作战的
漂亮的欧多罗斯。然而，等助产女神埃蕾苏娅
为她接生后，婴儿第一次睁眼看到了阳光，
强大的阿克托耳之子厄开克勒斯，就带着

无数的聘礼，把姑娘娶回了家。年迈的夫拉斯
把孩子抚养成人，精心照料，好像是自己的儿子。
第三支分队，是由战神一般好斗的裴桑得罗斯
带领，他是迈马洛斯之子，在慕耳弥冬人中
他的武艺除了裴琉斯之子的侍从，无人可比。
第四支分队，是由年迈的车战英雄福伊尼克斯率领。
第五支分队，是由莱耳开斯豪之子阿尔基墨冬指挥。

等全体将士都集合完毕，排列整齐，
阿基琉斯就开始对他们严厉地训话：
“墨耳弥冬人，你们是否还记得
那些时候我生气，把你们留在快船上，
你们曾经愤怒地对特洛伊人发出威胁说：
‘裴琉斯那狂暴的儿子，冷酷的心！
你母亲用胆汁将你喂大，你却强迫你的
同伴全都留在船寨。既然你的心中充满了
该诅咒的难以平息的愤怒，我们还不如
立即乘上远航的船只回家。’你们经常
在背地里聚在一起，议论我，指责我，
现在你们盼望的时刻已经到来，一场
激烈的战斗就要打响，但愿你们能够
斗志昂扬、勇敢地去迎战特洛伊人！”

听完阿基琉斯的这番话，在场的每个人，
都激起了勇气和力量，各支队伍排得
更加整齐更加紧密。就像泥水匠砌筑
高耸的房屋，又为了抵挡强风，用石块
一块紧挨着一块地垒起了外墙。战场上
无数的头盔和盾牌也这样紧密地排列。
只见人头攒动，队伍站得密密麻麻，

盾牌挨着盾牌，头盔上闪亮的犄角和
装饰着的马鬃，不断地碰撞，互相摩擦。
帕特罗克洛斯和奥托墨冬整装待发，一心
想成为慕耳弥冬人的先锋，冲在队伍前头。
这时，阿基琉斯转身走进了营帐，打开了
一只精工细作的箱子。这是银脚的忒提丝给
他带到船上来的。里面装满了各式衣服、
御寒的披风和厚实的毛毯，还有一只精美的
双底酒杯，任何人都不曾用它斟过闪亮的酒，
只有他自己，用这只酒杯单独向天父宙斯
祭供，其他神祇可享受不到这种殊荣。
只见阿基琉斯从箱子里取出这只酒杯，
先用硫黄把它擦拭干净，接着再用清澈的水
将它漂洗，同时洗净双手，往酒杯中
斟满晶亮的美酒。然后，阿基琉斯走到
户外，把酒洒在地上，一边抬起了头，仰天
向神祈求，雷电之神宙斯听到了他的心声：
“裴拉斯吉亚的宙斯王，遥远的多多那的主神！
你俯瞰着塞洛斯人居住的多多那，你的祭祀
从你的身边出发，遍布于他们的中间：
睡光地，不洗脚——如果上回你听取了我的
祈求，给阿开亚人带来灾祸，赐给我荣耀，
那么今天，求你再一次倾听我的祈求，满足
我的愿望：我自己仍将留在船寨里，而派
我的朋友率领慕耳弥冬人出兵打仗，制造
并传播雷电的宙斯，求你让他的心中充满
勇气和力量，求你让他获得殊荣！也好让
赫克托耳知道，帕特罗克洛斯是能够单独
作战的，但是，只有当我亲自出手时，他的
臂膀才会发挥出威武之力。一旦他把敌人

在船寨边的嚣张气焰打退，你就让他穿着
我的铠甲，率领出战的同伴，平安地返回。”

阿基琉斯这样祈祷着，足智多谋的宙斯
听见了他的心声，但是天父只答应了他
一半的请求，却拒绝了那另一半的愿望。
他允许帕特罗克斯打退进攻船寨的敌人，
却不让他得手后，从战场上安然地回返。

阿基琉斯作完祈祷，就回到帐篷，把杯子
小心地放进箱子，再走出营帐站在门口，
他要观看阿开亚人和特洛伊人的这场恶斗。

这时，披铜甲的将士随同生性豪放的
帕特罗克洛斯一起，斗志昂扬地冲向
特洛伊人，他们仿佛在路边密集筑巢的
蜂群，每当顽童经过，总要被他们骚扰；
这样愚蠢的行为，给人们带来很大的烦恼。
不管谁，只要从路边经过，无意中碰到
这些蜂巢，它们就群起而攻之，倾巢出动，
竭尽全力地为保卫他们的后代而战斗。
慕耳弥冬人也这样，群情激昂，满腔愤怒，
从船寨边扑向敌人，发出震耳欲聋的喊杀声。
只听帕特罗克洛斯这样大声地鼓励部下：
“慕耳弥冬人，裴琉斯之子阿基琉斯的
同伴们！朋友们！要拿出勇气，鼓起
战斗的豪情，为裴琉斯之子争得荣誉，
他是船寨前的阿耳吉维人中最出色的英雄，
而我们是他的战友；也让阿特柔斯之子
阿伽门农知道，自己是多么愚蠢，竟

侮辱了阿开亚人中最杰出的英雄！”

帕特罗克洛斯的这番话，激起了每个人的
勇气，平添了浑身的力量，将士们组成
密集的队形向特洛伊人扑去，船寨间回荡起
阿开亚人巨大的喊声。当特洛伊人一看见
墨诺伊提俄斯勇猛的儿子，和他那
全副武装、身披闪闪发光的铠甲的英姿，
个个都吓得心惊胆寒，队阵立即土崩瓦解，
因为，他们认定这个人就是捷足的阿基琉斯，
他已经平息胸中的怒气，和对头重归于好。
于是他们环顾四周，看看能不能躲避死亡。

但是，帕特罗克洛斯已举起了闪亮的矛枪，
朝着特洛伊人队伍最密集的地方用力地投掷。
就在生性豪放的普罗忒西劳斯的海船船尾处，
一枪击中了派俄尼亚人的首领普莱克墨斯，
他率领的车战英雄们来自阿慕冬，那条宽阔的
阿克西俄斯河流域。只见普莱克墨斯右肩中枪，
哀叫一声，仰面倒在尘埃里，不住地呻吟。
派俄尼亚人见状，吓得魂不附体，夺路而逃，
因为帕特罗克洛斯杀死了他们中最勇敢的首领。
就这样，帕特罗克洛斯把特洛伊人从船寨边
赶开，然后又扑灭了船上熊熊燃烧的烈焰。
这时，船只已被烧得面目全非，只剩下
焦黑的残骸，依旧挺立在海滩边；只见
特洛伊人正大呼小叫地惊慌逃窜，而达奈人
乘胜杀回海船，蜂拥而上，喊杀声也不绝于耳。
好像制造并传播雷电的宙斯，从山峦的峰顶
拨开了那层浓厚的乌云，于是，所有高耸的

山峰、陡峭的悬崖峭壁和阴郁的沟壑，顿时
一片光明，天空清晰地呈现在强烈的阳光里。
达奈人也这样，将船上的烈火全部扑灭，
稍微得到片刻喘息的机会，但战斗并没有
完全停止。特洛伊人尽管受到勇猛好斗的
达奈人的疯狂进攻，特洛伊人并没有退让，
从漆黑的海船边撤离，他们逃出一段距离
以后，便止住了脚步，开始死死地抵抗。

这时，只见战场上一片混战，士兵对士兵，
将领对将领，双方展开了残酷的战斗。
墨诺伊提俄斯勇猛的儿子投枪出手，
首先用锋利的长枪击中了阿雷鲁科斯。
当时，他正好转身，尖锐的矛头刺穿了
他的大腿骨，于是，他一头栽倒在地，
脸冲着地，嘴巴啃着了泥土。与此同时，
勇猛好斗的墨奈劳斯一枪击中了索阿斯的
胸胁，当时，索阿斯的盾牌正好没有掩护着
那个部位，于是，他双脚瘫软，倒在地上。
当安菲克洛斯刚要跑上前来，夫琉斯之子
墨格斯就发现了他，投枪出手，一枪扎进了
他的大腿根，那是一个人肌肉最结实的部位，
锐利的枪尖挑断了他的肋腱，死亡的黑雾
立刻蒙住了他的双眼。而奈斯托耳的儿子
安提洛科斯举起长枪，击中了阿屯尼俄斯，
锐利的青铜枪尖刺穿了他的胁腹。于是他
应声倒地，悲愤的马里斯要为兄弟报仇，
便护住尸体，一边举着枪向安提洛科斯逼来。
但被奈斯托耳的另一个儿子、卓越的
斯拉苏墨得斯发现，先下手为强，投枪出手，

枪无虚发，一枪击中了马里斯，只见锋利的
枪刃将他的胳膊，连同根部的韧带一起斩断，
肌肉撕裂、骨头粉碎，于是他轰的一声，
栽倒在地，死亡的黑雾立即蒙上了他的眼睛。
就这样，这对兄弟被另外的一对兄弟制服，
双双进入昏暗的冥府。他俩的父亲阿米索达罗斯
曾是吕西亚国王萨耳裴冬的高贵的朋友，
他还豢养了基迈拉，一头坑害过许多人的怪兽。

这时，俄伊纽斯之子埃阿斯，大步上前，
活捉了正在人群中逃跑的克勒俄布洛斯，
并挥剑猛砍他的脖子，整条剑刃被滚烫的
鲜血染成了紫色，强大的命运难以抵抗，
黑暗的死亡立刻合上了他的眼睛。这时，
裴奈琉斯和鲁孔互相投掷矛枪，都没有
命中对方，于是就相互逼近，走到一处，
开始用青铜利剑互相猛砍一气。鲁孔一剑
刺中对方饰有马鬃的盔顶，折断了剑柄；
而裴奈琉斯却砍中对方耳根附近的脖颈，
剑刃深深地陷进了骨肉，只有一层薄薄的
皮还挂着，整个脑袋系在上面，四肢已瘫软。
与此同时，墨里俄奈斯快步赶上阿卡马达斯，
趁他从马的后面跳上战车之际，一枪击中
他的右肩，将他打下地，黑雾笼罩他的眼睛。
伊多墨纽斯也出手投掷，无情的铜枪扎进了
厄鲁马斯的嘴巴，枪尖笔直地穿透他的颅骨，
击碎白骨，打落牙齿，双眼溢出鲜血，大口
喘着粗气，血从张开的嘴巴和鼻孔处往外流，
死亡的黑雾立即把他的躯体整个地笼罩住。

这些达奈人的将领每个人都杀了一个敌人，
就像恶狼扑进正在吃草的羊群，当时，
粗疏的牧人把这些羊散放在山坡，让它们
四处吃草，这时狼群见了，就立即扑上去，
叼走了这些生性怯懦的东西，后者绝无
半点反抗之力。达奈人也这样喊叫着冲杀在
特洛伊人中间，将他们打得四处逃散。

高大的埃阿斯想对全身披挂的赫克托耳
投掷长枪，但赫克托耳作战经验丰富，
一直把宽阔的肩膀藏在牛皮盾牌背后，
并聚精会神地注视着呼啸飞来的枪矢。
虽然他很清楚，战局已明显偏向敌人，
但仍然留在原地，保护他亲爱的战友。

好像宙斯降下旋风暴雨，从俄林波斯山上
升起的浓重的乌云，飘过晴空，滚滚而来。
船寨边战斗的喧嚣声此起彼伏，特洛伊人
个个惊慌失措，四处溃散。连全副武装的
赫克托耳也乘上追风的马车往回跑，而把
特洛伊将士扔在了后面，任他们被壕沟阻截，
无数的战马由于飞速奔跑，折断了辕杆，
挣脱了缰绳，人仰马翻，填满了沟堑。

帕特罗克洛斯正在疯狂地追赶特洛伊人，
同时命令达奈人的将士紧跟在他的身后。
特洛伊人溃不成军，条条道路都塞满了
逃兵和喧闹声。而滚滚尘埃冲入云霄，
追风的快马从船寨边逃离，直奔特洛伊城。
帕特罗克洛斯只要看见哪里的敌人最密集，

就高声呐喊着冲向哪里。人们夺路而逃，
许多人从战车翻身栽倒在车轮下，任凭
车轮从他们的身上碾压而过，疾驰而去。
帕特罗克洛斯乘坐的战车轻易地越过了
宽阔的壕沟，因为拉车的是一匹神马，是神祇
送给裴琉斯的珍贵的礼物。帕特罗克洛斯
让神马飞奔，一心想追上赫克托耳，将
对手打倒，但同样飞快的马车载着对手，
将赫克托耳带到了射程之外。
这就像秋季宽阔的黑色平原被强烈的风暴疯狂地驱赶，
宙斯将暴雨倾泻到大地，发泄对凡人的愤恨。
因为人们随意破坏公正的法律，作出邪恶的
审判，毫不在意天神的旨意，以及他们的惩罚。
于是，所有的山涧溪流突然都暴涨、泛滥，
汹涌的山洪将无数的山坡冲垮，发出震天的
轰响，从山顶狂奔而下，直接泻进茫茫的大海，
同时把沿途农人精耕细作的庄园全都糟蹋。
特洛伊军队也这样，兵败如山倒，叫嚷着溃败。

帕特罗克洛斯截住了离他最近的逃兵，
又把他们追打得掉转屁股奔向船寨的
方向，他不想让这些人逃回特洛伊城，
继续躲藏。帕特罗克洛斯要为无数
死难的战友报仇雪恨，于是他在船寨、
河流，以及高耸的防护墙之间横冲直撞，
凶猛地砍杀。他首先用闪亮的长枪击中了
普罗努斯正好露在盾牌外的胸胁部位，
只见普罗努斯的四肢突然瘫软，应声倒下。
帕特罗克洛斯又击中厄诺普斯之子塞斯托耳，
当时后者正蜷缩在自己那辆精致光亮的

战车里，吓得缰绳也脱了手，于是
帕特罗克洛斯一枪捅进他的右下颚，
枪尖从两排牙齿间穿过，并用枪杆把他从
车内拖到了外面，就像有人坐在突起的岩石，
用钓竿和铜钩从海里钓到一条大鱼，拖起。
帕特罗克洛斯也这样，用闪亮的枪尖把
大张着嘴巴的塞斯托耳挑起来，摔下，
任他脸面朝下，扑倒在地，生命离他而去。
接下来帕特罗克洛斯又用一块大石头砸
在厄鲁劳斯的脑门的正中，整个脑袋
在头盔里分成了两半。只见厄鲁劳斯应声
倒地，毁灭生命的死亡罩住了他的躯体。
然后，帕特罗克洛斯又结果了这些人的性命，
他们是厄鲁马斯、安福忒罗斯、厄帕尔忒斯、
达马斯托耳之子特勒波勒摩斯、厄基俄斯
和普里斯，还有伊菲乌斯、欧伊波斯，以及
阿耳格阿斯之子波鲁墨洛斯。他们就这样
一个接着一个倒在养育万物的肥沃的大地上。

此时，萨耳裴冬眼看自己那么多不系腰带
的战友死在墨诺伊提俄斯之子帕特罗克洛斯手下，
便对出类拔萃的吕西亚将士高声责骂：
“你们这些吕西亚人，这么迅速地
往哪里逃？不起来反击，真是不知羞耻！
我倒要面对面地和他过一过手，看看这个
已给我们造成重创的英雄到底是谁？
他居然杀死了我们那么多的英雄豪杰！”

他这么说着，一边全身披挂地从战车上
跳到地上，而帕特罗克洛斯一看见他

也跳下了自己的战车。就像两只爪子
坚硬、尖喙弯曲的秃鹰在一块高耸的岩
石上搏击，一边发出响亮的嘶鸣，
他们两人也这样，大喊着互相冲向对方。

足智多谋的克罗诺斯之子见此情景，
不由得产生了怜悯，便对他的妻子
兼姐姐赫拉说道："真是令我难过！
萨耳裴冬，我在人间最宠爱的凡人，
看来他注定要死在墨诺伊提俄斯之子
帕特罗克洛斯的手中！现在我的心中
左右为难，正在两种抉择中犹豫不决：
是将萨耳裴冬活着带离这令人悲伤的
战场，送回吕西亚，他那肥沃的故乡？
还是听任他被墨诺伊提俄斯之子结果？"

只听牛眼睛的天后赫拉这样回答他：
"令人敬畏的克罗诺斯之子，瞧你
在说什么？一个凡人命中注定要死，
你却想让他逃避如此悲惨的结局？
如果你执意这么做，我们诸神可不会
答应。我还有一语相告，奉劝你记牢：
假如你把萨耳裴冬活着救出战场，带回
他的故乡，那么，其他神祇也就可以
从残酷的战斗中救出自己心爱的孩子。
要知道，许多神祇的儿子都在普里阿摩斯
雄伟的城堡前面打仗，这样，你的作为
将引起极大的怨恨。即使你真的宠爱
萨耳裴冬，满心地疼爱他，也得让他
在激战中死在墨诺伊提俄斯之子的手里，

然而等灵魂和生命离他而去时，你再派
死亡和永恒的睡眠之神把他的尸体送往
他那可爱的故乡，辽阔的吕西亚。
让他的亲友们为他举行隆重的葬礼，
在他的坟墓上立一座纪念碑，享受
死者应该享受到的尊严和荣誉。”

听她这么说，诸神和凡人的父亲
没有反对，但他为了心爱的儿子
洒下了阵阵泪雨，殷红的血珠铺满了大地，
因为帕特罗克洛斯马上就要在肥沃的特洛伊——
这片远离故乡的地方，将萨耳裴冬杀死。

只见他俩相向而行，渐渐逼近，进入射程，
帕特罗克洛斯首先投枪出手，击中英勇的
斯拉苏墨洛斯的小腹，使他的四肢立即
瘫软，他是萨耳裴冬王的强壮的驭手。
萨耳裴冬紧接着朝帕特罗克洛斯掷出
矛枪，但闪亮的枪尖并没有刺中后者，
而是刺中了名马裴达索斯的右胸，那马
嘶叫着喘气，痛苦地倒在了泥地里，
生命随之离开了它的肉体。其他两匹马
因此受了惊，慌忙向两边跳开，轭轩
发出很大的响声，缰绳被那匹倒下的
马纠缠在一起。见此情景，擅长使枪的
奥托墨冬急中生智，从壮实的大腿边
抽出锋利的长剑，果断地冲上前去，
一剑斩断了套马的缰绳；另两匹驭马
也回过了神，调整位置，绷紧了缰绳，
两位英雄重又互相逼近，投入殊死的恶斗。

这一次，萨耳裴冬的闪亮的长枪又没有命中
对手，只见锐利的枪尖擦着帕特罗克洛斯的
左肩呼啸而过。帕特罗克洛斯随即朝他掷出
青铜枪，他的这一枪倒没有白投，正好打在
萨耳裴冬心脏下的膈膜处，他当即倒地身亡，
好像林子里高大的橡树、白杨或高大的松树，
被伐木人用刚刚磨好的利斧砍倒，用来造船。
萨耳裴冬也这样，四肢摊开，轰然倒在车马前，
痛苦地呻吟，双手抓紧被鲜血染红的泥土。
又仿佛凶猛的狮子冲进走得很慢的牛群，
他就像那头硕壮而毛黄的公牛，被狮子一把
逮住，扑倒，在扭曲的狮爪中苦苦地挣扎。
手持盾牌的吕西亚的国王也这样，倒在
帕特罗克洛斯面前，急切地呼唤战友：
“我亲爱的格劳科斯，军中最强大的英雄！
现在正是显示你的勇气和武艺的时候！
如果你真正勇敢，就把凶险的战斗当作
愉悦心灵的快乐。你要到各处去把吕西亚的
首领唤来，鼓励他们为保护萨耳裴冬而战，
你自己也要手握铜矛，为我挡开致命的枪箭；
假若我一直这样躺在船队聚集的战场上，
被阿开亚人剥走身上的铜铠，你将会遭到
众人的责骂，感到莫大的耻辱。你一定要
坚持战斗，并鼓励全军无论如何要死死地顶住！”

萨耳裴冬还没说完，死亡就封住了他的
眼睛和鼻孔。只见帕特罗克洛斯一脚踩住
他的胸口，用力将长枪从伤口中拔出，
他的胸膈膜因此也被拉出了体外，灵魂
随之消散。于是慕耳弥冬人逼上前来，

抓住了那两匹喘着粗气的驭马，它们
正准备甩下主人的战车，夺路而逃。

然而，格劳科斯听到同伴的呼叫，心中
虽然很想去帮忙，却感到力不从心。
他只能用手按住胳膊，因为丢克罗斯的
利箭已在那里造成了痛苦的伤口，当时
丢克罗斯在他进攻防护墙时，为了援救
自己的同伴而向他开弓放箭的。只见
格劳科斯立即向远射神阿波罗这样祈求：
“阿波罗王，请听我的心声！不管你在
肥沃的吕西亚，还是在这里——特洛伊，
你都能听见像我这样一位不幸的受伤者的
声音。我身负重伤，肿胀的伤口使我
整条手臂剧烈地疼痛，麻木，流血不止，
伤口难以愈合。我因此握不住矛枪，
也不可能去参加战斗。现在，我们中
最出色的英雄、宙斯之子萨耳裴冬
已被杀死，宙斯也无法挽救自己的儿子。
求求你，阿波罗王，请你治愈我的伤口，
好让我去召集吕西亚人的队伍，来参加
激烈的战斗，并为萨耳裴冬的尸体拼搏！”

格劳科斯这样祈祷着，福波斯·阿波罗
已经全部听清，只一瞬间，阿波罗就为他
止住了血，愈合了伤口，并给他的身心
注入大量的勇气和能力。格劳科斯立即
感到精神振奋，知道伟大的神听取了他的
祈求，为他所做的这一切，心里非常高兴。
于是，他跑到各处去把吕西亚的首领召来，

让他们去夺回萨耳裴冬的尸体；自己又
大步走进特洛伊人的队伍，找到潘苏斯之子
普鲁达马斯、神一样的阿格诺耳、
埃涅阿斯和头盔闪亮的赫克托耳，对
他们大声说道，快捷的话语仿佛长出了翅膀：
“赫克托耳，看来你完全把你的盟友遗弃了！
他们为了你，离别故乡和亲友，来此抛头颅
洒热血，牺牲性命，你却一点也不帮他们！
现在，持盾的吕西亚人的国王萨耳裴冬
已经倒下，他曾经执法公正，英勇地
保卫过自己的人民和国家。是披铜甲的
阿瑞斯借着帕特罗克洛斯的矛枪杀死了他。
朋友们，赶快和我一起行动起来，如果
让敌人剥走他的铠甲，蹂躏他的尸身，
对我们来说，简直是一个奇耻大辱！
请你们不要让这些慕耳弥冬人得逞，
他们为了给那些被我们吕西亚人杀死在
船寨边的达奈人报仇雪恨，一定会这样做的。”

听他这么说，无比强烈的痛苦撕扯着
特洛伊人的心。因为萨耳裴冬虽然是个
外乡人，却始终是城池的主心骨；为了
保卫特洛伊，他率领大军来到这里；而且
作战勇猛，战场上没有人能够和他相比。
于是，众人在赫克托耳的带领下，向达奈人
扑去，心中充满了对萨耳裴冬之死的愤恨。
但另一边，墨诺伊提俄斯之子帕特罗克洛斯
也激起了阿开亚人的战斗豪情，坚定了与
特洛伊人拼杀到底的决心。只见他先对两位
埃阿斯鼓劲，他们的心里早已渴望着战斗：

“两位埃阿斯，快行动起来吧！要拿出你们
以往的勇气和力量，要更加卖力地打！
首先冲上防护墙、摧毁雉堞的萨耳裴冬
已经倒下，让我们前去把他的尸体夺来，
把愤怒发泄一下：我们要从他的肩上剥下
铠甲，谁要是前来争抢，就用铜枪来杀！”

听他这么说，两个埃阿斯和阿开亚人都
踌躇满志地准备杀退敌人，两军双方重又
编好队形、排好战阵。特洛伊人和吕西亚人，
慕耳弥冬人和阿开亚人，开始在死者的周围
为抢夺尸体而凶猛地拼杀，只听得喊声震天
动地，铠甲被枪矢击得发出了巨大的响声。
这时，宙斯给整个战场笼罩上可怕的黑雾，
使这场围绕他爱子的争斗显得更加恐怖。

一开始，特洛伊人战胜了眼睛明亮的
阿耳戈斯人，生性豪放的慕耳弥冬人
阿伽克勒斯之子、神一样的阿裴勾斯
被他们杀死。他曾经统治人丁兴旺的
布代昂城，后来因为杀了一个高贵的
堂兄，只得远走他乡，找到裴琉斯
和银脚的忒提丝，寻求他们的庇护。
他俩让他跟着所向披靡的阿基琉斯
来到盛产骏马的伊利昂，和特洛伊
人打仗。然而，正当他抓住萨耳裴冬的
尸体，就被显赫的赫克托耳用石块
击中，整个脑袋在头盔里裂成了两半。
阿裴勾斯扑倒在尸体上，毁灭生命的
死亡的黑雾很快将他笼罩。

战友的不幸使帕特罗克洛斯非常痛苦，
他立刻就像一只袭击乌鸦和椋鸟的兀鹫，
迅速地穿过队伍，冲到阵前。驭马好手
帕特罗克洛斯，因为战友的死
开始愤怒地追击吕西亚人和特洛伊人。

他用石块砸在伊赛墨奈斯之子塞奈劳斯的
脖子上，打断了里面的筋腱，将他活活砸死。
而特洛伊人的前锋，包括显赫的赫克托耳，
却开始退却，退到长枪的投程之外——
人们在比赛时，或在打仗、面对凶猛的敌人时，
用尽力气投掷，也只能投到这样的距离。
现在特洛伊人被阿开亚人逼得也退后这么远。
但是，持盾的吕西亚人的首领格劳科斯，却
转过身来，杀了生性豪放的巴苏克勒斯——
他是卡尔工的儿子，住在赫拉斯，在全体
慕耳弥冬人中，以幸运和富有而著名。
当时格劳科斯突然转身，在巴苏克勒斯
即将赶上他的时候投枪出手，击中他的胸膛。
后者立马应声倒在地上。阿开亚人为失去
这位杰出的英雄而痛苦万分。而特洛伊人
欣喜若狂，他们停下来，围着首领格劳科斯。
但阿开亚人并不畏惧，继续追击敌人。
墨里俄奈斯杀了一个特洛伊人的首领，
俄奈托耳勇敢的儿子劳戈诺斯，他是宙斯
在伊达亚的祭司，人民像神一样爱戴他。
只见墨里俄奈斯的矛枪扎在他的耳朵下面的颌骨，
使他的灵魂脱离了躯体，死亡的黑雾将他罩住。
而埃涅阿斯看见墨里俄奈斯借着盾牌的掩护，
朝自己冲过来，就向他投枪出手，希望能够命中

目标，想不到墨里俄奈斯发现了，躲过了这一枪。
他向前一躬身，那根长枪在他身后扎进了泥地，
只见枪杆还在空中不停地摇晃，直到伟大的阿瑞斯
卸去了它的力量，强有力的手臂白白地投掷。
埃涅阿斯愤怒地对墨里俄奈斯大声吼叫：
“墨里俄奈斯！但愿我这一枪不曾虚发，
那么，你即便是个舞蹈好手，我也会让你安静！”

只听著名的投枪手墨里俄奈斯马上反唇相讥道：
“埃涅阿斯！不管你如何勇敢强大，你也
不可能使每个和你交手的人都倒在你的枪下，
使他们失去自卫的能力，因为你也是一个凡人。
只要我能用锋利的矛枪把你击中，不管你对
自己的膂力如何自信，不管你多么有力量，
也会把荣誉给我，而把灵魂交给带神狗的哈得斯！”

见他这么说，只听墨诺伊提俄斯勇敢的儿子
帕特罗克洛斯厉声斥责道：“墨里俄奈斯，
亲爱的朋友，勇敢的人，何须多此废话！
咒骂可不会使特洛伊人丢下尸体离去，
在此之前，大地还要接受成堆的尸首！
开会靠讲话，打仗靠的是力量。我们
用不着和他多啰唆，让我们继续去行动！”

帕特罗克洛斯说完就走，神一样的墨里俄奈斯
紧跟在他的身后。就像有人在深旷的山谷伐木，
空谷里传来连续的砍伐声，很远的地方都能听见。
广阔的平原上，也这样响起锋利的铜剑和矛枪的
击打声，只听闪亮的青铜、坚实的皮革和精固的
盾牌碰撞时，发出了震耳欲聋的响声。此时，

即使最好的眼力也分辨不出神一样的萨耳裴冬了，
因为他从头到脚都被无数的石头和枪矢覆盖住，
也沾满了血污和灰尘。而尸体的周围被人群围得
密密麻麻，有如春天草场上成桶的牛奶正在分装，
闻到香味，无数的苍蝇飞了过来。人们也这样
围着萨耳裴冬的尸体，与此同时，宙斯
闪亮的目光一刻也不曾移开正在激战的战场。
他注视着战斗的人群，心里盘算着用什么方法，
来杀死帕特罗克洛斯：是让他死在这纷乱的战斗中，
还是让显赫的赫克托耳，用铜枪把他杀死在神一样的
萨耳裴冬的尸体旁，然后再从他的肩上剥去铠甲？
或者继续增强战斗的狂烈程度，让帕特罗克洛斯
杀死更多的人，以此立大功？宙斯就这样左右权衡，
最后他决定这么办：让裴琉斯之子阿基琉斯的
勇敢的战友帕特罗克洛斯把特洛伊人和头盔闪亮的
赫克托耳再次逼临特洛伊城，让他杀死更多的士兵。
现在，宙斯先从赫克托耳下手，使他产生怯懦的心理。
赫克托耳果然跳上了战车，转身逃跑了，同时还招呼
其他特洛伊人一起后退，因为他明白，宙斯的天秤已
偏向另一头。眼看首领的当胸挨了一枪，躺在死人
堆里，生性豪放的吕西亚人亦无心恋战，四处溃散。
自从宙斯使战斗越来越激烈，许多将士已倒下。
而阿开亚人从萨耳裴冬的肩上剥下了闪亮的铜甲，
墨诺伊提俄斯好斗的儿子帕特罗克洛斯
把它交给了自己的伙伴，送回宽大的海船。

这时，只听汇聚乌云的宙斯这样对阿波罗说道：
“亲爱的福波斯·阿波罗，快去把萨耳裴冬
从枪矢下抢出来，为他擦去身上黑色的血污，
带到远离战场的地方，用清澈的河水洗净伤口，

抹上神仙的药膏，给他穿上永不损坏的衣服，
把他交给迅捷的引路神护送，这两位同胞兄弟——
睡眠和死亡之神，会把他带到富饶的故乡吕西亚。
他的亲友们会替他举行隆重的葬礼，筑坟立碑，
因为这是一个死者应该享受到的荣誉。”

听宙斯这么说，阿波罗遵命不违，马上
从伊达山的山岭上冲下来，来到战场，
从枪矢下，抱起神一样的萨耳裴冬，
来到远离战场的地方，用清澈的河水洗净伤口，
抹上神仙的药膏，穿上永不损坏的衣服，
交给睡眠和死亡——两位迅捷的引路神，
他们将他护送到富饶的故乡吕西亚。

这时，帕特罗克洛斯催促战车和奥托墨冬，
杀向特洛伊和吕西亚人的队伍。可怜的人，
由于激动，已经完全丧失了理智。假若
他听从裴琉斯之子的劝告，便可逃过此劫。
然而，宙斯的意志总是强过凡人的智慧，
他能吓倒嗜战的勇士，轻而易举地夺走
他的胜利，虽然他也会亲自鼓励某人去战斗，
就像现在一样，激发了帕特罗克洛斯的斗志。

帕特罗克洛斯，在神明把你召向死亡的时候，
谁最先倒在你的枪下，谁又是最后一个被你杀死？
阿得瑞斯托斯最先送命，接着是奥托努斯和厄开克洛斯，
墨伽斯之子裴里摩斯，以及厄丕斯托耳和墨拉尼波斯，
然后是厄拉索斯，慕利俄斯和普拉耳忒斯。
帕特罗克洛斯杀死这些勇士，剩下的全都吓得四处逃散。

如果这时福波斯·阿波罗不出现在坚固的城墙上，
打算帮助已经溃败的特洛伊人，将帕特罗克洛斯
置于死地，阿开亚将士或许早已凭借帕特罗克洛斯的
勇力，攻破了城门高耸的伊利昂，只见帕特罗克洛斯
提着长枪，冲杀在队伍的最前列。一连三次，
帕特罗克洛斯试图爬上城墙的突沿，一连三次，
福波斯·阿波罗用神力和闪光的盾面将他打了回去。
当神一样的帕特罗克洛斯发起第四次冲锋时，
阿波罗高声吼叫，快捷的话语仿佛长出了翅膀：
“神一样的帕特罗克洛斯，快快退下！命中注定，
高傲的特洛伊人的城池不是毁在你的矛枪之下；
就连远比你杰出的阿基琉斯也不可能获得这份殊荣！”

听他这么说，帕特罗克洛斯不得不退后
一大段距离，以回避远射之神阿波罗的震怒。
这时赫克托耳在斯卡亚城门边，勒住追风的快马，
他犹豫不决：是驾车重返沙场，继续战斗，
还是招呼他的人马，集聚在城墙内？就在他
权衡斟酌之际，福波斯·阿波罗来到他的身边，
化身成凡人的模样，那是一位年轻健壮的战士
阿西俄斯，他是驯马好手赫克托耳的亲舅舅，
也是赫卡贝的兄弟杜马斯的儿子，住在
弗吕吉亚水流湍急的桑伽里俄斯河边。
宙斯之子阿波罗就通过此人的嘴对他说道：
“赫克托耳，为何停止战斗？你忽略了自己的职责！
但愿我能比你优秀，就像实际上比你低劣一样！
如果这是事实，你就会后悔逃离战斗，因为那
会受到何等的惩罚！振作起来！驾起飞快的战车，
冲向帕特罗克洛斯！阿波罗或许赐给你荣誉杀了他。”

说完，他大步离去，重又回到战斗的人群。
而显赫的赫克托耳召唤勇敢的开勃里俄奈斯，
赶着战车投入战斗。其时，阿波罗隐进了人群，
给阿耳吉维人造成了混乱，他又把光荣交回了
特洛伊人和赫克托耳手中。只见赫克托耳放过
其他达奈人不杀，催动追风的马车，直接扑向
帕特罗克洛斯。帕特罗克洛斯当即从战车上跳下，
左手握着长枪，右手抓起了一块棱角闪光的大石头，
用尽全身的力量猛地投掷出去。石块没有虚投，
正好击中赫克托耳的驭手开勃里俄奈斯——
光荣的普里阿摩斯的私生子——当时正紧握着
驭马的缰绳。棱角犀利的石头击中他的前额，
砸在两条眉毛之间；额骨挡不住巨石的重击，
眼珠爆落在脚前的泥尘里。只见他扑倒在地，
像个跳水者，从做工精致的战车上脑袋冲下地
扑倒；灵魂随即飘离了他的躯壳。这时，
只听驭马好手帕特罗克洛斯这样讥讽道：
“朋友们，瞧他多么灵巧，多会玩杂耍！
要是在鱼群拥聚的海面上，这家伙可以
潜水捕摸海蛎，喂饱整船的人。他可从
船上跳到海里，即便气候阴沉险恶，就像
现在这样，一个筋斗，轻巧地从车上翻到地下！
毫无疑问，特洛伊人中也有跳水的好手！”

说完，他大步冲向开勃里俄奈斯的尸体，
像一头凶猛的狮子被人击中前胸，便在
牛栏里横冲直撞。就像这样，帕特罗克洛斯
带着狂烈的战斗激情，扑向开勃里俄奈斯；
同时也被自己的鲁莽所葬送。而战场的对面，
赫克托耳也从车上跳下；两人迎面相对，

为了争夺开勃里俄奈斯的尸体展开了激战；
就像山脊上的两头饥饿凶猛的狮子，为了
争夺一头公鹿拼死搏斗。就这样，两位勇士
急于交手，好抢夺开勃里俄奈斯的尸体。
墨诺伊提俄斯之子帕特罗克洛斯，和显赫的
赫克托耳，都迫切想用无情的铜矛撕裂对手。
赫克托耳紧紧抓住死者的脑袋，不肯松手，
而帕特罗克洛斯站在另一头，抓住死者的双脚；
其他的特洛伊人和达奈人在交战，一片混乱。
就像猛烈的东风和南风互相对冲，在幽深的山谷，
摇撼着茂密的森林，橡树、树和树干光滑的茱萸，
修长的枝桠相互鞭打抽击，断枝残干噼啪作响，
发出阵阵的巨响声。特洛伊人和阿开亚人也这样
互相砍杀；两军中谁也不想后退；溃败意味着死亡。
众多犀利的枪矛投扎在开勃里俄奈斯身边，许多
缀着羽尾的利箭飞出硬弓的弦线，一块块巨石
砸在盾牌的盾面，一场鏖战围绕着倒地的尸体展开。
只见开勃里俄奈斯庞大的身躯躺在尘土飞扬的泥地里，
依然显得很大，此时，他早已忘了所谓的车战之术。

当太阳爬上中天的时候，双方不断有人命中，
也都有人倒地阵亡。但当太阳西行，到了
替耕牛卸除轭具的时候，阿开亚人居然
超越命运，在战斗中占了上风，从特洛伊人的
枪矢下和喊叫声中抢出了勇士开勃里俄奈斯的尸体，
从他的肩头剥下了他的铠甲。而帕特罗克洛斯
斗志昂扬地扑向特洛伊人，发出粗野的吼声，
以阿瑞斯的迅捷一连冲锋三次，每次都杀死九个人。
现在，帕特罗克洛斯第四次像个恶神那样进攻了。
你没有看见死亡已降临你的额头，福波斯·阿波罗

已带着灭顶的灾难来到你的身边！帕特罗克洛斯
看不见他，因为阿波罗隐在浓雾里，向他逼近。
阿波罗站在帕特罗克洛斯的背后，伸出手掌，
拍击他的脊背和宽阔的肩头，打得他晕头转向。
随后，福波斯·阿波罗打掉他的头盔，那顶
洞孔里饰有马鬃的、带有四个角的头盔滚到地下，
发出大响声；鲜血和泥尘立即沾满了漂亮的鬃饰。
在此之前，这顶铜盔从来未被弄脏过，它一直用来
保护神一样的阿基琉斯俊美的额头和脸颊。但现在，
宙斯却把头盔给了赫克托耳，让他戴在头上。
虽然赫克托耳他自己的死期也已近在眼前。
只见那支拖着长影子的沉重的青铜矛枪，
在帕特罗克洛斯的手中被断成了几截，
盾牌也从他的肩头掉到了地上，宙斯之子
阿波罗王又剥了他的铠甲，连同里面的
防护衬垫和腰带，也一起剥得干净。
他失去了知觉，四肢近乎瘫痪。他呆呆地
站在那里，一个达耳达尼亚人走近他，从他
背后袭击他，锋利的矛枪扎进他的双胛之间。
那是潘苏斯之子欧福耳波斯，他在同龄人中
枪技最佳，驭术最好，腿脚也最快捷。虽然
初次车战，学习打仗，他却已杀死二十个敌人。
他第一个投枪击中了你——帕特罗克洛斯，
但没有把你打倒，只是抢走了你白蜡木杆的矛枪，
快步跑回自己人的队伍，不敢面对帕特罗克洛斯，
因为此时你几乎已赤身露体。只见帕特罗克洛斯
这时已被矛枪和神的手掌打得半死不活，正朝着
自己的队伍迅速地移动，试图躲避近在眼前的死亡。

但赫克托耳眼看生性豪放的帕特罗克洛斯

试图带着被尖利的铜枪挑开的伤口逃跑，
就快步穿过队伍，逼近他，投枪出手，
一枪刺入他的肚腹，铜尖从背后穿出。
帕特罗克洛斯随即应声倒地，阿开亚人
全都惊呆了。那就像一头狮子，击倒了
一头不知疲倦的野猪。它们为了焦渴，
争饮一条水流细小的山泉，因此在山坡上
展开了争斗，双方都凶猛暴烈，难分胜负。
最后，狮子打倒了呼呼地喘着粗气的野猪。
普里阿摩斯之子赫克托耳也这样，猛地
一击，就结果了墨诺伊提俄斯的儿子，这位
勇敢的英雄，曾经杀死过那么多的敌人。
只见赫克托耳带着胜利的喜悦高声炫耀，
快捷的话语仿佛长出了翅膀："帕特罗克洛斯，
你以为可以荡平我们的城堡，把特洛伊女人
变成奴隶，塞进海船，带到你们心爱的故乡！
你真蠢！赫克托耳的这些快马，为了保护她们
已赶来战斗！在好战的特洛伊人中间，我是
最杰出的投枪手，正替她们挡开灾难和痛苦！
而可怜的人，倒要用你的血肉喂饱这里的兀鹫！
现在凭阿基琉斯全身的本事，也救不了你的性命。
当他自己留在营地，而差你出战时，必定嘱咐过你：
'驾驭车马的好手帕特罗克洛斯，你一定要记住，
在没有把那个杀人狂赫克托耳的衣衫染上鲜血前，
不要回到船寨里来见我！他一定这样对你说过，
而你这个没有头脑的疯子，居然听信了他的话！"

这时，驾驭车马的好手帕特罗克洛斯虚弱地答道：
"赫克托耳，现在你胜了，可以自我夸耀了。
但这个胜利是克罗诺斯之子和阿波罗所赐予的，

是他们轻而易举地击倒了我，并亲自从我的肩头
剥去了铠甲！要不然，就是有二十个赫克托耳跑来
和我交手，也未必是我的对手，都会死在我的枪头。
是强大的命运和勒托之子杀死了我，然后是欧福耳波斯，
你是第三个。我有一事相告，你要记牢：你自己的日子
也已不多了，死亡和强大的命运将要降临到你的身上，
你将死在埃阿科斯的后裔、纯洁的阿基琉斯的手下！”

他刚说完，死亡的黑雾就笼罩了他，
灵魂离开了他的肢体，坠入死神的住地。
可叹悲惨的命运，使他抛下年轻力壮的人生。
这时他已死，显赫的赫克托耳还在对他叫嚷：
“帕特罗克洛斯，为何要预言我的死？
谁能说得准，那美发的忒提丝的儿子
阿基琉斯，说不定会先在我的枪下送命？！”

他这样大声说着，用脚踩住尸体，从伤口里
拔出青铜的矛枪，然后把仰面的尸体扔下不顾。
然后，他手握枪杆去追赶捷足的阿基琉斯的
侍从、神一样的奥托墨冬，想把他杀死，
但不死的神马已把奥托墨冬带出一段距离，
这匹马是神祇送给裴琉斯的闪光的礼物。

第十七卷

抢夺遗体

正在这时，阿特柔斯之子、好斗的墨奈劳斯
看见帕特罗克洛斯在激战中，倒在特洛伊人面前，
就从前排的队列中出列，只见他头盔闪亮，
挡在尸体前，好像母牛生了牛犊，屈腿将
幼仔保护，受战神宠爱的棕发的墨奈劳斯
也这样，挺着长枪，手持滚圆的盾牌，
守护着阵亡的帕特罗克洛斯，气势汹汹，
决心杀死任何敢于冲过来的敌人。
但潘苏斯之子，手握粗长的白蜡木杆枪矛的
欧福耳波斯，也看到纯洁的帕特罗克洛斯战死，
便迎上前去，对好斗的墨奈劳斯这样嚷道：
“阿特柔斯之子，神一样的墨奈劳斯，
不要靠近他，把他的尸体和铠甲给我留下！
特洛伊人和著名的盟友中，在激战中，
我是用长枪第一个击中帕特罗克洛斯的人。
所以，我要在特洛伊人中获得这份殊誉；
不然我就连你也一起结果，夺走你性命！”

听他这么说，棕发的墨奈劳斯狂暴地回答：
“宙斯父亲，听他这番狂言！瞧他如此猖獗，
胜过了自以为是的凶猛的山豹和雄狮，就连

一向最为自负、最为狂烈的野猪，也比不上
潘苏斯的两个惯使粗长矛枪的儿子来得野蛮！
然而，即便是驯马好手、强有力的呼裴瑞诺耳，
也没有享受青春的年华——他曾和我对阵，
口出狂言，辱骂我是达奈人中最无能的懦夫。
但他最后回到祖国，不是用他自己的双腿，
也不曾给心爱的妻子和父母带去快乐。
现在倘若你敢和我对阵，我也会这样
轻松地断送你。不过我还是劝你，快快回到
你的队伍，不要和我交手，免得自找麻烦！
即便是个傻瓜，也知道前车之鉴！”

欧福耳波斯对于此番警告并不在意，答道：
“高贵的墨奈劳斯，我兄弟的死，血债
必须要你用血来还。你曾经口出狂言，
要使他新房里的新娘成为寡妇，要使他的
双亲痛苦万分，不住地啼哭。要是我能把
你的头颅和铠甲带回去，交给潘苏斯
和美颊的芙荣提丝，或许就能抚慰
这些不幸的人们，休止他们的悲伤。
不要再浪费时间，让我们这就开战，
赶快决个胜负，看看最后谁猖狂逃窜！”

只见他说着，就出手击中墨奈劳斯的圆盾，
但铜枪不曾穿透，坚实的盾面把枪尖弹回去。
接着，阿特柔斯之子墨奈劳斯一面对宙斯父亲
祷告，一面掷出铜枪，在对手回撤之时，
倾身前趋，压上全身的力量，自恃强有力的臂膀；
枪尖扎入脖子，穿透松软的颈肉，欧福耳波斯
随即轰然倒地，铠甲还在身上哐哐作响。

他那美得如同美惠女神的头发，沾满血污，
发辫上仍然系着黄金和纯银的饰带。
像农人种下的一棵枝干坚实的橄榄树苗，
在一处僻静的山地，浇上足够的淡水，
使之茁壮成长；劲风来自各个方向，
摇曳着它的枝头，催发出银灰色的芽苞。
然而，天空突起一阵狂飙，强劲的风势把它
连根拔出土坑，倒在泥地上——就这样，
阿特柔斯之子墨奈劳斯杀了潘苏斯之子——
手持白蜡木杆枪矛的欧福耳波斯，并剥下
他的铠甲。那像一头山林哺育的狮子，坚信
自己的力量，从牛群里抢出一头最肥的牛犊，
先用尖利的牙齿咬断它的喉管，然后大口
吞咽它的血，野蛮地生食牛肚里的内脏；
在它的周围，牧人带着猎狗呐喊着群起而攻之，
但他们只是待在远处，不敢靠上前来拼杀，
因为深深的恐惧充满着他们的心。就这样，
特洛伊人中谁也没有这个胆量，上前来和
光荣的墨奈劳斯交手。其时阿特柔斯之子
原本可以轻松地从潘苏斯之子身上剥下
闪光的铠甲，但福波斯·阿波罗嫉妒他，
便化作基科奈斯人的首领门忒斯的形象，
前来怂恿可与迅捷的战神相比的赫克托耳
去和他拼搏，并对赫克托耳大声地说道，
快捷的话语仿佛长出了翅膀：“赫克托耳，
你现在急切追赶的阿基琉斯的神马，可是一件
永远不可能得到的东西！除了阿基琉斯，
没有一个凡人能够驾驭这匹马，因为阿基琉斯
是女神的儿子。而阿特柔斯之子好斗的
墨奈劳斯却已杀死特洛伊军中最好的勇士、

潘苏斯之子欧福耳波斯，制止了他狂烈的
战斗激情，正守护着帕特罗克洛斯的尸体！”

阿波罗说完，往回走，重新介入凡人的战斗，
剧烈的痛苦笼罩着赫克托耳昏暗的心灵。
他目光四射，扫过人群，当即看到两位勇士，
一个正在剥取闪光的铠甲，另一个伸开
手脚躺在地上，鲜血正从伤口往外流淌。
他穿行在前排的队阵间，头顶闪亮的铜盔，
厉声高叫，看来就像赫法伊斯托斯的那团
永远不会熄灭的炉火。阿特柔斯之子听到
他的吼叫，气愤地对自己勇敢的心灵说道：
“我该怎么办？丢下华丽的铠甲和为了我的
荣誉而死在这里的帕特罗克洛斯？这样一来
若是让战友们看见，难免要受到指责；但是，
如果要顾全面子，孤身一人对特洛伊人和
赫克托耳交手，他们一定会冲上来包围我。
那头盔闪亮的赫克托耳是特洛伊人的统帅。
不过，我的心灵为何要如此不安？如果一个人
违背神的意志，同他宠爱的人作战，一定会
遭到巨大的不幸，而我从有神助佑的赫克托耳
面前退却，达奈人是不会怪罪于我的！
但愿我能在什么地方找到擅长在战场上吼叫的
埃阿斯，我俩联手，以我们的力量，或许可以
重返战场，哪怕和神明对抗，也要夺回尸体，
送交裴琉斯之子阿基琉斯。这是最好的选择。”

就在他权衡思忖之际，特洛伊人由赫克托耳
率领，已经冲了上来。墨奈劳斯离开死者，
马上拔腿后撤，但仍不断地转过身子，回头

张望，就像一头脸上长满漂亮鬃须的狮子，
被手持投枪的大叫的猎人和猎狗赶离圈栏，
迫不得已地离开牲畜的栅栏，胸中那颗狂暴的
带着恐惧的狮心，难以平息。棕发的墨奈劳斯
也这样离开死去的帕特罗克洛斯，但一回到
自己的队伍，马上转过身子，四处寻觅
忒拉蒙之子、高大魁伟的埃阿斯。他很快
发现埃阿斯正在战场的左侧催督他的伙伴战斗，
阿波罗已在他们的内心注入了巨大的恐惧。
只见墨奈劳斯快步跑上去，对他这样说道：
“埃阿斯，快去那边保护死去的帕特罗克洛斯，
他几乎一丝不挂，头盔闪亮的赫克托耳已剥取
他那闪亮的铠甲。我们要把他的尸体交还阿基琉斯！”

墨奈劳斯的这番话激怒了勇敢的埃阿斯的心，
于是他和棕发的墨奈劳斯一起冲到队阵的前列。
这时赫克托耳已剥去帕特罗克洛斯闪光的铠甲，
正想用锋利的铜剑从他肩上砍下他的脑袋，
然后拖着尸体，把它丢给特洛伊的饿狗。
就在这时，埃阿斯挺着那面墙壁一样的巨盾，
冲到他的跟前，赫克托耳见状，立即跳上战车，
退回自己的队伍，把那套为他带来巨大荣耀的
漂亮铠甲交给特洛伊人，送回城堡，以显战功。
埃阿斯用巨盾掩护着墨诺伊提俄斯之子的尸体，
稳稳地站住，像一头狮子保护着它的幼狮。
这头狮子正带着幼仔在森林里走，不巧碰上猎人；
它深信自己巨大的力量，于是就把额头上的皮毛
压下，罩住眼睛。埃阿斯也这样，跨在勇敢的
帕特罗克洛斯的尸体前守护着他。而好斗的
阿特柔斯之子墨奈劳斯站在他的身旁，很是悲伤。

而吕西亚人的首领，希波洛科斯之子格劳科斯，
这时眉头紧蹙，怒视着赫克托耳，大声斥责道：
“赫克托耳，你外表富丽堂皇，作战却让人失望！
看来你徒有显赫的虚名，其实却只是一个逃兵！
你该考虑一下了，仅仅凭你自己和伊利昂本地人的
力量如何保护你的城堡。吕西亚人中，再也没有人
会和达奈人作战，因为我为了你的城堡一直不停地
在同你们的敌人战斗，却不曾得过什么感谢和报偿。
无情的赫克托耳，你是否在战斗中援救过其他人？
你甚至连萨耳裴冬都丢弃不管了，使他成了达奈人
手中的战礼和猎物，萨耳裴冬可是你的客人和朋友，
他在生前，可是为你和你的城堡立下过许多战功！
现在，你却没有勇气保护他，免遭饿狗的吞噬！
所以，倘若吕西亚人愿意听命于我，我们这就
动身回家，随着我们的离去，特洛伊将灭亡在即！
要是特洛伊人还有保卫自己家园的一往无前的勇气，
和敌人进行英勇不屈地拼搏，那么，我们马上
就可把帕特罗克洛斯拖进城堡。虽然他已经死了，
倘若我们能把他拉出战场，拖进普里阿摩斯王
宏伟的城堡，阿耳吉维人马上就会把萨耳裴冬
那副漂亮的铠甲交给我们，而我们也可把他的
尸体运回伊利昂。被杀者是阿基琉斯的朋友，
而阿基琉斯是船寨边的阿耳吉维人中最善战的
英雄，统领着近战杀敌的精兵强将。但是你，
却没有这个勇气，迎战生性豪放的埃阿斯，
不敢在喧嚣的人群中朝他的眼睛看，奋起
与他比个高低。只是因为他比你更为强大！”

头盔闪亮的高大的赫克托耳凶恶地盯着他嚷道：
“格劳科斯，想不到你居然说出此番有失身份的话，

以前我一直以为，住在土地肥沃的吕西亚的人中，
你最聪明；现在你却惹我生气，我由衷地蔑视你。
你说我不敢面对面地和高大魁伟的埃阿斯拼斗？
告诉你，我从来不怕战斗，也不怕马蹄的声响！
但是，宙斯的意志总是胜过凡人的愿望，他能
吓倒好斗的英雄，轻而易举地夺走他的胜利，
虽然有时他又亲自催促一个人去勇敢地战斗。
我的朋友，请到我的身边来，看我如何打仗！
看我是否像你说的那样，天生是个懦夫，还是
那个勇敢的人，去阻止随便哪个达奈人继续保护
死去的帕特罗克洛斯的意愿，不管他有多么狂暴！”

赫克托耳接着又亮开嗓门，对特洛伊人高声喊道：
“特洛伊人，吕西亚人和达耳达尼亚人，擅长
近距离作战的勇士们！我的朋友们，快鼓起劲！
我将穿上勇敢的阿基琉斯华美的铠甲，它是从
刚被我杀掉的强健的帕特罗克洛斯的肩头剥来的！”

头盔闪亮的赫克托耳喊完，立即从激烈战斗的
战场离开。他快步追赶自己跑得飞快的同伴，
而他们正带着裴琉斯之子华丽的铠甲，朝着
城堡的方向，也没有走出太远。于是赫克托耳
在远离恶战的地方，脱下自己那副铠甲，交给
好战的特洛伊人带回神圣的伊利昂，而换上
裴琉斯之子阿基琉斯的铠甲。那是珍贵的赠品，
当时神祇把它赐给了阿基琉斯尊敬的父亲裴琉斯，
后者年老后，就把它传给自己的儿子；却不料，
儿子穿着父亲的铠甲，却不能活到白发之年。

而汇聚乌云的宙斯此时从高空中注视到他

忙着用神一样的阿基琉斯的胸甲武装自己，
于是宙斯摇动脑袋，对自己的心灵说道：
“可怜的赫克托耳全然不知死期已至，
当你穿上这副永不损坏的铠甲，死亡
就已经降临到你的身上。因为此物的主人
是一位了不起的英雄，在他面前，所有人
都会害怕得发抖。现在，你杀了此人心爱的
朋友、最强健忠实的伙伴，并从他的肩膀和头颅，
剥下他的盔甲，做了不该做的事，尽管如此，
我仍然要给你巨大的力量，作为一种补偿。
但你将不能活着离开战场，回返家园，而
你的妻子安德罗玛开，也休想从你的手中
接过阿基琉斯这副著名的闪闪发光的铠甲。”

克罗诺斯之子说完，就低下头，浓眉紧蹙。
他使铠甲恰好贴住赫克托耳的胸背，而狂暴的
战神阿瑞斯给他的肢体注入了勇气和力量。
只见赫克托耳穿着生性豪放的阿基琉斯的
铠甲，行进在闻名遐迩的盟军的队伍里，
在他们的面前高声喊叫，浑身闪闪发光。
他穿行在队伍里，鼓励着每一位首领，
墨斯勒斯、格劳科斯、墨冬和塞耳西洛科斯，
阿斯忒罗派俄斯、得伊塞诺耳和希波苏斯，
还有福耳库斯、克罗米俄斯和根据鸟踪占卜的
恩诺摩斯，快捷的话语仿佛长出了羽翼：
“听我说，所有强大的盟军朋友们！
我把你们一个个从自己生活的城堡中请来，
不是来这里充数，而是想借各位的勇力，
来保卫特洛伊的妇女和弱小无助的儿童，
使他们免遭阿开亚人的蹂躏。为此目的，

我让我的人民，花巨大的代价向你们奉送
礼物和给养，以此提高你们每个人的战斗激情。
所以，你们各位必须面对敌人，要么一死，
要么得救，每场战争总是这样！谁要是能
打退埃阿斯，把帕特罗克洛斯的尸体
拖回驯马好手特洛伊人的队伍，我将
从战利品中取出一半给他，另一半
归我所有——他的荣誉将和我的等同！”

听赫克托耳这么说，众人纷纷举起矛枪，
全力以赴地扑向达奈人，他们心怀希望，
指望能从忒拉蒙之子埃阿斯那里抢过尸体。
但埃阿斯在尸体周围聚集了成群的战士！
只听埃阿斯对强有力的墨奈劳斯这样说道：
“高贵的墨奈劳斯，我的朋友，我已没有信心，
仅凭你我的力量，我们难以杀出这片人群。
我很担心帕特罗克洛斯的尸体，它将
很快沦为特洛伊的狗和兀鹰吞食的对象，
但我更担心你我的性命，恐怕难以逃脱
不幸，因为赫克托耳——这片战争的乌云
笼罩着地面上的一切；死亡的阴影正朝
我们逼近！你赶快招呼其他达奈人将领，
倘若现在有人，他们就可以听见你的声音。”

听他这么说，擅长在战场吼叫的墨奈劳斯
同意，便用响亮的声音对达奈人这样呐喊：
“朋友们，阿耳吉维人的首领和参谋们！
你们都同阿特柔斯的两个儿子——阿伽门农
和墨奈劳斯，喝过公家的美酒，你们人人
都是将领，可以对自己的部下发号施令，

你们也享受到宙斯赐予的地位和荣誉！
现在我不可能一一点各位的大名，称呼
你们每个首领，因为仗打得如此激烈！
你们快过来出手吧，以免受到这样的耻辱，
帕特罗克洛斯的尸体可能变成特洛伊狗的玩物！”

他刚说完，俄伊纽斯之子、捷足的埃阿斯
就听见，第一个跑过队伍，来和他会合；
紧接着跑来的是伊多墨纽斯和他的伙伴，
像战神阿瑞斯一般狂暴的墨里俄奈斯。
还有其他赶来增援的阿开亚人的将领，
这里，谁能把他们的大名一一报出来？

而赫克托耳带领密集的特洛伊人冲了过来，
宛如在雨水暴涨的河流出口，巨大的
浪潮撞击着河道里湍急的激流，两岸
突出的礁岩因此回荡着水流的隆隆巨响声。
特洛伊人也这样，呼啸着冲上前来。但是，
阿开亚人以强大的阵势，齐心协力地聚集在
墨诺伊提俄斯之子帕特罗克洛斯的周围，
都举着连成一面墙的盾牌。而克罗诺斯之子
布下浓浓的迷雾，笼罩着他们闪亮的头盔。
在墨诺伊提俄斯之子生前，作为阿基琉斯的
朋友的时候，宙斯从未对他有过不满意，
所以，宙斯现在希望阿开亚人保护他的尸体，
不忍心死者变成可恶的特洛伊饿狗的猎物。

一开始，特洛伊人打退了明眸的阿开亚人，
使后者丢下尸体，拔腿便跑。但生性高傲的
特洛伊人只抢到尸体，不曾杀死一个敌人，

然而，阿开亚人丢下尸体没多久，又以
极快的速度，被埃阿斯重新召集了起来。
看来除了裴琉斯之子阿基琉斯之外，埃阿斯
是所有达奈人中功劳最大的一个。只见他
闯入队伍的前排，凶猛得就像一头野猪。
那野猪在林间逃跑，频频转过头来张望，
一下子就把追在身后的猎狗和年轻的猎人，
甩下了山。高贵的忒拉蒙之子、显赫的埃阿斯
也这样凶猛地冲进敌阵，一举击溃了特洛伊人，
后者正跨立在帕特罗克洛斯尸体的两边，
急切地想把他拖入城堡，以此获得荣光。

这时，只见裴拉斯吉亚人莱索斯光荣的儿子
希波苏斯正抓起盾牌的背带，绑住脚踝上的筋，
试图拉着死者的双脚，将他拖出激战的战场，
以取悦特洛伊人和赫克托耳。但突来的死亡
降临到他的身上，此时谁也救不了他的性命。
当时忒拉蒙之子迅速穿过人群，向他靠近，
投枪出手，一枪捅穿了他头盔上的青铜护颊。
带有粗长铜矛的枪尖因为臂膀的重力，
击碎了缀饰着马鬃的头盔盔面，脑浆
和鲜血从豁口喷涌而出，顺着枪杆往下淌。
希波苏斯的勇力消散殆尽，双手一松，
放掉骁勇的帕特罗克洛斯的双脚，死者
滑落在地，他自己亦头脸朝下，扑倒在
尸体上，远离富饶的故乡拉里萨，也没有
回报双亲的养育之恩；他的生命短促，在
生性豪放的埃阿斯的矛枪之下，过早地结束。
赫克托耳对着埃阿斯挥手投出闪亮的矛枪，
但后者看见他的行动，躲过了青铜的矛头；

枪尖却击中了伊菲托斯的儿子、生性豪放的
斯凯底俄斯——福基斯人中最勇敢的英雄，
居住在著名的帕诺裴乌斯，统治着那里的民众。
只见锋利的枪尖扎透锁骨，打断了筋骨，从肩膀根
透出；他随即应声倒地，铠甲还在身上哐哐作响。

而埃阿斯杀了法伊诺普斯聪慧的儿子福耳库斯，
当时他正跨立在希波苏斯的尸体前，保护他，
只见矛枪洞穿胸甲的铜片，打在他的小腹正中，
于是内脏从铜甲里迸了出来；福耳库斯随即倒地，
两手抓着泥土。于是包括光荣的赫克托耳在内的
特洛伊人的首领开始后退；而阿开亚人大声吼叫着，
拖走希波苏斯和福耳库斯的尸体，剥下他们的铠甲。

面对好战的阿开亚人，特洛伊人一片惊慌，
他们本可能再次被战神宠爱的阿开亚人赶回
伊利昂，而阿耳吉维人却可能以自己的勇力，
抗拒宙斯的意志，获得巨大的荣誉，但
阿波罗亲自前来鼓励埃涅阿斯的战斗激情，
化身成埃涅阿斯的老父的传令官、厄普托斯的
儿子裴里法斯的形象，出现在埃涅阿斯面前。
只见宙斯之子阿波罗这样对埃涅阿斯说道：
“埃涅阿斯，你和你的部下在没有神的帮助下，
怎么能够保住城墙高耸的伊利昂？就像我见过的
一些凡人，凭借自己的勇力保卫自己的城邦。
但是，宙斯现在正站在我们的这一边，打算
让我们，而不是达奈人获取胜利。问题在于你
已被吓得发抖，躲躲闪闪，竟然不敢出来战斗！”

阿波罗这么说，埃涅阿斯看见他，听出这就是

远射之神阿波罗的声音，就高声地对赫克托耳喊：
“赫克托耳，各位特洛伊首领，盟军朋友们！
要是我们被战神宠爱的阿开亚人追杀，惊恐地
爬回特洛伊，多么可耻啊！刚才一位神祇站在
我的身边告诉我，至高无上的主神宙斯，仍在
帮助我们战斗。所以，我们必须冲向达奈人，
不要让他们轻松地把帕特罗克洛斯的尸体抬回海船！”

埃涅阿斯说完，跳出队伍，远远地站到队列前，
其他特洛伊人也转过身子，迎战阿开亚人。
只见埃涅阿斯出手一枪杀了雷俄克里托斯，
他是阿里斯巴斯之子、鲁科墨得斯高贵的朋友。

嗜战的鲁科墨得斯眼看伙伴倒下，非常痛心，
冲过去挡在他身边，投出闪亮的矛枪，击中了
士兵的领袖、希帕索斯之子阿丕萨昂；正好
打在他横膈膜下的肝脏上，他当即双腿瘫软。
阿丕萨昂来自土地肥沃的派俄尼亚，除了
阿斯忒罗派俄斯外，他是部落中最好的战士。
他的死，使好斗的阿斯忒罗派俄斯非常悲痛，
只见他立即猛扑上去，急切地找达奈人拼命，
却不能成功；达奈人都围在帕特罗克洛斯的
尸体边，手持矛枪，用密密的盾牌作掩护。
而埃阿斯穿行在人群里，严厉地敦促他们，
既不让任何人退离尸体，也不让他们冲出队阵，
离开其他人，孤身迎战敌人；只准他们围着尸体
作战。这便是强有力的埃阿斯的命令。这时，
勇士们一个接一个地倒下，鲜血染红了大地。
这些人中既有特洛伊人，也有生性高傲的盟友，
当然也有达奈人，他们也不能幸免流血牺牲，

但相比之下，后者的伤亡要轻得多，因为他们
从未忘记在激战中排成紧密的队阵，互相救助。

双方就这样生死相搏，如同燃烧的烈火。
你或许以为太阳和月亮已从天空消失：
浓雾正笼罩着整个战场，勇敢的人们
正在那里围着帕特罗克洛斯的尸体恶战。
而其他特洛伊人和穿胫甲的阿开亚人
仍在晴朗的天空下，照常平静地打仗。
只见阳光普照大地，整个平原和山峦上
看不见一丝云彩。人们打一阵，歇一阵，
双方保持着一大段距离，好躲避双方的枪箭。
只有这里的战场上，那些最杰出的勇士正在
浓雾下忍受着残酷的战斗，痛苦地呻吟。
只有两位著名的勇士——斯拉苏墨得斯和
安提洛科斯，这时还不知道帕特罗克洛斯
已经阵亡，以为他还在打前锋，和敌人交手。
尽管他俩远远地看见同伴战死或逃跑，仍然
按照奈斯托耳送他们离开漆黑的海船前对
他们的吩咐，毫不动摇地坚守在战场的一侧。

为了保护捷足的阿基琉斯的勇敢战友的尸体，
勇士们浴血苦战了整整一天，没有片刻停息，
只见他们全身疲软，汗如雨下，汗水浸透了每人的
膝盖、腿肚和双足，淋湿了胳膊、双手和眼睛。
就像一位皮匠，把一大张透浸着油脂的公牛皮
交给伙计们拉扯。他们接过牛皮，站成一个圈，
用力地拉。人多手杂，把牛皮完全抻开、绷紧，
使得皮里的水分挤出，表面上的油脂完全吸收。
就这样，双方将士在那片狭窄的空地上争扯着尸体，

怀着希望朝各自的方向猛拽。特洛伊人想把它
拖回伊利昂，而阿开亚人则试图把它抬回大海船。
围绕着倒地的躯体，双方展开了一场殊死的拼杀。
即使战争的催促者阿瑞斯，或是雅典娜，目睹这场
战斗，哪怕在他俩怒气最盛的时候也不会加以嘲讽。

这一天，宙斯让人们为了争夺帕特罗克洛斯的
尸体而发动成群的人马，降下恶战。卓越的
阿基琉斯这时候还不知道帕特罗克洛斯已死，
因为仗是在特洛伊的城墙下打，那儿远离船寨。
阿基琉斯没想到帕特罗克洛斯会死，以为他还活着，
一旦杀到特洛伊城下，便会返回营地。他也知道，
帕特罗克洛斯没有他的参与，不可能攻破城堡，
就是和他在一起，特洛伊城说不定也攻不下。
过去他经常从母亲那里，秘密地获悉主神宙斯的
意图和计划，但这次，母亲却没有告诉他这个
可怕的噩耗：他最心爱、最亲密的朋友已经阵亡。

围绕着帕特罗克洛斯的尸体，人们仍然
手持锋利的矛枪，互相杀戮，打得难分胜负。
只听披铜甲的阿开亚人中有人在这么说：
“朋友们，倘若现在退回宽大的海船，我们
还有什么脸面和光荣？还不如让漆黑的大地
裂开一道口子，把我们都吞下！这样也胜过
把尸体拱手让给驯马好手特洛伊人，眼看着
他们把它带回自己的城堡，获得巨大的荣耀！”

而生性高傲的特洛伊人中也会有人这样说道：
“朋友们，即使命运要我们全都死在此人的
身边，谁也不要退出，谁也不要逃离战斗！”

他们就这样互相鼓着劲，激起每一位伙伴的
战斗激情。仗就这样不停地打下去，青铜的
碰撞声穿过广袤的空气，冲上黄铜色的天顶。

然而，阿基琉斯的战马此时正站在
远离战场的地方流泪，因为它们看见
自己的驭手死在狂暴的赫克托耳手里。
狄俄瑞斯强有力的儿子奥托墨冬，正
竭尽全力用皮条抽打它们，时而又低声地
哄它们，或者对它们严厉地呵斥，然而，
这些马既不愿回到海船停泊的赫勒斯庞特
宽阔的海岸，也不愿跑回到阿开亚人中间
继续作战。它们就像墓碑一样站着不动，
屹立在某个死去的男人或女人的坟墓前。
它们就这样默默地架着做工精美的战车，
把头重重地垂到地面，热泪不停地流淌，
滴湿了尘土，悲悼自己的驭者遭到的不幸；
只见它们漂亮的长鬃沾满了灰尘，垂挂
下去，露出战车的轭架两边的软轭垫。
克罗诺斯之子看见它们如此悲伤，产生了
怜悯，不禁摇着头，对自己的心灵说道：
“可怜的东西，我们为何把你们送给了
裴琉斯？他是一个生老病死的凡人，不像
你们是长生不死的神驹。这样做，难道是
为了让你们置身于不幸的凡人中间，分担
他们的痛苦？大地上生息和爬行的所有生灵中，
确实没有哪一类比凡人更艰难。但现在至少
普里阿摩斯之子赫克托耳不会从你们后面
登上做工精致的战车；我绝不会让他这么做。
他已经获得了那副铠甲，并因此大肆炫耀，

所以，他对这一切应该满意了。现在，我要
给你们的膝头和心灵注入力量，我要让你们
把奥托墨冬带出战场，回到宽大的海船。
而我仍然将赐给特洛伊人以胜利的荣耀，
让他们把阿开亚人一直杀到甲板坚固的海船，
直到太阳西下，神圣的黑暗把大地笼罩。”

说完，宙斯就给神马吹入巨大的活力，
两匹马马上抖落鬃毛上的尘埃，轻松地
拉起车轮滚滚的战车，奔驰在两军阵前。
奥托墨冬心中怀着对同伴之死的悲伤，
驾着车冲入敌群，就像扑击鹅群的兀鹰。
他轻而易举地躲过混乱的特洛伊人群，
重新扑进密集的队伍，追赶大队的散兵。
然而，他只能追击，却不能出手杀敌，
因为他孤身一人驾着颠簸的战车，不可能
既驾驭飞奔的马车，又要投掷矛枪杀敌。
终于，伙伴中有人发现了他，那是海蒙的
后裔，莱耳开斯之子阿尔基墨冬，只见
他站在战车后，对着奥托墨冬这样大喊：
“奥托墨冬，哪位神祇夺走了你的睿智，
把这样没用的主意灌进你的胸中？你想
单枪匹马就冲到阵前去和特洛伊人交手？
你的那位同伴已经死去；赫克托耳正穿着
阿基琉斯的那副铠甲，好炫耀他的光荣！”

听他这么说，狄俄瑞斯之子奥托墨冬答道：
“阿尔基墨冬，阿开亚人中没有人比你
更能驯服这对不死的神马了——除了神一样的
帕特罗克洛斯，生前他是一个驭技高超的凡人，可惜死亡的命运已经提前结束了他的一生。
上来吧，从我手中接过马鞭和闪亮的缰绳，
好让我跳下战车，投入紧张的战斗！”

听他这么说，阿尔基墨冬就跃上奔驰的战车，
动作十分迅捷地接过马鞭和缰绳，而奥托墨冬
则抬腿跳下了战车。然而，显赫的赫克托耳
看到了他们，当即对站在近旁的埃涅阿斯说道：
“埃涅阿斯，披铜甲的特洛伊人的领袖，我看见
捷足的阿基琉斯的驭马正迅速冲过来，车上却是
两个无能的驭手。看来我有希望逮住这两匹神马，
如果你愿意和我一起行动。倘若我俩协同作战，
他俩就不敢面对面地和我们交手，将我们阻挡！”

听他这么说，安基塞斯骁勇的儿子欣然从命。
他俩大步冲上前，用厚实的盾牌掩护着肩膀。
那盾牌是用坚韧的牛皮制成，盾面覆着青铜。
克罗米俄斯和卓越的阿瑞托斯，两人紧紧相随，
满怀希望，想杀死阿开亚人，牵走粗脖颈的神马。
可怜的人真愚蠢！他们不流血绝不可能离开战场！
奥托墨冬已经祈祷过宙斯父亲了，郁闷的心中注满了
勇气和力量，对他所信赖的同伴阿尔基墨冬喊道：
“阿尔基墨冬，让驭马侍候在我的近旁，让我的
脊背能感到马匹呼出的气息。普里阿摩斯之子
赫克托耳绝不会善罢甘休，在他还没有从阿基琉斯
那两匹长鬃飘飘的神马身后跃上战车以前，谁也
顶不住他的疯狂，他会杀了我俩，打散阿开亚人的
队阵；要么就是他本人，战死在队列的前排！”

只听他对着两位埃阿斯和墨奈劳斯喊道：

“两位埃阿斯，墨奈劳斯，阿耳吉维人的
首领！把帕特罗克洛斯留给你们认为最合适的人，
他们会打退特洛伊人，保护他的尸体。你们
快过来，帮帮我们这些仍然活着的人免遭不测！
敌人正向这边冲来，赫克托耳和埃涅阿斯，
特洛伊最善战的壮士，把我们逼得抬不起头！
不过，所有这一切事情都摆在神明的膝头，我
且投枪出手，其余一切听凭宙斯来定夺。”

他说着，就把手中那杆拖着长影子的矛枪
用力地掷出，长枪击中阿瑞托斯滚圆的盾牌，
青铜枪尖穿破盾面，一直穿透到里面的腰带，
深扎进了他的小腹。就像一个手持利斧的
身强力壮的壮汉，杀一头草场上的公牛，
斧子砍在牛角后面，劈开了公牛厚实的肌肉；
于是公牛猛地扑向前，跌倒在地。阿瑞托斯
也这样，先是向前一跳，接着就仰面翻倒，
锋利的矛枪深深扎进去，他双腿立即瘫软了。
就在这时，赫克托耳对着奥托墨冬投出了
闪亮的矛枪，但后者注意到他的举动，向前
屈起身子，躲过了这一枪；枪尖扎入后面的
泥地，杆尾还在那里不停地颤动，直到强大的
阿瑞斯平息了它的余势。眼看双方会手持利剑，
近距离砍杀，这时要不是两位埃阿斯听到同伴的
召唤，奋力挤过战斗的人群，阻挡在他们俩中间。
见此情景，赫克托耳和埃涅阿斯，以及神一样的
克罗米俄斯出于恐惧，再次退却，把阿瑞托斯的
尸体撇在原地——矛枪已经夺走了他的生命。
于是，可与敏捷的战神相媲美的勇士，奥托墨冬
剥去了他的铠甲，一边还得意扬扬地这样夸耀道：

"杀了这人，多少安慰了一下因帕特罗克洛斯
之死带给我的悲痛，虽然此人远远没法和他相比。"

说着，他举起染有血迹的战利品，
抬到战车上，然后自己也登上车，
手脚沾满鲜血，像刚吃完牛的狮子。

而围绕着帕特罗克洛斯的尸体，战斗
重又开始，场面残酷而激烈，因为这
殊死的冲突是由天上的雅典娜引起的。
她受传播雷电的主神的派遣，下凡来
催促达奈人战斗；而宙斯已改变心意，
把好感转向了他们。就像宙斯在天上
划出的一道彩虹，作为征兆预示给凡人，
说明战争或寒冷的风暴即将来临，它将
使凡人停止劳作，使畜群遭到巨大的痛苦。
雅典娜也这样踏云而至，来到达奈人中间，
激励着每一个将士的斗志。首先，她化身为
福伊尼克斯的形象，模仿他的声音，对
阿特柔斯之子、强有力的墨奈劳斯说道：
"墨奈劳斯，倘若在特洛伊城下，疯狂的
饿狗撕裂生性高傲的阿基琉斯忠诚朋友的
尸体，你将感到耻辱，并为此抬不起头来。
你自己一定要坚持下去，并鼓励其他人战斗！"

只听擅长在战场吼叫的墨奈劳斯这样答道：
"福伊尼克斯，我父辈的英雄！但愿雅典娜
能赐给我力量，替我挡开飞射过来的矛枪！
这样我就能下定决心，站在帕特罗克洛斯身边，
保护他的尸体；他的死，使我感到深深的悲痛。

但是，宙斯赐给赫克托耳以光荣，使他拥有烈火般
狂暴的勇气和力量，他那杆铜枪一直所向无敌。”

听他这么说，灰蓝眼睛女神雅典娜很高兴。
眼看此人在诸神中首先向她祈求，就把
能量输入了他的肩膀和双膝，又在他的
心里注满了苍蝇般的勇气。每当人们把
苍蝇从身边赶开，它却总是顽固地飞回，
叮咬人们的皮肉，吮吸人们甜美的血。
女神就这样，把吸血苍蝇的勇气注入了
墨奈劳斯的郁闷的心。只见他跨立在尸体前，
投出了闪亮的矛枪。有一位特洛伊人，
名叫波得斯，是厄提昂之子，出身高贵，
家境富裕，在整个国家，最得赫克托耳
尊敬，成了他亲近的朋友，餐桌上的食客。
现在，棕发的墨奈劳斯在他跳步逃跑时，
一枪击中了他。铜矛打在他的防护腰带上，
穿透了腹腔。他随即轰的一声倒在地下。
于是，阿特柔斯之子墨奈劳斯把他的尸体
从特洛伊人那里拉走，拖回了自己的阵营。

这时阿波罗来到了赫克托耳身边，化身为
阿西俄斯之子法诺普斯的形象对他鼓劲。
在所有客人中，家住阿彼多斯的他最受
赫克托耳的尊敬。只见远射之神阿波罗说道：
“赫克托耳，现在哪个阿开亚人还会怕你？
瞧你自己居然在墨奈劳斯面前退缩，此人
一直是个懦弱的投枪手。眼下，他竟然
单枪匹马就独自从我们鼻子底下拖走了尸体，
还杀了你忠实的同伴——厄提昂之子波得斯。”

他的话，使赫克托耳的心蒙上了悲痛的乌云。
只见头盔闪亮的他，迅速穿过人群，冲到阵前。
这时克罗诺斯之子拿起飘着穗带的闪亮的神盾，
将伊达山笼罩在弥漫的云雾里。他摇着神盾，
扔出了一道闪电，又炸响一声霹雳，把胜利
赐给了特洛伊人，使阿开亚人吓得惊慌地逃散。

波伊俄提亚人裴奈琉斯第一个撒腿而逃；
正当他跑在前面，普鲁达马斯从近处投枪，
击中了他的肩膀。枪尖擦肩而过，没受什么伤。
然而，赫克托耳扎伤了他的手腕，他是
生性豪放的阿勒克特鲁昂的儿子，赫克托耳
使他丧失了战斗的能力。雷托斯自知不能再
手持矛枪和特洛伊人战斗，连忙往回逃跑。
赫克托耳奋起直追，被伊多墨纽斯投枪击中
护胸的铠甲，那里正位于乳头边，但枪杆却
在青铜枪尖的铆接处折断了，特洛伊人发出
一阵欢呼。赫克托耳又对着正站在战车上的
丢克里昂之子伊多墨纽斯，振臂投出了矛枪，
只见枪尖仅在毫厘之间，擦身而过，偏离了目标，
却击中了墨里俄奈斯的助手和驭手科伊拉诺斯——
他随同一起来自城墙坚固的鲁克托斯。这天清晨，
伊多墨纽斯徒步离开头尾弯翘的海船；后来他几乎
让特洛伊人赢得了胜利，还好科伊拉诺斯赶着车马
前来救援。在伊多墨纽斯看来，科伊拉诺斯像一道
闪电，为他挡开了无情的死亡，自己却因此送命，
死在杀人不眨眼的赫克托耳手下。矛头正好打在
耳朵下面的腭骨处，击碎他的牙齿，把舌头截成两半。
只见科伊拉诺斯从战车上翻身倒地，缰绳落进尘土。
墨里俄奈斯弯腰从地上捡起缰绳，对伊多墨纽斯喊道：

“伊多墨纽斯，你赶快赶着战马，回到海船上去！
你自己也看到了，胜利已不再属于阿开亚人！”

听他这样说，伊多墨纽斯便赶着飘长鬃的驭马，
心里充满着恐惧，向宽大的海船奔回去。

生性豪放的埃阿斯和墨奈劳斯也看出，
宙斯已把取得胜利的力量给了特洛伊人。
忒拉蒙之子、高大的埃阿斯对墨奈劳斯说：
“唉，够了！现在，即便是无知的孩子，
也能看出宙斯父亲正在帮助特洛伊人！
他们中不管是谁，神投手或无用之辈，
他们的枪矢全都击中目标，因为宙斯
引导着每一支枪的方向。相比之下，
我们的投射全都落空！所以，我们要
想出一个两全齐美的高招，既要抢回
尸体，又要保全自己，好让我们喜爱的
同伴满意；他们一定在心情沮丧地盼望
我们能够止住杀人不眨眼的赫克托耳的狂暴，
挡住他那双难以抵御的大手，不让它们
攻破我们漆黑的海船。但愿能有一位帮手，
尽快把消息带给裴琉斯之子，我想他还没有
听到这个噩耗：他心爱的忠实的朋友已阵亡。
然而，我在阿开亚人中却找不到一个人选，
所有的人马都被罩在浓雾中了。哦，宙斯父亲，
请为阿开亚人的儿子拨开这层迷雾吧，请让
阳光重新显现！如果毁灭我们能使你高兴，
那就在灿烂的阳光里，把我们全都杀死吧！”

他这样流着眼泪，高声地哀求，宙斯看见，

心生怜悯，随即驱散了浓雾，清除了黑暗，
让阳光重新照耀，战场上的一切明晰地呈现。
只听埃阿斯对擅长吼叫的墨奈劳斯这样说道：
“高贵的墨奈劳斯，你仔细寻觅，但愿你能看
见生性豪放的奈斯托耳之子安提洛科斯
仍然活着，你就让他迅速跑去见阿基琉斯，
告诉他最心爱的朋友已经战死疆场的噩耗。”

擅长在战场上吼叫的墨奈劳斯听他的话，
马上拖着沉重的双腿动身离去，就像一头
狮子，由于忙着攻击牧人和猎狗，已经疲倦；
牧人和猎狗整夜守着，不让它得到膘肥的牛，
饿狮贪恋牛肉的肥美，不断靠上前来猛扑，
但却一无所获。而出自粗壮手臂的雨点般的
枪矢却迎面砸来，还有那熊熊燃烧的火把，
它尽管凶猛，仍然吓得退缩不前；随着黎明的
降临，饿狮只得沮丧地离去。擅长在战场上
吼叫的墨奈劳斯也这样，很不情愿地离开
帕特罗克洛斯的尸体，担心阿开亚人一旦
遭到敌人的围剿，就会丢下尸体，一起逃跑。
于是，他对墨里俄奈斯和两位埃阿斯这样
嘱咐道：“两位埃阿斯，阿耳吉维人的首领，
还有你，墨里俄奈斯，你们不要忘记不幸的
帕特罗克洛斯生前对所有人都很友好，
尽管现在，死亡的命运降临到他的头上。”

说完，棕发的墨奈劳斯随即离开，一边
四下里环顾张望，就像一只空中飞禽中
视力最好的老鹰，它虽然飞翔在高空，
却能看见在林中飞跑的野兔，即使它们

吓得蜷缩起身子，躲在枝繁叶茂的树丛中；
老鹰会俯冲直下，逮住野兔，结果它的性命。
高贵的墨奈劳斯也这样，目光炯炯地扫视着
每一个角落，在成群的战友中寻找，希望
能找到奈斯托耳之子，不知道他是否还活着？

他放眼搜索，很快在战场的左侧找到了目标，
只见安提洛科斯正在那儿敦促同伴们战斗。
于是棕发的墨奈劳斯站到他的身边对他说道：
“高贵的安提洛科斯，过来吧，听我告诉你
一个不幸的消息，但愿它从来不曾发生过。
我想，你自己也看出来了，宙斯是如何让
达奈人遭到痛苦，而让特洛伊人获胜的。
阿开亚人中最好的勇士帕特罗克洛斯
已经倒下，达奈人因此损失非常惨重。
你赶快跑回阿开亚人的船寨，去见阿基琉斯，
将此事告诉他。阿基琉斯也许会即刻行动，
夺回已被剥得精光的尸体，把它运回营地；
头盔闪亮的赫克托耳已经剥去了他的铠甲！”

安提洛科斯听他这么说完，字字句句让他惊愕，
只见他呆立许久，说不出一句话来。他的双眼
噙满了泪水，而悲痛哽塞了他年轻洪亮的嗓子。
即便如此，他也没有忘记墨奈劳斯的吩咐，马上
把铠甲和武器交给勇敢的同伴劳多科斯，他正
赶着追风的驭马和战车待在身边，自己快步跑去。

他流着眼泪，快步离开战场，带着噩耗，
跑到裴琉斯之子阿基琉斯那里去向他报告。

安提洛科斯走后，他的同伴失去了主将，
勉强支撑着挡住敌人。但高贵的墨奈劳斯，
没有心思留下来保护这些皮洛斯人，
而是派卓越的斯拉苏墨得斯指挥队伍，
自己则快步赶回去保护帕特罗克洛斯的
尸体，他来到两位埃阿斯身旁，对他们说道：
“我已打发你们提及的那位，让他去给捷足的
阿基琉斯报信；尽管阿基琉斯对卓越的赫克托耳
满腔愤恨，但对他能否出战，我却不抱什么希望。
因为他没有铠甲，怎样和特洛伊人交手？我们
最好想出个两全齐美的高招，在和特洛伊人的
混战中，既要抢回尸体，又要躲避死亡的厄运。”

只见忒拉蒙之子、高大的埃阿斯这样答道：
“卓著的墨奈劳斯，你说得一点也没错。
来吧，你和墨里俄奈斯赶快把尸体扛上，
撤离激烈的战斗。我俩垫后为你作掩护，
挡开特洛伊人和赫克托耳的追击。我俩
享用同一个名字，怀着同样的战斗激情，
过去经常面对凶暴的战神，在一起战斗。”

于是墨奈劳斯和墨里俄奈斯伸出双臂，用力
把地上的尸体高高举过头顶。特洛伊人
看见了，马上奋起直追，一边大声地喊叫，
像一群迅猛出击的猎狗，正在追赶一头
受伤的野猪。它们跑在年轻的猎人前面，
撒腿猛赶了一阵，恨不能把野猪撕成碎片，
直到后者于困境中转过身子，自信地反扑，
猎狗没有料到，便惊慌失措地四处逃散。
特洛伊人也这样，排成密集的队形，在后面

穷追不舍，用铜剑和双刃矛枪奋力地砍杀。
但是，每当两位埃阿斯转过身子，站定脚跟，
举枪迎战时，他们全都不敢为了尸体继续追击。

墨奈劳斯和墨里俄奈斯用力地抬着死者，撤了
下去，回到宽大的海船，而身后的战斗仍打得
异常激烈，犹如突然燃起的烈火，吞噬着
世人居住的城市；而狂风又加强了火势，使
成片的房屋被火舌所吞噬，发出剧烈的响声。
战场上就这样人马喧嚣，喊声震天；达奈人
在混乱中向后撤退。他们像骡子那样忍受着
辛劳的苦役，沿着崎岖的山路，从岩壁上
一步一滑地往下走，汗流浃背地驮着造船用的
木料。他俩也这样，抬着死者艰难地行走，
由两位埃阿斯垫后，阻击追兵。两位埃阿斯
像一座森林茂盛的山脊，巍然屹立在平原上，
截住了奔流不息的大河，把湍急的水流挡回去，
让它们改道，流向山下的平原；而无论哪一股
激流都不能够把它冲垮。两位埃阿斯也这样，
一次又一次地堵击着特洛伊人，但后者仍然
穷追不舍，他们由安基塞斯之子埃涅阿斯，
和显赫的赫克托耳率领。就像一大群乌鸦或
椋鸟，看见老鹰来袭击，发出了可怕的尖叫声。
对这些弱小的鸟类来说，老鹰就意味着死亡。
在埃阿斯和赫克托耳面前，年轻的阿开亚战士
也这样，东奔西逃，发出恐惧的惊叫声，完全
丧失了斗志。只见达奈人在战壕两边丢盔卸甲，
四处溃逃，战斗却没有停止，继续打得没完没了。

第十八卷

阿基琉斯披挂上阵

双方就这样拼命厮杀，好像燃烧的火焰。
这时，安提洛科斯快步跑到阿基琉斯的
营寨，前去报信，发现阿基琉斯正坐在
头尾弯翘的海船前，对发生的事，已经
有所预感。他感到焦躁不安，对自己那颗
勇敢的心这样说道："唉，发生了什么？
为何长发的阿开亚人再次被惊恐地赶回海船？
但愿神明不会把让我发愁的事变成现实。
母亲曾对我说过，在我还活着的时候，
慕耳弥冬人中最勇敢的英雄将被特洛伊人
杀死，别离阳光灿烂的人世。我敢断言，
现在，墨诺伊提俄斯那骁勇的儿子、我那
固执顽强的朋友已死！但我明明嘱咐过他，
一旦扑灭熊熊的大火，替阿开亚人解了围，
马上回到船寨，不要再去同赫克托耳作战。"

正当他在心里想着这件事的时候，高贵的
奈斯托耳之子已经跑到他的身边，流着泪
向他报告这个不幸的消息："勇敢的阿基琉斯，
我不得不告诉你这个噩耗，但愿这件事从来
没有发生过。帕特罗克洛斯已经倒下，人们

正围着他那裸露的尸体你争我抢，头盔闪亮的
赫克托耳已剥去了他的铠甲，占为了己有！”

听他这么说，阿基琉斯的心马上被一团
悲愤的乌云所笼罩。他用双手抓起地上的
污泥，撒到自己的脸上，肮脏的尘土
弄脏了他俊美的相貌和洁净芳香的衣衫。
他随即躺倒在地，摊开高大的肢体，在泥里
狂乱地抓扯着自己的头发。而那些他和
帕特罗克洛斯俘获的女奴们，满腔悲痛地
号哭着，冲出了营帐，围在勇敢的阿基琉斯
身边，全都扬起双手，捶打着自己的胸脯，
同时腿脚瘫软地纷纷扑倒在地。安提洛科斯
也在他们的身边流泪，一面握住悲痛欲绝的
阿基琉斯的双手，生怕英雄会举剑自刎。只见
阿基琉斯发出了一声可怕的吼声，高贵的母亲
听到了他的声音，也不由得大哭起来。当时，
她正坐在深深的海底她年迈的父亲身边。只见
所有住在海底深处的神女们——涅柔斯[1]的
女儿们，全都聚拢到她的身边来。她们是：
格劳凯、库莫多凯、莎勒娅、奈赛娥、斯裴娥、
索娥和牛眼睛的哈莉娅；库摩索娥、阿克泰娅、
莉诺瑞娅；墨莉忒、伊埃拉、安菲索娥、多托、
阿伽维、普罗托、杜娜墨奈、菲鲁莎、德克莎墨奈、
安菲诺墨、卡莉娅内拉、多里丝、帕诺裴、
光荣的伽拉苔娅、奈墨耳忒丝、阿普修得丝、
卡莉娅娜莎，还有克鲁墨奈、亚内拉和亚娜莎。

[1] 涅柔斯：古代海神，蓬托斯和盖亚的儿子，海中神女们的父亲，平静大海的化身。他有预见和变形的本领。赫拉克勒斯曾经擒住他，逼他说出道路。

迈拉、俄蕾苏娅和长发秀美的阿玛塞娅，
以及其他生活在海底的涅柔斯的女儿们。
她们挤满了闪光的水晶宫，全都捶打着
自己的胸脯。于是忒提丝领头唱起了挽歌：
“亲爱的姐妹们，涅柔斯的女儿们，请
注意地听我说唱，好了解我心中深切的悲痛。
唉，我真的很痛苦很烦恼！作为母亲，我
吃尽苦头才生养了一个完美无缺、强有力的
儿子，他是英雄中的英雄。我精心培养他，
好像在果园里培育一棵树苗，等它长大，
好为园林增添光彩。然而，我却让他乘上
头尾弯翘的海船，送他前往伊利昂大地
去和特洛伊人打仗！我再也见不到他的身影，
见不到他返回自己的家——裴琉斯的宫殿！
只要他活着，能见到白昼的阳光，他就
无法摆脱烦恼，即便我去到他的身边，
也帮不了他的忙。然而，我还是要去看看
我心爱的儿子，听他诉说心中的悲伤。
他好久没有战斗，不知他又遇到什么痛苦。”

说完，女神离开了水晶宫，神女们流着泪
陪伴她；海浪为她们分出了一条水路。她们
一踏上富饶的特洛伊大地，就一个跟着一个
沿着排列着密集海船的海滩
鱼贯而行，旁边是慕耳弥冬人的其他海船。
正当阿基琉斯长吁短叹，高贵的母亲便
出现在他的面前，伸出双臂抱住他的脑袋，
悲声哭道，快捷的话语仿佛长出了羽翼：
“我的儿，为何哭泣？什么事让你伤心？
快告诉我，不要隐瞒。宙斯已帮你实现

你向他祈求的一切，阿开亚人的儿子们
因为没有你的参战，已被全部赶回了船尾，
正忍受着巨大而惨重的不幸。”

只听捷足的阿基琉斯长叹一声，这样答道：
“我的母亲，俄林波斯的主神确实已经
实现了我的祈求，但现在，这一切对我
又有什么欢乐？我亲爱的朋友已经不在
人间。帕特罗克洛斯死了，我爱他超过
任何人，就像爱自己的生命一样！可我
失去他了；是赫克托耳杀了他，剥走了
那套硕大华丽的铠甲，那是神祇馈赠给
裴琉斯的一份贵重的礼物。那天，神祇们
把你送上和凡人成婚的床榻。但愿你当时
没有结婚，仍在和其他海中神女一起生活，
而裴琉斯娶的是另一位凡女。现在，你必须
为将要失去的儿子而承受无穷的悲痛，你将
再也不能和他在自己的家里重逢。我的心灵
不允许我再活在世上，与凡人为伍，除非
我用我的矛枪杀了赫克托耳，以他的鲜血
为墨诺伊提俄斯之子帕特罗克洛斯报仇！”

听他这么说，只见忒提丝流着眼泪，说道：
“我的儿，既然你这么说，你的死期也将
到来。赫克托耳死后，紧接着死的便是你！”

只听捷足的阿基琉斯满腔悲愤地这样答道：
“既然我在朋友被害时没能救他，那就让我
马上去死！如今，他已死在远离故土的异乡，
危难时我却没法相帮。现在，我已不想再

回到亲爱的故乡，因为我没有救帕特罗克洛斯，
也没有救其他的伙伴们。眼看他们被强有力的
赫克托耳杀死，只是干坐在自己的船边，成为
大地的负担。虽然在公民大会上，有人比我
能说会道，但我是战场上的骄子，披铜甲的
阿开亚人中没人比我强。但愿神明和凡人的
生活中不再有战争；不再有会使最明智的人
也变得狂暴的愤怒——它进入人们的胸膛时
比垂滴的蜂蜜还要香甜，后来却变成这苦味的
胆汁，弥漫在他们的胸中，蒙住了他们的心窍。
就像民众的国王阿伽门农激起了我的愤怒一样。
但过去的事就让它过去吧！尽管痛苦，我却
必须强迫自己压下满腔的盛怒。我要把那个
夺走我朋友珍贵生命的赫克托耳杀死。然后，
我随时随地准备接受自己的死亡，只要宙斯
和诸神愿意把它付诸实现！就连最伟大的
赫拉克勒斯也不曾躲过死亡，虽然他是
克罗诺斯之子宙斯最宠爱的凡人，残酷的
命运和嫉恨的赫拉仍然葬送了他。如果
命运也对我做出同样的安排，我愿意马上
一死了之。但眼下我必须去取得巨大的
荣誉，使那些特洛伊妇女或束着纤腰的
达耳达尼亚女子高举双手，抹到流淌到
鲜嫩的脸颊上的一串串痛苦的泪珠。她们
因此知道，我已有多长时间没有参加战斗了！
虽然你爱我，但不要阻拦我冲上战场。”

听他这么说，银脚的女神忒提丝便回答：
“我的儿，你想去帮助拯救疲乏的伙伴，
使他们避免突至的死亡，所作所为很高尚。

但是，你那身精美的铠甲已落入特洛伊人的
手中，它们是由青铜铸成，闪着光芒；
头盔闪亮的赫克托耳已把它套在自己身上，
以此炫耀他获得的荣光。不过，他穿着
这身铠甲不会再活多久，死亡已逼近他！
你且再等等，在没有亲眼见我返回之前，
不要急于投入阿瑞斯的战争！我将从
赫法伊斯托斯那里带来精工细制的铠甲，
将于太阳刚刚初升之时，回到你的身旁。”

只见忒提丝说完，转身离开了儿子，
开始对那些海中的姐妹这样说道：
“你们即刻返回广阔无际的大海，
回到深海中的水晶宫，谒见我们的
父亲老海神，向他禀告这一切。
我要去高耸的俄林波斯山，找著名的
神匠赫法伊斯托斯给我的儿子打造
一套精美无比、闪闪发光的铠甲！”

听她说完，神女们随即跳入汹涌的海浪，
而银脚的女神忒提丝自己则扶摇直上，
前往俄林波斯，为儿子求取闪光的铠甲。
正当快腿把女神送往俄林波斯的时候，
阿开亚人被杀人不眨眼的赫克托耳追击，
发出可怕的惨叫声，朝赫勒斯庞特
海岸惊慌失措地逃跑。穿胫甲的阿开亚人
没能在漫天飞舞的枪矢中抢出阿基琉斯的
朋友帕特罗克洛斯的尸体；因为特洛伊
人马再一次围住了帕特罗克洛斯，只见
普里阿摩斯之子赫克托耳狂暴得像一团火焰。

显赫的赫克托耳一连三次从后面冲上来
抓起他的双脚，一面高声呼喊着特洛伊人，
要想把他拖走，而两位强悍的埃阿斯也
一连三次将他从尸体旁打退。但赫克托耳
坚信自己的勇力，继续扑上来，时而冲杀，
时而站定，大声敦促同伴一步也不要退让。
正如田野里的牧人，怎么也不能把一头
褐色的狮子从尸体前赶开，丢下嘴边的肉食。
两位善战的埃阿斯，也这样，无法从倒地的
尸体边将普里阿摩斯之子赫克托耳赶走。
本来赫克托耳已经得手，拖走尸体，争得了
永恒的荣誉，但这时，腿脚快如风的伊里丝
从俄林波斯山上冲了下来，带来要裴琉斯之子
武装出手的口信。赫拉悄悄地遣她下凡，而宙斯
和众神对此全然不知。只见伊里丝在阿基琉斯的
身边站定，说道，快捷的话语仿佛长出了羽翼：
“裴琉斯之子，人间最勇敢的英雄！快去保卫
帕特罗克洛斯的尸体；为了他，海船的前面
已展开激烈的战斗！互相残杀，双方各有伤亡。
阿开亚人为保护死去的伙伴，而特洛伊人则
想把尸体拖入多风的城堡。尤其是光荣的
赫克托耳最为疯狂，他想狂暴地用剑从
尸体松软的脖子上割下他的脑袋，悬挂在
城墙的尖木桩上！快起来，不要躺在地上！
如果让帕特罗克洛斯的尸体成为特洛伊的
饿狗玩耍的对象，那可是你最大的耻辱！”

听他这么说，捷足的阿基琉斯随即这样问她：
“女神伊里丝，是哪位神祇差你给我来报信？”

只听腿脚比风快的伊里丝这样回答他：
“是宙斯尊贵的妻子赫拉，派我下凡，
但高坐云端的克罗诺斯之子，和其他住在
白雪皑皑的俄林波斯的众神，却不知此事。”

听她这么说，捷足的阿基琉斯便道：
“特洛伊人夺走了我的铠甲，我将
如何战斗？亲爱的母亲嘱咐过我，
让我在她返回之前，绝不要轻举妄动。
她答应从赫法伊斯托斯那里，带回一套
闪光的铠甲。我不知谁的甲胄更合适我——
除了忒拉蒙之子的那面硕大无比的盾牌。
但我相信，此时他正在队伍的前锋作战，
用矛枪杀退敌人，保卫帕特罗克洛斯。”

听他这么说，腿脚比风快的伊里丝说道：
“我们知道你那套闪光的铠甲已被夺去，
但是，你仍然可以去壕沟一带露露面。
特洛伊人看见你出现，就会被吓得
魂飞魄散，停止进攻，而苦战中的
阿开亚人的儿子们可获得喘歇的机会，
战斗中喘歇不用太长，他们已精疲力竭。”

快捷的伊里丝说完，就离他而去。
宙斯宠爱的阿基琉斯立即从地上
站起，挺身而立，出类拔萃的女神
雅典娜把飘穗带的神盾罩上他的宽肩，
随后又在他的头顶，布上一团金云，
使他的全身燃起一片耀眼的火光。
仿佛从远处海岛上的一座城堡升起烟火，

火光直冲天空，敌人正在围攻那城堡，
护城的人们不停地在防护墙上奋勇抵抗，
终日苦战，直至太阳下山，他们便点起
一堆堆篝火，让它们熊熊地燃烧，以便
向邻近岛屿上的人们报警，让他们驾着
海船赶来增援，打退进攻的敌人。阿基琉斯
头上的火光也是这样，冲指明亮的天空。
只见他大步来到防护墙边，站在壕沟旁，
牢记母亲的叮嘱，并没有介入阿开亚人的
队伍。他挺胸直立，放声大吼，在远处的、
帕拉丝·雅典娜也响应他大声喊叫。
阿基琉斯的声音尖锐，把特洛伊人吓得
五脏俱裂。就像围城之时，杀人如麻的
嗜血的战士吹响的嘹亮的号角。听到
埃阿科斯的后裔的铜嗓音，特洛伊人
无不心惊肉跳；飘长鬃的驭马心知大难
临头，甩掉身后的战车；而驭手们看见
蓝眼睛的女神雅典娜点燃的烈焰，正在
生性豪放的阿基琉斯的头顶燃烧，不禁
目瞪口呆。神一样的阿基琉斯一连三次，
隔着壕沟怒吼，而特洛伊人和他们著名的
盟友一连三次陷入恐慌和混乱。这期间，
他们有十二个最好的战士死于自己人的
战车和矛枪。与此同时，阿开亚人冒着
漫天飞舞的枪矢，兴奋地抢回帕特罗克洛斯，
并迅捷地把他放在担架上；亲密的伙伴们
围在他的身边，流着泪深情地哀悼他。
捷足的阿基琉斯加入哀悼的人群，不禁
热泪滚滚，看见他最忠实的朋友的尸体
躺在担架上，全身被锋利的铜枪毁坏了。

当初用自己的驭马和战车将朋友送上战场，
却没能看见他活着从战场回来迎接他。

其时，牛眼睛天后赫拉把尚无倦意、
不愿休息的太阳赶下俄开阿诺斯河。
太阳下沉后，卓越而勇敢的阿开亚人
停止了激烈的拼杀，停止了你死我活的搏斗。

在他们对面，特洛伊人也随即撤出了
激烈的战斗，将迅跑的驭马解下车轭，
还来不及吃晚饭，就聚在一起商议。
他们全都站着开会，谁也不敢就地坐下，
因为他们每个人都心慌意乱，阿基琉斯
长时间退出惨烈的搏杀后，现又重返战场。
头脑冷静的潘苏斯之子普鲁达马斯首先
发言，他是全军唯一一个瞻前顾后的聪明人。
他也是赫克托耳的好友，在同一个晚上出生，
比赫克托耳能说会道，而后者的武艺则比他强。
只见他对众人这样好心地说道：“我的朋友们！
你们现在该慎重考虑了，我劝大家把队伍撤回城，
不要在这海船边的平原上，等待神圣的黎明降临。
我们已经离开城堡太远。只要此人对了不起的
阿伽门农的盛怒没有平息，阿开亚人还是一支
较为容易对付的军队，而我也乐意露宿在敌人
那头尾弯翘的海船边。但现在，我却十分害怕
裴琉斯捷足的儿子，他的勇力如此狂暴，我想
他绝不会只是满足于逗留在平原，像往常特洛伊人
和阿开亚人在此比试阿瑞斯般的威力那样。
不！他要扫平我们的城堡，抢走我们的妇女！
让我们撤兵回城吧，相信我，这一切将会发生。

眼下，神赐的黑夜止住了裴琉斯之子、捷足的
阿基琉斯的进攻，但一旦到明天，倘若他全身
披挂，举着枪，扑上来捉住正在此地磨蹭的我们，
各位就会知道他的厉害。到时，谁要是能活着
跑回神圣的伊利昂，谁就会庆幸自己的命大。
成批的特洛伊人尸首将喂饱兀鹰和饿狗。但愿
此类事情永远不要发生！倘若大家都能听我的劝——
尽管我也是迫不得已——今晚我们将回到我们的城中，
在开公民大会的空地上养精蓄锐；高大的城墙
和城门上紧闭的木门和插牢的门闩，将保护
城堡的安全。而等到明天拂晓时分，我们将
全副武装，跑到城墙上。那时，倘若阿基琉斯
试图从船边过来，在我们的城墙下拼杀，
他就会倒大霉。等他驾着车马，在城墙下
来回穿梭，徒劳无功地使马匹累倒，
最后只得返回搁停在岸边的海船旁。
这样，他尽管狂烈，也无法冲破城门，
攻占城堡。敏捷的饿狗首先会吞了他！”

听他这么说，头盔闪亮的赫克托耳凶恶地
盯着他，这样嚷道：“普鲁达马斯，你的话
令人恼怒！你总是劝我们撤回城，难道你
要我们挤在城区里，你被高墙围得还不够吗？
从前人们都说普里阿摩斯的城，是富藏黄金
和青铜宝藏的地方。但现在，由于宙斯的愤怒，
充盈在房屋里的大量财富已被掏空、变卖，
运往弗鲁吉亚和美丽的迈俄尼亚。今天智慧的
克罗诺斯的儿子赐给了我在阿开亚人的船边
把他们赶下海、获得荣誉的机会，你这个
愚蠢的人却要当着众人的面，说什么撤兵的

蠢话。特洛伊人中谁也不会听从你的建议。
现在，大家行动起来吧，按我说的去做。
先各自回到本队，在宽阔的营寨吃晚餐；
人人都要保持警觉，不要忘了布置岗哨。
要是有谁实在放心不下他自己的财富，
那就让他收聚起来交公，让大家一起共用。
与其让阿开亚人夺去，倒不如让自己人享受。
明早拂晓时分，我们要全副武装，在宽大的
海船边向敌人发动进攻，唤醒凶暴的战神！
如果神一样的阿基琉斯胆敢出现在海船前，
那就让他等着遭殃。我不会在他面前逃跑，
我决心和他拼个你死我活，看看到底谁能
赢得巨大的光荣，是他，还是我！战神
对人是公正的，用死亡回敬杀人之人！”

赫克托耳说完，特洛伊人发出赞同的欢呼。
真是愚蠢，帕拉丝·雅典娜夺走了他们的理智。
赫克托耳的意见非常冒险，他们竟盲目喝彩，
而普鲁达马斯的主意尽管明智，却无人响应。
会后，全军开始沿着宽阔的营寨吃晚饭。而在
帕特罗克洛斯的身边，阿开亚人通宵达旦地哀悼。
他们中间，裴琉斯之子率先痛哭，领头唱起挽歌，
把惯于杀人的双手放在挚友的胸脯上，发出了
一声声痛苦的哀号。像一头长着漂亮长须的狮子，
被猎人偷走了它的幼仔，待它从密林里回来时，
已为时过晚，恼恨不止；于是它沿着猎人的足迹，
追踪他，心中怀着满腔愤怒，在山谷里跑着，
一心想要找到敌人的去处。阿基琉斯也这样，
哀声长叹，对慕耳弥冬人哭诉道：“那天我
在裴琉斯家里，为了安慰英雄墨诺伊提俄斯，

那番话看来真是白说了！我答应过他，攻陷
伊利昂后，我会带着他的儿子，满载着荣誉
和战利品光荣地回到俄普斯。但宙斯从来不会
让凡人的心愿全部实现。瞧，你我注定要用
鲜血染红这特洛伊平原的同一片泥土！我的
父亲、年迈的车战英雄裴琉斯，以及我的母亲
忒提丝，将再也不能把我迎进家门；异乡的
泥土将把我埋葬！而帕特罗克洛斯——我的
生性豪放的伙伴，由于我将步你的后尘，
离开人间，所以现在我不打算把你安葬，
直到砍下赫克托耳的脑袋，把那套铠甲
带回。在焚葬的柴堆前，我将杀死十二个
身强力壮的特洛伊人的儿子，为你报仇雪恨！
在此之前，你就躺在这头尾弯翘的海船前；
特洛伊妇女和束腰的达耳达尼亚女子将在
你的身边，不分昼夜地痛哭和哀悼。
她们是你我凭借着勇气和粗长的矛枪，
攻克一座座富有的城堡后掳来的女俘。"

说完，神一样的阿基琉斯命令部下，
在火堆上架起了一口大锅，以便尽快
洗去帕特罗克洛斯身上结斑的血污。
他们把大锅架上燃烧的柴火，往锅里
注满洗澡的清水，往火上加添木柴。
柴火舔着锅底，水温逐渐升高，直到
热气腾腾的洗浴水在闪亮的铜锅里沸腾。
他们开始动手洗净尸体，抹上橄榄油，
再用成年的油膏填平身上的伤口；然后
把他放在床上，从头到脚盖上一层薄薄的
亚麻布，再用一条白色的斗篷罩住全身。

慕耳弥冬人围着捷足的阿基琉斯，整夜
唉声叹气，为帕特罗克洛斯的死悲悼恸哭。

而宙斯对他的妻子兼姐姐赫拉说道：
“赫拉，我的牛眼睛的天后，看来，
这回你又成功了。你又激发起捷足的
阿基琉斯的战斗激情。这些长发的
阿开亚人好像都是你的亲生孩子？”

听他这么说，牛眼睛夫人赫拉答道：
“令人畏惧的克罗诺斯之子，你说什么？
即便是个凡人，也会尽其所能帮助朋友，
虽然他们是肉身凡胎，没有我等的睿智。
而我这样一个女神之中的骄傲，因为出身高贵
和同你是配偶关系，被诸神奉为最高，
难道就不能让我仇恨的特洛伊人遭到毁灭？”

两位神明就这样谈论着争论着，与此同时，
银脚的忒提丝来到了赫法伊斯托斯的宫殿。
这个宫殿是由跛足的神匠自己用青铜建造的，
坚固永久，像星光那样明亮，闪耀在众神之中。
她看见神匠正大汗淋漓地穿行在风箱边，
忙于制作二十张一套的三脚桌，它们正
排放在他精美华丽的厅堂里。他给每条腿
都安了一个黄金的滑轮，所以当神祇聚会时，
它们会自动滚入厅堂，然后再滑回他的宫殿。
这是一批让人看了赞叹不已的精品，一切都已
锻铸完毕，只是缺少精工细致的把手和铰链。
正当他独具匠心地埋头摆弄手头的活计时，
银脚的女神忒提丝已走近他的身边。这位跛足

强力的神祇之妻，带着闪亮头巾的美貌的克里丝，
看见忒提丝来访，迎上前去，拉住忒提丝的手，
叫着她的名字，说道：“穿飘洒长裙的忒提丝，
是哪阵风把你吹进我们的家门？我尊敬的朋友，
你可是稀客，请进来吧，让我有幸招待你一番。”

风姿绰约的女神克里丝说完，就引步上前，
请忒提丝在一张做工精致的宽靠椅上就座。
嵌饰银钉的靠椅前，放着一只脚凳。然后
她对能工巧匠的赫法伊斯托斯这样说道：
“赫法伊斯托斯，你过来，忒提丝有事找你。”

著名的跛足强臂之神听见她的呼唤回答：
“我尊敬的女神忒提丝，好一位贵客！
当年我那狠心的母亲，嫌我是个瘸子
把我从天上摔下，给我吃了很多苦，
若不是忒提丝和欧鲁诺墨将我救了下来，
我的心灵将会承受更大的折磨。欧鲁诺墨，
也就是环地长河的河神俄开阿诺斯的女儿。
作为工匠，我在她们那里生活了九年，
铸造了许多精美的用品：有典雅的胸针、
项链、纽扣和别针，以及带螺纹的手镯，
我住在空旷的洞穴里，俄开阿诺斯那湍流
不息的河水在周围翻腾，发出沉闷的吼声。
除了救我的欧鲁诺墨和忒提丝，此事没有
一个神祇和凡人知道。现在，忒提丝来到
我们家，我必将竭尽所能来报答这位头发
秀美的女神的救命之恩。你赶快摆上美食
盛情招待她，我去收拾风箱和工具这就来。”

说完，赫法伊斯托斯在砧台前直起腰，
瘸着腿行走，灵巧地挪动干瘪的双腿。
他把风箱移开炉火，又收起所有的工具，
将它们放入一只坚实的银箱。然后，他
用吸水的海绵仔细地擦净额头和双手；
粗大的脖子和多毛的胸脯。又套上衬衫，
抓起一根粗重的拐杖，瘸着腿走出工场。
侍女们赶上前去，搀扶主人；这些人
全是用黄金铸成，形同少女，栩栩如生。
她们有心智，会思考，会说话，行动自如，
已经从不死的神祇那里，学会做事的技能。
她们动作敏捷扶持着主人，后者瘸着腿
走近坐在那张闪亮的靠椅上的忒提丝，
握住她的手，唤着她的名字，说道：
“穿飘洒长裙的忒提丝，是哪阵风把你
吹进我们的家门？我尊敬的朋友，你可是
稀客，告诉我你的心事，你需要什么，
只要此事办得到，我将竭尽全力为你效劳。”

听他这么说，忒提丝泪流满面地答道：
“赫法伊斯托斯，俄林波斯山的女神，
有谁忍受过克罗诺斯之子宙斯让我
承受的这么多的悲痛和巨大的不幸？
在海里的神女中，他唯独让我嫁给凡人——
埃阿科斯之子裴琉斯，使我不得不
和他成婚。现在，他已老朽，躺在家中的
厅堂里。而且他还让我生下一个儿子，
英雄中的英雄，我精心培养他，好像
在果园里培育一棵树苗，等它长大，
好为园林增添光彩。然而，我却让他

乘上头尾弯翘的海船，送他前往伊利昂
大地去和特洛伊人打仗！我再也见不到
他的身影，见不到他返回自己的家——
裴琉斯的宫殿！只要他活着，能见到
白昼的阳光，他就无法摆脱烦恼，即便
我去到他的身边，也帮不了他的忙。
强有力的阿伽门农从他手里夺走了那位
姑娘，那是阿开亚人的儿子们分给他的
战利品。为了她，我儿焦虑悲伤。后来，
特洛伊人把阿开亚人逼回到船尾，把他们
困住。阿耳吉维人的首领们恳求我的儿子，
要送上许多贵重的礼物作为补偿。当时
我儿拒绝出战，为他们去除死亡，却让
帕特罗克洛斯把自己的铠甲披在肩上，
并让他带着大队的人马上战场。他们在
斯卡亚门边奋战终日，本来当天即可攻下
城堡，要不是福波斯·阿波罗在前排杀了
墨诺伊提俄斯骁勇的儿子，使赫克托耳争得了荣光。
为此我来这里，跪在你的膝前，请求你的帮助，
给我那短命的儿子铸造一面盾牌、一顶头盔、
一副漂亮的带踝绊的胫甲和一件护胸的铠甲。
他自己的装备已被他最忠实的朋友丢失在战场，
因为他被特洛伊人杀死后剥走了全副武装。
现在，我的儿子正心怀痛苦地躺在地上。”

听她这么说，臂力强健的著名跛足神答道：
“鼓起勇气，不要为这些事情担心。但愿
在厄运把他捉住之时，我能设法使他躲过
痛苦的死亡，就像我会给他做一套绝好的
铠甲，这件精美的铠甲凡人见了都会赞叹！”

赫法伊斯托斯说完离开她，走到风箱前。
他把风箱安到炉火上，使它们重新工作。
只见二十只风箱一起对着熔炉拉响，
给颤动的火舌，按神匠的心意喷出
不同力度的热风。当神匠急切工作时
需要风力强劲，而工作结束时，则
要风力轻缓。只见他把金属丢进火里，
那是坚硬的青铜和锡块，还有贵重的
黄金和白银。他又把硕大的砧板安上
平台，一手抓起重锤，一手抓起大钳。

神匠首先锻铸了一面厚重而硕大的盾牌，
盾牌饰满花纹，盾边镶上三道闪光的金属边，
映衬着纯银的背带。盾面一共五层，他独具
匠心地在上面铸出一组组华丽的图案：有大地、
天空、海洋、不知疲倦的太阳和一轮圆月，
以及像花环一样围绕在天空的众多的星辰——
普雷阿得斯、华得斯和强有力的俄里昂，
还有总在一个地方旋转，并注视着俄里昂
的大熊座，人们亦称之为“车座”。众星中，
唯有大熊座从不沉入俄开阿诺斯河沐浴。

他还在盾面上刻了两座精美的人间城市。
一座城里正在举行婚礼和欢庆的筵席，
人们正举着火把把新娘从闺房送到街心，
一边唱着响亮的婚礼之歌。小伙子们
踩着旋转的舞步，跳起欢快的舞蹈，
长笛和竖琴奏响美妙的音乐；女人们
站在各自的家门前，惊奇地张望。市场上
人们正拥挤着观望两位男子吵架，两人为

一起命案争执赔偿。一方要求全额抵偿，
另一方则不能接受；两人于是求助于
公审人的仲裁。他们的支持者意见不一，
为自己的一方辩护。传令官努力使喧哗的
人们安静下来，而议事的长老们坐在围成
一个圈的光滑石凳上，手里握着嗓音清亮的
传令官们交给的权杖。场子中央堆放着两个
塔兰同[1]的黄金，等当事人依次走上前陈述完
事情的原委后，准备公正地判给那个该得的人。

而另一座城市正受到两支军队的进攻，
只见兵器甲胄的寒光连成一片。只是
人们的意见还不统一：是攻占并洗劫
这座美丽的城，还是满足于将该城的
全部宝藏分为两半？城内的居民并没有
屈服，他们武装起来，准备伏击敌人。
他们的爱妻和年幼的孩子，连同上了
年纪的老人，守在城墙上，而年轻人
则由阿瑞斯和雅典娜率领，出了城。
两位神祇由黄金铸成，身着金甲，全副
武装，显得高大俊美，在矮小的凡人中
以瞩目的形象出现。他们来到理想的
伏击地点，河边畜群经常去饮水的沼泽，
身披闪光的铜甲，坐在岸边等待。派两位
哨兵，离开众人藏身在前面，仔细地观察
等待着有没有人赶来羊群和步履蹒跚的肥牛。
过了一会儿，它们果然来了，后边跟着两个
牧人，吹着笛子消遣，根本不知道会有危险。

[1] 塔兰同：古希腊重量单位，一塔兰同约合 26.2 公斤。

伏兵们见状，迅速地扑上去，杀了成群的
畜牛和毛色白净的肥羊，还杀了同行的牧人。
攻克城市的军队，当时正聚在广场上开会，
听到牛群中传来喧嚣声，连忙从蹄子轻捷的
马后登上车，前来救援，来到了出事地点。
于是两军在河的沿岸对阵，开始交战，互相
投掷青铜矛头的长枪。争吵和混乱之神介入了
拼搏的人群，还有致命的死神，她时而抓住
一个刚刚受伤的活人，时而逮着一个还未
受伤的壮士，时而又在粗野的残杀中拎起
一具尸体，抓住死者的腿脚，拖出战阵。
人类的鲜血染红了她肩头的衣衫。神明
像凡人一样战斗，被撂倒的尸体互相拥抱。

他还刻上一块宽阔、肥沃的耕地，那是
受过三遍犁耕的良田；众多农民驭驶着
成对的牲畜、扶着犁在那里来回耕作。
当他们犁至地头，准备返回之际，有人
就跑上前去，端上一杯香甜的美酒。
他们掉转身去，继续耕作，希望再次
犁到地头。农人身后的犁留下了一垄垄
幽黑的泥土，看来真像是翻耕过的农地，
虽然取料黄金，赫法伊斯托斯有卓绝的手艺。

他还刻出一片国王的属地：那里农人们
正挥舞着锋利的镰刀，忙于收获庄稼，
收割者把庄稼排成行，一堆接着一堆；
另一些则被人用草绳捆绑，草堆前站着
三位捆麦人；后面又跟着一帮孩子，正

忙着把麦秆抱起来，交给捆麦人。国王
手持权杖，置身于现场，静观不语，站在
麦垛前心情舒畅。谷地的另一边有一棵大树，
侍者们正在树下准备好盛宴。他们宰了一头
大肥牛，此刻正忙着剥皮切割。而妇女们
正把雪白的大麦粉，做成收割者的午餐。

他还刻出一大片果实累累的葡萄园，用黄金
雕成果实，表现出成熟的葡萄的紫蓝色，
再用银子雕刻成爬在支架上的藤蔓。他还
在果园四周，用暗蓝色的珐琅雕出一道渠沟，
并在外围镶上一圈白锡，作为栅栏。只有
一条曲折的小径通往果园，每当收获时节，
人们沿着它进入果园，采摘葡萄。天真烂漫的
姑娘和小伙们，用柳条编织的篮子，装走成熟
甜美的葡萄；人群中，一个年轻人拨响了声音
清脆的竖琴，奏出了迷人的曲调，一边亮开歌喉，
唱起利诺斯[1]的伤感夏日的挽歌，众人随声附和，
跟着欢唱，一边踏着整齐的节奏，轻快地舞蹈。

神匠还在盾面用黄金和白锡，刻出一群长角的
肥牛，牛群哞哞叫着，冲出了满地泥粪的栅栏，
直奔草场，一条溪流边，芦苇飘荡的河滩。
牧牛人一共四位，金首金身，跟着牛群行走，
身后跟着九条敏捷的猎狗。两头凶猛的狮子
从牛群前面袭击牛群，咬住一头狂吼的公牛，
把它拖走；猎狗和年轻的牧人疾步上前营救。
然而两头猛狮已经撕裂了公牛皮，正在大口

[1] 利诺斯：一个早夭的美少年，是受热而死的生命力的化身。

吞咽它的内脏和黑红色的热血；牧人驱使猎狗
上前搏斗，后者不敢和狮子较量，退缩不前，
只是站在对手近处，吠叫着，一边躲闪观望。

臂力强健的著名跛足神，还雕了一大片宽阔的
草场，位于优美的谷地。那儿正放牧着洁白
闪亮的羊群，还有牧羊人的庭院、棚屋和畜栅。

臂力强健的著名跛足神，还雕了一个跳舞场，
就像代达洛斯[1]在广袤的克诺索斯，为头发
秀美的阿里娅德奈[2]建造的跳舞场那样。
一群年轻的小伙和美貌的姑娘正手挽着手，
欢快地跳着舞。姑娘们身穿亚麻布的长裙，
而小伙们穿着精工纺织的短外套，微微闪着光。
姑娘们头上戴着漂亮的花环，小伙们在银色
腰带上佩挂着黄金的匕首。他们迈开轻盈的脚步，
灵巧地转起圈子跳舞，就像一位弯腰劳作的陶工，
把制陶的轮子推得转动自如；时而又散开，排成
一排，奔跑着互相穿插。人群簇拥着舞者观看。
两位杂耍高手，从跳舞的队伍中出来，走到
场地中间，和着音乐的节奏，不停地翻跟斗。

最后他还在坚不可摧的盾牌的边沿，
雕出了俄开阿诺斯河奔流的河水。

赫法伊斯托斯铸完这面巨大厚实的盾牌，
又为阿基琉斯打造出一副比火焰还要

[1] 代达洛斯：古希腊传说中的著名建筑师，曾为克里特岛国王弥诺斯在其都城克诺索斯建造了迷宫。
[2] 阿里娅德奈：弥诺斯的女儿。

明亮的胸甲。接着，他又打出一顶头盔，
恰好扣紧阿基琉斯的脑袋。然后，他给
头盔铸好黄金的冠角，最后用柔韧的白锡打出一副胫甲。
完工后，臂力强健的跛足神
把它们抱起，放在阿基琉斯的母亲的腿脚前。
于是，忒提丝带着赫法伊斯托斯的珍贵赠礼，
像鹰一般，迅速冲下白雪皑皑的俄林波斯山。

第十九卷

出战前的和解

当金红色的黎明从环地长河俄开阿诺斯河
升起，把曙光送给诸神和凡人。忒提丝
带着赫法伊斯托斯的礼物，来到海船边，
发现心爱的儿子把帕特罗克洛斯搂在怀里，
嘶声号哭，身边站着众多流泪哀悼的伙伴。
于是女神穿过人群，走近他们，握着儿子的
手，出声呼唤道："我的儿，尽管大家都很
悲伤，但我们只能让他躺在这里，人死不会
复活，神的意志已经让他死去。看看我给你
带来了什么——那是赫法伊斯托斯的珍贵的礼物，
凡人的肩上从来没有披挂过如此精美闪亮的甲胄。"

说完，女神把甲胄和兵器放在阿基琉斯的
脚边，光闪闪的礼品发出铿锵有力的响声。
慕耳弥冬人见状，全都吓得发抖，谁也不敢
正眼瞧瞧这些东西，只有阿基琉斯一个人
上下打量地上的甲械，心中燃起更为强烈的
怒气；只见他两眼露出凶光，好像燃烧的火球。
他双手捧着赫法伊斯托斯赠予的礼物异常激动，
直到把铸工精致的杰作欣赏完，才高兴地
对他母亲说道，快捷的话语仿佛长出了羽翼：

“亲爱的母亲，这套铠甲确实漂亮，不愧是
神明的手艺，凡人中谁有这个本领？现在，
我将披甲上阵，只是放心不下墨诺伊提俄斯的
儿子的尸体。我担心在我出战后，苍蝇会飞来
钻入被铜枪洞开的伤口，生出孵蛆，
毁坏尸身，因为生命已经离开了他的肉体。”

听他这么说，银脚的女神忒提丝答道：
“我的儿，不要为此事担心。我会设法
赶走成群结队的苍蝇，这些可恶的东西
总把阵亡战士的躯体毁坏。而帕特罗克洛斯
即使在此躺上一整年，他的遗体仍将完好如初，
甚至比以往更为鲜亮。去吧，把阿开亚人召集
起来开会，宣布你对兵士的领袖阿伽门农的
怨恨已经消除，然后振奋斗志，马上披甲战斗！”

说着，女神把勇气和力量注入阿基琉斯的身体，
又在帕特罗克洛斯的鼻孔滴入血红的
仙液和花露琼浆，使他的肌肤不会腐败。

只见神一样的阿基琉斯沿着海岸迈开大步，
发出可怕的呼叫声，召唤着阿开亚将士。
就连那些留在船上操纵方向的舵手和负责
分发食物的后勤人员，这些到目前为止
一直没有离开过停船地点的人们，此时
也被集中到开会地点，因为很长时间避开
惨烈战斗的阿基琉斯，此时已重返战场。
人群中一瘸一拐地走着阿瑞斯的两个侍从——
勇敢顽强的提丢斯之子和卓越的奥德修斯，
他们拄倚着矛枪，受着伤痛的折磨，慢慢

挪到队伍的前排就座。民众的国王阿伽门农
最后到达，也带着枪伤，那是安忒诺耳之子
科昂用青铜的矛枪扎伤他的。等阿开亚全军
集合完毕，只见捷足的阿基琉斯在众人面前
站起，这样说道：“阿特柔斯之子，你我为了
一个姑娘发生激烈地争吵，心中种下了令人
痛心的怨愤，这究竟给我俩带来了什么好处？
但愿在我攻破鲁耳奈索斯把她抢获的那一天，
阿耳忒弥丝一箭把她射死在海船旁！这样，
阿开亚人就不会由于我的盛怒，加重伤亡，
敌人也不致把这么多人打倒在地，嘴啃泥土。
我们的所作所为，只有对赫克托耳和特洛伊人
有用。我想，阿开亚人会久久地记住我们之间的
这场争斗。算了，过去的事就让它过去吧！
尽管痛苦，我们必须制止燃烧在心中的盛怒。
现在，我将消除心中的怨愤，无休止的嗔恨，
最终只会害人。赶快行动起来吧，催促长发的
阿开亚人投入战斗！我要冲向特洛伊人，看他们
还敢不敢在我们的船寨边露营！我想，他们更乐意
屈腿躺在家里睡觉，为躲过我们的矛枪而庆幸！”

听他说完这番话，穿胫甲的阿开亚人高声欢呼；
因为裴琉斯豪放的儿子已消除了心中的愤怒。
而民众的国王阿伽门农从座位上站起来，没有
走到队伍的正中，就对他们开口说道：“我的
达奈人朋友们，战神阿瑞斯的侍从！当有人
起身说话时，旁人理应洗耳恭听，不宜打断他。
即使是能言善辩之人，也受不了听众的干扰。
喧闹声中，谁能演讲，谁能倾听？即使最清晰的
嗓音也会被噪声所淹没。我将对裴琉斯之子

说话，你们大家要聚精会神地洗耳恭听。
阿开亚人常常因为此事，指责我的不是；
其实我并没有什么过错。那是宙斯和命运
之神，以及穿行在迷雾中的复仇女神所为。
他们用可怕的迷狂抓住我的心灵，使我在
那天的公民大会上，仗着自己的权威，夺走了
阿基琉斯的战利品。我能怎么办呢？神明
使这一切变为现实。迷狂之神阿特是宙斯的
长女，她会使我们全都变得昏昏沉沉。她腿脚
纤细，从来不沾地，而是飘行在凡人头顶的
空气里，并把他们引入迷津的罗网。她愚弄过
一个又一个凡人。就连宙斯也受过她的骗，
虽然他是诸神和凡人至高无上的主神。作为
女性的赫拉，以她的聪明才智也蒙骗过宙斯，
就在城墙坚固的特拜城，阿尔克墨奈即将临盆
生产强有力的赫拉克勒斯时。当时宙斯对所有的
神明这样说道：‘听我说，所有的神祇和女神！
我的话出自心灵，发自肺腑。今天，主管生育
和助产的女神埃蕾苏娅，将为凡间迎来一个
男婴。此人继承了我的高贵血脉，将统治
那一方的人民。’听他这么说，天后赫拉阴险地
说道：‘你如果不能实现自己的诺言，将变成一个骗子。
来吧，俄林波斯的主神，请当着我的面庄严起誓，
降生在今天的这个由凡人女子生出来的、带有你
高贵血脉的人，将统治那一方的人民。’赫拉说完，
宙斯丝毫没有觉察她耍的把戏，便庄严起誓，
一头钻进了她的圈套。当时，赫拉急忙冲下
俄林波斯山，即刻来到阿开亚的阿耳戈斯。
她知道那里有一位正怀着七个月男婴的女子，

那是珀耳修斯[1]之子塞奈洛斯健壮的妻子。
于是赫拉让这个不足月的男婴提前出世，
同时推迟阿尔克墨奈的产期，阻止婴儿的降生。
然后她亲自跑去对克罗诺斯之子宙斯说：
‘宙斯父亲，制造霹雳的主神，我特来向你
报告，让你高兴。一个了不起的凡人已经出世，
他将统治阿耳吉维人。他是塞奈洛斯的儿子
欧鲁修斯，也是珀耳修斯的后裔，你的血脉。
他很合适统治阿耳吉维人！’听她这么说，
宙斯的心灵充满了痛苦。他怒火中烧，一把
揪住迷乱人的心智的阿特那油亮的发辫，
发了一个重誓，从那时起，绝不允许蒙蔽
人们心智的迷狂女神回到俄林波斯山和群星
闪烁的天空。宙斯发完誓，就提起女神将她
抛下了繁星灿烂的天穹，瞬间她便降落到人间。
然而，宙斯永远忘不了她的欺诈，目睹他的爱子
忍辱负重，干着欧鲁修斯指派的苦役，出声悲叹。
现在，头盔闪亮的高大的赫克托耳，冲到船寨边
杀戮溃退至船尾的阿耳吉维人。我怎能忘记
迷狂女神阿特，是她从一开始就蒙蔽了我。
但是，既然我受了迷骗，被宙斯夺走了心智，
我愿意送给你无数的赔偿，来弥补我的过错。
你就披挂上阵吧，并激发出你部下的战斗豪情！
我会把赔偿的礼物如数送去，数量就像昨天
卓越的奥德修斯到你的帐篷说好的那样多。
或者你愿意，不急于出战的话，也可在此稍等，
让我的随从从我的船里拿出礼物，送交给你，

[1] 珀耳修斯：宙斯和达那厄的儿子。珀耳修斯有三个儿子：塞奈洛斯、阿尔克奥斯和埃勒克特律昂。

你会看到我拿出了什么礼物，好使你高兴。”

听他这么说，捷足的阿基琉斯这样答道：
“阿特柔斯之子、民众最尊贵的国王
阿伽门农！把礼物送去或留在这里，
全由你决定。现在我们应该尽快考虑
出战的事情，我们不应待在这里说空话，
浪费时间；眼前还有一场大战没有开始。
人们将会看到，阿基琉斯手持铜枪，重返
战场，摧毁特洛伊人的军队。但愿你们
每一个人都这样，不要忘记杀死敌人！”

听他这么说，足智多谋的奥德修斯答道：
“神一样的阿基琉斯，这样可不行。虽然
你是个出色的战士，阿开亚人的儿子们可
不能饿着肚子去伊利昂，和特洛伊人打仗。
这不是一场可以马上结束战斗的仗，一旦两军
对阵，神明赐给双方的都是同样的力量。
不如先让他们待在快捷的船寨边，用点酒饭，
饭后将士们的力量和勇气就会增加。倘若
饥饿或焦渴，他们就不会有力气打仗，更别说打上
一整天，直到太阳西沉。即使心中腾烧着
战斗激情，他的四肢也会变得疲乏、沉重，
拖住他向前的腿步。但一个吃饱喝足的战士，
却能和敌人厮杀一整天，因为他精力旺盛，
四肢不疲软，一直打到最后两军息兵的时候。
现在你应该解散你的队伍，让他们用餐。
至于礼物，让民众的国王阿伽门农差人
送到广场中央，以便让所有的阿开亚人
都能亲眼看见，也能安慰你阿基琉斯的心。

让阿伽门农站在阿耳吉维人面前对你发誓，
他从未碰过那个姑娘，从未和她同过床，我的
统帅，虽说男女之事，此乃人之常情。
阿基琉斯，你也应该宽宏大量，他会在
自己的帐篷里，摆开丰盛的宴席款待你，
从而安慰你，使你得到理应得到的一切。
从今往后，阿特桑斯之子，你待人要公正。
国王同被自己得罪的人讲和，不是屈辱之事。”

听他这么说，民众的国王阿伽门农答道：
“莱耳忒斯之子，听了你这番话，我很高兴。
你把所有事情考虑得很周到，说得很在理。
我的心灵驱使我，我将按你说的话起誓：
我不会在神灵面前背弃我的誓言。阿基琉斯
可在此稍作停留，虽然他恨不能马上出战。
其他人最好也在场，等我派人从我的帐篷中
取来礼物，让我们发下以血为证的神圣誓言。
奥德修斯，我将派你完成这趟差事，请你
从阿开亚人中挑选一些身强力壮的小伙子，
从我的船里搬来我们日前答应阿基琉斯的
那么多礼物；别忘了把那些女子带来。再让
塔尔苏比俄斯在我们人群熙攘的军营里备下
一头公猪，祭献给宙斯和太阳神赫利俄斯。”

听他这么说，只见捷足的阿基琉斯答道：
“阿特柔斯之子、民众最尊贵的国王
阿伽门农，你最好找个别的时间，比如
战争中的间隙操办此事，而我胸中的怒火
从来没有像此时这般强烈。现在宙斯赐给
普里阿摩斯之子赫克托耳以荣耀，将

我们的人打得血肉模糊、横尸沙场。你俩
却要解散军队让大家去吃饭！我却要催促
阿开亚人的儿子们，让他们忍饥挨饿，
不吃不喝地去拼斗，一直打到太阳西沉，
等我们洗刷掉我们的耻辱后，再来享用
足额的佳肴！在此之前，我的喉咙不能
吞咽美酒和食物。我亲密的朋友已死去，
尸体被铜枪毁得一塌糊涂，正双脚对着门，
躺在我的帐篷里，接受其他伙伴们的哀悼。
我想要的不是美食，而是热血和敌人的哀号！”

听他这么说，足智多谋的奥德修斯答道：
“裴琉斯之子阿基琉斯，阿开亚人中
最杰出的英雄！你比我强大，武艺也超过我。
可或许我比你知道得更多，因为我比你年长。
所以请你耐心地听我的劝。激烈的战斗会
使人很快就感到疲乏，青铜的兵器就像镰刀
割倒了一大片麦茎，如果收获微乎其微，
人们便会失去信心，对此事感到厌倦烦腻，
因为宙斯，这调控凡间战争的主神，已将
战争的天秤倾斜。阿开亚人不能空着肚子
悲悼死者。这一天天的血战，多出多少
尸首！我们每个人何时才能了却悲伤？
我们的责任是，埋葬死难者，并举哀一天。
所有从可恨的战斗中幸存下来的人，必须
正常进食，以便能积蓄力量，更勇猛地
和身披坚固铜甲的敌人进行长时间的拼斗。
谁也不许违抗这个命令，等待别的什么——
要知道，命令不须发布两次：谁要想在
阿耳吉维人的船边逗留，将必死无疑！

让我们一起斗志昂扬地把一场恶战
送给擅长驯养烈马的好手特洛伊人！”

说完，他挑选出光荣的奈斯托耳的两个儿子，
还有夫琉斯之子墨格斯、墨里俄奈斯和索阿斯，
以及克雷昂之子鲁科墨得斯和墨拉尼波斯。
他们一起来到阿特柔斯之子阿伽门农的帐篷，
说明来意，迅速地把事情办妥。他们从帐篷里
搬出阿伽门农许诺过的礼物：七只三脚铜鼎，
二十口闪亮的大锅，十二匹好马，后又带出
七名女子，全都是娴熟的女工，连同美颊的
布里塞伊丝，一行八人。奥德修斯又称出
十塔兰同的黄金，便带着这队人起程；
年轻的阿开亚勇士们抬着这些礼物，回到
广场中央，撂下手中的东西。阿伽门农站起，
而声音像神一样清亮的塔尔苏比俄斯，
手里提着一头公猪，站在士兵的领袖身边。
只见阿特柔斯之子拔出总是悬挂在铜剑旁
厚实的剑鞘中的匕首，割下了一缕猪鬃，
用双手高举过头，对着宙斯，大声祈祷；
而将士们端坐在队伍中各自的座位上，
屏息静听国王的祈祷。只见阿伽门农
望着辽阔的天空，这样大声祈祷道：“首先
请至高无上的主神宙斯做我的见证人，
还有地神盖亚、太阳神赫利奥斯和下界
报复那些发伪誓者的复仇女神埃里尼斯——
我从未伸手碰过布里塞伊丝姑娘，也
没有和她同过床，或做过其他什么事情；
在我的帐篷里，姑娘不曾被动过一个指头。
倘若我的话有半点虚假，就让这些我念着

他们名字的神明惩罚我——就像惩罚那些
发伪誓的人们——给我带来受之不尽的痛苦！”

说完，他用无情的青铜剑割断公猪的喉管，
塔尔苏比俄斯则举着猪身，将它扔进了
灰蓝色的大海，让鱼虾去饱餐。这时，
阿基琉斯从嗜战的阿开亚人中间站起道：
“宙斯父亲，你用你强大的法术，把凡人
搞得迷惑！否则，阿特柔斯之子绝不会
在我的心里激起如此狂暴的愤怒，也不会
违背我的意愿，蛮不讲理地夺走那位姑娘。
宙斯总是热衷于让众多阿开亚人战死疆场。
快解散去填饱肚子吧，以便尽快投入战斗！”

他这么说完，立即解散了短短的集会。
人群四处散去，走回各自的海船。
生性高傲的慕耳弥冬人收起礼物，
把它们送往神一样的阿基琉斯的船寨，
堆进他的帐篷；并把那些女子安顿好，
高贵的随从把骏马牵入阿基琉斯的马群。

像金色的阿芙洛狄忒一样的布里塞伊丝
返回营地，看到帕特罗克洛斯躺在地上，
尸体被锋利的青铜矛枪划得遍体鳞伤，
便一头扑进了他的怀抱，失声痛哭，双手
抓扯着自己的胸脯、脖子和秀美的面颊。
只听这位像神一样美丽的女子，哭泣道：
“帕特罗克洛斯，你是我这个不幸女人的
最大安慰！当我离开这座帐篷时你还活着；
现在我回来，却看见你——军队的首领，已

撒手人寰！不幸一个接着一个地打击我！
我曾亲眼看见尊贵的父母让我嫁的那个
丈夫，全身血污，被锋利的铜枪杀死在城下，
还有我的三个兄弟，都是一母所生的同胞，
我最爱的亲人，也在那一天被全部杀死！
然而，当捷足的阿基琉斯杀了我的丈夫，
攻陷了雄伟的城堡慕奈斯，你叫我不要
哭泣，对我好言相劝，说你将使我成为
神一样的阿基琉斯的合法妻子，并用
海船把我带回弗西亚，在慕耳弥冬人中
举办隆重的婚宴。现在你死了，我要为你
悲悼！因为帕特罗克洛斯你总是那么和善。”

说完，她失声痛哭，周围的女人们个个
泪流满面，哀悼帕特罗克洛斯的死亡，
同时暗地里为自己的不幸而悲伤。
阿开亚人的首领们聚在阿基琉斯身边，
恳求他用餐，但后者悲叹着拒绝道：
“我求你们，倘若谁愿意听我诉说，
你们不要劝处于悲痛之中的我吃喝，
解除饥渴；我将一直绝食到太阳西沉！”

他一面这样说着，一面送走了其他首领，
但阿特柔斯的两个儿子仍然留了下来，
还有神一样的奥德修斯、奈斯托耳、
伊多墨纽斯和车战老英雄福伊尼克斯，
都想极力安慰他。但全都无济于事，
只有战争的血盆大口才能真正安慰
他的心！只见他长吁短叹，思念着
帕特罗克洛斯，一边哭泣着这样说道：

“苦命的朋友，我最亲密的伙伴，当
阿开亚人急切地想要投入激烈的战斗、
痛杀驯马好手特洛伊人时，你总是
在我的帐篷里亲手准备好可口的饭菜，
送到我的面前！但现在，你却遍体鳞伤地
躺在我的面前；虽然这里堆满了食物，
可我再也无心去吃喝，因为我太想你！
对于我，生活中不会有比这更重的打击：
即便是听到父亲亡故的消息，我也不至于
如此悲伤。我想，老人正在弗西亚的家中
因为思念我这个离乡背井的儿子而流泪，
为了该死的海伦，我来这和特洛伊人打仗。
即便获悉我那个在斯库罗斯托人抚养的儿子、
神一样的尼俄普托勒摩斯现时已不在人世，
也不会如此悲伤。在此之前，我还希望
只有我一人死在远离马草肥美的阿耳戈斯的
特洛伊，而你却能活着回到弗西亚，然后
乘着快捷的黑船，把我的儿子从斯库罗斯
接回，让他看看我所拥有的一切财富，
我的奴隶和屋顶高耸的宽敞的房屋。我想，
裴琉斯或者已经亡故，或者即使活着，也在
可恨的暮年中垂死挣扎，并且总是处在焦虑
之中，等着我被人杀死的不幸消息的来临。”

阿基琉斯这样悲声哭诉，陪伴在他身边的
众首领也流着泪叹息，勾起了他们的思念之情。
看着他们都如此伤心，克罗诺斯之子心生怜悯，
马上对雅典娜说道，快捷的话语仿佛长了翅膀：
“我的孩子，难道你已彻底抛弃了你的宠人？
难道你已不再关心阿基琉斯？眼下他正坐

在头尾弯翘的船寨里，哀悼心爱的同伴。其他人
都去吃喝，他却拒绝进食；你快去把仙液琼浆
滴入他的胸膛，免得他遭受饥饿和干渴。”

就这样，宙斯催促雅典娜下凡，其实雅典娜
心里早就迫不及待，于是她化作尖叫着的
宽翅膀老鹰，穿过透亮的空气，直扑大地。
阿开亚人正在军营里忙着整装待发，女神
便把仙液和琼浆滴入阿基琉斯的胸膛，
免得难忍的饥渴疲软他结实的双膝。

然后，女神又返回父亲那带有坚固
厅堂的大宫殿，而阿开亚人也从快船边
四处出击。就像宙斯撒下寒冷雪片，被
高空出生的北风神博瑞阿斯吹得纷纷飘散。
只见地面上无数簇拥着的铜盔，也这样
闪耀着光芒，连同中心突起的盾牌一起，
涌出了海船，还有带铜片的坚固的胸甲
和梣木杆的矛枪。兵器耀眼的光芒
照亮了天空，大地在明亮的青铜光辉下，
回荡着勇士们隆隆的脚步声；人群中，
神一样的阿基琉斯开始武装自己。他把
牙齿咬得咯咯响，双目熠熠生光，好像
燃烧的火球，心中充满了难以抑制的悲痛。
带着对特洛伊人的暴怒，他穿戴好神赐的
铠甲，那是赫法伊斯托斯为他制造的杰作。
首先，他用胫甲裹住小腿，那是精美的珍品，
带有银质的踝扣；随后系上护胸的胸甲；
接着又挎上剑柄上嵌有银钉的青铜宝剑；
最后背起那面巨大结实的盾牌，盾面寒光

闪闪，犹如晶莹的月亮；又像漂泊海面的
水手从远处看见的火光，它们从山顶的
一处荒僻的畜栏里升起；当时，那些水手
正被暴风刮到鱼群汇聚的深海，远离自己的
亲人和朋友。阿基琉斯铸工精致的盾牌所
发出的光芒也这样，映照着高高的天空。
后来，他拿起铜盔，戴在结实的脑袋上，
盔冠上镶嵌的精美鬃饰，像星星一样明亮，
周围摇曳着缕缕金丝，那是赫法伊斯托斯的
手艺。神一样的阿基琉斯穿好铠甲，试试它
是否合身，四肢能否活动自如。穿好铠甲的
感觉，就像鸟儿的翅膀，将士兵的领袖腾空。
最后，他从枪架上抓起父亲的矛枪，它硕大、
粗重，阿开亚人中谁也提不动，只有阿基琉斯
可以得心应手地使用。这支裴利昂白蜡木杆矛枪，
是喀戎送给他父亲的礼物，作为克敌利器，
这矛枪的枪杆取材于裴利昂山的山顶。

这时奥托墨冬和阿尔基摩斯把驭马
套上战车，为它们系上松软的肚带，
把马嚼子放进马的上下颌之间，然后
在坚固的战车上，朝后拉紧了缰绳。
奥托墨冬抓起闪亮的马鞭紧握在手，
跃上战车；而阿基琉斯站在他的身后，
全副武装，准备战斗；他头顶的铜盔
和铠甲闪闪发光，像横跨天空的太阳。
只听他对着他父亲的骏马厉声命令道：
“珊索斯和巴利俄斯，波达耳格著名的
名马！这次你俩最好干得漂亮一些，
一打完仗，要把驭手载回达奈人的

队伍，切不可像上次对待帕特罗克洛斯
那样，在他死后，让他的尸体留在战场上！”

听他这么说，马蹄光滑的驭马珊索斯，
在车轭下低下头，鬃毛从轭垫的边沿
披散到地面，白臂女神赫拉代它发出
说话的声音：“好的，强健的阿基琉斯，
这次我们会把你平安地载回，但你的
末日已向你逼近，这可不是我们的过错，
而是取决于强大的命运之神摩伊拉。
不是因为我们跑得慢，也不是因为迟钝，
才使特洛伊人从帕特罗克洛斯的肩头剥去
铠甲；那是因为无敌的神祇，那美发的
勒托所生的儿子，将他杀死在队伍的前锋，
并让赫克托耳获得胜利的光荣。即使我俩
可以比风中之最、那强劲的西风跑得还要快，
你仍然注定要被一位神明和一个凡人杀死！”

说到这里，复仇女神埃里尼斯堵住了它的
话语。捷足的阿基琉斯愤怒地对它说道：
“珊索斯，为何预言我要死？无须你提醒我，
我已知道得清清楚楚；我将注定要死在这儿，
远离亲爱的父母。尽管如此，我将把特洛伊人
杀个够，要不然，我绝不会退出战斗！”

他说完大喊，驱动追风的快马冲到阵前。

第二十卷

人神共战

阿开亚人在头尾弯翘的海船边，围着，
阿基琉斯——裴琉斯嗜战的儿子布起阵；
而对面的特洛伊人也从平原的高处聚集起来。
与此同时，在山峦密布的俄林波斯山的巅峰，
宙斯命令特弥斯去召集所有的神祇来开会；
于是女神奔走相告，要诸神前往宙斯的宫殿。
除了俄开阿诺斯河神，所有的河神都到齐了，
包括所有的女神，无一缺席。她们活跃在优美的
树林，出没在河流的源头和水草丰富的沼泽地。
诸神纷纷汇聚到汇集乌云的宙斯的宫殿，坐在
表面光洁滑溜的门廊里，那是赫法伊斯托斯
用他高超智慧和技艺，为宙斯父亲建造的杰作。

众神全聚集在宙斯的宫殿里，裂地海神
波塞冬，也听从女神的召唤，从海里出来，
坐在诸神的中间，询问宙斯为什么要开会：
“闪电和霹雳之神，为何把我们召到这里？
是不是关于特洛伊人和阿开亚人的战事？
两军即将开战，激战就像一堆待烧的柴火。”

听他这么说，汇聚乌云的宙斯这样回答：

“裂地海神，你已猜出我此番开会的用意。
我关心这些凡人，虽然他们正在死去。
尽管如此，我仍将待在俄林波斯山的山顶，
静坐观看战斗的场面，好使自己高兴。
你等诸神可随时下山去，前往特洛伊人
和阿开亚人的队伍，凭你们的喜好，
帮助各自愿意帮助的一方。即使听凭
阿基琉斯独自一人厮杀，特洛伊人也休想
挡住裴琉斯捷足的儿子。以前他们一见他
就吓得发抖，何况现在，由于同伴的死，
更是悲愤交加，我担心他会冲破命运的
制约，攻克并摧毁特洛伊人的城市。”

克罗诺斯之子这样说着，激起了一场恶战；
众神纷纷下山，带着不同的念头介入战斗。
前往海边船寨的是赫拉和帕拉丝·雅典娜；
还有环地之神波塞冬和乐善好施的牧神
赫耳墨斯——此神心智敏捷，没有对手；
而自恃很有勇力的赫法伊斯托斯也同行，
灵巧地挪动干瘪的双脚，一瘸一拐地走。
但头盔闪亮的阿瑞斯去了特洛伊人那边，
还有长头发的阿波罗，射手之神阿耳特弥斯，
以及勒托、珊索斯和爱笑的阿芙洛狄忒。

在诸神尚未接近凡人时，阿开亚人在战场上
所向披靡，节节胜利，因为阿基琉斯重新
投入了战斗，虽然他很长时间一直在退避。
特洛伊人眼看裴琉斯那捷足的儿子，铠甲
铿亮，像阿瑞斯一样杀人不眨眼，全都吓得
双腿发抖。但是，当俄林波斯山的众神加入

凡人的队伍，强有力的争斗之神埃里斯便
鼓励将士，使出浑身的力量作战；雅典娜
时而站在防护墙外的壕沟边呼喊，时而又
出现在海涛震响的岸边大吼。而战场的
另一边，阿瑞斯吼声如雷，像一股黑色
旋风，时而出现在高耸的城楼上，用严厉的
声音催促特洛伊人向前冲，时而又沿着
西摩埃斯河岸的卡利科洛奈山坡奋力奔跑。

幸运的神祇就这样催促双方拼命厮杀，
同时也在自己中间引发了激烈的争斗。
神人之父在天上炸响可怕的惊雷；
波塞冬在地下摇撼着无边的大陆架，
使巍巍的山峦和广阔的大地发生震颤，
连同那多泉的伊达山，和它的每一座
山坡和险峰，以及特洛伊人的城堡，
阿开亚人的海船。冥府的主宰哈得斯，
心里害怕，嘶声尖叫着从宝座上一跃而起，
唯恐环地海神波塞冬在他的头顶把大地
震裂，在神人面前暴露他那死气沉沉的
阴曹地府，那个地方连神祇看了也会厌恶。

这就是诸神介入后引起的巨大混乱，
只见远射之神福波斯·阿波罗手持
羽箭，正和震地海神波塞冬在交手；
而和灰蓝眼睛的女神雅典娜对阵的是
战神阿瑞斯；而赫拉受到阿耳特弥斯
的进攻，她是远射之神阿波罗的姐妹，
又是爱带金箭，在山林里捕猎的高手。
乐善好施的赫耳墨斯与女神勒托对打，

而迎战火神赫法伊斯托斯的则是那条
水流湍急、带有许多漩涡的大河河神
珊索斯，凡人则称之为斯卡曼得罗斯。

诸神就这样，互不相让地彼此对打起来。
而阿基琉斯迫不及待地冲进人群，寻找
普里阿摩斯之子赫克托耳，渴望着
用他的血——而不是别人的血，喂饱战神
那个持盾砍杀的阿瑞斯的胃口。但是，
挑动战争的阿波罗，却给埃涅阿斯注入
巨大的力量，催促他去攻打裴琉斯之子。
宙斯之子阿波罗模仿普里阿摩斯之子
鲁卡昂的声音和相貌，对埃涅阿斯说道：
“埃涅阿斯，特洛伊人的领袖，你曾经
高举酒杯，当着特洛伊首领的面，说出
豪言壮语，发出威胁，那些勇气现在都到哪里去了？
当时你说，你要单独和裴琉斯之子比个高低。”

听他这么说，埃涅阿斯就对鲁卡昂说道：
“普里阿摩斯之子鲁卡昂，为何激我
违背自己的意愿，去和裴琉斯之子对打？
我不是第一次和捷足的阿基琉斯交手。
上次，他手持矛枪把我赶下伊达山；
那一天，他抢劫我们的牛群，摧毁了
鲁耳奈索斯和裴达索斯。幸亏宙斯救我，
给我注入了力量，使我双脚如飞。
否则，我早已死在阿基琉斯和雅典娜的手下。
女神跑在他的前面引导他，洒下保护
之光，激励他奋勇前进，用他的铜枪，
击杀莱勒格斯和特洛伊将士。所以，

凡人中谁也不能和阿基琉斯相对抗，
他的身边总有某位神明替他挡开死亡。
即使没有神祇的助佑，他的投枪也像
长了眼睛，一旦选中谁，就紧咬着不放，
直至穿透他的身躯。但是，倘若神祇让
我们享有同等的权利，他就不能轻易地
获胜，即便他的每块肌肉都用青铜铸成！”

听他这么说，宙斯之子阿波罗说道：
“英雄，为何不对不死的神明祈祷？
人们都说，你是宙斯之女阿芙洛狄忒的
儿子，而阿基琉斯的母亲则是一位身份
低下的女神；一个女神的父亲是宙斯，
另一个的父亲则是老朽的海神。去吧，
提着你那支坚韧的矛枪冲上去吧！不要
被他空洞的吹嘘和气势汹汹的威胁吓唬住！”

阿波罗的这番话，激起了士兵的领袖身上
巨大的力量，于是埃涅阿斯头盔闪亮地
大步冲到队阵的前列。安基塞斯之子穿过
人群，想去找裴琉斯之子打仗，白臂的赫拉
马上发现了他的意图，马上召来己方的神祇，
对他们这样说道：“波塞冬和雅典娜，你们
两位想一想，这场争斗会引来什么结果？
看，头盔闪亮的埃涅阿斯，受福波斯·阿波罗的
怂恿，正要扑向裴琉斯之子。来吧，让我们
就此行动，把他赶开；或者我们之中
得有一个跑到阿基琉斯的身边，给他注入
巨大的力量，使他不致心虚手软；并让他知道，
至高无上的神祇中最了不起的几位全都宠爱他，

而那些站在特洛伊人一边替他们抵挡战争和
死亡的诸神，全都微不足道，就像无用的清风！
我们从俄林波斯山下来，参与这场战争，就是
为了使阿基琉斯不至于在今天死在特洛伊人手中。
他要在以后，才经受他母亲把他生出来的那时起
命运之神就为他用纺线织好的痛苦。假如他
未曾从神祇那里得知这些情况，当一位真正的
神祇以自己的本来面目出现来和他较量，他就会
心虚胆怯。毕竟和神对抗不是一件轻松的事情。”

听他这么说，只见裂地海神波塞冬答道：
“女神赫拉，你不该这样发火动怒。
至少我很不愿意我们这边的神祇就这样
和对面的神祇交战；我们的优势太明显。
还不如让我们离开战场，端坐于高处，
从远处去观看战斗，而让凡人自己去对付
他们的敌人。如果阿瑞斯或福波斯·阿波罗
亲自参与战斗，或把阿基琉斯打退，到那时
我们再出手和他们较量。我相信，用不了
多久，他们就会被我们打得没有还手之力，
迫不得已地回到俄林波斯山上的诸神中间！”

说完，黑发的波塞冬率领众神来到神一样的
赫拉克勒斯堡垒。这座高耸的堡垒的两边
堆着厚实的泥土，那是特洛伊人和帕拉丝·雅典娜
为他建造，用来躲避从海滩爬上平原
向他进攻的海怪[1]。波塞冬和同行的诸神坐在

[1] 有一个海怪在特洛伊害人，国王劳墨冬为了平息海怪的愤怒，把自己的女儿赫西奥涅送去喂海怪。赫拉克勒斯答应救赫西奥涅，报酬是国王的马。人救出后，国王却不肯把马交出来。

那里，用看不透的浓雾笼罩住自己的肩膀。
远射之神阿波罗和毁灭者阿瑞斯啊，敌方的
神明在卡利科洛奈山的山顶，围着你俩坐下。

就这样，两边的神祇分头而坐，心中考虑着
战事，哪一方都不愿意首先挑起痛苦的争斗，
而高高地坐在天空的宙斯却要怂恿他们开战。

只见平原上人山人海，兵器的铜光闪耀着，
到处是车马，大地在奔驰的脚步和马蹄声中
震颤。两军阵前的空地上，安基塞斯之子
埃涅阿斯，和神一样的阿基琉斯，两位
最杰出的英雄带着狂烈的仇恨迎面冲去。
埃涅阿斯首先威武地冲出队阵，迈着大步，
在沉重的帽盔下摇晃着脑袋，可怖的盾牌
挡在胸前，手里挥舞着一柄青铜的矛枪。
而裴琉斯之子从另一面猛扑上前迎战，
像一头凶猛的雄狮，全村人都想杀了它。
一开始它还满不在乎，自顾自地行走，
直到一个动作敏捷的小伙子朝它投了一枪，
它才弓起身子，蹲伏下来，张开血盆大口，
牙齿间流下唾沫，强健的狮心悲哀地怒吼着；
它扬起尾巴，拍打自己的两肋和后股，
激起去和村民厮杀的狂暴。只见他瞪着
燃烧的眼睛，纵身跃起，猛地扑向人群，
决心和他们拼个你死我活！当时阿基琉斯
也这样，高傲的心灵和战斗的激情
催促他，去迎战生性豪放的埃涅阿斯。

等他俩相向而行，渐渐逼近；卓越的

捷足阿基琉斯首先对埃涅阿斯这样说道：
“埃涅阿斯，你为何远离你的队伍，来这里
孤身出战？你和我打仗是否出于你的自愿？
你是不是想像普里阿摩斯那样，成为驯马好手
特洛伊人的统治者？然而，即使你杀了我，
普里阿摩斯也不会把王冠戴到你的头上。
他有亲生的儿子，何况老人自己身体还健康。
也许，特洛伊人已答应你，如果你能杀了我，
他们将给你一块带茂盛的果林和牧场的土地？
不过，要想杀了我，可不是一件容易的事情。
你大概还没有忘记，你曾在我的枪下九死一生。
我把你从牛群中赶出来，一直追到伊达山下；
而你独自一人撒开两腿没命似的奔跑，连头
都不敢回一下。我把你追到鲁耳奈索斯，
仰仗雅典娜和宙斯父亲的保佑，一举摧毁了
那座城，俘获城中的女子，把她们当作女奴拖走，
唯独让你一个逃生，因为宙斯和诸神将你救了。
这一回，神明不会再来保佑你，虽然你以为
他们还会这么做。依我看，你还是退回去吧，
回到你的队伍，不要和我交手，省得自找
麻烦！即使傻瓜，也知道吃一堑长一智！”

听他这么说，埃涅阿斯这样答道：
“裴琉斯之子，不要以为我是毛孩子，
妄想用言语吓倒我！我自己也会用言辞
嘲弄别人，说出尖锐的威胁话语。
你我都知道对方的双亲和门第，他们的
光荣可追溯到久远的年代，只是你我
都不曾亲眼见过对方的父母。人们说，
你是高贵的裴琉斯的儿子，你的母亲

是美发的忒提丝，她是海神的女儿。
而我，乃是生性豪放的安基塞斯的儿子，
使我自豪的是，我的母亲是阿芙洛狄忒。
今天，你我的双亲中，总有一对，将为
失去心爱的儿子而恸哭。因为你我不会
轻易地撤离战斗，像孩子似的，仅仅
吵骂一通，说说废话，然后就各自回家。
如果你想清楚地知道我的家世，那就听我
道来，虽然在许多人的心里，它们已是掌故。
我的宗谱可以上溯到汇聚乌云的宙斯，他
首先生了达耳达诺斯，建立了达耳达尼亚；
那时，耸立在平原上、庇护着一方民众的
圣城伊利昂尚未出现。人们都居住在伊达山的
多泉的山坡上。后来，达耳达诺斯生了一子，
名叫厄里克索尼俄斯，他是世间最富有的凡人，
拥有三千匹母马，全都放养在多草的沼泽地，
并且带着活蹦乱跳的幼马。北风之神博瑞阿斯
对这些放养在草地上的母马动了情，化作一匹
飘着黑鬃的公马，爬上母马的背，使它们受孕，
生下了十二匹小马驹。这些好马，如果从精耕
丰产的农田里跑过，不会踢落一根庄稼的茎秆。
它们轻捷的蹄子也能踏着浪尖，跨过灰蓝色的
宽阔海面。厄里克索尼俄斯后来生了一子特罗斯，
是特洛伊人的统治者，而特罗斯生下三个英勇的
儿子：伊洛斯、阿萨拉科斯和神一样的伽努墨得斯。
而伽努墨得斯是凡间最英俊的美男子，诸神见他
俊秀，就把他掳到天上做了神，当了宙斯的酒侍。
而伊洛斯生了一子，那是英勇的劳墨冬；劳墨冬
生子提索诺斯、普里阿摩斯、克鲁提俄斯、
朗波斯和阿瑞斯的侍从希开塔昂。而

阿萨拉科斯生子卡普斯，卡普斯生子安基塞斯，
我就是安基塞斯的儿子，卓越的赫克托耳则是
普里阿摩斯的儿子。这就是我的血统和家世。
至于勇气和力量，这些全得听凭宙斯的愿意，
由他随心所欲地赐予，因为他是最强大的神。
动手吧，我们不要像两个孩子似的站在即将
开战的两军阵前说废话。我们可以在此没完
没了地互相辱骂，难听的话可以压沉一艘有
一百个座位的大船。人类的巧舌灵活无比，
而舌头上的话语又丰富多变，五花八门。
你说了什么，就会听到什么作为相应的回报。
但我们又有什么必要在此互相辱骂，像两个
在街巷里争吵的女人，胸中的怒火无法平息。
我求战心切，你的话不能使我回头，就让我们
用带青铜枪尖的矛枪比个输赢，试试各自的力气！”

说完，他投枪出手，把粗重的长枪投向
那面可怕的战盾。枪尖触着盾面，发出
沉闷的响声。裴琉斯之子连忙伸出强健的
臂膀举盾抵挡，担心生性豪放的埃涅阿斯
那支拖着长影子的矛枪，会轻易地捅穿盾牌。
阿基琉斯的想法真可笑，他不知道，那是
神祇馈赠的礼物，没那么容易被毁坏的。
身经百战的埃涅阿斯粗重的矛枪，同样也
被它黄金的盾面所挡回。其实，枪尖只捅穿了
盾牌的两层，还剩三层没有坏；瘸腿的神匠
一共铸了五层，最外两层是青铜，里面垫着
两层白锡，在最中间又夹着一层黄金，就是
这层黄金，挡住了埃涅阿斯的白蜡木杆矛枪。

而阿基琉斯随即奋臂投掷，那支拖着
长影子的矛枪击中了埃涅阿斯的圆盾，
击中圆盾的边沿，那里青铜的层面最薄，
牛皮垫衬也最薄。那支裴利昂的白蜡木杆
矛枪枪尖穿透两种材料的盾面，一直刺进去，
盾牌因为吃不住重击，发出沉闷的响声。
埃涅阿斯急忙弓身躲避，吓得把盾牌
举到头顶挡护，于是枪尖呼啸着越过
他的后背，扎入了泥地。埃涅阿斯躲过
这一枪，站直身子，两眼冒火，吓得呆立
在那里，投枪就插在身旁。阿基琉斯又
拔出锋利的战剑，狂叫着冲上去。埃涅阿斯
便顺手抱起一块巨石，那石头大得
现今两个人能都难以抱起，
而他却仅凭一臂之力，轻松地
把石块高举过头。本来埃涅阿斯的石块可能已
击中冲过来的阿基琉斯，砸在他的头盔或盾上，
而后者会用战盾挡住石块，逼过来，出剑击杀，
夺走他的性命，但裂地海神波塞冬抢先看见，
便马上对身边的神祇这样说道："各位听着，
此刻我真为生性豪放的埃涅阿斯难过，他即将
倒在阿基琉斯的手下，然后坠入哈得斯的冥府。
可怜的人，只因为他听信远射之神阿波罗的挑唆，
而阿波罗却不曾前来，替他挡开可悲的死亡。
像他这样无辜的凡人，为何要为了别人的争斗
平白无故地遭受苦难？他总是给我们这些掌管
广阔天宇的神祇送礼物，让我们高兴。让我们
赶快行动，我要亲自前去救他，免得阿基琉斯
真的杀了此人，引得克罗诺斯之子生气动怒。
他命里注定可以死里逃生，而达耳达诺斯也不会

断了子嗣，因为宙斯对他最宠爱，远远胜过
凡女为他生的其他儿子。现在克罗诺斯之子
已憎恨普里阿摩斯的家族，强大的埃涅阿斯
将统治特洛伊人民，繁衍他的子孙后代。”

听他这么说，牛眼睛天后赫拉答道：
“裂地海神，埃涅阿斯的事，全由你
做主：要么救他，要么就放手让他死去，
不管他多么勇敢，仍然让裴琉斯之子
阿基琉斯将他杀死。我和帕拉丝·雅典娜，
已多次当着所有神祇的面，发过誓，
绝不为特洛伊人挡开他们的末日和
凶险的死亡，哪怕勇敢的阿开亚人的
儿子们放火把整座特洛伊城都烧毁！”

听他这么说，强大的裂地海神波塞冬
就冒着纷飞的枪矢，穿行在战阵中，
来到埃涅阿斯和光荣的阿基琉斯交战处。
他迅速在裴琉斯之子阿基琉斯
面前布起了一团迷雾，从生性豪放的
埃涅阿斯的盾牌上拔出安着铜尖的白蜡木枪，
放在阿基琉斯的脚边，然后又从地上，
举起埃涅阿斯，把他抛向天空，让他
借助神力，越过所有的队伍和列队的
战车，远离混战的人群，落在惨烈的
战场的边缘。那里正是披挂的考科尼亚人
准备介入战斗的地方。裂地海神波塞冬
来到埃涅阿斯的身边站定，对他说道，
快捷的话语仿佛长出了羽翼：“埃涅阿斯，
是哪位神明使你丧失理智，竟敢和裴琉斯

那生性高傲的儿子面对面地对打，要知道
他可比你强壮，也更受神的宠爱。你以后
一碰见这位英雄，最好马上避开，以免
逾越你的命限，坠入死神哈得斯的冥府。
但是，一旦阿基琉斯实践了命运的安排，
命落黄泉，你便可鼓起勇气，和其他的
首领交手，阿开亚人中将不会有杀你的敌手。”

波塞冬告诉埃涅阿斯这一切，便离去，
随即又驱散了阿基琉斯眼前的迷雾。
阿基琉斯立刻睁大眼睛，四处张望，
不禁烦恼地叹息，对高傲的心灵说道：
“天哪！我的眼前真是出现了奇迹！
我的矛枪横躺在地，但却不见那个人的
踪影。刚才我还想把他杀死，现在他人在哪里？
看来，埃涅阿斯受到不死之神的宠爱，
我还以为他刚才在吹牛。让他去吧！
他不会再回来和我交手，今天让他
逃过死神，他理应感到庆幸。眼下，
我要一边号召好斗的达奈人，一边杀掉
其余特洛伊人，也让他们尝尝苦头！”

阿基琉斯说完，跑回己方的队伍，去给
每一个人鼓劲：“勇敢的阿开亚人，不要
远离特洛伊人，站在那儿观望。你们都要
和自己的对手打斗！不管我如何强大，也
难以对付这么多的敌人，和所有特洛伊人打仗。
即便是不死的战神阿瑞斯，甚至是雅典娜，
也杀不过如此密集的队阵。但是，我发誓，
只要我的臂膀和双腿力所能及，我绝不会

在敌人面前退缩。我这就冲进敌阵，不管哪个
特洛伊人，跑到我的投程内，都不会高兴！”

英雄就这样激励着阿开亚人。而显赫的
赫克托耳也在大声地给他的士兵鼓劲，
盼望着和阿基琉斯拼斗：“不要害怕
裴琉斯的儿子，我生性高傲的特洛伊人！
若凭话语，我也能和神祇抗争，但若凭
矛枪，那就不易，因为神明要比我们强得多。
就是阿基琉斯也不能完全兑现自己的诺言。
有的实现了，有的只受挫，只得半途而废。
我这就去和他斗，即使他的双手像一团烈火，
他的力量像烧红的铁砣！”

他就这样激越地鼓励着特洛伊人，后者
举起矛枪，准备拼杀；双方开始搏斗，
狂热的喊声震天动地。这时，福波斯·阿波罗
站到赫克托耳身边，对他说道：
“赫克托耳，你不要去和阿基琉斯单打
独斗，而是要隐在队伍中，避开混战，
免得他向你投枪，或者用剑近距离地砍！”

阿波罗说完，赫克托耳听到神的声音，
心里害怕，立刻退进自己人的队伍。

只见满怀狂烈激情的阿基琉斯吼叫着，
扑向特洛伊人，首先杀死了伊菲提昂，
他是俄特仑丢斯的英勇的儿子，是大队
人马的首领，他的父亲是攻克城堡的
俄特仑丢斯，母亲是河中神女，在白雪

覆盖的特摩洛斯山脚、富足的呼德生下他。
只见强健的阿基琉斯的矛枪正好击中猛扑
上来的伊菲提昂的脑门，他的头颅被劈成两半；
后者随即轰的一声倒在地上。神一样的
阿基琉斯因此高声欢呼，向对手夸耀道：
“俄特仑丢斯之子，人间最凶恶的战士！
死亡在这里赶上你，使你远离家乡古格湖，
在呼洛斯河和漩流众多、鱼群聚集的
赫耳摩斯河边，有你父亲的土地。”

阿基琉斯这样炫耀着，而死亡的黑雾蒙住了
伊菲提昂的眼睛。他任凭阿开亚人冲到阵前的
战车车轮，把他的尸体碾碎。阿基琉斯又击中
一位杰出的防御能手——安忒诺耳之子德摩勒昂。
只见枪尖穿透头盔上护颊的铜片，刺中太阳穴，
一直砸碎头骨，喷出了脑浆。阿基琉斯就这样
断送了德摩勒昂的性命。然后，阿基琉斯又
投枪出手，当希波达马斯跳上战车，准备从
阿基琉斯面前逃命时，被阿基琉斯从背后
一枪刺中。壮士呼叫着，吐出生命的气息，
像一头吼叫着的被年轻人拖去祭神的公牛，
裂地海神赫利克[1]·波塞冬看了非常高兴。
希波达马斯也这样，大声叫着被生命所丢弃。
而阿基琉斯举枪攻击神一样的波鲁多罗斯，
他是普里阿摩斯之子，老父亲不让他参战，
因为他是国王最小的儿子，也最受宠爱；
他腿脚飞快，无人能比。但现在，这个
年轻人愚蠢地炫耀自己的敏捷，在阵前

[1] 赫利克是波塞冬的别名。

来回地奔跑，却送掉了小命。当时捷足的
阿基琉斯趁他从前面跑过，就一枪击中
他后背的正中，那是金质腰带扣和两瓣胸甲
连接的部位。只见枪尖一直刺了进去，
又从肚脐那里穿出。波鲁道罗斯大声
哀叫着双膝跪地，眼前一阵黑雾罩下来，
双手堵住流到外面的肚肠，瘫倒在地。

这时，赫克托耳看见自己的兄弟
波鲁多罗斯用手堵住流到外面的肚肠，
倒在地上，双眼被黑暗的迷雾笼罩，
再也忍不了躲在队伍中，而是冲了出去，
高举着锋利的矛枪，扑向阿基琉斯，
狂暴得就像一团烈火。阿基琉斯见他
扑来，就立刻迎上去，这样自言自语道：
“此人杀了我最心爱的朋友，是我最仇恨
的人！我们不会再在战阵里互相回避！”

只见他凶恶地盯着神一样的赫克托耳道：
“你再走近点，快快接受命定的死亡！”

但头盔闪亮的赫克托耳面无惧色地说道：
“裴琉斯之子，不要以为我是毛孩子，
妄想用言语吓倒我！我自己也会用言辞
嘲弄别人，说出尖锐的威胁话语。
我知道你很勇敢，而我远不如你强壮；
但这些事情全都摆在神明的膝盖上。
虽然我比你弱，但我仍可以投枪出手，
把你结果，因为我的矛枪一向很锐利！”

赫克托耳说完，就举起矛枪，用力投掷，
但雅典娜只是轻轻一吹，便使那枪偏离了
光荣的阿基琉斯，重新回到神一样的
赫克托耳身边，掉在他脚前的泥地上。
与此同时，阿基琉斯狂暴地呐喊着冲向
赫克托耳，想把他杀死，但阿波罗用神力
把赫克托耳抱离地面，藏在一团浓雾中。
捷足的英雄、卓越的阿基琉斯一连三次
举着铜枪向他猛扑上去，却三次都扑了个空，
全被浓厚的迷雾罩住。阿基琉斯随即发起
第四次攻击，像一位凶恶的神祇，对着敌人
狂野地喊叫着，快捷的话语仿佛长出了翅膀：
“你这条恶狗，又让你躲过了死亡！但你
终究逃不过死亡；福波斯·阿波罗救了你，
你在投身密集的枪雨前，肯定向他祈祷过。
但是，我们还会再战；那时，我会把你结果，
倘若我的身边也有一位帮助我的神明。现在，
我要去杀其他人，谁被我赶上，谁就遭殃！”

于是，阿基琉斯一枪扎入德鲁俄普斯的脖子，
后者随即倒在他的脚前。阿基琉斯丢下他，
又一枪击中菲勒托耳之子德慕科斯的膝盖，
随后猛扑上去，挥舞战剑，夺走了他的生命。
接着，阿基琉斯又扑向达耳达诺斯和劳戈诺斯——
比阿斯的两个儿子，把他俩从马后撂下战车，
打倒在地。一个用投枪，另一个用剑砍。
阿拉斯托耳之子特罗斯，撞到阿基琉斯的
面前，抱住他的双膝，请求他手下留情，
指望他会怜悯一个和他同龄的青年。但他
哪里知道，阿基琉斯根本不理会别人的哀求；

他的心里没有一丝柔情，有的只有满腔的怒火！
正当特罗斯抱住他的膝盖哀求他时，只见他
挥手一剑，把他的内脏从腹腔内捣出，黑血
涌出，淋湿了他的腿股；随着灵魂的离去，
死亡的黑雾蒙住了他的眼睛。阿基琉斯又
扑向慕利俄斯，投枪击中他的耳朵，铜尖
一直刺入，从一边的耳朵进，又从另一边的
耳朵穿出。随后，他又杀了阿格诺耳之子
厄开克洛斯，用带柄的利剑，砍在他的脑门，
只见鲜血使整把剑变热，猩红的死亡和
强有力的命运立刻蒙住了他的眼睛。接着，
阿基琉斯又投枪出手，一枪击中丢卡利昂
手肘上的筋脉交接处。只见青铜枪尖切断了
手肘上的筋腱，呆呆的丢卡利昂只得垂下断臂，
知道自己的死期不远了。于是，阿基琉斯
挥剑砍下他的头颅，让它连同头盔滚出老远，
只见脑浆从断颈中喷出。他随即栽倒在地。
随后阿基琉斯扑向裴瑞斯之子、英勇的里格摩斯，
他来自土地肥沃的色雷斯；只见青铜扎进中腹，
把他捅下了战车。驭手阿雷苏斯连忙调转马头，
试图逃跑，但阿基琉斯锋利的矛枪已经咬上
他的脊背，把他撂下了战车。战马受惊狂跑。

就像一团从深谷中沿着干燥山峦燃起的烈火，
把整座茂盛的山林燃着，而疾风增加了火势。
阿基琉斯也这样，像个凶恶的神祇，挺着
矛枪，到处横冲直撞，追杀敌人，鲜血
染红了漆黑的泥土。就像农夫驾着宽额公牛，
在平实的打谷场上，为雪白的大麦脱粒，
马蹄快捷的战马也这样，拉着生性豪放的

阿基琉斯，把横在地上的尸体和盾牌一起踩踏，
只见车轴和车身周围的栏杆被马蹄和飞旋的
车轮溅起的鲜血所玷污。裴琉斯之子那双
无敌的大手沾满鲜血，为了荣誉不断冲锋。

第二十一卷

阿基琉斯与珊索斯河神的战争

天神宙斯养育了清澈的卷着漩涡的
珊索斯河，当特洛伊人逃到它水流
湍急的渡口时，阿基琉斯冲向溃败的
人群，迫使其中一部分人朝着特洛伊的
方向落荒而逃；几天前，也是在那地方，
阿开亚人自己也曾被勇猛的赫克托耳
追击。现在，特洛伊人在那片泥地上
成群地溃退，可是赫拉在他们眼前
降下了一团浓雾，挡住了他们的去路。
而另一部分士兵被赶到闪着光的河中，
无数人在凶猛的漩涡里号哭着挣扎，
气势磅礴的河水裹挟着轰响的涛声，
两岸发出回音，无助的士兵们一边呐喊，
一边慌不择路地摇摆着双臂，在湍急的
水涡里挣扎；他们像一群挤在空中的蝗虫，
遇到突起的烈火，暴虐的烈焰喷吐着火舌，
蝗虫们纷纷掉进水中。在阿基琉斯的凶猛
追击下，他们也这样阻塞了湍急的河流。

神明养育的阿基琉斯把矛枪搁在河岸的
柽柳丛旁，像一位凶恶的神跳进河里，

只带着一把利剑，心中充满腾腾的杀机。
他转动着身子，挥剑砍杀周围的敌人。
被他砍倒的特洛伊兵勇发出悲惨的叫声；
鲜血染红了水面。就像水里的鱼群，碰上
一条大肚子的海豚，知道被捉住必定没命，
就吓得惊慌地逃向河湾深处安全的角落。
特洛伊人也这样，拥到湍急的水流里，
藏身在陡峭的河岸的岩壁下。当阿基琉斯
杀得双膝疲软，便从水里堵住十二名青年，
把他们活捉，准备为墨诺伊提俄斯之子
帕特罗克洛斯殉葬。这帮人被他带上
河岸，就像一群吓呆了的小鹿，双臂
都被他们各自切割得整齐的束衬袍的
皮腰带反绑。阿基琉斯把俘虏交给
伙伴们押往宽大的海船；自己则心情
急切地掉转头，冲回去继续勇猛地砍杀。

他先撞见鲁卡昂，他是达耳达尼亚的后裔、
普里阿摩斯的儿子，刚从水里逃上岸，
阿基琉斯有一次夜袭他父亲的果园，曾抓过
这个特洛伊人，不管他一路反抗，把他带走。
那天鲁卡昂手握锋利的青铜刀，从无花果树上
劈下嫩枝，当作战车的栏杆，却不料祸从天降，
突然冒出个裴琉斯神一样的儿子。那一次，
阿基琉斯把他用船运到城垣坚固的莱姆诺斯，
当作奴隶卖掉，后来他被伊阿来的儿子买去；
鲁卡昂一位陌生的朋友，英勃罗斯的厄提昂，
用重金把他赎回，送往神圣的阿里斯贝，
他从那里逃生，跑回伊利昂父亲的宫殿。
他回家后，和亲朋好友们欢聚才十一天，

到了第十二天，神明又使他落入阿基琉斯的
手心。这一回，阿基琉斯要把他送往哈得斯，
尽管他不愿意。当捷足的英雄阿基琉斯认出他时，
鲁卡昂正全身暴露，甲械全无；他为了逃命，
把自己的头盔、矛枪和盾牌全都丢弃在岸边，
现在他挣扎着逃过岸，已累得汗流浃背，双膝
疲软。阿基琉斯便愤怒地对自己高傲的心灵说：
“天哪！我的眼前简直出现了奇迹！这些
生性豪放的特洛伊人——就连被我杀死的——也会
从阴暗的冥府起死回生！他曾被我卖到神圣的
莱姆诺斯，现在他却躲过了无情的死亡。灰蓝的
大海曾经挡住过整个舰队和不甘屈服的水手，
但翻卷的海浪却挡不住他的返回。这一次，
我要让他尝尝枪尖的滋味。我也好确切地知道，
他是否能从那个地方归来，生养万物的大地
能否将他埋住，尽管它埋葬过世间的其他好汉！”

阿基琉斯站在那里思索，鲁卡昂惊恐地
向他跑过来，想抱住他的膝盖哀求，
希望躲过这黑暗而可怕的死亡的命运。
但神一样的阿基琉斯举起粗长的矛枪
向他投掷，要把他结果，可鲁卡昂躬身
避过投枪，跑去抱住了他的膝盖，枪矛
从他的脊背上飞过，插入了泥土，未能
如愿地伤及人体。鲁卡昂一手抱住他的
膝盖哀求，另一只手抓住阿基琉斯锋利的
矛枪，不肯松手，快捷的话语仿佛长出了
羽翼：“阿基琉斯，我正跪在你的面前恳求，
请你可怜我，放我一条生路！宙斯养育的人，
你要宽恕一个恳求的人！你在我父亲篱墙

坚固的果园抓住我的那一天，你和我分食了
黛墨忒耳的果实，之后你就把我带离父王
和亲友，以一百头牛的代价卖到神圣的
莱姆诺斯；现在我可以付你三倍于此的赎金
来换取我的生命。我历经磨难回到伊利昂才
第十二天，该诅咒的命运又把我送到你的手里。
我想，我一定受到宙斯父亲的痛恨，让我重新做
你的俘虏。我的母亲劳索娥生下我，难道
注定这么命短？她的父亲是嗜战的莱勒格斯人的
国王阿尔忒斯；阿尔忒斯统治着萨特尼俄埃斯河
沿岸陡峭的裴达索斯。多妻的普里阿摩斯娶了
他的女儿，劳索娥生有二子，都要被你杀死。
你已在阵前杀了神一样的波鲁多伊斯，用
锋利的青铜长枪把他刺中。现在，可恶的
死亡又要降临到我的头上。既然神明使我
碰上你，我想我逃不出你的掌心。不过我还想
说明一点，求你记在心里：不要杀我，我和
赫克托耳并非同一个母亲所生，是他杀了
你忠实的伙伴，你的强壮而温良的朋友！”

普里阿摩斯光荣的儿子就这样恳求
饶命，但听到的却是一番无情的回答：
“你这个笨蛋快闭嘴，不要和我谈论
赎身之事！在命定的死亡还未降临到
帕特罗克洛斯的头上，他还未战死疆场
之前，我是很乐意放过特洛伊人的；
我生擒过大群的士兵，把他们卖到海外。
但现在，倘若神明在这伊利昂城前把他们
送到我的手里，不管哪个特洛伊人都别想
死里逃生，尤其是普里阿摩斯的儿子！

所以，我的朋友，你也得死。既然如此，
你又何必这般痛苦？帕特罗克洛斯已死，
他是一位远比你杰出的英雄；还有我，难道
你没看见我长得何等高大英武，有一位
显赫的父亲，而母亲是一位不死的女神，
却仍然逃不脱强有力的死亡的命运，终有
一人将在某天拂晓、黄昏或中午的战斗中，
用投枪或是用离弦的箭，将我断送。”

听他这么说，鲁卡昂的双腿立刻瘫软，
心力涣散。他放开那支矛枪，伸开双手
坐在地上。阿基琉斯抽出利剑一剑下去，
砍在颈边的锁骨上，双刃的剑面完全陷了
进去。鲁卡昂头脸朝下扑倒在地，
四肢摊开，黑色的鲜血不断涌出，浸湿了
身下的泥土。阿基琉斯抓起他的腿脚，
把他甩进河里，任其漂流而去，一边
高声炫耀，快捷的话语仿佛长出了翅膀：
“现在你和鱼群在一起吧！它们会吮去
你伤口上的淤血，把你安葬！你的母亲
已不可能把你放上停尸床为你哀悼；
斯卡曼得罗斯河的水流会把你冲入大海的
怀抱，鱼群会荡开黑色的涟漪浮上水面，
去吞食鲁卡昂新鲜洁白的嫩肉。你们
特洛伊人统统死掉吧！我们要一直把
你们追杀到神圣的伊利昂城，就连你们
这条泛着银色漩涡湍急的河也救不了你们，
虽然你们献祭过许多肥牛，把马蹄如风的
快马活生生地丢进它的水涡。你们仍将
全部惨死在我的枪剑下，来偿还那血债：

在我休战的时候，夺走了帕特罗克洛斯的生命！
在快捷的海船边，残杀了许多阿开亚人！”

阿基琉斯的这番话，河神听了很气愤，
心中想着，如何阻止神一样的阿基琉斯
残杀，为特洛伊人挡开灭顶的灾难。
这时，阿基琉斯正举起拖着长影子的
矛枪，狂暴地扑向阿斯忒罗派俄斯，
他是裴勒工之子，而裴勒工又是河神
阿克西俄斯与阿开萨墨诺斯的长女
裴里波娅所生。水流湍急的阿克西俄斯河
河神当年爱上了她。现在阿基琉斯向
阿斯忒罗派俄斯冲去，而后者跨出河床，
上前迎战，手里提着两支矛枪，珊索斯
河神又给他送入了力气。因为河神怨恨
阿基琉斯，怪他在他的水流里毫无怜悯地
宰杀那些年轻人。只见两人迎面逼近，
捷足的英雄阿基琉斯首先对他嚷道：
“你是何人？来自何方？竟敢和我对抗？
不幸的父亲，你们的儿子要来和我交手！”

听他这么说，裴勒工光荣的儿子答道：
“裴琉斯生性豪放的儿子，你想问我的
家世？我来自那遥远的肥沃的派俄尼亚，
率领扛长杆矛枪的派俄尼亚战士，来到
伊利昂大地，今日才第十一天。我的家世
得从水域宽阔的阿克西俄斯河说起——就是
那条清澈的河水绕地而行的河流。河神的
儿子是著名的投枪手裴勒工，据说裴勒工
生了我。光荣的阿基琉斯，让我们这就动手！”

听他这么恫吓，神一样的阿基琉斯举起
裴利昂的白蜡杆矛枪，但阿斯忒罗派俄斯
是个双枪投手，同时投出两支飞枪，一支
打在盾牌上，只是无力打穿黄金的盾面，
因为这是神赐的礼物；但另一支矛枪击中
阿基琉斯的前右臂，擦破了皮肉，黑色的
鲜血不断地涌出；投枪飞驰而过，深深地
扎在泥地里，没能如愿伤及人体。紧接着，
狂暴的阿基琉斯对着阿斯忒罗派俄斯投出了
白蜡木杆的矛枪，但投枪偏离目标，深深地
插进河边高起的堤岸，埋没了半截白蜡枪杆。
裴琉斯之子又疯狂地从胯边抽出锋利的铜剑
猛扑上去，而对方则伸出粗壮的大手，试图
拔出河岸上阿基琉斯的枪杆。他使出浑身的劲，
一连拔了三次，而三次都没有成功。第四次，
他又竭尽全力地去拔，想把埃阿科斯后代的
白蜡木杆长枪折断。枪杆没有折断，阿基琉斯
却已冲到跟前，一剑结果了他的性命，只见他
肚脐眼附近的小腹被捅破，肚肠全部滑出，
死亡的黑雾蒙住他的眼睛，体内的灵魂
随之飘走。阿基琉斯踩住他的胸膛，剥掉
他的胸甲，一边得意地夸耀："你就躺倒吧！
即使是河神的后代，也不是克罗诺斯之子
勇猛的后裔的对手！你声称是水域宽阔的
长河河神的子孙，而我是大神宙斯的后代！
统治着众多慕耳弥冬人的父亲裴琉斯，
是埃阿科斯的后代，而埃阿科斯是宙斯的
骨肉。正如宙斯比泻入大海的河流强健，
宙斯的后裔也比河流的后代剽悍。眼前
便有一条宽阔的大河，他能帮你什么忙？

谁也不能战胜克罗诺斯之子宙斯。强大的
阿开洛伊俄斯不能和宙斯对抗，力大
无比的俄开阿诺斯同样无力和宙斯搏斗，
尽管俄开阿诺斯河，水流湍急，是所有
江河、大洋、溪泉和深挖的水井的源头。
当伟大的宙斯在天空中炸响霹雳、甩出
可怕的闪电时，就连他也会恐惧得战栗！”

阿基琉斯说完，从河岸上拔出铜枪，
丢下阿斯忒罗派俄斯的尸体，让他
失去了生命的躯体伸着四肢，躺在
河滩上，任其浸没于昏暗的河水里。
鳗鲡及河鱼忙着吞食他的嫩肉和肝脏。
而阿基琉斯冲向头戴饰有马鬃的头盔的
派俄尼亚人，后者正沿着打着漩涡的长河
河岸四处逃命。他们都看到，本部落最好的
勇士已经在战斗中倒在裴琉斯之子的手下。
只见阿基琉斯追上他们，杀了塞耳西洛科斯、
慕冬和阿斯图皮洛斯；慕奈索斯、塞拉西俄斯、
埃尼俄斯和俄裴勒斯忒斯；这位捷足的英雄
本来还会斩杀更多的派俄尼亚人，还好打着
漩涡的长河河神发了火，化作凡人的声音
从漩涡的深处这样对他说道：“阿基琉斯，
住手吧！没有一个凡人比你劲大，比你
更狂暴，因为神明总是在你身旁保佑你！
但即使克罗诺斯之子让你杀死所有特洛伊人，
你至少也得把他们从我的河床驱赶到平原，
再去砍杀他们。现在我清澈的河中已漂满
尸首，把激流泻入神圣的海洋的通道，已被
尸首堵住，而你还在继续砍杀！军队的首领，

请你住手吧，这情景使我感到深深的惊恐！”

听他这么说，捷足的英雄阿基琉斯答道：
“宙斯的后裔斯卡曼得罗斯，我会按照
你的命令去做。但要我停止砍杀特洛伊人
却办不到。待我把他们逼回城堡，再和
赫克托耳本人单打独斗，拼个你死我亡！”

说完，他像一个凶恶的神祇冲向特洛伊人；
水涡湍急的长河河神对阿波罗高声喊道：
“宙斯的儿子，银弓之神，多么可耻！
你没有按照宙斯的命令去做；他多次要你
站在特洛伊人的一边，救护他们的生命，
直到太阳西沉，原野被黑夜所笼罩。”

他说完，著名的投枪手阿基琉斯从岸上
跳入河中，河神掀起巨浪汹涌地朝他砸去。
只见那些堵塞河道的、被阿基琉斯杀死的
战士的尸体，被河神用一股股水浪翻卷起来，
冲出河面，抛上河岸两旁的堤坝，发出
公牛一般的响声；同时，河神挽救活着的
士兵，把他们藏在水下清澈的漩流里。
他又在阿基琉斯身边，筑起一道可怕的巨浪，
翻腾着冲击他的盾牌，来势凶猛，使他
站不稳腿跟；阿基琉斯只伸手抱住一棵
高大的榆树，但坚实的树干却被汹涌的
激流连根拔起，并带走整块河堤，茂盛的
枝叶堵塞了清澈的水流，整棵树横在河里，
形成一道堤岸。阿基琉斯连忙跃出漩涡，
奋力冲向平原，迈开双腿逃向河岸，

心中充满着恐惧。但强大的河神不让他
脱身，又掀起层层黑色的巨浪向他涌来，
想要阻止神一样的阿基琉斯，迫使他停止
杀戮，免除特洛伊人的灾难。裴琉斯之子
大步奔跑，很快跑出投枪的一个射程，
他快得就像一只黑色的老鹰，凶猛的猎者，
空中最强健、飞速最快的飞禽。阿基琉斯
也这样撒腿奔跑，胸前的铜甲碰撞着发出
可怕的响声；他躲开扑向他的巨浪，夺路
逃生，但河神咆哮着在他身后紧追不放。
就像一个农人，从幽黑的泉水边挖沟筑渠，
引水浇灌他的庄稼和果园，手里握着鹤嘴锄，
给水流开道，挖出沟渠里的泥块和卵石，
清水顺着沟渠流淌，冲走沟底的杂污，
畅通的水流迅速流下，很快赶上导水的农人。
河神的浪头也这样，一次次地扑到阿基琉斯
前面，尽管捷足的英雄阿基琉斯跑得快，
但神明比凡人更厉害。每当阿基琉斯想
站稳脚跟，转身看看是不是所有的神祇，
都在后面追赶，与他作对，但宙斯养育的
河神一次次地掀起滔天巨浪，压向他的双肩。
每当阿基琉斯恐惧地向上跃起，河神就在
底下狠狠地击打他那疲惫的膝盖和双腿，
冲走脚下的泥沙。裴琉斯之子只得仰望
苍天，大声呼叫："宙斯父亲，请怜悯我！
难道此时竟没有一位神祇来把我救出河流！
看来我只有死路一条！我不怨其他神明，
只怨我心爱的母亲，她撒谎说，我将死在
披铜甲的特洛伊人的城下，死于阿波罗
发射的箭镞。就让赫克托耳把我杀了吧，

特洛伊人中他最优秀，死在一个勇敢者
手里，被杀者也一定是个勇敢的人。
但现在，命运却要我死在一条大河里，
这样不光彩地死去，好像我是一个放猪的
孩子，试图涉水过河时，被急流冲走。”

话音刚落，波塞冬和雅典娜已经赶来，
化身为凡人的样子站到他的身边，
紧握着他的双手，怜悯地安慰他。
裂地海神波塞冬首先对他这样说道：
“裴琉斯之子，不要怕，不必惊恐，
瞧我们两神，我和帕拉丝·雅典娜，
得到宙斯的许可，已经前来助你。
命运并非要你死在河神的水流中，
你会亲眼看见，后者将马上退却，
如你愿听从，我们倒有一言相告：
你绝对不要停止战斗，直到把所有
溃逃的特洛伊人赶进伊利昂那著名的
城墙。等杀死了赫克托耳，再返回
船寨；我们答应让你赢得巨大的光荣！”

两位神祇说完，返回神明中间，而
阿基琉斯则受到神明的激励，奔向
平原。整个平原上涨满洪水，只见
水势滔滔，水面漂浮着无数精美的
盔甲和成片惨死疆场的年轻人的尸首。
阿基琉斯高高地抬起腿，跨跳着，奔向
河流的上游，不管河神怎样凶猛，
此时也难以将他阻挡，因为雅典娜
给了他巨大的勇气和力量。但河神

斯卡曼得罗斯不愿熄灭他的怒火，
而是对裴琉斯之子发动了更猛烈的
进攻。只见他一边聚起层层巨浪扑向
阿基琉斯，一边呼唤西摩埃斯河神：
“亲爱的兄弟，让我们合力阻挡他！
他正要进攻普里阿摩斯王宏伟的城！
特洛伊人无力和他面对面地拼斗。
快来帮我！用你众多的溪水注满
每一条河道；让你的每一股激流都
卷起巨澜；裹挟着树木和山石，轰轰
响着前来扫荡，阻滞这个狂人的冲杀，
他正势不可当，就像神明一样狂暴。
我要让他的勇力，连同他的英俊，
他那漂亮闪光的铠甲都变得没有用处，
都沉入水底的淤泥。我还要用大量的
沙砾埋藏他的躯体，使阿开亚人找不到
他的尸骨：我将把他深深地埋在石岩下的
河泥里！这就是我为他造好的坟茔，
阿开亚人安葬他的时候无须另筑坟地！”

说完，河神吼叫着掀起巨浪扑向阿基琉斯，
只见浪潮中翻腾着泡沫、鲜血和尸首。
宙斯的天雨灌注的河流翻起黑色的浪峰，
居高临下地狠狠砸向裴琉斯之子。然而，
赫拉大叫一声，担心阿基琉斯的安危，
怕他被漩涡深陷的大河卷走，立即对
亲爱的儿子赫法伊斯托斯这样说道：
“我的孩子，跛足的天神！燃起你的
熊熊大火，快去营救阿基琉斯，我们
相信，你足以打败珊索斯，战胜这位

打着漩涡的河神。我将驱使狂烈的西风神
和驾着白云的南风神，在大海上空刮起
猛烈的风暴，帮助你的火势蔓延，焚毁
特洛伊人的铠甲和尸体！你现在去燃烧
珊索斯河岸边的树林，把河水烧成一片
火海，用火烧着他自己，不要被他的威胁
或好话，或恶言所感动！你不要抑制你的
火焰，直到我叫你，你才可把烈火熄灭！”

赫拉说完，赫法伊斯托斯燃起了无情的
火焰。他先在平原上点起火苗，焚烧
那些被阿基琉斯杀死的无数战士的尸体；
烧退了闪亮的河水，把整个平原烤干。
就像秋日的北风迅速刮干刚刚浇过水的
林园，给果农带来喜悦。赫法伊斯托斯
就这样，把平原烧干，并烧焦了地上的
尸体。接着，他把耀目的烈火引向大河，
吞噬着一排排的榆树、柳树和柽柳，
燃着了三叶草、灯芯草和芦苇，以及其他
繁衍在河岸边、依靠清澈的河水为生的
植物；心灵手巧的赫法伊斯托斯的火焰
也把鳗鲡和各种鱼类烧得上蹿下跳，
在清澈的河水中备受煎熬。河神也被他
烧着，他只得痛苦地叫着火神的名字道：
“赫法伊斯托斯，神祇中谁也无法和你
对抗，我也受不了你这位火神的烈焰！
请你停止进攻吧！即使神一样的阿基琉斯
把特洛伊人全都赶出城，又与我有何干？”

河神说着，已被烈焰烧焦，不得不嘶声喊叫，

只见清澈的河面翻滚着沸腾的水泡，像一口
架在火堆上的大锅，在熬肥猪的油膘，仗着
干柴的火势，油脂沿着沸腾的锅边溢爆。
珊索斯河神清澈的河水，也这样顶不住
心灵手巧的火神赫法伊斯托斯强烈的炙烤，
整条河变成沸腾的滚水，已不能再流淌。
只听河神对赫拉急切地恳求道，快捷的
话语仿佛长出了翅膀："赫拉，你的儿子
为何专门跟我这河神过不去，其他神明
不见得会遭此折磨？我并没有得罪过你。
我的过错远不及那些热心帮助特洛伊人的
神祇。现在我要退出战斗了，如果你愿意
我这样做；不过，也要请你的儿子退出。
我可以向你保证，绝不袒护特洛伊人，
替他们免除死亡，哪怕阿开亚人那嗜战的
儿子放起猛烈的大火，烧毁整座特洛伊城！"

白臂女神赫拉听到了他的求告，马上对
心爱的儿子赫法伊斯托斯说道："我光荣的
儿子，赫法伊斯托斯，住手吧！犯不着
为了凡人的事情，痛打一位不死的神祇！"

听她这么说，赫法伊斯托斯熄灭了烈火，
河流重新流淌波浪，回到自己的河道。

这时盛怒难消的珊索斯被征服，两位
神祇停了手，是赫拉中止了他们的战斗。
然而这时，其他神祇中却爆发出激烈的
争斗，展露身手；他们立场鲜明，各自
袒护一方，心灵中激荡着战斗的狂热。

他们大叫着扑向对手，广阔的大地发出
沉重的呻吟，无际的天空也回荡着巨响。
端坐于俄林波斯山顶的宙斯，兴高采烈地
观看着众神间的相互争斗。一经交手，
他们便打了起来：只见劈毁盾牌的战神
阿瑞斯一边举着铜枪对着雅典娜扑过去，
一边破口大骂："你这狗头上的虱子，
你那颗高傲的心灵为何要狂热地再次
挑起神祇之间的争斗？记得那次，你怂恿
提丢斯之子狄俄墨得斯出枪击伤我，
你当着众神的面，亲自抓住那支投枪，
帮他瞄准，使它刺破我健美的肌肤。
现在我要你偿还你欠我的这一笔血债！"

说完，他投枪出手，一枪击中雅典娜的
飘着穗子的令人畏惧的圆形神盾，就连
宙斯的霹雳对此神物也奈何不得。只见
嗜血的阿瑞斯投出长枪刺中了它的盾面。
雅典娜移步后退，用有力的大手，从地上
抱起粗大尖利的黑石，前人把它作为划分
地界的标志放在那里。而她举起这块巨石
朝狂暴的阿瑞斯砸去，石块砸在他脖子上，
他的四肢立即瘫软，身体翻倒在地，手脚
摊开着，占地七顷，头发沾满了泥土，
铠甲还在身上哐哐作响。帕拉丝·雅典娜
见状，大笑不止，得意地对着他炫耀，
快捷的话语仿佛长出了翅膀："你真蠢！
你从来不曾想过，我比你强多少，还想
来和我试比力气！你母亲的诅咒正在变为
现实，因为你撇下阿开亚人不管，而去

帮助高傲的特洛伊人，所以她希望你遭殃！”

说完，雅典娜把明亮的眼睛移向他方。
而宙斯之女阿芙洛狄忒，扶着阿瑞斯，
把他带离了战场。后者一路哀叫过去，
好容易才恢复了力量。然而，白臂女神
赫拉发现了阿芙洛狄忒的行踪，随即对
雅典娜说，快捷的话语仿佛长出了翅膀：
“携带神盾的宙斯的女儿！快看阿芙洛狄忒——
这狗头上的虱子，又把杀人不眨眼的
阿瑞斯带出战场！快去追赶他们！”

听她这么说完，雅典娜奋起直追，兴冲冲地
赶到阿芙洛狄忒的前面，伸出有力的大手，
对准她就是当胸一拳，直打得她双膝瘫软，
两位神祇就这样伸着四肢，躺倒在丰产的
大地上。于是雅典娜得意地对他们炫耀，
快捷的话语仿佛长出了翅膀：“但愿所有
帮助特洛伊人的神祇，全都遭到这个下场，
假如他们和披铜甲的阿耳吉维人打仗，
都像阿芙洛狄忒前往救护阿瑞斯时那样
勇猛顽强，迎面对抗我的狂暴，我们
早就可以结束这场残酷的战争，摧毁了
这座固若金汤的城堡伊利昂，把它夷为平地！”

听她这么夸耀着，白臂女神赫拉的脸上露出了
笑容。只听强大的裂地海神对阿波罗说道：
“福波斯·阿波罗，你我为何还不动手？
这样可不体面，既然其他神明已经交过手。
如果我们不战而返，回到俄林波斯宙斯

那青铜铺地的宫殿，那将是莫大的耻辱。
要么你先动手吧，因为你比我年轻；
反过来就不妥当，我比你年长，所知更多。
你真愚蠢，记性也这么差！你显然已忘记
我俩曾经在伊利昂城遭受到多少的折磨？
当时，宙斯在众神中只打发你我下凡，
替高傲的劳墨冬干一年的苦役，按宙斯的
吩咐，所得报酬事先已说好，活儿由他派遣。
我为特洛伊人修筑一条护城的围墙，
使它极其雄伟宽阔、坚不可破；而你
福波斯，却替他在伊达山树木葱郁的
山坡，放牧他那些蹒跚行走的弯角牛。
然而，当我们结束劳役的令人高兴的
季节来临时，狠心的劳墨冬却要克扣
我们的报酬，把我们赶走，还威胁说
要捆绑我们的手脚，把我们卖到海外
当奴隶。他甚至还打算用铜斧砍下
我们的耳朵！后来，我们离他而去，
对他心里充满了仇恨，恨他不付给
我们说好的报酬。但现在你却去帮助
他的后人，宠爱他们，不想站到我们
这一边，一起毁灭傲慢的特洛伊人，
把他们连同孩子和尊贵的妻子都消灭！”

听他这么说，远射之神阿波罗王这样答道：
“裂地海神，假如我和你为了可怜的凡人
对打，你会以为我头脑发热，他们像树叶
一样，靠吮吸大地的养分，迸发出
勃勃的生机，非常茂盛；但很快他们又
会枯萎凋零，体毁人亡。所以，我们不要

再参与这场纠纷，让凡人自己去残杀争斗！”

说完，阿波罗转身离去，羞愧地
觉得同父亲的兄弟交手很不应该。
但他的姐妹，在兽群中奔跑的
狩猎女神阿耳特弥斯却刻薄地说道：
“我的远射之神，你怎么逃跑？
你把应有的胜利全部让给了波塞冬。
你让他不动一个手指就得到这份光荣！
你这个蠢货，为何还要携带这张硬弓，
既然它对你就像清风一样无用！但愿
今后不要再让我听你在父亲的厅堂里
吹牛——你经常爱当着众神的面这样做——
说你可以和波塞冬抗衡，单打独斗！”

听她说完，远射之神阿波罗没有答话，
但宙斯尊贵的妻子却暴怒地咒骂发射
箭雨的狩猎女神道：“无耻的东西，
竟敢和我作对！你哪怕带着弓箭来和
我打斗，也是凶多吉少，无法取胜。
宙斯让你成为女人中的狮子，给了你
随心所欲置人于死地的权利，在山林里
追逐野鹿和其他野兽，总比你和神祇
作战来得容易！假如你想尝尝打仗的
滋味，那就让我们单打独斗，你很快
就会知道我的厉害，我比你强得多！”

说完，她伸出左手抓住阿耳特弥斯的
双腕，然后一把夺过弓杆，又用她的右手，
从阿耳特弥斯的肩头，举起夺得的弯弓，

狩笑着劈打她的面孔，打得她左右躲闪，
迅捷的箭矢纷纷掉出了箭囊。阿耳特弥斯
流着眼泪，哭叫着从赫拉手下脱身逃跑，
像一只鸽子逃避老鹰的追赶，惊恐地飞入
岩石的缝隙，然而命运并没有要它死于
老鹰的利爪；阿耳特弥斯也这样，扔下
弓箭，夺路而逃。而杀死阿耳戈斯的向导[1]
对勒托说道："勒托，我不会和你对打；
同汇集乌云的宙斯之妻交手可不容易。
你可以随心所欲地吹牛，告诉不死的
神明，你比我厉害，已经把我打败。"

听他这样说完，勒托捡起弯弓和
乱七八糟地散落在地上的箭矢，
捡完女儿的弓和箭矢，就回去了。
狩猎女神来到俄林波斯山宙斯
那青铜铺地的宫殿，坐在父亲的
膝上哭了起来，那件不朽的裙袍
在身上不停地颤动。她的父亲，
克罗诺斯之子，把女儿搂在怀里，
温和地笑道："我的孩子，是哪位
天神责备你，好像你犯了什么大错？"

听他这么问，头戴花环的狩猎女神答道：
"父亲，是你的妻子、白臂膀的赫拉，
动手打了我！众神因为她而陷入争斗！"

正当父亲和女儿这样说着，福波斯·阿波罗

[1] 指赫耳墨斯。

进入了神圣的伊利昂，因为
他担心城堡围墙是否坚固，害怕达奈人
冲破命运的安排，今天会把它攻破。
其他神明都回到永久的家俄林波斯，
有的怒气冲冲，有的兴高采烈，坐在
掌管乌云的主神父亲身边。而阿基琉斯
在不停地屠杀特洛伊人和追风的快马。
就像愤怒的神明使城堡燃烧起来，火焰
突然冲上辽阔天空，所有的城民都为之
苦苦挣扎，许多人为之悲痛。阿基琉斯
也这样，给特洛伊人带来了悲伤和痛苦。

年迈的普里阿摩斯站在神明建筑的
城楼上看到高大魁梧的阿基琉斯
以及被他追得拼命逃窜的特洛伊人；
战局已经一败涂地。只见他沿着
城墙走下城楼，叹着气，对守护
城墙的强健的卫兵这样说道：
“赶快打开城门，把溃退的将士
接进城门！阿基琉斯正在逼过来
追杀我们的人；看来这里会有一场
流血的战斗！等他们一退进城，
不要耽搁片刻，你们就要关上城门，
插紧门闩。我担心，这个可怕的
家伙会跟着闯进我们的城里来！”

他说完，士兵们拉开门闩，打开城门，
敞开的大门成为特洛伊人的避难所。
这时，阿波罗跑到城外，寻找阿基琉斯，
准备替特洛伊战士抵挡灭亡的命运，而

特洛伊人正拼命朝城堡和高耸的城墙那里
逃跑，他们跑得口干舌燥，浑身沾满尘土；
只见阿基琉斯提着矛枪，在后面发疯似的
追赶，心中充满了狂暴，渴望获得光荣。

这时，阿开亚人本来可以攻下城门高耸的
伊利昂，幸好福波斯·阿波罗给他们派去了
安忒诺耳之子、豪放强健的阿格诺耳。
阿波罗把勇力注入他的身心，亲自站在
一旁，倚在一棵橡树上，身体隐在一团
迷雾里，为他挡开夺人性命的死亡之厄运。
当阿格诺耳一见到抢掠城堡的阿基琉斯，
马上收住脚步，站在原地，强大的胸中
不免心潮起伏，害怕地对自己豪放的心灵说道：
“我的天哪！如果我也在阿基琉斯面前像其他人
那样慌慌张张地奔跑，他仍会追上来，砍断
我的脖子，就像杀死一个贪生怕死的小人。
如果丢下伙伴，这些被裴琉斯之子阿基琉斯
追得惊慌乱跑的士兵，朝另一个方向逃离城墙，
穿过伊利昂城前的平原，逃进伊达山的峡谷，
躲在浓密的丛林中，等夜幕降下，我便可以
下河洗澡，洗去身上的汗水，回到伊利昂。
但我的这颗心啊，为何还要和我争吵？
看在老天的分上，不要让阿基琉斯发现我
已从城堡那里，逃到平原上；那样他就会
拔腿追赶，凭着他的速度，很快把我追上。
那时，我无论如何也逃不过死亡的命运，
因为阿基琉斯的勇力，没有一个凡人能够
抵挡。但是，如果他在我跑到城堡前面时
就追上我，要和我对阵，我又该怎么办？

我想，他也是血肉之躯，也挡不住锋利的
铜矛！据说他是个凡人，也只有一条性命
只是克罗诺斯之子宙斯想要让他获得荣誉。”

于是，他决定鼓起勇气，迎战阿基琉斯，
勇敢的心中充满着狂热，渴望战斗。
像一只钻出了浓密的丛林的母山豹，
碰上捕杀它的猎人和听到猎狗的吠叫，
心中既不害怕，也不想仓皇地逃避。
即使猎人向它迅速地投来枪矢，把它
击中，它也丝毫不会松懈狂热的勇气，
它要么冲上去拼命，要么死在猎人手里。
高傲的安忒诺耳之子、卓越的阿格诺耳
也这样毫不退让，决心同阿基琉斯比试。
只见他把那面圆形的盾牌举起，挡住胸口，
又举起青铜的长枪瞄准对方，一边大叫道：
“光荣的阿基琉斯，你一定在痴心地盼望
今天一举攻克高傲的特洛伊人的城堡！
你真蠢！你们要想摧毁这座城，还得付出
巨大的悲伤。我们城里，还有众多善战的
英雄，他们保卫我们的双亲和妻儿，
保卫我们的伊利昂！而你无论多么勇猛，
也会在这个地方，碰上你强大的命运！”

说完，他挥动强壮的手臂，投出锋利的
铜枪，这一枪没有虚发，打中阿基琉斯的
小腿，但没有穿透胫甲，因为它是神赐的
礼物；只听刚刚锻造好的白锡胫甲，
发出了可怕的声响，顶住了矛枪的冲撞。
接着，裴琉斯之子朝神一样的阿格诺耳

扑去，但阿波罗不想让他争得这份荣誉，
一把带走阿格诺耳，把他藏在浓雾里，
悄悄地把他护送出战场。然后，远射
之神阿波罗又化身为阿格诺耳的形象，
打算把裴琉斯之子从逃跑的人群后面引开。
于是，他变得和阿格诺耳一模一样，在
阿基琉斯面前逃跑，而阿基琉斯迈着大步
在后面追赶，一直追过盛产小麦的平原，
然后拐向泛着汹涌漩涡的斯卡曼得罗斯河，
而神祇总是略微领先阿基琉斯一点，
引诱他怀着希望、脚不停地奔跑，
以为仗着捷足的腿脚能把对手超过。
利用这段时间，特洛伊人便快速拥挤着
跑回了城；成群溃逃的士兵塞住了路面。
他们谁也不敢停留在城墙外，等待同伴，
好弄清哪些人生还了，而哪些人已战死，
全都为了保命，慌不择路地涌进城门，
只要他们狂奔的双腿能够救得了他们。

第二十二卷

赫克托耳战死

特洛伊人就这样，像小鹿一样逃进城里，
他们靠着厚厚的城墙擦去身上的汗水，
开怀痛饮，解除喉咙里的干渴。与此同时，
阿开亚人却把盾牌背在肩上，逼近城墙。
而赫克托耳受到置人于死地的命运的制约，
仍然站在伊利昂城外的斯卡亚门前。
这时福波斯·阿波罗对裴琉斯之子嚷道：
"裴琉斯的儿子，你为何迈开迅捷的脚步
追赶我？你是一个凡人，而我是不死的天神。
你这样拼命追赶我，难道没看出我是一个神？
那些被你赶得仓皇逃窜的特洛伊人跑进了城，
你为什么不去追他们，而跑到这里来杀我？
显然你杀不了我，因为我命中注定永远不死！"

见他这么说，捷足的阿基琉斯大怒道：
"远射之神，神祇中最凶残的一个，
是你阻拦了我，并把我从城墙那里诱骗到
这里，要不然，成群的特洛伊人在逃进
伊利昂之前，早已嘴啃泥地趴在地上了！
现在，你轻松地救下了这些特洛伊人，
并夺走我巨大的荣誉，因为你无忧无虑，

不必担心死的惩罚。假如我有那份勇力，
一定要你把这笔仇恨的债还清！”

阿基琉斯说完，便大步朝着城堡方向
跑去，如同在竞赛中获胜的拉着战车的
骏马，轻松愉快地奔驰在宽阔的大平原，
阿基琉斯也这样迈着他的双腿快步向前。

年迈的普里阿摩斯第一个看到迅捷的
阿基琉斯在平原上奔跑，就像那颗
闪亮的星星在收获的季节升起，闪闪
发光，远比布满夜空的繁星来得耀眼，
人们称它为“俄里昂[1]的狗”，群星中
数它最亮，尽管它是个不吉利的征兆，
给可怜的凡人带来过灾难。阿基琉斯
奔跑时也这样，随着跑动的步伐，胸前的
铜甲之光闪闪发亮。

这时，老人便举起双手，
捶着自己的脑门，对心爱的儿子
赫克托耳大声喊叫，后者仍然站在城门前，
狂热地想同阿基琉斯打一场恶战，拼个
你死我活。只见老人伸出双臂，哀求他：
“赫克托耳，我的爱子，不要离开伙伴
独自一人站在那里等待那个人的进攻！
你是想被裴琉斯之子打死？此人远比
你强大。他是一个冷酷无情、粗鲁莽撞的人。

[1] 俄里昂：玻俄提亚的巨人、猎人，海神波塞冬的儿子，可能被阿耳忒弥丝射死，众神把他化为猎户星座。

但愿神祇像我一样怨恨他！让他立刻
暴尸荒野，成为狗和秃鹰猎取的食物，
也好解除我心头积郁的悲愤！此人夺走
我许多勇敢的儿子，不是杀了，便是被他
放逐遥远的海外。就是现在，在挤满城区的
特洛伊人中，我还有两个儿子找不见。
他们是女人中的骄傲——劳索娥王后为我
生的鲁卡昂和波鲁多罗斯。如果他俩还
活在敌营里，我将用黄金和青铜把他们
赎回。高贵的老人阿尔忒斯给女儿一大批
陪嫁，我的宫里有贮藏。倘若他俩已死，
去了哈得斯的冥府，他们的母亲和我的
心里将会多么悲哀，因为我俩生养了他们！
但对其他特洛伊人来说，此事只会带来短暂的
悲伤，除非你也死了，死在阿基琉斯手中。
我的孩子，回来吧，快进城！想想特洛伊的
男人和特洛伊妇女，不要赔上你的性命，
让裴琉斯之子阿基琉斯得到这份胜利的荣誉！
可怜可怜我这个老头吧，虽说还活着，却已
进入白发的老年，宙斯父亲还要让恶毒的
命运扫荡我的残生，让我亲眼看见极度的
不幸：儿子被杀，女儿被俘获带走；而在
库房里聚起的财宝也被抢劫一空；弱小无助的
孩童在残酷无情的战争中被摔死在地上；
阿开亚人也会用带血的双手强行带走我的
儿媳！厄运最后也不会放过我，一旦某个
阿开亚人用铜剑或锋利的矛枪把生命从我的
躯壳中夺走，家门前的狗就会把我生吞。
我在厅堂里养狗，喂它们食物，是要它们
看守我的家；而那时，它们却会伸出贪婪的

舌头，来舔食我的血肉，吃饱后又满足地
躺倒在我的庭院中。一个年轻人，带着被
锋利的铜枪捅出的伤痕倒在地上，虽说死了，
他的身体会看上去很美，因为战争留给他光荣。
但一个老人被杀死了，任凭狗来玷污他灰白的
须发、甚至私处，没有比这个更悲惨的了！”

老人揪住头上的白发，用力地往下扯，
这样苦苦地哀求，却仍然不能使
赫克托耳感动。这时赫克托耳的母亲
也站到普里阿摩斯的身边大哭起来，
一手松开长袍的衣襟，一手抓起乳房，
流着眼泪对他痛苦地大叫，快捷的话语
仿佛长出了翅膀：“我的孩子，赫克托耳，
你就可怜可怜你的母亲，我曾经用这对
乳房里的奶汁哺育你长大！记住这一切，
亲爱的儿子，快退进墙内，回击敌人！
不要单独冲上去和那个残暴的家伙战斗！
如果他把你杀了，我就不能在尸床边为你
举哀，你那慷慨的妻子也一样！我亲生的
儿子，你这棵茁壮的树苗，会远离我们，
在阿开亚人的船边，被快跑的狗吞食掉！”

他俩就这样，流着眼泪对心爱的儿子
苦苦哀求，却仍然不能使他回心转意。
只见他正站在原地，等待阿基琉斯
迎面扑过来，就像山上一条又大又长的
毒蛇，蜷缩在洞边，等待一个过路的凡人。
那条蛇吃够了毒草，体内积郁着毒火，
正盘踞在洞穴边，两眼射出凶光。

赫克托耳也这样，胸中燃烧着难以扑灭的
狂热不愿退让。他把闪亮的盾牌斜靠在
突起的城墙上，对自己豪放的心焦虑地说道：
“天哪，看来我的处境不妙？倘若现在溜进
城门，普鲁达马斯首先就会辱骂我。
他曾经劝我带着特洛伊人返回城堡，就在
昨天，那该受诅咒的夜晚，卓越的阿基琉斯
重返战场的时候。然而我没有听从他的劝告，
否则，事情何至于变得如此糟糕！是我的鲁莽，
毁了我的人民。我真是愧对特洛伊人和穿着
长裙的特洛伊妇女！也许某个比我低贱的人
会这样说：‘赫克托耳盲目相信自己的勇力，
毁了他的士兵和人民！’现在，唯一可行的
办法就是扑上去，要么杀了阿基琉斯回城，
要么被他杀死，我壮烈地死在伊利昂城下。
也许我可以放下中心突起的战盾和沉重的
头盔，把我的矛枪倚靠在城墙，徒手去见
英勇的阿基琉斯，自作主张地去和他讲和：
只要答应交回海伦和所有属于她的财物，
亚历克山德罗斯当初用宽大的海船把这些
引发战争的东西运回特洛伊，现在，我可把
这一切都交给阿特柔斯的儿子们带走，然后
把我们收藏在城内的所有财物和阿开亚人平分，
再让特洛伊人的长老们发誓，绝不隐藏任何
东西。但我的心灵为何要如此犹豫？我绝不能
就这样迎上前，因为他不会怜悯我，也不会
尊重我；他会毫不留情地把我赤裸裸地杀掉，
当我除去铠甲，就像没有防卫能力的妇女！
现在我不能像年轻人谈情说爱那样，从一棵
橡树或一块石头开始，喃喃私语。还是让我

和他尽快地展开殊死的厮杀，也好让我知道，
俄林波斯的宙斯到底把荣誉交给哪一位勇士！”

他就这样左右权衡地待在原地，这时
阿基琉斯却已扑了过来，就像杀人的战神、
头盔闪亮的战士，肩上扛着那支可怕的
裴利昂的白蜡柄矛枪，浑身的铜甲闪闪发光，
好像初升的太阳，或是一团熊熊燃烧的烈火。

赫克托耳见状，浑身发抖，再也不敢站在
原地，吓得连忙撒腿便跑；裴琉斯之子
仗着自己腿快，在后面紧追不舍。就像
山里的老鹰，天下飞得最快的禽鸟，展开
翅膀，迅速地追击一只野鸽，野鸽慌忙
逃窜，而老鹰尖叫着猛追，一心想抓住
猎物。阿基琉斯也这样，狂暴地追赶
赫克托耳。而赫克托耳迅速迈开双腿，
沿着特洛伊城墙快速地奔跑。他们跑过
起伏的山丘和迎风摇曳的无花果树一带，
沿着城墙下面的车道，一直跑到涌出
两股清澈水流的泉边，那泛着汹涌波浪的
斯卡曼得罗斯河的两个源头附近。其中的
一个源头流出滚烫的热水，雾气从中蒸发
升腾，笼罩泉边，就像缭绕着烈焰的烟雾；
另一个源头流出的泉水，甚至在夏日也是
凉得像冰雹，或寒冷的积雪所形成的冰层。
两条泉源在此汇聚的地方，有一些石凿的
水槽，它们宽阔光滑，在阿开亚人的儿子
尚未到来的和平时期，特洛伊人的妻子
和他们美丽的女儿们一直在石槽里洗濯

她们的漂亮衣裳。现在，他们也是在那里
跑过，一个逃，一个追；逃跑着的是一个
强有力的英雄，但追他的是比他更强的人。
他们都迈着敏捷的步伐，争抢的不是祭献用的
牲畜，也不是牛皮这类赛场上普通的优胜者的
奖品，而是驯马好手赫克托耳的一条性命！
就像为阵亡将士的葬礼而举行的竞技中，
蹄子飞快的赛马，迅速绕过拐弯处的标杆，
以最快的速度奔跑，是为了争夺一份丰厚的
奖品：一只铜鼎或一个女人。他俩也这样，
绕着普里阿摩斯的城墙，拼命迈开快步疾跑，
一连跑了三圈，而众神都在凝神观望。

神人之父宙斯首先开口说道："瞧，怎么回事？
一个我宠爱的凡人，正在我的眼皮底下，
被追得绕着城墙狂奔。赫克托耳，真使我
难受，他曾经在山峦重叠的伊达山的山顶，
或是在特洛伊城堡的城楼上，给我祭烧过
无数的弯角犍牛的腿肉，现在却被神一样的
阿基琉斯绕着普里阿摩斯的城堡苦苦追赶。
不朽的众神，你们想一想，替我拿主意——
是把他救出来，还是让这个强健的勇士——
裴琉斯之子阿基琉斯把他杀死？"

听他这么说，只听灰蓝眼睛的女神雅典娜说道：
"父亲，制造雷电和乌云的主神，你什么意思！
你是打算把他从悲惨的死亡中救出来吗？要知道，
他是一个命中早就注定要死的凡人，你怎么能
免除他的死亡？这样做，我等众神绝不会答应。"

听她这么说，汇聚乌云的宙斯这样答道：
“特里托格内娅[1]，我心爱的女儿。你可
不要着急，我的意思并非真的让他活下来。
那就随便按你的意思办吧，尽量不要拖延。”

宙斯的话语激励着早已摩拳擦掌的雅典娜，
只见她迅速地从俄林波斯山的山顶冲下。

而捷足的阿基琉斯仍然在追赶赫克托耳，
毫不松懈，疯狂得就像一条猎狗在山里
追猎一只离开窝的小鹿；这猎狗紧追不舍，
穿过了山脊和峡谷，尽管小鹿蜷缩着身子
藏在树丛中，猎狗仍然嗅出了它的踪迹，
冲过来，发动了进攻。赫克托耳也这样，
始终摆脱不了裴琉斯捷足的儿子的追赶。
他一次又一次地冲向达耳达尼亚城门，
试图靠近建筑坚固的城墙，希望城上的
伙伴投下雨点般的枪矢，把他救出绝境，
但阿基琉斯一次又一次地拦住他的去路，
把他逼回平原，自己则总是占着靠近城堡的
道路。就像人们在梦里，总是追不上逃跑者：
一个怎么也逃不脱，一个怎么也追不上，
但两者之间的距离，始终拉不开；这样，
尽管追赶者跑得很快，却总是赶不上逃跑者，
而逃跑者也很难摆脱追赶者的追逼。

赫克托耳这次怎么能
躲过这残忍的死亡之神？只因为

[1] 特里托格内娅：雅典娜的别称，意为“出生在特里托尼斯湖畔的”。

阿波罗又一次地站到他的身边，给他注入力量，
并使他的膝盖变得快捷，但这是最后的帮助。

神一样的阿基琉斯向自己的队伍摇头示意，
不让他们向赫克托耳投掷锋利的矛枪，唯恐
别人抢在他的前面夺走荣誉，使他屈居第二。
但是，当他们第四次跑到两条泉源的旁边时，
天父拿起两杆黄金的天秤，放上表示把凡人
压得抬不起头来的死亡砝码，一个给阿基琉斯，
另一个给驯马好手赫克托耳，然后提起秤杆
中端，赫克托耳的那一侧就往哈得斯的冥府
沉下去，这时福波斯·阿波罗立即离他而去。
灰蓝眼睛的女神雅典娜迅速来到地上，找到
裴琉斯之子，站到他的身边对他说道，快捷的
话语仿佛长出了翅膀："宙斯宠爱的英雄、
神一样的阿基琉斯，我们的愿望终于可以实现了。
我们将杀掉嗜战如狂的赫克托耳，带着巨大的
光荣，返回阿开亚人的海船。现在，他绝对
逃不过我们的追捕，不管远射之神阿波罗
怎样竭力帮助他，甚至冒险跪在我们带神盾的
父亲面前苦苦哀求。你不用再追，停下来喘口气；
我这就去赶上他，劝他和你单打独斗，决出胜负。"

听雅典娜这样说，阿基琉斯心里高兴，
连忙顺从地倚着白蜡木杆的铜尖矛枪
收住了脚步。雅典娜从他身边跑开去，
赶上了卓越的赫克托耳，化身为他的兄弟
德伊福波斯的形象降到赫克托耳身边，
并模仿德伊福波斯那洪亮的声音对他说道，
快捷的话语仿佛长出了翅膀："亲爱的兄弟，

你被这飞毛腿的阿基琉斯绕着普里阿摩斯的
城墙苦苦追赶，现在让我们一起顶住他的进攻！”

听他这么说，头盔闪亮的高大的赫克托耳答道：
“德伊福波斯，在普里阿摩斯和赫卡柏生的
兄弟中，你一向对我最好！现在，你见我有难，
赶忙从藏身的城堡中跑出来，冒死相助，
所以，我的心中比以前更加诚挚地爱你。”

听他这么说，灰蓝眼睛的女神雅典娜答道：
“事情确是这样，我的兄弟，我们的父亲
和高贵的母亲轮番抱住我的膝盖，还有我的
伙伴们都求我待在城里，因为我们每个人
全都很害怕那个阿基琉斯。但为了你的处境，
我的心痛苦难忍。现在，让我们一起扑上去，
手中的矛枪不要留情。再看看结果到底怎样，
是阿基琉斯杀了我俩，把染血的铠甲带回
他宽大的海船，还是他自己死在我们的枪下！”

雅典娜就这样诱骗赫克托耳上当。
于是，阿基琉斯和赫克托耳两人
迎面逼近；身材高大、头盔闪亮的
赫克托耳首先对他嚷道：“裴琉斯之子，
我不打算像刚才那样继续一连三圈，
绕着普里阿摩斯宏伟的城堡逃跑，
不敢和你较量。现在，我受心灵的
驱使，要与你展开你死我亡的战斗！
你过来让我们先对神起誓，让这些
至高无上的神祇作我们誓约的见证人。
我发誓，假如宙斯让我结果你的性命，

我不会蹂躏你的尸体，尽管你很残暴，
我只会剥掉你灿烂的铠甲，然后我会
把你的遗体交给阿开亚人。
发誓吧，你会以同样的方式对待我。”

听他这么说，捷足的阿基琉斯凶恶地对他说：
“赫克托耳，不要对我谈什么誓约，你休想
得到我的宽恕！就像人和狮子之间不会有
誓约可言，狼和羊羔之间意愿也不会相同，
它们永远是不共戴天的仇敌。你我之间
没有什么友爱，也不会有什么誓约，我们
两人之中唯有一个人倒下，用自己的热血
喂饱战神阿瑞斯！拿出你的每一份力气吧，
现在正是时候，你可以证明你自己还是个
著名的投枪手，一位无畏的战士，你已
没有其他的选择！帕拉丝·雅典娜将用
我的矛枪很快把你断送，要你彻底还清
你杀死了我那么多伙伴这一大笔血债！”

说完，他举起拖着长影子的矛枪，用力投掷，
但显赫的赫克托耳看见他出手，连忙躲过了
这一枪；铜枪飞过他的肩头，扎进泥地里。
于是帕拉丝·雅典娜拔出矛枪，交还阿基琉斯；
士兵的领袖赫克托耳对此一无所知，并对
裴琉斯英勇的儿子这样喊道：“神一样的
阿基琉斯，看来你并没有从宙斯那里了解到
我的命运，你只是在用狂妄的话把我蒙骗，
用你的小聪明耍弄我，好使我对你产生畏惧，
松懈我的勇气，彻底熄灭我的战斗的激情！
我不会转身逃跑，让你在背后朝我投枪；

假如神祇给你这个机会，你就乘我冲向你的
时候，把枪捅入我的胸口！现在你先吃我
这一枪，但愿它连带枪杆一起完全扎入
你的身体！如果你这特洛伊人的最大敌人
死了，这场战争对于我们将很容易获胜！”

说完，他举起拖着长影子的矛枪，用力投掷，
枪尖击中了裴琉斯之子的盾牌正中，却没有
扎进去，而是被弹出很远。赫克托耳大怒，
怨恨自己用力投出的长枪白投了一次。只见
他沮丧地站在那里，因为手中再没有第二支
长枪可投。于是他大声呼唤手持白盾的德伊福波斯，
要他递一支粗长的矛枪过去，但后者早已在
他的身旁消失了。赫克托耳突然悟出了事情的
真相，不禁叹息道：“这下全完了！这显然是
神祇对我耍的把戏，她让我误以为德伊福波斯
就在我的身边，其实他却待在城里。雅典娜的
话蒙住了我的眼睛。现在，可恶的死亡就在
我的眼前，已经没有任何逃生的希望可言。
虽然宙斯和他的远神的儿子，之前常常赶来
帮我，今日的结局可以看出，他们已经决定
要将我消灭，这样我就必死无疑了。但我
不能就这样毫无光彩地束手待毙，我还要
和他大干一场，留给后人可歌可泣的英名！”

赫克托耳说完，就抽出了锋利的长剑，
那剑既厚实又沉重，一直佩带在身边，
运足全身的气力猛扑上去，就像一只
搏击长空的雄鹰，从浓黑的乌云里穿出，
俯冲向平原，想逮住一只软弱无助的

羊羔或生性胆怯的野兔。

赫克托耳就这样
挥舞着利剑冲上去，而阿基琉斯也扑过来，
内心充满了力量，用那面装饰得很精美的
盾牌挡在胸前，头上闪亮的头盔摇晃着，
由黄金铸成，盔顶支起四个漂亮的镶嵌
盔饰的冠角，那是赫法伊斯托斯的手艺。

阿基琉斯一心想杀死卓越的赫克托耳，
杀气腾腾地右手挥舞着矛枪，只见枪尖
射出明亮的寒光，就像一颗穿行在星空的
金星太白星，那是黑夜中最明亮的星座。
只见阿基琉斯用眼睛对准赫克托耳魁伟的
身躯瞄准着，以便寻找最好的攻击点。
而赫克托耳全身都被灿烂的铠甲裹得严实，
那是杀死强壮的帕特罗克洛斯后，
夺到手的战利品。

尽管如此，阿基琉斯还是发现，
在连接他的脖子和肩膀的锁骨旁边，咽喉
那里，有个裸露的部位，灵魂最容易从那里
飞走。于是神一样的阿基琉斯对着这个部位，
掷出了矛枪，当时赫克托耳正带着狂热
向他扑来。这样枪尖就洞穿了赫克托耳颈部
最松软的地方，然而粗重的长枪的青铜枪尖
并没有一下子切断气管，他还能勉强说话。
只见赫克托耳瘫倒在泥地里，神一样的阿基琉斯
就对他的躯体高声炫耀道："赫克托耳，你
一定见我很长时间没有参加战斗，就以为

杀掉帕特罗克洛斯，就像什么也没发生过
那样心安理得。但你这个笨蛋想错了！
有一个远比他强大的复仇者，正等在宽阔的
海船边——此人便是我阿基琉斯！现在我已
毁坏了你的勇气和力量！狗和秃鹰很快会来
吃掉你肮脏的躯体；相反，阿开亚人将为
帕特罗克洛斯举行隆重的葬礼！”

听他这么说，头盔闪亮的赫克托耳用虚弱的
声音说道：“我求你，看在你的灵魂、你的
双膝和你父母的面子上，不要让阿开亚人的
海船边的饿狗吞食掉我的躯体！你可以让我的
父亲和高贵的母亲从我们丰富的国库中，为你
送去大堆的青铜和黄金。把我的遗体交给我的
家人吧，好让特洛伊人和他们的妻子为我举行葬仪。”

只见捷足的阿基琉斯凶恶地盯着他道：
“不许你这条恶狗提及我的膝盖和双亲！
以你的作为在我心中激起的强烈愤怒，
我真恨不得把你的皮肉活活地剁碎吞下！
谁也休想阻止饿狗吞食你的尸体，即使
他给我送来十倍、二十倍的赎金，即使
达耳达诺斯之子普里阿摩斯答应给我
和你的身体一样重的黄金，生养你的母亲——
那位高贵的夫人，也不可能把你放上停尸床，
为你举哀哭悼；狗和兀鹰定会把你吞噬干净！”

只听头盔闪亮的赫克托耳虚弱地说道：
“这下我了解了你的为人，也预知命运
将如何处置我。我说服不了你，因为你

有一颗铁一般冷酷的心。但是，你也得
小心，当心我的诅咒给你带来神的愤恨，
不管你多么勇敢，福波斯·阿波罗
和帕里斯终有一天会把你杀死在斯卡亚门前！”

他刚说完，死亡的黑雾笼罩了他的躯体，
灵魂随即飘离了他的四肢，坠入哈得斯的
冥府，可叹他年纪轻轻就抛弃了强健的人生。
虽然他已死，神一样的阿基琉斯仍然对他
这样嚷道：“你死你的！我的死亡我自己会
接受！无论宙斯和诸神什么时候将它实现！”

阿基琉斯说完，就从他的躯体里拔出铜枪，
放在一边，剥下死者身上血迹斑斑的铠甲。
阿开亚人的儿子们跑过来围在他的身边，
凝视着赫克托耳高大健美的身躯，都用
手中锋利的兵器，给他的尸体添上一道
新的伤痕，只听他们彼此望着，这样说道：
“瞧，现在的赫克托耳确实比他以前用
熊熊燃烧的火把烧我们船只时温和得多！”

他们就这样一边站在那里蹂躏赫克托耳的尸体，
一边议论纷纷。这时，捷足的英雄、神一
样的阿基琉斯已剥光死者身上的一切。
就对阿开亚人这样说道，快捷的话语仿佛
长出了翅膀：“阿耳吉维人的首领和统治者！
朋友们！既然神明已让我杀了这个使我们
深受其害的人——他的恶行比所有其他战士的
加在一起还要多——那就让我们全副武装，
逼近城墙，看看特洛伊人下一步打算怎么做，

他们眼看此人已躺倒在地，是准备放弃城墙
高耸的城堡呢，还是想在没有赫克托耳的情况下
继续作战？但我的心灵为什么又要犹豫不决？
那帕特罗克洛斯还躺在海船边，无人哭悼，
没有被安葬，只要我还活在人间，只要我的
双膝还能伸屈，我就绝对不会把他忘怀；
人们说在哈得斯的冥府，死亡的魂灵很容易
忘记死去的故人，但我即便在那个地方，
也不会忘记我亲爱的帕特罗克洛斯！快来，
阿开亚人的儿子们，让我们高唱凯歌，抬着
这具尸体，返回我们宽大的海船！我们
已杀死赫克托耳，争得了巨大的荣誉；
这个人被城里的特洛伊人尊敬得如同神明！”

他这样夸耀着，一面想着如何蹂躏显赫的
赫克托耳的尸体。只见他把赫克托耳双脚
从脚踝到脚跟的筋腱全都割开，穿进牛皮带，
又把双足连在一起，绑上战车，让死者的脑袋
倒悬着，贴着地面拖曳。然后阿基琉斯登上
战车，把那副灿烂的铠甲提到车内，扬鞭催马，
把驭马赶得撒开了蹄腿，轻松地飞驰起来。
当骏马飞速地疾驰时，赫克托耳的身边卷起了
飞扬的尘土，把他那张曾经是那样俊美的脸
弄得肮脏，黑色的鬈发凌乱地飘散在两边，
整个脑袋不断磕碰着沙石。宙斯就这样
让他的敌人在他故乡的土地上，被肆意凌辱。

赫克托耳的脑袋就这样在尘土中翻滚。
他的母亲在城楼上看见儿子受辱，揪着
自己的头发，把漂亮的头巾扯下扔出去

很远，号啕大哭起来。他令人尊敬的
父亲也悲惨地痛哭，身边的人们没有
一个不掉眼泪的，全城陷入一片哭声之中。
就像城墙高耸的特洛伊城从城楼顶端到
每一寸的墙根都已葬身于熊熊的大火！

只见年迈的国王普里阿摩斯狂乱地冲向
达耳达尼亚大门，手下人好容易把他挡住；
他在地上的秽土里打滚，一一唤着每个人的
名字，向他们高声哀求道："各位好心人，
不要来管我，让我独自一人出城去，前往
阿开亚人的船寨！我要向那个残暴凶忍的人
哀求，他或许会看在我年迈的分上，生出
怜悯之心，他也有和我同样年老的父亲，
裴琉斯生下的这个儿子，成了特洛伊人的
灾祸。他杀了我那么多年轻力壮的儿子；
他带给我的悲痛比谁给我的都多。我曾为
他们惨遭不幸而悲恸，但赫克托耳的死，
却使我痛不欲生；如此强烈的痛苦会把我
带入哈得斯的冥府！但愿他死在我的怀里，
这样，生养他的母亲、那个苦命的女人，
也可以和我一起为他举哀，痛快地哭泣！"

老人就这样流着眼泪悲声哭诉，臣民们
也陪着他一齐号哭。只见赫卡柏在特洛伊
妇女中，领头唱起了曲调凄楚的挽歌：
"我的孩子啊！我这女人命真苦！你去了，
你叫我如何活，在这充满痛苦的人世受
折磨？你在这座城里，无论白天还是夜晚，
你永远是我的骄傲；你也是全国人民的

栋梁，特洛伊人和特洛伊妇女的救星。
他们尊敬你就像尊敬神，你是他们无上的
光荣！但现在，死亡的命运夺去了你！”

听她这样流着眼泪悲声诉说，但赫克托耳的
妻子此时还没有听到噩耗；因为没有一个
忠实的传令官前来通报她丈夫留在城外迎敌的
消息。只见她正在高墙深院的家中织一匹
紫红色的双幅布，在上面织出各种花卉图案。
她吩咐房内束着秀发的女仆，把一口大锅
架上柴火，好让赫克托耳从战场上回家时，
能洗一个热水澡。可怜她哪里知道，丈夫
不可能再回来洗热水澡，他已经被长着
灰蓝眼睛的雅典娜击倒，死在阿基琉斯枪下。

这时她听到了城墙那里传来的一片哭叫声，
禁不住双腿哆嗦，梭子从手中滑到地上。
她随即唤来束着秀发的侍女问道：“你们俩
快来，随我去看看外边到底发生了什么事情。
我已听到赫克托耳尊贵的母亲的哭声；我的
双腿失去了知觉，我的灵魂已跳到嗓子眼里。
我知道，一件不幸的事情正降到普里阿摩斯的
儿子们的头顶！但愿这条消息永远不要传入
我的耳朵；然而我却从心底里担心，强健的
阿基琉斯可能会堵住勇敢的赫克托耳，
把他孤身一人从城堡附近赶到平原上去，
这时恐怕已彻底摧毁了赫克托耳的勇气。
因为他从不畏缩于一般士兵之间，

一向勇猛无人可比拟，冲杀在前！”
说完，她像个发疯的女人，冲出了房间，
心脏因为惴惴不安而乱跳，两名侍女紧紧
跟在她的后面。只见她们一行快步来到
聚集着很多人的城楼上，停下来，站在
城墙边，向远处眺望，发现自己的丈夫
正被疾驰的车马拖着，从城堡前面奔向
阿开亚人宽大的海船。安德罗玛开顿时
觉得眼前一片漆黑，仰身晕倒在地上，
失去了知觉，漂亮的头饰也从头上掉下来
甩出老远，这些发冠、束发带和精工编织的
头巾，都是头盔闪亮的赫克托耳送上无数的
聘礼，从她厄提昂的家中迎娶她的那一天，
金色的阿芙洛狄忒馈赠她的礼物。而现在，
围在她身边的丈夫的兄弟姐妹和弟媳妇们
把她扶起时，安德罗玛开已人事不省。

她一旦挣扎着缓过气，恢复知觉后，她就
号啕大哭，对特洛伊妇女这样哭诉道：
“赫克托耳，不幸的人！我的一切已完结！
你我生来便有共同的命运：你，生在特洛伊，
普里阿摩斯的家里；而我生在忒拜，那丛林
覆盖的普拉科斯山下厄提昂的家；他疼爱我，
把我养大成人。那倒霉的厄提昂，生下同样
倒霉不幸的我。但愿他从来不曾把我生下，
来经受痛苦人生的折磨。现在，你去了
黑暗大地深处那哈得斯的冥府，而把我
撇在这里，承受如此的悲痛；我成为

寡妇，守着你我这对不幸的人的后代，
那个还在襁褓中的婴儿！赫克托耳，
你保护不了他，因为你已死去，而他也
救不了你。即使他能躲过这场可怕的战争，
今后的日子也一定充满艰辛和痛苦。
别人会来夺走他的土地，无所依靠的
孤儿没有同龄的朋友来和他交往。我们的
男孩会以泪洗面，整日里低着头，因为
饥饿，去找到父亲旧时的朋友，拉着
那个人的斗篷，攥着那个人的衣衫，让人
产生怜悯，给他一小杯剩余的饮料，只够
沾湿他的嘴唇，却不能解除真正的焦渴；
某个双亲都健在的孩子，会把他打出宴会，
一边向他挥拳头，一边对他羞辱咒骂：
‘滚出去！你的父亲又不在这里和我们
一起吃宴席！’男孩只得挂着眼泪，走向
他那寡居的母亲——我的阿斯图阿纳克斯[1]——
以前他一直习惯坐在父亲的膝头，吃骨髓
和羔羊身上最肥嫩的羊脂；在他困倦了
停止玩耍以后，就躺在奶妈的怀里香甜地
入睡，床铺是那么柔软，什么事情都得到
满足。现在，他失去了亲爱的父亲，将
忍受无穷的痛苦。阿斯图阿纳克斯，这是
特洛伊人对他的称呼，那是因为只有你为
他们保卫着城门和巍峨的城墙。但现在，
你却远离双亲，躺在头尾弯翘的海船边；
一旦饿狗吃饱你的血肉离去后，蠕动的蛆虫
又会爬上你的躯体将你吞噬。你赤身裸体，

[1] 阿斯图阿纳克斯：意思是“城邦的主宰”，因为他的父亲赫克托耳是特洛伊城的保卫者。

家中却放着由巧手的妇女精工缝制的美丽衣裳。
我要将它们扔到火中付之一炬，因为你再也
不可能穿用它们，对你变得毫无用处。我就在
特洛伊人面前焚烧这些衣服，当作对你的祭奠！”
她就这样大声哭诉着，妇女们和之以悲悼的哭泣。

第二十三卷

帕特罗克洛斯的葬礼

特洛伊人就这样哀声哭悼，全城陷入悲痛。
而阿开亚人回到了赫勒斯庞特海的沿岸，
解散了队伍，返回各自的船寨。唯有
阿基琉斯不愿解散慕耳弥冬人的队伍，
只见他对嗜战不厌的伙伴们这样说道：
“喜欢驾驭快马的慕耳弥冬人，我最
信赖的朋友！我们暂且不要给马蹄飞快的
驭马从战车上下轭，我们要把车马赶到
帕特罗克洛斯的身边去，为他举哀追悼，
这是死者应该享受的礼遇。等我们用挽歌
和泪水使心灵得到安慰，再把马从车辕上
解下来，回到这里一起来吃一顿丧宴。”

阿基琉斯这样说完，便带头在众人面前
痛哭起来。他们赶起飘着长鬃的骏马，
绕着尸体一连跑了三圈，士兵们痛哭流涕，
是忒提丝催发起众人哀声恸哭的情绪，
泪水浸湿了每个人的铠甲，流下来润湿了
沙地。他们就这样深切地追念勇敢杀敌的
勇士帕特罗克洛斯。裴琉斯之子领头唱起了
曲调凄楚的挽歌，把杀人的双手紧紧贴住

挚友的胸口，这样哭诉道："帕特罗克洛斯，
即便你去了哈得斯的冥府，我也要召唤你！
值得你高兴的是，我正在实践对你许下的
诺言。我说过，我要把赫克托耳带到这里，
让饿狗把他活活地吞食；我还要在焚烧你的
火葬堆前，杀死十二个特洛伊青年，砍掉
他们的脑袋，以此来报复他们杀你的仇恨！"

他这样说着，心中想着凌辱赫克托耳的
办法：将死者扔到墨诺伊提俄斯之子
帕特罗克洛斯的灵床前，任其头脸贴着
泥地躺在那儿。与此同时，所有的将士都
脱去了闪亮的青铜铠甲，给扬着头嘶鸣的
骏马下了轭，成千上万的人围坐在捷足的
阿基琉斯的海船边，阿基琉斯已叫人备下了
丰盛的丧礼晚宴。他们用铁刃杀了许多头
肥美的白色的壮牛，还杀了许多绵羊和咩咩
哀叫着的山羊，一大群露出白亮尖牙的肥猪，
它们身上挂着大片的肥膘。士兵们把肥猪
叉起，架到赫法伊斯托斯的柴火上烤去鬃毛，
又用杯子接住从畜生体内放出来的鲜血。

这时，阿开亚人的首领们好容易说服
沉浸在对亡友的哀悼之中的阿基琉斯，
将裴琉斯这捷足的儿子领到高贵的
阿伽门农的住处。当他们来到阿伽门农的
营帐时，众首领立刻吩咐声音洪亮的
传令官们在柴火上烧一大锅的清水，
并劝说裴琉斯之子洗去身上淤积的血污，
但阿基琉斯坚决地拒绝了他们，发誓道：

“我要对宙斯起誓，对这位至高无上的
天神起誓，直到我把帕特罗克洛斯放在
燃烧的柴堆上火化掉，筑好坟墓，并割下
一绺自己的头发，祭奠我的好友为止，
我绝不会让洗澡水淋在我的脑袋上，因为
我知道，在我的有生之日，我的心灵再也
不会经受住如此的痛苦。现在，大家可以
饱餐一顿，虽然我对食物很厌恶。明晨拂晓，
国王阿伽门农，你要吩咐手下人去收集
柴薪，备足给死者带去的一切东西，
他从此上路，走向阴暗昏黑的地府。
而熊熊的烈火就能以最快的速度，把他
从我们的眼前送走，士兵们可照常打仗。”

他这样说着，众人认真地听着，
都表示赞同。他们赶忙动手准备晚餐，
人人都吃足自己那一份应得的份额，
等饮料和食物解除了人们的饥渴后，
他们纷纷返回自己的营帐休息。然而，
裴琉斯之子却来到慕耳弥冬人营地旁、
一片海浪不断拍击的海滩边，躺倒在
那里低声地呻吟。睡眠将他征服，而
甜美深沉的梦赶走了心中的悲痛。梦境中，
他又在多风的伊利昂城下，快步追赶
赫克托耳，这使他漂亮的四肢非常疲乏。
而不幸的帕特罗克洛斯的幽灵也出现在
他的面前，跟他生前的音容笑貌一模一样：
也睁着那双明亮的眼睛，穿着生前常穿的
那件衣服，轻飘飘地停在他的头顶，说道：
“你在睡觉，阿基琉斯？看来你已把我遗忘！

难道因为我死了，你就这样待我？我活着的
时候，你可从来不曾把我疏忽。请你尽快
把我埋葬，好让我跨过哈得斯的门户。
那些死人的幽灵，总是把我远远地挡在外面，
不让我渡过冥河，加入他们的行列，这样，
我只能在哈得斯的冥府宽大的门槛外游荡。
现在我求你，把你手伸给我；一旦你为我
举行过火葬仪式，我就再也不能从冥府回头。
你我将不可能再像我活着时候那样坐在一起，
离开我们亲爱的伙伴，去商量秘密的事情；
无情的命运，从我出生之日起就和我朝夕
相处，现在它终于把我吞噬。你也一样——
神一样的阿基琉斯——虽然你英勇威武如同神明，
却也命中注定要死在富足的特洛伊人的城墙下。
我还有一事相求，恳求你答应：阿基琉斯，
不要把我的遗骨和你的分葬，让我俩合葬
在一起，就像我们在你的家里一起长大。
为了躲避一桩可悲的人命案，墨诺伊提俄斯
让我从俄普斯来到你家里时，我还是个孩子。
那时候我真傻，大家玩着掷骰子的游戏时
争吵起来，我无意间杀了安菲达马斯的儿子。
车战英雄裴琉斯友善地把我留在你们家里，
细心地照料把我抚养成人，让我做你的侍从。
所以，把我们俩的骨灰放在一起，装进
你高贵的母亲送给你的那只双耳的黄金瓮！”

听他这么说，捷足的阿基琉斯这样答道：
“亲爱的朋友，你为何回来找我，向我
讲述这些要我操办的事情？你说的一切
我都会办妥。现在请你再靠近我一点，

让我们互相拥抱，哪怕只有那么一瞬间，
也好从悲伤的眼泪中得到短暂的安慰！”

阿基琉斯说完，就伸出双臂，却没能
抱到他；只见那灵魂像一缕烟，钻入了
泥地，伴随着一声尖细的喊叫的声音。
阿基琉斯大惊失色地跳起来，拍打着双手，
悲声叹道：“哦，我的天！这就是说，
即使是在哈得斯的冥府里，也存在着某种
形式的灵魂和幻象，虽然他们没有活人的
形体和生命。看来整整一个晚上，不幸的
帕特罗克洛斯的鬼魂都悬吊在我的头顶，
不住地流泪，哀声哭泣，告诉我要做的
每一件事情，音容笑貌和他本人一模一样！”

他这样说，所有人又忍不住哭了起来。
当黎明用玫瑰色的手指送来曙光、普照
大地的时候，他们仍然围在可怜的遗体
周围，痛哭不已。这时，强大的阿伽门农
命令士兵们牵着骡子，从各自的营帐里
出发去山上砍柴伐木，由出色而勇敢的
墨里俄奈斯带领，他是强悍而骁勇的
伊多墨纽斯的随从。只见士兵们排着队，
手里握着砍树的斧头，以及编织紧密的坚韧的
绳索，跟在骡子后面走。他们沿着倾斜的
山冈和崎岖的小道来到多泉的伊达山
起伏的山坡，开始使足劲，用锋利的铜斧
砍伐，砍倒枝繁叶茂的大橡树，粗壮的
树干倒地时发出隆隆的响声。阿开亚人
接着把树干劈开，用绳索把它们绑到

骡背上，骡子就迈着吃力的步伐，艰难地
穿过茂密的林区，把木材驮到平原。而
温和的伊多墨纽斯的随从墨里俄奈斯也
命令伐木者，每人肩上背一些柴薪。
他们来到海滨，卸下肩上的重负，
把它们整齐地排放在阿基琉斯选定的
地点，阿基琉斯准备在那里为自己和
帕特罗克洛斯垒筑一座高大的坟墓。

当他们把一捆捆的柴薪在场地周围堆放
整齐，就聚在那里屈腿坐下，等待命令。
阿基琉斯当即命令嗜战不厌的慕耳弥冬人
披上铜甲，并要所有的驭手把马匹套入战车。
众人起身披挂铠甲，收拾停当，便登上战车。
车马先行，后面跟随着一大群步兵，人群中，
他们扛着帕特罗克洛斯的尸体，众人割下的
发绺，满盖了他的身体。在他们身后，神样的
阿基琉斯抱起他的头颅，失声痛哭，陪伴着
生前最忠实的朋友，护送他前往哈得斯的冥府。

他们就这样，一路来到阿基琉斯指定的
地点，放下帕特罗克洛斯的遗体，搬来
柴薪，迅速垒起一座巨大的柴堆。

这时，捷足的英雄神一样的阿基琉斯突然
想起另一件要做的事情。他从柴堆旁走开，
割下自己的一绺金黄色的头发。这绺头发
原来一直蓄着，是准备献给斯裴耳开俄斯
河神的礼物，现在他凝视着灰蓝色的大海
心情沮丧地说道：“斯裴耳开俄斯，我父亲

裴琉斯白白向你做这番祈求，答应你，在我
回到我亲爱的故乡时，将我的头发割下来
一绺祭奠你，并举行一次盛大隆重的祭献
大礼，宰杀五十头不曾阉割的公羊，在你
设有果园和烟雾缭绕的祭坛的流域里献给你。
老人就是这样发愿的，可你却没有实现他的
愿望。现在，既然我已不打算返回亲爱的故乡，
我就让帕特罗克洛斯把这绺头发带到冥间。”

他这样说完，就把那绺头发放到好友的
手心，感动得所有人又不禁悲痛地哭起来：
本来他们会这样一直哭到太阳的光芒落下，
要不是阿基琉斯当即站到阿伽门农身边，
这样对他说道：“阿特桑斯之子，你在
全军中享有最高的威望，所有人都听你的话。
凡事都有限度，悲悼也是这样；你可以解散
柴堆边的人群，让他们去准备用餐。我们
这些死者最亲近的朋友会操办这里的一切。
也请各位首领全都留下来，和我们在一起。”

听他这么说，全军的统帅阿伽门农立即
下令解散队伍，让他们返回各自平稳的
海船。但那些死者最亲密的伙伴仍然留在
那里，给火葬的柴堆添加木柴，垒起一个
长宽各达一百步的大柴垛，带着极度沉痛的
心情，把遗体抬到柴堆上安置好。他们
又在柴堆前，把成群的肥羊和走起来脚步
很蹒跚的弯角牛杀死、剥皮。生性豪放的
阿基琉斯从这些畜生的肚子里取出脂肪，
把尸体从头到脚地包裹起来，并把这些

去了皮的畜生排放在死者的周围。接着，
他拿来许多只双耳罐，装满油脂和蜂蜜，
紧靠着朋友的停尸床摆放，他又哭泣着
把四匹颈脖粗长的高头大马用力扔上柴堆。
高贵的帕特罗克洛斯生前豢养了九条好狗，
阿基琉斯就选了其中的两条，抹了它们的
脖子，放在柴堆上；他还怀着满腔的仇恨，
把十二名年轻的生性高傲的特洛伊人的
儿子们，用他的铜剑把他们全都杀死，
然后把他们扔到猛烈燃烧的焚尸火堆上。
只见他放声呼喊着自己心爱朋友的名字：
“帕特罗克洛斯，我要呼唤你，尽管你
去了哈得斯的冥府！现在，我正在履行
对你许下的诺言。十二位生性豪放的
特洛伊人的年轻力壮的儿子们，将被
焚化你的烈火烧成灰。而普里阿摩斯之子
赫克托耳，我不打算把他扔进焚尸柴火，
我要让恶狗把他的尸体撕裂！”

尽管阿基琉斯这样威胁着，但狗群却不曾
吞食赫克托耳的尸体，宙斯之女阿芙洛狄忒
为他挡开了恶狗的侵袭，夜以继日地用
玫瑰神膏涂抹他的尸身，在阿基琉斯把
他蹂躏的时候尸体不致遭到损伤。福波斯·阿波罗
又从天上为他在平原上降下一朵乌云
把他躺着的整块地皮遮住，不致使强烈的
太阳光将他的身躯、四肢和肌肤晒裂。

然而，帕特罗克洛斯的焚尸柴堆并没有
马上燃起火苗，于是神一样的英雄，

捷足的阿基琉斯便另外想出一个主意。
只见他从柴堆旁走开去，站住，向两位
风神波瑞阿斯和泽夫罗斯祈求，并向
他们许诺奉送丰厚的祭献的礼物。只见
他把金杯中盛满的祭奠美酒，慷慨地泼
洒到地上，恳求这两位神祇快来点燃
柴堆，尽快燃起熊熊大火，好焚化尸体。
听他这么祈祷，伊里丝急速地把消息带到
风神那儿去报告，那时，众多风神正在
强劲的泽夫罗斯风神家里聚会，享受主人
摆下的丰盛宴席；伊里丝匆匆赶到那里，
就站在石凿的门槛上。他们一见到伊里丝的
身影，马上跳起来，争先恐后地邀请她
坐到自己的身边去，但她都谢绝了他们的
盛情，这样说道："不行，我必须赶回
埃西俄比亚人的土地上那条俄开阿诺斯河的
流域，他们正在那里给不朽的神举行隆重的
祭礼，我必须回去参加那神圣的宴会。但
我带来了阿基琉斯的祈祷，他请求波瑞阿斯
和狂风怒号的泽夫罗斯前去帮助他，并向
他们许下丰厚的礼物。他要你们去把焚烧
帕特罗克洛斯的柴堆的火点燃；在那里，
全体阿开亚人都围在他身边沉痛地哀悼他。"

伊里丝说完就动身离去。风神们一跃而起，
驱散眼前的云雾，发出排山倒海般的响声，
以突起的狂飙扫过洋面，呼啸的旋风卷起
阵阵的浪潮。他们就这样降临肥沃的特洛伊
大地，扑向柴堆，燃起了猛烈的火焰，
火焰迅猛地呼呼作响；整整一个晚上，

他俩吹送出嘶鸣着的疾风，助长火势，
而捷足的阿基琉斯这个晚上一直手托
双耳的酒杯，从黄金的兑酒缸里舀出
一杯杯美酒，泼洒在地上，透湿了泥土；
一边不断地呼唤不幸的帕特罗克洛斯的
亡灵，就像一位焚化尚未成年的亲生儿子的
父亲，爱子的早逝给双亲带来巨大的悲痛。
阿基琉斯也这样，悲痛欲绝地焚化忠实
伙伴的尸骨，一边不停地哭，一边拖着
沉重的脚步，绕着火葬堆叹息着行走。

这时，启明星升上天空，向大地宣告
新的一天的来临，黎明随之向大海，
抖开金红色的披风，朝霞洒遍了大地。
地面上，焚尸柴火堆上的烈焰已经熄灭，
风神开始回家，渡过色雷斯的海面，
大海为之翻腾，掀起了咆哮着的巨浪。
而裴琉斯之子阿基琉斯也转身离开了
柴堆，在一边筋疲力尽地躺下来，进入
香甜的睡眠。这时，首领们都聚集到
阿特柔斯之子的身边，他们嘈杂的脚步声
和喧嚷的说话声把阿基琉斯吵醒了。
他只得坐起来对阿开亚全军的首领说道：
“阿特柔斯之子，各位阿开亚人的首领！
首先让我们用晶亮的美酒浇灭柴堆上的
余火，使那些仍在燃烧的木炭变为灰烬；
然后，我们再收捡墨诺伊提俄斯之子
帕特罗克洛斯的遗骨，大家要小心地辨认，
虽然并不太困难：帕特罗克洛斯躺在
柴堆的中央，其他人则离他很远躺在

他的周围和边沿，和马匹混杂在一起。
让我们把尸骨放入黄金瓮，用双层的油脂
将瓮封得严实，直到我自己藏身哈得斯的
那一天。我不要求大家把坟墓筑得太大，
只要看起来体面就行。在我死后，再让
那些有幸活下来的阿开亚人，在这些甲板
宽阔的海船边，再给我筑一座高大的坟。”

人们听从捷足的阿基琉斯的建议，纷纷动手。
首先，他们用晶亮的美酒浇灭柴堆上的余火，
将每一束柴薪上的火苗都变成灰烬，并塌陷
下去。接着，他们含泪捡起灰堆中和善的
伙伴的遗骸，装进黄金瓮，再用双层的油脂
将瓮盖封得严实，送进阿基琉斯的营帐，
并在上面盖一层柔软的亚麻布；随后，他们
开始为死者垒筑坟墓。他们先在焚尸的火堆
周围划好标记，垒起坟基，然后往坟基上填入
泥土，堆起高高的坟身。垒筑完毕，他们就
转身离去，纷纷回到了营地。而阿基琉斯
把他们挽留，要他们密密地围坐在地上等待。
他从船寨里搬出竞技的丰富奖品：大锅、三角
铜鼎，许多快捷的骏马、骡子和颈脖粗壮的
肥牛，还有束着低腰的女子和灰色的生铁。

他首先为竞技的优胜赛车手设立闪光的奖品。
荣获第一名者，可带走一位擅长各种手工的
女子，外加一只容量大到二十二升的带耳
三角铜鼎；他给第二名优胜者的是：一匹
还未上过轭的六岁母马，怀里还揣着小驹。
他将送给第三名获胜者一口从未烧过的

精美大锅，容量达到四升，那是一件簇新
漂亮的精品；他给第四名的奖品是两个
塔兰同的黄金；给第五名的奖品是一只
从未烧过的双耳罐。只见阿基琉斯站起来
对聚集着的阿耳吉维人这样喊道:“阿特柔斯
之子，所有穿胫甲的阿开亚将士！现在，
我已经为优胜者设立了奖品，搬上了赛场，
它们正等着你们各位驭手们来领取。如果
我们今天是在为别的什么英雄办完丧事，
举行竞技比赛，我自己一定可以夺得头名，
并把奖品拿回营帐。因为你们知道，我的
马远远比其他的驭马跑得快。那两匹神驹，
是波塞冬送给我父亲裴琉斯的礼物，而
裴琉斯又把它们转送给了我。但今天，
我和我那些跑起来比风还快的驭马不会
参加比赛。因为它们失去了那样一位著名的
驭手，那位善良的人生前曾无数次地用清水
替它们擦洗，然后又用润滑的橄榄油为它们
梳理鬃毛。难怪它俩现在正低着头站在那里，
悲痛而深情地哀悼死者，长长的鬃毛一直
垂到地上。而你们大家，不管是哪一个阿开亚人，
只要你愿意，认为自己的驭马和制造坚固的
战车可以参加比赛，现在都可以各就各位了！”

裴琉斯之子说完，众多驭手纷纷摩拳擦掌。
最先站起来的是民众的国王欧墨洛斯，
他是阿得墨托斯的擅长驾驭的杰出儿子。
然后站起的是提丢斯之子、强健的
狄俄墨得斯，他驾着的两匹特洛伊骏马，
是从埃涅阿斯手下强行夺来的战利品，

而埃涅阿斯本人当时在激战中则被阿波罗
所救。接着，人群里站起阿特柔斯之子、
神明养育的棕发的墨奈劳斯，他的车轭下
套有一对跑起来比风快的骏马，那是
阿伽门农的牝马埃赛，以及他自己的波达耳戈斯。
安基塞斯之子厄开波洛斯，把它作为礼物
送给了阿伽门农，以免除兵役，因为他不想
跟着联军的统帅阿伽门农，远征多风的伊利昂，
他要留在位于广阔的西库昂的家里，享受
富裕的生活，那里，宙斯给了他许多财富。
这样，墨奈劳斯的车下就套着这两匹牝马，
它们正跃跃欲试地想冲向赛场大显身手。
第四位站起来想参加比赛的是，驾着长鬃马的
安提洛科斯，他是国王奈斯托耳的光荣的
儿子，而奈斯托耳是生性高傲的奈琉斯之子。
这对跑得飞快的拉车的驭马，是地道的
皮洛斯血统。只见这时奈斯托尔走到自己
早已对此驾轻就熟的敏捷的儿子身边，
这样对他谆谆教导道：“安提洛科斯，
虽说你很年轻，却得到宙斯和阿波罗的
宠爱；他们已教会你驾车的全套本领，
已不需要我的指点，因为你早已掌握好
如何驾着战车拐弯、绕过标志杆的技术。
但是，你的马跑得慢，我想这将妨碍你
彻底获胜。你的对手，虽然驾着快马，
但驾驭马车的本领，他们谁都比不上你。
我的孩子，努力吧，要发挥你的全部技巧，
不要让丰厚的奖品从你的手中丢掉！
就像一个优秀的伐木工，不是靠膂力，
而是靠技巧。舵手同样靠技巧，才能

在灰蓝色的大海上航行，牢牢掌握快船的
航向，不受风浪的袭击。所以驭者追赶
对手也这样。平庸的驭车者，听任驭马
和战车迅速奔驰，拐弯时，也是这样漫不
经心地使马车大幅度地左右倾斜，不是过分
远离，就是过分靠近，马匹离开了原来的
跑道也不及时纠正。但高明的驭手就这样，
虽然赶着的马匹相对跑得慢，但总把双眼
紧紧盯住前面的标志杆，拐弯时保持距离
适度，从不疏忽拉紧牛皮缰绳，又能在
必要时把它放松。还注意把握驭马奔跑的
方向的同时，注意其他领先的对手。现在，
我把标志杆指给你看，它就插在拐弯处，
很醒目，你不要把它错过。那是一截枯树桩，
高出地面大约有一人多高，可能是橡树，
也可能是松树，还不曾被雨水侵蚀得烂掉；
树干下用两块雪白的石头撑着，一边一块。
道路就在那儿拐弯，周围的地面比较平坦。
这东西或许是一座前人的坟墓遗迹，很可能
那时人们就拿它作为赛车比赛中拐弯的标记。
现在，神一样的英雄、捷足的阿基琉斯把它
当作拐弯的标志杆。你驾车赶到那里时，
必须紧贴着它拐弯，而在编制精致坚实的
车厢里，你要把重心略微左倾，举鞭击打
右边的驭马催它向前，并松开手中的缰绳，
让它用力地快跑；但对左边的驭马，你要
让它尽可能贴近拐弯的标志树，使车的
轮毂看来就像擦着它那样。但要小心，
不要真的碰上，否则你会伤了驭马，毁了
车辆，让对手高兴，并把自己的机会丢尽。

所以，我的孩子，你运用技巧时要认真思考，
谨慎一些。如果你能紧紧咬住对手，并在
拐弯之处把他们甩下，以后谁也别想把你
赶上，哪怕你的对手赶上的是了不起的阿里昂，
它是神的后裔、阿得瑞斯托斯的神驹，或
赶上特洛伊最好的奔马——劳墨冬的良驹。”

说完，奈琉斯之子奈斯托耳坐回自己的位置；
他已把赛车须知的要点，告诉了自己的儿子。

第五位备好马、动手套车的参赛者是
墨里俄奈斯。只见参赛者们都登上战车，
把石阄扔进了头盔。阿基琉斯把头盔摇动，
以决定每个人的边道。而奈斯托尔之子
安提洛科斯的石阄首先蹦出，接着是
强有力的欧墨洛斯的阄跳出来选择车道，
再接着是阿特柔斯之子、著名的投枪手
墨奈劳斯的阄，墨奈劳斯选定了
他的跑道位置，最后，是狄俄墨得斯——
他们中最为杰出的英雄拈得第五个起跑的跑道。
于是他们在起点上排着横队各就
各位，阿基琉斯向他们指明拐弯时标志杆的
位置，它远远地竖立在平原上，还派他
父亲的侍从、神一样的福伊尼克斯出来
做裁判，观察赛情，好回来如实向他汇报。

就在那时，参赛的选手们全都高高
扬起马鞭，猛击马的屁股，并抖动
缰绳，催马向前，一边高声地喊叫。
只见奔马突然直冲出去，迅速奔向

平原，很快便把海船远远地抛在后面。
马的胸肚下，飞扬着滚滚的尘土，
就像天上的云团，或者突起的迷雾；
马的颈背上，飘洒的长鬃顺着扑面
而来的疾风飞舞。马车疾驶向前，
时而贴着养育我们的富饶土地狂奔，
时而离开地面，在空中飞速地翻滚；
驭手们稳稳地站在车里，心脏跳个
不停，每个人都急切地盼望夺取胜利。
他们不停地吆喝自己的马匹，于是快马
张开四蹄，扬起滚滚的尘土，驶过平原。

当迅速奔驰的快马跑完最后一段赛程，
朝着灰蓝色的大海往回跑时，驭手们全都
开始显示各自的才能；而驭马也在赛场上
消耗着它们的腿力。转眼之间，菲瑞斯的
孙子欧墨洛斯驾着那对跑得很快的骏马，
跑到众人的前面，而狄俄墨得斯的两匹
特洛伊的良种公马，紧紧跟在他的后面，
两人之间相距不远，似乎随时可能扑上去
跳上前面的战车；只见马匹喷出的腾腾
热气，也已碰着了欧墨洛斯的脊背和
宽阔的肩膀，而马头几乎已经伸到了
他的身上。当时，狄俄墨得斯原本很可能
赶超前面的欧墨洛斯，或两人跑出一个
胜负难分的结局，但是福波斯·阿波罗
因为怨恨提丢斯之子狄俄墨得斯，就
打落了他手中的马鞭。眼看欧墨洛斯的
牝马远远地冲到前面去了，而自己却因
掉了马鞭没法催赶马匹致使马的步伐松弛

下来，落在了后面，狄俄墨得斯愤恨的
泪水不禁夺眶而出。然而，雅典娜眼看
阿波罗耍弄提丢斯之子，便降到士兵的
领袖身边，把马鞭拾起来交还给他，并把
巨大的勇气和力量注入驭马的四蹄。然后，
女神满腔愤怒地追上阿得墨托斯的儿子，
把他车前的辕轭砸烂，使那两匹马迅速
偏离跑道，分别奔到了车道的外边，辕轭
摔到了地上，还不住地乱滚，把欧墨洛斯
甩出车厢，扑倒在轮子旁边，手肘、嘴唇
和鼻孔，额头、眉毛一带，全都被擦伤，
或摔得皮开肉绽。他的两眼中充满了痛苦的
泪水，而原本粗大的喉咙，此时也失去了
清脆悦耳的嗓音，显得窒息哽咽。而提丢斯
之子驾着跑得飞快的驭马，绕过他的马车，
猛冲向前，把其他人远远地抛在后面，因为
雅典娜已给他的马匹以活力，使他争得荣誉。
而阿特柔斯之子、棕发的墨奈劳斯跑在他的
后面。此时位居第三的是安提洛科斯，他正
冲着他父亲的驭马大声地吆喝："你们两个
给我快跑，越快越好！我并不要你们赶上
领头的那对驭马，那是勇敢的狄俄墨得斯的
骏马，而且雅典娜已经给它们注入迅跑的勇力，
并让驾驭者获得荣誉。我只要你们加快速度，
追上阿特柔斯之子的驭马，不要落在它们的
后面；要知道，埃赛，它还是一匹雌马，
不要让它把你们比下去丢了面子！朋友们，
你们为什么跑得这么慢，落在后面？如果
这次因为你们的缘故，我们只能得个末奖，
士兵的领袖奈斯托耳就不会再照料你们，

我还要警告你们，这事一定是真的，他
还会用他锋利的青铜宝刀，一刀宰了你们！
现在，你们快点拿出最快的速度，给我
紧紧地咬住它们！一旦跑到前面路面较窄的
地段，我就巧妙地从旁边驶过去，我自会
想出办法来对付他，你们一定能超过它们！”

听安提洛科斯这样说完，两匹驭马害怕主人的
威胁，暂时加快了脚步，猛跑了一阵。突然，
勇敢强悍的安提洛科斯看到前面出现了一段
狭窄的路面；那是因为冬天淤积的雨水冲毁了
整段路面，而形成的一个凹陷的深坑。其时，
墨奈劳斯驱马驶近毁坏的地段，准备单车通过，
没想到安提洛科斯却赶着那两匹跑得比风还快的
驭马追上来，从跑道外插上去，与墨奈劳斯的车
贴得很紧；阿特柔斯之子心里不由得害怕，便
对他这样高声地呼喊：“安提洛科斯，你简直疯了！
赶快收住你的缰绳！这段路比较狭窄，但前面
很快会变得平坦。小心撞车，毁了你我的马车！”

他这样说着，但安提洛科斯却假装没有听见，
反而更加起劲地扬鞭催马，驱赶战车和马匹。
他们并排疾驰了一段路程，那就像一位年轻人
试试自己的勇气，竭尽自己的臂力，投掷一块
铁饼所能到达的距离。然后，阿特柔斯之子的
牝马渐渐落到了后面，因为他担心疾驰的驭马
会在跑道上相撞，便主动放缓了催马的劲头；
如果两车相撞，制作精固的车身就会翻倒，
而车上的驭手则会一头栽到地上，别想再
挣扎着爬起来，去赢得胜利。于是，棕发的

墨奈劳斯对超过自己的驭手这样破口大骂道：
“安提洛科斯，没有比你更无赖更危险的驭手！
你真该受到诅咒，你就跑去吧，阿开亚人原本
还以为你是一个有头脑的理智之人。虽然如此，
你得为了这件事起誓发咒，否则休想把奖品拿走！”

墨奈劳斯说完，又对自己的驭马大声地嚷道：
“虽然你们心里很难过，但不要减慢速度！
用不了多久，它们的蹄腿就会疲软下来，
因为它们本来就不如你们来得年轻和强壮！”

听到主人愤怒的声音，驭马心里害怕，
便加快了步伐，很快便接近前面那位对手。

这时，阿耳吉维人聚在赛场边，坐地观望；
只见平原上，骏马在飞扬的尘土中奔驰。
克里特人的首领伊多墨纽斯，远离众人，
坐在一个有利于观看的制高点上瞭望，
因此他第一个看到驭马往回跑来，听到
远处传来的喊叫声，分辨出这是谁的声音；
他还看到一匹领先跑在前面的快马，全身
是醒目的栗红色，前额有一块闪亮的白斑，
形状像盈满的月亮那样圆。伊多墨纽斯
就站起来，对阿耳吉维人大喊：“朋友们，
阿耳吉维人的首领和统治者们！是不是
只有我一个人看见，你们大家都没有看见？
那跑在前头的似乎已不是原先的马，驭手
也已调换。欧墨洛斯的驭马可能在平原上
遇了险，原先我亲眼看见它们，首先拐过
树桩，跑在最前面。现在，我睁大眼睛，

搜寻特洛伊平原的每一个角落，仍然没
发现它们的踪影。驭手的缰绳可能已经
脱手，在树桩那里拐弯的时候失去控制，
使驭马受惊腾空，狂奔到跑道的外面，
把他摔出毁坏的马车。请你们都站起来
看一看，因为我也不太看得清楚整个赛况，
那跑在最前面的似乎是那位出生在埃托利亚，
现在统治着阿耳吉维人的国王、驯马好手
提丢斯之子、强有力的狄俄墨得斯？！”

只听俄伊琉斯之子、迅捷的埃阿斯粗声反驳：
“伊多墨纽斯，你不要废话连篇地早下结论！
你说的那对快捷的骏马，还在宽阔的平野上
奔驰，离这里很远。你在军中年纪不算最轻，
脑门上的那双眼睛也不比别人的犀利。但你
总爱唠叨个没完，说起话来总是喋喋不休。
你最好在那些比你能说会道的人面前闭住嘴！
跑在最前头的驭马，仍然是原来的那两匹，
欧墨洛斯本人正手执缰绳，站在它们的后面！”

听他这么说，克里特人的国王愤怒地
对他说道：“埃阿斯，你这个最爱吵架的
英雄，既固执又愚蠢！在阿耳吉维人中
根性最劣！让我们打赌，赌一只铜鼎
或一口大锅，请阿特柔斯之子阿伽门农
为我们作证，看看哪对驭马领先。在你
拿出东西的时候，你就会知道这一点！”

听他这么说，俄伊琉斯之子、迅捷的
埃阿斯站起来愤怒地回骂伊多墨纽斯。

他们俩本来还会争吵下去，没完没了，
还好阿基琉斯亲自出面调停，对他们
这样说道："埃阿斯和伊多墨纽斯，现在
可不是恶毒地互相攻击谩骂的时候！
倘若有人这样做，你们就会出来指责。
还是和众人一起安静地坐下来观看赛马，
它们正奋力拼搏，转眼之间便可跑回此地。
那时，你俩即可亲眼看见，阿耳吉维人的
驭马中，哪一对得第一名，哪一对得第二名。"

他这样说着，只见提丢斯之子迅速地
冲过来，他不停地挥动马鞭催赶驭马，
驭马高高地腾起马蹄，疾跑向终点。
马蹄卷起飞扬的尘土，迎面扑向驾车的
驭手，镶嵌着黄金和白锡的战车疾行在
腾跃的马蹄后；驭马像暴风一样扫过，
飞滚的车轮没有在平浅的泥尘上留下
明晰的痕迹。只见狄俄墨得斯驾马跑到
场地中心勒住马，马的脖颈和胸部上
汗如雨下，滴落到尘土中。驭手随即
跳下闪闪发亮的马车，把马鞭放在轭上。
强健的塞奈洛斯毫不犹豫，在狄俄墨得斯
卸马之时，就快步跑去领过奖品，把那名
女子和带耳的铜鼎交给高傲的伙伴带走。

接着到达终点的是，奈琉斯的后裔
安提洛科斯，他不是靠速度，而是
凭狡诈超过了墨奈劳斯，但墨奈劳斯
仍然驱赶着快马紧随其后。就像一匹马
拉着主人和战车在宽阔的原野上奔驰时，

从车轮到驭马之间的那么一点距离，
而马尾梢扫着滚动的车缘，车轮紧挨着
马匹旋转，中间的间隔很窄。墨奈劳斯
也这样，跑在豪放的安提洛科斯后面，
距离只差那么一点。起先他落后相当于
铁饼投掷的距离，但他很快驱赶阿伽门农
那匹飘着长鬃的快马埃赛，抖开如风的
蹄子，追了上去，缩短了距离。如果
赛程更长一些，墨奈劳斯便可超过他，
获得胜利。伊多墨纽斯那勇敢的侍从
墨里俄奈斯，在光荣的墨奈劳斯之后跑到
终点，他们之间的距离，只有一枪之隔。
他那飘着长鬃的驭马是所有赛马中跑得
最慢的一对，他本人的技术也是参赛者中
最差的。最后抵达的是阿得墨托斯的儿子，
他拖着漂亮的马车，催赶着走在前头的马。
捷足的阿基琉斯看见很同情，就站起来
对阿耳吉维人说道，快捷的话语仿佛长出了
翅膀："最好的驭手，赶着飞跑的快马，
却跑到了最后。让我们也给他一份应得的
二等奖的奖品，一等奖要给提丢斯之子。"

阿基琉斯这样说，他的建议得到众人的赞同。
本来他可以让阿得墨托斯之子牵走牝马，
但生性豪放的奈斯托耳之子安提洛科斯
起来反对，只见他对裴琉斯之子说道：
"阿基琉斯，你真要这么做，会使我很生气！
你是在抢夺我的奖品。他作为一个优秀的
驭手，他的快马和战车损坏了，他应该祈求
长生不死的神祇，这样才不会落在其他

驭者的后面！但如果你可怜他，喜欢他，
你的营帐中有的是黄金、青铜、肥羊、
女俘和蹄子比风快的骏马。你可以从里面
拿出一些送给这人——哪怕更丰厚的奖品，
或者现在你就可以取来——赢得阿开亚人的
称赞。而我绝不会交出这匹牝马，谁想
把它带走，那就让他过来和我对打！”

他这样说，只听捷足的阿基琉斯的脸上
绽开了笑容，对他宠爱的伙伴这样说道，
快捷的话语仿佛长出了翅膀：“安提洛科斯，
你要我从住处拿件其他的东西奖给欧墨洛斯，
我就按你说的去做。我要给他一件胸甲，
那是从阿斯忒罗派俄斯那儿夺来的战利品，
用青铜铸成的，周围镶着闪光的白锡。
这份礼物，对他很合适，他会很看重。”

他这样说着，就让亲密的伙伴奥托墨冬
回营去取胸甲，奥托墨冬取来铠甲，
交给欧墨洛斯，欧墨洛斯高兴地收下。

而墨奈劳斯这时却满腔愤怒地站起来，
他对安提洛科斯的怨愤难以消解。
传令官把权杖交给他，呼吁阿耳吉维人
肃静下来，注意聆听。于是神一样的凡人
这样高声说道：“安提洛科斯，你一向
是个聪明人；可现在你却在干蠢事！
你诋毁了我的车技，阻碍了我的驭马，
让自己的马急驰，强行地冲过去，
虽然和我的骏马相比，它们的速度

实在是不值得一提。阿耳吉维人的
统治者，军队的首领，请你们给我俩
评个理，不要偏袒包庇，不要日后让
披铜甲的阿开亚人这样误传：‘墨奈劳斯
靠谎言和欺骗击败了安提洛科斯，带走了
那匹牝马。因为他的马远不如对手跑得快，
而他仅凭权势和地位，就得到了奖品。’
还是让我自己来处置这件事情。我办事
公正，达奈人中没有人对我加以指责；
宙斯宠爱的安提洛科斯，请你过来，
按照我们的规矩站到你的车马前，
手里拿着你刚才赶马时用的那根
细软的长鞭，并把手放在驭马上，
对环地震地的海神起誓：你从来没有
耍花招，故意阻挠我的马车奔跑！”

听他这么说，聪明的安提洛科斯答道：
“我的国王，墨奈劳斯，请你不要生气。
我比你年轻许多，而你是个了不起的人。
你知道，年轻人血气方刚，喜欢做
出格的事情；因为他性情急躁肤浅，
有着狭隘的思想，希望你原谅他。
让我把这匹已经到手的牝马交给你，
如果你还想要我家里比这更好的东西，
我也会马上取来送给你，宙斯养育的
国王，我不愿失去你的友谊，在神的
面前发伪誓，因此得罪了神明和你。”

说完，奈斯托耳生性豪放的儿子把
牝马牵到墨奈劳斯的身边，交给他。

墨奈劳斯的愤怒马上烟消云散，
像干涸的日子，被晨露滋润过的
待熟的谷物簇拥着挂在茎秆上。
墨奈劳斯啊，你的心也像这样，
流过一阵暖流，感到一阵安慰道，
快捷的话语仿佛长出了翅膀：
“安提洛科斯，我也愿意平息怨愤，
同你握手言和，因为你过去一向稳重，
不像今天这么任性，年轻人的鲁莽
压倒了你的理智。下次不要再这样
欺骗地位比你高的首领。其他阿开亚人
都不能仅凭三言两语就平息我的愤怒，
但你却不同，为了我，你和你那高贵的
父亲，还有你的兄弟，长期苦战，历经
磨难，我愿接受你的恳求，而把这匹
牝马再还给你，虽然它已归我所有，众人
也好知道，我的那颗心既不固执也不傲慢。”

说完，他把牝马交给安提洛科斯的侍从
诺厄蒙牵走，自己则取走那口闪亮的大锅。
墨里俄奈斯第四名，拿走两塔兰同的黄金；
还剩第五份奖品，那只双耳罐，没有得主。
阿基琉斯捧着它，走到阿耳吉维人的队伍中，
站到奈斯托耳身边，把罐子交给他，说道：
“老人家，请收下这件珍贵的礼物，也好
对帕特罗克洛斯的葬礼留个纪念。你在
阿耳吉维人的队伍中，再也见不到他的身影。
我把这件奖品，作为赠品送给你，是因为
你再也不可能参加竞技，无论是拳击还是
摔跤，无论是在空旷地上比赛投枪或奔跑，

沉重的年龄已压弯你的腰，衰老折磨着你。”

阿基琉斯这样说着，就把礼物交到
奈斯托耳的手中，而老人高兴地收下，
对他大声地说道，快捷的话语仿佛
长出了翅膀：“我的孩子，亲爱的朋友，
你的每句话说得都很正确。我的膝盖
和腿脚已经不太结实；我的手臂也
不像从前那样强壮，它们不能轻松
自如地挥过肩头。我真想回到过去的
日子，那时，厄利斯人在布普拉西昂
正忙着埋葬他们的国王阿马仑丘斯，
他的儿子们也举行大型的竞技比赛
以祭奠先王。我浑身有用不完的力气，
在厄利斯人中，谁也不是我的对手，
就连在我们皮洛斯人中，或生性豪放的
埃托利亚人中，也找不到可以战胜我的人。
拳击比赛中，我打倒了厄诺普斯之子、
克鲁托墨得斯；摔跤比赛中，我撂倒了
和我对阵的普琉荣人安凯俄斯；而在
赛跑比赛中，我击败了飞毛腿伊菲克洛斯。
投枪时，我又超过了波鲁多罗斯和夫琉斯。
只是在车赛中，我输给了阿克托耳的两个
儿子。他们仗着人多，硬抢在我的前头，
不让我夺取胜利，因为谁取得这项比赛的
胜利，谁就可以获得最丰厚的奖品。
他俩是孪生兄弟，一个手握缰绳驾辕，
是的，仅仅是驾辕，另一个则举着马鞭
驱赶驭马。从前的我就是这个样子的啊！
现在的这类竞技只能让年轻人去参加了，

我得顺从痛苦的老年的规律，接受它的
制约，尽管我的过去是那么辉煌，就像
群雄中的一位豪杰。阿基琉斯，去吧，
请你继续进行竞技比赛，以祭奠死去的
伙伴。我接受你的礼物，并感谢你的盛情。
我真高兴，你没有忘记我们的友谊，在
阿开亚人中，不失时机地表示对我的尊敬，
使我享受到应该享受的荣誉。为了你对我
所做的一切，愿神祇给你带来幸福和欢乐！”

奈斯托耳这样称赞他，裴琉斯之子认真地
听完他的每一句话，便离开大群的阿开亚人，
回去为下一项激烈的拳击比赛准备奖品。
只见他牵出一头六岁从未上过轭的壮实骡子，
绑在竞技场上；那头骡子还未被驯过，属于
倔强的那种。他还拿出一只双耳的酒杯，
准备赏给失败的那一方。于是，阿基琉斯
站起来，对聚集着的阿耳吉维人这样喊道：
“阿特柔斯之子，所有穿胫甲的阿开亚人！
现在，我想邀请两位你们中最好的拳击高手，
来用拳头拼搏，争夺这些奖品！谁要能受
阿波罗的帮助，击倒对手，并得到全体
阿开亚人一致认可，我们就让他拉走这
干重体力活的骡子，带回他自己的帐篷。
那只双耳的酒杯将归败下来的拳手所有。”

阿基琉斯说完，人群中就站起一位高大强健的
勇士，他是帕诺裴乌斯之子、精于拳击之道的
厄裴俄斯。只见他把手按在能干力气活的骡子
身上，这样嚷道：“谁想领走这个双耳的酒杯，

就让他上来吧！我敢说，阿开亚人中谁也别想
用他的拳头把我打倒，带走这头骡子，我的拳技
没有对手！战场上，我不是最优秀的士兵，
但这却说明不了问题！要知道，谁也不能什么
事情上都精通有才能。现在，老实告诉你们，
这事不会有错：我将撕裂对手的皮肉，捣碎
他的骨头！让为他送葬的亲友都聚到拳场这边
来等待，以便我一拳将他打倒，马上把他抬走！”

听他这么说，众人全被镇得安静下来，
只有欧鲁阿洛斯站起来应战，他是神一样
的塔劳斯之子——国王墨基斯丢斯的儿子，
其父曾经前往忒拜，那时俄底浦斯
刚死不久，在为祭奠死者而举行的
竞技比赛中，他击败了所有的卡德墨亚人。
著名的投枪手、提丢斯之子帮欧鲁阿洛斯
整装应战，热情鼓励他奋勇搏击，并
衷心希望他赢得这场拳击的胜利。首先，
他替拳击手系上腰带，然后，用家养的
公牛皮精心裁制的皮条包住他手指的关节。
两位拳手装束完毕，就大步跳进圈子，
面对面地摆开架势。很快挥动粗壮的
臂膀和强硬的拳头，打了起来。只见
两方的牙齿都发出可怕的声响，汗水
浸湿了每一块肌肉。勇敢的厄裴俄斯
趁对方稍微走神的那一瞬间，一拳打中
他的脸，打得他全身剧烈地摇晃起来，
漂亮的膝盖开始瘫软。就像一条跃出
被北风吹拂荡漾水面的海鱼，重又扑进
水草丛生的浅滩，一排乌黑的水浪将那里

全部吞埋。欧鲁阿洛斯吃不住拳头的重击，
瘫倒在地，生性豪放的厄裴俄斯就
伸出双臂，把他扶了起来。亲密的伙伴们
便上前，把他架出拳场，后者拖着双腿，
口中吐出又浓又黑的鲜血，脑袋耷拉在
一边。伙伴们把他架回座位，见他仍然
昏迷不醒，只好代他领回那只双耳的酒杯。

裴琉斯之子随即为第三项竞技：激烈而
痛苦的摔跤比赛，又拿出两份奖品，摆在
达奈人面前。得胜者可以获得一只用来
烧火做饭的大三角铜鼎，按阿开亚人的
估价，和十二头肥牛的价钱等价。而奖给
比赛中输的一方的是，一名擅长各种手工的
女子，他把她带到人群中间，那女子和
四头肥牛等值。于是阿基琉斯站起来，
对着集聚的阿耳吉维人这样喊道："快站
起来吧，哪两个人来争夺这项比赛的奖品！"
话音刚落，人群里站起了忒拉蒙之子、
高大魁伟的埃阿斯，而足智多谋的
奥德修斯也跟着站起。两人整装完毕，
就大步跨入比赛的圈子。他们面对面地
站开，摆好架势，开始紧紧抓住对方
粗壮有力的臂膀打起来，就像紧扣
在一起的椽子，那是著名的工匠把它们
造在高耸的房顶，用来抵挡飓风用的。
只见两位勇士的脊背发出嘎嘎的声响，
那是由于承受不起狂暴大手的重压
和推搡才发出的；而他们的肋骨两侧，
汗水像下暴雨一样淌下来；他们的肩头，

则爆出一条条青紫和通红的血痕。因为
他们正在使出全身的力气，争夺比赛的
胜利，好得到那口精工细制的三角锅鼎。
只见奥德修斯怎么也扳不倒埃阿斯，而
埃阿斯也同样摔不倒奥德修斯，他们两人
就这样对峙着，一股巨力横在他们中间。

眼看他俩相持不下，穿胫甲的阿开亚人
便产生了烦厌；于是，忒拉蒙高大的儿子
埃阿斯，这样高声嚷道：“宙斯的后裔、
莱耳忒斯之子、足智多谋的奥德修斯，
不是你把我提起，就是我把你抓起；
终有一人得胜，成败都由宙斯来决定！”

埃阿斯说完，一面抱起奥德修斯，
但奥德修斯有绝招，从背后猛踢
埃阿斯的膝盖窝，踢得埃阿斯膝盖
发软，仰面倒在泥地里；奥德修斯
顺势扑到埃阿斯的胸脯上。人们见了
连声称赞，惊讶不已。当坚韧不拔的
英雄、卓越的奥德修斯试图举起
埃阿斯时，却对他那硕大的身躯无能
为力，只能把他稍稍抱离地面，却
不能把他摔倒。于是，他用膝盖把
埃阿斯猛地一绊，致使两人一起倒下，
身体紧挨在一起，在尘土里打滚。
他们本来还会跳起来，开始第三轮的
角斗，要不是阿基琉斯亲自出面干预，
制止了这场混战：“请停手吧！你们
不要再争斗，弄得自己筋疲力尽！

你俩算是并立第一，两人的奖品
即可均分，都过来领奖退下，以便
让其他阿开亚人有机会开始比赛。”
阿基琉斯这样说，二人听了很赞同，
站起来抹去身上的尘土，穿上衣服。

裴琉斯之子随即拿出奖励赛跑比赛
获胜者的另一批奖品。那是一只银质的
兑酒缸，制作精美，虽然只有六升的
容量，却精美得无与伦比，它由著名的
技艺高超的西多尼亚工匠手工制成，
一帮菲尼基商人把它运过茫茫的大海，
把船停泊在索阿斯的港口，就将它作为
礼物，献给了国王托阿斯。伊阿宋之子
欧奈俄斯，又把它送给了英雄帕特罗克洛斯，
赎回沦为奴隶的普里阿摩斯之子鲁卡昂；
现在，阿基琉斯把它作为奖品，奖给跑得
最快的赛跑获胜者，来纪念自己的朋友。
阿基琉斯给第二名的比赛者设立的奖品是，
一头鼓着满腹肥油膘的硕大的健牛，另加
半塔兰同的黄金，一起归这个人所有。
于是，阿基琉斯站起来，对聚集着的
阿耳吉维人这样喊道：“谁想获得这份
奖品，请站出来！”他刚说完，人群中
马上站起俄伊琉斯之子、捷足的埃阿斯，
和足智多谋的奥德修斯；而奈斯托耳之子
安提洛科斯也站起来要参加比赛，他是
年轻人中跑得最快的一位。于是他们站在
起跑线上，阿基琉斯向他们指明拐弯处的
标志杆。他们从起跑线起跑，俄伊琉斯之子

很快便抢到了前头，但卓越的奥德修斯
紧追不放，两人间的距离，就像织布妇女
胸前的梭子，当她们熟练地用手把梭子穿过
经线后，就将它贴近自己的胸口。奥德修斯
也这样跑在小埃阿斯的后面，不等尘土扬起，
便踏在前者的脚印里追他。只见神一样的
奥德修斯大口喘出的粗气，都喷在埃阿斯的
后脑勺上，他就这样迈开大步，死死地追赶，
阿开亚人全都放声叫喊，为他加油鼓劲，
催他赶上去，夺取胜利。正当他们跑入
最后一段赛程时，奥德修斯便在心里对
灰蓝眼睛的雅典娜默默地祈祷，这样说道：
“女神，求你帮帮我，请加快我的步伐！”

他这样祈祷，帕拉丝·雅典娜听到了
他的心声，马上让他的手脚变得轻松、
灵活、敏捷，奔跑的速度大大地提高。
正当他们想冲刺到终点，领取那份奖品时，
雅典娜暗中绊倒了跑在前面的埃阿斯，
只见埃阿斯腿一弯，滑倒在一堆秽物里，
那是捷足的阿基琉斯为好友帕特罗克洛斯
举行祭祀时所宰的健壮之牛，因为恐惧，
而粗声吼叫着排出的粪便和脏物，于是
埃阿斯的嘴和鼻孔里塞满了牛粪，眼看
对手从他身边赶上去，第一个冲向终点，
而聪明又忍耐的奥德修斯拿走了银质
兑酒缸，勇敢的埃阿斯只得到那条肥牛。
他从那里爬起来，双手抓住家养的肥牛的
犄角，一边吐出嘴里的牛粪，一边对
阿耳吉维人这样嚷道：“臭死我了，真倒霉！

是那位女神阻挠我冲刺到终点；她总是站在
奥德修斯身边，就像他的亲生母亲似的什么事都保佑他。”

听他这么说，全场的阿开亚人都被逗得哈哈大笑。
而安提洛科斯走上前去，领走属于他的末等奖，
也喜笑颜开地对身边的阿耳吉维伙伴这样说道：
“我的朋友们，让我对你们说一件众所周知的
事情：不朽的众神一直宠爱年长的凡人。埃阿斯
比我年长，虽然只大那么几岁，而这位奥德修斯，
他可是年长得多，属于我们的前一辈，人们都说，
他虽是一位老人，却身强力壮。阿开亚人中
谁也跑不过他，除了阿基琉斯是个唯一的例外。”

他这样赞美着，捷足的裴琉斯之子阿基琉斯
听了非常高兴，于是就这样友好地对他说道：
“安提洛科斯，你对我的赞扬不会没有回报，
我将再给你半塔兰同的黄金，作为额外的奖励。”

阿基琉斯说完，就把黄金交到安提洛科斯
的手中，安提洛科斯高兴地收下了奖品。接着，
裴琉斯之子提来一支拖着长影子的矛枪，放在
比赛的场地内，然后又在矛枪的旁边放下一面
盾牌和一顶头盔，那是帕特罗克洛斯从萨耳裴冬
身上夺取的战利品。只见阿基琉斯站起来，
对聚集着的阿耳吉维人这样喊道：“我要邀请
两位你们中最好的勇士，出来争夺这些奖品。
请披上你们的铠甲，带上杀敌的锋利的铜枪，
当着大家的面比试武艺，近距离地格斗。
如果哪位勇士首先刺中对方白亮的身体，
捅穿铠甲，使他流出黑色的鲜血，或触及

内脏，我都将赏给他这把漂亮的色雷斯利剑，
剑把上镶着银钉，那是我从阿斯忒罗派俄斯
身上夺来的战利品，但参赛的双方均可共享
萨耳裴冬的这些铠甲和长枪；比赛结束后，
我还要在我的营帐内，大摆宴席款待他们。”

听他这么说，忒拉蒙之子、高大魁伟的
埃阿斯，以及提丢斯之子、强健勇猛的
狄俄墨得斯都从人群中站了起来。他们
分别在同伴的帮助下披挂整齐，整装完毕，
从两头走入赛场的中央，心中充满着杀气，
两眼露出凶光，令阿开亚人产生敬畏之情。
两人就这样迎面走去，相向逼近，开始
扑上去厮杀，他们一连冲杀了三个回合。
只见埃阿斯投枪出手，终于一枪击中了
狄俄墨得斯那面边缘滚圆的盾牌，却未能
触及皮肉，因为护身的胸甲挡住了枪尖。
而提丢斯之子也一直挥动闪亮的矛枪，
从硕大的盾牌后面频频出手，锋利的枪尖
不时出现在对方的脖颈周围；阿开亚人
见此情景，都在为埃阿斯的安全担心，
大声呼吁他们停止比赛，均分奖品。但
英雄阿基琉斯把那柄硕大的战剑，连同
剑鞘和做工精美的背带，都给了狄俄墨得斯。

接着，裴琉斯之子阿基琉斯又拿出
一大块沉重的生铁，强健的厄提昂
生前把它当作铁饼投掷；后来捷足的
英雄、神一样的阿基琉斯杀了厄提昂，
把它连同其他财宝一起装上船运过来。

只见他站起来，对阿耳吉维人这样喊道：
“你们谁想获得这份奖品，快站出来！
即使他那丰足的田庄离海岸很远，有了
这块生铁，他至少五年不用担心缺铁，
如果他的牧人或农人需要用铁，也
用不着进城，因为贮藏着这东西很有用。”

听他这么说，坚韧骁勇的波鲁波伊忒斯站起来，
另外又站出来神一样的勒昂丢斯，以及忒拉蒙
之子高大魁伟的埃阿斯，以及卓越的厄裴俄斯。
他们依次排成一行，卓越的厄裴俄斯首先拿起
铁块，转动身子，用力地投掷，阿开亚人看见
哄笑不止。接着，轮到阿瑞斯的后裔勒昂丢斯
投掷铁块；再接下来是忒拉蒙之子魁伟的埃阿斯，
只见他挥动粗壮的手臂，铁块的落点超过了他们
所有人留在地上的痕迹。而这时，坚韧骁勇的
波鲁波伊忒斯抓起铁块，奋力地一投，铁块
被扔出了赛场，距程之远，就像牧牛人摔出
拐杖，旋转着飞过整群他放牧的牛。全场的
阿开亚人为他欢呼喝彩。强悍的波鲁波伊忒斯的
伙伴连忙站起来，为他们抬着奖品，运回海船。

这时，阿基琉斯又为射箭比赛拿出了一些
灰黑色的铁器，作为奖品。他摆出十把双刃
铁斧，又摆出十把单刃铁斧，还在远处的
沙滩上，竖起了一条从漆黑的海船上取下的
桅杆，并用一根细绳子套住一只胆怯的野鸽的
腿，绑在桅杆的顶端，作为活靶子，只听
阿基琉斯这样对众人说道：“如果有谁射中
那只胆怯的野鸽子，他就可以把所有的双刃

铁斧带回家！如果有人没有击中鸽子，却射断了
绳子，说明他的箭术不精，仍可得这些单刃斧。”

阿基琉斯说完，人群中立即站出来强有力的
国王丢克罗斯，以及伊多墨纽斯骁勇的侍从
墨里俄奈斯。他们往头盔中投入阄石，然后
摇动青铜的盔盖，丢克罗斯的阄先跳出来，
于是他第一个发射。只见他立即上前挥动手臂，
射出一枚羽箭，但却忘了向弓箭之神许愿，
答应用当年头胎的羔羊，作为祭献之礼孝敬他。
所以，他未能射中野鸽，因为阿波罗不想让他
实现愿望，但他还是击断了鸽脚边的绳子，
只见嗖嗖作响的羽箭切断绳子，野鸽立即
展开翅膀飞入天空，那细绳子松弛着往下垂。
阿开亚人因此发出了一片赞赏的欢呼之声。
在丢克罗斯瞄准的时候，墨里俄奈斯早已
拿好一枚羽箭；现在他连忙从丢克罗斯手中
抓过弯弓，立即向远射之神阿波罗许愿，
答应用头胎的羔羊为他举办隆重的祭献。
他看见那只胆怯的野鸽正在云层下盘旋，
连忙瞄准，朝它拉开了弓弦，正射在野鸽的
翅膀下面；而羽箭从鸽子的翅膀中穿过，
从上面掉下来，落在了墨里俄奈斯的脚边。
那受伤的野鸽落在从漆黑的海船上取来的
桅杆顶端，脑袋低垂下来，丰满的翅膀
渐渐疲软，羽毛纷纷掉落，魂息很快离开
它的肢体。它又从桅杆顶掉到离远射者
很远的地方，躺在地上，人们看见，全都
惊诧不已。这样，墨里俄奈斯拿走了十把
双刃铁斧，而丢克罗斯把所有单刃铁斧都搬回船。

这时，裴琉斯之子阿基琉斯又取来一支拖着
长影子的矛枪，和一口从未烧过的大锅，
锅盖上雕着花，价值和一头牛的相等。
他把这些东西放在比赛的场地中央。立即有
擅长投枪的勇士站起来，那是阿特柔斯之子、
统治着辽阔疆域的阿伽门农，和伊多墨纽斯的
高贵的侍从墨里俄奈斯，但只听捷足的英雄、
神一样的阿基琉斯这样解释道：“阿特柔斯之子，
我们全都知道，你远比我们强大，你的枪投得
最好，臂力也很大，全军没有人能够和你比赛！
所以请收下这份头等奖，返回宽大的海船。
如果你同意，那我就建议，让我们将
这支长枪奖给高贵的勇士墨里俄奈斯。”

听阿基琉斯这么说，民众的国王阿伽门农很赞同。
于是，阿基琉斯把铜枪奖给墨里俄奈斯，阿伽门农
则把那只漂亮的大锅交给他的侍从塔尔苏比俄斯。

第二十四卷

赫克托耳遗体被赎

竞技大会结束，人群纷纷散去，回到各自的
快船。大家心里想着吃喝，享受甜蜜的睡眠，
唯有阿基琉斯仍在哭泣，思念他心爱的伙伴，
那降服众生的睡眠，此时却难以使他就范。
只见他在床上辗转反侧，怀念着帕特罗克洛斯
生前的强健和刚勇，回想他俩并肩战斗过的
每一个场面；他们在凶险的战争中出生入死，
共同经历过多少艰辛和苦难。他回忆着这些
往事，流下了眼泪；他时而伏卧，时而仰躺，
继而又站起来，来到海边，沿着海滩徘徊，
神情恍惚地把头脸贴住沙子。当阿基琉斯
看见黎明把曙光洒向大海和沙滩的时候，
立刻把快马套入战车的轭下，将赫克托耳的
尸体绑在车后。接着他驱动拉车的快马，绕着
墨诺伊提俄斯那阵亡的儿子帕特罗克洛斯的
坟墓，连跑三圈，然后扔下尸体，让它头脸
贴着沙，直挺挺地躺在地上，自己走入营帐休息。
然而，阿波罗怜悯死者，想保护赫克托耳的遗体
免遭各种蹂躏，他便用金制的神盾将尸体从头
到脚地盖住，免得阿基琉斯拖动它，将它损伤。

阿基琉斯就这样狂暴地蹂躏神一样的赫克托耳。
见此情景，幸福的神祇心中充满怜悯，一再
催促眼睛闪亮的杀死阿耳戈斯的神祇[1]前去偷尸。
这样虽然可以取悦诸神，却不能博得赫拉的欢心，
还有波塞冬和那位灰蓝眼睛的女神也会不高兴；
他们仍然像当初一样，对神圣的伊利昂，对
普里阿摩斯和他的人民，心怀怨恨，正如事情的
开头全是由于帕里斯的过错——当她们到他放牧的
地方去找他时，帕里斯得罪了两位女神，而恭维
另一位女神[2]，以换取她所能引起的致命情欲。

当赫克托耳死后的第十二个黎明降临时，
只见福波斯·阿波罗对众神这样说道：
“你们这些狠心的神祇，真是残酷无情！
难道赫克托耳没有给各位祭烧过肥油的
牛羊腿骨？你们现在却不愿救护他。
虽然他现在只是一具尸体，但是应该让他的
妻儿、他的母亲和他的父亲普里阿摩斯
以及普里阿摩斯的人民再看一眼他，他们
马上会火化尸体，为他举行隆重的葬礼。
但你们这些神祇，却一心想帮助疯狂的
阿基琉斯，此人心胸不宽广，性情野蛮偏执，
像一头狮子，沉溺于自己的高傲和勇气，
扑向牧人的羊群，尽情地撕咬和咀嚼。
阿基琉斯也这样，不顾廉耻，毫无怜悯
之心，虽然廉耻对人来说有害也有益。

[1] 这个神指赫耳墨斯。阿耳戈斯是百眼巨人，睡觉时还独睁一目。赫拉将被她变成母牛的伊娥交给他看管，而赫耳墨斯设法使他入睡，杀了他，放了伊娥。后来赫拉把他的眼睛安在孔雀尾上。

[2] 指阿芙狄洛忒，三位女神为争得金苹果，让帕里斯裁定谁最美丽。

有些凡人可能会失去关系最为亲密的
亲人，比如儿子或一母所生的兄弟，
他就会愁容满面，痛哭流涕，但一切
终将过去，命运赐给凡人一颗容忍的心。
但这个人，杀了高贵的赫克托耳以后，
还要把他绑在车后，拖着他绕着心爱朋友
帕特罗克洛斯的坟墓奔跑，这样他又得到了
什么好处，争到了多少光荣？虽然他是凡人
中的英雄，也要让他小心，不要惹我们神祇
生气，他竟敢狂暴地虐待没有知觉的泥土！”

听他这么说，白臂女神赫拉愤怒地答道：
“银弓之神，你的话或许有道理，但是
你不应把阿基琉斯和赫克托耳，放在同样
的地位来对待。赫克托耳是个吸吮凡女
乳汁长大的凡人，而阿基琉斯的母亲是
女神，我曾亲自关心照料她，把她嫁给
神祇宠爱的凡人英雄裴琉斯。你们各位——
所有的神祇当时全都参加了婚礼，也包括
阿波罗你在内，在宴席上弹起你的竖琴。
现在你却和该死的特洛伊人为伍，背叛我们！”

听他这么说，汇聚乌云的主神宙斯答道：
“赫拉，你不要对诸神大动肝火。这两个
凡人自然不会得到同样的重视。但是，
赫克托耳也同样受到神的宠爱，他是伊利昂
最杰出的凡人，我也喜爱此人。他从来
不吝啬财物，来使我高兴。我的祭坛也
从来不缺少足够的供品，满杯的甜美祭酒
和烟熏过的食物，这些是我们神祇应得的礼物。

我不同意从阿基琉斯身边偷出勇敢的赫克托耳，
因为这行不通，他母亲总是日夜守在儿子近旁。
不过，倒是可以派一位神祇去把忒提丝召来，
我去好言相劝，让阿基琉斯接受普里阿摩斯的
赎金，交回赫克托耳的尸体。”

宙斯说完，快步如风的伊里丝就带着口信，
立刻出发，从岩石嶙峋的英勃罗斯和萨摩斯
之间跳入了发出悲沉涛声的灰蓝色大海。
她像铅坠子一直钻入海底。那些铅坠子
取材于圈养的公牛角，拴在钓鱼竿上作为
假饵，沉入水面，给贪食的鱼群送去死亡。
伊里丝也这样沉入海底，发现在一个很深的
洞穴，忒提丝正坐在她的姐妹、海中神女中间，
只见她正在哀哭她勇敢的儿子的命运，这无辜的
年轻人就要死在远离故乡、土地肥沃的特洛伊。
于是快捷的伊里丝来到她的身边，对她说道：
“忒提丝，快起来。那智慧的宙斯要召见你。”

听她这么说，那银脚女神忒提丝答道：
“主神为何要我去？我羞于见众神，
因为我心里悲痛交加，不胜愁苦。
可我还得去，他的谕令，绝非儿戏。”

只见高贵的女神说完，就拿起了一条
比所有衣服都黑的黑头巾，跟着脚步
快如风的伊里丝动身了。在她俩身边
翻卷的波涛自动划开了一条水路，她们
一上岸，就飞向天空，去见传播雷电的
宙斯，只见他正坐在幸福的不死之神中间。

忒提丝随即来到宙斯父亲的身旁，雅典娜
给她让出座位，赫拉将一只漂亮的金杯
放在她的手心，高兴地向她问安。忒提丝
喝过饮料，递还金杯。神人之父首先说道：
“女神忒提丝，你来到俄林波斯，心中感到
非常的愁苦悲痛。对此，我表示深切的同情。
但我仍然要对你说出我把你召来的原因。
关于赫克托耳的遗体和攻克并抢劫城堡的
阿基琉斯，诸神已经争论了九天。他们
一再要眼睛闪亮的杀死阿耳戈斯的神去盗尸，
但我却觉得应该让阿基琉斯得到荣誉，从而
使你日后保持对我的尊敬和友谊。你快到
地上的军营去，把我的旨意传达给你的儿子。
告诉他，众神已对他不满，尤其是我最生气，
因为他固执地把赫克托耳的遗体扣留在头尾
弯翘的海船边，不愿把它交出去。但愿他对我
还存有畏惧之心，交还赫克托耳的遗体。同时，
我要派伊里丝去见生性豪放的普里阿摩斯，
让他带着丰富的礼物，前往阿开亚人的海船，
赎回心爱的儿子，以平息阿基琉斯的愤怒。”

听他这么说，银脚的女神忒提丝不敢违抗，
连忙出发，从俄林波斯山的山顶直冲而下，
来到儿子的营寨。只见阿基琉斯还在哭悼，
几位亲密的伙伴在他身边忙碌，准备早餐，
他们正在营帐里宰一头披着浓毛的大绵羊。
于是阿基琉斯尊贵的母亲走到他的身边坐下，
用手抚摸他，唤着他的名字，这样说道：
“我的孩子，不要再痛哭了！你既不吃、
也不睡，让无尽的悲愁折磨自己的身心。

你最好找一个女人，在她的怀抱里安睡，
以安慰你的心。我知道，你已来日不多，
死亡之神和强大的命运，已向你逼近。
现在，我要你认真地听，我带来了宙斯的
旨意。他说众神已对你不满，尤其是他
对你最生气，因为你固执地把赫克托耳的
遗体扣留在头尾弯翘的海船边，不愿把它
交出去。你要接受赎金，交还赫克托耳的尸体。”

听她这么说，只见捷足的阿基琉斯这样回答：
“如果俄林波斯的主神执意要我这么做，
那我就遵命。让使者送来赎金，带回尸体。”

母子俩就这样，在停泊海船的海滩，交谈了
很久，彼此间快捷的话语仿佛长出了翅膀。
与此同时，克罗诺斯之子打发伊里丝下山，
前往神圣的伊利昂，只听宙斯这样对她说道：
“捷足的伊里丝，快离开我们的家俄林波斯，
到伊利昂去找生性豪放的普里阿摩斯，要他
前往阿开亚人的海船，赎回心爱的儿子；
要他带上礼物，以平息阿基琉斯的愤怒。
但他要只身前往，不要带其他的随从，但
一位年老的传令官可以跟着他，为他赶骡子
和轮子光滑的马车，以便把阿基琉斯杀死的
英雄的遗体，拉回城堡。让他不要想到死，
不必担心害怕，我将给他派去一位无畏的神
做向导，这位神曾经杀死阿耳戈斯，他会
一直把他引到阿基琉斯的住处。当神祇
把他引入阿基琉斯的营帐，阿基琉斯不仅
不会杀他，而且还会阻止其他人杀他。

因为阿基琉斯并不愚蠢，也不会莽撞，
他会接受神的旨意，宽恕一个求饶者。”

说完，脚步追风的伊里丝就飞快离去，
带着口信，来到普里阿摩斯的王宫，
只听王宫中，全是一片悲恸的哀号声。
国王的儿子们在庭院里围坐在父亲周围，
泪水打湿了衣衫；而老人坐在正中，被
一条斗篷紧紧地包裹。只见他灰白的头上
和脖子上，全是泥土和秽物，那是当他
在地上打滚时，亲手抓起涂抹在身上的。
他的女儿和媳妇们，也在宫中到处痛哭，
怀念所有死在阿耳吉维人手里的英雄。
宙斯的使者来到普里阿摩斯身边对他说话，
虽然话音轻柔，却早已把他吓得浑身颤抖。
“达耳达诺斯之子普里阿摩斯，不要怕！
我来到这里，是怀着好意，而不会给你
带来恶兆。我是宙斯的使者，他虽然远在
天上，却十分关心你，怜悯你的遭遇。
俄林波斯主神命你前去赎回心爱的儿子，
你要带上礼物，以平息阿基琉斯的愤怒。
但你要只身前往，不要带其他的随从，但
一位年老的传令官可以跟着你，为你赶骡子
和轮子光滑的马车，以便把阿基琉斯杀死的
英雄的遗体，拉回城堡。他让你不要想到死，
不必担心害怕，他会给你派来一位无畏的神
做向导，这位神曾经杀死阿耳戈斯，他会
一直把你引到阿基琉斯的住处。当神祇
把你引入阿基琉斯的营帐，阿基琉斯不仅
不会杀你，而且还会阻止其他人杀你。

因为阿基琉斯并不愚蠢，也不会莽撞，
他会接受神的旨意，宽恕一个求饶者。”

说完，快捷的伊里丝随即转身离去。
普里阿摩斯吩咐儿子们备好轮子光滑的
骡车，把一只柳条编制的箱子绑在车上；
自己则步入散发着雪松清香的储藏室，
那儿的屋顶高耸，堆着许多金银财宝。
于是他唤来妻子赫卡柏，对她说道：
“夫人，宙斯派出使者，从俄林波斯山
给我捎来口信，命我去阿开亚人的船寨，
赎回心爱的儿子，用赎金平息阿基琉斯的
愤怒。快来告诉我你的意见，我将怎么办？
我的心灵中有一股冲动，正强烈地催促我，
要我前往阿开亚人的船队，和宽敞的营寨。”

听他这么说，他妻子却哭叫着这样回答他：
“你可不能这么做！你的理智哪里去了？
过去你凭着智慧，无论是在外邦人那里，
还是在由你统治的人民中，赢得过声誉，
你怎么可以孤身一人前往阿开亚人的海船，
去见那个杀死你许多勇敢的儿子的人？
你的心一定像铁块那样！如果你落到他的
手里，那个野蛮而背信弃义的家伙，一定
不会怜悯你，尊重你！我们还是坐在自己
家中的厅堂里，远远地离开赫克托耳，
为他的死而哭泣。这便是不可抗拒的命运
早在我生出他时，就为他搓好的毁灭之线[1]，

[1] 命运女神共三位，第一位注定命运，第二位搓命线，第三位在人将死的时候，剪断他的命线。

他远离双亲，死在一个比他强的人手里，
奔跑的饿狗将吞食他的肉体。我真想咬住
那人的肝脏，把他吞下！只有如此，方能
缓解杀儿的心头之恨。我儿被他杀害的时候，
并没有贪生怕死，而是勇敢地站出来，保卫
特洛伊人和束着低腰的特洛伊妇女，他从来
没有想到过要逃跑，也没有想到过躲避！”

只听年迈的神一样的普里阿摩斯这样回答：
“你不要阻拦我这个一心想去的人！你也
不要成为一只预示恶兆的鸟，飞进我的王宫！
你不能使我回心转意。如果发布这个命令的
是其他什么凡人，或某个辨察鸟迹的预言家
或祭司，我或许会不相信，但现在，我是
亲耳从一位女神那里听到这个旨谕的，还
亲眼看见了她的面孔，所以，我非去不可，
她的话不是儿戏。如果我命中注定要死在
披铜甲的阿开亚人的船边，我也死得心甘。
阿基琉斯可以一刀把我杀掉，只要让我
碰到我的儿子，拥抱他，满足哭泣的愿望！”

普里阿摩斯打开箱子上面精美的箱盖，
拿出十二件漂亮的袍子、十二件单层的
斗篷、十二条毛毯、十二件雪白的披肩，
以及同样数量的衬袍。然后他又称出
十个塔兰同的黄金，还拿出两个闪亮的铜
鼎、四口大锅，以及一只精美的酒杯，
那是他以前出使色雷斯时，得到的礼物，
现在，老人对它也忍痛割爱，带离厅堂。
因为他想赎回爱子，已经不顾一切了。

随即他大声吆喝，把特洛伊人都赶出门廊：
“全都给我滚开，你们这些无用的废物！
难道你们在自己家里哭得不够，还要跑到
我这里，给我添麻烦？克罗诺斯之子宙斯
夺走了我最好的儿子，给了我这样的痛苦，
这一切难道还不够吗？很快你们就会知道，
赫克托耳死了，你们更容易被阿开亚人杀死。
但愿我在城堡被劫前，就撒手人寰去冥府！”

普里阿摩斯破口大骂，举着王杖去追赶众人，
众人吓得逃了开去。他转而又唤来自己的儿子，
他们是赫勒诺斯、帕里斯和卓越的阿伽松，
帕蒙、安提福诺斯和擅长在战场吼叫的波利忒斯，
以及德伊福波斯、希波苏斯和高贵的秋俄斯，
老人粗暴地咒骂这九个儿子，命令他们道：
“你们这些辱没我的败家子，赶快动手！
但愿你们代替赫克托耳，被杀死在快船边！
我的天！我的命运真悲惨！在辽阔的特洛伊，
我曾有过最好的儿子，但他们全都离我而去！
神一样的墨斯托、驾驭烈马的特罗伊洛斯，
以及赫克托耳，他是凡人中的神，不像凡人的
儿子，而像神明所生。这些儿子全被阿瑞斯
杀死了，剩下的就是你们这帮辱没我的废物——
骗人、在舞场上跳舞、偷自己人民的羊群！
你们还不赶快动手备车，把所有这些东西
都放到马车上去，好让我们立刻起程赶路！”

见老人破口大骂，儿子们全都心里惧怕，
连忙把那辆新近制作的轻便骡车搬出来，
并将一只柳条箱子绑在车上。他们从

挂钩上取下黄杨木的骡轭，那上面有个
结实的木结，木结上安着导圈；他们还
取来九肘长的连着轭架的轭绳，把车轭
稳稳地套入光滑辕杆向前伸的弯顶上，
然后将导圈再套入辕杆末端的钉子，绑在
突结上，在左右两边各绕三圈，一圈圈地
拉紧。最后把剩余的绳索拉过来，拴在
车杆末端的钉子上。于是，他们从储藏室
抬出无数赎取赫克托耳遗体的礼物，堆在
轮子光滑的骡车上；他们又为蹄子强健的
骡子上轭，这对拉车的骡子，是密西亚人
送给普里阿摩斯的珍贵礼物。最后，他们
拉出普里阿摩斯的驭马，给这些马上轭，它们
都是老人亲手从光滑的马厩里喂养大的良驹。

普里阿摩斯就这样，在高大的王宫里，
和使者心事重重地给马和骡子上了轭。
赫卡柏来到他们的身边，也满腹忧伤，
右手拿着一只满斟了美酒的金杯，
好让他们在上路之前，向神明祭奠。
她站在驭马前，向普里阿摩斯劝道：
“请你接过酒杯，向宙斯父亲祭奠，
求他保佑你从敌人的营寨中平安地返回，
既然你不顾我的意愿，执意要去他们的
海船。对克罗诺斯之子祈祷吧！他汇聚
乌云、高高地居住在伊达山上，俯瞰着
特洛伊大地，求他遣送他那迅捷的信使，
一只能显示预兆的飞鸟，出现在你的
右前方，你一旦看见，便有信心前往
战车快捷的达奈人的海船。这只鸟在

飞禽中最强大，也最受宙斯的宠爱。
如果传播雷电的宙斯不给你派来有预兆的
信使，我就恳求你不要前往阿耳吉维人的
海船，不管你多么急切地想要动身上路！”

听她这么说，神一样的普里阿摩斯答道：
“夫人，你的这番劝告，我可不想违抗；
我最好举起双手，这样求得宙斯的怜悯。”
老人说完，就叫侍女取来净水，给他洗手。
侍女端着盆子和水罐走上前来，站在他的
身边侍候。普里阿摩斯净过手，就从妻子
手中接过酒杯，站在庭院中间望着天空
祈祷，一边洒酒祭神，口中念念有词道：
“宙斯父亲，伊达山上统治我们的主神，
光荣的典范，伟大的象征！答应我，
阿基琉斯会以仁慈之心欢迎我，怜悯我。
请给我派一只显示预兆的飞鸟来，他是
你迅捷的使者，在飞禽中最强大，也最
受你的宠爱。让它出现在我的右前方，
好让我有信心前往快捷的达奈人的海船。”

他说完，智慧的宙斯听到了他的这番祈祷，
随即派遣一只老鹰下凡，它是飞禽中兆示
最准的猎鸟，紫褐色的羽毛，人称“紫鸟”。
只见老鹰展开翅膀，就像富贵人家家里
储藏财宝的库门，门上闩了一根粗重的门闩。
老鹰飞越城市时，翅膀也这样宽阔地展开，
它从右前方向他们飞来，人们因此欢喜雀跃。

于是，老人急切地登上备好的马车，

驱车穿过大门和荡着回声的门廊。
骡子拖着四轮马车，由经验丰富的
伊代俄斯驾驶，跑在前头；老人自己
挥鞭赶着马车跟在其后，迅速地穿过
特洛伊的城区；他的亲人全都跟在后面，
悲痛地哭泣，仿佛他这次出行是去送死。
当他俩离开城区，来到宽阔的平原时，
普里阿摩斯的儿子、女婿和其他送行者
全都转身返回伊利昂。那传播雷电的宙斯
望见他俩驾车出现在平原上，便认出这老人，
心生怜悯，马上招呼心爱的儿子，对他说道：
“赫耳墨斯，神明中谁也没有你热情，
喜欢和凡人做伴，倾听他们的祷告，你就
去接引普里阿摩斯吧，把他带往阿开亚人
宽大的海船，不要让任何达奈人看见他已经
来到他们中间，进入裴琉斯之子的帐篷。”

宙斯的这番话，那位杀死过阿耳戈斯的向导
不敢违抗。他立即穿上精美的绳鞋，那鞋是
黄金制造永不损坏的，神穿着它，能够像
疾风那样迅速地跨越大海和广阔的陆地。
赫耳墨斯手里还拿着一根魔杖，他用这根
魔杖按照自己的意愿，既可把凡人催入睡眠，
又可让他们从睡梦中醒过来。只见那强有力的
杀死过阿耳戈斯的神手持魔杖飞快地离去，
转眼之间便来到特洛伊和赫勒斯庞特海海峡。
他从那里开始步行，化身为一位年轻王子，
唇上刚长出胡子，正是风华年少的模样。
这时，普里阿摩斯和使者两人已驱车驶过
伊洛斯那高大的坟墓，他们便勒住骡子和马，

让畜生们到河滩去饮水，因为黑夜已经降临；
昏暗中，使者看见赫耳墨斯正从不远处走来。
于是，他对普里阿摩斯这样高声大叫说道：
“达耳达诺斯的后裔，快瞧，这里有情况！
我看见有人来，我担心他会来把我们撕裂！
你考虑一下，我们是立刻赶着马车逃跑，
还是跑去抱住他的膝盖，求他手下留情！”

听他这么说，老人心乱如麻，吓得全身的
汗毛都竖起在柔软的肢体上，站在车上发呆。
幸好神明走上前来，握住老人的手，问道：
“请问老伯，在这神赐的夜晚，凡人都已
酣睡，你却赶着骡马要到什么地方去？
难道你不怕那些怒气冲冲的阿开亚人士兵？
他们残酷无情，带着仇恨，就在你的附近。
要是他们中有人看见你运送这么多财宝，
在迅速降临的夜晚赶路，后果真是不堪设想。
你自己已不年轻，而你的侍从也是个老人，
无力击退寻衅闹事之人，能够自卫就已不错。
不过，我不会害你，反而会帮你，为你挡开
试图加害于你的人。因你很像我亲爱的父亲。”

只听那神一样的老人普里阿摩斯回答道：
“亲爱的孩子，事情正如你所说的那样。
但是，某位神祇看来仍然在伸手保佑我，
因为他给我送来像你这样绝好的行路人！
瞧你的身姿和俊美的容貌，还有聪明的
头脑，有你这样的儿子，父母真是有福气！”

听他说完，那杀死阿耳戈斯的向导回答道：

“老人家，你的这些话，说得一点都不差。
不过，还是请你告诉我，要说老实话，
你是把这么多贵重的财物送到城外，是为了让别人
替你保管吗？是因为你的儿子——那个不屈地
同阿开亚人作战的最好的英雄已阵亡，所以
你们便害怕，准备放弃神圣的伊利昂出逃？”

听他这么说，那神一样的老人普里阿摩斯问道：
“高贵的年轻人，你是谁？你的父母又是谁？
关于我儿子的命运和死亡，你怎么说得这么准？”

只听那位杀死过阿耳戈斯的向导答道：
“老人家，你在用神一样的赫克托耳
试探我？我曾经多次在人们争得荣誉的
战场上亲眼见过他。那天，他手里挥舞着
锋利的铜枪，不停地砍杀阿耳吉维人，
把他们全部赶回海船上去了。我们站在
那里观看，觉得很奇怪，阿基琉斯为何
要同阿伽门农生气，不让我们参战。
我是阿基琉斯的侍从，和他乘坐同一条
坚固的海船来到这里。我是墨耳弥冬人，
父亲名叫波鲁克托耳，殷实富有，和你
一样，已经年迈；他有六个儿子，我排行
第七；我们拈石阄，结果我中了，就出征。
现在，我刚离开海船来到平原：因为拂晓
时分，眼睛闪亮的阿开亚人就要开始围城。
他们现在正焦躁不安地闲坐在营寨里，连
阿开亚人的国王都无法抑制他们的战斗热情。”

只听那神一样的老人普里阿摩斯说道：

“如果你真是裴琉斯之子阿基琉斯的侍从，
那么请你告诉我实情，我的儿子是否
还躺在海船边。说不定，阿基琉斯已
肢解他的手脚，扔出去喂了疯狂的狗群？”

听他这么说，那杀死过阿耳戈斯的向导答道：
“老人家，赫克托耳正躺在阿基琉斯的船寨
里完好如初，狗和兀鹰还不曾把他吞吃；他在
那里躺了十二天，躯体没有腐烂，也没有被
那些腐食阵亡将士躯体的蛆虫所侵蚀。每天
清晨，阿基琉斯都残暴地拖着他，围绕心爱的
朋友的坟墓奔驰，却不能损伤赫克托耳的躯体。
你若是亲眼看见，他的肌肤像露珠一样新鲜，
血迹已被净洗，身上那些被人用铜枪刺穿的
伤痕也已被修整填平，你一定会惊奇不已。
那些幸福的神祇如此关照、爱护你的儿子，
虽然他已变成一具死尸，依然受到他们的宠爱。”

听他这么说，老人非常高兴，就对他说道：
“我的孩子，祭祀神明、给他们献上合适
的礼物，日后必有好处。就说我的儿子——
假如我真的拥有过他——在他的厅堂里，
从来也没有怠慢过那些家住俄林波斯的众神，
所以，他们记着他的虔诚，即便他命该早死。
来吧，收下这只精美的酒杯，托神的福，求你
保障我的安全，送我前往裴琉斯之子的营寨。”

听他这么说，那位杀死过阿耳戈斯的向导答道：
“老人家，你又视我年轻在试探我了，你可不能
让我背着阿基琉斯，接受你的礼物。我打心眼里

惧怕他、尊敬他，断然不敢抢夺他的财物欺骗
他，日后，此事定会给我带来麻烦。而我仍然愿意
真心地为你做向导，哪怕前往那著名的阿耳戈斯，
一同乘上那迅捷的海船，或是靠腿力步行着去。
绝不会有人胆敢蔑视你的向导，而对你发起攻击！”

说完，乐善好施、喜欢救助凡人的神祇
从马后跃上了车，一把抓过皮鞭和缰绳，
给骡子和马注入巨大的气力。他们驱车
来到防护海船的壕沟和防护墙前，哨兵们
正忙着准备吃晚饭。那杀死过阿耳戈斯的
向导把他们全都催眠，然后迅速打开门闩，
把普里阿摩斯带进去，再把装载着贵重礼物的
骡车运进去。他们一路前行，来到裴琉斯之子的
营帐，这座高大的营帐是慕耳弥冬人为他们的
国王建造的。他们从特洛伊草原的泽地上，
采来大量的茅草盖成顶篷；并且用密集的
木桩，为他们的国王圈出一片宽敞的院子；
用来插住大门的门闩是一根巨大的松木，
需要三个阿开亚人方能将它推上闩拢，把它
拉出的时候，仍然需要三个阿开亚人的力气；
而阿基琉斯，仅凭一臂之力，就可将它闩上。
这时，乐善好施、喜欢救助凡人的神祇赫耳墨斯
替老人打开了大门，把装载着送给捷足阿基琉斯的
贵重礼物的大车赶了进去，他自己从马后跃下，
对普里阿摩斯这样说道：“老人家，站在你的
身边帮助你的，其实是一位长生不老的神祇。
我是赫耳墨斯。天父差我下凡来做你的向导。
现在，我就要离去，我不愿出现在阿基琉斯的
面前，让一个凡人当面款待一位不死的神明，

这样做定会激怒诸神。但你自己可以走上前，
抱住裴琉斯之子的膝盖，以他的父亲、美发的
母亲和他儿子的名义向他哀求，打动他的心。”

赫耳墨斯说完，即转身返回俄林波斯山。
普里阿摩斯则从马后下车，跳到地上，
留下伊代俄斯，原地看守骡子和马，
自己则迈步向前，朝着宙斯宠爱的
阿基琉斯经常休息的厅堂走去。他发现
英雄正坐在里面，他的伙伴则坐在远处。
只有两个人——勇士奥托墨冬和阿瑞斯的
后裔阿尔基摩斯，在他身边殷勤地侍候。
他刚刚吃好饭，餐桌还摆在身边，国王
普里阿摩斯步入营帐时，没有被人看见。
于是普里阿摩斯靠近阿基琉斯，站到他的
面前，抱住他的膝盖，亲吻他那双曾经
杀死过他许多儿子的屠夫的大手。这就像
一个人在家乡杀了人，便带着极度的迷狂
和恐惧，逃到异乡避难，找到一位富足的
主人向他哀告，使旁观者大为惊奇那样。
阿基琉斯看见神一样的老人普里阿摩斯，
也很吃惊，众人更是面面相觑，惊诧不已。
只听普里阿摩斯向阿基琉斯这样恳求道：
“神一样的阿基琉斯，想一想你的父亲，
他和我一般年纪，都已到了痛苦的苍苍暮年！
四周的邻人可能折磨他、骚扰他，而家中无人
挺身而出保护他，使他免于灾祸和苦难。
但是当他听说你还活在人间，心里一定会高兴，
并日日夜夜盼望心爱的儿子，能够从特洛伊
大地回到故乡。而我的命运很不幸，尽管我

在辽阔的特洛伊，有过最好的儿子；但是，
他们全都离我而去！我在阿开亚人进兵前，
一共有五十个儿子，十九个是同母所生，
其余的出自妃嫔。但他们中大部分人的膝盖
早就给狂暴的阿瑞斯弄得软弱无力，我只剩下
一个中用的儿子，来保卫我的城堡和人民——
他就是几天前死在你手里的我儿赫克托耳！
我现在为了他来到阿开亚人的船寨，给你
带来无数的礼物，打算从你手中将他赎回。
阿基琉斯，敬畏神明吧，你要怜悯我这个
老人；想想你的父亲，我比他更值得怜悯！
我忍受了世间凡人没法忍受的事情：用他的
嘴唇去亲吻杀害他儿子之人的双手。”

听他这么说，激起了阿基琉斯对父亲的
思念之情。他碰着老人的手，就轻轻地
把他推开，他俩的心里都在思念亲人。
老人蜷缩在裴琉斯之子的脚边，哭悼着
勇敢的赫克托耳，而阿基琉斯则因想念
父亲而流泪，一会儿又哭帕特罗克洛斯；
只听悲惨的哭声在营帐里回荡。等神一样的
阿基琉斯哭够，流尽了辛酸的眼泪，恸哭的
欲望离开了他的肉体和心灵，他便从座椅上
站起，握住老人的手，将他搀扶起来。
阿基琉斯怜悯老人灰白的须发，就对他
这样说道，快捷的话语仿佛长出了翅膀：
“不幸的老人，你承受了多少悲痛和苦难！
你怎会有这么大的胆量，独自来到阿开亚人的
船寨，来见我这个杀死你那么多儿子的人？
我想你的心一定是铁块铸成的。来吧，

请你坐在这张靠椅上；尽管我们很悲伤，
还是让我们把悲伤埋在心底，因为冰冷的
哭悼，对任何人都不会有好处。神明就是
这样为不幸的凡人编织他们的命运之线；
使我们一生多灾多难，而神明自己则总是
快乐无忧。宙斯宫殿的地上，放着两只瓮罐，
里面盛放着不同的礼物：一只装福，另一只
装祸。倘若雷电之神宙斯把这两只瓮中之物
混合，给凡人送去，那么他的运气就时好时坏。
如果宙斯只给凡人祸罐中的礼物，那人就会
离乡背井，忍受凶恶的饥渴，在神圣的大地上
四处流浪，并受到神人的辱骂，不被人尊敬。
混合的命运也降临在裴琉斯的头顶。当他出生的
时候，神祇赐给他美好的礼物，使他比其他凡人
更富有，更幸福，统治着墨耳弥冬人民。尽管他
生为凡人，神明却把一位长生不死的女神嫁给他。
然而，神明又降祸于他，使他在宫中生不出继承
王位的后裔，却只生下我这个注定会早死的儿子。
我不能在他的晚年照顾他，给他养老送终，因为
我正逗留在远离故土的特洛伊城下，给你和你的
儿子们带来痛苦。老人家，你也一样！听说你
从前也有过兴旺的时候：你的疆域达到海外，
远至莱斯波斯，马卡耳的国度，东抵弗吕吉亚的
内陆，北达宽阔的赫勒斯庞特海海峡。人们都说
你老人家的财富和儿子的数目，比这地域内的
所有人都来得多。但时过境迁，天上的神明又
给你带来这场灾难，你的城外总是战争和死亡不断。
你必须忍受这一切，不要长久地悲伤，哭个没完。
因为你哭悼儿子，于事无补，你不可能使他
起死回生，这样还会给你带来其他的麻烦。”

听他说完，神一样的老人普里阿摩斯答道：
“宙斯宠爱的人，不要叫我坐下，因为
赫克托耳还躺在屋里，无人看守，还未下葬。
请你赶快把他交还于我，也好让我亲眼看见
自己的儿子。请你收下我们带来的大量礼物！
你可以回到家乡去享受这些东西，假如你
放我一条生路，让我存活下来，看见日光。”

只见捷足的阿基琉斯凶恶地盯着他，说道：
“老人家，不要惹我生气！我已决定把
赫克托耳交还于你；我的生身母亲，海洋
老人的女儿，作为宙斯的信使已来过。
至于你，普里阿摩斯，你的事我全知道！
是某位神明把你引到这阿开亚人迅捷的
快船。没有一个凡人敢到我们的营寨来，
哪怕他是个身强力壮的年轻人也不行。
他没法躲过哨兵的眼睛，也不能轻易地
打开门后的门闩。所以，你不要在我伤心
之际继续刺激我，挑起我的怒气，免得我
在营帐里结果你的性命，尽管你是一个
恳求者；那样，我就会违背宙斯的谕令。”

听他这么说，老人心里害怕，顺从了他。
只见裴琉斯之子像一头狮子，冲到门口，
不止他一人，身后跟着两位侍从——勇士
奥托墨冬和阿尔基摩斯；帕特罗克洛斯
死后，两位是阿基琉斯最尊重的伙伴。
他俩把骡子和马下了轭，将老国王的侍从
带进室内，让他坐在椅子上，然后，从轮子
光滑的骡车里，搬出无数用来赎回赫克托耳

尸体的礼物，却留下两件斗篷和一件做工
精致的衬袍，等他们载着尸体回家之际，
用作裹尸之用。阿基琉斯大声唤来侍女，
要她们悄悄地在一旁净洗尸身，抹上油膏，
不让普里阿摩斯看见，免得他心里悲痛，
压不住丧子的愤怒，从而刺激阿基琉斯去
把老人杀了，因此违反了宙斯的谕令。
侍女们洗净尸身，给它抹上油膏，拿
一件衬袍和一件漂亮的斗篷盖在尸身上。
阿基琉斯亲自动手，将他抱上担架，又同
伙伴一起，把担架抬上了轮子光滑的骡车。
只见他大哭起来，呼唤着好友的名字说道：
“帕特罗克洛斯，要是你在哈得斯的冥府
听说此事，不要生我的气，我已把卓越的
赫克托耳交还给他父亲。他给我很多礼物，
像往常一样，我会分给你应得的那一份。”

神一样的阿基琉斯这样说着，走回营帐，
坐在他刚才离开的座位对面，靠墙的一把
做工精致的椅子上，对着普里阿摩斯说道：
“老人家，按你的要求，我已交还你的儿子。
他正躺在担架上，破晓时分，你便可以看见
他的容颜，把他运回去。现在我们该吃晚饭了；
即便那美发的尼娥珀，也不会拒绝饮食，
虽然她的十二个儿女——六个女儿和六个
风华正茂的儿子全被杀死在厅堂里[1]。阿波罗
对尼娥珀很生气，用银弓射杀她的所有儿子，

[1] 尼娥珀是忒拜的王后，以子女众多引以为豪，嘲笑女神勒托只生了阿波罗和阿耳忒弥丝一子一女，并禁止忒拜妇女向勒托奉献祭品，女神受到侮辱，复仇心切，于是阿波罗和阿耳忒弥丝将尼娥珀的子女尽数杀死。

而女猎神阿耳忒弥丝则杀尽她的女儿们，
因为尼娥珀自以为可与美貌的勒托攀比，
讥笑勒托只生了两个子女，自己却是这么多
儿女的母亲。虽然他们只有两个，却杀了
尼娥珀所有的子女。死者躺倒在血泊里，
一连九天无人替他们收尸，克罗诺斯之子
已把所有人[1]化成了石头。到了第十天，
诸神下凡，埋葬了他们。尼娥珀这时已
哭得死去活来，却仍然没有忘记吃喝。
据说在西皮洛斯荒凉的山中、某块高耸的
岩壁间，长生不死的女神从阿开洛伊俄斯河的
河滩跳舞回来，常到那里去歇息；而尼娥珀
化作了石头，也在那里思考神祇降给她的灾难。
因此来吧，尊贵的老人，让我们也来吃喝。
等你把心爱的儿子运回伊利昂的时候，再
哀悼他，到时你可泪水洗面地放声痛哭。”

说完，捷足的阿基琉斯跳将起来，去宰了
一头银白的绵羊；伙伴们则剥去皮毛，
把羊肉收拾干净，熟练地切成小块，
挑在叉尖，仔细烧烤后，脱叉备用。
奥托墨冬把面包放在精美的篮子里，
摆上每一张餐桌；而阿基琉斯分肉，
人们就伸手抓起面前的食物吃起来。
当他们满足了食欲，达耳达诺斯之子
普里阿摩斯，凝视着阿基琉斯，不禁
对他的俊美和像神明一般高大的身躯
感到惊奇；而这时，阿基琉斯也在注视

[1] 指忒拜人，因为尼娥珀的罪过受到连累。

达耳达诺斯之子普里阿摩斯，羡慕他
高贵的仪表和谈吐。当他俩互相看够后，
神一样的老人普里阿摩斯首先对他说道：
“宙斯宠爱的人，请你赶快安排我睡觉，
好让我躺在床上，享受甜美睡眠的愉悦。
自从我的儿子死在你的手下，我就一直
没有合过眼。我总是在恸哭哀悼，沉湎在
数不清的痛苦中，在院子里的粪堆里翻滚。
现在，我吃饱了食物，晶亮的美酒浸润了
我的喉咙；在此之前，我什么也没有吃过。”

听老人这么说，阿基琉斯随即吩咐侍女
和伙伴们，在门廊下为他铺了一张床，
在床上铺好厚实的紫色褥子，覆上毛毯，
毯子上又铺上被单，压上羊毛被。女仆们
手持火把走出厅堂，动手准备，顷刻之间
就铺好了两张床。只听捷足的阿基琉斯对
普里阿摩斯这样说道：“亲爱的老人，
请你睡在外头，那是怕被阿开亚人的
首领们看见。按照惯例，他们常到我
这里来，坐在我的身边商议事情，
如果有人在这飞逝的黑夜里看见你，
就会马上报告军队的统帅阿伽门农，
你赎回尸体的时间说不定就会推迟。
此外，请你确切地告诉我实情，你要
多少天给神一样的赫克托耳举行葬仪？
这期间，我会停战，不让阿开亚人打仗。”

只听神一样的老人普里阿摩斯这样答道：
“如果你真的愿意我为神一样的赫克托耳
举行隆重的葬礼，阿基琉斯，你这样做，
让我感恩不尽。你知道我们被围困在城里，

要到遥远的山上砍柴，特洛伊人都很畏惧。
我们将在厅堂里哀悼赫克托耳九天，第十天
举行葬礼，摆设丧宴，让大伙吃上一顿；
第十一天，我们要为他筑一座坟；第十二天——
如果我们必须打仗的话——两军可重新开战。”

听他这么说，捷足的阿基琉斯答道：
“普里阿摩斯老人，就按你说的去办；
我会在你需要的期限里，让部队休战。”

说完，阿基琉斯握住老国王的右手腕，
免得他担惊受怕。他们就这样，把两位
客人，普里阿摩斯和同来的侍者，安置在
厅堂前带遮顶的门廊下睡觉，两个人心事
重重，而阿基琉斯则睡在坚固的营帐深处，
身边躺着那位美颊的姑娘——布里塞伊丝。

这时，诸神和驾驭战车的凡人都已酣睡，
整夜被温柔的睡眠所征服，唯有乐善好施、
喜欢帮助凡人的赫耳墨斯，还不曾被睡神
所捕获，心中思考着如何保护好国王
普里阿摩斯，带着他躲过强有力的守门人，
安全地离开船寨。于是他悬在老人的头顶，
对他说道：“老人家，你竟然不顾眼前的
危险，躺在敌营之中安睡，只因阿基琉斯
不曾把你伤害。你虽已付出一大笔礼物，
赎回你的爱子，假如此事让阿特柔斯之子
阿伽门农知道，让其他阿开亚人知道，
你家中的孩子将付出三倍于此的财物，
赎回你的生命。”

听他这样说完，老人害怕地叫醒侍者。

赫耳墨斯为他们给骡子和马上好轭，
亲自赶着迅速穿过营区，不让别人发现。

当他们来到那条宙斯父亲创造的、河水清澈、
打着漩涡的珊索斯河河边时，赫耳墨斯离开了
他们，返回俄林波斯山的山顶；黎明抖开她
金红色的长袍，把曙光撒遍大地。老人和侍者
赶着马车进城，尸体由骡车拉着跟在马车后面；
他们一路哭泣，城墙里，竟没有一个人看见。
无论是男人，还是束着低腰的美颊的女子，
都没有像卡桑德拉那样早将他们发现。这个
姑娘，像金色的阿芙洛狄忒那般美丽，早已
登上裴耳伽摩斯门的顶端。她看到亲爱的父亲
站在马车上，他的侍从加信使站在他的身边。
她还在骡车上见到了躺在担架上的那个人，
于是她尖叫一声，呼唤声传遍了整个城区：
“特洛伊的男人和女人！快来看赫克托耳，
你们曾满怀希望，盼着他从杀敌的战场生还！
他给我们这座城市，给所有的人民带来过快乐！”

听到她的喊叫，人们倾城而出，不管男人
还是女人，个个都痛不欲生。他们在城门
附近围住运尸进城的普里阿摩斯，赫克托耳的
妻子和尊贵的母亲撕扯着自己的头发，最先
扑到轮子光滑的骡车上，紧紧抱住死者的头；
众人围在她们的身边放声大哭。人们本来
会在这城门前哭上一整天，直到太阳西沉，
要不是老人站在马车上对众人这么高声喊：
“给我闪开，让骡车通过！等我把他带到
家中，你们可以尽情地恸哭，悲痛地哀悼。”

听他这么说，人们向两边让出一条道，

让骡车通过。他们把赫克托耳抬进那座
辉煌的宫殿后，把他放在一张绳床上。
哭丧的歌手们坐在他的身边，唱起挽歌，
听他们一唱，女人们就发出悲哀的和声。
白臂膀的安德罗玛开怀中抱着丈夫那杀敌的
赫克托耳的脑袋，在她们中间领唱挽歌：
“我的丈夫，你这般年轻就丧了命！把我
这个寡妇丢在厅堂里，守着年幼的婴儿，
你我一对不幸之人的后代！我知道，还未
等他长大成人，我们的城堡就会被攻克
洗劫，从城楼顶到底部的墙基，整个
特洛伊城都将被毁，因为你已不在人间。
你保卫过它，也保卫过城内高贵的妻子
和无助儿童，这些不幸的人，会坐上
宽大的海船去陌生的地方，我也是其中的
一个；孩子啊，你也将随我同去，在一位
苛刻的主人面前干苦役。或许某个阿开亚人
会抓住你，把你从城楼上扔下，摔死在墙基[1]，
因为他们恨你父亲，赫克托耳曾经杀死过
他的亲人——他的父亲、兄弟或儿子，那么多的
阿开亚人头朝地、嘴啃泥地死在赫克托耳手里！
在残酷的战斗中，你父亲从来不心慈手软。
现在全城人都在悲悼他的死，可是赫克托耳
你给你不幸的双亲带来了难以形容的痛苦。
但痛苦最深、最强烈的是你的妻子！因为
你死的时候，并没有从床上对我伸出双手，
也没有向我说一句有用的话语，好使日夜
想你流泪的时候，使我思索，终身受益！”

安德罗玛开这样哭诉着，妇女们和之以悲叹。

[1] 特洛伊沦陷后，赫克托耳的儿子阿斯图阿纳克斯就是这样被摔死的。

接着，赫卡柏在她们中领头唱起凄楚的挽歌：
“赫克托耳——这么多孩子中我最喜欢的一个。
在你生前受到神的宠爱，虽然你命定死去，
他们仍在关心你。那捷足的阿基琉斯曾经
抓过我好几个儿子，卖到遥远的大海那边，
卖到萨摩斯、英勃罗斯和烟雾弥漫的莱姆诺斯。
后来他又用锋利的铜枪夺走了你的生命，还
拖着你绕着被你杀死的帕特罗克洛斯的坟，
一圈圈地跑，可他没法使心爱的伙伴复活。
现在你躺在厅堂里，像朝露一样鲜艳，就像
是被银弓之神阿波罗用温柔的箭射死的。”

赫卡柏这样哭诉着，引来一连串的哀悼。
海伦在他俩之后，领头唱起了悲伤的挽歌：
“赫克托耳，在我丈夫的兄弟中，我最
喜欢你！我那神一样的丈夫亚历克山德罗斯
把我带到特洛伊，但愿我在这之前，早就
离开了人世！我从故乡出走，来到这里
已经二十年，但你从没对我说过一句
难听的话；如果你有哪位兄弟姐妹，或某个
穿漂亮裙子的弟媳，或你的母亲在厅堂里斥责我——
你父亲除外，他总是那么温和，就像我的亲爹——
你总会出面制止他们，苦口婆心地劝慰。
所以我要哭悼你的死，也为自己的命运悲叹，
在这辽阔的特洛伊大地，我再也找不到一个
对我这么友好的人；所有人都不愿意见我。”

听海伦这么哭诉，众人和之以悲叹。只听
那年迈的国王普里阿摩斯在他们中说道：
“特洛伊人，你们快上山砍柴，运回城来！
不要担心阿耳吉维人会伏击你们，阿基琉斯
在我离开漆黑的海船前，已经答应，绝不

伤害我们，直到第十二个黎明的降临。”

听他这么说，众人就给牛和骡子上了轭，
迅速地在城堡前聚集起来。他们一连几天，
运来大堆的木柴。当第十个黎明的曙光
洒向人间时，他们流着眼泪，抬出英勇的
赫克托耳的遗体，放在柴堆上点火焚烧。

当初升的曙光把玫瑰色的手指伸向天空时，
人们簇拥在火化显赫的赫克托耳的柴堆边。
众人聚齐后，他们先用晶亮的美酒浇灭
柴堆上那些仍在燃烧的余火，然后，
赫克托耳的兄弟和伙伴们收捡起白骨，
大声地哀哭，泪水流下了面颊。他们
把捡起的白骨放入一只黄金的盒子，
再用柔软的紫色毛巾层层地将它包裹；
他们迅速地将盒子放入墓穴，再堆上
许多巨大的石块，密密实实地垒起来，
封好墓顶，而负责警戒的哨兵站在周围
以防穿胫甲的阿开亚人提前来进攻。
他们就这样筑好坟茔返身回城，他们又
聚起来，在宙斯养育的国王普里阿摩斯的
宫殿，分享奠祭赫克托耳的丰盛的丧宴。

特洛伊人就这样安葬了驯马好手赫克托耳。

附　录　人物地名对照表

A

阿芭耳拉（Abarbara）：山泽女仙。

阿巴斯（Abas）：特洛伊先知欧鲁波达马斯之子，被狄俄墨得斯所杀。

阿邦忒斯人（Abantes）：族兵，居家欧波亚。

阿伯勒罗斯（Ableros）：特洛伊人，被安提洛科斯所杀。

阿比俄伊人（Apollo）：宙斯和勒托之子，特洛伊人的主要保护神。

阿达马斯（Adamas）：特洛伊人，阿西俄斯之子，被墨里俄奈斯所杀。

阿德墨托斯（Admemas）：塞萨利亚国王，裴瑞斯之子，欧墨洛斯之父。

阿德瑞斯忒亚（Adresteia）：城市，位于特洛伊附近。

阿德瑞斯托斯（Adrestos）：（1）西库昂国王。（2）率领阿德瑞斯忒亚兵勇的首领，被狄俄墨得斯所杀。（3）特洛伊人，被墨奈劳斯和阿伽门农所杀。（4）特洛伊人，被帕特罗克洛斯所杀。

阿尔菲俄斯（Alpheios）：河流，在伯罗奔尼撒西部。

阿耳戈斯（Argos）：（1）城市，受狄俄墨得斯制统。（2）整个阿耳戈斯地区，阿伽门农统治的地域。（3）泛指希腊。（4）裴拉斯吉亚阿耳戈斯，即阿基琉斯统辖的地域。

阿耳格阿斯（Argeas）：波鲁墨洛斯之父。

阿尔基摩斯（Alkimos）：墨耳弥冬首领之一。

阿尔基墨冬（Alkimedon）：墨耳弥冬首领之一，即阿尔基摩斯。

阿耳吉萨（Argissa）：塞萨利亚城市，受波鲁波伊忒斯制统。

阿耳吉维人（Argive）：即阿开亚人。

阿耳卡底亚（Argives）：地域名，位于伯罗奔尼撒中部。

阿尔卡苏斯（Alkathoos）：特洛伊人，埃涅阿斯的堂表兄弟，埃苏厄忒斯之子，被伊多墨纽斯所杀。

阿尔康德罗斯（Alkandros）：特洛伊盟友，鲁基亚人，被奥德修斯所杀。

阿耳开洛科斯（Archelochos）：安忒诺斯之子，被埃阿斯所杀。

阿耳开普托勒摩斯（Alcheptolemos）：特洛伊人，伊菲托斯之子，赫克托耳的驭手，被丢克罗斯所杀。

阿尔开丝提丝（Alkestis）：可德墨托斯之妻，欧墨洛斯之母。

阿尔克马昂（Alkmaon）：阿开亚人，被萨耳裴冬所杀。

阿尔克墨奈（Alkmene）：安菲特鲁昂之妻，赫拉克勒斯之母。

阿尔库娥奈（Alkuone）："海鸟"，玛耳裴莎的小名。

阿耳奈（Arne）：城市，在波伊俄提亚。

阿尔莎娅（Arthaia）：墨勒阿革罗斯之母。

阿耳忒斯（Altes）：莱勒格斯国王，其女劳索娥乃普里阿摩斯的妻房之一。

阿耳西努斯（Aphareus）：赫卡墨得之父。

阿法柔斯（Aphareus）：阿开亚人，被埃涅阿斯所杀。

阿芙洛狄忒（Aphrodite）：宙斯和狄娥奈之女，埃涅阿斯的母亲。

阿革莱娅（Aglaia）：尼柔斯之母。

阿格劳斯（Agelaos）：（1）特洛伊人，夫拉得蒙之子，被狄俄墨得斯所杀。（2）阿开亚人，被赫克托耳所杀。

阿革里俄斯（Agrios）：卡鲁冬王子，波耳修斯之子。

阿格诺耳（Agenor）：特洛伊战勇，安忒诺耳之子，曾拼战阿基琉斯。

阿伽克勒斯（Agakles）：特洛伊人，厄揞勾斯之父。

阿伽门农（Agamemnon）：阿特柔斯之子，慕凯奈国王，阿开亚联军的统帅。

阿伽墨得（Agamede）：慕利俄斯之妻。

阿伽裴诺耳（Agapenor）：安格开俄斯之子，阿耳卡底亚人的首领。

阿伽塞奈斯（Agasthenes）：厄利斯人，奥格亚斯之子，波鲁克塞诺斯之父。

阿伽斯特罗福斯（Agastrophos）：特洛伊人，被狄俄墨得斯所杀。

阿伽维（Agaue）：涅柔斯之女，海仙。

阿基琉斯（Achilleus）：裴琉斯和忒提丝之子，慕耳弥冬人的首领。

阿卡马斯（Akamas）：(1）特洛伊人，安忒诺耳之子，被墨里俄奈斯所杀。(2）色雷斯首领，欧索里斯之子，被埃阿斯所杀。

阿开洛伊俄斯（Acheloios）：(1）希腊境内最长的河流。(2）河流，位于弗鲁吉亚境内。

阿开萨墨诺斯（Akessamenos）：色雷斯首领。

阿开亚（Achaia）：泛指希腊。

阿开亚人（Achaians）：希腊人。

阿克里西俄斯（Akrisios）：阿耳戈斯先王，达娜伊之父。

阿克苏洛斯（Axulos）：特洛伊盟友，居家阿里斯贝，被狄俄墨得斯所杀。

阿克泰娅（Aktaia）：涅柔斯之女，海仙。

阿克托耳（Aktor）：(1）宙斯之子，阿斯图娥开之父。(2）克忒阿托斯和欧鲁托斯的前人。(3）墨诺伊提俄斯之父，帕特罗克洛斯的祖父。(4）厄开克勒斯之父。

阿克西俄斯（Axios）：河流，变即河神，裴勒工之父，位于派俄尼亚。

阿拉斯托耳(Alastor)：(1)阿开亚人，皮洛斯首领之一。(2)鲁基亚人，被奥德修斯所杀。(3）特罗斯之父。(4）阿开亚人，丢克罗斯的军友。

阿莱苏里亚（Araithurea）：城市，受阿伽门农制统。

阿勒格诺耳（Alegenor）：阿开亚人普罗马科斯之父。

阿雷俄斯（Aleios）：平原，在小亚细亚。

阿雷鲁科斯（Areilukos）：(1）阿开亚人，普鲁索厄诺耳之父。(2）特洛伊人，被帕特罗克洛斯所杀。

阿雷苏斯（Arelthoos）：(1）墨奈西俄斯之父，别名“大棒斗士”，被鲁库耳戈斯所杀。(2）特洛伊人，被阿基琉斯所杀。

阿里昂（Arion）：安德拉斯的名马。

阿里摩伊（Arimoi）：地名，在基利基亚。

阿里斯巴斯（Arisbas）：雷俄克里托斯之父。

阿里斯贝（Arishe）：城市，位于特罗阿得地区。

阿里娅德奈（Ariadne）：米诺斯之女。

阿鲁贝（Alube）：哈里宗奈斯人的城，在小亚细亚，黑海以南。

阿洛欧斯（Aloeus）：厄菲阿尔忒斯和俄托斯之父。

阿洛培（Alope）：城镇，受阿基琉斯制统。

阿洛斯（Alos）：城镇，受阿基琉斯制统。

阿马仑丘斯（Amarungkeus）：厄利斯英雄，阿开亚人狄俄瑞斯之父。

阿玛塞娅（Amatheia）：涅柔斯之女，海仙。

阿门托耳（Amiodaros）：福伊尼克斯之父。

阿米索达罗斯（Amisodaros）：鲁基亚男士，阿屯尼俄斯和马里斯之父。

阿莫帕昂（Amopaon）：特洛伊人，被丢克罗斯所杀。

阿慕冬（Amudon）：派俄尼亚城市。

阿慕克莱（Apaisos）：城市，邻近斯巴达。

阿奈莫瑞亚（Anemoreia）：城市，在福基斯境内。

阿派索斯（Apaisos）：城市，位于特洛伊以（东）北。

阿丕萨昂（Apisaon）：(1）特洛伊人，被欧鲁皮洛斯所杀。(2）特洛伊人，被鲁科墨得斯所杀。

阿普修得丝（Apseudes）：涅柔斯之女，海仙。

阿瑞奈（Arene）：城市，位于皮洛斯附近。

阿瑞斯（Ares）：宙斯和赫拉之子，战神，特洛伊人的助佑。

阿瑞塔昂（Aeetaon）：特洛伊人，被丢克罗斯所杀。

阿萨托斯（Aretos）：特洛伊人，被奥托墨冬所杀。

阿萨拉科斯（Assarakos）：特罗斯之子，伊洛斯和伽努墨得斯的兄弟，埃涅阿斯的曾祖父。

阿赛俄斯（Asaios）：阿开亚人，被赫克托耳所杀。

阿斯卡拉福斯（Askalaphos）：阿开亚人，阿瑞斯之子，俄耳科墨诺斯首领。被德伊福波斯所杀。

阿斯卡尼俄斯（Askanios）：阿斯卡尼亚首领。

阿斯卡尼亚（Askania）：城市，在弗鲁吉亚。

阿斯克勒丕俄斯（Asklepios）：大医士，阿开亚人马卡昂和波达雷里俄斯之父。

阿斯浦勒冬（Aspledon）：米努埃人的城国，在俄耳科墨诺斯附近。

阿斯忒里昂（Asterion）：塞萨利亚城市，受欧鲁皮洛斯制统。

阿斯忒罗派俄斯（Asteropaios）：特洛伊盟友，派俄尼亚首领，被阿基琉斯所杀。

阿斯图阿洛斯（Astualos）：特洛伊人，被波鲁波伊忒斯所杀。

阿斯图阿纳克斯（Astuanax）："城国之主"赫克托耳之子。

阿斯图努斯（Astunoos）：（1）特洛伊人，被狄俄墨得斯所杀。（2）特洛伊驭手，普罗提昂之子。

阿斯图皮洛斯（Astupulos）：特洛伊盟友，派俄尼亚人，被阿基琉斯所杀。

阿丝陀开（Astuoche）：阿斯卡拉福斯和亚尔墨诺斯之母。

阿丝陀开娅（Astuocheia）：特勒波勒摩斯之母。

阿索波斯（Asopos）：河流，在波伊俄提亚。

阿索斯（Athos）：山岬，位于爱琴海北岸。

阿特柔斯（Atreus）：阿伽门农和墨奈劳斯之父。

阿屯尼俄斯（Atumnios）：（1）特洛伊人，慕冬之父。（2）特洛伊人，马里斯的兄弟，被安饰洛科斯所杀。

阿西俄斯（Asios）：（1）呼耳塔科斯之子，特洛伊盟友，被伊多墨纽斯所杀。（2）赫卡贝的兄弟，赫克托耳的舅舅。

阿西奈（Asine）：城市，在阿耳戈斯地区。

阿宙斯（Azeus）：阿克托耳之父。

埃阿科斯（Aiakos）：宙斯之子，裴琉斯之父。

埃阿斯（Aias）：（1）萨拉弥斯人，埃阿蒙之子。（2）洛克里斯人，俄伊琉斯之子。

哈得斯（Haides）：克罗诺斯和蕾娅之子，宙斯和波塞冬的兄弟，掌管冥府。

埃多纽斯（Aidoneus）：哈得斯的别名。

埃俄洛斯（Aiolos）：西叙福斯之父。

埃俄奈（Eionai）：城市，位于阿耳戈斯地区。

埃俄纽斯（Eioneus）:（1）阿开亚人，被赫克托耳所杀。（2）特洛伊盟友雷索斯之父。

埃勾斯（Aigeus）：塞修斯之父。

埃吉阿蕾娅（Aigialeia）：狄俄墨得斯之妻。

埃吉阿洛斯（Aigialos）：帕夫拉戈尼亚城市。

埃吉昂（Aigion）：城市，位于阿伽门农的属地内。

埃吉利普斯（Aigilips）：城市，受奥德修斯制统。

埃吉纳（Aigina）：岛屿，受狄俄墨得斯制统。

埃伽伊（Aigai）：阿开亚城市。

埃伽伊俄斯（Aigaios）：百手巨怪，神们称其为布里阿柔斯。

埃勒西昂（Eilesion）：城市，在波伊俄提亚。

埃蕾苏娅（Eileithuia）：妇产之神。

埃涅阿斯（Aineias）：安基塞斯和阿鞭罗底忒之子，达耳达尼亚兵勇的首领。

埃尼俄斯（Ainios）：特洛伊盟友，派俄尼亚人，被阿基琉斯所杀。

埃诺斯（Ainos）：色雷斯城市。

埃培亚（Aipeia）：城镇，位于皮洛斯境内。

埃普（Aipu）：城市，在皮洛斯附近。

埃普托斯（Aiputos）：阿耳卡底亚英雄。

埃赛（Aithe）：阿伽门农的牝马。

埃塞波斯（Aisepos）:（1）河流，在泽勒亚附近。（2）特洛伊人，被欧鲁阿洛斯所杀。

埃丝拉（Aithra）：海伦的侍女。

埃松（Aithon）：赫克托耳的驭马。

埃苏厄忒斯（Aisuetes）:（1）英雄，坟冢筑在特洛伊平原上。（2）阿尔卡苏斯之父。

埃苏墨（Aisume）：城市，在色雷斯。

埃苏姆诺斯（Aisumnos）：特洛伊人，被赫克托耳所杀。

埃托利亚人（Aitolians）：来自希腊西北部的埃托利亚的兵勇，由索阿斯率领。

埃西俄丕亚人（Aithiopians）：族民。

埃西开斯人（Aithikes）：塞萨利亚部族。

安德莱蒙（Andraimon）：索阿斯之父。

安德罗玛开（Andromache）：厄提昂之女，赫克托耳之妻。

安菲昂（Amphion）：阿开亚人，厄利斯人的首领。

安菲达马斯（Amphidamas）:（1）库塞拉壮士。（2）俄普斯英雄，其子被帕特罗克洛斯所杀。

安菲俄斯（Amphios）:（1）墨罗普斯之子，统领阿德瑞斯忒亚盟军，被狄俄墨得斯所杀。（2）特洛伊盟友，塞拉戈斯之子，被埃阿斯所杀。

安菲格内亚（Amphigeneia）：城市，在皮洛斯附近，受奈斯托耳制统。

安菲克洛斯（Amphiklos）：特洛伊人，被墨格斯所杀。

安菲马科斯（Amphimakos）:（1）阿开亚人，厄利斯首领之一，被赫克托耳所杀。（2）特洛伊盟友，卡里亚人的首领。

安菲诺墨（Amphinome）：涅柔斯之女，海仙。

安菲索娥（Amphithoe）：涅柔斯之女，海仙。

安菲特鲁昂（Amphitruon）：赫拉克勒斯名义上的父亲（真正的父亲是宙斯）。

安福特罗斯（Amphitruon）：特洛伊人，被帕特罗克洛斯所杀。

安基阿洛斯（Anchialos）：阿开亚人，被赫克托耳所杀。

安基塞斯（Anchises）:（1）卡普斯之子，埃涅阿斯之父。（2）阿开亚人，厄开波洛斯之父。

安凯俄斯（Angkaios）:（1）阿伽裴诺耳之父。（2）普琉荣人，摔跤中被奈斯托耳击败。

安塞冬（Anthedon）：城镇，在波伊俄提亚。

安塞米昂（Anthemion）：特洛伊人，西摩埃西俄斯之父。

安塞亚（Antheia）：城镇，位于皮洛斯附近。

安忒诺耳（Antenor）：特洛伊首领，普里阿摩斯的参询，有子数人，《伊利亚特》中多有提及。

安特荣（Anteron）：城市，在塞萨利亚，受普罗忒西劳斯制统。

安忒娅（Anteia）：普洛托斯之妻，曾试图勾引柏勒罗丰忒斯。

安提法忒斯（Antiphates）：特洛伊人，被勒昂丢斯所杀。

安提福诺斯（Antiphonos）：特洛伊人，普里阿摩斯之子。

安提福斯（Antiphos）：（1）阿开亚人，塞萨洛斯之子，统领来自拜斯及附近岛的兵勇。（2）迈俄尼亚首领之一。（3）普里阿摩托车斯之子，被阿伽门农所杀。

安提洛科斯（Antilochos）：奈斯托耳之子，阿基琉斯喜爱的战勇。

安提马科斯（Atimachos）：裴桑得罗斯和希波各科斯以及希波马科斯之父。

昂凯斯托斯（Onchestos）：城市，在波伊俄提亚。

奥德修斯（Ocysseus）：阿开亚人，莱耳忒斯之子，忒勒马科斯之父。伊萨卡及的周围岛屿的主宰。

奥格埃（Augeiai）：（1）城市，在洛克里斯。（2）城市，在拉凯代蒙。

奥格亚斯（Augeias）：厄利斯王者。

奥利斯(Aulis)：欧波亚和希腊大陆之间的狭长地带。进兵特洛伊时，希腊舰队曾云集该地。

奥罗斯（Oros）：阿开亚人，被赫克托耳所杀。

奥托福诺斯（Autophonos）：波鲁丰忒斯之父。

奥托鲁科斯（Autolukos）：奥德修斯的外祖父。

奥托墨冬（Automedon）：阿基琉斯大林和帕特罗克洛斯的军友和驭手。

奥托努斯（Autonoos）：（1）阿开亚人，被赫克托耳所杀。（2）特洛伊人，被帕特罗克洛斯所杀。

B

巴利俄斯（Balions）：阿基琉斯的神马。

巴苏克勒斯（Bathuklos）：慕耳弥冬人，被格劳科斯所杀。

柏勒罗丰忒斯，或柏勒罗丰（Bellerophontes，Bellerophon）：科林斯英雄，萨耳裴冬和格劳科斯的祖父。

比厄诺耳（Bienor）：特洛伊人，被阿伽门农所杀。

波阿革里俄斯（Bogrios）：河流，在洛克里斯境内。

波达耳戈斯(Po-dargos):(1)赫克托耳的驭马。(2)墨奈劳斯的驭马。

波达耳格(Podarge)：牝马，受西风吹拂，孕产阿基琉斯的良驹。

波达耳开斯(Podarkes)：阿开亚人，继兄弟普罗忒西劳斯后，成为夫拉凯人的首领。

波达雷里俄斯(Podaleirios)：阿开亚人阿斯克勒丕俄斯之子,医者，斗士，和兄弟马卡昂一起统领来自俄伊卡利亚等地的兵勇。

波得斯(Podes)：特洛伊人，厄提昂之子，被墨奈劳斯所杀。

波耳修斯(Portheus)：埃托利亚英雄，阿革里俄斯，墨拉斯和俄伊纽斯之父。

波利忒斯(Polites)：特洛伊人，普里阿摩斯之子。

波鲁埃蒙(Poluaimon)：特洛伊人，阿莫帕昂之父。

波鲁波斯(Polubos)：特洛伊人，安忒诺耳之子。

波鲁多拉(Poludora)：裴琉斯之父，阿开亚人墨奈西俄斯之母。

波鲁多罗斯(Poludoros):(1)特洛伊人，普里阿摩斯最小的儿子，被阿基琉斯所杀。(2)枪手，被奈斯托耳击败。

波鲁丰忒斯(Poluphontes)：卡德墨亚人，被提丢斯所杀。

波鲁菲摩斯(Poluphemos)：和奈斯托耳同辈的英雄。

波鲁菲忒斯(Poluphetes)：特洛伊将领。

波鲁克塞诺斯(Poluxeinos)：阿开亚人，阿伽索奈斯之子，厄利斯人的首领之一。

波鲁克托耳(Poluktor)：赫耳墨斯对普里阿摩斯编造的父名。

波鲁墨莱(Polumele)：欧多罗斯之母。

波鲁墨洛斯(Pollumelos)：特洛伊盟友，鲁基亚人，被帕特罗克洛斯所杀。

波鲁内开斯(Poluneikes)：俄底浦斯之子，七勇攻忒拜的首领。

波鲁伊多斯(Poluidos):(1)特洛伊人，欧鲁达马斯之子，被奥德修斯所杀。(2)科林斯卜者，欧开诺耳之父。

波罗斯(Boros):(1)法伊斯托斯之父。(2)波鲁多拉之夫。

波瑞阿斯(Boreas)：北风(或东北风)。

波塞冬(Poseidon)：克罗诺斯及蕾娅之子，宙斯之弟，主宰海洋，阿开亚人的保护神。

波伊北（Boibe）：塞萨利亚城市，受欧墨洛斯制统。

波伊贝斯（Boibeis）：湖泊，在波伊北地域。

波伊俄提亚人（Boiotians）：族兵，居家希腊中部的波伊俄提亚。

布代昂（Boudeion）：城镇，位于慕耳弥冬境内。

布科利昂（Boukolion）：劳墨冬之子，埃塞波斯和裴达索斯之父。

布科洛斯（Boukolion）：斯菲洛斯之父，亚索斯的祖父。

布里阿柔斯（Briareos）：百手巨怪。

布里塞伊丝（Briseis）：布里修斯之女，阿基琉斯女伴。

布里修斯（Briseus）：布里修斯之女。

布鲁塞埃（Bruseiai）：城市，在拉凯代蒙境内。

布普拉西昂（Bouprasion）：城市，位于厄利斯境内，伯罗奔尼撒的西北部。

D

达娜娥（Danae）：珀耳修斯之母。

达耳达尼亚（Dardania）：达耳达诺斯的王国。

达耳达尼亚人：埃涅阿斯统领的部族。

达耳达诺斯（Dardania）:（1）宙斯之子，厄里克索尼俄斯之父，特洛伊王家的祖先。（2）特洛伊人，比阿斯之子，被阿基琉斯所杀。

达马斯托耳（Damastor）：特勒波勒摩斯之父。

达马索斯（Damasos）：特洛伊人，被波鲁波伊忒斯所杀。

达奈人（Dannans）：即阿开亚人，或阿耳吉维人。

达瑞斯（Dares）：特洛伊人，赫法伊斯托斯的祭司，培勾斯和伊代俄斯之父。

代达洛斯（Daidalos）：克里忒著名工匠。

代俄科斯（Deiochos）：阿开亚人，被帕里斯所杀。

代俄丕忒斯（Deeiopites）：特洛伊人，被奥德修斯所杀。

代科昂（Deikoon）：裴耳伽索斯之子，埃涅阿斯的伙伴，被阿伽门农所杀。

黛墨忒耳（Demeter）：宙斯的姐妹，裴耳塞丰奈的母亲，庄稼和收获女神。

代托耳（Daitor）：城市，在福克斯境内，普索附近。

德克莎墨奈（Dexamene）：涅柔斯之女，海仙。

德克西俄斯（Dexios）：阿开亚人，伊菲努斯之父。

德拉基俄斯（Drakios）：阿开亚人，厄利斯首领之一。

德鲁阿斯(Druas):(1)和奈斯托耳同辈的英雄。(2)鲁库耳戈斯之父。

德鲁俄普斯（Druops）：特洛伊人，被阿基琉斯所杀。

德谟科昂（Demokoon）：特洛伊人，普里阿摩斯的私生子，被奥德修斯所杀。

德谟勒昂（Demoleon）：特洛伊人，安忒诺耳之子，被阿基琉斯所杀。

德慕科斯（Demouchos）：特洛伊人，被阿基琉斯所杀。

德伊福波斯（Deiphobos）：特洛伊人，普里阿摩斯之子。

德伊普罗斯（Deipuros）：阿开亚人，被赫勒诺斯所杀。

德伊皮洛斯（Deipulos）：阿开亚人，塞奈洛斯的伴友。

德伊塞诺耳（Deisenor）：特洛伊将领。

狄昂（Dion）：城市，在欧波亚。

狄俄克勒斯（Diokles）：俄耳提洛科斯之子，阿开亚人俄耳西洛科斯和克瑞松之父。

狄娥墨得（Diomede）：福耳巴斯之女，阿基琉斯的女伴。

狄俄墨得斯（Diomedes）：阿开亚人，提丢斯之子。阿耳戈斯国王，被帕里斯所伤。

狄娥奈（Dione）：阿芙洛狄忒之母。

狄俄努索斯（Dionusos）：或狄俄尼索斯，宙斯和塞墨勒之子，酒和狂欢之神。

狄俄斯（Dios）：特洛伊人，普里阿摩斯之子。

丢卡利昂（Deukalion）：(1）克里特英雄，伊多墨纽斯之父。(2）特洛伊人，被阿基琉斯所杀。

丢克罗斯（Teukros）：阿开亚人，忒拉蒙的私生子，埃阿斯的同父兄弟，出色的弓手。

丢斯拉斯（Teuthras）:（1）阿开亚人，被赫克托耳所杀。（2）特洛伊人阿克苏洛斯之父。

丢塔摩斯（Teutamos）：莱索斯之父。

杜里基昂（Doulichion）：岛屿，在墨格斯的属地内。

杜马斯（Dumas）：赫于贝和阿西俄斯之父。

杜娜墨奈（Dunamene）：奈琉斯之女，海仙。

多多那（Dodona）：得取宙斯谕示的圣地，位于厄培罗斯，希腊西北部。

多里丝（Doris）：涅柔斯之女，海仙。

多隆（Dolon）：特洛伊侦探，被狄俄墨得斯和奥德修斯所杀。

多鲁克洛斯（Doruklos）：普里阿摩斯之子，被埃阿斯所杀。

多洛裴斯（Dolopes）：族民，居家弗西亚，受福伊尼克斯统治。

多洛丕昂（Dlolpion）：特洛伊人，斯卡曼得罗斯的祭司，呼浦塞诺耳（1）之父。

多洛普斯（Dolops）：阿开亚人，被赫克托耳所杀。

多托（Doto）：涅柔斯之女，海仙。

E

俄普斯（Opous）：城市，在洛克里斯。

俄底俄斯（Odios）:（1）特洛伊盟友，哈利宗奈斯人的首领之一，被阿伽门农所杀。（2）阿开亚信使。

俄底浦斯（Odipous）：莱俄斯之子，赛贝英雄。

俄耳科墨诺斯（Orchomenos）:（1）米努埃人的城市，位于希腊中东部，和波伊俄提亚接壤。（2）城市，在阿耳卡底亚。

俄耳墨尼昂（Ormenion）：塞萨利亚城市，受欧鲁皮洛斯制统。

俄耳墨诺斯（Ormenos）:（1）特洛伊人，被丢克罗斯所杀。（2）阿门托耳之父。（3）特洛伊人，被波鲁波伊忒斯所杀。

俄耳内埃（Orneiai）：城市，受阿伽门农制统。

俄耳塞（Orthe）：塞萨利亚城市，受波鲁波伊忒斯制统。

俄耳赛俄斯（Ortilochos）：特洛伊将领。

俄耳提洛科斯（Ortiochos）：狄俄克勒斯之父。

俄耳西洛科斯（Orsilochos）：（1）阿开亚人，狄俄克勒斯之子，被埃涅阿斯所杀。（2）特洛伊人，被丢克罗斯所杀。

俄菲尔提俄斯（Opheltios）：（1）特洛伊人，被欧鲁阿洛斯所杀。（2）阿开亚人，被赫克托耳所杀。

俄菲勒斯忒斯（Ophelestes）：（1）特洛伊人，被丢克罗斯所杀。（2）特洛伊盟友，派俄尼亚人，被阿基琉斯所杀。

俄卡莱（Okalea）：城市，在波伊俄提亚。

俄开阿诺斯（Okeanos）：环地巨河；养育神祇的水流。

俄开西诺斯（Ochesios）：阿开亚人裴里法斯。

俄勒尼亚石岩：厄利斯边界的地标。

俄勒诺斯（Olenos）：城市，在埃托利亚。

俄蕾苏娅（Oreithuia）：涅柔斯之女，海仙。

俄里兄（Orion）：星座。

俄利宗（Olizon）：塞萨利亚城市，受菲洛克忒忒斯制统。

俄林波斯（Olympos）：山脉，位于塞萨利亚北部，神的家居。

俄卢松（Olooson）：塞萨利亚城市，受波鲁波伊忒斯制统。

俄奈托耳（Onetor）：特洛伊人劳戈诺斯之父。

俄丕忒斯（Opites）：阿开亚人，被赫克托耳所杀。

俄瑞斯比俄斯（Oresbios）：波伊俄提亚人（阿开亚人），被赫克托耳所杀。

俄瑞斯忒斯（Orestes）：（1）阿开亚人，被赫克托耳所杀。（2）阿伽门农之子。（3）特洛伊人，被勒昂丢斯所杀。

俄斯罗纽斯（Othruoneus）：特洛伊人，卡桑德拉的未婚夫，被伊多墨纽斯所杀。

俄特伦丢斯（Otrunteus）：特洛伊人伊菲提昂之父。

俄特柔斯（Otreus）：弗鲁吉亚首领。

俄托斯（Otos）：（1）阿洛欧斯之子，曾和兄弟厄菲阿尔忒斯一起囚禁阿瑞斯。（2）阿开亚人，来自库勒奈，被波鲁达马斯所杀。

俄伊卡利亚（Oikalia）：塞萨利亚城市，在波达雷里俄斯和马卡昂统治的地域内。

俄伊琉斯(Oileus):(1)洛克里斯壮士,埃阿斯之父。(2)特洛伊人,被阿伽门农所杀。

俄伊纽斯（Oineus）：卡鲁冬英雄，波耳修斯之子，提丢斯和墨勒阿革罗斯之父。

俄伊诺毛斯（Oinomaos）:（1）阿开亚人，被赫克托耳所杀。（2）特洛伊人，被伊多墨纽斯所杀。

俄伊诺普斯（Oinops）：阿开亚人赫勒诺斯之父。

俄伊图洛斯（Oitullos）：城市，在拉凯代蒙。

厄菲阿尔忒斯（Ephialtes）：巨人，曾和兄弟俄托斯一起绑禁阿瑞斯。

厄芙拉(Ephura):(1)城镇,在塞勒伊斯河沿岸。(2)科林斯的别名。

厄夫罗伊人（Ephuroi）：族民，居家塞萨利亚，受过阿瑞攻打。

厄塞俄斯(Echios):(1)阿开亚人,墨基斯丢斯之父。(2)阿开亚人,被波利忒斯所杀。(3)鲁基亚人，被帕特罗克洛斯所杀。

厄基奈（Echinai）：墨格斯统治的一群岛屿。

厄开波洛斯（Echipolos）:（1）特洛伊人，被安提洛科斯所杀。（2）阿开亚人，安基塞斯之子。

厄开克勒斯（Echedles）：慕耳弥冬人，阿克托耳之子。

厄开克洛斯（Echeklos）:（1）特洛伊人，被帕特罗克洛斯所杀。（2）特洛伊人，阿格诺耳之子，被阿基琉斯所杀。

厄开蒙（Echemmon）:特洛伊人,普里阿摩斯之子,被狄俄墨得斯所杀。

厄克萨底俄斯（Exadios）：和奈斯托耳同辈的英雄。

厄拉索斯（Elasos）：特洛伊人，被帕特罗克洛斯所杀。

厄拉托斯（Elatos）：特洛伊盟友，被阿伽门农所杀。

厄勒昂（Eleon）：城市，在波伊俄提亚。

厄勒菲耳（Elephenor）：阿邦忒斯人的首领，被阿格诺耳所杀。

厄里波娅（Eeriboia）：厄菲阿尔忒斯和俄托斯的继母。

厄里娥丕丝（Erriopis）：俄伊琉斯之妻，墨冬的继母。

厄里克索尼俄斯（Erichthonios）：达耳达诺斯之子，特罗斯之父。

特洛伊先王。

厄利斯（Elis）：城市及伯罗奔尼撒西部，和奈斯托耳统治的皮洛斯毗邻。

厄洛奈（Elone）：塞萨利亚城市，受波鲁波伊忒斯统治。

厄鲁劳斯（Errulaos）：特洛伊人，被帕特罗克洛斯所杀。

厄鲁马斯（Erumas）：(1）特洛伊人，被帕多墨纽斯所杀。(2）特洛伊人，被帕特罗克洛斯所杀。

厄鲁斯莱（Eruthrai）：城市，在波伊俄提亚。

厄鲁西诺伊（Erutthinoe）：地名，在帕夫拉戈尼亚。

厄马西亚（Emathia）：位于希腊以北，即以后的马斯顿。

厄奈托伊人（Enetoi）：帕夫拉戈尼亚部族，特洛伊盟军。

厄尼俄裴乌斯（Eniopeus）：塞拜俄斯之子，赫克托耳的驭手，被狄俄墨得斯所杀。

厄尼奈斯人（Enienes）：阿开亚族兵，居家塞萨利亚西北。

厄尼斯培（Enispe）：阿耳卡底亚城镇。

厄诺培（Enops）：墨塞尼亚城镇，在皮洛斯附近。

厄诺普斯（Enops）：(1）特洛伊人萨特尼俄斯之父。(2）特洛伊人塞斯托耳之父。(3）克鲁托墨得斯之父。

厄努娥（Enuo）：战争女神。

厄努欧斯（Epaltes）：斯库罗斯国王。

厄帕尔忒斯（Epaltes）：鲁基亚人，被帕特罗克洛斯所杀。

厄培俄斯（Epeios）：阿开亚人，出色的拳手。

厄培勾斯（Epeigeus）：慕耳弥冬人，被赫克托耳所杀。

厄丕道罗斯（Epidauros）：城市，受狄俄墨得斯统治。

厄丕克勒斯（Epikles）：特洛伊盟友，鲁基亚人，被埃阿斯所杀。

厄丕斯托耳（Epitor）：特洛伊人，被帕特罗克洛斯所杀。

厄丕斯托罗福斯（Epistorophos）：(1）阿开亚人，福耳基斯首领。(2）特洛伊人，鲁耳奈索斯王者，被阿基琉斯所杀。(3）特洛伊盟友，哈利宗奈斯人的首领。

厄普托斯（Eputos）：裴里法斯之父。

厄柔萨利昂（Ereuthalion）：阿耳卡底亚壮士，被奈斯托耳所杀。

厄瑞克修斯（Erecheus）：雅典英雄。

厄忒俄克勒斯（Eteokles）：俄底浦斯之子，忒拜首领，曾抵抗阿耳吉维人的进攻。

厄忒俄诺斯（Eteonos）：城市，在波伊俄提亚。

厄提昂（Eetion）：（1）忒拜国王，安德罗玛开之父，被阿基琉斯所杀。（2）特洛伊人波得斯之父。（3）英勃国王，普里阿摩斯的朋友。

恩诺摩斯（Ennomos）：（1）特洛伊盟友，慕西亚首领兼卜占，被阿基琉斯所杀。（2）特洛伊人，被奥德修斯所杀。

F

法尔开斯（Phalkes）：特洛伊人，被安提洛科斯所杀。

法里斯（Pharis）：城市，在拉凯代蒙。

法乌西阿斯（Phausias）：特洛伊人阿丕萨昂之父。

法伊诺普斯（Phainops）：（1）特洛伊人珊索斯之父。（2）特洛伊人福耳库斯之父。（3）特洛伊人阿西俄斯之子，阿波罗曾以他的形貌出现。

法伊斯托斯（Phaistos）：（1）城市，在克里特。（2）特洛伊盟友，阿波斯之子，被伊多墨纽斯所杀。

菲达斯（Pheidas）：阿开亚人，雅典首领墨奈修斯的部将。

菲底波斯（Pheeidippos）：阿开亚人，塞萨洛斯之子，率领来自科斯及附属岛屿的兵勇。

菲勾斯（Phegeus）：特洛伊人，达瑞斯之子，被狄俄墨得斯所杀。

菲莱（Pherai）：（1）塞萨利亚城市，受欧墨洛斯制统。（2）城市，在皮洛斯附近。

菲勒托耳（Philetor）：特洛伊人德慕科斯之父。

菲鲁萨（Pherousa）：涅柔斯之女，海仙。

菲洛克忒忒斯（Philoktetes）：塞萨利亚首领，统带来自墨索的兵勇，遭蛇咬伤，被留在莱姆诺斯。

菲纽斯（Pheneos）：城市，在阿耳卡底亚。

菲瑞克洛斯（Phereklos）：特洛伊人，忒克同之子，曾为帕里斯造船，被墨里俄奈斯所杀。

菲瑞斯（Pheres）：阿德墨托斯之父，欧墨洛斯的祖父。

腓尼基人（Phoenicians）：族民，家居苏里亚沿岸，善航海。

斐亚（Pheia）：城市，位于皮洛斯附近，伯罗奔尼撒西南。

夫拉得蒙（Phradmon）：特洛伊人阿格劳斯之父。

夫拉凯（Phulake）：塞萨利亚城市，在普罗忒西劳斯统治的地域内。

夫拉斯（Phulas）：波鲁墨莱之父。

夫勒克厄斯人（Phlegues）：塞萨利亚部族。

夫琉斯(Phuleus)：阿开亚人墨格斯之父。在枪赛中被奈斯托耳击败。

夫西荣（Phthiron）：山脉，在米勒托斯附近。

福耳巴斯（Phorbas）：（1）莱斯波亚王者，狄俄墨得斯之父。（2）特洛伊人伊利俄纽斯之父。

福耳库斯（Phorkus）：特洛伊盟友，弗鲁吉亚人，被埃阿斯所杀。

福基斯（Phokis）：地域，位于希腊中部，和波伊俄提亚接壤。

弗鲁吉亚（Prugia）：位于特罗阿得以东，特罗伊盟邦。

芙洛墨杜莎（Phulomedousa)：阿雷苏斯之妻，阿开亚人墨奈修斯之母。

芙荣提丝（Phrontis）：潘苏斯之妻。

弗西亚（Phthia）：阿基琉斯的家乡，在塞萨利亚南部。

福波斯（Phoibos）：阿波罗的指称。

福伊尼克斯（Phoinix)：（1）阿门托耳之子，阿基琉斯的教师和伴友。（2）欧罗帕之父。

G

戈耳工（Gorgon）：女怪，目光可使凡人变成石头。

戈耳古西昂（Gorguthion）：特洛伊人，普里阿摩斯之子，被丢克罗斯所杀。

戈耳图那（Gortuna）：克里特城市。

戈诺厄萨（Gmoessa）：阿开亚城市，受阿伽门农制统。

格拉夫莱（Glaphulai）：城市，在塞萨利亚，受欧鲁墨斯制统。

格拉亚（Graia）：城市，在波伊俄提亚。

格劳凯（Glauke）：涅柔斯之女，海仙。

格劳科斯（Glaukos）：（1）萨耳裴冬的助手，鲁基亚军队的副帅。（2）西叙福斯之子，柏勒罗丰忒斯之父。格劳科斯的曾祖父。

格利萨斯（Glisas）：城市，在波伊俄提亚。

格瑞尼科斯（Grenikos）：河流，在特罗阿得。

格瑞尼亚的：奈斯托耳的指称（或饰称）。

古耳提俄斯（Gurtios）：慕西亚人，被埃阿斯所杀。

古耳托奈（Gurrtone）：塞萨利亚城市，受波鲁波伊忒斯制统。

古格（Guge）：湖泊，即古伽亚湖。

古伽亚（Gugaia）：湖泊，在迈俄尼亚。

古纽斯（Gouneus）：阿开亚人，统领来自多多那一带的兵勇。

H

哈耳马（Harma）：城镇，在波伊俄提亚。

哈耳摩尼得斯（Harmonides）：特洛伊铜匠，忒克同之父。

哈耳帕利昂（Harpalion）：帕夫拉戈尼亚人，特洛伊盟友，被墨里俄奈斯所杀。

哈利阿耳托斯（Haliartos）：城市，在波伊俄提亚。

哈利俄斯（Halios）：鲁基亚人，被奥德修斯所杀。

哈莉娅（Halia）：涅柔斯之女，海仙。

哈利宗奈斯人（Halizones）：特洛伊盟军，来自黑海南岸，由俄底俄斯和厄丕斯特罗斯率领。

海伦（Helen）：墨奈劳斯之妻，被帕里斯带出斯巴达，由此引发了特洛伊战争。

海蒙（Haimon）：（1）阿开亚人，皮洛斯首领之一。（2）迈昂之父。（3）莱耳开斯之父。

赫蓓（Hebe）：宙斯和赫拉之女，青春女神。

赫耳弥俄奈（Hermione）：城市，受狄俄墨得斯制统。

赫耳摩斯（Hermos）：河流，在弗鲁吉亚。

赫耳墨斯（Hermes）：宙斯之子，导者，又名阿耳吉丰忒斯。

赫法伊斯托斯（Hephaistos）：火神，赫拉之子，神匠。

赫卡柏（Hekabe）：杜马斯之女，普里阿摩斯之妻，赫克托耳之母。

赫卡墨得（Hekamede）：阿里斯努斯之女，奈斯托耳的女伴。

赫克托耳（Hektor）：普里阿摩斯之子，特洛伊首领，杀死帕特罗克洛斯，被阿基琉斯所杀。

赫拉（Hera）：克罗诺斯和蕾娅之女，宙斯的姐妹和妻子，阿开亚人的保护神。

赫拉克勒斯（Herakles）：宙斯和阿尔克墨奈之子，特勒波勒摩斯和塞萨洛斯之父。

赫拉斯（Hellas）：地域，受裴琉斯制统。

赫勒奈斯人（Hellenes）：居家赫拉斯的兵民。

赫勒诺斯（Helenos）：（1）阿开亚人，被赫克托耳所杀。（2）特洛伊拉克人，普里阿摩斯之子，先知和武士。

赫勒斯庞特（Hellespont）：海峡，位于特罗阿得和色雷斯之间，现名达达尼尔海峡。

赫利俄斯（Helios）：太阳。

赫利卡昂（Helikaon）：特洛伊人，安忒诺耳之子，劳迪凯之夫。

赫利开（Helike）：地域，受阿伽门农制统，在科林斯海峡边岸。

赫洛斯（Helos）：（1）城市，在拉凯代蒙。（2）城市，位于皮洛斯附近。

赫普塔波罗斯（Heptaporos）：河流，在特罗阿得。

赫斯裴耳（Hesper）：黑夜之星。

呼安波利斯（Huampolis）：城市，在福基斯。

呼德（Hude）：地域，在迈俄尼亚，物莫洛斯山一带。

呼耳弥奈（Hurmine）：城市，在厄利斯。

呼耳塔科斯（Hurtakos）：特洛伊人阿西俄斯之父。

呼耳提俄斯（Hurtios）：慕西亚人，被埃阿斯所杀。

呼莱（Hule）：城市，在波伊俄提亚。

呼里亚（Huria）：城市，在波伊俄提亚。

呼洛斯（Hulos）：河流，在慕西亚。

呼裴里昂（Hupeirochos）：赫利俄斯（太阳）指称。

呼裴罗科斯（Hupeirochos）：（1）特洛伊人，被奥德修斯所杀。（2）伊图摩纽斯之父。

呼培荣（Hupeiron）：特洛伊人，被狄俄墨得斯所杀。

呼裴瑞诺耳（Huperesia）：阿开亚城市，受阿伽门农制统。

呼裴瑞亚（Hupereia）：溪泉，位于欧鲁皮洛斯统治的地域内。

呼普塞诺耳（Hupsenor）：（1）特洛伊人，多洛丕昂之子，被欧鲁皮洛斯所杀。（2）阿开亚人，希帕索斯之子，被德伊福波斯所杀。

呼浦茜普莱（Hupsipule）：欧纽斯（其父伊阿宋）之母。

华得斯（Huades）：星座。

J

基科奈斯人（Kikones）：特洛伊盟友，家住色雷斯。

基拉（Killa）：城镇，在特罗阿得。

基里基亚人（Kilikians）：厄提昂统治的族民，居家忒拜一带，特洛伊附近。

基迈拉（Chmaira）：鲁基亚怪兽，被柏勒罗丰忒斯除杀。

基努拉斯（Kinuras）：塞浦路斯国王，曾以胸甲赠送阿伽门农。

基塞斯（Kisses）：塞阿诺之父，特洛伊人伊菲达马斯的祖夫。

伽耳伽罗斯（Gargaros）：伊达之巅。

伽拉苔娅（Galateia）：涅柔斯之女，海仙。

伽努墨得斯（Ganumedes）：特罗斯之子，众神使其成仙，当了宙斯的侍斟。

K

卡北索斯（Kabesos）：城市，特洛伊盟邦，可能位于特罗阿得。

卡德墨亚人（Kadmeians）：即忒拜人。

卡耳达慕勒（Kardamule）：城镇，位于皮洛斯附近。

卡尔基斯（Kalchis）：（1）城市，在欧波亚。（2）城市，在埃托亚。

卡尔卡斯（Kalchas）：阿开亚人，卜者。

卡尔科冬（Chalkodon）：厄勒菲诺耳之父。

卡勒托耳（Kaletor）：（1）阿开亚人，阿法柔斯之父。（2）特洛伊人，被埃阿斯所杀。

卡勒西俄斯（Kalesios）：特洛伊人，阿克苏洛斯的驭手，被狄俄墨得斯所杀。

卡里丝（Charis）：女神，赫法伊斯托斯之妻。

卡里亚人（Karians）：赫洛伊友军，家居小亚细亚南部，米勒托一带。

卡利阿罗斯（Kalliaros）：城市，在洛克里斯。

卡莉娅娜莎（Kallianassa）：涅柔斯之女，海仙。

卡莉娅内拉（Kallianeira）：涅柔斯之女，海仙。

卡鲁德奈（Kaludnai）：群岛，位于爱琴海东南部。

卡鲁冬（Kaludon）：埃托利亚之市，受索阿斯制统。

卡鲁斯托斯（Karustos）：城市，在欧波亚。

卡罗波斯（Charobos）：尼柔斯之父。

卡罗普斯（Charops）：特洛斯大林人，被奥德修斯所杀。

卡迈罗斯（Kameiros）：城市，在罗得斯。

卡帕纽斯（Kapaneus）：阿开亚人，塞奈洛斯之父。

卡普斯（Kapus）：阿萨拉科斯之子，安基塞斯之父，埃涅阿斯的祖父。

卡瑞索斯（Karesos）：河流，在特罗阿得。

卡桑德拉（Kassandra）：普里阿摩斯之女。

卡丝提娅内拉（Kastianeira）：特洛伊人，戈耳古西昂之母。

卡斯托耳（Kastor）：海伦的兄弟。

卡索斯（Kasos）：岛屿，在克拉帕索斯附近。

开勃里俄奈斯(Kebriones)：赫克托耳的兄弟，被帕特罗克洛斯所杀。

开耳西达马斯（Chersidamas）：特洛伊人，被奥德修斯所杀。

开法勒尼亚（Kephallenia）：岛屿，位于希腊西部，受奥德修斯制统。

开菲索斯（Kephisos）：河流，流经福基斯和波伊俄提亚。

开菲西亚（Kephisia）：湖泊，在波伊俄提亚境内。

开林索斯（Kerinthos）：城市，在欧波亚。

开纽斯（Kaineus）：和奈斯托耳同辈的英雄。

喀戎（Cheiron）：马人中最通人性者，阿斯克勒丕俄斯的老师。裴琉斯的朋友。阿基琉斯的师傅。

凯阿斯（Keas）：特罗伊泽诺斯之父。

凯拉冬（Keladon）：河流，可能位于皮洛斯及阿耳卡底亚边境。

考科尼亚人（Kaukonians）：特洛伊友军，来自小亚细亚。

考斯特里俄斯（Kaustrios）：河流，在小亚细亚。

科昂（Koon）：特洛伊人，安忒诺耳之子，被阿伽门农所杀。

科林斯（Korinth）：城市，受阿伽门农制统。

科罗诺奈亚（Koroneia）：城市，在波伊俄提亚。

科罗诺斯（Koronos）：阿开亚人，勒昂丢斯之父。

科派（Kopai）：城市，在波伊俄提亚。

科普柔斯（Kopreus）：欧鲁修斯的信使。裴里菲忒斯之父。

科斯（Kos）：海岛，位于爱琴海东北部。

科伊拉诺斯（Koiranos）：(1）鲁基亚人，被奥德修斯所杀。(2）阿开亚人，墨里俄奈斯的驭手，被赫克托耳所杀。

克拉奈（Krane）：海岛，帕里斯从拉凯代蒙返家路经该地。

克拉帕索斯（Krapathos）：岛屿，位于爱琴海东南部。

克勒俄布洛斯（Kliobou1os）：特洛伊人，被埃阿斯所杀。

克勒俄奈（Kleonai）：城市，受阿伽门农制统。

克勒娥帕特拉（Kliopatra）：伊达斯和玛耳裴莎之女。墨勒阿革罗斯之妻。

克雷昂（Kreion）：阿开亚人，鲁科墨得斯之父。

克雷托斯（Kleitos)：特洛伊人，普鲁达马斯的驭手，被丢克罗斯所杀。

克里萨（Krisa）：城市，在福基斯。

克里特（Krete）：岛屿，位于爱琴海南部，受伊多墨纽斯制统。

克鲁墨奈（Klumene）：(1) 海伦的侍女。(2) 涅柔斯之女，海仙。

克鲁塞（Chruse）：城镇，位于特洛伊附近，克鲁塞斯的家乡。

克鲁塞斯（Chruses）：阿波罗的祭司，居家克鲁塞，克鲁塞伊丝之父。

克鲁塞伊丝（Chrusothenis）：克鲁塞斯之女，阿伽门农的女伴。

克鲁索特弥斯（Chrusothemis）：阿伽门农之女。

克鲁泰奈丝特拉（Klutaimnestra）：阿伽门农之妻。

克鲁提俄斯（Klutios）：(1) 特洛伊人，劳墨冬之子，普里阿摩斯的兄弟，克勒托耳之父。(2) 阿开亚人，多洛普斯之父。

克鲁托墨得斯（Klutomedes）：拳手，被奈斯托耳击败。

克罗库勒亚（Krokuleia）：地名，位于伊萨卡。

克罗弥斯（Chromis）：慕西亚首领，被阿基琉斯所杀。

克罗米俄斯（Chromios）：(1) 奈斯托耳的伴从。(2) 普里阿摩斯之子，被狄俄墨得斯所杀。(3) 鲁基亚人，被奥德修斯所杀。(4) 特洛伊人，被丢克罗斯击杀。

克罗诺斯（Kronos）：乌拉诺斯之子，宙斯，哈得斯，波塞冬，赫拉，黛墨忒耳之父。被宙斯打入塔耳塔罗斯。

克罗伊斯摩斯（Kroismos）：特洛伊人，被墨格斯所杀。

克洛尼俄斯（Klonios）：阿开亚人，波伊俄提首领之一，被阿格诺耳所杀。

克诺索斯（Knosos）：城市，在克里特。

克荣纳（Kromna）：城市，在帕夫拉戈尼亚。

克瑞松（Krethon）：阿开亚人，被埃阿斯所杀。

克忒阿托斯（Kteatons）：阿克托耳名义上的儿子（其生身父亲是波塞冬），欧鲁托斯的孪生兄弟，安菲马科斯之父。

库福斯（Kuphos）：城市，位于希腊西北部。

库勒奈（Kulllene）：山脉，在阿耳卡底亚北部。

库鸣迪斯（Kumindis）：鸟名。

库摩多凯（Kumodoke）：涅柔斯之女，海仙。

库摩索娥（Kumothoe）：涅柔斯之女，海仙。

库诺斯（Kunos）：城市，在洛克里斯。

库帕里赛斯（Kupriseeis）：城市，在皮洛斯附近。

库帕里索斯（Kuparissos）：城市，在福基斯。

库普里丝（Kuprris）：即阿芙洛狄忒。

库瑞忒斯人（Kupris）：职托利亚部族，曾和卡鲁冬人交战。

库塞拉（Kuthera）：岛屿，位于拉凯代蒙以南。

库托罗斯（Kutoros）：城市，在帕夫拉戈尼亚。

L

拉达曼索斯（Rhadamanthos）：宙斯和欧罗帕之子，米诺斯的兄弟。

拉凯代蒙（Lakedaimon）：城市及其附近地带，位于伯罗奔尼撒南部，受墨奈劳斯制统。

拉里萨（Larissa）：裴拉斯吉亚城市，特洛伊盟邦。

拉丕赛人（Lapithai）：塞萨利亚部族，由波鲁波伊忒斯和勒昂丢斯统领。

拉斯（Laas）：城市，在拉凯代蒙。

莱耳开斯（Laerkes）：慕耳弥冬人，阿尔基墨冬之父。

莱耳忒斯（Laertes）：奥德修斯之父。

莱克托斯（Lektos）：突岬，位于特罗阿得。

莱勒格斯人（Leleges）：小亚细亚部族，特洛伊盟军。

莱姆诺斯（Lemnos）：岛屿，位于爱琴海东北部，特洛伊以西。

莱斯波斯（Lesbos）：岛屿，城市，位于小亚细亚海面，特洛伊以南。

莱索斯（Lethos）：特洛伊人希波苏斯之父，拉里萨国王。

勒托（Leto）：阿波罗和阿耳特弥斯之母。

朗波斯（Lampos）：特洛伊人，劳墨冬之子，多洛普斯之父。赫克托耳的驭马。

劳达马斯（Laodmas）：特洛伊人，安忒诺耳之子，被埃阿斯所杀。

劳达墨娅（Laodameia）：柏勒罗丰忒斯之女，萨耳裴冬其父宙斯之母。

劳边凯（Laodike）：(1) 普里阿摩斯之女，赫利卡利昂之妻。

（2）阿伽门农之女。

劳多科斯（Laodokos）:（1）特洛伊人，安忒诺耳之子，雅典娜曾以他的形貌出现。（2）阿开亚人，安提洛科斯的驭手。

劳戈诺斯（Laogonos）:（1）特洛伊人，俄奈托耳之子被墨里俄奈斯所杀。（2）特洛伊人，比阿斯之子，被阿基琉斯所杀。

劳墨冬（Laothoe）：特洛伊国王，伊洛斯之子，普里阿摩斯之父。

劳索娥（Laothoe）：阿尔忒斯之女，替普里阿摩斯生子波多罗斯和鲁卡昂。

勒昂丢斯（Leonteus）：阿开亚人，科罗诺斯之子，和波鲁波伊忒斯一起统领来自阿耳吉萨的拉丕赛人。

雷俄克里托斯（Leiokritos）：阿开亚人，被埃涅阿斯所杀。

蕾奈（Rhene）：阿开亚人，墨冬其父俄伊琉斯之母。

雷索斯（Rhesos）:（1）特洛伊盟友，埃俄纽斯之子，色雷斯王者，被狄俄墨得斯所杀。（2）河流，在特罗阿得。

雷托斯（Leitos）：阿开亚人，和裴奈琉斯一起统领波伊俄提亚兵勇，被赫克托耳击伤。

雷娅（Rhea，Rheia）：宙斯之母，另有子波塞冬和哈得斯，有女赫拉和黛墨忒耳。

里革摩斯（Rhigmos）：裴瑞斯之子，特洛伊盟友，色雷斯人，被阿基琉斯所杀。

里培（Ripe）：城市，在阿耳卡底亚。

利昆尼俄斯(Likumnios)：赫拉克勒斯的舅舅,被忒勒波勒摩斯所杀。

利莱亚（Lilaia）：城市，在福基斯。

莉诺蕾娅（Limnoreia）：涅柔斯之女，海仙。

林多斯（Lindos）：城市，在罗得斯。

琉科斯（Leukos）：奥德修斯的伴友，被安提福斯所杀。

鲁耳奈索斯（Lurnessos）：城市，在特罗阿得，伊达山下，布里塞伊丝的家乡。

鲁基亚（Lukia）:（1）位于小亚细亚南部，萨耳裴冬和劳格斯统治的地域。（2）潘达罗斯的故乡。位于泽勒亚一带，特洛伊附近。

鲁卡昂（Lukaon）:（1）特洛伊人，潘达罗斯之父。（2）普里阿摩斯和劳索娥之子，被阿基琉斯所杀。

鲁卡斯托斯（Lukastos）：城市，在克里特。

鲁科丰忒斯（Lukophontes）：特洛伊人，被丢克罗斯所杀。

鲁科夫荣（Lukophron）：阿开亚人，马耳托斯之子，埃阿斯的伙伴，被赫克托耳所杀。

鲁科墨得斯（Lukomedes）：阿开亚人，枪杀阿丕萨昂。

鲁克托耳（Luktor）：城市，在克里特。

鲁孔（Lukon）：特洛伊人，被裴奈琉斯所杀。

鲁库耳戈斯（Lukourgos）:（1）德鲁阿斯之子。因攻击狄俄努索斯而受到神的惩罚。（2）壮士，战杀阿雷苏斯。

鲁桑得罗斯（Lusandros）：特洛伊人，被埃阿斯所杀。

鲁提昂（Rhution）：城市，在克里特。

罗得斯（Rhodes）：岛屿，位于爱琴海东南部，兵勇们由特勒波勒摩斯统领。

罗底俄斯（Rhokios）：河流，在特罗阿得。

洛克里斯（Lokris）：位于希腊中东部，俄伊琉斯之子埃阿斯统治的地域。

洛克里亚人（Lokrians）：家居洛克里斯的兵民。

M

玛耳裴莎（Marpessa）：欧厄诺斯之女，伊达斯之妻。

马革奈西亚人（Magnesians）：塞萨利亚族兵，由普罗苏斯统领。

马卡昂（Machaon）：阿开亚人，阿斯克勒丕俄斯之子，战勇，医者，和兄弟波达雷里俄斯一起统领来自特里开和俄伊卡利亚的塞萨利亚兵勇，被帕里斯击伤。

马卡耳（Makar）：莱斯波斯先王。

马里斯（Maris）：鲁基亚人，特洛伊盟友，被斯拉苏墨得斯所杀。

马塞斯（Mases）：城市，受狄俄墨得斯制统。

马斯托耳（Mastor）：阿开亚人鲁科弗荣之父。

迈安得罗斯（Maiandros）：特洛伊盟军，家居迈俄尼亚，古格河畔，小亚细亚中部。

迈拉（Maira）：涅柔斯之女，海仙。

迈马洛斯（Maimalos）：裴桑得罗斯之父。

曼提奈亚（Mantineia）：城市，在阿耳卡底亚。

门忒斯（Mentos）：基科奈斯人的首领，阿波罗曾以他的形貌出现。

门托耳（Mentor）：英勃里俄斯之父。

米得亚（Mideia）：城市，在波伊俄提亚。

米勒托斯（Miletos）：（1）城市，在克里特。（2）卡里亚城市，位于小亚细亚南部。

米诺斯（Minos）：宙斯和欧罗帕之子，丢卡利昂之父，克里特先王。

米努埃俄斯（Minueios）：河流，位于伯罗奔尼撒西部，奈斯托耳王国的边界。

米努埃人（Minuai）：俄耳科墨诺斯族兵，由阿斯卡拉福斯和亚尔墨诺斯统领。

摩利俄奈斯（Moliones）：孪生兄弟克忒阿托斯和欧鲁托斯。

摩洛斯（Molos）：阿开亚人，墨里俄奈斯之父。

墨得昂（Medeon）：城市，在波伊俄提亚。

墨得茜卡丝忒（Medesikaste）：普里阿摩斯之女，英勃里俄斯之妻。

墨冬（Medon）：（1）阿开亚人，俄伊琉斯的私生子，协助统领来自墨索奈的塞萨利亚兵勇，被埃涅阿斯所杀。（2）特洛伊将领。

墨耳墨罗斯（Mermeros）：特洛伊人，被安提洛科斯所杀。

墨革冬（Mugdon）：弗鲁吉亚兵勇的统帅。

墨格斯（Meges）：阿开亚人，夫琉斯之子，统领杜利基昂和厄利斯兵勇。

墨基斯丢斯（Mekisteus）：（1）欧鲁阿洛斯之父。塔劳斯之子，杰出的拳手。（2）阿开亚人，厄基俄斯之子，被普鲁达马斯所杀。

墨伽斯（Megas）：特洛伊人裴里摩斯之父。

墨拉尼波斯（Melanippos）：（1）特洛伊人，被忒乌克罗斯所杀。（2）特洛伊人，希开塔昂之子，被安提洛科斯所杀。（3）特洛伊人，被帕特罗克洛斯所杀。（4）阿开亚首领。

墨拉斯（Melas）：波耳修斯之子，俄伊纽斯的兄弟。

墨朗西俄斯（Melanthios）：特洛伊斯之子，卡鲁冬王子。

墨里俄奈斯（Meriones）：阿开亚人，伊多墨纽斯的助手。

莫利昂(Molion)：特洛伊人,苏姆勃莱俄斯的助手,被奥德修斯所杀。

墨利波亚（Meliboia）：塞萨利亚城市，受菲洛克忒忒斯制统。

墨莉忒（Melite）：涅柔斯之女，海仙。

莫鲁斯（Molus）：特洛伊人，希波提昂之子，被墨里俄奈斯所杀。

墨罗普斯（Merops）：裴耳科忒卜占,阿德瑞斯托斯和安菲俄斯之父。

墨奈劳斯(Menelaos)：阿特柔斯之子,阿伽门农的兄弟,海伦的前夫,拉凯代蒙国王。

墨奈塞斯（Menesthes）：阿开亚人，被赫克托耳所杀。

墨奈西俄斯（Menesthios）:（1）阿开亚人，阿雷苏斯之子，被帕里斯所杀。（2）阿开亚人，慕耳弥冬将领之一。

墨奈修斯（Menetheus）：裴忒俄斯之子，雅典兵勇的首领。

墨诺伊提俄斯（Menoitios）：阿克托耳之子，帕特罗克洛斯之父。

默农（Menon）：特洛伊人，被勒昂丢斯所杀。

墨塞（Messe）：城市，在拉凯代蒙。

墨赛斯（Messeis）:（希腊）井泉，具体位置不明。

墨斯勒斯（Mesthles）：特洛伊盟友，迈俄尼亚人的首领。

墨斯托耳（Mestor）：特洛伊人，普里阿摩斯之子。

墨索奈（Methone）：塞萨利亚城市，受菲洛克忒忒斯制统。

慕冬（Mukon）:（1）特洛伊人，阿屯尼俄斯之子，普莱墨奈斯的驭手，被安提洛科斯所杀。（2）俄尼亚人，被阿基琉斯所杀。

慕耳弥冬人（Murmidons）：弗西亚族民，居家塞萨利亚南部，受裴琉斯统治；在特洛伊前线，慕耳弥冬兵勇由阿基琉斯统领。

慕耳西诺斯（Mursinos）：城市，在厄利斯。

慕卡勒（Mukale）：山脉，位于卡里亚，小亚细亚南部，贯穿米勒托斯。

慕卡勒索斯（Mukalesos）：城市，在波伊俄提亚。

慕凯奈（Mukenai）：城市，阿伽门农的“都城”，位于阿耳戈斯城以北五英里。

慕里奈（Murine）：雅马宗女壮士，神祇以她的名字称呼特洛伊城前的一座土丘。

慕利俄斯（Moulios）：（1）厄利斯壮士，被奈斯托耳所杀。（2）特洛伊人，被帕特罗克洛斯所杀。（3）特洛伊人，被阿基琉斯所杀。

慕奈斯（Munes）：特洛伊人，鲁耳奈索斯国王，欧厄诺斯之子。

慕奈索斯（Mnesos）：特洛伊盟友，派俄尼亚人，被阿基琉斯所杀。

慕西亚人（Musians）：特洛伊盟军，居家特洛伊以东。

N

纳斯忒斯（Nastes）：特洛伊盟友，诺米昂之子，卡里亚人的首领，被阿基琉斯所杀。

纳乌波洛斯（Naubolos）：福基斯英雄，伊菲托斯之父。

奈里同（Neriton）：山脉，在伊萨卡境内。

奈琉斯（Neleus）：奈斯托耳之父，皮洛斯先王。

奈墨耳忒丝（Nemertes）：涅柔斯之女，海仙。

涅柔斯（Nereus）：海神，“海洋老人”，或海之长老，忒提丝及其他海仙的父亲。

奈赛娥（Nesaie）：涅柔斯之女，海仙。

奈斯托耳（Nestor）：阿开亚人，奈琉斯之子，皮洛斯国王，首领，安提洛科斯和斯拉苏墨得斯之父。

尼娥珀（Niobe）：弗鲁吉亚女子，所生门男门女分别被阿波罗和阿耳忒弥丝所杀。

尼俄普托勒摩斯（Neoptolemos）：阿基琉斯之子。

尼柔斯（Nireus）：阿开亚人，卡罗波斯之子，苏墨兵勇的首领。

尼萨（Nisa）：城市，在波伊拉克俄提亚。

尼苏罗斯（Nisuros）：岛屿，位于爱琴海东南部，科斯附近。

诺厄蒙（Noemon）：（1）特洛伊盟友，鲁基亚人，被俄罗斯底修斯所杀。（2）阿开亚人，安提洛科斯的伴友。

诺米昂（Nomion）：特洛伊人安菲马科斯和纳斯忒斯之父。

努萨（Nusa）：山脉，在欧波亚，狄俄努索斯的圣地。

O

欧埃蒙（Euaimon）：欧鲁皮洛斯之父。

欧波亚（Euboia）：岛屿，位于希腊大陆以东海面。

欧多罗斯（Eudoros）：赫耳墨斯之子，慕耳弥冬将领。

欧厄诺斯（Euenos）：（1）厄丕斯特罗福斯和慕奈斯之父。（2）玛耳裴莎之父。

欧菲摩斯（Euphemos）：特洛伊盟友，基科尼亚人的首领。

欧菲忒斯（Euphemos）：厄夫拉王者。

欧福耳波斯（Euphorbos）：达耳达尼亚人，潘苏斯之子，击伤帕特罗克洛斯，被墨奈劳斯所杀。

欧开诺耳（Euchnor）：阿开亚人，被帕里斯所杀。

欧鲁阿洛斯（Eurualos）：阿开亚人，协助狄俄墨得斯统领阿耳戈斯兵勇。

欧鲁巴忒斯（Eurubates）：（1）阿伽门农的信使。（2）奥德修斯的信使。

欧鲁达马斯（Eurudamas）：特洛伊人，释梦者，阿巴斯和波鲁伊多斯（1）之父。

欧鲁墨冬（Eurumedon）：（1）阿伽门农的驭者。（2）奈斯托耳的驭者。

欧鲁诺墨（Eurunome）：俄开阿诺斯之女。

欧鲁皮洛斯（Eurupulos）：（1）欧埃蒙之子，统领来自俄耳墨尼昂的塞萨利亚兵勇。（2）科斯国王。

欧鲁托斯（Eurutos）：（1）俄伊卡利亚国王。（2）波塞冬之子，阿开亚人萨尔丕俄斯之父，和兄弟克忒阿托斯并联称“摩利俄奈斯”。

欧鲁修斯（Eurustheus）：塞奈洛斯之子，珀耳修斯之孙，曾给赫拉克勒斯做苦役。

欧罗帕（Europa）：福伊尼克斯之女，米诺斯和拉达曼苏斯之母。

欧墨得斯（Eumedes）：特洛伊使者，多隆之父。

欧墨洛斯（Eumelos）：阿开亚人，阿德墨托斯和阿尔开丝提丝之子，来自菲莱的塞萨利亚人的首领。

欧纽斯（Euneos）：莱姆诺斯国王，伊阿宋和呼浦茜普莱之子。

欧索罗斯（Eussoros）：特洛伊人，阿卡马斯之父。

欧特瑞西斯（Eutresis）：城市，在波伊俄提亚。

欧伊波斯（Euippos）：特洛伊盟友，鲁基亚人，被帕特罗克洛斯所杀。

P

帕尔蒙（Palmmon）：特洛伊人，普里阿摩斯之子。

帕尔慕斯（Palmus）：特洛伊将领。

帕耳塞尼俄斯（Parthenios）：河流，在帕夫拉戈尼亚境内。

帕夫拉戈尼亚人（Paphlagonians）：特洛伊盟军，家居黑海南岸的帕夫拉戈尼亚。

帕拉丝（Pallas）：雅典娜的指称。

帕拉西亚（Parrhasia）：城市，在阿耳卡底亚。

帕里斯（Paris）：即亚历克山德罗斯，特洛伊人，普里阿摩斯及赫卡贝之子，将海伦带出拉凯代蒙，由此引发了特洛伊战争。

帕诺裴（Panope）：涅柔斯之女，海仙。

帕诺裴乌斯（Panopeus）：（1）城市，在福基斯。（2）阿开亚人厄裴俄斯之父。

帕特罗克洛斯（Patroklos）：阿开亚人，墨诺伊提俄斯之子，阿基琉斯的助手和伴友，被赫克托耳所杀。

帕茜塞娅（Pasithea）：典雅女神。

派昂（Paion）：特洛伊人阿伽斯特罗福斯之父。

派俄尼亚(Painia)：位于希腊东北部，特洛伊盟邦，以后属马斯顿地域。

派厄昂（Paieon）：神医。

派索斯（Paisos）：城市，在特罗阿得，特洛伊以（东）北。

潘达罗斯（Pandaros）：鲁卡昂之子，率领来自泽勒亚的特洛伊兵勇。被狄俄墨得斯所杀。

潘迪昂（Pandion）：丢克罗斯的军友。

潘多科斯（Pandokos）：特洛伊人，被埃阿斯所杀。

潘苏斯（Panthoos）：特洛伊长老，普鲁达马斯，欧福耳波斯及呼裴瑞诺耳之父。

裴达索斯（Pedasos）：(1) 特洛伊人，布科利昂之子。被欧鲁阿洛斯所杀。(2) 城市，在特罗阿得，萨特尼俄埃斯河畔。(3) 城市，在皮洛斯附近。(4) 阿基琉斯的驭马。

裴代昂（Pedaion）：城市，在特罗阿得。

裴代俄斯（Pedaios）：特洛伊人，安忒诺耳的私生子，被墨格斯所杀。

裴耳科忒（Perkote）：城市，在特罗阿得。

裴耳伽摩斯（Pergamos）：特洛伊城堡的高端或墙堡。

裴耳伽索斯（Pergasos）：特洛伊人德伊科昂之父。

裴耳塞丰奈（Persephone）：黛墨忒耳之女，衣地斯的妻子。

珀耳修斯（Perseus）：宙斯和达娜娥之子，欧鲁修斯的祖父。

裴拉工（Pelagon）：(1) 阿开亚人，皮洛斯将领。(2) 特洛伊盟友，鲁基亚人，萨耳裴冬的军友。

裴拉斯吉亚（Pelasgia）：阿耳戈斯阿基琉斯的家乡，但来自拉里萨的裴拉斯吉亚人却是特洛伊的盟友。

裴莱比来人（Perrhaibians）：族兵，来自多多那，由古纽斯统领。

裴莱俄斯（Peiraios）：普托勒迈俄斯之父。

裴勒工（Pelegon）：阿克西俄斯之子特洛伊人阿斯忒罗派俄斯之父。

裴勒奈（Pellene）：阿开亚城市，位五阿伽门农统治的地域内。

裴里波娅（Periboia）：裴勒工之母。

裴里厄瑞斯（Perrieres）：波罗斯之父。

裴里法斯（Periphas）：(1) 埃托利亚人，俄开西俄斯之子，被阿瑞斯所杀。(2) 特洛伊人，安基塞斯信使的儿子。

裴里菲忒斯（Periphetes）：(1) 特洛伊人，被丢克罗斯所杀。(2) 阿开亚人，来自慕凯奈，被赫克托耳所杀。

裴里摩斯（Perrimos）：特洛伊人，墨伽斯之子，被帕特罗克洛斯所杀。

裴里墨得斯（Perimedes）：阿开亚斯开底俄斯之父。

裴里苏斯（Perithoos）：阿开亚壮士，宙斯之子，波鲁波伊忒斯之父。

裴利阿斯（Pelias）：伊俄耳科斯国王，阿尔开丝提丝之父。

裴利昂（Pelion）：山脉，在马格奈西亚，马人的故乡。

裴琉斯（Peleus）：埃阿科斯之子，阿基琉斯之父。忒提丝的丈夫。

裴罗斯（Peiros）：特洛伊盟友，色雷斯人，伊勃拉索斯之子，被索阿斯所杀。

裴洛普斯:（Pelops）：阿耳戈斯先王，阿特柔斯之父，阿伽门农和墨奈俄斯的祖父。

裴奈琉斯（Peneleos）：阿开亚人，和雷托斯一起统领波伊俄提亚兵勇。

裴内俄斯（Peneios）：塞萨利亚的主要河流。

裴瑞斯（Peires）：里格墨斯之父。

裴瑞亚（Pereia）：地名，在塞萨利亚，阿波罗养育欧墨洛斯的母马的地方。

裴桑得罗斯（Peisandros）:（1）特洛伊人，安提马科斯之子，被阿伽门农所杀。（2）特洛伊人，被墨奈劳斯所杀。（3）慕耳弥冬首领之一。

裴塞诺耳（Peisenor）：特罗伊人史雷托斯之父。

裴忒昂（Peteon）：城市，在波伊俄提亚。

裴忒俄斯（Peteos）：阿开亚人墨奈修斯之父。

皮杜忒斯（Pidutes）：特洛伊盟友，来自裴耳科忒，被奥德修斯所杀。

皮厄里亚（Pieria）：俄林波斯地区。

皮推亚（Pitueia）：城市，位于赫勒斯庞特边岸，特洛伊以北。

皮修斯（Pitthes）：埃丝拉之父。

普格迈亚人（Pugmaians）：族民，曾受到鹤群攻击。

普拉耳忒斯（Pulartes）:（1）特洛伊人，被埃阿斯所杀。（2）特洛伊人，被帕行罗克洛斯所杀。

普拉科斯（Plakos）：山脉，俯瞰忒拜大地。

普拉克提俄斯（Praktios）：河流，在特罗阿得。

普拉姆内亚酒：一种饮酒，常作药用。

普拉索斯（Purasos）:（1）城市，受普罗忒西劳斯制统。（2）特洛伊人，被埃阿斯所杀。

普拉塔亚（Plataia）：城市，在波伊俄提亚。

普莱俄斯（Pulaios）：特洛伊盟友，莱索斯之子，和兄弟希波苏斯一起统领来自拉里萨的裴拉斯吉亚人。

普莱克墨斯（Puraikmes）：特洛伊盟友，派俄尼亚人的首领，被帕特罗克洛斯所杀。

普勒奈（Pulene）：城市，在埃托利亚。

普雷阿得斯（Pleiades）：星座。

普里阿摩斯（Priamos）：劳墨冬之子，特洛伊国王，赫克托耳，帕里斯和许多儿女的父亲（有五十个儿子）。

普里斯（Puris）：特洛伊人，被帕特罗克洛斯所杀。

普琉荣（Pleuron）：城市，在埃托利亚。

普隆（Pulon）：特洛伊人，被波鲁波伊忒斯所杀。

普鲁达马斯（Pouludamas）：特洛伊人，潘苏斯之子，智囊，斗士。

普鲁塔尼斯（Prutanis）：特洛伊盟友，鲁基亚人，被奥德修斯所杀。

普罗马科斯（Promachos）：阿开亚人，阿勒格诺耳之子，被阿卡马斯所杀。

普罗努斯（Pronoos）：特洛伊人，被帕特罗克洛斯所杀。

普罗索昂（Prothoon）：特洛伊人，被丢克罗斯所杀。

普罗梭诺耳（Prothoenor）：阿开亚人，阿雷鲁科斯之子，波伊俄提亚首领。被普鲁达马斯所杀。

普罗苏斯（Prothoos）：阿开亚人，马格奈西亚人的首领。

普罗忒西劳斯（Protesilaos）：伊菲克洛斯之子，夫拉凯头领，第一个登陆特洛伊（亦即第一个被杀）。

普罗提昂（Protiaon）：特洛伊人阿斯图努斯之父。

普罗托（Proto）：涅柔斯之女，海仙。

普洛托斯（Proitos）：厄夫拉国王，曾图谋杀死柏勒罗丰忒斯。

皮洛斯（Pulos）：奈斯托耳的王国，位于伯罗奔尼撒西部。

普索（Putho）：阿波罗的圣地，位于福基斯。后世称之为 Delphoi。

普忒琉斯（Pteleos）：（1）城市，受砂琉斯制统。（2）城市，受普罗忒西劳斯制统。

普托勒迈俄斯（Ptolemaios）：阿开亚人欧鲁墨冬之父。

S

萨尔丕俄斯（Thlpios）：阿开亚人，欧鲁托斯之子，厄利斯人的首领之一。

萨耳裴冬（Sarpedon）：宙斯和劳达墨娅之子，鲁基亚国王。战杀特勒波勒摩斯。被帕特罗克洛斯所杀。

萨拉弥斯（Salamis）：岛屿，位于雅典海面，埃阿斯的家乡。

萨鲁西阿斯（Thalusias）：特洛伊人厄开波洛斯之父。

萨摩斯（Samos）:（1）岛屿，后世称之为开法勒尼亚，在伊萨卡附近，受奥德修斯制统。（2）海岛，后世称之为萨摩色雷斯，位于爱琴海北部。

萨慕里斯(Thamuris)：色雷斯歌手，固夸口可与缪斯竞比，被打致残。

萨乌马基斯（Thaumakis）：城市，受菲洛克忒忒斯制统。

塞阿诺（Theano）：安忒诺耳之妻，雅典娜的祭司。

塞拜（Thebai）：埃及名城。

塞拜俄斯（Thebaios）：特洛伊人厄尼俄裴乌斯之父。

塞耳西洛科斯（Thersilochos）：特洛伊盟友，派俄尼亚人，被阿基琉斯所杀。

塞耳西忒斯（Thersites）：阿开亚人，貌丑，因指责首领，被奥德修斯痛骂。

塞拉戈斯（Selagos）：特洛伊人安菲俄斯之父。

塞勒埃斯（Selleeis）:（1）河流，位于希腊西北部。（2）河流位于特洛伊以（东）北。

塞勒丕俄斯（Selepios）：欧厄诺斯之父。

塞洛伊（Selloi）：宙斯在多多那的卜者。

特弥斯（Themis）：女神，掌管法规和习俗。

塞墨莱（Semele）：忒拜公主，狄俄努索斯之母。

塞奈劳斯（Sthenelaos）：特洛伊人，伊赛墨奈斯之子，被帕特罗克洛斯所杀。

塞奈洛斯（Sthenelos）:（1）阿开亚人，卡帕纽斯之子，同狄俄墨得斯和欧鲁阿洛斯一起统领阿耳戈斯兵勇。（2）珀耳修斯之子，欧鲁修斯之父。

塞浦路斯（Cypros）：岛屿，位于地中海中部。

塞萨洛斯（Thessalos）：赫拉克勒斯之子，安提福斯和菲底波斯之父。

塞萨摩斯（Seamos）：帕夫拉戈尼亚城市。

塞斯裴亚（Thespeia）：波伊俄提城市。

塞斯托耳（Thestor）：（1）阿开亚人者卡尔卡斯之父。（2）阿开亚人阿尔克马昂之父。（3）特洛伊人，厄诺普斯之子，被帕特罗克洛斯所杀。

塞斯托斯（Sestos）：城市，位于赫勒斯庞特北岸（即欧洲），行洛伊盟邦。

塞修斯（Theseus）：埃勾斯之子，雅典英雄。

莎勒娅（Thaleia）：涅柔斯之女，海仙。

珊伽里俄斯（Sangarios）：河流，在弗鲁吉亚。

珊索斯（Xanthos）：（1）河流，在鲁基亚。（2）河流，位于特罗阿得，凡人称其为斯卡曼得罗斯。（3）特罗伊人，法伊诺普斯之子，被狄俄墨得斯所杀。（4）赫克托耳的驭马之一。（5）阿基琉斯的驭马之一。

史鸣修斯（Smintheus）：阿波罗的指称。

斯巴达（Sparta）：拉凯代蒙城市，墨奈劳斯的故乡。

斯菲洛斯（Sphelos）：波科洛斯之子，阿开亚人亚索斯之父。

斯卡耳菲（Skarphe）：城市，在克洛里斯。

斯卡曼得里俄斯（Skamandrios）：（1）特洛伊人，斯特罗菲俄斯之子，被墨奈劳斯所杀。（2）赫克托耳之子阿斯图阿纳克斯的别名。

斯卡曼得罗斯（Skamandros）：特洛伊平原上的主要河流，河神，神祇称其为珊索斯。

斯卡亚门：特洛伊城门之一。

斯凯底俄斯（Schedios）：（1）阿开亚人，伊菲托斯之子，福基斯人的首领。被赫克托耳所杀。（2）阿开亚人，裴里墨得斯之子，福基斯首领，被赫克托耳所杀。

斯康得亚（Skandeia）：城市，在库塞拉。

斯科洛斯（Skolos）：城市，在波伊俄提亚。

斯科伊诺斯（Schoinos）：城市，在波伊俄提亚。

斯库罗斯（Skuros）：岛屿，位于爱琴海中部，欧波亚海面。

色雷斯（Thrake）：爱琴海以北地域，特洛伊盟邦。

斯拉苏墨得斯（Thrasumedes）：阿开亚人，奈斯托耳之子，和兄弟安提洛科斯一起统领皮洛斯兵勇。

斯拉苏墨洛斯（Thrasumelos）：特洛伊人，萨耳裴冬的驭手，被帕特罗克洛斯所杀。

斯拉西俄斯（Thrasios）：特洛伊盟友，迈俄尼亚人，被阿基琉斯所杀。

斯鲁昂（Thruon）：城镇，受奈斯托耳制统，可能为斯罗萨。

斯罗尼昂（Thronion）：洛克里斯城市。

斯罗萨（Thruoessa）：城镇，在皮洛斯，阿尔裴俄斯河畔。

斯培娥（Speio）：涅柔斯之女，海仙。

斯裴耳开俄斯（Spercheios）：河流，在弗西亚，阿开亚人墨奈修斯之父。

斯特拉提亚（Strathia）：城市，在阿耳卡底亚。

斯特罗菲俄斯（Strophios）：特洛伊人斯卡曼得里俄斯之父。

斯腾托耳（Stentor）：阿开亚人，嗓音宏大，赫拉曾以他的形貌出现。

斯提基俄斯（Stichios）：阿开亚人，雅典将领，被赫克托耳所杀。

斯图克斯（Stux）：冥界的河流，神们以它起发誓咒。

斯图拉（Stula）：城市，在欧波亚。

斯屯法洛斯（Stumphalos）：城市，在阿耳卡底亚。

斯阿斯（Thoas）：(1）阿开亚人，安德莱蒙之子，埃托利亚人的首领。(2）莱姆诺斯国王。(3）特洛伊人，被墨奈劳斯所杀。

索昂（Thoon）：(1）特洛伊人，被狄俄墨得斯所杀。(2）特洛伊人，被奥德修斯所杀。(3）特洛伊人，被安提洛科斯所杀。

索娥（Thoe）：涅柔斯之女，海仙。

索科斯（Sokos）：特洛伊人，希帕索斯之子，被奥德修斯所杀。

索鲁摩伊人（Solumoi）：小亚细亚族兵，柏勒罗丰忒斯曾和他们战斗。

苏厄斯忒斯（Thuestes）：裴洛普斯之子，阿特柔斯的兄弟。

苏摩伊忒斯（Thumoites）：特洛伊长老。

苏墨（Sume）：海岛，位于爱琴海东南，罗得斯以北，兵勇们由尼柔斯统领。

苏姆伯瑞（Thumbre）：城镇，位于特洛伊附近，斯卡曼得罗斯河畔。

苏姆勃莱俄斯（Thumbraios）：特洛伊人，被狄俄墨得斯所杀。

苏忒斯（Thootes）：阿开亚人，墨奈修斯的信使。

T

塔耳（Tarphe）：城市，在洛克里斯。

塔耳奈（Tarne）：迈俄尼亚城市。

塔尔苏比俄斯（Talthubios）：阿开亚人，阿伽门农的信使。

塔耳塔罗斯（Tartaros）：衣地斯的最底层，宙斯监禁被击败者的去处。

塔莱墨奈斯（Talaimenes）：特洛伊人墨斯勒斯和安提福斯之子。

塔劳斯（Talaos）：墨基斯丢斯之父。

忒拜（Thebe，Thebes）：（1）厄提昂的城国，位于特洛伊附近，被阿基琉斯荡劫。（2）卡德墨亚人的城，在波伊俄提亚，受过波鲁内开斯和他的伙伴们的攻击，被他们的儿子们攻破。（3）低地忒拜，位于忒拜的下面。

忒格亚（Tegea）：城市，在阿耳卡底亚。

特拉基斯（Tracchis）：城市，在裴拉斯吉亚的阿耳戈斯，裴琉斯和阿基琉斯统治的地域。

忒拉蒙（Telamon）：埃阿斯和丢克罗斯之父。

特勒波勒摩斯（Tlepolemos）：（1）阿开亚人，赫拉克勒斯之子，统领罗得斯兵勇，被萨耳裴冬所杀。（2）特洛伊盟友，鲁基亚人，被帕特罗克洛斯所杀。

忒勒马科斯（Telemachos）：奥德修斯和裴奈罗之子。

特里开（Trikke）：塞萨利亚城市，受马卡昂制统。

特里托格内娅（Tritogeneia）：雅典娜的指称。

特摩洛斯（Tmolos）：山脉，在迈俄尼亚。

忒奈多斯（Tenedos）：岛屿，位于爱琴海东北部，特洛伊海面。

特洛斯（Tros）：（1）特洛伊先王，厄里克索尼俄斯之子，伊洛斯、阿萨拉科斯和伽努墨得斯之父。（2）特洛伊人，阿拉斯托耳之子，被阿基琉斯所杀。

特罗伊洛斯（Troilos）：特洛伊人，普里阿摩斯之子，被阿开亚人所杀。

特罗伊泽诺斯（Troizenos）：特洛伊人欧菲摩斯之父。

特罗伊真（Troizen）：城镇，位于阿耳戈斯海岸，受狄俄墨得斯制统。

特洛伊（Troy）：特罗斯和特洛伊人的城，变名伊利昂，或伊利俄斯（Ilios）。

特瑞科斯（Trechos）：埃托利亚人，被赫克托耳所杀。

忒瑞亚（Tereia）：山脉，位于赫勒斯庞特附近，特洛伊以北。

忒苏丝（Tethus）：俄开阿诺斯之妻。

忒提丝（Thetis）：奈琉斯之女，海仙，婚配裴琉斯，生子阿基琉斯。

藤斯瑞冬（Tenthredon）：普罗苏斯之父。

提仑斯（Tiruns）：城市，受狄俄墨得斯治辖。

提索诺斯（Tithonos）：劳墨冬之子，普里阿摩斯的胞弟，黎明的夫婿。

提塔诺斯（Titanos）：塞萨利亚某地，受欧罗皮洛斯制统。

提塔瑞索斯（Titaresos）：河流，裴内俄斯的支干，在塞萨利亚。

提丢斯（Tudeus）：阿开亚人，俄伊纽斯之子，狄俄墨得斯之父。

图福欧斯（Tuphoeus）：巨怪，被宙斯囚禁在阿里摩伊人的土地下。

图基俄斯（Tuchios）：皮匠，居家呼莱，曾制作埃阿斯的皮盾。

W

乌卡勒工（Oukalegon）：特洛伊长老。

X

希波达马斯（Hippodamas）：特洛伊人，被阿基琉斯所杀。

希波达摩斯（Hippodamos）：特洛伊人，被奥德修斯所杀。

希波达墨娅（Hippodameia）：（1）裴里苏斯之妻，波鲁波伊忒斯之母。（2）安基塞斯之女，特洛伊人阿尔卡苏斯之妻。

希波科昂（Hippokoon）：特洛伊盟友，雷索斯的堂表兄弟。

希波洛科斯（Hippolochos）：（1）特洛伊人格劳科斯之父。（2）特洛伊人，安提马科斯之子，被阿伽门农所杀。

希波马科斯（HipOomachos）：特洛伊人，安提马科斯之子，被勒昂丢斯所杀。

希波摩尔戈伊人（Hippomolgoi）：北方族民，“喝马奶的”游部族。

希波努斯（Hipponoos）：阿开亚人，被赫克托耳所杀。

希波苏斯（Hippothoos）：(1）特洛伊盟友，莱索斯之子，裴拉斯吉亚首领，被埃阿斯所杀。(2）特洛伊人普里阿摩斯之子。

希波提昂（Hippotion）：特洛人阿斯卡尼俄斯和莫鲁斯之父，阿斯卡尼亚首领，被墨里俄奈斯所杀。

西冬（Sidon）：腓尼基城市。

希开塔昂（Hiketaon）：劳墨冬之子，墨拉尼波斯之父，特洛伊长老。

西库昂（Sikuon）：城市，曾由阿德瑞斯托斯统宰，在阿伽门农的王国内。

西摩埃斯（Simoeis）：斯卡曼得罗斯的支流。

西摩埃西俄斯（Simoeisios）：特洛伊人，以西摩埃斯河为名，被埃阿斯所杀。

西皮洛斯（Sipulos）：山脉，在鲁底亚。

希瑞（Hire）：城镇，在皮洛斯附近。

希斯北（Thisbe）：城市，在波伊俄提亚。

希斯提埃亚（Histiaia）：城市，在欧波亚。

西叙福斯（Sisuphos）：科林斯英雄，埃俄洛斯之子，柏勒罗丰忒斯的祖父。

新提亚人（Sintians）：莱姆诺斯族民。

Y

雅典（Athens）：厄瑞克修斯的城国，位于希腊中东部。

雅典娜（Athene）：或帕拉丝·雅典娜，亦名特里托格内娅，宙斯之女，阿开亚人的保护神。

雅马宗人（Amazons）：一个骁勇善战的妇女部族，曾入侵小亚细亚的弗鲁吉亚。

亚耳达诺斯（Iardanos）：河流，位于伯罗奔尼撒西部，皮洛斯和阿耳卡底亚边境。

亚尔墨诺斯（Ialmenos）：阿开亚人，俄耳科墨诺斯的助手，米努埃人的首领。

娅拉（Iara）：涅柔斯之女，海仙。

亚历克山德罗斯（Alexandros）：即帕里斯。

亚鲁索斯（Ialusos）：城市，在罗得斯。

亚墨诺斯（Iamenos）：特洛罗人，被勒昂丢斯所杀。

亚娜莎（Ianassa）：涅柔斯之女，海仙。

亚内拉（Ianeira）：涅柔斯之女，海仙。

亚裴托斯（Iapetos）：大力神一。

亚索斯（Iasos）：阿开亚人，被埃涅阿斯所杀。

伊阿宋（Ieson）：阿尔古英雄，欧纽斯之父。

伊达（Ida）：山脉，在特罗阿得。

伊代俄斯(Idaios):(1)普里阿摩斯的信使。(2)特洛伊人达瑞斯之子。

伊达斯（Idas）：玛耳裴莎之夫，克勒娥帕特拉之父。

伊多墨纽斯（Idomeneus）：丢卡利昂之子，克里特国王。

伊俄尔科斯（Iolkos）：塞萨利亚城市，受欧墨洛斯制统。

伊俄尼亚人（Iinians）：即雅典人。

伊菲阿娜莎（Iphianassa）：阿伽门农之女。

伊菲达马斯(Iphidamas):特洛伊人,安忒诺耳之子,被阿伽门农所杀。

伊菲努斯（Iphinoos）：阿开亚人，被格劳科斯所杀。

伊菲斯（Iphis）：帕特罗克洛斯的女伴。

伊菲提昂（Iphition）：鲁基亚人，被阿基琉斯所杀。

伊菲托斯（Iphitos）:（1）阿开亚人，斯开底俄斯和厄丕斯特罗福斯之父。(2）阿耳开浦托勒摩斯之父。

伊菲乌斯（Ipheus）：鲁斯亚人，被帕特罗克洛斯所杀。

伊卡里亚（Ikaria）：岛屿，位于小亚细亚水面。

伊克西昂（Ixion）：裴里苏斯名义上的父亲（真正的父亲是宙斯）。

伊里丝（Iris）：女神，宙斯的信使。

伊利昂（Ilion）：即特洛伊，或 Ilion，“伊洛斯的城”。

伊利俄纽斯（Ilioneus）：特洛伊人，被裴奈琉斯所杀。

伊洛斯（Ilos）：特罗斯的长子，劳墨冬之父，普里阿摩斯的祖父。

伊萨卡（Ithaka）：岛屿，位于希腊西部海面，奥德修斯的家乡。

伊赛墨奈斯（Isaimenes）：特洛伊人，塞奈劳斯之父。

伊桑得罗斯（Isandros）：柏勒罗丰忒斯之子。

伊索墨（Ithome）：塞萨利亚城市，在波达雷里俄斯和马卡昂统治的地域内。

伊索斯（Isos）：特洛伊人，普里阿摩斯之子，被阿伽门农所杀。

伊同（Iton）：塞萨利亚城市，受普罗忒西劳斯制统。

伊图摩纽斯（Itumoneus）：厄利斯人，被奈斯托耳所杀。

伊勃拉索斯（Imbrasos）：色雷斯人，裴罗斯之父。

英勃里俄斯（Imbrios）：特洛伊盟友，普里阿摩斯的女婿，被丢克罗斯所杀。

英勃拉索斯（Imbrasos）：色雷斯人，裴罗斯之父。

英勃罗斯（Imbros）：岛屿，位于特洛伊西北海面。

Z

泽夫罗斯（Zephuros）：西风。

泽勒亚（Zeleia）：城市，在特罗阿得西北，兵勇们由潘达罗斯统领。

扎昆索斯（Zakunthos）：岛屿，位于希腊西部海面，属奥德修斯管辖。

宙斯（Zeus）：克罗诺斯及蕾娅之子，赫拉的兄弟和丈夫，众神之王，主管天空。

FONGHONG
凤凰联动出品